Eight White Nights

여덟 밤

Eight White Nights
by André Aciman

여덟 밤

안드레 애치먼 장편소설

백지민 옮김

비채

일러두기

- 이 책의 인명, 지명 등 외국어의 우리말 표기는 국립국어원 외래어표기법을 따르되, 입말로 굳은 단어 등은 예외로 하였습니다.
- 모든 주는 옮긴이 주입니다.

차례

첫 번째 밤

저녁이 반쯤 흘렀을 때, 나는 저녁 전체를 역순으로 재생하게 될 것을 알았다. 버스, 눈, 작은 비탈길을 올라가던 산책, 내 바로 앞에서 닥쳐오던 대성당, 엘리베이터 안의 낯선 사람, 복닥복닥한 커다란 거실에서 촛불에 밝혀진 얼굴들이 웃음과 예감으로 환히 빛나던 일. 피아노 음악, 걸걸한 목소리의 가수, 어디서나 나던 소나무 냄새, 내가 이 방 저 방을 돌아다니면서 아무래도 오늘 밤 훨씬 일찍 혹은 조금 늦게 도착해야 했다고, 아니면 아예 오질 말아야 했다고 생각하던 일. 적갈색의 고전적 동판화들이 걸린 화장실, 그 옆 벽면의 스윙도어를 열면 이어지던 기다란 복도, 손님용이 아닌 사실로 이어지다가 현관 쪽으로 다시 한번 꺾으면 기적처럼 다시 나타나던 아까와 똑같은 거실, 그곳에 더 많이 모여 있던 사람들. 내가 조용한 구석이라고 생각했던 커다란 크리스마스트리 뒤편의 창가, 그곳에서 누군가 내게 돌아서며 한 손을 불쑥 내밀고 말하던 일. "나 클라라예요."

나 클라라예요, 세상에서 가장 당연한 사실처럼 퍼뜩 내뱉은 말. 내가 그 이름을 원래 안다는 것처럼, 혹은 알아야 마땅하다는 것처럼. 내가 그녀를 알아보지 못했거나 알아보지 않으려고 노력하고 있었음을 보고서 그녀가 친히 나더러 모르는 척을 그만두게 하고 모든 이가 몇 번이고 언급했던 이름의 얼굴을 보여주겠다는 것처럼.

다른 사람이라면, **나 클라라예요**는 망설이듯 대화의 물꼬를 여는 말처럼 튀어나왔을 것이다. 유순하게, 독단적으로 보이면서도 지나치게 태평스럽게, 거리를 두는 투로 뒤늦게 덧붙이듯이. 힘을 주지 않았더라면 흐느적거리고 생기가 없었을 손아귀를 무리하게 쥐어짜내 확고함과 활력을 전달하는 법을 배운 악수에 해당하는 표현처럼. 숫기 없는 사람이라면 **나 클라라예요**를 말하는 것만으로 진이 빠질 테고, 상대가 그 암시를 눈치채지 못하면 거의 고마워할지도 모를 터였다.

여기서, **나 클라라예요**는 대담하지도 주제넘지도 않았다. 그 대신 이 말에는 노련하고도 삐딱한 미소가 덧붙었다. 그녀는 이런 말이 낯선 사람들과의 침묵을 어떻게 깨뜨리는지 신경 쓰기에는 이것을 너무도 여러 번 말해본 사람이었다. 억지스러우면서도 무관심하고, 싫증이 났으면서도 재미있어하는—본인에게, 나에게, 자기소개라는 것이 으레 그러하듯 긴장되고 자의식적인 것으로 만들어버리는 삶에— 투의 그 말은 해치워야 하는 의미 없고 형식적인 절차처럼 우리 사이로 빠져나갔다. 방 중앙에 모여 노래를 부를 참인 사람들에게서 우리 둘이 떨어져 있었으니 지금이 적절한 타이밍이었다. 그녀의 말은 마치 장애물 사이를 뚫고 나아가며 온갖 문과 창문을 열어젖히는 그런 돌풍 하나가 겨울철의 어느 달 한복판에서 4월의 꽃을 끌고 오며 제 갈 길을 따라 모든 것을 휘젓듯 내게 달려들었다. 다른 사람에 하등 관심도 없고 잃을 것도 없는 사람들이 성급하게 친밀해지는 느낌으로 말이다. 그녀는 야단스레 난입하지 않았고 그렇다고 지루한 절차를 건너뛰지도 않았다. 그러나 그녀의 한마디에는 듣는 사람이 반가워할 만한, 혹은 그녀가 어느 정도 의도한 약간의 위기감과 소란스러움이 있었다. 그 말은 그녀의 몸매와도 어울렸다. 턱끝의 오만함, 그녀가 가슴께까지 단추를 풀어헤치고 입고 있었던 베일처럼 얇은 진홍빛 셔츠의 발사되는 듯한 오만함과도, 그녀의 얇은 백금 목걸이에 있는 다이아몬드 보석만큼이나 매끄럽고도 삼엄하게 볼록 솟은 살결과도 어울렸다.

나 클라라예요. 그 말은 예고도 없이 불쑥 끼어들었다. 마치 어떤 관중이 막이 오르기 몇 초 전에 꽉꽉 들어찬 객석을 비집고 들어가 모든 사람을 방해하면서도 스스로 야기하는 그 동요에 즐거워져서, 앉을 좌석을 찾자마자 코트를 벗어서 어깨를 둘러 쓱 빼낸 다음, 이웃이 된 사람을 돌아보고는 자신이 피운 소란을 너무 들추지 않으면서도 사과하려는 뜻으로 음모를 꾸미듯 "나 클라라예요"라고 속닥일 것처럼 말이다. 그 말은 당신이 여기서 일 년 내내 보게 될 그 클라라가 바로 나니까 어떻게든 해보자, 라는 뜻이었다. 당신이 옆에 앉게 되리라고는 한 번도 생각지 못한 클라라가 바로 나인데, 여기 내가 있잖아. 당신이 올해의 남은 시간은 물론이고 앞으로도 매년 매달 매일 여기서 보기를 소망하게 될 그 클라라가 나야. 그리고 나도 그걸 알거든. 그러니 직시해요. 당신이 드러내지 않으려고 기를 쓰고 있지만 당신도 나한테 눈길을 둔 순간에 알았잖아. **나 클라라예요.**

그것은 갈비뼈를 찌르듯 하는 "어떻게 모를 수가 있어요?"와 "표정이 왜 그래요?"가 뒤섞인 말이었다. 그녀는 어린아이에게 간단한 마술을 가르쳐주는 마술사처럼 말했다. "자, 이 이름을 손에 꼭 쥐고 있다가, 집에 혼자 있을 때 펼쳐 보고 생각하는 거야. **오늘 내가 클라라를 만났구나.**" 마치 역정을 내려는 노신사에게 헤이즐넛 맛 네모난 초콜릿 한 조각을 들이미는 것 같았다. "이거 베어 물 때까지 아무 말도 하지 마세요." 상대방을 떠밀었지만, 상대가 미처 느끼기도 전에 그 행동을 즉각 만회했다. 그래서 무엇이 먼저 왔던 건지 명확하지가 않았다, 사과하는 거였는지 쿡 찌른 거였는지. 그것도 아니면 둘 다 같은 몸짓 안에 있어서 의미 없는 장난들로 변장한 까불까불한 살인 협박처럼 그녀의 한마디 주위를 뱅

뱅 맴도는 것은 아니었는지도 명확하지가 않았다. **나 클라라예요.**

그 이전의 삶. 그 이후의 삶.

클라라 이전의 모든 것은 생기 없고, 텅 비고, 임시방편처럼 여겨졌다. 클라라 이후는 나를 전율시키고 겁먹게 했다. 방울뱀들의 골짜기 너머 물바다의 신기루처럼.

나 클라라예요. 그 한마디는 내가 가장 잘 아는 것이었으며, 그녀를 떠올리고 싶을 때마다 돌아갈 수 있던 단 한 가지였다. 기민하고 따스하며 신랄하고 위험한 그녀를. 그녀에 관한 모든 것이 이 한마디에서 퍼져 나왔다. 마치 지갑에 쏙 넣고 다니는 성냥첩 뒤쪽 의미심장하게 휘갈긴 긴급한 속보가 꿈과 미래의 삶이 눈앞에서 만발하던 어느 저녁을 언제든 떠올리게 하는 것처럼. 그저 꿈일 뿐 그 이상 무엇도 아닐 수 있지만, 행복해지고자 하는 격렬한 욕망을 휘저었으므로 누군가 겨울철 한복판에서 4월의 꽃을 끌고서 세차게 몰아쳐 들어온 그날 저녁, 나는 실제로 행복하다고 믿을 준비가 거의 되어 있었다.

오늘 밤 파티를 떠나면서도 이 느낌이 그대로일까? 아니면 나는 자잘한 결함에 집착하는 교활한 방식을 찾게 될까. 그리하여 그 결함을 신경 쓰기 시작하면서 꿈을 꺼뜨린 끝에 꿈이 쇠하고 윤기를 잃게 되어, 이렇게 윤기가 가셨으니만큼 언제나 그랬듯 행복이란 우리 삶에서 다른 이들이 가져다줄 수 없는 유일한 것임을 다시 한번 깨닫게 될까.

나 클라라예요. 그것은 그녀의 목소리, 그녀의 미소. 그날 밤에 그녀가 군중 속으로 사라져서 내가 이미 그녀를 놓쳐버린 건 아닌지, 그녀가 내 상상은 아니었는지 걱정할 때면 그 얼굴을 나타나게 했다. "나 클라라예요." 나는 혼자서 말할 터였고, 그러면 그녀는 또다시 클라라가 되어 그 크리스마스 트리 옆에서 내 근처에 서서 기민하고 따스하며 신랄하고 위험한 채로 있게 되었다.

나는—이걸 그녀를 만나고 몇 분 만에 알게 되었는데—벌써부터 그녀를 다시는 보지 못하는 상황을 미리 연습하고 있었고, 오늘 밤 **나 클라라예요**를 가져가 나의 커프스 링크, 칼라 스테이, 손목시계와 머니 클립과 더불어 서랍장에 어떻게 잘 넣어둘지 고심하고 있었다.

그리고 이것이 앞으로 오 분이라도 지속될는지 불신하는 법을 터득하고 있었다. 이 순간은 연극의 막간처럼 비현실적이고 마술적 요소로 가득했다. 그런 막간에는 만사가 쉬워도 너무 쉽게 열리고, 이럴 경우가 아니면 닫혀 있는 원 속으로 우리를 들여보낼 것 같아 보인다. 다름 아닌 바로 우리 자신의 삶 속으로 말이다. 우리가 살아가려고 하면서도 매 굽이에서 속이게 되기를 언제나 갈망했던 대로의 우리의 삶. 끝내 알맞은 조성으로 조옮김되고, 알맞은 시제로, 우리에게 말을 걸고 우리에게 또 우리에게만 알맞은 언어로 다시 말해진 우리의 삶. 우리의 목소리를 통해서가 아니라 다른 누군가의 목소리를 통해서 밝혀지고, 다른 사람의 손으로부터 움켜쥐어지고, 도저히 낯선 사람일 리 없지만 그녀가 낯선 사람밖에는 무엇도 아니기에, **오늘 밤 나는 네 삶과 삶의 방식에 네가 쓰는 얼굴이야, 오늘 밤 나는 너를 돌아보는 세상을 향한 너의 눈이야, 나 클라라예요** 하고 말하는 시선으로 우리의 눈길을 붙드는 사람 때문에 끝내 실재가 되고 빛나게 된 우리의 삶.

그 말뜻은 이랬다. **내 이름을 가져다가 혼자서 속삭여보고, 일주일 안에 그 이름에게 되돌아와서 그 주위에 수정들이 싹을 틔우지 않았는지 확인해봐요.**

나 클라라예요, 그녀는 미소 지었다. 마치 누가 방금 해준 말에 웃고 있다가, 다른 맥락에서 시작된 그 유쾌함을 빌려와서는 크리스마스트리 뒤에 있는 내게로 돌아서서 자신의 이름을 말하고 손을 내밀고, 내가 듣진 못했지만 정확히 나의 유머 감각에 들어맞는 농담으로 나를 웃기려 했다는 듯했다.

이것이 **나 클라라예요**가 내게 뜻한 바이다. 그것은 우리가 친밀하다는, 잠깐 끊겼다가 다시 급하게 시작된 우정이 있다는 환상을 자아냈다. 마치 우리가 이전에 만난 적이 있거나 서로의 길이 겹쳤으나 자꾸 서로를 비껴갔던지라 이제 어떻게 해서든 재차 소개되고 있는 듯했다. 그러니 그녀는 내게 손을 내뻗으면서, 우리가 훨씬 일찌감치 했어야만 하는 행동을 하고 있었다는 듯했다. 우리가 함께 자라왔건만 연락이 끊졌거나, 너무도 많은 것을 거쳐왔거나, 어쩌면 전생에는 연인들이었다가 죽음처럼 사소하고도 수치스러운 무언가가 우리 사이에 찾아왔으니, 그녀는 이번만큼은 그렇게 놔두지 않을 참이었으니 말이다.

나 클라라예요라는 말은 이런 뜻이었다. 나는 이미 당신을 알고 있으며—이는 평범한 사건이 아니다— 운명이 이 일에 관여하지 않는다고 생각한다면 다시 생각해봐라. 당신이 원한다면 우리는 칵테일 자리처럼 평범한 농담만 주고받으며 이 모든 것이 당신 머릿속에서만 벌어지는 척할 수도 있고, 아니면 모든 허례허식을 집어치우고 다른 누구에게도 관심을 두지 않은 채, 크리스마스이브에 복닥복닥한 거실 한가운데 자그마한 텐트를 짓는 아이들처럼 웃음과 예감으로 환히 빛나는 세상으로 들어갈 수도 있다. 그곳에서는 무엇도 위험하지 않고 수치심이나 의구심, 두려움이 들어설 자리가 없으며 모든 말이 농담과 엉뚱한 생각으로 말해지는데, 가장 경건한 것들은 종종 장난과 유희를 가장하고 찾아오기 때문이다.

나는 그 메시지를 받았다고 말하고자 예사로운 정도보다도 살짝 오래 그녀의 손을 붙들었지만, 그 메시지가 내 상상일지 두려워 정당한 정도보다 빨리 놓아버리고 말았다.

그것이 그날 저녁에 내가 이바지한 바였고, 나의 특징, 보통의 악수를 곡해한 나의 해석이었다. 그녀가 나를 읽는 법을 알았다면 그녀는 이 태연한 태도의 가식을 꿰뚫어 보고 또 다른, 더욱 깊은 태연자약한 태도를 알아차릴 터였다. 말 한 마디와 거의 쳐다보지도 않은 시선만으로 나의 모든 은신처 열쇠를 쥐어버린 사람 앞에서는 특히 그런 태도를 떨쳐버리기 힘들었다.

인생에 뛰쳐들어오는 사람들은 자신의 볼일이 끝나면 들어온 만큼 쉬이 뛰쳐나갈 수 있다는 생각, 음악이 시작되기 몇 초 전 음악당에 난입하는 사람은 본인이 잘못된 열에 앉아 있음을 깨닫자마자 인터미션까지 굳이 기다리지도 않고 느닷없이 일어나서 또다시 모든 사람을 방해할 수 있다는 생각은 들지 않았다.

나는 그녀를 바라보았다. 그녀의 얼굴을 바라보았다. 아는 얼굴이었다. "어디서 뵌 것 같은데요." 나는 이렇게 말하려는 참이었다.

"어쩔 줄 몰라 하시는 것 같네요." 그녀가 말했다.

"티가 나나요? 대부분 사람이 파티에서는 그렇게 보이지 않나요?"

"유독 그런 사람이 있죠. 저 사람은 안 그러잖아요." 그녀는 어느 여성에게 말을 붙이는 중년 신사를 가리켰다. 그는 모조품이 틀림없는 고대 그리스식 기둥에 기대어, 한 손에 맑은 음료를 들고 이 세상의 시간은 다 가졌다는 듯 기둥에 거의 늘어져 있었다. "전혀 어쩔 줄 몰라 보이지 않잖아요. 저 여자도 그렇고."

나 클라라예요. 난 사람들을 꿰뚫어 보죠.

슉오프* 커플이라고 그녀는 그들에게 세례명을 지어주었다. 슉오프 커플은 옷을 찢어발기고 싶어 안달이 나 있고, 남자는 술을 꿀꺽 마시면서 윙크와 함께 이렇게 말했단다. 잠깐만 주면 발사할 준비 되어 있어요.

슉오프란 당신이 뿌리칠 수 없지만 뿌리칠 수 있기를 바랐던 사람들이라고, 그녀는 설명했다. 우리는 웃었다.

그런 뒤 클라라는 이보다 조심성이 없을 수가 없는 태도로, 검은 에나멜 구두를 신고 붉은색 긴 드레스를 입은 예순 줄의 여성을 가리켰다. "산타클로스 할머니네요. 저것 좀 봐요." 그녀는 '할머니'가 배에 맨 금색 버클이 달린 넓은 에나멜 벨트를 가리켰다. 반짝이는 금발은 가발이 틀림없는데 그 옆쪽은 새끼 멧돼지의 두 엄니처럼 엉겨붙고 딱딱해진 채 귓바퀴에 말려 있었다. 귓불에 달랑거리는 귀걸이는 커다란 진주를 잘라 자그마한 금 접시에 올려놓은 형태였다. 초록색 소인小人들이 없는 UFO 미니어처라고, 그녀는 말했다. 클라라는 그녀에게 즉각 '머피 밋퍼드'라고 세례명을 지어주었다.

* '옷을 벗다'를 의미하는 관용구 '슉 오프(shuck off)'와 발음이 비슷한 '슉오프(Shukoff)'를 이용한 말장난.

그리고 머피 밋퍼드를 무너뜨리고자 나아가며 나를 데려갔는데 내가 그 괴짜의 암살에 함께하리라는 것을 한 치도 의심하지 않는 듯했다.

머피는 지저귀는 듯한 목소리로 말하고 있었다. 머피는 집에서 연파란색 텁수룩한 슬리퍼를 신는다고, 나는 말했다. 머피는 언제나 내복을 입는다고, 그녀는 말했다. 머피는 '술레이만'이라는 이름의 털을 다듬지 않은 푸들 한 마리를 두었다. 그리고 칩이라는 별명의 남편을. 그리고 아들—달리 무엇이겠는가— 핍을. 그리고 딸 미미를. 아니, 버피를. 머피와 운이 맞으니까. 머피 보몬트였다. 결혼 전 성은 몬테벨로. 아니, 벨몬트. 인정합시다, 쇼언버그*, 클라라가 말했다. 머피는 영국인 가정부를 두었다. 출신지는 슈롭셔. 아니, 노팅엄. 아니, 이스트 앵글리아. 이스트 코커. 리틀 기딩, 내가 말했다. 번트 노튼, 그녀가 정정한 다음 다시 생각해보더니, 출신지는 남태양 제도라고 했다. 마요르카 섬, 그녀는 말했다. 이름은 몬세랫 같은 거겠죠, 내가 말했다. "아니, 아니죠. 돌로레스 루즈 베르타 파티마 콘수엘로 하신타 파비올라 이네스 에스메랄다." 영영 끝나질 않는 그런 이름 중 하나 말이다. 그 이름들의 마법은 솟구쳐오르다가 끝내 파 로커웨이 해변의 모래만큼 흔한 성씨 '로드리게스'로 폭포처럼 떨어질 때의

* 보몬트와 벨몬트는 프랑스계 성씨이며, 몬테벨로는 이탈리아계 성씨, 쇼언버그는 독일계 성씨이다.

그 억양에 있으니까. 이에 우리는 폭소를 터뜨리며 머피를 봤다. 그녀는 웃으면서 가수의 걸걸한 목소리에 리듬을 맞추어 골반을 휘저었다. 그녀 벨트의 늘어진 끄트머리가 복부에서 달랑거리는 생식기의 상징처럼 흔들리고, 마티니 잔은 텅 빈 채였다…… 그녀는 술을 꿀꺽 마시면서 윙크를 하며 말했다. 내게 또 한 잔 따라주고 내가 분홍빛이 되는 거 구경해요.

"한스 친구분이시죠?" 그녀가 물었다.

"왜…… 어떻게 아세요?"

"노래를 안 부르시잖아요. 나도 노래를 안 부르고." 내가 자기 설명을 알아듣지 못하자 그녀는 덧붙였다. "한스 친구분들은 노래를 안 부르거든요. 그레천 친구들만 부르지." 그녀는 냅킨으로 입술을 훔쳤다. 마치 그녀가 공유하려는 마음이 없었지만 상대가 놓치지 않아야 하는 파문을 지닌, 어떤 내밀한 농담의 마지막 떨림을 억누르려는 듯했다. "간단하죠." 그녀는 피아노 주위에 모인 사람들을 그다지 조심스럽지 않게 가리켰다. 걸걸한 목소리의 남자 주위에서 군중이 흥청망청 노래를 불러대고 있었다.

"그레천 씨가 두 분 중에서 조금 더 음악적인 쪽이신가 보네요, 그럼." 나는 의견을 밝히지 않으면서 덧붙였다. 그 말이 피할 수 없는 침묵으로 절뚝거리며 간다고 해도 그저 무슨 말이라도 하려는 거였다. 클라라의 답변은 내 말을 기선제압해버렸다. "그레천이, 음악적이다? 그레천은 음악이 본인

귓구멍에 대고 방귀를 뀐대도 음악의 음 자도 모를걸요. 재를 좀 봐요, 문 뒤쪽에 딱 붙어서 손님을 다 맞아주는 모습을. 자기도 달리 뭘 할지 모르니까 저러는 거예요." 나는 갑자기 아까의 변변찮은 악수, 겉치레식 인사, 자기 화장을 번지게 하지 않으려고 귀에만 스치던 볼키스를 떠올렸다.

그 말에 나는 깜짝 놀랐지만, 어떻게 답하거나 받아쳐야 할지 몰라 지나가도록 내버려두었다. "저 사람들 얼굴 좀 봐요, 근데." 그녀는 노래 부르는 사람들을 가리키면서 덧붙였다. 나는 그들의 얼굴을 바라보았다. "보통 크리스마스 파티라는 이유만으로, 다들 몸집만 커다래진 금붕어들처럼 달걀술을 쪽쪽 빨면서 크리스마스에 홍청망청댄다는 이유만으로 노래를 부르겠냐고요?"

나는 아무 말도 하지 않았다.

"진심으로." 그녀는 덧붙였다. 그러니 이건 과장된 질문이 아니었던 것이다. "이 온갖 유럽의 숙오프를 좀 봐요. 하나같이 크리스마스 파티에서 항상 노래를 부르는 사람들처럼 보이지 않아요?"

나 클라라예요. 나 고약한 사람이야.

"그래도 **저도** 노래를 부르는걸요. 가끔은……." 나는 솔직하지 못하게 덧붙이면서, 파티에서 노래를 부르는 게 세상에서 가장 자연스러운 일이라고 생각하는 부류처럼 무미건조하달까 순진하게 들리도록 애썼다. 어쩌면 나는 그녀가 자신의 적개심이라는 불구덩이에 나를 무심코 끌어넣은 만큼 그 적개심을 어떻게 철회할지 보고 싶었는지 모른다. 아니면 그저 그녀를 놀리고 있었고, 합창 패거리를 향한 그녀의 냉소적인 평가에 내가 얼마나 많이 공감했는지를 그녀에게 알리고 싶지 않았던 것이다.

"그래도 저도 노래를 부르는걸요." 그녀는 마치 내가 뭔가 복잡하고 어려운 말을 했다는 양 한쪽 눈썹을 아치꼴로 올렸다. 그녀가 살짝 끄덕이면서 내 말에 담긴 깊은 의미를 숙고하고 저울질하는가 싶던 때 갑자기 이 생각이 나를 강타했다. 그녀는 자기 얘기를 하는 게 아니었다. 내가 방금 자신에게 말한 것—**그래도 저도 노래를 부르는걸요**—을 따라 하던 것이고 그 말을 마치 이제는 찌그러져버린 상자에 담겨 반품되는 구겨진 선물처럼 놀리는 말투로 내게 도로 던지고 있었다.

"그래서 본인도 노래를 부르신다고요." 그녀가 여전히 곱씹으며 말했다. 아니면 그렇게 독화살을 날린 다음 벌써 후퇴하던 걸까?

"네. 저도 노래를 부르죠, 가끔은……." 나는 너무 우쭐하거나 진지한 투가 되지 않게 노력하면서 답했다. 나는 그녀 목소리에 담긴 들들 볶아대는 비꼬는 투를 눈치채지 못한 척하면서 "샤워하는 중에요"라고 덧붙일 참이었다. 하지만 그 즉시 직감했다. 클라라의 우주에서는 **가끔은** 노래 부르는 걸 좋아한다고 비밀스럽게 인정할 적에 누구나가 자백하던 것이 정확히 샤워하는 중에 노래 부른다는 것이었음을 말이다. 그건 그 정도로 뻔하디뻔한 말이었다. 나는 벌써부터 그녀가 내 문장에 담긴 모든 클리셰를 짚어내는 소리가 들릴 지경이었다.

"그래서 본인도 노래를 부르신다니까." 그녀가 말을 시작했다. "한번 들어보죠, 그럼."

허를 찔렸다. 나는 고개를 저었다.

"왜요? 다른 학생들과 노래를 잘 부르지 않습니다?" 그녀가 학생 기록부를 인용하듯 물었다.

"……그렇다고 볼 수 있겠죠." **더 잘할 수 있어요**는 그녀의 학생 기록부식 농담을 변변찮게 받아넘기는 말일 테니, 나는 그 말을 참았다. 그러나 이제 달리 할 말이 없었다.

또 한 번 망설임의 순간. 그러다 내 어깨 너머를 바라보던 그녀가 정적을 깼다. "내가 노래하는 거 들어볼래요?"

그녀의 말은 거의 도전장처럼 들렸다. 나는 농담이겠거니, 그레천의 친구들과 그들이 합창하는 **크리스마스의 흥청망청**에 그토록 혐오감을 드러냈으니 그녀가 지금 노래만큼은 절대 하지 않겠거니 상상했다. 그러나 내가 말을 올바르게 꾸려내 답할 겨를도 없이 그녀는 벌써 합창에 합류해버렸다. 내가 그녀의 얼굴과 절대로 연결 짓지 않았을, 그녀의 목소리라고 믿지도 못했을 목소리였다. 그 목소리는 온전한 감정의 토로에 달했기 때문이다. 마치 그 순간 바로 내 옆에서 노래하면서, 그녀가 또 다른, 한층 깊은 면을 드러내고 있어 내게 일깨워주는 듯했다. 내가 그녀에 관해 지금껏 생각했던 모든 것—소란스러운 바람, 독화살, 재담과 조롱까지—이 틀렸을지도 모르겠다는 것을. '신랄한' 구석에는 한층 유순한 면이 있었다는 것을. '위험한' 구석은 우려스럽고 다정하게 변할 수도 있었다는 것을. 그녀는 그 밖에도 한층 놀라운 반전으로 너무도 가득 차 있었던지라 그중 무엇에라도 보조를 맞추거나 그것을 예측해보려 하거나, 그런 사람과 다툰다는 건 무의미했다는 것을. 그 퉁명스럽고 즉석에서 튀어나온 **나 클라라예요**가, 이 세상에는 그렇게 오만한데도 잠깐 노래한 것만으로 본인들이 선천적으로 상냥하고 솔직하며 취약하다고 쉬이 설득해낼 수 있는 사람들이 있었다는 것을, 그러면서도 또 이쪽저쪽으로 홱홱 뒤집는 그 능력이 궁극적으로 그들을 치명적으로 만드는 요소라는 불안한 암시들을 동반한 채로 일깨워주었던 그런 사람 말이다.

나는 못 박혀버렸다. 그 목소리에, 그 사람에, 이 상황을 제어하지 못한 나의 완전한 실패에, 무력하고도 멍하게 압도되는 그 쾌감에 못 박혀버렸다. 노랫소리는 그녀의 몸에서만 나온 게 아니었다. 내 몸에서부터 오만 것을 잡아 뜯어내는 듯했다. 마치 어린 시절까지 거슬러 올라갔던, 내게는 여전히 불가한 일이었던 아주 오래된 고백과 같았고, 잊힌 이야기들의 메아리가 마침내 노래를 터뜨리기 시작하는 것만 같았다. 이 감정은 무엇이었고, 어디에서 오던 걸까? 왜 그녀의 노래를 듣거나 단추를 푼 진홍색 셔츠 사이 지나치게 드러난 목덜미를 응시하면 그 마법 아래, 그녀의 심장 가까이, 그녀의 심장 아래, 내 심장 옆에, 당신의 심장을 엿보며 살고 싶게 되는 걸까. 그 작은 펜던트를 나는 입에 물고 싶었다.

세이렌들의 장난에는 도가 튼 오디세우스처럼, 나의 일부는 여전히 그녀에게 넘어가지 않을 이유와 믿지 않을 이유를 모색했다. 완벽한 목소리가 그녀를 너무 완벽한 존재로 만들어버렸다.

내가 느끼던 것이 단지 감탄이 아니었음을 깨닫기에는 오래 걸리지 않았다. 경외감이나 질투도 아니었다. **숭배**라는 단어가—마치 "그녀 같은 사람들은 숭배할 수도 있겠어" 같은 말에서처럼— 아직 내 뇌리를 스치지는 않았으나, 그날 저녁 나중에, 내가 그녀와 함께 서서 하얀 허드슨강 건너편의 달빛에 은은히 빛나는 바지선을 지켜볼 무렵, 나는 확실히 **숭배** 쪽으로 기울었다. 왜냐하면 잔잔한 겨울 풍경은 영혼을 고양해서 우리의 방어벽을 허물어뜨리니까. 나의 일부는 어떤 무정형의 지형으로 벌써 과감히 나아가고 있었으니까. 그곳에서는 이쪽의 단어 하나, 저쪽의 단어 하나가—실상 아무 단어가— 우리가 붙들 만한 것의 전부이다. 우리가 자신의 의지보다 훨씬 위대한 의지에 항복하기 전까지 말이다. 번잡하고 복닥복닥한 방에서 그녀의 노래를 듣던 사이 나는 어떤 단어를 가지고 노는 자신을 발견했다. 남용되고 상투적이고 또 안전한 말이어서 그 단어를 무시하고자 하는 충동이 일었지만, 또 그래서 그 단어를 고른 것이기도 했다. **흥미롭다.**

그녀는 **흥미로웠다.** 그녀가 아는 것 때문도, 그녀가 말한 것 때문도, 심지어는 그녀가 어떤 사람이었기 때문도 아니었다. 그보단 그녀가 세상을 비틀어 보았기 때문이고, 목소리에는 음모를 꾸미는 듯한 조롱이 담겨 있었기 때문이고, 상대방을 흠모하면서도 바보로 만드는 듯했던 바람에 그녀가 지닌 감성이 윤이 나는 벨벳 같은지 아니면 사포 같은지 감이 잡히지 않았기 때문이었다. 이 여자 흥미롭네. 더 알고, 더 듣고, 더 가까워지고 싶어.

그러나 **흥미롭다**는 내가 원한 단어가 아니었다. 한 잔을 더 마시면 남의 귀에 가닿겠다고 용쓰던 그 단어가, 마침내 내게 찾아왔을 때, 너무도 자연스럽고 수월하고 제약이 없는 식으로 쏟아져 나왔을 것이다. 그런 나머지 불가에 서서 이야기하는 동안 그녀의 살결을 응시하던 나는 수줍달까 애를 먹는 기분이었다. 꽉 북적이는 지하철 칸에 들어서면서 다른 승객들에게 인사하고 자신의 발치를 내려다봤는데 신발을 신고 있지 않다는 것을, 양말도 없고 바지도 없다는 것을, 아예 허리 아래로 발가벗고 있다는 것을 깨닫고서도 극미한 수치심도 느끼지 않는 꿈속의 사람만큼.

나는 하고 싶은 말을 하지 않으려고 대화를 했다. 말문이 막힌 사람들이 딱 필요한 말만 하고 입을 다물지 못해서 너무 많이 말하는 식이었다. 스스로를 멈추기 위해 나는 입을 다물어버렸다. 나는 그녀가 얘기하게 내버려두고자 애를 썼다. 그러고는 중간에 끼어들거나 그 단어를 내뱉지 않기 위해서 혀를 꽉 물어 붙들어두었다. 혀끝이 아니라 중간부를 물었는데, 하등 신경이라도 썼다면 아프기까지 했을지 몰랐다. 입 모양이 바뀌지 않을 정도로 혀를 붙들어준 큼지막하고도 고압적인 악묾이었다. 그럼에도 나는 마치 함부로 나서서 예리하고도 무모하면서도 동시에 외설적인 단어로 누군가를 놀래주려고 할 때 으레 그러는 식으로, 너무도 그녀의 말에 끼어들고 또 끼어들고 싶었다.

그 단어는 내 입으로 너무도 여러 번 튀어올랐다. 나는 그 방을 사랑하고, 리버사이드 드라이브에 내려앉은 눈을 사랑하고, 목에 늘어뜨린 목걸이처럼 원경에 반점을 찍은 조지 워싱턴 브리지를 사랑하고, 그녀의 목걸이도 그 목걸이를 건 목도 사랑한다고, 그렇게 말할 뻔했다.

그녀의 내가 목소리를 얼마나 사랑하는지 그녀에게 말해주고 싶었다. 어쩌면 다른 것들도, 일단 내가 말을 시작하고 나면 대담해져서 다른 곳으로 이어질지도 모른다고 바라던 수줍고도 머뭇거리는 것들도 곧 말하려는 것 외에 별다른 이유는 없었다. 그러나 내가 그녀의 노래를 언급하자마자 그녀는 내 말을 잘랐다.

"제가 음악을 전공했거든요." 그녀는 분명 내 칭찬을 꺼뜨렸지만, 칭찬을 무시하는 듯한 그 갈급증으로 오히려 칭찬을 강조했다. 그 말뜻은 이러했다. **뭐라도 말해야겠다고 의무감 느낄 것 없어요. 아니까. 난 이런 훈련을 받았거든.**

"저 다른 방으로 옮겨 갈래요. 여기는 너무 시끄럽고 답답해서."

알겠어요, 라고 나는 슬프게 말할 따름이었다. 이걸로 끝인가, 그럼?

"우리, 서재로 가요. 거기는 더 조용하니까."

그녀는 내가 따라오기를 원했다. 나는 이 생각을 재미있어하던 것을 기억한다. **그래, 그녀는 내가 따라오기를 원하는군.**

막상 가보니 서재 역시 사람으로 가득했다. 거대하고 진귀한 가죽 장정의 장서들이 벽면을 둘러 깔끔하게 꽂혀 있었고, 그 사이사이로 창문들과 강을 면하는 발코니로 보이는 것이 끼어 있었다. 낮이면 이 프랑스식 창은 가장 평온한 빛살을 들여주었을 것이 틀림없다. "이 방에서 남은 평생을 살 수도 있겠어요."

"많은 사람이 그럴걸요. 저 너머에 있는 책상 보여요?"

"네."

그 책상은 전채 요리로 가득했다.

"저기서 제가 박사 논문을 썼어요."

"저렇게 온갖 음식을 주변에 늘어놓고요?"

그녀는 고개를 빠르게 끄덕이면서 그 농담을 즉각 묵살

했다. "이 방에 좋은 추억이 많아요. 일 년 내내 여기 있었거든요, 9시에서 5시까지. 심지어 주말에도 오게 해주더라고요. 여기서 보낸 여름과 가을이 기억나요. 창밖에 내리는 눈을 보던 일도 기억나고요. 그러더니 4월이 되더군요. 너무 빨리 지나갔어요."

순간 나는 겨우내 아침이면 착실하게 와서 하루 종일 앉아 글을 쓰는 클라라를 그려보았다. 안경을 썼으려나? 일에 온전히 집중했을까, 아니면 하루 종일 혼자 있으니 지루해 보였을까? 그녀의 마음도 떠돌아다녔을까, 한겨울 오후에 사랑을 꿈꾸기도 했을까? 인생에 설움도 있었을까?

"정말로 논문 쓰던 나날이 그리워요? 다들 그 시기를 떠올리기만 해도 질색하는데."

"그립지는 않아요. 질색하지도 않고요."

내 질문은 그녀의 흥미를 돋우지 못하는 듯싶었다. 나는 그녀가 그 시절로 돌아가면 좋겠다고 말하게끔 판을 차려준 것이었다. 아니면 그 시절을 아예 겪지 않았더라면 좋았겠다고라도. 그러나 가장 빈틈없는 답변이 돌아왔다. 아주 훌륭하고 올바른 인생관을 갖추셨네요, 라고 말할까 고민해봤으나 혹시 내가 거들먹거리거나 빈정대는 걸로 보일까 봐 참았다. 내가 그녀 입장이었다면 아마도 그 시절에 질색하기는 해도 하루하루가 그립다고 말했을 테다. 나라면 그게 그럴듯한 말이랍시고 했을 것이다. 어쩌면 그녀나 나 자신에게서 뭔가를 졸라내려고, 아니면 그녀에게 역설에 대한 감각이 있는지 시험해보고, 방어적이고 애매모호한 말뿐인 수다의 뿌연 지형 속에서 우리가 함께 얼마나 멀리까지 더듬을 수 있을지 확인해보려고.

그러나 나는 이런 것도 그녀의 세계에서는 검열을 통과하지 못하리라 느꼈다. 질색하던 것들을 그리워했다고, 사랑하던 것들에 질색했다고, 잠깐만 있으면 박차버릴 것을 원했다고 말하는 것. 전부 짐짓 비꼬는 것이자 스프레이 칠해진 칸막이들이었다. 이것들은 그녀에게서 사람 기가 죽게끔 까닥이는 작별 인사나 자아낼 터였다.

나 클라라예요. 말이 되는 소리를 해야지.

"그래서 뭐에 대해 썼어요?"

"논문요?"

"네."

"탁자에 대고 썼죠, 당연히. 달리 뭐에 대고 썼겠어요?"

그러니까 그녀는 호의를 되갚아주고 있는 것이었다. 고마워라.

"아니, 진지하게요." 내가 말했다.

"말하자면 그 논문 주제가 남성우월주의의 기관들에 의해 식민 지배를 받는 패권적 단일 언어의 세계 속에서 살아가는 소외된 여성들에 대한 대화적 처우였느냐고요?"

아이고 재밌어라.

"뭐, 그런 건 아니었어요." 그녀가 덧붙였다.

잠시 침묵.

"내가 계속 물어봐야 하는 거예요?"

"아무도 당신한테 뭘 물어보라고 하지 않았어요. 그래도 맞아요, 계속 물어봐야 하는 거예요."

한순간 나는 그녀를 놓쳐버렸다고 생각했다. 나는 미소를 돌려주었다. "논문이 뭐에 대한 거였는데요, 그럼?"

"정말로 알고 싶어요?"

"아뇨, 저는 그냥 물어야 해서 묻는 것뿐이라서요. 기억하죠?"

"'폴리아'에 관해서예요. 음악 장르요. 전혀 관심 없으시겠지만."

"폴리아요? 저 같은 사람이 그런 음악을 알까요?"

"그쪽 같은 사람이……." 그녀는 마치 그 구절이 신기한 과일이라도 되어서 무어라 판단하기 전 그 독특한 맛을 음미하는 양 내가 뱉은 구절을 되풀이했다. 그리고 이렇게 말했다. "우리는 정말 예리하고, 정말 영리하네요. 왜, 내가 벌써 그쪽 같은 사람이 누구인지 어림짐작해야 하는 건가요?"

내 마음에 훅 들어왔다. 그녀는 내가 알아차리기도 전에 나의 교묘한 질문을 알아본 것이다. 우리가 더 가까워지게 하려는, 그녀가 나에 관해 무언가 말하게 하려는 나의 시도를.

나 클라라예요. 시도는 좋았네요.

"분명 폴리아를 들어는 보셨을 거예요. 그건지 모르긴 하더라도."

불현듯 다시금 들려왔다. 복닥복닥한 서재 속 소음 위로 솟아오르는, 헨델이 작곡한 춤곡의 엄숙한 초입부 몇 마디를 부르는 그녀의 목소리가. 남자들이 왜 여자가 자신을 위해서 노래해주는 것을 사랑하는지 한 번도 이해하질 못했던 나는 눈앞에서 의아함이 걷히는 것을 보았다.

"귀에 익어요?"

귀에는 익었지만 나는 답하지 않았다. 대신 "당신 목소리를 사랑해요" 하고 불쑥 내뱉어놓고는 뭔가 더 말할까, 아니 아직 가능하다면 말을 주워담을까 망설였다. 나는 다시 한 번 셔츠 자락부터 아래까지 발가벗은 채 걸어가면서, 나 자신의 대담함에 전율을 느끼고 있었다.

"표준 화음 진행에 표준 선율을 단 춤곡인데 파사칼리아랑 매우 비슷해요. 푸르트 펀치 좀 먹을래요?" 그녀는 막후에서 나갈까 말까 망설이는 내 칭찬과 솟구치는 친밀감 모두를 싹둑 잘라내듯이 끼어들었다. 그 말을 너무도 돌연 내뱉어서 나는 그녀가 확실히 자신이 화제를 바꾸고 있었다는 걸 내가 눈치채길 원하긴 했다는 느낌, 그러면서도 칭찬에 대한 그녀의 가장된 혐오감을 알아봤을 경우에만 눈치채주기를 원했다는 느낌이 들었다.

나는 그 잔꾀에 미소를 지었다. 그녀는 내 미소를 알아채고 거의 자조에 빠져 미소를 되돌려주었다. 그녀의 짐짓 돌연한 행동을 내가 꿰뚫어 보았음을 그녀가 짐작한다는 어떤 신호라도 준다면, 내가 그녀의 시늉을 읽어낸 것이 그녀가 바란 것보다도 진실에 가까웠다고 인정하는 꼴이 될 터였음을 직감했던 거다. 그래서 그녀는 자신이 발각되었음을 인정하고자, 동시에 우리의 게임이 무척 즐거웠음을 보여주고자 미소를 지은 것이다. **우리는 정말 예리하고, 정말 영리하네요. 안 그래요?**

아니면 그녀의 미소는 나에게 속내를 읽힌 것에 맞대응하는 나름의 방식이었을지도 몰랐다. 자신의 속내가 읽히기는 했지만 그녀 역시 **내게서** 미소 지을 무언가를 발견했다는 뜻이었을지도 몰랐다. 즉, 말해지지 않던 것의 밀물과 썰물에서 내가 이끌어낸 죄책감 어린 쾌감을 말이다. 그곳에는 아무것도 없었을지도 몰랐다. 어쩌면 우리 둘 다 그것을 알고서 그저 텅 빈 신호들을 주고받음으로써 교신한다는 시늉을 하고 있는지도 몰랐다. 그러나 나는—굳이 이를 숨기지도 않았는데— 폭소에 버금가는 함박웃음을 머금고 있었다.

그녀도 이것을 간파했을까? 그리고 내가 그녀더러 이를 알아주기를 원했음을 그녀도 알았을까?

마치 그녀가 말하려다가 만 험담의 진동처럼 우리 사이에 긴장이 서린 망설임이 맴돌았다. 그녀는 정말로 내 미소를 걸고넘어질 것이었나? 완전히 꼬아서 읽은 것일 수도 있는 그녀의 미소에 대한 나의 해석을 말해보라고 시킬 터였을까? 당신은 누구인가, 클라라?

한순간, 그리고 어쩌면 최악의 결과들을 방지하기 위한 하나의 방법으로 나는 최악의 결과들을 가지고 놀기로 했다. 마치 작은 망원경의 반대편 끄트머리에서부터 그녀에게 손을 흔들고 있기라도 한 듯 앞으로 올 몇 년이 흐른 지점에서 진홍색 셔츠를 활짝 풀어헤친 이 여자를 바라보기 시작했다. 놓쳐버린 누군가로서. 한때 아득한 어느 파티에서 만났는데 다시는 보지 못하여 금방 잊어버린 누군가로서. 내가 나의 삶을 바꾸게 할 수도 있었던 누군가. 아니면 내 인생을 완전히 경로에서 벗어나도록 해버렸을 터라 회복하는 데에 몇 년을 넘어서 일평생이, 몇 세대가 필요할 터였던. 시간이 흐른 지점에서 그녀를 바라보는 것만으로도 나는 벌써부터 그녀 없이 공허한 1월의 평일 저녁들과 일요일 온종일이 예견되었다. 나의 일부는 나를 앞질러 달려가, 벌써 내가 그녀를 놓치고 한참 뒤 무슨 일이 벌어졌는지 소식을 들고 돌아오고 있었다. 어디 있는지 나는 전혀 아는 바가 없는 그녀의 집으로 오가는 산책, 내가 다시 볼 수만 있다면 모든 것을 내어주겠으나 내가 아마도 한 번도 본 적이 없던 곳이 내려다보이는 그녀 집 창문에서의 전망, 아침에 들려오는 그녀의 원두 분쇄기의 소리, 그녀가 기르는 고양이의 배변 상자 주위의 냄새, 매일 밤 늦게 음식물 쓰레기를 내놓으며 이웃집의 삼중 자물쇠

달각거림을 들었을 때 우편용 쪽문의 삐걱거림, 그녀의 침대 시트와 수건의 냄새, 내가 만져보기도 전에 떠내려가버리는 온 세상.

나는 문득 생각을 멈추었다. 미신을 믿는 사람들에게는 익숙한 역설적 논리로, 앞으로 올 설움을 미리 맛보는 일 자체가 이미 일정량의 기쁨을 상정했으며, 내가 몰수당할까 두려워 음미하기 저어되었던 바로 그 기쁨을 분명 가로막고 있겠다는 것을 알아차렸던 거다. 무인도의 높은 망루에서 돛단배를 일별하자마자, 이전에 그런 배를 너무 많이 본 터라 희망이 다시 내동댕이쳐지기를 원하지 않으므로 장작더미에 불을 붙이지 않는 조난자와 별반 다르지 않은 기분이었다. 그러나 그때, 그래도 불을 붙이자고 스스로를 몰아붙임에 따라, 그는 공존하는 법을 터득한 비단뱀과 코모도왕도마뱀 들보다도 알고 보면 더 위험할 수도 있는 배 위의 낯선 이들에 관해 다시 생각해보기 시작하는 것이다. 혼자 지내는 평일 저녁들은 그렇게 끔찍하지 않았다. 공허한 일요일들도 매한가지로 나쁘지 않았다. 이런다고 아무것도 일어나지 않을 것이라고, 나는 계속해서 말했다. 게다가 내가 벌써 그녀를 놓쳤다고 생각하는 것이 우리 사이 긴장감을 덜고 내가 설 자리를 되찾고 조금이라도 더 확신에 차서 행동하도록 해줄 수도 있지 않았는가.

내가 느끼고 싶지 않았던 것은 희망이었다. 또한, 그 희망 뒤편에 있는, 누구라도 나를 보면 내가 부정할 수 없을 만큼 홀딱 반했다고 즉각 알아맞힐 정도로 맹렬한 갈망이었다.

나는 그녀가 알게 되는 걸 상관하지 않았다. 그녀가 알아줬으면 했다. 클라라와 같은 여자는 상대가 홀딱 반했다는 걸 알고, 홀딱 반하리라는 걸 예상하고, 그 사실을 감추려는 쓸모없는 시도들을 하나하나 발견할 수 있으니까. 내가 내보이기 싫었던 것은 평정을 유지하려는 나 자신의 노력이었다.

그녀의 시선을 피하기 위해 나는 다른 곳을 보며 정신이 팔린 척했다. 나는 그녀가 왜 갑자기 자신에게서 관심이 떴느냐고 묻길 원했다. 내가 그녀를 놓칠 수도 있는 것만큼, 그녀도 나를 놓칠 수 있다고 걱정하기를 원했다. 그러면서도 내가 이런 짓을 한다는 데 대해 나를 비웃어줬으면 했다. 나의 가장된 무심함을 꿰뚫어 보고 나의 사소한 잔꾀들을 하나하나 다 까발려주기를 원했다. 그럼으로써 그녀 자신은 이 게임을 몇 번이나 해봤고, 어쩌면 바로 지금도 하고 있는 만큼 그녀가 이 게임에 충분히 익숙함을 보여주기를 원했다. 요란한 생각들이 괴어오르면서 입 밖에 나오려고 아우성을 쳤다. 나는 다시 혀를 물었다. 나는 여기에 부끄러운 척을 하는 부끄러운 남자로 있었다.

"푸르트 펀치 먹을 거죠?" 그녀는 눈앞에다가 손가락을 탁 튀기고는 **까꿍!** 하고 말함으로써 산 자들 가운데로 되돌아오게 하는 사람처럼 되풀이했다. "노래하는 자가 가져오나니.” 그녀는 덧붙였는데 나한테 펀치를 좀 가져다주러 갈 태세가 만만했다.

나는 아무것도 갖다주지 않아도 된다고 했다. 스스로 가져오면 된다고. 내가 불필요한 정도로 안달복달하고 있었다는 걸, 그녀 제안을 받아들였어도 된다는 걸 알았다. 그러나 나는 그 비탈을 내려가기 시작한 이상 스스로 탈출할 수 없었다. 나는 그녀가 가져다주겠다고 해서 으쓱한 게 아니라 누가 나한테 음료를 가져다주는 것이 불편함을 보여주는 데 혈안이 된 듯싶었다.

“그냥 제가 갖다드리고 싶어서 그래요. 간식도 좀 접시에 담아서 갖다드릴게요……. 노래하는 야수들이 와서 죄다 먹어 치우기 전에 지금 제가 가도록 해준다면요.” 그녀는 이 말을 최종적인 유인책인 양 덧붙였다.

“안 그러셔도 되는데, 정말로.”

어쩌면 나는 그녀가 잡일을 안 하게 해주고 싶었다기보다 그녀가 움직이는 걸 막고 싶었던 것이다. 아주 살짝만 발을 떼어도 무언가 우리를 방해할지도 몰랐다. 뭐라도 우리 사이에 끼어들 수 있었다. 우리는 서재 안의 우리 자리를 잃어버리고 우리의 들뜬 속도를 다시는 되찾지 못할지도 몰랐다.

그녀가 다시 물었다. 나는 스스로 펀치를 가져오겠다고 우기는 내 모습을 발견했다. 내 목소리는 내숭을 떠는 데다 얼빠진 투로 들리기 시작했다.

그러더니 정확히 내가 우려하던 일이 벌어졌다.

"뭐 그러시다면야." 그녀는 어깨를 으쓱했는데 그 말뜻은 이랬다. **마음대로 하세요.** 아니면 더 나쁘게는, **젠장맞을.** 그녀의 목소리는 아까의 솟구치던 유쾌함으로 여전히 들떠 있기는 했지만, 그 어딘가에는 금속성의 벨 소리가 있었다. 비꼼과 활기가 담긴 소리보다는 서류 캐비닛이 쾅 닫힐 때의 싸구려 철컥 소리를 닮아 있었다.

나는 그 즉시 그녀의 기분 변화에 유감스러워졌다.

"그래서 간식이 어디에 있을까요?" 나는 다른 어딘가 음식이 있으리라고 생각하면서 그녀의 원래 제안을 되살린답시고 더듬거렸다.

"아니, 그냥 가만히 계시면 제가 좀 가져다드리겠다니까요." 그녀의 목소리에서 짜증이 부글댔다. 내가 그녀의 목덜미를 흘끗 보는 사이 그녀는 마치 뒤집어 입을 수 있는 외투처럼 다시금 경박함을, **젠장맞을**의 뒷면을, 사포에서 돌변한 벨루어 가죽을 쓱 입었다. 사람들의 비위를 거스르는 것이 혹시 사람들에게 쭈뼛쭈뼛 엷걸음질로 다가드는 그녀의 방식은 아닐까 의문이 들었다. 자기 자신의 긴장감을 너무도 많이 분출시켜 긴장감을 해소하는 그녀의 방식 말이다. 그러니 그녀가 조금이라도 더 가까이 다가간다면 상대방을 쫓아낼 목적이 되겠으나, 마치 쓰다듬어도 괜찮음을 알리고 싶지는 않은 야생 고양이처럼, 쫓아내는 시늉을 하면서도 사실은 상대방에게 살금살금 다가가던 것은 아닐까 하고 말이다.

나 클라라예요. 그녀는 딱딱거리는 척을 했다. 나는 순종하는 척을 했다. 모든 이의 그림자가 다른 모든 이의 그림자와 섞여들던, 발 디딜 틈 없이 어둑한 방 안에서 우리에게는 이보다 자연스러운 역할이 없었다.

이런 혼란한 분위기 속에서 그녀는 상대를 위해 계획한 정확히 그런 뜻으로 상대가 말하도록 했다. 그녀가 자기 멋대로 하는 걸 좋아했기 때문이 아니라 그녀 주위의 모든 것이 평소와 다르게 격앙되고 험준하고 가시 돋친 듯해서, 그녀가 떠미는 것에 굴복하지 않는 것은 그녀 자체를 업신여기는 것과 매한가지였기 때문이다. 그런 식으로 그녀는 상대를 궁지에 몰아갔다. 그 방식에 의문을 제기한다면 그 방식뿐 아니라 그 방식을 쓰는 사람을 업신여기는 셈이었다. 상대가 즉각 굴복하길 요구하듯 눈썹을 아치형으로 올리는 그녀의 방식까지도, 누가 묻는다면 작은 새들이 단지 청하기만 해서는 이것저것을 얻어내지 못하리라는 우려를 감추려고 몸집을 원래보다 세 배는 부풀리는 것과 같았다.

이 모든 것은 내 희망 사항이었을지도 모른다. 그녀는 아무것도 숨기지 않고 있었을지도 모른다. 그녀는 아무것도 참고 있지 않고, 아무것도 부풀리지 않고, 아무도 두려워하지 않았다. 이런 식으로 생각할 필요가 있었던 건 그냥 나였던 거다.

어쩌면 클라라는 정확히 보이는 대로의 사람이었을지도 모른다. 경쾌하고 날래며, 기민하고 신랄하고도 위험한. 클라라일 뿐, 역할극도 없었고 '나 잡아봐라' 놀이도 없었고 낯선 사람에게 익살맞게 쭈뼛쭈뼛 옆걸음질로 다가들거나 우애와 수다를 살금살금 노리는 일도 없었을지도. 그저 그녀라는 사람으로 있으며 느낀 바를 말하는 데서 오는 문제점 중 하나는 그러한 허심탄회함에 익숙하지 않은 사람들에게는 그 태도가 으스대는 것이라고, 그녀가 대부분 사람보다 수줍은 티를 잘 숨기는 법을 터득한 것이라고, 그러나 그녀는 **그 아래**에서는 한치도 덜 망설인다거나 우려스러워하지 않았다고, 그리고 내가 푸르트 펀치 관련으로 옥신각신할 때 **그냥 입씨름 좀 그만하지**라는 뜻으로 내 어깨에 팔꿈치를 얹었던 그 방식에서부터 시작해 난데없이 튀어나온 손에 이르기까지 이 모든 조바심치는 행동이 가짜였다고 생각하게 하는 것이었다. 꼭 어떤 다이아몬드들이 한순간 반짝여 손쉽게 유리라고 간주하다가 다시 들여다보고는 이마를 철썩 치며 대체 왜 모조였다고 생각하게 되었는지를 묻게 되는 식이었다. 가짜는 우리 안에 있지, 그것들 안에 있지 않았는데도.

마찰을 일으키며 치근덕거리는 사람들이 있다. 마찰하면서 친밀해진다. 그리고 갈등은, 앙심처럼, 심장에 가장 직통으로 꽂힌다.

당신이 문장을 끝마칠 겨를도 없이 그들은 당신 입에서

문장을 똑 잘라내어 완전히 다른 해석을 한다. 그러고는 당신이 스스로 원하는 줄도 몰랐고 없어도 쉬이 살아갔을, 그러나 이제는 갈망하는 것들을 당신이 비밀스레 암시하고 있었던 듯이 보이게 한다. 꼭 내가 저 펀치 한 잔을, 거기다 정확히 그녀가 약속한 대로 간식도 덤으로 얹어 갈망하던 식으로 말이다. 오늘 저녁 전체는 물론이거니와 훨씬, 훨씬 이상의 것이 그 펀치 한 잔에 달려 있었다는 양.

그녀는 술에 술 탄 듯 물에 물 탄 듯하는 내 태도를 용서해줄까? 아니면 자신의 뜻이 이겨먹은 것으로 해석했을까? 아니면 완전히 다른 표현들로 생각하고 있었을까? 그리고 이 표현들은 무엇이었으며, 나는 왜 그 표현들로 생각하는 걸 엄두도 못 냈던 것일까?

그녀는 삽시간에 사라졌다. 내가 그녀를 놓친 것이다.

이렇게 될 줄 알았어야 했다.

—•••—

"정말로 펀치 먹고 싶었어요?" 그녀가 돌아와 물었다. 일본식 애피타이저를 마치 파울 클레*나 상상할 법한 작은 사각형들이 흩뿌려진 모습으로 접시에 담아 들고 있었다. 사람

* 스위스 출신 독일 화가. 작은 사각형을 색색깔로 배열한 그림으로 알려져 있다.

이 많아서 펀치를 국자로 퍼 담는 게 너무 어려웠다고 했다. “에르고*, 펀치가 없어요.” 그 말은 이렇게 들렸다. **에르고, 체념하세요.**

나는 이걸로 그녀를 원망하고자 하는 유혹이 들었다. 내가 갑자기 실망했기 때문이라든가 **에르고**라는 단어 자체가 그녀가 그 단어를 말한 경쾌한 방식에도 불구하고 약간 쌀쌀맞은 듯싶었기 때문만이 아니었다. 펀치를 가져온다, 가져오지 않는다, 그러다가는 가져오려고 간다는 이 옥신각신 자체가 하나의 목적을 가졌던 듯싶었기 때문이다. 나를 가지고 놀려고, 내 화를 돋우려고, 내 기대를 부풀렸다가는 기껏해야 내동댕이치려고 말이다. 이제 약속을 지키지 않은 것에 대하여, 아니면 지키려고 신경도 쓰지 않은 것에 대해 스스로 만회하고자 그녀는 내가 펀치를 전혀 마시고 싶어하지 않았다는 듯이 보이게 하려고 했다. 그게 사실이기도 했지만.

그녀는 마치 노아의 방주를 위해 신중하게 줄 세운 것처럼 애피타이저를 짝지어 분류한 뒤 접시 둘레에 깔끔하게 짤막한 열로 놓았다. 펀치를 가져오지 못한 것을 만회하는 그녀의 방식이었을 거라고, 나는 생각했다. 참치와 아보카도 미니어처 롤, 남자와 여자. 키위와 옥돔, 남자와 여자. 주르르 미끄러뜨린 순무 위에 마타리 상추를 곁들이고 타마린드 젤리

* 라틴어로 ‘그러므로’라는 뜻.

와 레몬 껍질을 얹은 가리비 구이, 남자와 여자로 지어내셨다. 이런 사치스러운 잡동사니가 왜 나를 미소 짓게 했는지를 그녀에게 말하자마자, 나는 번식하여 지표면을 메울 참이었던 짝지은 애피타이저들에 대한 내 말에 뭔가 대담한 구석이 있음을 깨달았다. 다만 이 말을 주워담을 겨를도 없이, 나는 마치 높은 파도에 떠올랐다가 내려간 듯 배 속부터 나를 동요시킨 이 발상과 근접한 무언가를 알아챘다. 즉 남자와 여자가 아니라, 남자와 여자가 흑해의 차가운 모래톱에서 서두르면서 '노아의 유람선'의 항해를 예약하려고 줄을 서는 게 아니라 당신과 나, 당신과 나, 그냥 당신과 나와 같은 남자와 여자가, 클라라, 우리 차례를 기다리고 있는 건데, 무슨 차례인지 누구 차례인지, 지금 뭐라도 말해요, 클라라. 안 그러면 나는 주제넘게 말해버릴 건데 그 말을 할 정도로는 충분히 술을 마시지 못했으니까. 나는 그녀의 어깨를 만지고 싶었고, 내 입술로 그녀의 길쭉한 목을 문지르고, 그녀의 오른쪽 귀 아래와 왼쪽 귀 아래와 가슴뼈를 따라 입을 맞추고, 그런 생각이 그녀의 뇌리를 스치지 않았다 할지라도 이 접시를 마련해줘서, 내가 뭐라고 생각할지 알아줘서, 나와 함께 생각해줘서 고맙다고 하고 싶었다.

"다시 생각해보니까……." 나는 말을 시작해놓고 무슨 말이라도 더할까 망설였다. 그렇게 망설이는 모습이 그녀의 주의를 사로잡을 것을 알았기 때문이다.

"뭔데요?" 짐짓 성화를 내는 그녀의 목소리.

"사실은 저 푸르트 펀치 진짜 싫어해요." 내가 말했다.

이제는 그녀가 웃을 차례였다.

"그런 경우라면." 그녀 역시 머뭇거리며 말했다. 지연 전술을 써서 내가 다음 말을 기다리며 숨 죽이게 하는 법을 알았던 것이다. "제가 증오하는 게, 아닌 게 아니라 **증-오**하는 게 펀치, 상그리아, 국자·여자스러운 음료, 다이키리*, 하라키리**, **바슈 키 리*****예요. 그런 거 보면 **토오악질**하고 싶어요." 그녀의 응수 중 마지막 것이라도 앞질렀다고 당신이 생각한 바로 그때 당신 발아래에서 깔개를 잡아당겨버리는 그녀의 방식이었다. **나 클라라예요.** 내가 당신쯤은 한 수 앞지를 수 있거든.

우리가 벌써 상대의 답을 짐작했기에, 둘 중 누구도 묻지 않은 질문이 있었다. 어느 쪽도 펀치에 관해 아무래도 상관없었다면 우리는 왜 펀치를 놓고 그렇게 야단법석을 떨었는지.

다시 한번, 묻지 않는 것은 우리 둘 다 물어보려다가 말았음을 누설하는 것뿐일 수 있었다. 우리는 암시된 휴전에 미소를 지었고, 미소를 지음에 미소를 지었고, 상대가 그 질문을 암시라도 하면 왜 펀치를 놓고 실랑이를 벌였는지 곧장 실

* 럼 베이스의 칵테일.

** 일본에서 할복하는 풍습으로, '다이키리'와의 운을 맞추기 위한 농담으로 말하고 있다.

*** 프랑스어로 '웃는 소'라는 뜻의 치즈 브랜드.

토할 것을 서로 알았으며 알기를 원했기에 미소를 지었다.

"펀치를 좋아하는 사람을 좋아해본 적이 있는지도 잘 모르겠어요." 내가 덧붙였다.

"아하, 그쪽으로 가시겠다면야." 그녀는 한 수 접어줄 셈이 명백히 없었다. "나도 이참에 고백하는 게 낫겠네요. 한복판에 떡하니 펀치 그릇이 놓인 파티에 열광했던 적이 없어요."

나는 이런 그녀가 좋았다.

"그러면 한복판에 떡하니 펀치 그릇이 놓인 파티에 다니는 사람들은, 그런 사람들은 좋아해요?"

"내가 **타인들**을 좋아하느냐고요?" 그녀가 말을 잠시 멈췄다. "이런 걸 묻는 거예요?"

나는 내가 이런 걸 물어보는 거라고 추측했다.

"좀처럼 좋아하진 않죠. 사람들 대부분 슉오프라서요. 내가 좋아하는 사람은 빼고요. 내가 그들을 좋아하게 되기 전까지는 그들도 슉오프긴 하죠."

나는 내가 '슉오프 등급'에서 어디쯤 차지하는지 간절히 알고 싶었지만, 감히 묻지는 않았다.

"어떤 계기로 슉오프를 알아가고 싶어져요?"

나는 그녀의 용어를 쓰는 게 좋았다.

"정말 알고 싶어요?"

알고 싶어서 안달이 났다.

"지루함 때문에요."

"크리스마스트리 뒤편에서의 지루함 때문에요?"

이런 천진한 일격으로 나는 우리가 만난 상황을 소환해내는 게 즐겁다고, 또 이 순간이 매우 생생히 나와 함께했다고, 아직은 이 순간을 놓고 싶지 않다고 보여주고픈 마음뿐이었다.

"어쩌면요." 그녀는 망설였다. 아마도 그녀는 사람들에게 그리 쉽게 동의하길 좋아하지 않았고 **네** 앞에 **어쩌면**을 내세우기를 선호하는지도 몰랐다. 내게는 벌써 드럼 소리가 고조되는, 희미하게 우르릉대는 소리가 들려왔다. "근데 또 제가 없으면 이 파티가 얼마나 지루할지 한번 생각해봐요."

나는 이런 게 정말 좋았다.

"저는 아마 애저녁에 떠났을걸요." 내가 말했다.

"제가 괜히 붙잡아두고 있는 건 아니죠?"

그리하여 그곳에 다시 있었다. 진짜 메시지가 아니었지만, 내내 진짜 메시지였을지도 몰랐던 그 메시지가.

이렇듯 곤두선 털과 걸리는 것들로 가득한 물 밑에서, 거의 마음이 따뜻해질 만큼 위안을 주는 무언가가 나를 자극했다. 그녀가 나와 함께 사후세계로 떨어져, 내 입에서 나온 말을 내게 되돌려줌으로써 나 혼자서는 지닐 수 없었을 생명과 해석을 그 말에 부여해준 마음 맞는 동지라고 느껴졌다. 성마르게 자잘한 성질을 부리는 겉치장 너머, 그녀의 말들은 상냥한 동시에 반겨주는 무언가를 암시했다. 마치 믿음직하고 너

그러운 담요의 고르지 않은 주름 같았다. 우리를 본모습 그대로 맞아주며 우리가 어떻게 자고 어떤 일을 겪어왔으며 어떤 것들을 꿈꾸고 그토록 절박하게 갈망하며 우리가 외로이 혼자 발가벗고 있을 때 실토하기에 부끄러워하는지를 알고 있는. 그녀는 나를 그렇게 잘 알고 있는 걸까?

"대부분 사람이 숙오프로 남죠." 나는 그 말이 진심인지 모르면서도 말했다. "그래도 제가 틀릴 수도 있고요."

"언제나 이렇게 양서兩棲*적인 태도를 취하세요?" 그녀가 놀렸다.

"그쪽은 안 그래요?"

"이 단어 제가 지어낸 건데."

나 클라라예요. 나는 수수께끼와 편법 들을 지어내죠.

나는 시선을 돌렸다. 아마도 그녀를 바라보지 않기 위해서. 나는 서재에 있는 얼굴들을 훑어보았다. 이 커다란 방이 꿈도 야망도 없이 수다를 떠는, 한복판에 펀치 그릇이 놓인 파티에 가는 딱 그 부류의 사람들로 가득 차 있었다. 하여튼 이 얼굴들 좀 봐요, 하는 그녀의 경멸하는 말투를 떠올려내고 나는 그들 쪽으로 그들 쪽으로 기를 죽이는 시선을 흘긋 던지려 노력했다. 이 몸짓은 내가 다른 곳을 계속 쳐다볼 구실이

* '양서류'를 뜻하는 'amphibious'와 '양면적인'을 뜻하는 'ambivalent'라는 단어를 합쳐 '양서(兩棲)적인'이라는 새로운 단어를 만들어, 양가적인 감정이라는 뜻의 농담을 하고 있다.

되었다.

"**타인들**이네요." 나는 정적을 채우려 말하면서 우리가 암묵적으로 그들에게 붙이기로 한 단어를 되풀이했다. 마치 이 단어 하나가 우리가 다른 모든 사람에게 느낀 모든 바를 압축해주고 인류 전체를 향한 우리의 매도에다 관에다 못을 박듯 땅땅 못을 박아줄 거라는 듯했다. 우리는 지구인들과 마지못해 다시 교제하려고 공모하는 동지 외계인들이었다.

"**타인들**이네요." 메아리처럼 따라 하는 그녀는 여전히 접시를 들고 있었다. 거기 담긴 것을 우리 누구도 건드리지 않고 있었다. 그녀는 내게 권하지 않았고, 나도 엄두를 내지 않았다.

내가 어리둥절한 건 그녀가 **타인들**이라고 말할 때의 말투 때문이었다. 내가 바란 만큼 환멸 같지 않았고, 설움과 자비심에 가까운, 감정이 풍부한 것으로 열어져 있었다.

"**타인들**이 그 정도로 끔찍한가요?" 그녀는 대답을 구해 나를 올려다보며 물었다. 마치 내가 무슨 전문가라도 되어 그녀를 이끌고 웬 풍경을 헤치고 왔는데 그곳은 실상 그녀의 것이 아니라는 듯한, 친밀감도 거의 없고 그렇다고 참아줄 마음도 딱히 없었는데 그저 우리의 대화가 그쪽으로 흘러갔기 때문에 어쩌다 발을 디디게 된 곳이라는 듯한 투였다. 그녀는 예의 바르게 나와 뜻을 달리하던 걸까? 아니면 설상가상으로, 나를 꾸짖던 걸까?

"끔찍하냐고요? 그렇다기보다는, 필요하달까? 잘 모르겠네요."

그녀는 잠시 생각에 잠겼다. "몇몇은 그렇죠. 필요하다고요. 적어도 저한테는 그래요. 가끔은 그들이 필요하지 않으면 좋겠다고 바라기도 해요. 물론 결국에 우리는 늘 혼자이지만."

이 말에는 구슬픈 허심탄회함과 겸손함이 담겨 있어서 그녀가 끝내 극복하지 못한 자신의 어떤 약점을 털어놓는 듯했다. 그녀의 말은 내 가슴에 못을 박았다. 우리가 같은 내세에 상륙한 두 명의 우주 여행자가 아니고, 나는 외계인이지만 그녀는 나를 우연히 만나 친절하게 손을 내밀어 나를 시내로 데려가 친구들과 부모님에게 소개해주려던 첫 원주민이었음을 그 말이 내게 일깨워줬기 때문이다. 그녀는 다른 사람들을 좋아했으며 슉오프들이 슉오프가 되지 않을 때까지 그들을 참고 견디는 방법을 아는 것 같았다.

"**타인들** 얘기는 그쯤 하고요." 그녀가 수심에 잠겨 먼 곳을 보는 듯하며 덧붙였다. 마치 그들에 관해 풀리지 않은 감정을 여전히 품고 있는 듯했다. "가끔은 타인들만이 우리와 참호 사이에 버티고 서서 우리가 언제나 혼자인 것만은 아니라고 일깨워주거든요. 우리 사이에 참호가 있을 경우에도. 그러니까, 맞아요. 타인들은 중요하죠."

"그러게요." 내가 말했다. 어쩌면 내가 인류를 싸잡아 매도하는 데서 도를 넘었고 지금이 철회할 때인지도 몰랐다.

"저도 혼자 있는 게 싫어요."

"어라, 저는 혼자 있어도 전혀 상관없는데." 그녀가 바로잡았다. "저는 혼자 있는 게 좋아요."

그녀는 내 인생관을 그녀의 인생관과 나란히 하려는 내 노력을 또다시 거부한 걸까? 아니면 내가 나의 관점에서 그녀를 이해하려 하느라 그녀가 말하는 바를 듣는 데 실패했을 뿐일까? 나는 그녀를 덜 낯설게 느끼려고 선 사람이 되도록 그녀가 나와 같다고 생각하려고 절박하게 애쓴 걸까? 아니면 우리가 겉보기보다 더 가깝다는 걸 보여주기 위해 내가 그녀와 같아지려고 애쓴 걸까?

"타인들이 함께하든 함께하지 않든, 언제나 범汎불안이에요."

"범불안?"

"범유행적인 불안감 말이에요. 일요일 저녁에 뉴욕 어퍼웨스트사이드에 몰래 접근하는 모습이 마지막으로 목격됐죠. 하지만 오늘 오후에는 보고되지 않은 목격담이 두 건 있었네요. 저는 오후가 싫어요. 지금이 범불안의 겨울이라서."

나는 문득 그녀를 봤는데, 그동안 내내 봤어야 했다. 그녀는 오래도록 혼자 있어본 적 없는 사람이 그렇듯 혼자 있기를 개의치 않았다. 고독이란 그녀에게 완전히 낯선 것이었다. 나는 그녀가 부러웠다. 아마도 그녀의 친구들과, 내가 추측하기로 그녀의 연인들이나 장래의 연인들이 그녀가 쉽사리 혼자 있도록 두지 않았던 것이었다. 그러니 그런 상태를 그녀는 크게 개의치는 않았으나 불평하기를 즐기게 된 것이다. 마치 세상 방방곡곡을 다녀본 부류만이 룩소르나 카디스 같은 도시는 가본 적이 없다고 선뜻 인정하는 것과 같았다.

"저는 다른 사람들이 내어줄 가장 좋은 것을 취하는 법을 배웠어요." 이러는 사람이 완전히 모르는 사람들에게 건너가서 그냥 악수로 그들과 인사를 한단 말이었다. 그녀의 말에는 오만함이란 없었다. 그보다는 차질과 실망이 길게 암시된 목록에 대한 무언의 낙담이 있었달까. "저는 어디에서건 다른 사람들이 줄 것이 있으면 그걸 취해요."

말이 끊기고.

"취하고 남은 건요?"

그녀의 의도는 아니었을 수 있지만, 나는 마치 경고이자 유혹처럼 그녀의 문장 끝에서 밝혀지진 않은, **그러나** 덜그럭거리는 것의 기미를 알아챘다는 생각이 들었다.

"남은 건 내던지나요?" 나는 그렇게 말하면서, 나도 사랑의 방식들은 충분히 경험이 있으니 그녀의 말뜻을 알아챘다는 것과 나 역시도 사람들에게서 필요한 것을 취하고 남은 건 버리는 죄를 범했다는 것을 보이려고 했다.

"내던지냐고요? 어쩌면요." 그녀는 내가 생각해보라고 건넨 말에 여전히 긴가민가했다.

어쩌면 내가 가혹하고 부당하게 굴고 있었는지도 모른

다. 이것이 그녀가 덧붙이려고 마음먹은 것은 아니었을 수 있으니 말이다. 그녀가 말하려 한 것의 전부는 "저는 사람들을 그냥 있는 그대로 받아들여요"였고, 그녀는 내 제안에 건성으로 동조했는지도 모른다.

아니면 이것은 한층 더 날카로운 경고—나는 필요한 걸 찾아내는 곳에서 취해버리니까 당신도 조심하시길—, 몇 초 전 그녀의 마음 아파하는 표정과는 어울리지 않아서 내가 순간적으로 주의를 기울이지 못한 경고였을까?

나는 이제, 어쩌면 우리는 아예 한 번도 사랑하지 않은 사람들을 사랑하지 않게 되기는 고사하고 살면서 절대 그 무엇도 내던지거나 놓지 못하는지도 모르겠다고 암시하려던 찰나였다.

"어쩌면 그쪽이 맞는지도 모르겠네요." 그녀가 말을 가로막았다. "우리는 필요하게 될 때를 위해서 인생을 헤쳐나가려고 사람들을 곁에 두는 거지, 우리가 그들을 원해서 두는 건 아니에요. 내가 남들한테 항상 좋은 사람이라는 생각은 안 드네요."

그녀는 어린 새끼들을 먹이려고 사냥감을 숨만 붙여놓고 마비 상태로 만들어놓는 맹금류 같았다.

가장 좋은 것만 취해지고 남은 것은 처분된 그 사람들에게 무슨 일이 벌어졌을까?

클라라와 관계가 끝난 남자에게 무슨 일이 벌어졌을까?

나 클라라예요. 남들한테 항상 좋은 사람은 아닌.

이것은 내게서 얘기를 끌어내려는 그녀의 방식이었을까, 아니면 자신을 믿지 말아달라는 경고였을까?

그녀의 삶은 고급 부티크처럼 꾸며졌지만 벼룩으로 득실거리는 전쟁터의 참호였을까?

어쩌면요, 그녀는 말했다. 우리 중 몇몇은 참호에서 평생을 보냈죠. 또 몇몇은 참호 너무 가까이서 몸싸움을 벌이고 희망하고 사랑한 나머지 악취가 나기도 하고요.

이것이 나의 참호에 대한 이미지에 그녀가 기여한 바였다. 그녀와 같은 여자가 건넨 만큼 그것은 내게 너무 어둡고, 너무 황량하게 닥쳐왔달지 썩 신빙성 있게 닥쳐오지는 못했다. 단추를 풀어헤친 셔츠에 펜던트 하나를 달고 카리브해에서 막 돌아와 윤이 돌게끔 그을린 몸의 그녀가 정말 그렇게 비극적인 인생관을 품었단 말인가? 아니면 그것은 내가 대화를 이어보려고 날조해낸 악마 같은 이미지에 관한 그녀 나름의 해석이었을까?

참호 속에서의 사랑이라니, 무슨 뜻으로 한 말일까? 누군가와 함께하는 삶? 사랑 없는 삶? 누군가를 찾아내려고 하지만 번번이 잘못된 이를 찾아내는 삶? 상대가 너무 많은 삶? 상대가 매우 적거나, 중요한 상대는 아무도 없었던 삶? 아니면 그것은 독신자들의 삶이었을까. 근처 참호에서 우리에게 튀어나와 자기 이름이 클라라라고 소리를 질러도 우리가 사랑이라고 더는 확신하지 못하는 무언가를 찾아다니는, 대도시 이곳저곳에서 야영하면서 나름대로 좋았다가 나빴다가 하는 삶?

참호들. 사람들이 함께하거나 함께하지 않는. 그래도 참호들. 데이트, 특히. 그녀는 데이트를 싫어했다. 고통과 고뇌, 범불안의 구덩이. 데이트를 **증-오**했다. 데이트를 하느니 차라리 **토오악질**을 할 터였다.

일요일 오후의 참호들. 이것이야말로 진정 구덩이라고, 모든 배수로와 개인호個人壕의 어머니라고 우리는 동의했다. **레 트랑셰 뒤 디망슈***. 그러자 참호들에 갑자기 황혼에 물든 프랑스의 광채가 깃들었다. 빌 다브레**. 코로***. 에릭 로메르****.

토요일도 썩 훌륭하지는 않다고, 나는 말했다. 토요일에는 아침 식사를 안에서 하든 밖에서 하든, 언제나 다른 사람들이 타인으로 존재하면서 더 행복한 것 같다고. 그러고 나서 빨래방에서 피할 수 없이 보내는 두 시간 동안은 피부도 양말처럼 벗어서 세탁기에 같이 던져 넣을 수 있을 것 같다고. 새로운 정체성이 세탁기에서 빙빙 돌아가는 동안 게나 가재가 바위 속에 숨는 것처럼 건조기에서 나올 새로운 자기 자신을

* 프랑스어로 '일요일의 참호'.

** 파리 서부 교외에 위치한 코뮌인 빌 다브레를 그린 프랑스 화가 코로의 1865년 작품명.

*** 프랑스 화가인 장 바티스트 카미유 코로.

**** 프랑스 영화감독.

희망하게 된다고.

그녀는 웃었다.

그녀의 차례. 참호들, 양서성의 구렁텅이, 어색함의 수렁, 지루함의 늪지. 상처를 주는 것, 상처를 받는 것, 피해를 점검하고자 나와서 함께 담배 한 개비를 태우고는 친구 놀이를 하다가 사랑 없는 삶으로 되돌아가는 소원해진 연인들의 차갑고 변변찮은 악수.

내 차례. 우리를 가장 상처 주는 사람들은 때로는 우리가 가장 덜 사랑했던 사람들이다. 수렁 속의 일요일이 오면, 우리는 그들도 그리워진다.

그녀의 차례. 잠이 원하는 만큼 금방 오지 않아서 누구라도, 아무라도 함께 있었더라면 하고 바라게 될 때의 수렁. 아니면 이 사람이 아닌 누군가와 함께 있었더라면 하고. 아니면 아무도 없는 것보다는 누군가라도 있는 게 낫지만, 결국 아무도 없는 게 더욱 나을 때의.

내 차례. 누군가의 집을 지나쳐 걸어가며 그때가 얼마나 비참했는지를, 그러면서도 더는 거기 살지 않는 지금은 얼마나 진정으로 비참한지를 떠올릴 때의 수렁. 어떤 깔대기 속으로 빠르게 내려가는 나날, 다시 처음부터 더 천천히 겪기 위해 맞바꿀 수 있는 나날. 그 나날을 아예 절대로 살지 않았을 수만 있다면 아마 뭐라도 내어주었을 테지만.

"고도의 양서성이네요."

"저는 요새 수렁에서 보내지 않은 나날을 한 손에 꼽을 정도예요." 내가 말했다. "장미 화원에서 보낸 나날은 한 손가락으로 꼽고."

"지금은 수렁에 있는 거예요?"

그녀는 말을 완곡하게 하지 않았다.

"수렁에 있진 않고요. 그냥…… 보류 상태죠. 냉동 보관되어 있달까. 어쩌면 분해 점검 중, 아마 리콜 중이겠네요."

그녀는 나의 이런 말투에 즐거워했다. 우리의 말뜻과 비유가 갈수록 뒤얽혔는데도 그녀는 내 의도를 그런대로 알아들었다.

"그래서 마지막으로 장미 화원에 있던 건 언제예요?"

이 질문이 단도직입적으로 우리가 내내 암시만 해온 것을 꺼내버려서 나는 얼마나 좋았는지.

그녀에게 말해야 할까? 그녀의 질문을 내가 이해하긴 한 걸까? 아니면 우리가 같은 언어를 말하고 있었다고 봐야 할까? 나는 이렇게 말할 수도 있었다. 바로 지금 여기가 장미 화원인데요. 아니면, 이렇게 금방 장미 화원을 보게 되리라고는 전혀 예상치 못했는데 말이죠.

"5월 중순 이후로는 없어요." 이렇게 말하는 내 목소리가 들렸다. 이걸 공공연하게 털어놓기가 얼마나 수월했는지. 나 자신에 관해 말하는 두려움이 아주 사소하고 비밀스러워 보였다. 내가 이제 말할 단어 하나하나가 전율과 솔직함으로 격앙된 듯했다.

"그러는 그쪽은요?" 내가 물었다.

"오, 모르겠어요. 은신해 있어요. 그냥 은신해 있어요, 요즘엔……. 아마 그쪽처럼요. 동면 중, 격리 중, 작전 타임 중이라고나 할까요. 내 죄 때문에, 내 이런저런 것들 때문에. **레콘발레센츠*** 중이랄까요." 그녀는 그렇게 말하면서, **실연 극복 중**을 뜻하는 튜턴식 라틴어에서 온 다음절어를 발음하려고 작심한 빈 분석가들의 유난스러운 혀짤배기소리를 따라 했다. "원상 복귀되는 거기도 해요. 파티광도 아니거든요, 사실은."

나는 깜짝 놀랐다. 내 눈에는 그녀가 파티광 그 자체였던 것이다. 나는 뭘 잘못 생각하고 있던 걸까? 우리 메시지들이 죄다 꼬이고 뒤틀리고 있었을까 걱정되어 물었다. "우리 똑같은 얘기 하고 있는 거 맞죠?"

그녀가 즐거워져서 한 박자도 놓치지 않고 말했다. "우리 똑같은 얘기 하고 있는 거 알잖아요."

이런다고 상황이 명확해지지는 않았다. 하지만 나는 이렇게 우리의 공모를 폭로하는 일이, 우리 사이에서 단연코 가장 마음이 뒤흔들리고 짜릿한 그 일이 좋았다.

내가 그녀를 바라볼 때 그녀는 서재의 반대 끄트머리를

* 독일어로 '요양기'.

향하기 시작했는데, 그곳에는 딱 봐도 손도 대지 않은 고전 문학선집이 꽂힌 서가 두 개가 서 있었다. 그녀는 전혀 **고통과 고뇌**를 겪는 사람처럼 보이질 않았다.

"어떻게 생각해요?"

"이 책들요?"

"아니, 저 여자요."

나는 그녀가 가리킨 금발 여자를 보았다. 그 여자 이름이 베릴이라고 그녀는 말했다.

"모르겠는데요. 좋은 분이시겠죠." 내가 말했다. 클라라라면 기꺼이 그 자리에서 파괴적인 맹비난을 쏟을 거라고 짐작되었다. 그러나 나는 그녀가 알아주기를 바라기도 했다. 내가 순진한 척을 하고 있을 뿐 내 나름의 폭파 작업을 가하기 전에는 그저 몸을 사리고 있었음을. 그녀는 내게 짬을 주지 않았다.

"피부는 아스피린처럼 새하얗고, 종아리처럼 굵은 발목은 파파야 크기만 하고, 무릎은 서로 멍청하게 붙은 꼴인데, 아무것도 눈치를 못 채겠다고요?" 그녀가 말했다. "저 여자는 후반신으로 걷고 있잖아요. 봐요."

클라라가 접시를 든 양팔을 허공에 흐느적거리며 그 여자의 걸음걸이를 흉내 냈다. 마치 사람처럼 행동하려고 안간힘을 쓰는 개에게 팔이 달린 꼴 같았다.

나 클라라예요. 손도끼를 발명해낸 게 나거든.

"다들 저 여자가 뒤뚱거린다고 한다니까요."

"전 눈치를 못 챘네요."

"다음번에는 저 여자 다리를 한번 봐봐요."

"무슨 다음번요?" 나는 그렇게 말하며, 내가 벌써 그 여자를 떨쳐버리고 서류철에 집어넣었음을 보여주려고 했다.

"아, 저 여자를 아니까 하는 말인데, 머지않아 다음번이 있을 거예요. 저 여자가 한참 동안 그쪽한테 눈길을 주고 있던데."

"저한테요?"

"몰랐던 것처럼 그런다."

그러고는 예고도 없이. "우리 아래층으로 가요. 거기가 더 조용하니까." 그녀가 말하며, 나로서는 거기 있는 줄도 전혀 몰랐건만 서재에서 그녀에게 말하던 내내 내가 멈추지 않고 응시하고 있었던 나선형 계단을 가리켰다. 그런데 어떻게 내가 그 존재조차 알아채지 못할 수 있었을까? **나 클라라예요.** 나는 사람들의 눈을 멀게 하지.

이것은 아파트가 아니었다. 아파트인 척하는 궁전이었지. 계단은 사람들로 북적거렸다. 딱 붙는 검은 정장을 차려입고 난간에 기댄 젊은 남자는 그녀가 명백히 아는 사람이었다. 그는 시끄럽게 거의 연극 조로 "클라리우슈카*!" 하고 외친 다음 양팔을 그녀에게 둘렀다. 그녀는 그에게서 접시를 떨어뜨려 들고 있으려 몸부림치면서 이런 뜻의 거짓 표정을 띠었다. "꿈도 꾸지 마. 이거 너 먹으라고 가져온 거 아니야."

"올라 어디 있는지 봤어?"

"네가 해야 할 일은 오로지 티토를 찾아다니는 거면서." 그녀가 히죽히죽 웃었다.

"고약해, 고약해, 고약해. 롤로가 너에 관해 묻더라."

그녀는 어깨를 으쓱했다. "파벨한테 안부 전해줘."

저 사람은 파블리토**라고, 그녀는 말했다. 그녀는 이곳의 모든 사람을 알았던 건가? 파티광이 아니라고? 정말? 거기다 모든 사람한테 별칭이 있었던 건가?

우리가 아래층으로 나아가던 동안 그녀는 내게 한 손을 주었다. 나는 우리의 손바닥이 어루만지는 것을 느끼면서, 그러는 내내 이렇게 지칠 줄 모르고 손가락을 비비는 데는 불붙지 않은 정염만큼이나 커다란 좋은 유대감이 있다는 것을 느꼈다. 둘 중 누구도 알은체하지 않았고 멈추기를 원하지도 않았다. 손장난에 불과하니, 누구도 이렇게 오래 지속되는 접촉으로 인한 미약하게 죄책감 서린 쾌감을 굳이 멈추거나 숨기지 않았다.

* '클라라'의 러시아식 애칭.

** '파블로'의 스페인식 애칭.

아래층에서 그녀는 인파를 가르고 나가서 퇴창* 하나 곁의 한층 조용한 구석으로 이끌었다. 그곳에는 작은 쿠션 세 개가 벽면의 오목한 공간에서 우리를 기다리고 있던 듯했다. 그녀는 우리 사이에 그릇을 두려 하다가, 바로 내 옆에 앉아 접시를 자기 허벅지에 두었다. 내 생각에 그 행동은 나더러 눈치채기를 의도한 것이었고, 따라서 해석의 여지가 있었다.

"자?"

나는 그녀의 말이 무슨 뜻인지 알지 못했다.

내게 떠오른 것은 오로지 그녀의 쇄골과 그 윤이 나도록 그을린 피부였다. 쇄골이 있는 숙녀. 셔츠와 쇄골. **쇄골을 위하여.** 이백 년 뒤에 이 쇄골은, 무덤의 얼음장 같은 침묵 속에서 차가워진다면, 나의 낮을 따라다니고 꿈꾸는 밤들을 오싹하게 할 터였던지라 나는 내 심장에서 핏기가 말라버리기를 바라게 될 터였다. 그녀의 길쭉한 쇄골을 만지고 손가락으로 훑나니. 이 쇄골은 무엇이었으며, 내가 이 쇄골에 입을 맞추고자 할 때 어떤 사람이, 어떤 낯선 존재가 나를 제지할 텐가? 쇄골아, 쇄골아, 너는 지치지도 않았는가.** 나는 불굴의 쇄골에 한탄하고 있게 될 것인가? 나는 그녀의 눈을 응시했지만 마음이 난잡해져 갑자기 말문이 막혔다. 말이 나오질 않았다. 생각은 전부 헝클어지고 흩어졌다. 두 가지 생각조차

* 벽 밖으로 쑥 내밀듯이 생긴 돌출형 창문.

** 제임스 조이스의 《젊은 예술가의 초상》에 쓰인 시구를 변형한 것.

잇댈 수 없었다. 이에 마치 걸음마를 배우는 아이에게 부모가 걷는 법을 가르쳐주려 양손을 붙들어주고 한 발 앞에 다른 발을, 한 마디 앞에 다른 마디를 놓으라고 하는데 아이는 움직여주질 않는 상황과 같은 마음이었다. 나는 하나 다음 다른 것에 발부리가 채였고, 얼어붙어 말문이 막혀 선 채로 아무것도 생각할 수 없게 되었다.

그녀에게 이 모든 것을 알리자. 왜냐면 나는 이것 역시 사랑했으니까. 일 분만 더 지나면 나는 그녀의 응시가 얼마나 뼛속까지 나를 당혹케 하고 너덜너덜하게 했는지, 내가 모든 것을 털어놓고 싶게 했는지를 숨길 마음조차 없어질 것이다. 일 분만 더 지나면 나는 허물어져 그녀에게 키스하고 싶어질 것이다. 그녀에게 키스해도 되냐고 물을 것이다. 그녀가 안 된다고, 절대로 안 된다고 말한다면야 모르겠지만, 나 자신을 아는 입장에서 말하건대 나는 다시 물어볼 것이다. 그리고 그녀도 내가 다시 물어볼 것을 알고 있음을 나는 안다.

"그래서." 그녀가 생각을 끊었다. "장미 덤불 속 6개월하고도 보름간의 자기에 관해서 얘기해줘요."

그녀는 수고스럽게도 몇 개월인지 계산한 것이다. 그리고 내가 그걸 알아주기를 원했다. 아니면 이것은 사태를 더욱 흐리게 해 그녀에게—아니면 나에게— 우리가 어느덧 빠져든 침묵에서 쉬이 빠져나올 길을 주기 위해서 의도적으로 덧붙인 미끼였을까?

나는 '장미 덤불 속 자기'에 관해서 말하고 싶지 않았다.

"왜요? 부루퉁·샐쭉이라서?"

나는 고개를 저었는데, 이런 뜻이었다. 완전히 잘못 짚었어요. 나는 뭔가 영리한 말을 떠올리려 하던 거라고.

"종종 사랑을 찾아내시나요?" 나는 불쑥 말하면서 상황을 역전하고, 내가 갑자기 용기를 내 물어본 것에 전율을 느꼈다. 이제는 뱉은 말을 주워 담을 길은 없었다.

"충분히 종종 찾아내긴 하죠. 아니, 사랑의 어떤 형태를 찾아낸달까요. 계속 찾아다닐 만큼은 충분히 종종 찾아내는 편이죠." 그녀는 마치 그 질문이 그녀를 놀래거나 어리둥절하게 만들지 않았다는 듯이 즉각 답했다. 그러더니 "그쪽은 찾아내요?" 하고 물으면서 내가 우리 사이에 능란하게 놓아뒀다고 생각한 베일을 갑자기 찢어버렸다. 그녀는 질문을 받는 쪽에서 질문을 하는 쪽으로 돌연히 바뀌었다. 나는 괜찮은 답변을 빚어내면서, 그녀가 다시금 미소 짓는 것을 알아챘다. 마치 내가 지난 5월의 장미 화원을 경솔하게 언급한 것이 나를 괴롭히게 되어서, 내가 가리개를 뒤집어쓰지 못하게 버티고 서 있는 듯했다. 내가 답변을 찾아 더듬을수록 점점 그녀가 퀴즈 쇼의 시계에서 째깍대는 소리를 흉내 내는 게 들려왔다. 그녀가 이전에는 몰랐어도 지금은 내 답변을 애저녁에 직감했으나, 나를 그렇게 빨리 봐주지는 않을 터임을 명백히 했다. 나는 사랑을 다른 사람들에게서 찾는 게 더 어려울지 아니면 자기 자신에게서 찾는 게 더 어려울지 몰랐다고, 범불안의 계곡 속 사랑은 딱히 사랑이 아니며 사랑과 혼동하거나 사랑으로 착각하지 말아야 한다고 설명하고 싶었지만, 그녀가 톡 쏘듯이 말하기를…….

"시간 초과입니다!"

그녀는 한 손에 가상의 초시계를 든 채 엄지손가락으로 멈춤 버튼을 눌렀다.

"그래도 몇 초는 남아 있을 줄 알았는데요."

"우리 쇼 프로의 스폰서들이 유감스럽게도 존경하는 게스트에게 알려드리기를 게스트께서는 실격되셨으며 실격의 근거는……."

그녀는 나에게 존엄하게 퇴장할 마지막 기회를 주고 있었다.

다시금 나는 이 궁지에서 요리조리 빠져나올 뭔가 재기 넘치고 기발한 말을 찾으려 더듬거리면서, 내가 위트가 부족한 면이 나한테 크게 불리하게 작용했다는 것을 깨달았다. 내가 진실을 말하지 못해 우리 사이에 놓인 납덩이 같은 침묵을 깨지 못했던 것만큼.

"……실격의 근거는?" 그녀는 여전히 한 손에 가상의 초시계를 쥐고 말을 이었다.

"실격의 근거는 양서성입니다?"

"실격의 근거는 양서성이고말고요. 정확하십니다. 아차

상으로 우리 프로에서는 기쁜 마음으로 여기 이 접시에 이렇게 각양각색의 애피타이저를 진열해놓았는데요. 우리 영예로운 게스트께 여기 쇼의 여성 사회자가 모든 걸 먹어 치워버리기 전에 한번 맛보시길 권해드립니다."

나는 손가락 두 개를 주춤거리며 접시로 뻗었다.

"이것들은 최상품이지요. **갈리크***가 없으니까요. **갈리크**는 질색이니까."

"우리가 **갈리크**를 질색하나요?"

"질색팔색하지요."

나는, 샤워하는 중에 노래를 부르기를 좋아하는 사람들의 경우와 같이, 마늘을 좋아한다고 말하는 건 의미가 없었다.

"우리는 **갈리크**도 질색하는군요, 그러면."

그러더니 그녀는 글레이즈를 입힌 자그마한 고기 한 점을 가리켰는데, 그 위에는 얇은 톱니 모양 이파리가 마치 몸단장한 해마 갈기처럼 꼿꼿이 서 있었다. "이걸 드셔보세요……. 정성스럽게!"

"정성스럽게?"

"정성스럽게, 정신이 혼미해지며 추앙할 만한 무언가처럼 드셔보라는 겁니다."

왜 나는 그녀가 내게 한 모든 말이 그녀 자신과 우리에

* '마늘'을 뜻하는 '갈릭(garlic)'을 장난스레 프랑스어처럼 발음하고 있다.

대한 베일에 싸인, 그렇게 베일에 싸이지도 않은 언급이라고 느껴진 걸까?

"저것들은 뭔가요?" 나는 파울 클레적인 배열에서 네모난 조각 하나를 가리키며 물었다.

"우리는 묻지 않습니다. 우리는 손을 뻗을 뿐이죠."

그녀의 입은 가득 차 있었고 그녀는 천천히 씹으며 자신이 한 입 한 입을 음미한다는 것을 보여줬다. 이 무슨 이상한 사람인지. 그녀는 자신이 칵테일 시간에는 순한 예의범절로 억제된 관능의 선풍임을 모두에게 일깨워줘야 하는 부류의 여자가 될 참이었을까?

"맹키위츠." 그녀가 일 분 뒤에 속삭였다.

"맹키위츠." 나는 마치 그 단어가 내가 **예리하다**와 동의어로 받아들인, 헤아릴 수 없으나 뭔가 한층 깊은 의미를 지닌 것인 양 메아리처럼 되받아쳤다. 한순간 나는 그녀가 방에 있는 누군가를 언급하는 것이라 생각했다. 아니면 내가 그 이름을 똑똑히 듣지 못한 애피타이저를 언급하던 걸까? 아니면 이는 환희의 순간에만 내뱉는 주문이었을까? 맹키위츠.

"**키 에 맹키위츠?***"

"맹키위츠가 이것들을 만들었어요."

"**자포네**** 식으로 들리진 않는데요."

* 프랑스어로 '맹키위츠가 누구예요?'라는 뜻.

** 프랑스어로 '일본 사람'이라는 뜻.

"**자포네**는 아니거든요."

작은 미트볼을 먹을 차례였다. 그녀는 그것을 접시에 있는 아주 매운 세네갈식 소스 극소량에 매우 섬세하게 찍어 먹으라고 신신당부했다. "한번 스치기만 하고 더 찍지 마세요."

"매운 거 좋아해요."

"매운 거 좋아하시는구나."

내가 미트볼을 입에 넣으려는데 그녀가 기다리라고 했다.

이국적인 장소들에서 막 돌아온 사람들이 배워온, 당혹스러워하는 저녁 식사 손님들에게도 억지로 떠안기려는 무슨 복잡한 의식 같은 걸 그녀도 나에게 강제할 참이었던 걸까?

"경고해야겠는데, 그거 정말, 정말 매워요."

"어떻게 알아요?"

"내가 장담하죠."

이런 퉁명스러운 티키타카를 주고받으며 우리를 굴복시키려는 자기장으로 끌려 들어가듯 서로의 말을, 그저 말뿐만이 아니라 어조까지도 메아리처럼 되풀이하는 방식이 나는 정말 좋았다. 우리의 옥신각신은 한 손이 누군가의 벨벳 소매를 타고 그 보드라운 결 왔다 갔다, 털의 결을 따라서, 털의 결을 거슬러서, 털의 결을 따라서, 털의 결을 거슬러서 문지르는 걸 떠올리게 했다. 마치 우리가 서로간에 맞받아치는 의미 없는 말은 다짜고짜 주워서 이 손에서 저 손으로, 이 사람에서 다음 사람으로 건네지는 주인 없는 물건들밖에는 아니었던 것처럼. 또 중요한 것은 오로지 오가는 흐름과 몸동작, 주고받는 것이지 말이 아니라, 물건이 아니라, 그저 왔다 갔다 하는 그 행동 자체라는 것처럼.

"맹키위츠." 나는 그가 만든 미트볼로 그의 건강에 건배하듯, 사악함을 물리쳐준다는 기묘한 주문을 외듯 말했다. 노젓는 배의 끄트머리에 앉아 한 단어로 된 주문을 중얼거리고는 양 엄지를 치켜올리고 머리는 아래로, 오리발은 위로 하고 뛰어드는 심해 잠수부들을 연상시켰다.

"맹키위츠." 그녀도 짐짓 시무룩하게 속삭였다.

내가 그녀의 경고에 주의를 기울였어야 했다는 걸 깨닫기까지는 한동안이 걸릴 터였는데, 데는 듯한 감각이 나를 그러쥐기 시작하여 두피에 온통 올라오다가 목덜미에 잔물결로 퍼져 내렸기 때문이다. 눈에 눈물이 고였고, 또 내가 눈물을 어떻게 해야겠다—참아야겠다, 허세를 부려야겠다, 음식을 뱉어내야겠다—고 깨닫기도 전에 눈물은 흘러넘쳐 뺨을 타고 줄줄 흘러내렸다. 한편 입 속 불길은 내가 음식을 베어물거나 삼키려고 할 때마다 가중되었다. 불길이 가라앉기까지 오래 기다렸는데도 전혀 가시질 않아 나는 더듬더듬 손수건을 찾으며 속수무책으로 창피해하다 또 끔찍하게 겁을 먹었다. 내가 미트볼을 다 삼킨 다음에도 불길은 심해질 뿐 마치 처음의 난장판은 불길도 아니었으며 미트볼 자체와는 무관했고 앞으로 찾아올 큰 화재의 서문이라는 듯했다. 이보다 더 나빠질 수가 있었나? 병이라도 나는 것이었을까? 내 몸에 영구적 손상이 남게 되는 것이었을까? 평정을 되찾고 나에게 벌어진 일을 그녀에게 말해주고 싶었으나, 나의 침묵, 나의 눈물, 나의 고뇌가 이미 그녀에게 충분히 말해준 모양이었다. 나는 고개를 뒤로 젖혀 창유리에 기댔는데, 그 서늘한 감각이 순간 너무 반가워서 나는 정신이 없는 상태에서도 왜 사람들이 허스키를 사랑하고 왜 허스키들이 추운 기후에서 잘 자라는지, 내게도 소원이 있다면 왜 나도 허스키 한 마리가 되어서 유리창 바로 바깥 얼음장처럼 추운 허드슨강의 강둑에서 자유로이 거니는 것밖에는 원하는 게 없을 것인지 이해가 갔다. 지금 내가 참호에서 발가벗고 있는지 다시 내게 물어보시라, 클라라. 그러면 내가 빠져든 이 회갈색의 도랑이 얼마나 깊고도 치명적인지 또 내가 얼마나 절박하게 빠져나오려고 몸부림치고 있는지 말해줄 것이다. 내가 원하는 건 오로지 눈, 얼음, 더 많은 얼음이라고.

클라라는 마치 내가 기절했다가 막 정신을 차렸다는 듯 나를 불안하게 응시했다. 그녀는 빵 한 조각을 내밀었는데, 후추를 친 미트볼에 뒤이어 먹으라고 그녀가 일부러 접시에 놓아둔 것이었다. 나는 갑자기 그녀의 입 역시 불에 휩싸여 있었기를 바랐다. 그녀도 나만큼이나 당황스럽고, 동요하고, 발가벗은 기분이 되어 내가 이 고통 속에서 혼자가 아니게 되기를, 또 우리 둘의 입에 불이 붙고 우리 얼굴에 눈물이 줄줄

흐르게 된 채 서로를 더 가까이 끌어당겨줄 것을 하나 더 발견하기를 원했다. 말도 아니고, 재담도 아니고, 말투도 아니라 그저 마치 하나의 입처럼 함께 불타오르는, 우리가 그러고 있음을 눈치채기도 전에 사랑을 나누는 우리의 입 말이다.

그러나 그녀는 그곳에 앉아 평온하고 침착하게 내게로 수그리며, 아마도 미소를 짓고 있었다. 마치 간호사가 젖은 스펀지로 부상병의 얼굴에서 땀을 닦아주려 수그리는 것 같았다. 나는 그 부상병이 어떻게 그녀의 손을 잡으려 했을지, 그가 피를 너무도 많이 흘린 탓에 다른 상황에서였다면 그에게 아침저녁 인사도 하지 않았을 사람에게 속마음을 털어놓게 되는지를 떠올렸다. 그녀는 걱정했을까? 아니면 그녀는 내가 호전되기를 기다려준 다음 나를 비웃으려 했을까. **내가 경고했잖아요, 그쵸. 근데 사람이 말이야 듣기나 했어요. 듣기나 했냐고?** 그냥 이 입술로 내 얼굴을 어루만져줘요, 클라라. 당신 입술로 나를 어루만져줘요. 그 비웃으며 놀리는 입술로, 그 엄지로 나를 어루만져줘요, 클라라. 당신 엄지와 혀로 내 입을 파고들어서 이 불길을 끄집어내줘요.

망신당한 기분 때문에 상황은 더 나빴다. 그저 몸부림치는 인간의 몸으로 있는 굴욕을 떨치기 위해 내가 할 수 있는 일이 뭐라도 있었을까? 나는 기분 좋게 해주는 적당한 말들을 뱅뱅 돌려 자신을 위로하려고 했다. 우리 몸이 곧 우리라는 사람이라고, 우리가 아는 것보다도 우리 몸이 우리를 더 잘 안다고, 모든 것을 보여주는 것이 말로 연막을 치는 것보다 훨씬 낫다고, 이렇게 하는 것이 만물의 심장에 가닿는 것이라고 말이다. 그러나 나 스스로가 도저히 이 말을 믿을 수가 없었다.

아니면 상황은 내 생각보다 복잡했는지도 몰랐다. 한편으로는 내가 어떻게 조립되었는지와 어느 지점에서 이것저것이 쉬이 분해되었는가를 그녀에게 보여주는 것보다 더 좋을 것은 없었기 때문이다. 그건 나 자신을 해부학 책만큼이나 발가벗겨 놓아둔다는 전율이었으니. 그런 책에서는 하나의 투명한 장 다음 다른 투명한 장을 들어 올려서 내 식도 속 불길의 색깔과 역력한 수치심의 장기들 주위에 똬리를 튼 고요한 히스테리의 색깔을, 내 수치심의, 옹졸하고 너절하고 아찔한 내 수치심의 쾌락을 드러내게 되는데. 사람은 그런 수치심을 입고 그 존재를 믿고자 용을 쓰고 심지어 극복하려고 몸부림치기도 하는데, 그러는 내내 나체주의자들의 군락에서처럼 수치심은 우리의 손목시계와 지갑과 함께 사물함 속에 내버려져 있었으니.

나는 동요를 감추고자 뭐라도 중얼거리려고 했다. 그러나 오비디우스*의 수사슴처럼 남은 목소리가 나오지 않았다.

* 고대 로마의 시인으로 《변신 이야기》의 저자이다. 이 작품에서 악타이온은 아르테미스 여신의 목욕하는 모습을 훔쳐보아 사슴으로 변하는 저주에 걸린 끝에 자신이 기르던 사냥개들에게 죽임을 당한다.

쉰 듯한 꽥꽥 소리와 연약한 짹 소리 사이 무언가가 흘러나와 더더욱 창피해질 것을 직감하고, 나는 말하는 능력을 잃은 척했다. 나는 신음하고 싶었다. 우리끼리 신음하고, 신음하고 신음하고 신음하고 싶었다. 마치 우리가 암사슴과 수사슴, 암사슴과 수사슴이 되어 연인이 절대로 이별하지 않는 겨울 바람의 숲속에서 함께 신음하고 있던 듯이 말이다.

그리하여 여기 그녀의 빵조각이 있었다. 그리고 여기 나는 그 빵조각이 전혀 필요 없었다고, 전에도 이런 일을 겪어봤고 온전히 빠져나올 거라고 보여주려고 기를 쓰고 있었다. 그냥 조금만 시간을 달라고, 순식간에 마무리할 거라고, 체면을 살리게만 해달라고, 그만 쳐다보라고—부상병이 스스로 상처를 지혈하고 봉합하는 양으로— 봐라 됐잖은가!

그러나 그녀는 시급을 받아 이 환자가 의사가 처방한 알약을 마지막 하나까지 다 삼키기 전까지는 떠날 생각이 없는 주의 깊은 간호사처럼 앉아 있었다.

"자, 이 빵조각을 갖다가 물고 있어봐요. 도움이 될지 모르니." **나 클라라예요,** 자비로운 사람이죠.

나는 사람이 손수건을 받아 들듯이, 분투하지 않고 자긍심도 없이 빵조각을 받아 들었다. 왜냐면 내가 알았기로—이것이 억지웃음 뒤편에 내가 숨겨놓은 부분이었는데— 나는 내 의지, 온갖 배려, 또 온갖 설명에도 불구하고 너무도 고비에 가까워져서 이제 나의 단 하나의 관심사는 내 목구멍에서 터져 나올 참인 듯한 이 발작이 흐느낌이 되지 않도록 확실히 하는 것이었기 때문이다.

나는 끝내 빵을 삼켰다. 그녀는 말없이 내가 꿀꺽 삼키는 모습을 지켜보았다.

그녀는 돌아서 창문을 내다보았다. 그녀는 시선을 돌린 채 내 맥을 짚으면서 먼 곳을 보면서 초를 세는 사람을 연상시켰다. 나도 뭘 할지 몰라 돌아서 허드슨강을 내다보아 우리 어깨가 스쳤다. 우리는 이걸 야단을 떨며 떠벌릴 만큼 어리석지는 않았고, 나도 한편으로는 이제 파티에서 만나 숨을 고를 짬이 필요한 낯선 사람들 사이에서는 침묵해도 완벽히 괜찮다는 것을 보여주려고 열심이었다. 우리는 창밖의 풍경에 관해서도, 방에서 그녀가 알거나 모르는 사람들에 관해서도, 뉴저지 해안을 점점이 수놓은 불빛들에 관해서도, 정박 중인 커다란 바지선이 경계 서린 투광 조명들로 뒤따르며 양치기를 하는 흩어진 암양 떼처럼 하류로 길을 나아가는 구슬픈 빙판들에 관해서도 한마디도 하지 않았다.

바깥의 리버사이드 드라이브에서는, 내리는 눈 사이로 외딴 가로등 기둥들이 반짝이며 빛 웅덩이들 속에서 눈에 띄었다. 마치 그리스 연극의 스러진 가무단과 같았다. 각자가 머리가 환하게 빛나고 발이 묶인 동방박사였다. 그들은 이렇게 말하는 듯했다. 우리는 너무 멀고, 우리는 들을 수 없지만, 우리는 안다. 당신에 관해서 언제고 알아왔다.

그녀는 신선한 공기를 좋아한다고 말했다. 프랑스식 창을 살짝 열어 차가운 외풍이 방으로 슬그머니 들어오도록 했다. 알고 보니 매우 넓은 테라스였던 곳으로 걸음을 내디뎌 담배에 불을 붙이러 갔다. 나도 뒤따랐다. 나는 담배를 피웠나? 나는 담배를 받아 들려다가 딱 6.5개월짜리 자기가 있을 무렵 금연하기로 결심했던 것을 기억했다. 나는 서둘러 설명했다. 그녀는 사과했고, 다시 권할 일 없을 거라고 했다. 나는 **다시**라는 단어가 혹시 좋은 징조일지 해석하지 않으려 애썼지만, 그녀의 모든 말에서 숨겨진 의미를 짜내지 말자고 결심했다.

"저는 담배를 '비밀 요원'이라고 불러요."

"왜요?"

"영화에서 비밀 요원들은 언제나 담배를 피우잖아요."

"그쪽한테 비밀이 많다는 뜻인가요?"

"뭘 낚으려고 그러시나."

바보 같은, 바보 같은 나!

그녀는 전후戰後 요원이 냉전시대 비엔나의 어둑한 자갈 깔린 골목길을 따라 종종걸음을 치면서 담뱃불을 붙이는 동작들을 흉내 냈다.

바깥에서 창백한 은빛 색채가 도시 위를 맴돌았다. 저녁 내내 눈이 그치지 않은 터였다. 그녀는 난간 곁에 서서 한쪽

발을 움직여 고동색 스웨이드 구두로 눈 일부를 꿈결처럼 털어내더니, 그것을 살포시 난간 밖으로 쓸어냈다. 나는 바람에 흩어지는 눈을 지켜보았다.

나는 그 몸짓이 좋았다. 신발, 스웨이드, 눈, 턱, 손가락 사이에 담배를 끼우고 산만하게 해치운 일체의 행동까지.

나는 갓 내린 눈을 밟고 자국을 남기는 데에 일종의 아름다움이 있다는 걸 한 번도 깨달아본 적이 없었다. 나는 언제나 눈을 피하려고 하고, 신발을 잘 관리하니까.

우리의 높은 망루에서 그 은빛의 자주색 도시는 공중에서 멀찍이 천상의 것처럼 보였다. 빛을 뿜는 첨탑들이 황혼에 물든 겨울철 안개를 뚫고 조용히 솟아올라 별들과 담판을 벌이는 묘한 매력이 있는 왕국이었다. 나는 리버사이드 드라이브에 갓 고랑을 파둔 바퀴 자국, 머리에 불이 붙어 흩어져 있는 가로등, 눈을 헤치고 기어가면서 112번가와 리버사이드 드라이브 곁의 둔덕을 갸우뚱 지나가더니 질질 물러나는 버스를 바라보았다. 그 버스는 쭉 뻗은 양어깨에 눈을 패드처럼 대고 있어서, 보이지 않는 목적지와 풍경들을 향하여 스틱스 강을 건너는 듯 캄캄하니 텅 빈 선박이 되었다. 그것은 말했다. 나는 클라라와 같아서, 당신을 꿈에도 몰랐던 곳들로 데려가줄 거야.

웨이터가 테라스로 통하는 미닫이문을 열더니 우리더러 뭐라도 마시고 싶은지 물었다. 그의 쟁반에서 블러디 메리 칵테일 한 잔을 발견한 클라라는 망설임 없이 그걸 한잔하겠다고 했다. 그가 이의를 제기할 겨를도 없이 그녀는 쟁반에서 잔을 들어 올렸다. **나 클라라예요.** 나는 이것저것을 가져가버리지. 그 음료는 그녀의 셔츠와 색깔이 같았다. 그녀는 그 테두리 넓은 유리잔을 난간에 세워두었다. 그러면서 잔을 차갑게 유지하려는 건지 바람을 한 번만 맞아도 뒤집힐 걸 방지하려는 건지, 그 밑부분과 얇은 목의 일부까지 눈에 파묻어버렸다. 담배를 다 태우자 그녀는 담배꽁초를 신발 한 짝으로 비벼 껐다. 그러고는 쌓인 눈을 짓밟고 살포시 건물 밖으로 쓸어내었다. 나는 이 순간을 영원히 잊지 못하리라는 것을 직감했다. 신발, 유리잔, 테라스, 허드슨강을 따라 왕복하는 얼음덩이들, 드라이브를 질질 끌며 올라오는 버스까지. 나는 생각했다. 고이 흐르라, 허드슨강이여, 내 노래 끝낼 때까지.*

그날 저녁 일찌감치 나는 비슷한 버스를 탔고, 눈보라 때문에 내가 내릴 정류장을 완전히 놓쳐 106번가를 여섯 블록이나 지나 내렸다. 내가 어디 있는지, 왜 실수를 했는지 의문을 품으면서, 주류점 남자 직원이 판지 조각을 끼워두었는

* 영국 시인 에드먼드 스펜서의 시 〈축혼가〉의 후렴을 변형한 것.

데도 샴페인 두 병이 계속 쨍그랑대던 부티크적인 비닐봉지를 들고 웃기지도 않은 심정이 된 것을 기억했다. 눈보라 속, 112번가에서 빠져서 나는 서쪽으로 얼어붙어버린 그 무감각하고 엄숙한 시선의 새뮤얼 J. 틸든 동상을 보았다. 계단을 기어오르고 주위를 둘러보면서, 언덕에서 갑자기 나타나 나를 무시할 것 같지 않은 침 질질 흘리는 대형견 세인트버나드를 피하려 했다. 달아나야 하나, 아니면 그냥 침착하게 개를 못 본 체해야 하나? 그때 나는 개를 제지하는 두 소년의 목소리를 들었다. 그들은 썰매를 타고 언덕을 내려오고 있었다. 다소 옆길로 샜던 그 개는 그들을 따라 공원으로 들어가기 시작했다. 그다음에는 리버사이드 측면 도로에서 그 인적 없는 여섯 개 블록을 따라 조용하고 평화롭고도 기쁜 산책을 했다. 길은 올록볼록했고, 눈 아래에 얼음 소리는 으드득댔다. 그 소리는 나더러 생각하게 했다. 프랭크 캐프라의 영화 속 베드퍼드폴스와 반 고흐의 생레미*를, 또 라이프치히 바흐 성가대**를, 또 어떻게 아주 사소한 사건 사고들이 가끔은 새로운 세상을, 새로운 건물을, 새로운 사람을 열어주면서 우리가 절대로 잃어버리고 싶지 않게 될 급작스러운 얼굴들의 베일을 벗겨버리는지를. 생레미, 노스트라다무스와 반 고흐가 똑같

* 네덜란드 화가 빈센트 반 고흐는 생레미 등지의 정신병원에서 요양하며 여러 작품을 그렸다고 알려져 있다.

** 독일 라이프치히에 위치한 성 토마스 교회에서 바흐는 전속 작곡가 겸 악장으로 봉직했다.

은 보도를 걸었던 그 도시에서는 현인과 광인의 길이 겹치고, 몇 세기는 떨어진 채 그저 끄덕이는 안부 인사를 주고받고.

나는 보도에서 위층 창문을 바라보면서 조용하고 흡족한 가정을 상상했더랬다. 아이들은 제때에 숙제를 시작하고, 배우자들이 좀처럼 입을 여는 법이 없는 디너파티에서 언제나 떠나기를 아쉬워하는 손님들이 활기를 돋우는. 우리가 지금 선 테라스에서는 그 무서운 세인트버나드와의 사건이 전생의 일인 듯했다. 나는 특히 112번가 아래로 닥쳐오는 대성당과 너무도 근처에 있는 강을 보고 라인강과 엘베강을 따라 늘어선 중세 시대 크리스마스의 도시들을 떠올린 것을 기억했다. 일반적인 기준보다 더 늦게 도착하기 위해, 특히 나는 참석할 의향이 거의 없던 만큼 내가 이 파티에 가는 것을 다시 생각할 짬이 아직 있음을 알게 되어 기쁜 마음으로 블록을 둘러 걸었다. 브로드웨이가의 스트라우스 공원에 도달했고, 금줄 세공으로 주소가 인쇄된 초대장을 쥐고 있으면서도 유턴해서 집으로 돌아갈 괜찮은 변명거리를 떠올리는 자신을 발견했다. 그 글씨체는 너무 가늘어 읽을 수가 없었다. 하마터면 가로등 중 하나에 길을 묻고 싶은 유혹마저 들 지경이었다. 그것 역시 나처럼 이 폭풍 속에 길을 잃고 발이 묶인 처지였다만, 자신이 가진 부족한 불빛을 너무도 기꺼이 비춰줘 나에게 노스트라다무스의 육필 필기체로 쓰인 유령의 4행시처럼 보이기 시작한 그 글을 읽는 데 도움을 주기는 했다. 시간을 죽이려고 나는 작은 커피숍을 찾아내 차를 주문했다.

이제 나는 여기에 클라라와 함께 있었다.

맹키위츠 하나를 삼키고 알 후추 하나를 가지고 거의 울어댄 다음, 나는 맨해튼을 내려다보는 테라스에 서서 벌써부터 오늘 저녁을 다시 처음부터 재생하고자 내일 밤 106번가를 재방문할 생각을 하고 있었다. 내 여가 시간에, 내가 좋을 때, 대성당, 공원, 눈, 금줄 세공과 머리에 불이 붙은 가로등들을. 나는 내려다보았고, 그럴 수 있었더라면, 몇 시간 전에 건물에 다가오는 **나**에게 신호를 보내 여기 오는 것을 계속 미루라고 경고했을 테다. 처음에는 반걸음만, 그다음에는 그 반걸음의 반만, 그리고 그 반걸음의 반의반만 떼라고. 마치 미신을 믿는 사람들이 무언가를 갈망하면서도, 그것을 충분히 밀쳐내지 않으면 영영 가질 수 없으리라고 두려워하는 것처럼 손을 반쯤 내뻗다가 밀어낼 때처럼. 서서히 걸어오고 또 갈망하라고 말이다.

내가 그녀에게 한쪽 팔을 둘러야 할까? 서서히?

나는 그녀에게서 시선을 돌리려 했다. 그리고 어쩌면 그녀 역시도 시선을 돌리고 있었기에, 이제 우리 둘 모두가 저녁 하늘을 빤히 내다보았다. 어퍼 웨스트사이드의 어딘지 모를 구석에서 발산된, 희미하게 불안정하고 푸르스름한 탐색등이 하늘에서 궤도를 돌면서 얼룩진 밤 사이로 길을 골라갔다. 우리 위를 고리 모양으로 이동할 때마다 정말로 찾을 마음도 없고 저도 분간할 수 없는 무언가를 탐색 중인 듯해서, 꼭 카르타고의 유령선에 내려앉으려고 시도할 때마다 번번이 착륙 지점에서 허방을 디디는 얇고 격자 모양으로 된 로마의 **코버스*** 같았다.

오늘 밤 동방박사들이 진정으로 길을 잃었네요, 나는 말하고 싶었다.

그러나 나는 그 말을 혼자 간직하면서, 우리가 얼마나 오래도록 이렇게 서서 어둠 속을 빤히 내다보며, 머리 위 빛기둥의 고요한 경로를 마치 그것이 우리의 침묵을 정당화할 만큼 눈을 못 뗄 장관이라도 되는 양 좇아가고 있을지 의문을 품었다. 어쩌면 하늘을 샅샅이 뒤짐으로써 그 빛기둥은 드디어 우리가 얘기할 만한 무언가에 내려앉을지도 몰랐다. 그곳에 빛기둥이 내려앉을 만한 것이 전혀 없었다는 점만 차치하면. 그럴 경우에는 어쩌면 우리는 빛기둥 자체를 대화 주제로 전환할 터였다. 저게 어디로 조준되는지 궁금하네요. 아니면, 빛기둥이 어디에서 오는 걸까요? 아니면, 왜 빛기둥은 최북단의 첨탑을 건드리는 듯할 때마다 푹 수그리는 걸까요? 아니면, 보아하니 우리는 갑자기 런던에 있는 것이고 이건 '런던 대공습**'인 모양이네요. 아니면 우루과이 몬테비데오에. 아니면 이탈리아 벨라지오에. 아니면 마치 그 빛기둥이 나의

* 고대 로마에서 해군 전투 시 적군의 배에 다리를 놓는 용도로 사용된 장치.

** 제2차 세계대전 당시 1940년 독일에 의한 영국 대공습.

내면도 탐색하는 소형 빛기둥이라도 되었다는 듯 내가 계속 혼자서 빙빙 돌리고 있던 다른 형언 불가한 질문이 있었다. 내가 답하기는커녕 심지어 물을 수도 없었던, 그러나 나 자신에 관해, 그녀에 관해, 그리하여 다시 나 자신에 관해 물을 필요가 있었던 어떤 질문이. 왜냐하면 우리가 이 비현실적인 도시를 건너다보고자 테라스에 걸어간 그 순간 내가 작은 기적 속으로 내디뎠음을 알았다면, 나는 그것을 스스로 믿기 전에 그녀도 똑같이 생각했을지 알 필요도 있었기 때문이다.

"벨라지오." 나는 말했다.

"벨라지오가 어쨌는데요?"

"벨라지오는 코모 호수 땅덩어리 끄트머리에 있는 작은 마을이에요."

"나 벨라지오 알아요. 벨라지오 가봤는걸."

나는 또다시 제압되고.

"특별한 저녁에는 벨라지오가 거의 손끝에 닿을 듯한 거리에서, 불이 밝혀진 낙원으로, 코모 호수 서쪽 기슭에서 노를 두어 번만 저으면 닿을 곳에 있거든요. 다른 밤에는 몇백 미터도 아니고 몇 킬로미터에 더해 일평생은 떨어져 도달 불가능게 보이거든요. 바로 지금 이게 벨라지오 같은 순간이에요."

"벨라지오 같은 순간이 뭔데요?"

우리는, 당신과 나는 암호로 대화하고 있는 게 맞나, 클라라? 나는 살얼음을 밟고 있었다. 만일 한편으로 이 대화에서 내가 어디로 가는지 몰랐다면, 다른 한편으로는 내가 일부러 위험한 지역을 찾아다니고 있는 것 같았다.

“정말로 알고 싶어요?”

“어쩌면 알고 싶지 않을지도요.”

“그러면 벌써 추측하신 거네요. 저쪽 강둑에서의 삶. 우리가 결국 살아가게 되는 대로가 아니라 되어야만 하는 그대로의 삶. 뉴저지가 아니라 벨라지오. 비잔티움 말이에요.”

“처음에 하신 말이 맞아요.”

“언제요?”

“제가 벌써 추측했다고 하신 거요. 전 설명이 필요하지 않았거든요.”

또다시 무시되고 제압되고.

침묵이 우리를 덮쳤다.

“못되고 고약하네.” 그녀가 끝내 말했다.

“못되고 고약하다고요?” 나는 그녀가 무슨 말을 한 건지 정확히 알면서도 물었다. 나 자신도 모르게 갑자기, 나는 우리가 너무 가깝고 사적인 사이가 되는 것은 원하지 않게 되었다. 우리 사이의 긴장감에 관하여 서로 얘기하기 시작하는 것도 원하지 않았다. 그녀는 기차에서 만난 남녀가 기차에서 낯선 사람을 만나는 일에 관해 이야기하는 상황을 연상시켰다. 그녀는 어떤 감정이 들게 하는 그 낯선 사람이 바로 있는 자리에서 자신이 느끼는 바를 말하는 유형일까?

"못되고 고약하네, 클라라 씨. 그쪽이 이렇게 생각하는 거 아니에요?"

나는 고개를 저었다. 침묵이 차라리 좋았다. 그러다 침묵이 다시금 참을 수 없어졌을 때까지는 말이다. 내가 행여 알지도 못하는 사이 뿌루퉁해져 있었던 걸까? 그렇다, 나는 뿌루퉁해져 있었다.

"뭔데요?" 그녀가 물었다.

"저는 제 별자리를 찾고 있어요." 화제를 바꾸고, 옮겨가고, 그쯤 해두고, 우리 사이에 연막을 치고, 뭐라도 말하자.

"그래서 이젠 우리 별자리도 보는 건가요?"

"운명이란 게 있다면 별자리도 있죠."

이건 무슨 대화인가?

"그래서 이게 운명이다?"

나는 답하지 않았다. 이것은 조롱하듯 나한테 철벽을 치는 또 하나의 방식이었나? 아니면 철벽을 들이받아 여는? 그녀는 내게 뭐라도 말해보라고 덤벼들고 있었던 걸까? 아니면 내 입을 다물고 있으라고? 나는 다시금 얼버무리게 될 것이었을까?

내가 원했던 것은 오로지 이렇게 묻는 것이었다. 클라라, 우리에게 뭐가 벌어지고 있는 건가요?

그녀는 당연히 답하지 않을 터였고, 아니 답한다 할지라도 무시와 자극, 당근과 채찍을 들고 돌아올 터였다.

내가 정말로 그쪽한테 말해줘야 하는 거예요? 그녀는 물을 터였다.

그러면 나한테 뭐가 벌어지고 있는 건지 말해줘요. 지금쯤 되면 차고 넘치게 명백할 테니까.

아무래도 난 그쪽으로도 가지 않을래요.

언제나와 같이, 침묵과 자극. 모르면 말하지 말고, 실제로 알더라도 말하지 말아라.

"그나저나, 저는 운명을 믿기는 해요. 제 생각에는요." 그녀가 말했다.

이제 이건 또 유대교의 신비주의를 논하는 나이트클럽 탕녀에 맞먹게 된 건가?

"어쩌면 운명에는 켜고 끄는 버튼이 있는가 봐요. 다만 아무도 운명이 언제 켜져 있거나 꺼져 있는지 알지는 못하지만." 내가 말했다.

"완전 잘못 짚었어요. 그 버튼은 켜져 있는 동시에 꺼져 있는 거예요. 그런 이유로 그게 운명이라고 불리는 거고." 그녀는 미소를 짓고, 요놈 잡았다, 그치? 하듯 나를 응시했다.

우리가 서로를 응시하는 시선이 내게 용기를 불러일으켜 그녀의 입술을 손가락 하나로 쓰다듬고, 그녀의 아랫입술에 얹어두고 그걸 거기에 놔둔 다음에는 그녀의 치아를, 윗니, 아랫니를 만지기 시작하고, 그 손가락을 아주 천천히 그녀의 입속으로 미끄러뜨려 그녀의 혀, 그렇게나 꼬이고 철조망처럼 가시 돋친 것들을 말했던 그녀의 촉촉하고 쉬질 않는 야생의 혀를 만지고, 마치 지하에서 태동하는 수은과 용암처럼 혀가 떨리는 것을 느끼면서, 클라라라고 불리는 그 가마솥 속에서 그 혀가 쉴 새 없이 내놓고 있던 그 못되고 고약한 생각들을 매질할 수 있기를 얼마나 바랐는지. 나는 그녀의 입 속에 엄지를 넣고 싶었다. 그녀가 깨물 때 내 엄지가 독극물을 가져가게 하자. 내 엄지가 그 혀를 길들이게 하자. 그 혀가 들불이 되게 하자. 그리하여 이 죽고 죽이는 싸움에서 내가 노여움을 유발했으니 그 혀가 내 혀를 찾게 하자.

침묵을 정당화하기 위하여, 나는 빛기둥에 완전히 넋이 빠진 듯 보이도록 애를 썼다. 멍든 듯한 회색 밤을 뚫고 지나다니는 이 흐릿한 광선이 내 안에서도 멍들고 회색인 무언가를 반영한 듯했다. 마치 그것이 온전히 나의 것인 밤의 세계를 반쯤 비집고 들어오면서, 단지 내가 그녀에게 말할 무언가나 우리에게 벌어지던 것의 실체 없는 의미뿐만이 아니라, 내 안의 어떤 어두컴컴하고 맹목적이고 조용한 구석을 찾아다니고 있던 듯했다. 그래서 그 빛살이 마치 모든 전쟁 포로 영화들에서처럼 하늘을 빙 돌 때마다 탐색은 하지만 놓치는 모양인 듯했다. 나는 말할 수 없었는데, 보이질 않았기 때문이다.

또 그 빛살 자체가 마치 시곗바늘이 하나뿐이라 시간을 알려 줄 수 없는 시계, 그 어떤 극에도 이끌리지 않는 나침반, 그 둘의 혼합물처럼 나에게 나 자신을 상기시켰기 때문이다. 그것은 제가 어디로 가는지 실상 알지 못했고, 제 갈 길을 이쪽저쪽 더듬어 나아갈 수도 없었으며, 우리더러 얘기를 나누게끔 저 바깥에 있는 뭐라도 찾아다가 이 테라스로 가져다주지 않을 터였으니 말이다. 대신 그것은 허드슨강 건너편의 절벽들을 계속해서 가리켰다. 마치 훨씬 더 실제적인 무언가가 다리 건너 반대편에 놓여 있는 듯했고, 마치 삶이 저기 바깥에 버티고 서 있고 여기 이것은 한낱 삶을 모방한 것인 듯했다.

그녀가 갑자기 어찌나 아득해 보이던지. 수많은 잠긴 문과 쪽문만큼 떨어져 보이던지, 수많은 인생담만큼, 하나같이 들, 거기다 그녀와 내가 이 테라스에 서 있던 사이 여지껏 쭉 수렁과 사냥감들처럼 몇 년간 우리 사이를 가로막고 섰던 수많은 사람들만큼. 나는 다른 누군가의 삶에서 참호였을까? 그녀는 내 삶에서 참호였을까?

내가 침묵하는 것이 말할 거리를 하나도 떠올리지 못해서가 아니며 내가 공유할 생각이 없던 시무룩하고 엄숙한 생각에 진정 정신이 팔린 거라고 우리에게 납득시키기 위해, 나는 떠올렸다. 작년 어느 파티에 참석한 뒤 밤늦게 아버지를 보러 갔을 때 그의 얼굴을, 그가 내게 침대 모퉁이에 앉아 그날 밤 본 것과 먹은 것을 전부 말해주도록 명령한 것을. **맨 첫**

머리부터 시작해라. 네가 늘 그러듯이 중간에 뚝 잘라먹지 말고. 그러더니 어떻게든 이 말을 할 방도를 찾아낸 것을. **이젠 널 좀처럼 보질 못하는구나,** 또는 **네가 누굴 데려오는 모습이 영 안 보인다,** 또는 **네가 누굴 데려오는 모습이 보이면 내가 이름을 외울 만큼 그 여자애랑 오래 가는 법이 없구나,** 그리고 내가 그에게 남아 있는 몇 주와 나날에 관한 보다 커다란 질문을 능란하게 피했다고 생각한 바로 그때, 아버지가 아이에 관한 예의 진부한 말을 더 하는 소리를 듣게 되었던 것을 말이다. **정말 오래 기다렸는데, 더는 기다릴 수가 없다. 적어도 만나는 사람이 있다는 말이라도 해줘라.** 이윽고 그는 목소리에 성마른 기미를 담고, **만나는 사람이 아무도 없구나?** 아무도 없어요, 나는 말하곤 했다. **걔네들 이름이 앨리스, 장, 비어트리스. 그리고 발도 큼지막하니 메인주 출신의 그 남자 바가지 긁는 상속녀 말이다. 우리가 발코니에 와인을 쌓는 걸 거들어줬고 담배를 너무 많이 피워서 은붙이 주위에 냅킨 하나 싸맬 수도 없던 그 애는?**

리비아예요, 내가 말했다.

뭘 그렇게 싫증을 내고, 그렇게 헤어져버리냐? 그의 말들. **상녀결**, 그는 말하곤 했다. **상속녀**와 **결**혼해라, 그럼 내가 떠올릴 수 있던 말은 오로지 이것이었다. 그녀의 모든 것이 나는 결코 원하지 않는 것이었어요. 내가 원했던 모든 것이 그녀에게는 없고요. 아니면 한층 더 잔인한 말로는, 그녀가 갖춘 모든 걸 제가 벌써 가지고 있는걸요.

수평선 위 회색과 은색의 그라데이션에서 나는 억지로 그의 얼굴을 상기하려 했지만, 그는 계속해서 밤 속으로 다시 떠돌고 싶어했다. 나 아버지가 지금 필요해요, 나는 계속해서 말하면서 아버지에게 연결된 가상의 끈을 잡아 끌어당겼다. 그러던 중 몇 분의 일 초만큼, 내가 소환해낸 여위고도 병든 얼굴이 다시 내 뇌리를 관통해 번득였고, 그에 이어 마운트 사이나이 병원의 암 병동에서 인공호흡기에 수많은 관이 연결된 모습이 번득였다. 나는 이 이미지에 동요되어, 억제된 설움의 자취 같은 무언가가 내 얼굴에 자리 잡기를, 그래서 나를 완전히 말문이 막히게 한 단 한 명의 사람에게 내가 아무것도 말하지 못하는 것을 정당화해주기를 원했다.

나는 난간에 놓여 있는 클라라의 블러디 메리를 쳐다보고는, 호메로스의 지하 세계의 소름 끼치는 거주민들이 저마다 건막류로 아픈 발을 질질 끌고 자신들을 암굴에서 끌어낼 요량의 신선한 피가 담긴 골로 향하는 것을 상상했다.* "내가 온 곳에는 우리 같은 게 더 있고, 개중 일부는 네가 굳이 보려 들지도 않을 거야. 그러니까 날 내버려두렴, 아들아, 날 내버려둬. 망자들은 서로서로 잘해준다는 거, 그것만 알고 있으면 돼."

* 호메로스의 《오디세이아》 중 11권의 내용을 뜻한다. 오디세우스는 저승을 방문하여 테이레시아스의 영혼에게 앞일에 관한 조언을 얻기 위하여 바닥에 구덩이를 파서 양의 피를 모아 건넨다.

가엾은 노인네, 나는 생각했다. 그리고 소수의 사람에게만 사랑받고 그 이래로 거의 떠올려지지도 않은 그가 창백한 은빛 밤 속으로 시들어가는 것을 지켜보았다.

"아래층에 봐요. 다들 매머드 같은 크기로 보이지 않아요?" 하고 클라라가 말했다.

위쪽 높은 곳에서부터, 호들갑스러운 스트레치 리무진들의 끝없는 듯한 행렬이 건물의 연석에 정차하면서, 하이힐을 신은 수선스러운 승객들을 실어 내리고 있었다. 그다음에는 눈길을 따라 찔끔찔끔 나아가서 바로 뒤에 있는 차가 승객을 더 실어 내리도록 하더니, 백이면 백 앞으로 움직여서 다음 차도 똑같이 하게끔 했다. 백야에 번득이는 검은 자동차들이 호화롭게 전시된 이 광경에 내 안의 무언가가 들떴다. 나는 넵스키 대로의 기이한 최첨단 버전에 발을 디딘 기분이 되었다.

자동차들은 떠나지 않고 기다란 106번가에 쭉 이중주차되어 있었다. 프란츠 시걸 동상 옆에서 일군의 운전기사들이 담소를 나누고 담배를 피우러 나와 있었다. 십중팔구 러시아어 같았다. 개중 둘은 길고 어두운 외투를 입고 있었는데, 고골*의 지하 세계에서 끌어올려져 함께 러시아 노래를 흥얼거릴 참인 유령들이었다.

이 사람들은 죄다 어디로 가는 것이었나? 제왕처럼 줄지

* 러시아의 소설가이자 극작가인 니콜라이 바실리예비치 고골을 말한다. 1835년 〈넵스키 대로〉라는 단편소설을 발표했다.

은 자동차들의 광경에 나는 이곳 대신에 저들의 파티에 갔더라면 하고 바라게 되었다. 이런 온갖 상류층 제트족들이 삼삼오오로 도착하고 있었다니. 이들은 얼마나 멋진 삶을 살까. 얼마나 화려할까. 나는 계속 생각하면서 내 옆에서 난간에 기댄 채 그 광경에 마찬가지로 매료되어 있던 클라라를 거의 방치했다. 나는 내가 얼마나 쉬이 정신이 팔려 그녀 대신에 다른 것들에 관해 생각하게 되었던지를 알고서는 쾌락에 가까운 무언가를 느꼈다. 흡사 할리우드 같은 장관이었고, 나는 그것을 가까이에서 보고 싶었다. 그러던 중 내가 아버지를 뒷전으로 미루어두었다는 것을 깨닫고, 특히나 내가 그를 소환해놓고는 기껏해야 스트레치 리무진이나 생각하고 있는 꼴이 되고 보니 스스로가 부끄러워졌다.

클라라와 나는 끝내 빛기둥에 관해, 또 아래층 손님들에 관해, 또 다른 것들에 관해 얘기하기는 했고, 나도 대화가 가라앉지 않도록 이런저런 것들에 관해 물어보기도 했는데, 그러던 중 지나가는 말로 내가 이렇게 언급했다. 이 테라스에 그녀와 서 있자니 우리 부모님 댁의 발코니가 떠오른다고. 매년 새해 첫날에 아버지가 와인병들을 쌓아서 차갑게 식히곤 했던 일, 바로 그날 밤 친구들과 배우자들과 함께 그해의 빈

티지 와인을 블라인드 테스트하면서 어느 와인이 가장 많은 표를 얻었는지 보고자 다들 기다리곤 했던 일. 와인 테이스팅은 언제나 통제불능이 되었으며, 어머니가 분주히 왔다 갔다 하면서 남편이 자정이 되기 몇 분 전에 운이 맞는 2행 연구聯句로 예의 똑같은 연례 연설을 하기 전에 투표가 집계되도록 확실히 했더랬다. 마운트 사이나이 병원에 가기 전까지는 말이다. "발코니가 왜요?" 그녀가 말을 끊었다. 명백히 그녀의 흥미를 끈 것은 왜 내가 지금 이 발코니와 그때 그 발코니를 섞어 보는지, 왜 그녀를 그 그림에 넣어 상상하는지였다. 바깥이 더없이 얼어붙게 추울 정도가 아닐 적에는 그 테라스가 화이트와인과 탄산음료를 차갑게 식히기에 완벽한 장소였다. 언제나 누군가가 내가 병을 놓고, 라벨들을 가리고, 임시변통으로 마련한 점수표를 나눠주는 걸 거들어주곤 했다. "장미 덤불 속 자기가요?" 그녀는 물었다. 나는 네, 아마도, 왜 물어보세요, 늘 놀림거리인 것만은 아니잖아요, 그런 농담 나는 별로였어요, 하는 뜻으로 자아도취적으로 어깨를 으쓱했다. 그녀는 사 년 전에 자동차 사고로 양쪽 부모님을 잃었다고 했다. 그것이 내가 그녀의 비꼬는 말에 발끈한 데 대한 그녀의 힐난조의 대꾸였다.

나 클라라예요. 나를 짓밟지 마시오.*

* '나를 짓밟지 마시오(Don't Tread on Me)'는 미국독립혁명의 정치 구호이다.

그녀는 대학에서 보낸 마지막 학년, 스위스의 얼어붙은 길, 변호사들, 잠들지 못한 밤들에 관해 말해주었다. 그때 그녀는 함께 잘 사람이 아무나 필요했고, 아무도 필요하지 않았고, 너무도 많이 필요했다고. 내가 막 그녀를 위하여 엄숙해지자 죄책감이 섞인 깔깔대는 웃음의 한복판에 있고.

힘없고 기구한 이야기였다. 그 이야기에는 열의도 없었고 달빛 서린 성지에 있는 향처럼 우리를 감쌌던 머리 어찔한 희롱도 확실히 없었다. 이것은 아마도 우리가 아까 얕본 참호들이었다. 그러니 끝날 조짐을 보이며 묵직한 축구공처럼 쿵 소리를 내던 재개된 침묵들 동안 나는 오늘 저녁을 머릿속에 기록해두려고 벌써부터 애쓰는 나 자신을 발견했다. 마치 우리 앞에서 천천히 막이 내리는 것처럼. 내가 스스로에게 너무 엄격하게 굴지 않으면서 할 수 있는 건 뭐든 구조하고, 함께하는 우리의 순간을 차차 잊어버릴 방법을 떠올려내야 하는 것 같았다. 나는 무엇을 구조하고 무엇을 놓아버릴지 분류해야 할 터였다. 마치 지난밤의 웃음과 예감으로 환히 빛나는 파티용 야광 막대처럼 아침까지 빛이 날 것을 애지중지해줘야 할 터였다.

나는 필수로 기억해야 하는 순간들을 골라내고 싶었다. 신발, 유리잔, 테라스, 허드슨강을 따라 왕복하던 얼음덩이들. 그 모든 것은 내가 남은 음식을 포장해 가듯 가져가고 싶어질 텐데, 마치 디너파티가 끝난 다음 마감에 맞춰 일하고 있는 누군가를 위해, 아니면 아래층 운전기사를 위해, 아니면 오늘 밤 참석하지 못한 아픈 남동생이라든가 바깥출입을 못 하는 친척을 위해, 아니면 마치 어떤 사람들이 남들 앞에서는 모조 보석을 끼지만 진짜 물건은 금고에 남겨둘 때 그러듯, 아니면 마치 내가 바로 지금 그러듯 다른 사람들이 실제 시간, 실제 세상에서 순간들을 살아가는 사이에조차 순간들을 '다시 살기' 시작할 때 그러하듯, 궁극적으로는 저녁 식사보다도 위문품을 더 좋아하고 좀처럼 어디를 가는 일도 없건만 마치 드론이 미심쩍은 지역을 샅샅이 살피는 것처럼 세상에다 제 허깨비 판본을 내보내는 것을 선호하면서 우리의 가장 좋은 부분은 집에 놔두는 우리의 그런 구석을 위해 케이크 한 조각 부탁하기를 기억하는 식이었다. 몸은 세상 속으로 나가지만, 마음이 언제나 그 안에 있는 것은 아니다.

이에 나는 다시금 아버지가 작년에 나더러 침대 끄트머리에 앉아 내가 본 모든 걸, 내가 춤을 춘 상대를 말해달라고 청하던 것을 떠올렸다. **이름들, 이름들 말이다.** 그는 말하곤 했다. **나는 이름들을 원한다. 얼굴들을 원해. 네가 있어주는 게 나한테는 선물 같구나. 텔레비전에서 쇼 프로그램을 천 가지 보는 것보다 네 얘기를 듣는 게 나아.** 그는 내가 얼마나 늦게 들르든 상관하지 않았다. **그래, 내가 지금 잠을 못 잔다고 해서 뭐가 어떻다고 그러냐. 내가 머지않아 잠을 보충하게 되리라는 걸 우리 둘 다 알고 있는데.** 그가 오늘 밤 살아 있었다면 나는 클라라의 한마디

인사로 시작해서 첫머리부터 오늘 저녁을 통째로 가져다드렸을 테다. **나 클라라예요. 정말 현실 세계 같은 이야기구나.** 그는 말했을 테다.

그녀는 현실 세계 같았을까?

그녀는 타인이었을까?

내가 타인일 수도 있다고 그녀는 걱정했을까?

아니면 클라라 같은 부류는 그런 건 하등 걱정하지 않는 걸까?

왜냐하면 그들은 알고 있기 때문이다. 왜냐하면 그들은 세상이고, 세상에 있고, 세상의 것이기 때문이다. 왜냐하면 그들은 지금 여기 있기 때문이다. 반면 나는 곳곳에 있고, 나는 아무 곳에도 없고, 나는 삶의 모조품 같은데 말이다. 반면에 나는 이렇고, 나는 저런데 말이다.

나는 우리의 만남을 아직 구체화되지 않은 것으로, 실제로 벌어지지 않은 일로 생각하고 싶었다. 어떤 천상의 조물주에 의하여 만들어지고 있는 것처럼. 그 조물주는 일관성 있게 행동하지도 않고 이런저런 일을 숙고해보지도 않은 채, 한층 실력이 좋은 공예가가 작업에 착수하여 두 번째 시도를 하기 전까지는 우리가 즉석에서 대사를 지어내게 놔둘 것이었다.

나는 돌아가, 그녀를 아직 내게 자기 이름을 말해주지 않은 사람으로 상상하고 싶었다. 내 앞에 이미 나타나기야 했으나, 다음 날 진짜로 나타나기 전 새벽녘의 꿈에서 나타나는 사람으로. 혹시 모르잖은가, 내게 이 모든 것의 두 번째 기회가 주어질지도. 그러나 거기엔 두 가지 조건이 붙었다. 내가 결국 완전히 다른 파티에 가게 된다는, 또 내가 아예 이 파티에 왔었음을 잊는다는 조건. 마치 최면이나 전생을 체험한 사람처럼 나는 새로운 사람들을, 내가 아직 만나지 않았으며 만나고 싶어 안달이 났고, 내가 대신에 만났더라면 하고 거의 바라기까지 했으며, 절대 영영 잊어버리거나 없이 살지 않겠다고 내가 약속할 터였다는 걸 나도 몰랐던 사람들을 만날 터였다. 그러다 보면 난데없이 누군가가 와서 자기소개랍시고 무슨 어색한 말을 해서 어떤 여자를 떠올리게 할 것이었다. 이전에 한번 만났던, 아니면 가는 길이 겹쳤지만 번번이 놓쳐버려서 무슨 수를 써서라도 다시 소개를 받고 있었던 여자를 말이다. 우리는 함께 자랐다가 연락이 끊겼거나, 너무 많은 걸 거쳐왔거나, 어쩌면 전생에는 연인이었다가 죽음만큼이나 사소하고 멍청한 무언가가 우리 사이에 끼어들었고, 이번에는 우리 중 누구도 그렇게 되도록 내버려둘 마음이 없었기 때문이었다. 당신 이름이 클라라라고 말해줘요. 당신이 클라라인가요? 당신 이름이 클라라인가요? **클라라,** 그녀는 말할 터였다. **아뇨, 저는 클라라가 아니에요.**

"저는 눈을 사랑해요." 그녀가 끝내 말했다.

나는 아무 말도 없이 그녀를 응시했다.

그녀에게 이유를 물어보려던 참이었다.

나는 마치 운이 맞는 시를 쓰듯, 어색해하거나 남의 시선을 의식하지 않으면서 눈을 사랑한다고 말할 수 있는 사람들이 부럽다고 할까 고민해봤다. 그러나 그런 말은 불필요하게 까탈스러운 듯했다. 나는 달리 할 말을 찾아보기로 했다.

그리고 다시 한번 무엇으로라도, 아무거나로라도 정적을 채우기 위해 허둥지둥하고 있을 동안 나는 문득 이런 생각이 들었다. 그녀가 눈을 사랑한다고 말할 수가 있었다면 그것은 아마 그녀도 우리 사이의 침묵이 견딜 수 없어서, 단순한 생각을 말하지 않고 참는 것이 그 생각을 직설적으로 말하는 것보다 한층 진부하다고 봤기 때문이었을지 모른다고.

"저도 눈을 사랑해요." 나는 그녀가 단순함으로 향하는 길을 깔아준 것이 반가워 말했다. "이유는 모르지만요."

"이유는 모르지만요."

그녀는 우리의 마음이 평행선을 따라 흘러간다고 다시 한번 내게 말하던 걸까? 아니면 건성으로 메아리처럼 되풀이하던 걸까? 아니면 내가 덤으로 던져넣어서 단순한 것을 복잡하게 만든 의미 없는 구절을 조롱하던 걸까?

그럼에도 나는 그녀가 거의 한숨짓듯이 **이유는 모르지만요,** 했던 그 모습을 사랑했다. 내가 그녀에게 수그려 허리에 한 팔을 둘렀을 법한 상황이었다. 다들 클라라에게 수그려서 그녀의 허리에 한쪽 팔을 감고 키스하기도 했을까?

몇 년 전이라면 나는 망설일 것도 없이 내 입술을 그녀의 입술로 가져갔을 것이다.

이제, 스물여덟 살이 되자, 나는 확신이 들지 않았다.

누군가가 프랑스식 창을 밀어젖히고 테라스로 왔다.

"찾았다." 그가 말했다. 그러더니 마치 다시 생각해보는 듯 "방해했나요?" 하고 그는 물었는데, 그 눈에는 언뜻 장난기가 스친 것 같았다. "그래, 숨어 있던 게 여기로군" 하고 그 건장한 남자가 클라라에게 수그려 키스하며 말했다. "다들 네가 여기 아직 안 왔다고 그러던데."

"아냐, 롤로, 그냥 나 담배 한 개비 피우는 중." 그녀는 그렇게 말할 때 목소리를 바꾸었다. 그 한층 호화로운 말투는 나는 알아보지 못하는 것이었다. 그녀는 그에게 유리문을 닫으라고 몸짓했다. "안 그러면 그 여자가 불평하니까."

"무슨 신경이라도 쓰는 것처럼." 그가 말했다.

"그레천이 불평하는 걸 듣기만 하면 이젠 환장하겠단 말이야."

"그레천이 왜 불평하는데요?" 내가 물었는데, 궁금해서라기보다는 그녀의 언어로 끼어들어서 아까의 친밀한 후광을 유지하려는 뜻에서였다.

"제가 담배를 피우는데 자기 아기가 근처에 있으면 싫어하거든요. 떼쟁이 그레첸이, 불평하러 태어나니…….”

“그 아줌마 아기는 어디 있는데요?” 나는 악동같이 말하려고 노력했는데, 근처에서 아이를 전혀 보지 못했기 때문이었다. ‘그레천 후려치기’는 클라라의 세계에서 기본 방침이었고, 거기 끼는 데 이런 짓이 필요하다면 나도 후려치기쯤 완벽하게 해낼 수 있음을 보여주고 싶었다.

“그레천의 아이는 아마 그쪽이 도착했을 때 친절하게 맞이해준 천식 걸린 십 대 아이였을 거예요” 하고 우둥퉁한 남자가 말하며 곧바로 내 콧대를 꺾어놓았다.

“쪼끄만 쥐새끼죠.” 클라라가 나를 위하여 첨언했다.

“쪼끄만 **뭐?**” 그가 물었다.

“**아-무것도 아니네요.**”

예의 우둥퉁한 남자는 용서의 신호로 그녀의 어깨에 한 팔을 둘렀다.

“얼어 죽고 있는 거 아니야, 클라리우슈카?”

“아니거든.”

그녀는 내게 돌아섰다. “왜요, 그쪽은 얼어 죽고 있나?”

그녀는 그들의 세상으로 나를 억지로 인도한 걸까, 아니면 이것은 우리 사이에 이미 존재하는 우정이라는 겉치레를 세우는 그녀의 방식이었을까?

그녀는 실상 답을 기다리지 않았다. 나도 답을 주려고 나서지 않았다. 그 대신 마치 공동의 합의에 의한 양 우리 셋 모두 난간에 손을 얹고서 맨해튼의 회보랏빛 스카이라인의 가없는 남쪽 천궁天穹을 건너다보았다. "한번 상상해봐요." 클라라가 끝내 말했다. "리버사이드 드라이브의 모든 전기 가로등이 원래의 옛날 가스등으로 되돌아가는 걸요. 그러면 우리는 이 세기를 꺼버리고 다른, 어떤 다른 세기라도 골라잡을 수 있을지 모르죠. 가스등을 켠 밤이면 이곳이 너무도 황홀해 보일 터라 우리가 다른 시대에 있다고 생각하게 될걸요."

파티광이 아니지만 파티광이었던, 그런데 지금 이곳에 있지 않고 다른 시대 다른 어딘가에 있기를 갈망하던 지금 이곳의 파티광의 말이었으니.

"아니면 어떤 다른 도시라도요." 내가 덧붙였다.

"이 도시 말고는 어떤 도시든 좋아, 클라라, 여기만 아니면 어디든. 나 뉴욕에 너무 진저리가 났다니까……" 하고 롤로가 말을 시작했다.

"네가 가는 속도로는 진저리가 날 만도 하지. 어쩌면 한번 속도를 줄이고 한동안 은신해 있어보기도 해야 할 거야. 이 사람 은신해 있어야 하지 않겠어요?" 그녀는 갑자기 내게 돌아섰다. "너한테 기적적인 효과가 있을지도 모르잖아. **우리**를 봐." 그녀는 마치 우리가 단일의 우리였다는 양 말했다. "우리는 둘 다 매우 **트레*** 은신해 있으면서, 더없이 행복한 한

* 프랑스어로 '매우'라는 뜻.

폭의 그림 같잖아. 안 그래요?"

"클라라가 은신해 있다고? 말 같은 소리를 해야지. 너 맨날 뺑이나 치고 다니냐, 클라라?"

"오늘 밤은 안 쳐. 이게 내가 오늘 밤 정확히 되고 싶은 사람이거든. 그리고 어쩌면, 결국에는, 이게 내가 정확히 있고 싶은 곳일지도 몰라. 이 테라스 위, 어퍼 웨스트사이드 위, 대서양의 이쪽 말이야. 이 위쪽에서는 온 우주와 더불어 우주의 무한히 작고 사소한 휴머노이드 로봇들이 신체 부위들을 뒤섞으려고 분투하는 게 보이잖아. 롤로, 내가 지금 서 있는 곳에서는 뉴저지를 포함해서 모든 게 보이거든."

그 통통한 남자는 숨죽여 킬킬댔다.

"그쪽의 색정보*를 위해서 말해주자면," 그는 불거진 눈을 내게 돌리며 말했다. "이건 그레천, 구칭 티넥**에게 부당하게 잽을 먹인 거예요."

"그리고 바로 우현 건너편을 보세요, 신사 숙녀 여러분." 클라라는 유대인식 영어 발음을 따라 하며, 여행 가이드처럼 한 손에 가상의 마이크를 들고 이어나갔다. "저기 서 있는 것이 티넥 스카이라인의 자랑, 브나이 브리스 사원***이며, 그

* '색정증'을 뜻하는 'nymphomania'와 '정보'를 뜻하는 'information'을 합쳐 '색정보(nymphormation)'라는 말을 농담으로 만들어 사용하고 있다.

** 미국 뉴저지주의 소도시. 농담으로 출신지를 결혼 전 성처럼 말하고 있다.

*** 원래 명칭은 '계약의 아이들'이라고 뜻풀이되는 유대인 문화 교육 촉진 협회인 '브나이 브리스(B'nai B'rith) 사원'이지만, '할례'를 뜻하는 'bris'라는 단어를 넣어 '할례의 아이들'이라는 뜻의 '브나이 브리스(B'nai B'ris) 사원'이라고 농담하고 있다.

옆으로는 '난관수술의 성모*'입니다."

"오늘 밤 우리 다들 가시가 돋혔네, 안 그래?"

"아, 분위기 좀 파악해, 롤로. 너 점점 슉오프 같아."

"고약하게 구는 건 은신하는 게 아닌데."

"나는 은신이랬지 혼수상태라고는 안 했어. 은신한다는 건 이런저런 것들을 다시 생각하고, 보류하고, **우리**가 염원하는 모든 섹시남한테 정면으로 돌진하지 않고 그 대신 기분 전환 삼아 발가락이나 담가본다는 거야."

일순 침묵이 흘렀다.

"내가 졌다, 클라라, 내가 졌어. 내가 전갈의 골짜기로 잘못 들어섰다가 개중에도 가장 못된 전갈 여왕의 빳빳이 선 꼬리를 밟아버렸군."

"그런 뜻으로 한 말 아니었어, 롤로. 무슨 말인지 잘 알잖아. 나는 물기만 하지 독성은 없다고……. 겨울이라." 그녀가 말에 끼어들면서 마지막 모금을 빨아들였다. "딱 겨울이랑 눈을 사랑하지 않나?"

그녀가 나에게 아니면 그에게, 아니면 양쪽 모두에게 말한 건지, 아니면 둘 중 누구에게도 말하는 게 아니었던 건지 명백하지 않았다. 그녀가 갑자기 말을 끊고, 자신이 말을 끊고 있었다는 걸 우리더러 알아주길 원했던 그 투에는 뭔가 매

* 성모 마리아의 칭호인 '영원한 도움의 성모'를 '난관수술'을 넣어 변형함으로써 농담하고 있다.

우 꿈결 같고 아득한 것이 있었다. 그녀는 차라리 맨해튼에라든가 겨울에라든가 밤 자체에라든가 우리 아버지의 혼백이 테라스에서 물러나기 전에 거의 홀짝이지도 못했던 그녀 앞의 난간 턱에 세워진 채로 반쯤 비워진 블러디 메리 한 잔에 얘기하는 것일 수도 있었기 때문이다. 나는 그녀가 나에게만 말하고 있었다고, 아니면 난간 꼭대기를 장식하여 그녀가 손가락을 파묻은 눈처럼 유순하게 남은 나의 그 일부에게만 얘기하고 있었다고 생각하고 싶었다.

나는 밖을 내다보고 다시금 빛기둥을 따라가며, 나 자신을 주체할 수 없었다. "요전번 밤에 영원을 보았나니." 나는 끝내 말했다.

"요전번 밤에 영원을 보았나니?"

침묵.

"헨리 본의 시예요." 나는 겸연쩍어 거의 오그라들다시피 하며 말했다.

그녀는 잠깐 자기 머릿속을 탐색하는 듯싶었다.

"들어본 적이 없는데요."

"들어본 사람이 정말 적죠." 내가 말했다.

이윽고 나는 그녀가 말하는 것을 들었다. 적어도 십 년 전으로부터 내게 되돌아오는 듯한 말을.

요전번 밤에 영원을 보았나니,

순수하고 가없는 빛의 거대한 고리와 같이,

온통 고요한만큼이나 밝았나니……

"들어본 사람이 정말 적다고요?" 그녀는 의기양양한 표정으로 내 말을 메아리처럼 되풀이했다.

"보아하니 제 생각보다는 많이 있는 모양이네요." 나는 교훈을 잘 받아들였음을 보여주려고 답했는데, 이보다 더 행복할 수 없었기 때문이다.

"마담 달메디고가 운영하는 스위스 리세* 덕분이죠." 사람을 바보로 만들더니 달래고. 내가 뭘 말할 겨를도 없이 "우와, 봐요!" 하고 그녀는 보름달을 가리켰다. "달을향해쏘쇼, 달을향해곧짱, 안녕히 주무세요 달, 거기서 뭐 하시는가 달, 오늘은 여기 있다가 내일은 가셔버린, 내 달, 내 모두의 달, 안녕히 주무세요 달, 안녕히 주무세요 숙녀들, 안녕히 주무세요 달님, 달님."

"엘** 횡설수설" 하고 롤로가 평했다.

"엘 횡설수설, 넌 이기설利己說. 달을향해쏘쇼, 된장국아님샐러드, 무구가이팬***, 메리크리마, 메리크리마, 나 졸도하네, 나 졸도하네, 달비츠로."

* 프랑스식 고등학교를 말한다.

** 스페인어 정관사 '엘(El)'을 붙여서 가짜로 스페인어로 말하는 척하며 익살을 부리고 있다.

*** 닭, 표고버섯, 채소, 양념을 함께 찐 중국 요리.

"메리 크리스마스, 뉴욕." 내가 덧붙였다.

"사실은 말이에요." 그녀가 다시 한번 화제를 돌리고 싶은 듯 끼어들었다. "어느 쪽인가 하면, 오늘 밤은 러시아 상트페테르부르크를 연상시키네요."

이게 내가 정확히 오늘 밤 있고 싶은 곳이야 하던 파티광에게 무슨 일이 벌어진 건가?

우리의 생각이 저녁 내내 평행선을 그리다가 십자로 교차한 것인가? 아니면 우리가 있는 테라스에서 밖을 내다보면 누구라도 즉각 상트페테르부르크를 떠올릴까?

"그리고 이게 백야잖아요. 아니, 거의 백야일까요?" 내가 물었다.

우리는 연중 가장 긴 밤에 관해서, 가장 짧은 밤에 관해서, 또 어떻게 수많은 것이 마치 뫼비우스의 띠처럼 뒤집히고 다시 휘감길 때조차 언제나 똑같은 것으로 나오는지에 관해서 이야기했다. 우리는 도스토옙스키의 단편소설 〈백야〉 속 어느 강둑 옆에서 한 여성을 만나서 네 번의 백야 동안 그녀와 미친 듯이 사랑에 빠지는 남자에 관해서 이야기했다.

"뉴저지가 내려다보이는 백야? 그건 아닐걸!" 클라라가 말했다.

"겨울철 백야? 그것도 아닐걸!" 롤로가 쏘아붙였다.

이에 나는 웃었다.

"왜 웃는데요?" 그가 분명 나 때문에 약이 올라 물었다.

"포트리*에서 도스토옙스키라뇨!" 나는 그 자체로 설명이 필요하지 않다는 양 답했다.

"왜, 웨스트 106번가의 도스토옙스키는 뭐가 나아요?" 롤로가 쏘아붙였다.

"넌 애가 농담도 못 받지, 롤로? 근데 여기 백만 달러짜리 질문이 있어." 클라라가 계속했다. "리버사이드 드라이브의 테라스에서 뉴저지를 내다보는 게 나을까, 아니면 뉴저지 속에 있으면서 어퍼 웨스트사이드의 유대인들이 크리스마스를 축하하는 이 마법에 걸린 세상을 알아보는 게 나을까?"

"박쥐처럼 붙어 유대인들."

"이리저리 붙어 유대인들."

"시끄러 옴 붙어 유대인들" 하고 롤로가 덧붙였다.

"양서적인 유대인들." 그녀가 말했다.

나는 그녀의 질문을 생각해봤다. 그러자 내게 떠오른 거라고는, 뉴저지가 아가리를 떡 벌린 채 맨해튼의 스카이라인을 쳐다보며 똑같은 질문을 되묻는 게 전부였다. 그리고 나는 이런 장면을 떠올렸다. 클라라와 내가 도스토옙스키의 소설 속 가스등을 밝힌 넵스키 대로에 내려앉기를 갈망하고, 그곳의 오도 가도 못 하는 연인들은 우리를 보려고 탐내듯이 안간힘을 쓰는 모습을. 나는 그녀의 질문에 대한 답을 알지 못했

* 미국 뉴저지주 동북부의 도시.

고, 영영 알지 못할 터였다. 내가 말한 것은 이것뿐이었다. 맨해튼에 있는 사람들이 리버사이드 드라이브를 못 본다면, 허드슨강 건너편에서 드라이브가 보이는 사람들은 맨해튼에 있는 게 아니라고.* 뒷면의 뒷면은 더는 뒷면이 아니잖아요. 아니 뒷면인가? 우리는 같은 언어로 말하고 있지 않았던가, 당신과 나는? "사랑이랑 똑같죠." 나는 그 유사점을 도출해낼 만큼 대담한 마음이 들었을 뿐, 그 유사점이 정확히 어디로 향하고 있었는지는 확신하지 못하면서도 덧붙였다. "사람은 관계를 꿈꿀 수 있고 관계 속에 있게 될 수도 있지만, 꿈꾸는 사람과 사랑에 빠진 사람이 동시에 될 수는 없죠. 아니면 될 수도 있을까요, 클라라?" 그녀는 한순간 사색했다. 그 비유의 의미까지는 아닐지라도 적어도 그 찔러대는 교활한 의도만큼은 감을 잡았다는 듯이.

"그건 '3번 문 질문**'인데, 오늘 밤 나는 그쪽은 안 건드릴래요."

"어련하시겠어." 롤로가 잽을 먹였다.

"치." 그녀가 말대꾸했다.

"그쪽이 그럼 롤로 씨겠군요." 내가 리빙스턴과 하이파

* 리버사이드 드라이브는 맨해튼에 있지만 허드슨강 강변에 있기에 강 건너편인 뉴저지에서 더 잘 보인다.

** '몬티 홀 문제'를 암시한다. 세 개의 문 중 하나의 문 뒤에 상금을 숨겨놓고 도전자한테 상금이 있는 문을 맞혀보라고 한다. 이때 도전자가 2번 문을 고르면, 질문자가 1번 문을 열어 1번 문 뒤에는 상금이 없음을 확인시켜준다. 그럴 경우 도전자는 원래 골랐던 2번의 문을 두고 굳이 3번 문이라는 선택지를 고르지 않는다.

이브를 하는 스탠리*와 같은 남자 대 남자의 동지애를 만들려고 애쓰며 끝내 끼어들었다.

그녀는 자신이 우리를 소개해주지 않았다는 것을 기억해냈다. 그는 성공한 금융업자이자, 스스로 덧붙이기로 파트타임 첼리스트이며, 사생활적으로는 커밍아웃한 사람이었다. 그는 살찐 손바닥을 꺼내 보였다.

"치." 그녀는 마지막 남은 찡찡대는 기습 공격 한 번을 푸푸 내뱉었다.

"이 고르곤**아!" 그가 되쏘아 붙였다.

나는 생각했다. 고르곤은 아니지만, 그녀는 남자들을 집에서 기르는 애완동물로 피치 못하게 둔갑시켜버린 마녀 키르케***라고.

"고륵." 그가 숨죽여 응수하면서 개가 물어뜯는 시늉을 했다. 두 사람 모두 이렇게 쥐와 고양이처럼 맞받아치는 것을 즐기고 있었다.

클라라는 확실히 사람들을 소개해주는 데는 재주가 없었다. 소개는커녕 그녀는 애저녁에 악수하지 않은 게 본인들 탓이라는 것처럼 보이게 해서, 소개해주는 걸 슬쩍 비껴갔다.

* 헨리 모턴 스탠리는 영국의 탐험가, 신문 기자이다. 아프리카에서 실종된 영국 탐험가 데이비드 리빙스턴을 구출했다.

** 그리스 신화에 등장하는 머리카락이 뱀으로 된 세 자매. 이 괴물과 눈을 마주치는 사람을 돌로 변하게 하는 능력이 있다고 전해진다.

*** 마법으로 오디세우스의 부하들을 돼지로 둔갑시켰다는 마녀.

우리는 적어도 상대가 누구인지 짐작할 예의 정도는 차려야 했던 것이다.

"한스 친구분이야." 그녀가 설명했다. "그러고 보니까 생각나는데, 한스 봤어?"

그는 어깨를 으쓱했다.

"올라는 어디 있고?"

"나 거의 아무도 본 사람이 없어. 베릴은 봤어. 파란 방에 잉키랑 있던데."

"잉키가 여기 있다고?" 클라라가 끼어들었다.

"내가 막 걔랑 얘기하고 있었는걸."

"뭐, 나는 얘기하고 있지 않아서."

그는 이해가 되지 않는 양 그녀를 쳐다보았다. "무슨 소리 하는 건데?"

클라라는 일부러 꾸며낸 것으로 보이게끔 설계된, 짓궂은 설움이 담긴 표정을 지었다.

"잉키가 떠났어." 그녀는 돌아서서 불을 붙이려는 새 담배를 들여다보았다. 잉키에 관한 소식이 마무리된 이상 도스토옙스키의 〈백야〉에 관한 얘기로 돌아가고 싶은 듯했다. 그러나 롤로는 쉬이 주의를 돌릴 마음이 없었다.

"잉키가 떠났다고 하잖아. 떠났다고. 떠났다고, **피니토***

* 이탈리아어로 '끝났다'라는 뜻.

라고. 무관한 사람이 됐다고."

그 뚱뚱한 남자는 완전히 당황한 얼굴이었다.

"잉키가 날 떠났다고. **튀*** 알겠어?"

"**쥬**** 알겠어."

"그냥 그가 오늘 밤 여기 있다니 놀라워서 그래. 그게 다야." 그녀가 말했다.

롤로는 양팔로 단단히 화가 난 몸짓을 했다.

"너희 둘은 그냥 진짜 너무…… 진짜 너무한다." 그가 덧붙였다.

"사실, 우리는 뭐라도 너무했던 적이 한 번도 없었어. 애초부터 연옥과 황혼에 있는 것 같았거든. 다만 여기 롤로랑, 우리가 아는 다른 모든 사람들이 그걸 보고 싶어하지 않았을 뿐이지." 이번에도 그녀가 나에게, 뉴욕에게, 아니면 그녀 자신에게 말하는 것인지 불확실했다.

"걔도 네가…… 연옥과 황혼에 있었다는 걸 알았어, 네 표현대로 하면?"

그의 마지막 말에는 털이 쭈뼛 서 있었다. 그녀가 뭔가 날카로운 말을 궁리하는 것을 나도 알아볼 수 있었다.

"나는 한 번도…… 연옥에 있었던 적은 없어, 롤로." 이제는 **연옥에 있었다**고 말하기 전에 극적으로 잠시 멈추는 걸

* 프랑스어로 '너'라는 뜻.

** 프랑스어로 '나'라는 뜻.

따라 하는 것이 웃음거리가 되어 있었다. "걔가…… 연옥에 있었던 거지. 그는 내 인생의 거대한 툰드라였어, 네가 굳이 알고 싶다면. 끝난 일이야."

"가엾은, 가엾은 잉키. 걔는 아예 그러질 말았어야 했어. 처음부터……."

"첨부터!"

"처음부터 너는 걔한테 모든 걸 갖다 던지라고 시켜서 걔가 쭉……."

"첨부터!"

"클라라, 너 고르곤보다도 심하다! 맨 처음부터……."

"첨부터, 이리저리 붙어, 박쥐처럼 붙어!"

클라라는 **나는 항복하고 더는 말하지 않겠습니다,** 하는 의미의 몸짓으로 양손을 들어 올렸다.

"올해 내내 내가 들어본 것 중에 제일 잔인한 말이다."

"네가 무슨 상관이야. 이걸로 너를 위해서 걔를 해방해주는 거잖아. 네가 항상 바라던 게 그거 아냐?"

나는 이 대화가 얼마나 오래 계속될지 몰랐지만, 시시각각 상황은 험악해지고 있었다.

"부탁인데 잉키가 누구인지 누가 좀 말해줄래요?" 나는 마치 부모의 싸움을 멈추려 하는 아이처럼 불쑥 끼어들었다.

단순히 끼어들 의도만은 아니었다. 이것은 그들의 묘한 매력이 있는 이 세상에 관해서 더 알아내보려는 한탄스러운 시도이기도 했다. 이 세상에서는 당신이 낯선 사람과 함께 테라스로 나오면 마치 마술사가 다른 누군가의 주머니에서 끝없이 스카프를 끌어내는 것처럼, 알고 보니 한스와 그레천과 잉키와 티토와 롤로와 베릴과 파블로와 맹키위츠와 올라라고 불리는 수없는 친구들이 화환처럼 엮여 있다. 거기다 모두가 클라리우슈카, 클라리우슈카를 입에 올린다. 한편 당신은 거기 서서 벨라지오와 비잔티움에 관해, 백야에 관해, 상트페테르부르크의 차가운 수로에 관해 생각했는데 말이다. 그래서 어퍼 웨스트사이드의 가없는 흑백 스카이라인이 마치 오로지 한마디만 하면 그 길로 발을 들이게 되는 어린이용 동화책처럼 보이게 되었는데 말이다.

"잉키는 참호에서 온 사람이에요." 그녀가 우리의 용어를 사용하면서 설명했다. 나는 으쓱하는 기분이 되어 갑자기 내가 롤로보다 높은 지위에 올랐다고 생각되었다. 그녀는 그에게 돌아섰다. "걔는 올바른 일을 한 거야, 알겠지만. 내가 걔를 탓한다고 말할 수가 없네. 다만 내가 걔한테 경고하기야 했지만 말이지."

"경고는 개뿔. 그 가엾은 애가 갈가리 찢겨 있더만. 나는 걔가 어떤 애인지 알아. 이건 너무 **상처를 주는 짓**이야."

"아이고, 너도 부루퉁·샐쭉이에다 그놈도 부루퉁·샐쭉이가 돼서는…… 이건 다 너무나도 정말 상처를 주는 짓이란다."

그녀는 그 단어를 어설프게 쓰는 그를 놀리려고 으쓱하는 듯한 몸짓을 했다. "클라라, 클라라……." 그는 그녀에게 애원하고 설득할지 그녀에게 악담을 퍼부을지 확신하지 못한 듯 말을 시작했다. "너 다시 생각해볼 필요가 있을 거야……."

"**필요**가 있다, 마치 우리가 오늘 저녁 우리 체온을 잴 **필요**가 있고, 어쩌면 우리 발밑을 조심할 **필요**가 있거나, 우리 식습관을 주의할 **필요**가 있을 것처럼 말이지, 아미고*? 아무 말도 하지 마. 아무것도 말하지 말라고, 롤로." 그녀의 목소리에는 갑자기 분개한 무언가가 있었다. 내 느낌으로 그녀가 뜻한 바는, **후회할 말은 아무것도 말하지 말라고**였다. 그것은 힐책도 경고도 아니었다. 그것은 그의 얼굴을 후려치는 듯했다.

"클라라, 지금 당장 농지거리 그만하지 않으면, 작정하고 너랑은 다시는 절대 얘기 안 할 거야."

"지금부터 하지 말지 그래."

나는 뭐라고 해야 할지를 몰랐다. 한편으로는 이만 실례하고 둘이서 저들끼리 언쟁을 벌이도록 내버려두고 싶었다. 그러나 나는 고작 얼마 전에 내게 문을 열어준 이 세상에서 사라지고 싶지 않았다.

"너 같은 고르곤들 때문에 나 같은 남자들이 퀴어가 되

* 스페인어로 '친구'라는 뜻.

는 거야."

그 말을 던지고, 그는 그녀가 한마디라도 더 뱉을 때까지 기다리지도 않았다. 유리문을 홱 잡아당겨 열어서 문이 뒤에서 쾅 닫히도록 내버려두었다.

"미안해요. 정말 미안하네요." 나는 그녀에게 사과하는 건지 그들의 언쟁을 보게 되어서 사과하는 건지 알지 못했다.

"미안할 거 전혀 없어요." 그녀는 담백하게 말하면서 석조 난간에다 담배를 비벼 끄고는 드라이브를 내려다보았다. "참호에서의 또 다른 하루인 거죠. 사실 그쪽이 여기 있어서 다행이었어요. 우리는 언쟁했을 테고 저는 후회할 말들을 뱉었을 테니까요. 지금 상황이 이렇게 된 것만 해도 벌써 후회되는걸요."

그녀는 누구에게 유감인 걸까? 그에게, 잉키에게, 그녀 자신에게?

대답은 없었다.

"점점 추워지네요."

나는 아래층 거실에서 크리스마스 캐럴을 부르는 걸 방해하지 않기 위해 살며시 프랑스식 창을 열었다. 나는 그녀가 웅얼거리는 것을 들었다. "잉키는 오지 말았어야 했는데. 걔는 그냥 오늘 밤 오지 말았어야 했어." 나는 반쯤 처량하고도 친절한 미소를 베풀었다. 두고 봐요, 상황이 절로 풀리게 될 테니까, 만큼이나 서투른 무언가를 전하려는 뜻이었다.

그녀가 돌연 돌아봤다. "오늘 밤 누구랑 함께인 건가요?"

"아뇨. 혼자 왔어요."

나는 그녀에게 같은 걸 묻지는 않았다. 알고 싶지 않았다. 어쩌면 알고 싶어서 간절한 티를 내고 싶지는 않았다.

"그쪽은요?" 나는 어느새 묻는 자신을 발견했다.

"아무랑도 같이 안 왔죠. 누구랑 같이 오긴 했는데 실상 아무도 아니라서." 그녀는 웃음을 터뜨렸다. 그녀 자신에게, 그 질문에, 그 이중 삼중의 의미를 갖는 말에, 온갖 종류의 의도되고 의도되지 않은 모호함에. 그녀는 베릴처럼 보이는 사람과 담소 나누는 사람을 가리켰다.

"응?" 내가 물었다.

"저게 티토예요, 우리가 얘기하던 그 티토."

"그래서요?"

"티토가 있는 곳에는 올라라는 사람이 꼭 있기 마련이거든요."

나는 인근에서 올라라는 사람을 보지 못했다.

"그 남자 옆의 남자 보여요?"

내가 끄덕였다.

"저 남자가 저랑 같이…… 연옥에 있었던 사람이에요."

다시금 일순의 침묵. 나는 그녀의 삶 속의 모든 남자가 결국 연옥에 있게 되었는지 물어보려던 참이었다. **왜 묻는데요?** 그러나 그녀는 내가 왜 묻는지를 이미 알 테기 때문에 물을 터였다.

"우리 중 몇몇은 짤막하게나마 성 요한 대성당의 자정 미사에 갈지도 몰라요. 같이 가고 싶어요?" 나는 살짝 얼굴을 찡그렸다. "우리 다 같이 촛불도 밝힐 거고, 재미있을 거예요."

그녀는 답을 기다리지 않았고, 자신이 그 계획을 내던진 만큼이나 돌연히—그게 그녀가 매사 처리하는 방식으로 보였는데— 금방 돌아오겠다고 말하고는 벌써 안쪽으로 발을 디딘 터였다. "나 기다리고 있어요, 알았죠?" 그녀는 내가 기다리지 않으리라는 의혹은 한 치도 품지 않았다.

그러나 이번에 나는 그녀를 놓쳐버렸다고 확신했다. 그녀는 잉키와 티토와 올라와 한스와 맞닥뜨리고, 그녀가 크리스마스트리 뒤에서 유령처럼 모습을 드러냈을 때 빠져나왔던 그들의 작은 세상으로 삽시간에 곧장 쓱 되돌아갈 터였다.

테라스에 혼자 있으면서, 나는 아까 저녁에 위층의 이 방 저 방으로 거닐어 다니면서 머물지, 머물지 말지, 떠날지, 아니면 잠깐만 더 머물지 고민할 때 내 뇌리를 스쳤던 생각들의 방문을 다시 받으면서, 그녀가 내게 돌아서서 자기 이름을 말해주기 바로 몇 초 전에 내가 정확히 무엇을 느꼈고 내가 무엇을 하고 있었는지를 이제 되짚으려 하고 있었다. 나는 서재들 중 하나 바깥의 기다란 복도에 늘어선 액자에 끼워진 아타나시우스 키르허의 판화들에 관해 생각하고 있었다. 복제화가 아니었다. 값을 매길 수 없는 합본들로부터 떼어낸 것이 틀림없었다. 바로 그때, 이런 그림들을 액자에 넣어 부잣집 욕실 밖에 걸어두는 범죄에 관해 내가 되씹고 있었을 무렵에, 그 손이 나타났던 것이다.

이제 유리 문간을 통해서 나는 거대한 나무 옆에 위풍당당하게 쌓인 크리스마스 선물의 잡동사니를 보았다. 한층 나이가 많은 십 대 무리가 시작하지도 않은, 앞으로 아직 몇 시간 동안 시작하지 않을 다른 파티를 위해 차려입은 채 예의 나무 주위에 둘러 모여 몇몇 꾸러미를 귓가에 바짝 대고 흔들면서 그 안에 무엇이 들었을지 알아맞히는 시합을 하고 있었다. 나는 공황에 사로잡혔다. 내 샴페인 병들을 어떻게 처리할지 알 만한 사람에게 건네줘야 했다. 내가 기억하는 한 그 짐덩이들을 덜어내줄 사람을 하나도 찾지 못했기에 하는 수 없이 주방의 스윙도어 옆에 살그머니 또 쭈뼛쭈뼛 병들을 내려놓아야만 했다. 마치 술병들이 쌍둥이 고아라도 되어 죄책감에 사로잡힌 어머니가 부잣집 문지방 밖에 놓아두고 자신을 익명으로 만들어주는 밤중으로 살금살금 뒤꽁무니를 빼는 것처럼. 나는, 당연히, 카드를 넣어두는 것도 깜빡했다. M5 버스에 승차하기 전에 대충대충 구매했던 내 와인병들은 어떻게 되었을까? 웨이터 중 하나가 분명히 문가에서 그 병들을 발견해 냉장고에 넣어두었겠고 거기서 그것들은 동류의 다른 고아들과 친구가 될 터였다.

나는 우리가 매년 우리끼리 와인 축제를 열었던 크리스마스 주간에 우리 부모님 댁에 왔던 그 어색한 손님들 중 하나가 된 기분이었다. '손행만'이 우리 아버지의 **손님들을 행복하게 만들어라**라는 암호문이었다. 우리 엄마의 암호문은 '선대열', **선물들에 대고 열광해라**였다. 그리고 '상녀결'은 아버지가 내게 일깨워준 말이었다. **상속녀와 결혼하라**고, '존상녀결' 하라고.

생각을 비우기 위해 나는 테라스를 서성거리고 돌아다니며 이곳이 여름에는 어때 보일지 상상하려고 했다. 가벼운 옷차림의 사람들이 샴페인 잔들을 들고 떼로 모인 모습을. 다들 세상에서 가장 장관을 이루는 해 질 녘 중 하나일 터라고 저들도 이미 알던 것을 놓치지 않고 싶어하며, 스카이라인이 아른거리는 연파랑에서 여름 분홍과 귤빛 회색의 색조들로 바뀌어가는 것을 지켜보는 모습을. 나는 클라라가 여름철에 무슨 신발을 신고서 베란다로 나와 다른 사람들과 거기 서 있었을지 궁금했다. 그때 그녀는 '비밀 요원'들을 피우며 파블로, 롤로, 한스와 언쟁을 벌이며, 자신이 곧 주워담을 못되고 고약한 말을 내뱉게 되기만 하면 그 면전에서든 또는 등 뒤에서든 어느 쪽이든 상관없이 한 사람 한 사람 꼬집어댔을 것이다. 그녀는 오늘 밤 누구에 관해서라도 뭐라도 상냥한 말을 했을까? 아니면 그것은 겉으로는 온통 독극물과 찰과상이자, 인간 감정의 모든 무더기를 찢어발기며 돌진하여 모든 어른 남자의 속에 있는 애정에 굶주리고 무력한 아이를 꼬챙이에 꿸 수가 있을 정도로 너무도 굳어지고 무정한 무언가의 격렬하고 톱니가 달리고 델 듯이 뜨거운 유형이었을까. 왜냐하면 그 이름은 철자를 거꾸로 말하고 안팎이 뒤집혀 뒤틀린다고 해도 여전히 사랑일지도 몰랐으니까 말이다. 그 정체대로 성이 나고, 무미건조하고, 거칠고, 애태우는 사랑 말이다.

나는 새해 전야의 바로 이 아파트를 생각해보려고 했다. 행복한 소수만이 모인. 자정에 그들은 테라스로 나와서 불꽃놀이를 보고, 샴페인 병들을 펑 터뜨린 다음에 안쪽 난롯가로 돌아가 옛적 연회 방식으로 사랑에 관해 담소를 나눌 터였다. 우리 아버지는 클라라를 마음에 들어하셨을 테다. 그녀는 발코니에서 와인병 작업을 거들어주고, 파티를 거들어주고, 아버지의 지긋지긋한 2행 연구에 활기를 더하고, 이 늙은 고전주의자가 본인이 매년 암시하는 얘기를 덧붙였을 때 킬킬 웃었을 터였다. 얘기에 따르면 악처 크산티페가 자신의 남편 소크라테스의 바가지를 긁어서 독배를 마시게 했고, 소크라테스는 그것을 기꺼이 삼켰다는 것이다. 왜냐하면 사랑 없이 또 줄 사랑일랑 없이 이런 식으로 하루 더, 일 년 더 보내자니……. 클라라가 있었다면, 발코니에서 우리가 와인을 돌볼 동안 나에게 쏟아붓는 아버지의 연례 설교는 그렇게 크게 성마른 기미가 가미되어 있지 않았을 테다. **나는 손주를 원한다, 앞날 설계가 아니라.** 클라라를 보시고는 아버지는 나더러 서두르라고 청했을 테다. 그녀는 걸어 들어와서, **저 클라라예요,** 하고 말할 터였고, 그럼 **프론토***, 황홀경에 빠졌을 거다. 벨라지오에서 온 여자애라고, 그는 그녀를 불렀을 테다. 함께, 어느 날 밤에, 아버지와 나는 차갑게 식힌 병들이 탑 건너편 어느 이웃집의 복닥복닥한 창문들을 들여다보는 그 앞에 서 있었다. "저 사람들 게 진짜 파티고, 우리 건 가장무도회다." 아버지가 말했다. "저 사람들은 아마도 자기네들 게 대용품이고 우리 게 진짜라고 생각할걸요." 나는 아버지의 기운을 북돋아주려 애쓰면서 말했다. "그럼 내가 생각한 것보다도 나쁘구나." 아버지가 말했다. "우리는 절대로 현 순간에 있는 법이 없고, 삶은 언제나 다른 곳에 있고, 그곳에는 언제나 영원을 훔쳐가버리는 무언가가 있기 마련이야. 우리가 하나의 방에 무엇을 밀봉해놓든 간에 다른 방으로 스며 들어가는 거지. 새는 밸브들이 달린 늙은 심장처럼 말이다."

웨이터가 유리문을 열더니 테라스로 와서 클라라의 반쯤 빈 잔을 치우려고 했다. 나는 그에게 놔두라고 말했다. 내 잔이 비었다는 것을 눈치채고 그는 나더러 와인을 더 마시고 싶

* 이탈리아어로 '즉각'이라는 뜻.

은지 물었다. 시원한 맥주라면 정말 좋겠네요, 내가 말했다. "잔에 드릴까요?" 그가 물으면서 갑자기 내게 맥주를 잔에 다 말고 다르게 마시는 방법들도 있었다는 것을 상기시켰다. "사실은, 병째로 주세요." 나는 이런 변덕이 마음에 들었다. 나는 맥주를 마실 거였고 그걸 병째로 마실 거였고 나 혼자서 즐길 거였는데, 그렇게 내가 눈앞에서 떠다니는 그녀를 떠올리지 않게 된다면, 뭐, 그렇게 되어버리라지. 그는 끄덕이고는, 틀림없이 매우 바빴을 저녁으로부터 한숨을 돌리며 내가 응시하던 곳을 쳐다보았다. "전망 한번 끝내주네요, 그죠?"

"그러게요, 멋지네요."

"맥주랑 뭐라도 곁들이시겠어요?"

나는 고개를 저었다. 나는 맹키위츠들을 기억해냈고 애피타이저 비슷한 무엇으로부터도 멀찍이 떨어져 있자고 결심했다. 그러나 반주한다는 발상과 그의 친절에 마음이 움직였다. "어쩌면 견과류 약간은 괜찮겠네요."

"견과류와 맥주 바로 가져다드리겠습니다."

그러더니 그는 다시 프랑스식 문에 거의 다다랐을 무렵 다른 빈 잔들이 놓인 쟁반을 들고서 내게 돌아섰다. "다 괜찮으신가요?"

웨이터가 내 상태가 어떤지 물어볼 정도면 내가 단연코 괴로워 보이는 게 틀림없었다. 아니면 그는 내가 뛰어내릴 계획이 없는지 단속하는 것이었을까. 사장님의 명령인즉, 예의 주시하고 아무도 이상한 생각 안 하도록 단속해라.

맨해튼의 남쪽 끄트머리를 면한 테라스의 반대편 끝에 있는 남녀는 깔깔 웃고 있었다. 남자는 한쪽 팔을 그녀의 어깨에 올렸고, 다른 쪽 손으로는 다시 채운 잔을 용케도 난간에 얹어둔 터였다. 내 눈에 보이기로는 그 손으로 시가도 한 개비 들고 있었다.

"마일스, 당신 나한테 수작 부리는 거예요?" 여자가 물었다.

"솔직히…… 모르겠네요" 하고 남자의 사근사근한 대답이 찾아왔다.

"본인이 모르겠으면 뭐 수작 부리는 거 맞네."

"수작 부리는 건가 보죠, 그럼."

"당신이라는 사람은 절대 종잡을 수가 없다니까."

"솔직히 나도 나라는 사람을 절대 종잡을 수가 없네요."

나는 미소 지었다. 예의 웨이터는 주인 없는 잔들과 재떨이들을 찾아 둘러보더니, 마치 담배 한 대나 피우며 한숨 돌릴까 고민하듯이 거기 섰다. 나는 그의 옷을 쳐다보았다. 프러시안블루 넥타이와 요란한 노란색 버튼다운 셔츠에다 소매는 이두박근까지 쭉 말려 올라간 게, 얼마나 기이한 복장이었는지.

"맥주!" 그는 마치 자신이 중요한 임무를 도외시했다는 양 자조적으로 외치고는 이어서 빈 잔들을 더 치웠다.

그러나 나는 정말 맥주를 원하지는 않았다. 이 파티는 나한테 맞지 않았다. 난 그냥 떠나야 했다.

오늘 밤 기대할 것이 달리 뭐가 있었나? 버스에다, 눈에다, 112번가까지 쭉 다시 걸어가서, 대성당을 마지막으로 한 번 응시하고, 눈을 헤쳐서, '자정 미사'를 위해 대성당에 사람이 모이는 것을 지켜보고, 그런 다음에는 오늘 저녁이라는 책을 끝맺어버리는 것. 그녀는 오늘 밤 거기로 향하겠다며 뭐라고 말했었다. 나는 대성당을 향한 재빠른 질주, 음악, 외투, 내부의 거대한 군중에, 클라라와 친구들, '클라라와 아이들', 우리 모두가 함께 옹송그린 모습을 상상했다. 파티로 돌아가자, 그녀는 말할 터였다. 롤로조차도 동의할 터였다. 그래, 돌아가자.

누군가가 나를 저녁 식사로 궁지를 몰기 전에 지금 떠나는 게 낫다, 나는 생각했다. 테라스를 떠나서, 위층으로 되돌아가서, 외투 보관소로 살짝 들어가서, 내 코트 표 꽁다리를 건네주고, 내가 도착한 만큼이나 살그머니 쓱 빠져나가는 게.

그러나 내가 가려고 한 발짝을 떼기도 전에 유리문이 다시 열렸다. 아까의 웨이터가 추가 와인과 내가 주문한 맥주병을 들고 있었다. 그는 탁자에 와인을 두고는 허벅지 사이에 맥주를 끼워서 즉시 뚜껑을 땄다. 그는 마일스와 여자친구에게 마티니 두 잔도 가져다줬다.

그러다 마지막으로 나는 맨해튼 위를 빙빙 도는 빛기둥

을 발견했다. 반 시간 전에 나는 클라라와 함께 여기 서서 벨라지오, 비잔티움, 상트페테르부르크에 관해 생각하고 있었다. 내 어깨에 얹힌 팔꿈치, 눈을 살포시 털어내는 버건디색 스웨이드 신발, 난간에 올라간 블러디 메리. 그건 전부 여전히 거기에 있었다! 클라라에게는 무슨 일이 벌어진 건가?

나는 내가 테라스에서 그녀를 기다리기로 암묵적으로 동의했던가 잊고 있었다. **확실히** 점점 추워지고 있었고, 누가 알겠는가, 어쩌면 나더러 테라스에 가만히 있으라고 요청하는 건 줄행랑을 치는 듯이 보이지 않으면서 줄행랑을 치는 방법이었을지도. 또는 나를 남겨진, 기다리는, 머무르는, 희망하는 쪽의 역할에 던져두는 클라라의 칵테일 파티적인 방법이었을지도 모를 일이다.

어쩌면 나는 그녀를 애태우고자 결국 테라스를 떠날 결심을 했는지도 모른다. 이것이 어느 쪽으로든 발전하지 않으리라는 것을, 내가 가장 얄팍한 희망을 건 적도 없었다는 것을 증명하고자.

내가 위층의 붐비는 계단에서 드디어 모습을 드러냈을 때, 군중은 세 배도 넘게 불어 있었다. 이 모든 사람, 그 모든 북새통, 음악과 현란함, 리버사이드 드라이브와 106번가의 어느 미지의 번화가에 착륙한 자가용 헬리콥터에서 막 발을 내디딘 듯 보이는 이 모든 부유하고 유명한 유럽의 속물들까지. 나는 갑자기 깨달았다. 브로드웨이가까지 쭉, 그리고 이

블록 뒤로 둘레로 연석을 따라 늘어선 위엄 있는 이중 주차된 리무진들은 다른 파티가 아니라 우리 파티로 사람들을 실어 나르고 있었다. 그러므로 나는 여기 대신 초대받고 싶어했던 바로 그 파티에 그간 쭉 있었던 것이다. 요란한 보석을 차고 못처럼 뾰족한 굽으로 쪽모이 세공을 한 마루를 또각대고 다녔던 태닝한 여자들, 호화로운 검은 정장에 어두운 회갈색의 오픈칼라 셔츠를 받쳐 입고서 거대한 방을 잰걸음으로 돌아다니던 근사한 청년들, 자신들의 치장한 새 부인이 이 옷을 입으면 훨씬 젊어 보일 거라고 주장한 옷을 입어 그들처럼 보이려고 노력한 나이 지긋한 남자들. 은행원들, 헤픈 여자들, 바비 인형들…… 이 사람들은 누구였나?

드디어 내게 분명해지기를, 웨이터와 웨이트리스 들은 전부 실상 제복을 입은 금발 모델 유형이었다. 소매가 쭉 말려 올라간 샛노란 셔츠, 플로팅 스타일로 묶인 넓은 파란 넥타이, 살짝 지퍼가 열려 있어 방탕한 기미를 주는, 꽉 끼고 허리선이 매우 낮게 재단된 카키 팬츠까지. 데카당스 시크와 싸구려 시크 사이의 무언가는 나더러 돌아서서 누구에게 뭐라도 말하고 싶어지게 했다. 그러나 나는 여기에서 한 명도 알지 못했다. 그러는 동안 웨이터들은 인산인해를 이룬 손님들을 몰아서 커다란 홀의 양 끝으로 길을 나아가게 하고 있었다. 그곳에서는 케이터링 직원들이 커다란 뷔페 테이블 뒤편에서 저녁 식사를 내오기 시작한 터였다.

조그만 구석에서 세 노부인이 다과상 주위에 틀어박혀 앉아 있었다. 마치 저들끼리 눈 하나와 이빨 하나를 공유하는 그라이아이* 세 자매 같았다. 어느 웨이터가 그들을 위해서 음식으로 채워진 접시 세 개를 가져다준 터로 와인도 차려주려던 참이었다. 부인들 중 하나가 옆 사람에게 바늘처럼 보이는 것을 들어 올렸다. 식사 시간 전에 혈당 수치를 확인하는 것이었다.

나는 클라라를 다시 보았다. 그녀는 예의 복닥복닥한 서재 속 책꽂이들 중 하나에 기대어 서 있었다. 그곳은 그녀가 자신이 옛날 쓰던 책상을 가리켰던 곳이었다. 또 그곳은 내가 실제적이고 사적인 클라라라고 생각했던 것에 너무 바짝 붙는 위험을 무릅쓰고서라도 그녀가 학위 논문을 쓰는 모습을, 또 이따금 안경을 벗고, 허드슨강 위로 어른거리는 스러져가는 가을철 햇살에다 아쉬워하듯 멀찍한 시선을 던지는 모습을 그려본 곳이었다. 현재 그녀를 마주한 그녀 또래의 한 청년은 그녀의 골반에 양 손바닥을 두고 그녀의 온몸을 자기 몸에 밀착시키며 그녀의 입에 진하게 키스하고 있었는데, 그의 눈은 고집스럽고 제멋대로이며 폭력적인 포옹 속에 감긴 채였다. 단지 쳐다보는 것일지라도, 훼방을 놓는 것은 규칙 위반처럼 느껴졌다. 아무도 보고 있지 않았고, 모두가 완전히

* 그리스 신화에서 고르곤을 지키는 세 자매. 셋이서 눈 하나와 이 하나를 공유한다.

의식하지 못하는 듯했다. 그러나 그는 양손으로 그녀를 그냥 안고 있는 것이 아니라 셔츠 아래서부터 그녀의 골반을 움켜쥐고는 살결을 만지고 있었다. 마치 그 둘이 천천히 춤을 추다가 멈춰 서서 키스를 하는 것처럼. 나는 그걸 눈치챈 이상 그들에게서 눈을 뗄 수 없었다. 그러던 중 그보다도 한층 심란하고 관심을 사로잡는 무언가를 발견하고 말았다. 즉 그가 그녀에게 키스하고 있었던 것이 아니라, 그녀가 그에게 키스하고 있었던 거라는 점을 말이다. 그는 그저 그녀의 혀에 응하면서 그 맹렬한 침습성의 불길 아래에서 황홀해하고 있었을 따름으로, 마치 어미 새의 부리에서 먹이를 할짝할짝 핥는 새끼 새 같았다. 그들이 끝내 포옹을 풀자, 내게 보인 것은 그녀가 그의 눈을 들여다보고 그 얼굴에다 너무도 나른하게 애무하는 모습이었다. 느릿하고도 오래 끌면서 숭배하듯 하는 손바닥으로 먼저 그의 이마를 문지르고, 그의 뺨으로 미끄러져 내려가면서 표현한 다정함은 너무도 마음이 미어질 듯했고, 그 촉감도 너무도 축축하여 화강암 덩어리에서도 사랑을 이끌어낼 수 있을 정도였다. 혹시나 이것이 그녀가 진홍색 셔츠를 벗어 던지고 스웨이드 신발을 집어치우고 제정신을 잃었을 때 그녀가 사랑을 나눈 방식을 암시했다고 하면, 그러면 내 한평생 정확히 바로 이 순간에 이르기까지 나는 아마 사랑을 나누는 것이 무엇인지도, 사랑을 나누는 목적이 무엇인지도, 사랑을 어떻게 시작하는지도 한 번도 이해한 적 없었던 거고, 사랑을 나누어 받기는커녕 누구에게 한 번도 사랑을 나눈 적도 없었던 거다. 나는 그들이 부러웠다. 나는 그들을 사랑했다. 그리고 나는 그들을 부러워하고 사랑하는 나 자신이 싫었다. 그들이 하던 짓을 더 하지 않기를, 아니면 하던 짓을 잠깐만 더 계속하기를 바랄 겨를도 없이 나는 그가 그녀의 골반에 제 골반을 밀착시킴에 따라 둘이서 다시 처음부터 키스하기 시작하는 걸 지켜보았다. 그의 손은 이제 그녀의 셔츠 속으로 사라졌다. 그의 손이 내 손이기만 했다면. 내가 저기에 있을 수만, 저기에 있을 수만, 저기에 있을 수만 있었다면.

은신은 개뿔. 무슨 변변찮은 별명이었나. 황혼 녘과 범불안의 시절 속 연옥과 사랑에 관해서 온통 떠들어놓고서, 저 파티광은 방금 굴복해버린 거다. 나는 그녀가 칵테일 수다 속에 인생에 관한 비극적 감상을 감췄다고 생각했다. 그녀의 정체는 그저 다루기 힘든 여학생들을 위한 마담 달메디고의 신부 학교에서 주워들은 텅 빈 낱말들을 벙긋거리는 유럽 여자일 따름이었다.

"클라라랑 잉키를 소개할게요" 하고 어느 여자가 낮게 중얼거렸다. 내 곁에 서 있었기에 그녀는 그들을 응시하는 나를 지켜보았을 게 분명했다. "쟤들은 맨날 저래요. 저게 쟤네가 떠는 상투적인 재주라." 나는 전에도 저런 것들을 봤고 파티에서 애무하는 연인들의 광경에 단연코 충격을 받지 않을 셈이었다는 의미로 어깨를 으쓱이려던 참이었는데, 그때 그 사람이 다름 아닌 머피 밋퍼드라는 것을 깨달았다. 우리는 얘기하기 시작했다.

내가 벌써 살짝 너무 마셔버린 탓에, 나는 그녀에게 돌아서서는 난데없이 그녀의 이름이 머피가 아니냐고 물었다. **맞았다! 내가 어떻게 알았나?** 나는 이어서 거짓말을 했고 우리가 작년 디너파티에서 만났다고 말했다. 이 거짓말은 내게 술술 나와도 너무도 술술 나왔지만, 하나의 얘기가 다음 얘기로 이어지다 보니 나는 우리가 실제로 같은 사람들을 알고 있으며, 놀랍게도 정말 어느 디너파티에서 만났다는 것을 발견했다. 그녀는 숙오프 커플을 알지 않았나? 아니, 그녀는 그들에 관해 한 번도 들어본 적 없었다. 나는 클라라에게 말해주고 싶어서 좀이 쑤셨다.

그러던 중 멀찍이서 나는 그녀가 내게 손을 흔드는 걸 보았다. 그녀는 그냥 손을 흔들고 있던 게 아니라 실제로 내 쪽을 향해 오고 있었다. 더욱 가까이 오는 그녀를 지켜보던 동안, 정반대로 하자고 온갖 다짐을 했음에도 나는 내가 벌써 그녀를 용서했다는 걸 알았다. 이 감정이 무엇인지 콕 집을 수는 없었는데, 왜냐하면 이것은 뒤죽박죽된 공황, 분노 그리고 울컥 솟구치듯 하는 희망과 기대였기 때문이다. 후자가 너무 헤펐던 나머지, 이번에도 역시 거울은 필요도 없이 나는 얼굴이 당기는 걸로 미루어보건대 너무 지나치게 활짝 미소를 짓고 있음을 알았다. 나는 다른 것, 슬프고 정신이 번쩍 깨는 것들을 생각함으로써 그 미소를 길들여보려고 했지만, 머피와 그녀의 덜덜대는 다산多産의 허리띠를 생각하기 시작하자마자 나는 너털웃음을 터뜨리기 직전의 심정이 되었다.

클라라가 사라졌다는 것도 내가 테라스에서 기다리지 않음으로써 그녀의 기대를 저버렸다는 것도 중요치 않았다. 우리는 마치 서로를 바람맞힌 지 두 시간 뒤 우연히 서로를 마주쳐서 손톱만큼도 잘못된 일은 전혀 일어나지 않았다는 양 관계를 다시 이어가는 두 사람 같았다. 나는 그들이 키스한 것에 관해 상관하지 않았다고 믿고 싶었는데, 내가 아무것도 희망하지 않고 그녀를 내 삶 속으로 어떻게 끌어들일지 노심초사하지 않아도 되는 한 나는 그녀와 함께 있는 것을 즐기고 그녀와 함께 웃고 그녀에게 한 팔을 두를 수가 있을 터였기 때문이다.

그때조차 알았는데, 나는 마치 중독될까 봐 노심초사하지 않으면서 가끔 한 개비씩 즐기기 위해 중독을 극복하고자 결심한 마약 중독자 같았다. 나는 똑같은 이유로 담배도 끊었다. 가끔 한 개비씩 즐기기 위하여 말이다.

클라라가 먼저 내 바로 뒤로 와서 내 귓가에 뭔가를 속삭일 참이었다. 나는 그녀의 숨결이 내 목에 맴도는 것을 느꼈고 그녀의 입술 쪽으로 살포시 기울일 준비마저 거의 되어 있었다. 그녀는 머피를 놀림감으로 삼고 있었다. 피식대는 웃음을 유발하려는 뜻으로, 비웃으며 결탁하는 몸동작이라고 감지된 것으로 나의 어깨를 꼭 쥐었다.

"부인의 쌍둥이 따님들은 세상에서 제일 사랑스러운 소녀들이에요" 하고 클라라가 말했다. 나는 클라라가 그녀를 부추기고 있다는 걸 알 수 있었다.

"정말 그렇죠, 안 그런가요." 머피가 동의했다. "훌륭하다니까요."

"**훌륭하다니까요**" 하고 클라라가 흉내를 내면서 이번에는 내 귀에다 입술을 한 번, 두 번, 세 번 스쳤다. "진짜 존나 훌륭하다니까요." 나는 그녀의 숨결에 내 몸의 모든 부위가 반응하는 게 느껴졌다. 그녀와 사랑을 나눈 사람들은 밤새도록 그녀의 숨결을 가졌던 거다.

"우리는 걔네들을 **레 제멜리네***라고 불러요" 하고 머피가 걸쭉한 미국식 억양으로 그 이탈리아어 단어를 말했다.

"저건 존나 뭐 하러 말한담?" 클라라는 내 귀에 계속해서 속삭였다.

한편 손님들은 뷔페가 차려진 식탁으로 나아가며 우리를 밀치기 시작했다. 머피는 군중에 삼켜지려던 참이었다.

"아무래도 우리가 길에서 비켜야지, 안 그러면 저 사람들이 우리를 다 치고 지나가겠는데요. 제가 지름길을 알아요."

"지름길요?" 내가 물었다.

* 이탈리아어로 '쌍둥이 소녀들'.

"주방을 통하는 길이에요."

클라라를 발견한 파블로가 또 다른 무리 사이에서 신호를 보내고 있었다. 그녀는 우리가 반대쪽에서 주방으로 향하고 있다고 그에게 말했다. 보아하니 그들은 이전에도 이렇게 해봤던 것이다. 우리는 모두 온실에서 만날 것이었다.

나는 잉키를 떠올렸고 클라라가 그에게 돌아가고 싶었겠거니 여겼다. 그러나 그는 어디에도 보이지 않았다. 그녀는 그를 찾아볼 시늉조차 하지 않고 있었다.

"참호에서 온 그 남자는 어디 있어요?" 나는 끝내 클라라에게 물으면서, 내 몸짓으로 내가 그녀와 저녁 식사에 함께 하지 않을 터였다는 모든 암시를 주었다.

나는 멍한 시선을 받았다. 그녀는 이 처진 농담을 받아내는 데에 실패할까, 아니면 그녀가 우리 용어를 기억해내자마자 한 차례 분개한 시선을 던질까? 그녀가 답하기까지 매우 긴 시간이 걸렸다. 나는 겸연쩍게 선웃음을 치면서 내가 암시한 그 얕은 것을, 설명이 붙으면 한층 더 얕게 들릴 그것을 또박또박 말해주려는 유혹이 벌써부터 들고 있었다.

"잉키 말한 거예요." 내가 말했다.

"무슨 말 한 건지 알아요." 침묵. "집에요."

이제는 내가 그녀가 무슨 말을 한 건지 모르겠다는 것을 보여줄 차례였다. "잉키가 집에 갔다고요?"

그녀는 나를 놀리던 걸까? 아니면 날 입 다물게 하던 걸까? 네가 신경 쓸 일 아니야, 그만해, 너 선 넘었어? 아니면 그녀는 여전히 음식으로 향하는 지름길을 찾으려고 하며 어떻게 하면 다른 사람들보다 먼저 여기에서 저기로 도달할지에만 관심을 온통 집중하고 있던 걸까? 그러나 나는 그녀가 그저 식탁으로 가는 길에 관해서 생각한 것만은 아니라는 느낌이 들었다. 어쩌면 내가 무언가 잘못되었느냐고 물어야 하는 걸까? "우리 온실을 거쳐 위층으로 올라가서, 다른 계단을 통해 내려가서 뒷문으로 들어간 다음 주방으로 가야 할 거예요." 나는 이렇게 말하는 그녀를 지켜보았다. 우리가 아까 했던 대로, 나는 나선형 계단에서 그녀의 손을 잡고 그녀의 목덜미와 머리카락 속을 손으로 감싸고 내 안에서 터져 나오는 모든 것을 그녀에게 말해주고 싶었다.

"뭔데요?"

나는 **모든 것**이라고 의미하면서 아무것도 아니라는 의미로 고개를 저었다.

"그러지 마요!" 그녀가 말했다.

이것이 바로, 내가 저녁나절 내내 두려워한 그 단어였다. 나는 벨라지오에 관해 암시할 때 그 단어의 가닥들을 주워들었다. 이제 그 단어는 결국 나와버렸다. 그러면서 벨라지오를 없던 것으로 만들고, 빛기둥을 쫓아내버리고, 장미 정원이라는, 또 눈에 발이 묶인 대지들에서 길을 잃은 일요일의 연인들이라는 환상을 두드렸다. **그러지 마요.** 느낌표가 달렸을까 달리지 않았을까? 십중팔구는 달렸을 것이다. 아니면 달리지 않았을 것이다. 아마도 그녀는 살면서 그걸 너무 여러 번 말해봤을 테니 느낌표가 필요하지도 않았겠다.

우리가 좁은 계단을 통해 가던 도중에 그녀는 내가 감히 묻지 못한 그 질문에 대한 답을 끝내 불쑥 뱉었다. "오늘 밤이 우리의 '슬픔을 금하는 고별사*'였어요." 그녀가 내 뒤를 보았다.

십 대 무리가 뒤편에서 불쑥 튀어나와, 위층으로 가는 길에 우리를 황급히 스쳐 갔다.

"그래서, 잉키에 관해서 말하던 거죠?"

"갔어요. 영영 떠났어요."

나는 잉키가 안쓰러워졌다. 그녀는 방금 이 남자에게 남자가 필요로 하는 모든 사랑의 증명을 주었다가, 일 분 뒤에는 쥐새끼만도 못하다는 듯 비난하는 말을 쏟아낸 것이다. 그녀는 단지 무관심한 사람을 살짝 너무 매정하게 괴롭히던 것은 아닐까? 아니면 세상에는 그런 사람들이 있는 것일까. 상대와 볼일이 끝나자마자 그 사랑이 상하여 너무도 지독스러운 것으로 변하는 바람에 극심한 고통을 초래하는 원인은 실연시켜서라든지, 그들 집으로 통하는 열쇠까지 쥐놓고는 퇴짜를 놓을 적에 홀가분한 태도를 취해서가 아니라, 배 밖으로

* 영국의 시인 존 던의 시 〈고별사: 슬픔을 금하며〉의 제목을 활용한 표현.

던져졌는데 괜히 법석 떨어서 모두의 흥을 깨지 말고 물에 빠져죽으라는 말이나 듣는 구경거리로 전락시켜서인 사람들 말이다. 이것이 그에게 벌어진 일이었을까? 퇴짜놓아지고, 키스를 받고, 짐이 싸여 내쫓긴 걸까? 아니면 그녀는 자신이 상대방의 애간장을 집어삼킬 동안 상대방을 제압하기 위하여 얼굴을 핥아주는 기이한 들고양이와 같았던 걸까?

나는 그녀가 그에게 두 번째로 더 야만스럽게 키스하려고 준비하던 동안 살짝 모로 기울어진 그의 얼굴을, 그 몸의 모든 부위가 하나의 팽팽한 힘줄로 변화한 모습을 보았다. 몇 분 뒤에 그녀는 내게 걸어오더니 위층으로 같이 살금살금 올라가자고 하고 있었다.

"그는 아마도 대리엔 봉우리의 부모님 댁에 가는 길일 거예요. 제가 그 사람한테 눈길에 운전하지 말라고 했거든요. 그 사람 말이 자기는 상관없다는 거예요. 그리고 솔직히……."

우리는 몇 계단을 더 올랐다.

"저는 그 사람이 너무 지긋지긋하거든요. 그 사람은 온 세상에서 제일 건전한 남자고, 전 그에게 있어서 최악이거든요. 맹세컨대, 욕실에서 쓰는 속돌을 붙잡아다가 그걸로 제 얼굴을 후려치고 싶을 뿐인 날도 있다니까요. 왜냐면 그게 그가 매일 쳐다보면서도 그 안에 뭐가 있는지 감도 못 잡는 그 얼굴을 연상시키거든요. 감을 못 잡아, 감을 못 잡는다고. 그는 제가 저라는 사람으로 있지 못하게 했고, 심지어 저도 저라는 사람이 누구였는지 알지 못하게 되기도 했단 말이죠."

나는 그녀에게 깜짝 놀라고 믿기지 않는다는 시선을 보낸 게 틀림없었다.

"못되고 고약한가요?"

나는 고개를 저었다.

"저는 제가 그를 사랑하게 하지 못했다며 그를 탓하기까지 해요. 마치 그게 제 탓이 아니라 그의 탓인 것처럼. 왜냐면 저는 그를 사랑하려고 너무도 열심히 노력했거든요. 그리고 지금껏 내내 제가 원했던 건 오로지 사랑이었단 말이에요. 다른 누군가가 아니라, 다른 사람이 아니라, 심지어는 다른 사람의 사랑도 아니라. 어쩌면 저 역시도 다른 이들이 무슨 소용인지 모르는 거겠죠. 어쩌면 제가 원하는 건 오로지 로맨스일지도요. 차갑게 식혀서 차린. 어쩌면 그거라면 딱 괜찮겠네요."

그녀는 말을 뚝 끊었다.

"그거야말로 범불안의 구덩이로 가져갈 만하네요." 파티광은 불편하게 미소 지었다.

나는 계단에서 그녀 뒤에 섰다. 우리가 어찌나 비슷했는지 섬뜩할 정도였다. 우리에게 공통점이 많다는 그 환상은 나에게 겁을 줄 뿐만 아니라 희망을 주기에도 충분했다.

"더 말해줘요."

"더 말해줄 게 없어요. 내 인생에서 불빛이 사라져서 그가 빛이었다고 생각했던 적이 있었어요. 그러다가 그는 빛이 아니고 암흑을 꺼준 손이었다는 걸 깨달았죠. 그러던 어느 날에는 빛이 하나도 남아 있지 않았다는 걸 보았어요. 그에게도, 제게도요. 그러자 제가 그의 탓을 했어요. 그러다 제 탓을요. 이제 저는 그냥 어둠이 좋아요."

"그래서 이렇게 은신 중이고요."

"그래서 이렇게 은신 중이고요."

그녀는 나에게서 시선을 거두었다.

"이게 제 지옥이에요." 그녀가 덧붙였다. "잉키가 원하는 건 제가 아니에요. 그는 저를 닮은 사람을 원해요. 하지만 저는 말고요. 저는 그에게 완전히 안 맞는 사람이고, 저에게도 안 맞는 사람이죠, 굳이 아셔야겠다면. 남자들이 원하는 건 절대로 진짜 제가 아니라, 그냥 저를 닮은 사람이에요." 잠깐의 침묵. "그리고 저는 그런 데엔 도가 텄어요." 그것은 **다 알겠지만 한마디만 할게, 친구야,** 라는 말과 별반 다르게 들리지 않았다.

이게 제 지옥이에요. 무슨 파티광이 이런 말을 하는지. **저를 닮은 사람이지 저는 말고.** 어디서 그런 말을 배우거나 그런 통찰을 떠올렸던 걸까? 경험에서? 혼자 보내는 기나긴 시간에서? 경험과 고독은 공존할 수 있었을까? 이 파티광은 실제로는 은둔자인, 파티광인 척하는 은둔자였던 걸까. 마치 지옥에서 온 푸가처럼 영원히 **렉투스**와 **인벌수스***를 넘나들면서?

나 클라라예요. 별반 다를 거 없어요.

그녀는 문을 열었다. 발코니에서는 그보다 두 층 아래 테라스와 똑같은 허드슨강의 전망을 내려다보였다. 훨씬 더 위에서 내려본다는 점만 달랐다. 그녀는 온실을 지나는 좁다란 복도를 가리켰다. 전망은 그야말로 기가 막히고도 괴기했다.

"아무도 이걸 모르는데요. 그 사람은 내가 청하기만 했다면 나를 위해 죽을 거예요."

무슨 말을 해도 참.

"그래서 그 사람한테 그러라고 했어요?"

"아뇨, 근데 그 사람이 매일 그러겠다고 제안을 하네요."

"그쪽은 그를 위해서 죽을 건가요?"

"내가 그를 위해서 죽을 거냐고요?" 그녀는 내 질문을 되풀이하고 있었는데, 아마도 생각할 시간을 만들어 그럴듯한 답변을 떠올리려는 것이었다.

"그 질문이 무슨 뜻인지도 모르겠는데요. 그러니까 안 죽을 것 같네요. 그의 숨결에 배어든 치약과 맥주의 맛을 사랑하곤 했죠. 이제는 속이 뒤틀려요. 그의 캐시미어 스웨터의 쥐어뜯긴 팔꿈치를 사랑하곤 했죠. 이제는 만지지도 않을 텐데요. 나도 그런 내가 그렇게 썩 마음에 들질 않아요."

* 음악에서 테마가 원래 형태로도 또 뒤집어서도 연주되는 것을 말한다.

나는 그 말을 들으면서 더 말해주기를 기다렸지만, 그녀는 말을 멈추었다.

"허드슨강을 좀 봐봐요." 내가 말했다. 우리는 얼음 토막들을 고요히 내려다보는 자리에 서 있었다.

그녀는 평소와는 다른 엄숙함을 띠고 말했다. 나는 그녀를 이런 모습으로 기억하자고 맹세했다. 온실은 불이 다 꺼진 채였고, 황홀한 한순간 내가 세상 꼭대기 같은 그 위에 서 있었을 무렵 나는 그녀에게 나와 함께 서서 우리의 은회색 은하계가 우주를 통해 제 갈 길을 찔끔찔끔 나아가는 걸 지켜봐달라고 말하고 싶었다. 나는 이렇게 말하려는 유혹마저 들었다. "그냥 여기서 조금만 나랑 있어줘요." 나는 그녀가 내가 빛기둥을 탐색하는 걸 도와주기를 원했다. 그리하여 찾아내면, 그녀가 그걸 시간을 초월하는, 미래로 뻗어나가 달빛 비친 구름들 속으로 스러지는 한쪽 팔 같다고 생각하는지, 아니면 혹시 하늘이 땅에 닿고 우리에게로 내려와서 우리의 모습을 띠고 우리의 언어를 말하고, 우리와 어둠 사이에 버티고 서 있는 이 기쁨의 할당량을 우리에게 주는 그런 드문 경우 중 하나라고 생각하는지 말해주기를 원했다. 그녀 역시도 스카이라인에 감명받은 게 틀림없었다. 그녀는 자진하여 멈추고, 맨해튼의 남쪽 반쪽을 내다보았다. 끝내 나는 그녀 셔츠 속으로 그녀를 양손으로 붙들고 그녀의 입에 키스하고 싶어졌다. 그녀가 내 손을 와락 잡아채어 나를 데리고 가면서, 고의적으로 걸치레식인 "그래요, 우리 알아요. 우리 알죠. '요전번 밤에 영원을 보았나니'"를 읊으며 품은 그 조급함 때문에.

—◆—

주방에서 짙은 버건디색 벨벳 재킷을 입고 있는 남자는 자신의 핸드폰에 대고 말하고 있었다. 매우 근심이 어려 보였다. 그는 클라라를 보자 무언의 인사로 얼굴을 찡그렸고, 몇 초 뒤에 작별 인사도 말하지 않고 핸드폰을 탁 끊어버리며 우리더러 들으라고 변호사에게 악담을 퍼부었다. 그는 블레이저의 안주머니에다 핸드폰을 다시 쓱 넣어두고는 셰프에게 돌아섰다. "**조르주, 트루아 베르 드 뱅, 실 부 플레.***"

"요란한 파티군!" 그는 말하면서 아침 식사 식탁으로 옮겨갔다. "아니, 나랑 같이 앉아요. 나 숨 좀 골라야 하니까. 이런 파티는 아주 다른 시대에서 튀어나온 것 같단 말이지!"

그는 파티를 좋아했다. 그러나 이건 너무도 요란했다. 그가 덧붙이기를, 이 온갖 독일인과 프랑스인까지 있으니, 여기가 바벨탑인 줄 알 터였다. "우리한테 우리가 있기를 천만다행이지. 그리고 음악도 있기를."

나는 음악이 이 핵심층 친구들을 묶어줬겠거니 생각했다.

* 프랑스어로 '조르주, 와인 세 잔 부탁해'라는 뜻.

우리 셋 모두가 앉아 있을 동안 여러 요리사와 수없는 웨이터가 우리 뒤에서 조바심쳤다. 구석에는 개인 운전기사나 보디가드가 되었거나 혹은 두 가지를 겸하게 된 퇴직한 경찰관 유형으로밖에는 보이지 않던 건장한 금발 남자가 둘 있었다. 이들은 막바지에 그러모아 **오트 퀴진***으로 연출된 구운 라자냐를 먹고 있었다.

한스는 우리를 쳐다보더니 클라라를, 그러더니 나를, 그러더니 다시 클라라를 따로따로 검지손가락으로 가리켰다. 마치 이렇게 물으려는 듯했다. "너희 둘 사귀냐?"

그녀는 회의실에 들어갈 참이다가 갑자기 비서로부터 어머니가 전화를 걸었다고 전해 들은 매우 젊은 변호사처럼 초롱초롱하고도 태연자약한 미소를 지었다. 그 미소는—내가 깨닫기까진 몇 초가 걸렸다— 홍조와 같은 것이었다. 그녀는 입술을 깨물었다. 마치 이렇게 말하려는 듯했다. "내가 이걸로 너한테 대갚음을 해줄 거야. 아주 틈만 보여봐." 그러고는 나는 그녀가 그렇게 하는 걸 보았다. "넌 괜찮아, 한스?"

"괜찮지." 그는 웅얼거렸다가 다시 생각해보더니 말했다. "아니, 사실 안 괜찮아."

"떼쟁이 때문에?"

"아니, 떼쟁이 말고. 그냥 일 때문이지, 일. 가끔은 나는

* 프랑스어로 '최고급 요리'라는 뜻.

음악 업계에서 회계사로, 단순하고 멍청한 회계사로 남아 있었어야 한다고 혼자 말한다니까. 저 밖에는 내가 망하길 바라는 사람들이 있어. 그리고 상황이 돌아가는 꼴을 보아하니 그 놈들이 딱 성공할 것 같네."

그러더니 자기 연민의 나른한 구름을 떨쳐내려는 듯, "저는 한스예요"라고 내게 손을 뻗으며 말했다. 그는 마치 단어마다 마침표가 달린 양 천천히 말했다.

내가 한스를, 아니면 한스가 나를 몰랐다는 사실이 클라라에게 갑자기 닥쳐왔던 모양이다. 이번에는 그녀가 공식적으로 소개를 해줄 터였는데, 물론 내가 그동안 쭉 한스의 친구인 줄 알았는데 그레천의 친구였다니 자신이 완전 바보가 된 느낌이라고 말하는 것을 빼먹진 않았다.

"아니, 저는 그레천을 모르는데요." 내가 말하면서 절대로 누구를 속일 의도가 아니었다는 것을 보여주려고 했다. 그러니만큼 이번이 실토하기에 괜찮은 기회였다.

"아니 그러면 누구……?" 클라라는 이 질문을 어떻게 표현할지 몰라 한스에게 도움을 구하러 돌아보았다.

나는 라자냐를 먹고 있는 두 명의 우람한 전직 경찰관들이 몇 초 만에 나를 덮쳐서 양팔을 비틀고 바닥에 꼼짝 못 하게 붙든 다음, 나를 주방 탁자에다 수갑을 채우고 '제24구역 관할 경찰서'에서 턱이 늘어진 자기 동료들이 찾아올 때까지 붙들어둘 거라고 상상했다.

"저는 프레드 파스테르나크가 초대장을 저한테 메신저로 보내놓고 여기 오라고 해서 온 거예요. 그 사람이 저를 바람맞힌 모양이에요. 저는 오늘 오후 늦게까지도 이 파티가 있다는 건 알지도 못했어요." 나의 무죄를 밝히고 나의 자격에 관해서 한 점 의혹을 남기지 않으려는 노력의 일환으로 필요한 것보다 세부 사항을 더 쏟아내기 시작했다. 꼭 거짓말쟁이들이 간단한 거짓말로도 충분히 잘 먹힐 법할 때 괜히 더 말하는 식이었다. 나는 또 이렇게 덧붙일 참이었다. 오늘 밤 파티에 오고 싶지도 않았다고. 배고프지도 않았다고. 창피하게도 헨젤과 그레텔이라는 이름의 두 주최자 주위에 몰려든 그 절름발이 다리를 하고 서투르며 멋부린 유럽 출신 매춘부 같은, 야반도주나 할 법한 군중들은 나한테도 아무런 감흥도 주지 못했다고…… 그러니 그만하시라고!

"**그쪽**이 푸 파스테르나크의 친구라고요?" 그러니 이들은 그의 옛적 별명도 알고 있었던 거다. "푸의 친구들이라면 언제든지 여기 대환영이죠." 악수, 어깨에 두른 팔, 탈의실에서 있을 법한 일체의 다정한 절차. "그분이 제 아버지의 친한 친구셨어요." 나는 정정했다. "일종의 뒤를 봐주시는 분이랄까요."

"스위스 쪽 연줄이네요" 하고 한스가 농담하며 이 모든 것을 전후 첩보소설 속 버림받은 소년들이 김나지움에서나 쓰는 영어로 맹세한 약속처럼 들리게 했다.

웨이터가 드디어 화이트와인 한 병을 들고 돌아와 코르크를 땄다. 그가 막 클라라에게 와인을 따라주려던 차에 그는 내게 돌아서서 가만히 물었다. "손님께는 맥주로 가져다드릴까요?" 나는 즉각 그 웨이터를 알아보았다. 아니, 나는 이번에는 와인을 마실 터였다.

그가 가고 나자 나는 한스에게 말했다. 저 웨이터는 자신이 내 목숨을 살렸다고 확신하고 있다고. 어쩌다 그렇게 됐는데요? 그는 물었다. 웨이터는 분명 내가 n층에서 뛰어내리려고 했다고 생각한 거라고.

나는 모든 걸 지어냈다. 괜찮은 이야기라고 생각했지만, 왜 내가 이걸 지어냈는지는 설명할 수가 없었다. 모든 이가 웃었다. "진심으로 뛰어내리려는 건 아니죠?" 하고 클라라가 물었다.

나는 킬킬거렸다. 한 명 이상의 남자가 그녀를 위해서 죽겠다고 협박했던 게 분명했다.

"푸를 위하여." 한스가 말했다. "푸를 위하여, 또 이 행성의 모든 혈기 왕성한 사기꾼들을 위하여, 그들의 부족이 융성하기를." 우리는 잔을 쨍 부딪쳤다. "한 번 더, 그리고 다시 한 번." 그는 건배했다. "그리고 다시 여러 번 더." 클라라가 메아리처럼 되풀이했다. 분명, 그들의 세상에서는 익숙한 축배사였던 거다.

푸를 위하여, 나는 생각했다. 그 변덕이 아니었더라면,

이 초대장을 내게 전달하지도 않았을지도 모르고 내 인생에 이만한 주문을 걸어버린 저녁을 가능하게 하지 못했을지도 모르는 그를 위하여.

나 클라라예요, 당신을 새롭게 만들어줄게요. **나 클라라예요,** 당신에게 이것저것을 보여줄게요. **나 클라라예요,** 당신을 이곳저곳에 데려다줄 수 있어요.

나는 한스 뒤편의 요리사들 중 한 명이 커다란 캐비어 캔 같은 것을 따는 모습을 지켜보았다. 그는 캔에, 캔 따개에, 캐비어에, 주방에 대해 조급한 태도로 한 덩이 두 덩이를 퍼냈다. 그 태도가 클라라를 떠올리게 했다. 그녀는 당신을 당신 자신으로부터 퍼내서, 당신에게 새로운 모습, 새로운 심장, 새로운 모든 것을 줄 것이다. 그러나 이렇게 하기 위해서 그녀는 회전식 모델이 발명되기 전까지 거슬러 올라가는 그런 캔 따개 중 하나로 당신을 잘라서 파고들어야 할 것이다. 먼저는 날카롭게 절개하고 나서, 뒤이어 뾰족한 상어 지느러미 형태의 강철 칼날을 위로, 아래로, 위로, 아래로 지레로 들어 올리고 가동하면서 까다롭고 참을성 있게 꾸준히 피를 뽑는 작업이 찾아온다. 그러다가 칼날은 당신을 빙 둘러 제 길을 나아가서 당신을 당신 자신으로부터 꺼내버린다.

이렇게 되면 아플까?

전혀. 모두가 그 대목을 사랑한다. 아픈 것은 당신이 나와서 당신을 당신 자신으로부터 휙 튀어나오게 한 그 손을 놓쳐버렸을 때다. 그렇게 되면 정어리 통조림의 열쇠는, 캔 뚜껑이 마치 탈피된 오래된 거죽처럼 그 주변에 온통 말린 채로, 피살자에게 박힌 단도처럼 당신의 심장에 박혀 있다.

나는 한평생의 경로를 바꾸려면 파티 한 번 이상의 것이 필요하다는 것을 알았다. 그러면서도 너무 확신하지는 않은 채로, 어쩌면 틀렸다는 게 증명될까 봐 두려워 너무 확신하고 싶지는 않은 채로, 나중에 소비하기 위해서 꼼꼼하게 마음에 새기지도 않은 채로, 나는 그중 무엇도 잊지 않으리라는 것을 알았다. 버스를 탄 일, 신발, 온실을 급히 지나 주방으로 들어갔더니 그곳에서 한스가 처음에는 그녀를, 그다음에는 나를, 그다음에는 다시 그녀를 가리킨 일, 자살 기도에 관하여 내가 지어낸 이야기, 하루 저녁을 구치소에서 보낼 거라는 위협에서부터 클라라가 크리스마스 당일 밤에 경찰서로 급히 달려와서 나를 쫓겨 나오게 한 것, 또 관할 경찰서 밖의 얼어붙을 정도의 한기로 걸어 들어가면서 그녀가 이렇게 물을 터였던 것에 이르기까지. **수갑 아팠어요? 자, 내가 당신 손목 문질러 줄게요. 내가 당신 손목에 키스해줄게요. 당신 손목에, 당신의 가엾은, 고운, 가련한, 하느님이 내린 아픈 손목에.**

이것들을 나는 가져갈 터였다. 한스가 본인이 연 파티에서 벗어나고 싶은 마음에, 조르주에게 **비앵 장티***하게 세 접시

* 프랑스어로 '매우 친절하게'라는 뜻.

를 마련해서 위층의 **당 라 세르***로 가져다줄 수 있겠느냐고 묻던 그 순간도 나는 가져갈 터였다. 그러면 우리가 온실로 틀어박힐 테니 나는 그 어느 때보다도 클라라, 빛기둥, 별들에 더더욱 가까워질 터라는 걸 알았기 때문이다.

"그럼에도 말이야" 하고 한스가 일어나서 우리더러 주방을 먼저 나서도록 기다리면서 말했다. "나는 그쪽 둘이서 오래 안 사이라고 맹세할 수도 있었을 건데."

"전혀 아닌데 말이지" 하고 클라라가 말했다.

우리가 몇 시간 전에 막 만났음을 그녀도 나도 믿지 않았다는 것, 내가 그걸 깨닫기까지는 시간이 걸렸다.

한스는 온실 안 등불을 켰다. 에워싸인 형태의 반쯤은 베란다 같고 반쯤은 온실 같던 것 안에서는 작은 원형 식탁이 우리를 기다리고 있었다. 식탁에는 복잡다단한 아라베스크 무늬로 음식이 담긴 세 접시가 놓여 있었다. 그 근처에는 얼음이 채워진 양동이가 있었고 그 안에는 누군가가 병목에 흰 천을 두른 병을 놓아두었다. 그것이 내가 가져온 와인 중 하나이며 누군가가 분명히 지금까지 내어주기를 미뤄왔다는 것

* 프랑스어로 '온실 안'이라는 뜻.

을 생각하니 적잖은 전율이 느껴졌다. 이곳에서는 일이 마법처럼 벌어졌다. 내가 펼친 감긴 냅킨 안에는 은제 포크, 은제 나이프, 숟가락이 구식의 장식적 양식으로 새겨진 이니셜을 품고 있었다. 누구 이니셜이에요? 나는 클라라에게 속삭였다. 한스의 조부모님 거예요. 나치로부터 탈출하셨대요. "탈출한 유대인들이셨대요. 저희 조부모님과 매한가지로." 그녀가 말했다. 저희 조부모님과도 매한가지네요, 나는 덧붙이려고 했는데, 특히나 감긴 냅킨을 풀고 매년 이맘때쯤에 우리 부모님 파티에서 모든 사람이 와인을 너무 많이 맛본 터에 어머니가 이제 만찬을 들 시간이라고 말했을 때를 돌이켜고 나니 더더욱 그럴 마음이 들었다. 우리의 은식기에 현란한 이니셜로 새겨진 그 기억되지 않은 사람들은 심지어 대서양을 건너본 적도 없었거니와, 하물며 106번가나 스트라우스 공원은 물론 그들의 숟가락을 어느 날 물려받을 몇 세대 아래의 사람들에 대해서는 들어본 적도 없었던 것이다.

우리 주위의 작은 식탁 세 개는 이미 상차림이 되어 있으나 아직 아무 음식도 내어지지 않은 터였다. 매일 아침 식사를 들기에 얼마나 멋진 장소인지. 내 왼쪽으로는 식물 표본실이 있었기에 향신료들, 라벤더, 로즈메리 등 사방팔방이 프로방스의 색조였다.

하얀 천은 풀을 먹인 광택이 났다. 헌신적인 손길로 세탁하고 부풀리고 다림질하여 개놓은 모양새였다.

"그래서 다시, 둘이 어떻게 만났다고요?"

"거실에서요."

"아니에요." 그녀가 말한 뒤에 다시 한번 내 어깨에 팔꿈치를 두었다. "엘리베이터에서예요."

"엘리베이터에서요?"

그리고 나는 기억이 났다. 그렇고말고. 나는 엘리베이터에서 확실히 누군가를 눈치챘던 것이다. 나는 수위가 엘리베이터로 나를 안내해주고 미닫이문 너머로 그 제복을 입은 큼지막한 팔뚝을 찔러넣어 나 대신 버튼을 눌러준 바람에, 황송스러운 한편으로 분주하게 발을 쿵쿵 굴러 장화에서 눈을 털어내던 남청색 비옷을 입은 여자 앞에서 내가 스스로 무능하게 느껴지던 일을 기억했다. 나는 그녀가 손님 중 하나이면 좋겠다고 바랐고, 그녀가 몇 층 전에 발을 내디뎌버리자 그렇게 소망하기를 그만두었다. 그녀를 다시는 보지 못하리라고 너무도 철두철미하게 믿은 탓에, 그 기억 속 엘리베이터에서 "꿈도 꾸지 마세요!"와 "그래서, 우리 잡담도 안 하나 봐요, 응?" 사이 무언가를 뜻하는 시선으로 나를 내립떠본 그 사람이 지금 온실에서 내 앞에 앉은 여자라고는 생각하지 못한 것이다. 클라라는 엘리베이터에서 우리가 이미 안면을 텄다고 느꼈기에 파티에서 자신을 그렇게 소개했던 것일까? 내가 좋은 일은 단념하고 있던 바로 그 탓에 좋은 일이 내게 벌어졌던 것일까? 아니면 우리가 알지 못한다는 전제하에, 혹은 신탁에서처럼 배배 꼰 언어로 말해준다는 전제하에 우리의 별자리에는 설계가 있는 것일까?

우리가 엘리베이터 안에서 얘기했던가? 내가 물었다.

그렇다, 우리는 했다.

우리는 무엇을 말했던가?

"그쪽이 맨해튼에서 13층이 있는 건물을 발견하다니 이얼마나 기이하냐고 뭐라고 말했어요."

그녀는 뭐라고 대답했던가?

그렇게 멍청하게 꼬시는 말에 답할 가치가 있었나?

내가 13층에 관해 묻지 않았더라면 어쨌을 거예요?

그건 '3번 문' 질문이에요. 그리고, 내가 이미 말했죠, 오늘 밤 나는 그쪽을 건드리지 않겠다고.

그녀는 바로 이 건물의 다른 파티에 다녀왔던 것인가, 그러면?

그녀는 바로 이 건물에 살았다.

나 여기 살아요. 처음에 그 말은 **나 여기 살아, 멍청아,** 처럼 들렸다. 하나 그러던 나는 그것이 매우 사적인 무언가를 고백하는 말처럼 다가왔다는 것을 즉각 깨달았다. 마치 나의 질문이 그녀를 궁지로, 그녀가 잉키, 옷, 담배, 속돌, 음악, 신발과 함께 삶을 살아가는 곳을 두른 네 담벼락으로 뒷걸음질하게 한 듯했다. 그녀는 이 건물에 사는구나, 나는 생각했다. 이곳이 클라라가 사는 곳이구나. 그녀의 담벼락들마저도, 즉 그녀가 감춘 비밀이 없으며, 그녀가 네 담벼락 모두와 더불어 홀로 있으면서, 담벼락들은 사람들이 간주하는 수준의 반절만큼도 귀가 멀어 있지 않기에 담벼락들에 말할 때 모든 것을 듣는 그것들마저도, 클라라가 누구인지 알고 있다. 그런데 나와 잉키와 그녀에게 **고통과 고뇌**를 초래한 그 모든 사람들은 감도 잡지 못한다.

저 여기 살아요. 마치 그녀가 억지로 인정하지 않는 한 내가 절대로 몰랐을 무언가를 그녀가 끝내 털어놓았다는 양. 그래서 그녀는 그 말을 하면서 살짝 짜증이 나고 멍이 들었다는 칭얼댐을 담았는데, 그 의미는 **그런데 절대 비밀이 아니었는데 왜 일찍 물어보지 않았어요?**

그때 나는 갑자기 기분이 바뀌었다. 잉키가 대리엔으로 향하는 대신 지금 그 집으로 갔을 수도 있을까? 그는 아래층에서 그녀한테 샐쭉해져 있던 게 아닐까? 이 시간 내내 어디 있었어? 위층에. 내가 기다리고 기다리고 기다렸잖아. 파티를 떠나질 말았어야지, 그럼. 내가 기다릴 거 알았잖아. 코네티컷은 어쩌고? 눈이 너무 많이 와. 그래서 오늘 밤 자고 가겠다고? 응.

"잠깐만요." 한스가 말했다. "그러니까 둘이서 같이 술을 마시면서도 서로 엘리베이터에서 이미 만났다는 걸 모르고 있었다고요?"

나는 끄덕였는데, 속수무책으로 무력한 끄덕임이었다.

"믿기지가 않네."

나는 피가 아주 귀 끝까지 도는 게 느껴졌다.

"이 사람 얼굴 빨개졌네." 클라라가 다 들리게 속삭였다.

"얼굴이 빨개졌다고 해서 꼭 사람이 뭔가를 숨기고 있는 건 아니에요." 내가 말했다.

"얼굴이 빨개졌다고 해서 꼭 사람이 뭔가를 숨기고 있는 건 아니에요." 한스가 으레 그러하듯 의도적인 투로 되풀이하면서 내 말에 유머를 얹었다. "내가 클라라였다면 이 모든 걸 칭찬으로 받을 거예요."

"이 사람 좀 봐봐. 또 얼굴 빨개진다." 그녀가 말했다.

내가 그걸 부정하면 즉각 자잘한 홍조의 산사태가 터지고 말 것이었다.

"얼굴이 빨개지고 상기되고 허둥대고. 남자들이란 하나같이."

내가 반박하려던 차에 일이 또 벌어졌다. 우리의 농담이 한창 오가던 중 나는 효모로 부푼 비스킷을 밥의 층 위에 얹힌 정육면체 회인 줄 착각하고 어느 소스에다 푹 찍어서 또 다시 한 조각 후추의 지옥을 꿀꺽 삼켰다. 이번에는 클라라가 경고할 틈도 없었다. 그것을 베어 물자마자 나는 이것이 웨이

펴도 회도 절임 양배추도 아니라 다른 무언가, 아주 기나긴 시간 동안, 심지어 영원히 지속될 수 있는 어떤 과정을 막 시작한 불퉁스럽고 심술궂은 무언가였음을 즉각 직감했다. 그리고 그것이 한창 맹위를 떨칠 때 나는 이런 내가 싫어졌는데, 비록 온실 안에서는 내 냅킨에밖에 뱉어낼 곳이 없었다고 할지라도 이걸 베어 물자마자 즉시 뱉어냈어야만 했다는 걸 알았기 때문이다. 이유는 모르겠지만 나는 대신 그걸 삼키기로 결정했다.

이것은 불길보다도 심했다. 그것은 제 가는 길에 모든 것을 그슬었다. 갑자기 나는 내 삶, 삶이 나아가는 방향을 보았다. 한밤중 깨어났을 때, 대낮에는 평범하게 있던 방어벽 대부분이 마치 가난하고 제대로 봉급을 받지 않아 뿔뿔이 흩어진 짐꾼들처럼 그를 저버렸음을 알아차린 사람 같은 기분이었다. 그가 낮에 길들이는 괴물들은 줄에 매이지 않아 불을 뿜는 용들이니, 그가 담요 아래에서 땀을 흘릴 때 갑자기 보게 되는 것이다—한밤중에 호텔 창문을 열고 텅 빈 마을의 낯선 전망을 내다보는 사람처럼— 그의 인생이 얼마나 황량하고 서글펐는지를. 늘 적중하지 못하고 매 굽이마다 대충 해치우면서, 마치 유령선처럼 그가 언제나 집이라고 알아왔던 단 하나의 항구에는 절대로 정박하는 법 없이 이 항구에서 저 피난처로 얼마나 떠돌아다녔던지를 말이다. 왜냐면 이 운명적인 한밤중, 그는 다른 것도 갑자기 깨닫기 때문이다. 집이라는 생각 자체는 알고 보면 임시방편에 거의 다름이 없으며, 모든 것이 임시방편이며, 심지어 생각하는 것조차 임시방편이며, 마찬가지로 진실도 기쁨도 사랑을 나누는 것도 그의 아래에서 땅이 미끄러지는 걸 느낄 때마다 그가 두 발로 땅을 디디려 노력하며 사용하는 말들 자체도, 하나하나 임시방편이라는 것을. 나는 무슨 짓을 한 건가, 그는 묻는다. 내 기쁨들은 얼마나 사악한가. 내게서 바로 나 자신의 삶을 속여서 빼앗고 나더러 완전히 다른 삶을 살게 만드는 나의 교활한 완곡한 말들은 얼마나 얄팍한가. 나는 무슨 짓을 한 건가. 잘못된 음조로 노래하고 잘못된 시제로, 내가 아는 모든 사람에게 말은 해도 정작 나 자신은 아주 조금도 감동시키지 않는 언어로 이것저것을 말하다니?

그가 창문을 열고 벨라지오를 내다보는데 밤중에 아예 혼자이며 아무도 그를 지켜보고 있지 않다면, 그는 누구인가? 그의 환영 자아도, 머리에 불이 붙은 가로등들의 가무단도, 현재 그의 침대에서 자고 있으며, 그가 심장 속에 너무도 커다란 분개심을 품고 응시하고 있는 것이 반대편 강둑의 그의 삶, 저기 있을락 말락 하는 삶, 우리가 응시하면서 시간을 보내고는 그것은 실제로 살아지라고가 아니라 오로지 응시되라고 있는 것이라고 생각하게 되었던 그런 삶, 절대로 일어나지 않는 삶이라는 걸 감도 잡지 못하고 있는 그 사람도 지켜보고 있지 않는다면 말이다. 그도 그럴 게 우리에게도 모르는 사이에 그 삶은 죽은 자들의 강독에서 산 자들의 육지로 응시되고 있기 때문이다. 그가 권리를 포기하는 바로 그 언어가 그가 말하는 유일한 언어라면, 그가 속이는 그 삶이 존재하는 유일한 삶이라면 그는 누구인가?

나는 머피와 그녀의 두 **제멜리네**에 관해 생각하면서, 내 심장에서 웃음을 부추겨보고 싶었다. 그러나 웃음은 하나도 튀어나오지 않았다. 나는 다시금 뺨에 흘러내리는 눈물이 느껴졌지만, 너무도 커다란 괴로움에 빠진 나머지 그것이 고통의 눈물인지 설움, 감사, 사랑, 수치심, 공황, 역겨움의 눈물인지 생각하질 못했다. 왜냐하면 나는 이 모든 것을 한 번에 느꼈기 때문이다. 울게 될까 봐 느끼는 두려움, 울게 된다는 수치심, 나 자신의 수치심에 대한 수치심, 얼굴을 붉히고 망설이고 주제넘게 말을 뱉거나 무언가 말할 거리를 찾을 수 없어 언제나 무언가를, 무언 대신에 무언가를 찾을 때마다 번번이 내 밑천을 드러내는 내 몸에 관한 두려움까지 말이다.

그래서 그 모든 게 이것으로 귀결되지 않았나. 이 순간, 이 눈물, 온실에서의 이 저녁 식사, 이 파티, 이 여자, 내 내장 속의 이 불길, 이 옥상 정원, 그리고 한겨울 허드슨강의 환영처럼 쭉 뻗은 모습, 누군가가 드디어 그 플러그를 뽑아버렸다고 생각될 때마다 계속해서 다시 떠올라 이제는 내게 예비된 많은 황무지와 또 바로 뒤편의 황폐화된 매립지들의 게으른 전조처럼 하늘을 이동하던 그 지칠 줄 모르는 천상의 빛기둥, 세상 하나만큼 동떨어져 있는 이 유리 돔 지붕까지. 이 모든 것이 하나로 합쳐졌다. 즉 일부 사람들에게 인간으로 존재한다는 것이 자연스럽게 몸에 스미는 것이라면, 다른 사람들에게는 마치 체득된 습관이나 억양으로 말하는 잊힌 언어처럼 학습되는 것이라고 말이다. 꼭 사람들이 보철물들을 끼고 살아가는 식으로. 왜냐하면 그들과 삶 사이에는 그 어떤 징검다리와 **코버스**도 이어줄 수 없는 참호가 있기 때문이며, 왜냐하면 사랑 자체가 문제가 되기 때문이며, 왜냐하면 **타인들**이 문제가 되기 때문이며, 왜냐하면 우리 중 일부가—그리고 나 자신도 온실 속에서 그 일원이라고 느꼈는데— 영주권을 갖고 지구인들 가운데 쑤셔박힌 휴머노이드들이기 때문이다. 우리는 그걸 알고, 그들은 모른다. 그리고 우리는 그들이 마침내 이걸 알아주기를, 그러면서도 몰라주기를 절박하게 바라기도 한다. 그리고 결국 우리를 죽이는 것은 그들이 줄곧 알고 있었음을 발견하게 되는 것인데, 그들 스스로도 다르게 느끼지 않기 때문이다. 그러니 이 모든 것을 아는 것이 한때 위로로 통했다면, 이제는 그게 지옥에서 온 위로가 되었던 것이다. 왜냐하면 그렇게 되면, 우리 아버지의 말마따나, 희망은 없었고 상황은 우리가 두려워한 것보다 훨씬 나빴던 것이니까.

여전히 눈을 감은 채 그곳에 앉아 있는 동안 내가 생각할 수 있던 건 오로지 두려움이었다. 폭로된 두려움, 엄두를 내고 엄두를 내는 걸 들켰다는 두려움, 너무도 심하게, 그러나 안달복달하는 걸 들킬 가치가 있는 무언가를 엄두를 낼 만큼 심하게는 절대 아니게 원하고 희망한다는 두려움, 클라라가 모든 것을 알게 된다는 두려움, 절대로 용서받지 못한다는 두려움. 마치 이 맹키위츠 조각이 저녁 내내 내 목에 걸려 있었으나 무엇으로 교체할지 몰랐던 거짓말이라도 된다는 양 그것을 뱉어내겠다는 두려움, 내가 한평생 해온 대로 이 거짓말을 조금 더 오래 궁리하다가는 그 거짓말이 신랄함을 잃고 생수만큼 평범해질 수도 있겠다는 두려움 말이다.

"너무 심한데." 나는 클라라가 말하는 게 들렸다.

나는 마치 이렇게 말하려는 듯 애걸하며 그녀를 쳐다보았다. 몇 분만 더 줘요. 아직은 왈가왈부하기 시작하지 마요. 날 기다려줘요. 내가 숨을 돌리게만 해줘요.

나는 근처에서 왁자지껄한 목소리들을 들었다.

한스는 물을 달라고 종을 울렸다.

몇 초가 걸려서야 깨달았다. 나는 기절했거나 그 비슷한 무언가를 한 게 틀림없었다. 내가 눈을 뜨니 이미 다른 사람들도 한스와 클라라와 같이 근처 식탁에 앉은 게 보였기 때문이다.

"말하면 안 돼요" 하고 마치 인도에 누워 있는 사람에게 응급차가 도착할 때까지 움직이면 안 된다고 말해주듯 클라라가 말했다.

웨이터는 벌써 각빙들로 그득한 잔을 가져와 클라라에게 건넨 터였다. 그녀의 얼굴에는 마치 숙련된 고문관의 가볍게 성마르면서도 꾸준한 눈빛이 내려앉았다. 심문의 원치 않는 효과들에 오랜 경험으로 익숙하기에, 재소자를 본인의 고통으로 되돌리도록 언제나 후자극제가 든 유리병을 근처에 마련해두는.

나는 양손에 잔을 받아 들었다. 그러고는 짤막하게 허겁지겁, 거의 울먹이듯 몇 모금을 들이켰다.

나는 다시금 그녀의 얼굴을 지켜보았다. **딱 한 모금만 더요,** 그녀는 말하는 듯했다. 그리고 또 한 모금, 다시 또 한 모금이라고. 그녀는 술친구가 아니라 무슨 아기한테 말하는 것 같았다. 그녀는 몇 주간 곡기를 끊고 중병을 앓는 부모의 머리맡에서 진이 빠진 딸의 표정을 띠고 있었다. 잠시 지나자 이윽고 그 애절하고 걱정스러운 표정은 짜증이 난 무언가로 굳어져버렸다. 마치 그녀가 나를 대수롭지 않게 여기게 되었지만 그래도 다음 교대 시간까지는 돌봐주려고 지루한 동작들을 계속하고 있었다는 듯했다.

왜 태도가 반전된 걸까? 갑자기 적대감을 품은 걸까? 심지어 무심한 체하는 걸까? 혹은 내가 누워 죽어가는 동안 뒷배경에서 베릴과 롤로와 재담을 하던 걸까? 신경이 쓰이지 않는 체하는 건 그만둬요.

"물을 더 마셔요. 제발, 그냥 마셔요." 내가 마시는 동안 그녀가 말했다. "당신 무슨 일이에요?" 그것은 그녀가 언제고 나한테 말할 법했던 것 중 가장 달콤한 말이었다. 당신 입 무슨 일이에요. 자, 내가 당신 입술 문질러줄게요. **당신 입술에 키스해줄게요. 당신 입술에. 당신의 가엾은, 고운, 가련한, 하느님이 내린 타오르는 입술에.** 나는 삽시간에 연민의 정이 들 터였다.

끝내 눈앞이 맑아지기 시작했다. 입은 여전히 타오르고 있었고 입술이 상당히 부푼 게 느껴졌지만, 적어도 얘기할 수는 있었다. 악몽을 꾼 모든 사람에게 이것은 새벽과 같았다. 곧 햇빛이 들 터였다. 그때가 되면 마치 따뜻한 잉글리시 브랙퍼스트 홍차가 담긴 큼지막한 컵 속의 우유처럼, 모든 괴물이 물러나 아침 이슬로 녹아든다. 어쩌면 이것은 시련의 끝조차도 아니었다. 그리고 나는 한편으로는, 될 수 있는 한 먼 과거지사로 돌리려고 몸부림치던 동안에조차, 그게 전적으로 끝난 것이 아니기를 벌써부터 소망하고 있었다. 그리고 뇌가 반만 있는 사람이라면 누구나 곧장 짐작했을 만한 것을 그녀더러 면밀히 살펴달라고 청하는 나의 방식이라고 내가 생각했던, 공황과 비탄을 혼란스럽고도 말없이 쏟아내던 것을 그리워하기 시작한 터였다.

마치 내가 드디어 그녀에게 몸을 내보였거나, 몸을 어떻게 해서 그녀의 몸을 만진 것 같았다. 나의 몸짓이야 한껏 서툴렀어도, 나는 돌봐주는 간호사를 대상으로 급작스러운 충동에 휩싸여 그녀의 따뜻한 손바닥을 부여잡고 그걸 자신의 가랑이로 붙들고 가는 부상병에 못지않게 안심되는 기분이었다.

"좀 나아요?"

"좀 나아요." 내가 대답했다.

나는 우리 주위에 몰려든 그들 모두를 바라보았다. 그들 중 몇몇은 한스의 부모님이 '구세계*'를 도망쳐왔을 무렵으로까지 거슬러 올라가는 은식기를 냅킨에 돌돌 말아 접시에 든 채였다. 맹키위츠의 애피타이저에 보인 내 반응에 대해 그들이 온통 농지거리를 해대고 놀려대던 것에도 불구하고, 나는 이 밤이 여전히 매우 간만에 내가 보내본 아주 아름다운 저녁 중 하나임을 깨달았다. 한스, 파블로, 파벨, 올라, 베릴, 티토, 롤로, 그들 모두가 모르는 사람들로서.

클라라는 모두에게 곧 '자정 미사'로 향할 시간임을 상기시켰다. "딱 한 시간 정도만 들렀다 오자." 그녀는 설명했다.

내년에 가자고, 누군가가 말했다.

"잉키도 없잖아" 하고 파블로가 말했다.

"걔는 가고 없어." 롤로가 딱 봐도 클라라를 구제해주러

* 유럽, 아시아, 아프리카를 지칭하는 말.

나서고 있었다.

"그래애애애애애." 클라라가 이런 말뜻으로 말했다. **됐니, 다들 그만 물어봐.**

"믿기지가 않네." 이 말을 한 사람은, 그녀가 나중에 내게 말해주기를, 파벨이었다.

누군가가 고개를 젓고 있었다. **클라라랑 그녀 인생의 남자들이란!**

"내가 남자들한테 얼마나 진저리가 나는지 누구 짐작이라도 가는 사람 있어? 각자들 달고 있는 그 작은 귀도* 는 무슨 물총처럼 펄쩍 뛰어올라서 차려 자세를 취하질 않나……."

"하느님 살려주세요" 하고 파블로가 말했다. "우리 다시 클라라가 나 남자들한테 너무 진저리가 났어, 하고 밥 먹듯 하는 행사로 돌아와버렸네."

"거기에 너도 포함이야, 파블로." 그녀가 딱딱거렸다, "너랑 네 왜소한 까불이까지."

"내 물 뿌리는 막대기는 여기서 빼주지. 그건 어떤 남자의 귀도도 일찍이 가보지 못한 곳곳에 가봤다고. 진짜야."

"저 남자는 어떤데?" 심통 사나운 베릴이 나를 뜻하며 물었다. "벌써 진저리가 났어?"

* 원래 남성성을 과시하는 이탈리아계 미국인을 경멸적으로 부르는 속어이나, 여기서는 음경을 말하는 별칭으로 사용되고 있다.

"나는 그 누구와도 무엇도 하고 싶지가 않아. 이번 겨울에는 전혀. 올해는 전혀. 내가 또다시 남자한테 키스할 바에야 여자한테 키스를 하고 말지. 남자더러 그 대곰보버섯으로 날 건드리게 놔두기라도 할 바에야 여자랑 자고 말겠다고." 자신의 주장을 증명하기 위하여 그녀는 베릴의 테이블로 걸어가서 그녀 곁에 앉아, 자기 입술을 그녀의 입술에 매우 가까이 갖다 대어 몇 번의 부드러운 입맞춤을 쪽쪽 하더니 그녀의 입에 진하게 키스하기 시작했다. 둘 중 누구도 저항하지 않았고 둘 모두 눈을 감았으니, 그 키스는 변덕스럽게 시작됐음에도 그보다 더 열정적이거나 순순해 보일 수 없었다.

"봤지!" 클라라가 말하면서 베릴이 추스를 겨를도 주지 않고 몸을 풀었다. "알겠어?" 그녀가 어느 남자에게 말을 건넨 건지 명확하지 않았다. 베릴은 "근데 얘는 키스도 잘한다"고 말했다.

야만적인 키스였다. 나는 '은신한다'는 말이 **나는 준비가 안 되었어, 집에 가고 싶어, 날 다른 곳에 데려가줘, 나 혼자 있고 싶어, 다른 사람들 없이 사랑을 찾게 해줘, 내 담벼락, 내 확고하고 충직하고 꿋꿋한 담벼락으로 돌아가게 해줘,** 라는 의미인 줄 알았다. 그러기는커녕 그녀의 키스는 인정사정없었다. 우리는 떡은 칠 수 있지만 사랑을 찾진 않을 거고, 나는 사랑을 내 안에서도, 당신을 위해서도, 그 누구와도 찾지 않을 거야. 그러니 당신이 내가 가는 길에서 걸리적거리는 거야. 그녀가 내게 얘기하고 있었다는 걸, 나는 이제는 거의 확신했다. 당신의 참을성조차도 날 지치게 만들어. 당신에 관한 모든 것. 그 침묵, 그 눈치, 그 좆같은 자제력, 그리고 내가 눈치채지 못하길 바라면서 나를 무르게 대하는 방식, 그 모든 게 나한테 치근덕거리고 있어. 내가 필요한 건 사랑이 아니야. 그러니 날 혼자 내버려둬. 두 여자는 다시 키스했다.

그들이 키스를 멈췄을 때 한스가 먼저 말했다.

"이 모든 게 슬슬 무슨 프랑스 영화처럼 보이는군. 프랑스 영화에서는 모든 게 앞뒤가 맞는 것 같단 말이지."

그녀들의 키스에 너무 동요한 듯 보이지 않으려 애쓰면서, 나는 그런지는 잘 모르겠다고 말했다. 프랑스 영화들은 인생이 아니라 인생의 낭만에 관한 것이라고. 꼭 그 영화들이 프랑스가 아니라 프랑스의 낭만에 관한 것과 매한가지로요. 궁극적으로 프랑스 영화들은 프랑스 영화에 관한 것이죠.

"그쪽 답변마저도 무슨 프랑스 영화 같네요." 클라라가 우리 테이블로 길을 되돌아오며 입을 뗐다. 그 목소리에는 초조함이 담겨 있었는데, 그 의미는 이랬다. **밀당은 그쯤 하자고.**

"내 인생이 프랑스 영화 같다고. 괜찮은 생각이네" 하고 밀당에 싫증 난 파티광이 말했다. "어쩌면 오늘 밤 봐야 할까 봐." 그러고 다시 생각해보더니, "아냐, 벌써 너무 여러 번 봤어. 똑같은 플롯에 똑같은 결말인걸."

"프랑스 영화는 세련된 파리지앵들에 관한 거지." 한스가 말했다. "항우울제 복용 중인 성질 나쁜 어퍼 웨스트사이드 유대인들에 관한 게 아니야." 그곳에는 아연한 일순의 침묵이 있었다. "그리고 그런 뜻에서." 그가 말하면서 일어서 나와 악수하고자 돌아보았다. "**앙샹테.***" 그는 온실을 떠나고 있었다. "새해 첫날 여기로 와요. 진심이에요. 하지만 이거 모니크한테는 일언반구도 하지 말고."

"모니크가 누구예요?" 그가 떠나고 식탁에 우리만 남게 되자 나는 클라라에게 물었다.

"더는 그의 정염이 아닌 그의 정염이랄까요." 클라라가 설명했다.

나는 그 정보를 고찰해보았다.

"그쪽도 언젠가 저 남자의 정염이었어요?"

"그렇게 됐을 수도 있겠죠."

"……하지만 되고 싶지 않았다?"

"그보단 복잡한 사정이 있어요."

"그레천 때문에?"

"그레천은 나더러 그러라고 기름을 부으면 부었지, 나를 멈추진 않았을 거예요. **그레천 때문에**라니, 설마!"

"그냥 궁금했어요."

그러더니 말을 끊고, "그쪽의 색정보를 위해서 말해주자

* 프랑스어로 '만나서 반갑습니다'라는 뜻.

면, 양색兩色성*은 여자들한테도 닥쳐든답니다."

"그래서 지금 조금이라도 그런 게 느껴져요?" 나는 내 대담함에 희열을 느끼면서, 내가 정확히 무엇을 지칭하는지 그녀는 알 거라고 확신하면서 물었다. "왜냐면 지금 당장 나는 하나도 안 느껴지거든요."

"그쪽은 안 느껴지는 거 알아요." 이것이 그녀가 여태껏 내게 가장 가까이 다가온 말이었다.

"어떻게 알아요?"

"그냥 아니까요."

"한마디도 안 지죠, 응?"

"그럼요. 그래서 그쪽이 날 좋아하는 거잖아요?"

"한마디도 안 지는 여자들이랑은 절대 털끝만큼도 엮이면 안 된다는 걸 내가 잊지 않게 알려줘요."

"언제부터 알려주기 시작할까요?"

"지금부터 시작해요. 아니, 지금부터는 말고. 지금 이 순간은 너무 사랑스럽고, 저는 이토록 좋은 시간을 보내고 있으니까요."

그리고 그때, 내가 뭐라도 더 덧붙일 겨를도 없이 찾아온 것은 인생을 바꿀 만한 그 단 하나의 몸짓이었다. 그녀는 손

* '색정증(nymphomania)'에 일찍이 만든 '양서성(amphibalence)'이라는 합성어를 합쳐 '성적인 양가감정'이라는 의미의 '양색성(namphibalence)'이라는 단어를 만들어내고 있다.

을 내 얼굴에 아주 천천히 가져오더니, 손등으로 내 얼굴 양쪽을 어루만졌다.

"나 정말 매우, 매우 은신해 있어요. 그쪽은 감도 못 잡을 만큼. 흔히들 말하는 프랑스 영화 같지는 않아요, 유감스럽게도. 잡지에 나오는 표현을 쓰자면, 저는 멀쩡한 사람이 아닌 상태에 **이렇게 가까이** 있어요." 그녀는 엄지를 검지에다 가능한 한 가까이 갖다 대면서 말했다.

"어쩌면 그쪽은 잡지를 읽지 말아야 할지도요."

그녀는 그 말을 눈감아주었다.

"뭔가 말해도 될까요?"

"아무렴요." 나는 내 배 속에서 매듭이 조여지는 걸 느끼며 말했다.

"요새는 누구에게든 제가 너무도 글러먹은 사람이 되어버릴 거예요." 그녀는 **네게는**이라는 뜻으로 덧붙였다.

나는 그녀를 바라보았다.

"적어도 솔직하시네요. 원래 솔직하세요?"

"좀처럼 솔직하진 않아요."

"그건 솔직하네요."

"딱히 그렇지도 않아요."

그 후 사람들이 우리 얘기에 끼어들기 시작했고, 불가피하게 클라라의 관심이 온실 속 다른 사람들에게 이끌려 갔다. 그녀가 우리에게 자정 미사에 관해 상기시킨 것도 그때였다.

우리는 미사가 시작되고 한참 뒤에 성 요한 대성당에 도착했다. 우리 중 누구도 늦는다고 해서 개의치 않았다. 우리가 한 건 오로지 입구에 병목현상을 이룬 빽빽한 군중에 합류하는 것이었다. 그다음에는 그냥 거기 서서, 신도석 사이로 줄지어 가는 사람들이 벌써 착석하여 성배를 받고 있던 사람들 사이 빈자리를 찾아다니는 모습을 지켜보았다. 그곳은 촛불, 음악, 플래카드, 중앙 통로 위아래로 길을 나아가는 무한한 발걸음들의 직직 소리로 빽빽했다. "우리 더도 말고 십 분만 있다 가요" 하고 클라라가 말했다. 그녀와 나는 저지선을 두른 옥내 복도에까지 멀찍이 갔다가, 우리가 온 길을 돌아가면서 군중 속을 비집고 나아가다가 끝내 익랑 쪽으로 향하던 우리 무리와 맞닥뜨렸다. "이리저리 붙어 유대인들." 그녀는 우리 모두를 의미하면서 말했다. 우리는 궁륭형 예배당 중 한 곳에서 기대어 있을 작은 빈 구석을 찾아냈다. 그렇게 여행객들을 응시하며, 뉴에이지적인 오르간 곡이 감화적인 소리를 내려 고투하는 것을 듣고 있었다.

어쩌면 클라라와 성당, 눈, 음악, 우리의 프랑스와의 낭만, 우리가 말없이 소원을 빌며 각자 불을 밝힌 봉헌초들이 합쳐져서 나더러 에릭 로메르의 영화를 떠올리게 한 것 같다. 나는 클라라에게 그의 영화를 본 적 있느냐고 물었다. 아니, 그의 이름은 들어본 적 없다고 했다. 그러더니 그녀는 말을 정정했다. 등장인물이 하는 거라고는 말하는 게 다인 그 영화가 그 사람 거 아니었나? 네, 바로 그 영화예요, 나는 답했다. 나는 그녀에게 어퍼 웨스트사이드에서 로메르 회고전이 상영 중이라고 말했다. 그녀는 어디인지 물어보았다. 나는 말해주었다. "이 여행객 중 몇몇에게는 이 상황이 분명 마법 같겠어요. 어디일지도 모를 곳에서 뉴욕까지 먼 길을 와서 이 자정 미사에 발을 디디게 되다니." 그녀가 말했다. 그녀는 기억도 나지 않을 만큼 오래전부터 이곳에 오고 있었다. 나는 그녀가 부모님, 그다음에는 학교 동창들, 연인들, 친구들, 이제는 나와 함께 오는 모습을 그려보았다. "언젠가는 익랑도 개방하고 이 대성당의 건축도 끝마치겠죠." 나는 이 대성당이 자금이 바닥나서 석장, 석공 들을 해고하고 작업 도구들을 치워버렸다는 것을 어디선가 읽은 기억이 났다. 백 년이 지나면 재건축을 시작할 수도—하지만 또 시작하지 않을 수도— 있었다. "여기다 마지막 돌을 놓을 사람은 아직 태어나지도 않은 거예요." 이것이 모두를 모아서 우리를 정문으로 몰아가기 전 파티광의 마지막 말이었다. 이것은 여러 가지를 긴 안목에다 놓아주었다고, 나는 생각했다. 한 세기 전의 가스등 불꽃들과 지금으로부터 한 세기 뒤의 마지막 석수라니. 나를 매우, 매우 작게 느껴지게 했다. 우리의 수렁, 우리의 파티, 우리가 내뱉지 않은 신랄한 말과 둘러대는 말, 우리가 영원에 관해 말하던 사이 빛기둥이 이 은빛 회색 밤을 뚫고 길을 골라가는 걸 지켜보며 테라스에서 보낸 우리의 밤은 일백 년 있으면 누가 알고, 누가 알고 싶어하고, 누가 신경이나 쓸 텐가? 내가 그럴 터였다. 그래, 내가 그럴 터였다.

우리가 눈을 헤치고 돌아가는 도중, 내가 아직 만나지 않았던 파티에서의 누군가가 그녀와 손을 붙잡고 앞으로 훽 달려나가더니 서로에게 눈 뭉치들을 던지기 시작했다. 시 외곽으로 향하는 교통량은 없었다. 우리는 모두 브로드웨이가 그 자체를 걸어가면서 본인들의 도시를 되찾는 특권 있는 보행자들 같은 기분이 되었다. 마침내 우리가 스트라우스 공원을 지나갈 참일 때, 클라라가 내게 돌아와서 내 팔 아래에 팔짱을 끼고는 그녀와 내가 공원을 통해 걸어가야 한다고 고집을 부렸다. 그 공원이 자신이 세상에서 가장 좋아하는 장소라고 그녀는 말했다. 왜요? 나는 물었다. 왜냐하면 그 공원은 모든 것의 한복판에 있지만 실상 어디도 아니고, 그저 다른 곳이었으니까. 숨겨져 있고, 안전하고, 아무것도 건드리는 게 없는 데다, 세상을 등지러 오는 자기만의 벽감이었으니까. 아니면 은신하러 오는 곳이기도 하겠죠, 나는 그녀를, 우리를 놀리려고 하면서 말했다. 심지어 '기억 동상*'도 은신하고 있다고, 그녀는 말했다. 아닌 게 아니라, 그 조각상은 생각에 잠겨

* 스트라우스 공원에는 기대어 누운 여성 형상의 '기억 동상'이 자리해 있다.

서 다른 곳으로 표류하고, 홉킨스의 **밧줄 같고 하얀 불 같은 회오리에 휘도는 눈발***에 감싸여 있었다. 나 도수가 세고, 얼음처럼 불타오르는 보드카 샷이 당기네요, 우리가 공원을 떠날 무렵 그녀가 말했다. 그런 다음에는 뭔가 달콤한 게 당겨요, 디저트 같은. 근데 맞아요, 홉킨스 같죠, 그녀는 덧붙였다. 왜 나는 오늘 밤 이렇게 행복할까요? 나는 묻고 싶었다. 왜냐하면 당신은 나와 사랑에 빠지고 있고 우리는 그게 벌어지는 걸 지켜보고 있기 때문이죠, 우리 둘이 함께. 슬로, 슬로모션으로. 누가 알겠어요? 당신은 묻는다. 내가 알죠.

우리는 전부 엘리베이터에 잔뜩 들어가, 휴대품 보관소에 외투를 놓은 다음 위층으로, 다시 온실로 몰려갔다. 우리 테이블들은 한번 정리되어 디저트와 추가로 마실 거리들로 상이 차려져 있었다. 모두의 잔에 보드카를 따랐다. 나는 잠시 기다리기로 결심했고, 디저트가 두 판째 돌아가고 나자 내가 갈 때가 되었다는 신호를 주기 시작했다. 벌써 새벽 2시가 훌쩍 넘어 있었다. 내가 출발이 임박했다는 신호를 보내려고 불안한 척할수록 더더욱 나는 출발을 앞당겨야 한다는 압

* 영국 시인 제라드 맨리 홉킨스의 시 〈도이칠란트 호의 난파〉의 구절.

박감을 느끼게 되었다. 어쩌면 내가 정말 원했던 것은 오로지 클라라가 눈치채고는 나더러 계속 있어달라고 청하는 것이었는지도 몰랐다.

끝내 그녀는 그래주었다. "정말 가는 거예요?" 마치 그것이 그녀가 먼저 생각해내지 않는 이상 그녀가 상상할 수도 없던 무언가였다는 양.

"벌써 가신다고?" 파블로가 외쳤다. "방금 왔잖아요."

나는 상냥하게 미소 지었다.

"**내가**"—그리고 **내가**에는 요란한 강조가 올라갔는데—"그한테 또 한 잔 따라줄게." 이것은 파벨이었다. "빈속으로 손님을 떠나보내고 싶진 않단 말이지."

"그건 우리가 분명히 바라지 않는 바이고말고." 베릴이 덧붙였다.

"그래서 더 있는다고요, 아니면 간다고요?" 파블로가 물었다.

"더 있을게요." 나는 굽히면서도, 정확히 원했던 대로 하고 있는 만큼 굽히는 게 아님을 알았다.

"드디어, 결심이 섰군요." 클라라가 말했다.

나는 이 사람들을, 이 온실을, 내가 알던 모두와 모든 것에서부터 떨어진 이 자그마한 섬을 어찌나 사랑했던지. 시간 자체로부터의 이 쉼터를. 이것은 영원히 지속될 수도 있었다.

"여기요." 파벨이 나한테 커다란 브랜디 잔을 권하며 말했다. 내가 그에게서 잔을 받아 들려는 바로 그때 그는 아주 살짝 잔을 뺐고, 그리하여 내가 잔을 받아 들고자 더 가까이 가던 사이 그는 내 뺨에 키스했다. "안 할 수가 없었어." 그는 모두가 들을 만큼 크게 말했다. "거기다, 이러면 그가 엄청 질투하게 될 거고, 나는 파블리토가 질투해줄 때가 사랑스럽단 말이야."

"내가 즉각 해독제를 발라줘야겠네." 베릴이 말했다. "문제는, 그가 나더러 발라주도록 허락할까 하는 건데?"

"허락해줄지도."

"오, 당연히 허락해줄걸." 클라라의 말에 암시된 무심함은 나를 매고 있던 밧줄을 완전히 풀어버렸다.

"뭐, 내가 달려들기 전에 물어보는 편이 나으니까." 베릴이 킥킥거렸다.

"그가 원하는 건 네가 아니야. 근데 또 바로 그렇기 때문에 그는 그녀가 너한테 키스한 식으로 네가 그에게 키스하도록 허락해주겠지. 대단히 앞쪽으로 붙는 것 **미트*** 성기 비비는 것까지 말이야." 이번에도 롤로였다.

"그는 누굴 원하는데, 그럼?"

"그녀" 하고 롤로가 말했다.

"그럼 나도 그를 안 원할래." 그녀가 쏘아붙였다.

* 독일어로 '~과 더불어'라는 뜻.

"**그녀**는 은신 중이란다." 클라라가 자신을 지칭하며 말했다.

"그리고 **그**는 냉동 보관되어 있고요." 내가 말했다.

우리는 서로를 바라보았다. 우리의 어찔하고 겉보기에는 침착한 말들에 담긴 유쾌와 공모.

"그나저나." 그녀가 말했다. "제가 이름을 완전히 말해드린 적이 없네요. 클라라 브런슈바이크예요, 철자는 프랑스식으로 쓰고요. 그리고 그쪽이 굳이 물어봤으니까 말인데, 맞아요, 나 전화번호부에 실려 있어요."

"제가 물어봤나요?"

"물어보려고 그랬잖아요. 아니면 물어봤어야 했죠. 아카데미 2*……."

그녀는 나를 너무도 잘 읽은 반면, 나는 그녀라는 수박을 겉핥기 시작할 수조차 없었다.

브런슈바이크. 브런슈비크, 나는 속으로 생각했다. 그게 철자가 어떻게 될까? BRUNSWICK, BRUNCHWIK, BUSHWICK.

"제가 이름을 적어드릴까요?"

* 전화가 디지털화되기 전 미국에서는 전화 교환국 번호가 알파벳으로 불렸다. 이에 미국 전화기에는 숫자 옆에 알파벳이 쓰여 있는데, 1번은 공란이며, 2번(A, B, C), 3번(D, E, F), 4번(G, H, I)…… 9번(W, X, Y, Z)의 순으로 이어진다. 클라라가 말한 '아카데미(ACademy)'는 'A'와 'C'로 시작하므로 'AC'번, 즉 '22'번을 말한다. 이에 더해 마지막에 '2'를 붙임으로써 맨해튼의 예전 전화 교환국 번호인 '222'를 말하고 있음을 알 수 있다.

"저도 브런치바이크 철자를 어떻게 쓰는지는 알거든요."

다시 한번, 마지못해서이지만, 나는 떠나려는 움직임을 취했다. 그러나 내가 더 있어달라고 청해주기를 애걸하던 게 너무 빤했던 나머지, 파블로와 베릴이 한마디만 하자 나는 두 손에 마실 거리를 한 잔 더 들고 다시 앉아 있었다.

베릴이 꾸물꾸물 나를 지나가더니 내 앞에서 멈추었다.

"저한테 화나셨어요?" 내가 물었다.

"아뇨, 근데 우리는 담판을 지어야 할 게 있어요. 나중에요, 어쩌면."

우리는 나선형 계단을 함께 내려왔다. 파티는 한창 무르익어 있었다. 복닥복닥한 거실 한가운데, 걸걸한 목소리의 남성 피아니스트는 아마도 기나긴 휴식을 취한 터로 이제는 아까의 자리로 되돌아가 몇 시간 전에 부르던 정확히 똑같은 그 노래를 하는 참이었다. 저곳에 예의 크리스마스트리가 있었다. 저곳에 아까 펀치 그릇이. 저곳에 클라라가 내가 어쩔 줄 몰라 보였다고 한 장소가. 저곳에서, 클라라와 그녀가 바로 그 맹키위츠라고 소개해주었던 누군가가 모두에게 조용히 해달라고 청했고, 스툴 두 개에 올라서서 몬테베르디*의 아리아를 부르기 시작했다. 그것은 이 분간 지속되었다. 그러나 그것은 내 삶을, 너무도 많고 많은 것을 보는 나의 방식을 변화

* 클라우디오 몬테베르디. 이탈리아의 작곡가.

시킬 터였다. 눈과 빛기둥과 텅 빈 채 눈에 발이 묶인 공원이 나를 이미 바꿔놓은 것처럼. 몇 분 뒤에, 걸걸한 목소리의 가수가 다시금 이어받았다.

새벽 3시가 넘어서, 나는 끝내 정말로 가야만 했다고 말했다. 악수, 포옹, 키스, 키스. 내가 외투 보관소에 갔을 때, 파티가 느슨해지는 낌새도 보이지 않았다. 내가 주방 곁을 지나갈 무렵, 이른 아침 식사라는 분위기를 품고 있지만 않았더라면 아마 틀림없이 끝없는 디저트 행렬에 속한 또 하나의 소함대였을 법한 것의 달콤하고 초콜릿 같으면서도 희미하게 튀겨진 향기를 알아챘다는 생각이 들었다.

베릴이 나를 외투 보관소까지 따라왔다. 내가 표 꽁다리를 잃어버려서, 종업원이 나를 베릴과 함께 커다랗고 사람으로 가득한 외투 보관소 안으로 들여보냈다. 그녀도 가려던 참이었나? 아니었다. 그냥 작별 인사를 하고 우리가 만나게 되어 자신이 얼마나 행복했는지 말해주고 싶었을 뿐이었다. "나 당신이 맘에 들어요." 그녀가 끝내 말했다. "그리고 혼자 이렇게 생각했어요. 가서 말해줘야겠다."

"말해줘야겠다고요?" 나는 내가 미소 짓는 것을 알았다.

"내가 바라보면서 이렇게 생각하고 있던 걸 말해줘야겠

다고요. 혹시나 그럴 짬이 나면, 말해줘야겠다고. 내일, 제가 완전히 제정신일 때, 저는 이런 말을 절대로 하지 않은 척할 테지만, 지금 당장은 세상에서 가장 쉬운 일이니, 그냥 당신이 알아줬으면 했어요. **부알라**!*" 그녀가 벌써 후회하고 있는 것을 나도 알아볼 수 있었다. 나도 정확히 똑같은 말들을 클라라에게 했을 법했다.

나는 말하지 않았다. 대신에 나는 그녀의 어깨에 한쪽 팔을 두르고는 애정 어리고 친근하게 안으며 그녀를 내게 바짝 대었다. 그러나 그녀는 껴안는 게 아니라 성행위를 위해 몸의 힘이 풀려 있었다. 이에 내가 깨닫기도 전에 나는 지나치게 채워 넣어 흔들거리는 외투 걸이들 중 하나의 뒤편으로, 그런 다음에는 마치 도축장에서 거죽이 벗겨지지 않은 채로 걸려 있는 사체들처럼 방에 몰려든 털 외투들이 이룬 내부 밀림으로 더 멀리 그녀를 밀치고 있었다. 그렇게 꽉꽉 들어찬 받침대 뒤편에 숨겨진 채로, 나는 그녀의 입에다 키스하기 시작하면서 양손으로 그녀의 전신을 더듬고 있었다.

아무도 보지 못했거나 우리에게 하등 신경을 쓰지 않았을 것이다. 나는 그녀가 원하는 걸 알았고, 내가 알았다는 걸 보여주게 되어 기꺼웠다. 아무도 몸을 사리지 않았다. 시간도 하나도 들지 않았을 것이다.

* 프랑스어로 '이렇게요!'라는 뜻.

"우리를 막아줄 다른 사람들이 있길 천만다행이네요." 그녀가 결국에 말했다.

"그럴지도요." 나는 되풀이했다.

"그럴지도가 뭐예요. 솔직히 지금 이걸 나보다 더 간절히 원하지도 않으면서."

그녀 쪽에도, 내 쪽에도, 우리 사이에는 아주 약간의 정염도 없이, 그저 체액만이 있었다.

외투를 들고 외투 보관소를 나오자, 클라라가 복도에서 누군가에게 얘기하는 모습이 보였다. 내 안의 무언가가 그녀가 우리 둘이 같이 있는 모습을 보았기를 희망했다.

"재가 그쪽한테 완전히 푹 빠져버린 거 알긴 알죠?" 베릴이 내게 말했다.

"모르는데요."

"다들 눈치챘거든요."

나는 돌이켜 생각했지만 클라라가 내게 완전히 푹 빠져버렸다는 아주 작은 신호라도 준 적이 기억나질 않았다. 베릴은 혹시 나를 오해하게 한답시고 지어내고 있는 걸까?

"정말로 가야만 해요? 나 그쪽 찾는다고 온갖 곳을 살펴보고 있었잖아." 클라라가 한 손에 잔을 들고서 말했다.

"**차오***, 사랑꾼 씨" 하고 베릴이 말하면서 나를 클라라와

* 이탈리아어로 '안녕'이라는 뜻.

둘이 두었지만, 외투 보관소에서의 우리의 비밀을 일부 발설하려는 의도의 윙크는 빼놓지 않았다.

"저게 다 뭐 하는 짓이래요?" 클라라가 물었다.

"작별 인사를 하는 그녀의 방식인가 봐요."

"둘이서 비슈누크리슈누 빈달루 같은 순간을 보냈다, 그런 거예요?"

"비슈 뭐요?"

"신경 쓰지 마요. 정말 이 눈보라를 뚫고 떠난다고요?"

"네."

"차 타고 왔어요? 이런 밤에는 택시도 못 잡을 텐데."

"버스 타고 왔어요. 버스 타고 돌아가려고요."

"M5, 세상에서 제가 제일 좋아하는 버스죠. 와요. 제가 아는 버스 정류장까지 안내해줄게요."

"전……."

거기서, 나는 다시금 그녀를 만류하려던 참이었다. 내게 그보다 더 기쁜 일이 없었을 텐데도.

한스를 찾아서 모두에게 다시 처음부터 작별 인사를 하는 데에는 또 이십 분이 걸렸다.

그러고는 엘리베이터가 왔다. 우리는 완전한 침묵 속에서 엘리베이터에 들어섰다. 낯선 사람들로서 무엇을 말할지 궁리하면서도 뻔하게 침묵을 깰 만한 주제는 하나하나 떨쳐버리던 채였다. "여기가, 그쪽의 색정보를 위해서 말해주자면, 13층이에요." 그녀가 마치 우리가 아까 얘기를 꺼낸 친구의 건물을 우리가 지금 자동차로 지나고 있는 듯, 그래서 그 친구에 관해 이야기하는 듯 말했다. "그쪽은 제가 10층에서 내리는 걸 봤죠." 그녀는 미소를 지었다. 나는 미소를 돌려주었다. 왜 나는 이렇게 일 분이 더 지나면 내가 짓밟혀버릴 수도 있겠다고 느낀 걸까? 나는 우리가 아래층으로 엘리베이터를 타고 가는 게 얼른 끝나기를 안달복달했다. 그러나 그러면서도 나는 우리에게 남은 분초가 손에 꼽히는 것을 알았고, 이 분초들이 영영 끝나지 않기를 원하기도 했다. 나는 문이 닫히자마자 그녀가 멈춤 버튼을 누르고 뭘 잊어버리고 왔다고, 자신을 위해 문을 잡고 있어주겠느냐고 말해주기를 원했을 테다. 이 모든 것이 어디로 흘러갈지 누가 알까. 특히나 그녀의 친구들 중 몇몇이, 열린 엘리베이터 문가에서 그녀를 기다리는 나를 눈치챘을 경우에 말이다. 그냥 코트나 벗고 이런 식으로 '갈게요' 한 번, '갈게요' 두 번 하고 매번 말하는 행사도 그만해요. 아니면 이 오래되어 불안정한 엘리베이터가 층 사이에 멈춰 우리를 어둠 속에 가두고 이 시간이 하룻밤, 하룻낮, 일주일이 되게 할 수도 있었다. 그러는 사이 우리는 땅바닥에 앉아서 저녁 내내 하지 못한 방식들로 어둠 속에서 하룻밤, 하룻낮, 일주일간 서로에게 모든 걸 터놓고, 관리원이 케이블과 도르래를 탕탕거리는 소리를 들으면서도 전혀 신경 쓰지 않을 터였다. 우리는 다시 도스토옙스키의 〈백야〉와 릴

케의 니콜라이 쿠스미취*로 돌아와 있었으니만큼. 니콜라이 쿠스미취는 결국 수중에 시간이 너무 많아져서 자신이 원하는 만큼 고액권이나 소액권으로 낭비할 여유가 되었던 것이다. 쓰고, 쓰고, 쓸 여유가. 그리고 그와 마찬가지로 나도 시간에게 거대한 융자를 요청하여 이 엘리베이터가 영원히 끼어 있게 놔둘 터였다. 사람들이 먹을 것, 마실 것, 심지어는 라디오를 내려줄 터였다. 시간 속 우리의 물방울, 우리의 잔물결이랄까. 그러나 우리의 엘리베이터는 계속해서 내려갔다. 7층, 6층, 5층. 곧 끝날 터였다. 곧, 확실하게.

우리가 로비에 다다르자 나는 그 수위를 보았다. 그는 커다란 갈색 외투를 입고 있었는데, 그 부스스한 긴 소매에 노란 가두리 장식은 그가 나 대신 엘리베이터 버튼을 눌러주면서 나더러 황송스러우면서도 동시에 무능한 마음이 들게 했을 때부터 기억에 남은 것이었다. 그는 이제 새로 도착한 사람들을 들여보내려 로비의 묵직한 유리문을 열어주고 있었다. 발들을 쾅쾅 구르고 우산들을 흔들며 그들은 자신의 이름을 대고. 이름을 받은 두 명의 젊은 패션모델 유형의 사람들이 한 장 두 장 팔락팔락 넘기는 바로 그 행간 여백 없는 손님 목록에서 나는 맨 마지막 장에 손으로 기명된 내 이름을 가리켰더랬으니. 나중에 들어간 손님이라는 거였다. 나중에 들어

* 라이너 마리아 릴케의 소설 《말테의 수기》 속 등장인물.

간 파티. 임시방편의, 나중에 들어간, 우발적인 밤.

나도 몇 시간 전에 이 손님들 중 하나였다. 나는 떠나고, 그들은 들어오고 있었다. 클라라는 파티에 돌아가 크리스마스트리 옆에 서 있는 새로운 낯선 사람을 찾아서 처음부터 다시 시작할 터였을까?

나 클라라예요. 나는 이걸 영원히, 한 번 더, 다시 한번, 다시 여러 번 더 할 수가 있어요. 맨해튼 창공의 빛기둥과 걸걸한 목소리의 가수와 본 적 없는 길들로 이어져 내려가다가는 기적적으로, 처음 시작한 바로 그 지점으로 다시 데려가준 복도처럼.

나가기 전에 그녀는 내 스카프의 매듭을 풀어서 내 목에 한 번 두르고, 스카프를 둘로 접어서 고리를 만들었다. **그녀의 매듭.** 나는 그게 정말 좋았다.

"이런 차림으로 나가시려는 건 아니죠, 클라라 양?" 수위가 걸걸한 목소리로 물었다.

"잠깐만 다녀오려고요. 우산 좀 빌려주실래요, 보리스?"

그녀는 진홍색 블라우스 위에 아무것도 입고 있지 않았다. "제가 저분을 보리스라고 부르거든요, 뒤에 고두노프*가 붙는. 아니면 표도르라고요, 뒤에 샬랴핀**이 붙는. 아니면

* 보리스 고두노프는 러시아의 전 군주이다.

** 표도르 샬랴핀은 러시아의 오페라 가수이다.

이반이라고요, 이름 뒤에 뇌제雷帝*가 붙는. 도베르만 강아지만큼이나 충직한 분이에요."

그는 그녀를 위해서 우산을 들어주려는 마음이었다. "괜찮아요. 안에 계세요, 보리스."

나는 그녀에게 코트를 빌려주고 싶었다. 하나 그랬다가는 내 몸짓이 강압적으로 여겨질지도 몰랐다. 법석을 떨거나 주제넘어 보이지 않으려고 나는 그녀가 속이 비치는 진홍색 셔츠를 입고 얼어 죽게 놔두자고 다짐했지만, 충동적으로 코트를 벗어서 그녀에게 둘러주었다. 주제넘든 오지랖이든 상관없었다. 이렇게 하는 게 좋았다.

그녀는 보리스의 거대한 우산을 우리 둘을 위해 들고, 내 팔에 기대어서 프란츠 시걸 기념상을 걸어 지나갔다. 우리 둘은 눈에 완전히 파묻힌 계단을 머뭇머뭇 내려가고 있었다. 저 여기에 스노보드를 타러 오곤 했어요, 그녀가 말했다.

조용하고 텅 빈 리버사이드 드라이브는 눈이 그득히 쌓여 길이 아주 좁아져 있었다. 숲으로 이어지는 비포장 시골길을 연상시켰다. 그 숲은 몇 킬로미터를 뻗어가다가 작은 마을로, 그곳의 영주 저택으로 이를 것 같았다. 심지어 드라이브 한복판에 서 있으면서 단 한 번을 자동차 걱정을 할 필요가 없을 수도 있었다. 이런 밤에는 한층 친근하고, 고요하고, 그

* 이반 4세는 러시아의 전 군주이다. 폭정으로 인해 '이반 뇌제(雷帝)'로 알려져 있다.

림책 같은 맨해튼이 실물 크기가 되어 원래 딱딱히 굳어 있었을 특징들에 주문을 건 것만 같았다.

버스 정류장은 바로 길 건너편에 있었다. "잠깐 기다려야 할지도 모르겠는데요, 안타깝게도." 그녀가 말했다.

그러더니 그녀는 내 코트를 벗어서 내게 돌려주고는 한 손을 내밀어 내 손을 흔들었다.

나 클라라예요. 악수.

이 코트는 절대로 똑같지 않게 될 터였다.

그녀의 일부가 이제 내 코트에 있었다.

다시 말해보자면, 나의 일부가 그녀와 함께 머물러 있었던 것이다.

이런 이유 때문에 내가 그녀더러 코트를 입게 한 게 아니었을까?

고쳐 말하자면, 내 안에는 나보다 그녀가 더 많이 있었다.

그래, 그거였다. 내 안에는 나보다 그녀가 더 많이 있었다.

그리고 나는 상관하지 않았다. 그녀가 나를 소유한들 나는 상관하지 않았다. 그녀가 내 코트를 입었기 때문에 내 생각을 읽었고, 이제는 모든 생각을 하나하나 또박또박 말할 수 있었다고 할지라도, 나는 상관하지 않았다. 내가 알던 모든 것뿐 아니라 내가 미처 알지 못했고 영영 알지 못할 수도 있었던 모든 것까지 그녀가 다 알고 있었다고 할지라도, 나는 상관하지 않을 터였다. 나는 상관하지 않을 터였다, 나는 상관하지 않을 터였다.

곧 나는 길을 건너는 나 자신을 보았다. 그녀는 마치 내가 안전히 도착했는지 확인하려는 듯 잠시 가만히 서 있었는데, 그녀의 왼팔은 가슴을 가로질러 오른쪽 몸통을 붙들어 자신이 이제 언제가 됐든 얼음으로 변할지도 모르나 잠깐이라도 더 오래 버티려고 하고 있음을 암시했다. 나는 이렇게 말하고 싶은 충동이 들었다. "돌아갑시다. 너무 추우니까, 파티장으로 돌아갑시다." 나는 그녀가 웃었을 걸 안다. 내게, 그 제안에, 거기서 나오는 순수한 기쁨에. 당신에게 위층으로 돌아가자고 해달라고 내게 말만 해줘요. 그다음 내가 뭐라고 말할지 보란 말이에요.

그때 그녀는 오른손으로 그 거대한 우산을 든 채 왼손으로는 용케도 짧게 작별 인사를 하고는, 돌아서면서 집으로 향했다. 마치 영주 저택의 주인이 자그마하니 꾸밈없는 정문으로 친절하게 손님을 배웅해준 뒤, 정문이 등 뒤에서 닫히자마자 숨겨진 종이 마지막 작별 인사를 땡그랑 울린 것 같았다.

버스가 오면, 나는 앞문에 가장 가까운 운전기사 건너편 좌석에 앉을 것이었다. 역순으로라는 점만 빼면, 그날 저녁 일찍이 본 것과 마찬가지로 풍경이 눈앞에서 펼쳐지는 걸 지켜볼 터였다. 나는 벌써부터 다시 또다시, 몇 개월일지 모를 기간 동안 버스로 돌아가고 싶어졌다. 나는 일요일 아침에, 토요일 오후와 금요일 밤과 목요일 저녁에 이 버스를 탈 터였다. 눈 속에서, 봄철의 화창한 날에, 늦가을 저녁에 스러지는 박명의 기미가 아직 리버사이드 드라이브의 건물들에서 번들거릴 때 돌아오는 길에서 나는 버스를 탈 터였다. 클라라가 폴리아에 관한 논문을 쓰는 모습과, 우리가 맨해튼을 빙빙 도는 빛기둥을 지켜볼 동안 클라라가 테라스에서 나한테 티넥과 〈백야〉에 관해 말하는 모습을 떠올릴 터였다. 그 버스 승차는 내 삶의 일부가 될 터였다. 그렇게 타고 있자면 바로 이 건물로 이어지거나, 매번 이 건물을 지나쳐 이제 언제라도 나는 동화 속 눈보라 속에서 두 정거장 뒤에 내려 내 이름이 손님 명단에 영구히 연필로 쓰여 있던 크리스마스 파티로 다시 걸어갈 터라는 것이 상기될 터였기 때문이다. 나는 아마도 클라라와 한스와 롤로와 베릴과 파블로와 그들 나머지 모두가 뉴욕에서 이사 가고 나서도 오래도록 이 버스를 탈 터였다. 바로 이 순간 시간을 통과해 가는 이 의식상의 버스 승차를 생각하면서 나는 드디어 잊을 수 있을지 몰랐기 때문이다. 클라라가 여전히 위층에 있었다는 걸, 내가 그녀 이름의 철자법이 어떻게 되는지 묻지 않았다는 걸, 한스가 나더러 일주일 뒤 또 오라며 반복해서 초대한 것을 고대하기보다는 사라진 세상과 잃어버린 우정과 파티의 남은 음식 들을 생각하는 것이 언제나 더 쉬웠다는 걸.

버스 정류장에서 혼자서 오 분을 기다리고 나니 나는 버스를 단념하게 되기 시작했다. 위층의 누군가가 딱 봐도 절대로 오지 않을 버스를 이렇게 기다리고 있는 나를 보면 내 꼴이 끔찍하게 멍청해 보일 게 우려되기도 했다.

옥상을 올려다보았다. 불과 네 시간 전에 나는 저 온실 안에 앉아 있었다. 이제 그것은 마치 나를 알지도 못했다는 양 나를 내립떠보았다. 우리가 거기로 가는 도중에 그녀는 약간 마음을 터놓고는 잉키에 관해, 적어도 한동안은 그가 그녀의 삶 속 암흑을 내쫓아주었다고 말해주었다. 그건, 참 기이한 방식으로 말하는 것이었다. 나는 바깥을 바라보았고 이 모든 것을 기억하겠다고 약속했다. 나는 지금 기억하고 있었다. 여러 가지 것들에 등을 돌리면 그것들은 벨라지오가 된다.

드라이브 저 위쪽 굽이 너머에서 차가 올 기미를 보지 못한 나는, 프란츠 시걸 기념상을 지나서 클라라가 있던 보도로 다시 걸어가 그곳에서 잠시 꾸물거렸다. 마치 그녀의 동네에 남아 있을 구실을 찾으면서, 마리아가 차에서 기다릴 동안 로비와 그곳의 수위들을 자세히 살피는 현대판 요셉처럼 근처 건물들 하나하나를 뜯어보면서*, 누군가가 끝내 위층에서 창문을 열어 이 고요한 밤중에 나의 이름을 외치고, **그냥 위층으**

* 예수를 잉태하였을 당시 마리아와 요셉은 출산 장소를 찾아다녔지만 마땅한 장소를 찾지 못하여 마구간에서 예수를 출산하였다고 전해진다.

로 돌아와요, 거기 바깥에 분명 얼어 죽게 추울 텐데 하고 내뱉어 줄지도 모른다는 희망을 품고 있는 듯했다.

나는 건물 안으로 즉각 돌아가는 나 자신을 상상해보았다. 문가에서 이반, 또는 보리스의 격식 차리는 양을 못 본 체하여 창문을 열고 내 이름을 외치는 그들에게 시큰둥해 보이지 않으려고 하고, 그러는 내내 텔레비전 시청 시간을 오 분만 더 내어주려는 참인 부모의 **안 될 건 없는데, 진짜 잠깐만이야** 하는 태평스러운 말과 함께 유대감의 정신 때문에 말없이 따르고 있던 것뿐인 사람이 띠는 머뭇대며 결정하지 못한 분위기를 품고 있으려는 나 자신을 상상해보았다.

이 사람 좀 봐, 따뜻하게 한잔 마셔야겠다. 자, 내가 코트 받아 줄게요, 그들은 말할 터였다.

그리고 내가 깨닫기도 전에, 나는 마치 간신히 아침 식사를 위하여 파티 시간에 맞춰 온 오랜 친구인 양 내가 작별 인사를 하며 흔든 바로 그 손들에다 내가 아래층에서 본 뒤늦게 온 사람들의 손까지 포함하여 악수하며 흔들 터였다.

거 봐요, 우리한테서 벗어나려고 서두르더니.

그래서 왜 오늘 밤 떠났던 거예요? 그녀가 저녁나절 자신이 마시던 바로 그 잔을 내게 건네면서. 그 잔, 그 잔을 삽시간에 나는 그 잔을 들고 있게 될 터였다.

제가 떠난 건⋯⋯ 왜 떠난 건지 저도 모르겠네요. 이유가 너무도 많아요. 이유가 하나도 없어요. 허세를 부리려고요. 나중을 위해 무언가를 남겨두려고요. 환대해준다고 너무 엉덩이 붙이고 있고 싶지 않아서요. 내가 너무 즐겼다는 걸, 아니 이게 영영 끝나지 않기를 바랐다는 걸 보이고 싶지 않아서요.

아무래도 저도 달리 할 일이 있었고 해서…….

새벽 4시에요?

저한테도 나름 비밀이 있답니다.

저한테까지요?

특히 당신한테요.

새벽 4시에 비밀이 있는 남자들과는 절대 엮이면 안 된다고 잊지 않게 알려줘요.

모든 걸 털어놓으려는 유혹에 절대 넘어가지 말라고 잊지 않게 알려줘요. 그러고 싶어서 죽겠으니까.

지금부터 털어놓기 시작하지 그래요. 왜 돌아온 건데요?

당신이 묻는다면, 클라라, 이미 알고 있어서겠죠.

그래도 말해줘요.

왜냐면 아직 집에 가고 싶지 않았기 때문에. 왜냐면 오늘 밤 혼자 있고 싶지 않았기 때문에. 왜냐면 몰라요. 왜냐면 당신 때문에, 하고 덧붙일 생각을 하자 내 심장이 빠르게 더 빠르게 뛰었다.

나 때문에? 한스가 의도적으로 느릿한 말투로 말하고.

당신 때문에라든가 **오늘 밤 혼자 있고 싶지 않았기 때문에**라고 말하는 건 얼마나 사랑스러운지. 안녕, 나 오늘 밤 혼자 있고 싶지 않아요. 나 당신이랑 있고 싶어요. 그리고 당신 친구들이랑. 당신 세상. 당신 집에서. 그리고 모두가 간 다음에도 머물고 싶어요. 당신처럼, 당신으로, 당신과 함께 있고 싶어요. 당신이 은신하고 있다고 할지언정, 내가 은신해 있듯이, 한스가 은신해 있듯이, 베릴과 롤로와 잉키와 이 도시의 다른 모든 이가 산 자든 죽은 자든 난파된 채, 하자가 있는 채, 원하는 채 은신, 은신, 은신해 있듯이, 당신과 단둘이서만 있어서 끝내 내가 당신 냄새가 나고, 당신처럼 생각하고, 당신처럼 말하고, 당신처럼 숨 쉬게 되고 싶어요.

나처럼 숨 쉰다고요? 진심이에요?

제가 분위기에 휩쓸렸네요.

길 한복판에서 나는 다시금 올려다보았고 너무도 많은 사람이 위층의 서리가 낀 유리창에 등을 기대면서 파티를 하는 실루엣을 알아보았다. 모두가 팔꿈치를 쭉 뻗고 있으니 각자들 손에 와인잔과 접시를 들고 있다는 뜻이었다. 정말로 곧 아침을 내오고 있었을 것인가, 무슨 대륙을 건너가는 실성한 야간 항공편에서처럼?

왜 클라라는 나를 아래층으로 데려온 걸까? 결국 눈 속에서 나와 걷기 위해서? 아니면 그녀는 다른 뜻이 있었는데 그녀가 자기가 사는 층을 누를 겨를도 없이 내가 로비 버튼인 L을 눌러버려서 계획을 틀어지게 한 걸까? 나는 그녀의 아파트가 내 뇌리를 스치지 않았다는 걸 보여주기 위해 그렇게 한 걸까? 아니면 이렇게 말하는 건 너무 쉬웠을 테니까 그저 일을 어렵게 만들려던 걸까, **당신 집 구경시켜줘요.**

아니면 내가 오늘 밤 누구와도 있고 싶지 않았던 걸까? **혼자 있고 싶어요. 집에 가고 싶어요. 그런데도 사랑받고 싶어요. 왜냐면 당신과 나 사이의, 또 우리가 그것에 관해 말하는 동안, 나와 나 사이의 거리는 수백 수천 미터와 몇 광년은 떨어져 있어서요.**

나는 사랑을 원해요, 다른 이들이 아니라. 나는 로맨스를 원해요. 나는 반짝임을 원해요. 나는 우리 삶에 마법을 원해요. 그게 몫이 다 돌아가기에는 너무 적게 존재하니까.

나는 내 처지에 있는 다른 이들을, 수많은 청년이 각자 사랑에 빠져 열렬하고 이타적으로, 마치 잉키처럼 어딘지 모를 곳으로 쭉 가거나 다시 와서는 그녀의 집 밖에 서 있는 것을 생각했다. 폐에 힘이 다 빠지고 소모되고 스러져서, 남는 것이라고는 오로지 노래 한 곡과 얼어붙은 발자국 하나가 될 때까지 밤중에 그녀의 창문에 눈덩이를 던지는 것을 생각했다.

거기 서 있는 동안 나는 호주머니에 손을 넣었다. 호주머니는 작은 종이 냅킨들로 가득 차 있었다. 저녁 내내 긴장하는 바람에 생각 없이 잔을 내려놓거나 뭔가 다 먹었을 때마다 냅킨을 호주머니에 욱여넣고 있었던 것이 틀림없다. 나는 내가 후추 때문에 한바탕 겪는 동안에 그녀가 내게 준 손수건을 떠올렸다. 그건 내가 어쨌던가?

호주머니 속에 접혀 있는 지나치게 큰 초대장도 만져졌는데, 파티장의 주소가 강렬한 세선 세공으로 인쇄되어 있었다. 나는 파티에서 클라라에게 얘기하던 동안, 호주머니에서 이 카드를 종종 만지며 넋을 잃고 그 모서리를 뱅뱅 돌리던 것을, 이것저것 추측하게 되면 급작스럽게 터져 나오는 기쁨을 느끼던 것을 어렴풋이 떠올렸다. 산만한 상념의 안개 속에서, 이 카드가 여전히 눈보라로 축축했다면, 이건 내가 방금 눈 속에서 들어왔다는, 파티는 여전히 한창이었다는, 우리가 헤어지기까지 몇 시간은 남아 있었다는, 뭐라도 벌어지기에 충분한 시간이 있었다는 소리밖에는 될 수 없었음을 기억했다. 그럼에도 이렇게 터져 나오는 기쁨 뒤편에 이 파티에 끌려와 기어이 내 아버지의 친구에게 바람을 맞게 된 데에 대한 가벼운 분노 같은 무언가가 남아 있었다고 할지라도, 그것은 전혀 분노 같은 것이 아니라 내 상념들이 떠돌고 싶은 곳에서 떠돌게끔 놔두는 또 다른 교활한 방식이었을지도 몰랐다. 그래봤자 상념들은 클라라에게로, 또 심지어는 푸가 오늘 밤 벌어진 일을 약간은 조직한 것일지도 모른다는 찝찝한 의심으로 곧바로 다시 끌려갔다. **제 아비가 죽었어. 내가 그놈을 보살피겠다고 약속했는데. 외로워해. 자기 혼자서 뭘 해야 할질 몰라. 사람을 만나야지.**

나는 웨스트엔드와 106번가 길모퉁이에 있는 스트라우스 공원 쪽으로 길을 나아가기 시작했다. 나는 그녀를, 그녀의 손을, 추위 속 그녀의 셔츠를 생각하고, 무해하고 직설적이라고 오해한 모든 것을 고약한 유머로 비틀고는 **저는 샤워하는 중에 노래를 불러요**가 재미없고 평범하고 서투른 것이었음을 일깨워줄 때의 그 표정을 생각하고 싶었다. 클라라를 생각하고 싶었지만, 그러면서도 생각하는 것이 두렵기도 했다. 나는 마치 눈보라 속 방한용 얼굴 가리개의 구멍을 통해서처럼 그녀를 비뚜름히, 어둑하게, 인색하니 생각하고 싶었다. 나는 도저히 집중할 수 없는 누군가, 내가 잊기 시작하고 있었던 누군가로서 그녀를 마지막으로 생각했다는 가정하에 그녀를 생각하고 싶었다.

그리고 나는 이 감정을 좀 더 잘 뜯어보기 위해 가로등 중 하나로 다가갔다. 그 가로등은 사물을 더 잘 보도록 도와주는 대가로, 위안을 주기 위해 너무도 열심히 노력한 것에 대해 위안을 구하듯 자신의 밝혀진 고개를 내 어깨 위로 기울이는 게 거의 보일 정도였다. 그때 나는 가로등을 살아 있는 사람으로 생각하기 시작했다. 나를 몇 년은 알아와서 내가 누구인지 또 왜 내가 오늘 밤처럼 행동했는지 분명히 이해해줄, 기쁨에 가까운 절망이 휘감긴 이 감정이 무엇인지 알고 그걸 내게 설명해줄 사람으로. 내가 물어봤다면 그것은 왜 삶이 클라라라는 사람을 내가 가는 길에 던졌는지, 내가 계속해서 가라앉던 부표로 손을 내뻗는 사람처럼 사방팔방으로 허우적대는 모습을 지켜만 보았는지 말해줄지도 몰랐다. 그래서 당신이 안다고요? 나는 말하고 싶었다, 당신은 정말로 이해한다고요? 오, 나는 정말로 알기도 하고 정말로 이해하기도 하죠. 그럼 우리는 이제 무엇을 하나요? 내가 물었다. 이제 무엇을 하냐고요? 당신은 파티로 먼 길을 가놓고는 계속 있고 싶어 죽겠는 주제에 떠나려고 안달복달하죠. 나더러 뭘 말하기를 원하는데요? 지도를 원하나요? 답변을? 사과를? 그런 건 하나도 없어요. 성마른 기미가 그 목소리에 가미되고. 내가 대화를 나눌 법했던 유일한 다른 사람인데, 그는 살아 있지 않으니까.

웨스트엔드 대로가 브로드웨이가와 만나는 지점에서 나는 여기서도 택시를 찾을 길이 없다는 것을, 시내 방향 M104 버스에 관해서도, 리버사이드 드라이브에서 M5 버스를 타는 것보다 가능성이 나을 게 없다는 것을 깨달았다. 빽빽하니 빛을 발하며 건드려지지 않은 눈이 어디나 쌓여 있었다. 시야에는 자동차 하나도 보이지 않았다. 보도와 길거리 사이, 또는 길거리와 공원 사이, 또는 브로드웨이가와 웨스트엔드 대로의 최북단 끄트머리가 만나는 이 보이지 않는 순간과 공원 사이의 경계들은 전부 사라졌다. 눈이 온 지역을 한꺼풀 덮어버려서 도시가 무한하게 얼어붙은 호수처럼 보이게 된 가운데 튀어나온 것은 나무들과 기이한 기복들, 스트라우스 공원 주위에 주차된 자동차들의 파묻힌 후드들이었다.

공원 안쪽에서는 얼어붙고 얼룩덜룩한 가지들이 천국을

향해 내뻗었다. 어수선하게 보이는, 박리되고 마디지고 죽 뻗어지고 성실한 손들이 반 고흐의 올리브 숲에서 손짓하고 있어 마치 추운 데서 웅송그리고 있는 칼레의 고문받은 **슈테틀***주민들**만 같았다. 한편, 각 가로등 기둥 밑바닥에서 반사된 강렬한 하얀 웅덩이가 모든 것을 더럽혀지지 않고 온전하고 의식적인 것으로 보이게 만들어 마치 가로등들이 크리스마스 이브에 강림하는 길 잃은 동방박사들을 위하여 착륙 지점을 비워두기 위하여 하나하나 줄을 서두었던 것만 같았다.

눈은 어찌나 평화롭고도 고요한지……. **허심탄회한** 눈은 말이다, 나는 생각하면서, 이 단어의 인도유럽 어원을 포코르니***가 재구성한 것을 돌이켜 생각했다. 즉 **칸드******, 빛나다, 불을 붙이다, 백열을 내다, 확 타오른다는 뜻으로 거기서 우리가 인센스incense와 백열성incandescent이라는 단어를 얻는 것이다. 눈은 나보다 허심탄회한 면이 더 많았다. 여기서 촛불을 밝혀서 클라라를, 또 옛날 옛적에 우리가 각자 1달러씩 넣고 하늘만이 아실 누군가를 위하여 촛불을 밝혔던 성당에서의 그 순간을 생각하게 하소서.

나는 그녀가 매준 매듭을 풀고 목에 스카프를 다시 두르

* 과거 동유럽에 있던 소규모의 유대인 촌을 말한다.

** 오귀스트 로댕의 조각품인 '칼레의 시민'을 연상시키고 있다.

*** 줄리어스 포코르니. 오스트리아 출신의 언어학자이다.

**** kand. 인도 게르만 공통 조어 어원으로 '빛나다'라는 뜻. '허심탄회함(candor)'은 물론, '향(incense)'과 '백열성(incandescent)'의 어원이다.

면서, 내가 언제나 해왔던 식으로 스카프의 양쪽 끄트머리를 코트 아래에 포근하게 겹쳤다. 춥지는 않았다. 눈이 남아서 내일까지 버텨줄지 궁금해지기 시작했다. 요새는 그러는 법이 없었다. 천천히 내가 공원을 통해 길을 나아가던 동안, 나는 벤치 하나를 발견했고 어떤 미친 발상을 떠올렸다. 내가 여기에 앉아야겠다. 장갑 한 짝으로 나는 눈을 털어내고 드디어 앉으면서, 마치 거하게 점심 식사를 한 뒤 이른 오후에 햇빛을 쬐는 사람처럼 앞에다 양다리를 쭉 뻗었다.

나는 이곳에 있는 게 좋았다. 그리고 대로들과 거기에 인접한 길거리 모두가 이 하나의 장소로 녹아드는 듯했다가 눈 속으로 사라짐으로써 어퍼 웨스트사이드에 잠복한 조화들과 이동식 장터들의 가판대처럼 불쑥 나타나는 비밀스러운 광장들을, 눈과 함께 나타났다가 눈이 녹자마자 사라지는 새로운 광장들이 있었음이 갑자기 드러나는 그 방식을 사랑했다. 나는 여기서 밤을 보내고 눈이 하룻밤 내내 또 내일 온종일 머물러줘서, 내일 밤에도 돌아와서 눈이 아직 남아 있는 걸 보고 내가 마치 온전히 나의 것인 의식과 중추를 찾아낸 듯 다시금 여기 바로 이 벤치에 앉을 수 있게끔 희망하고, 그 순간의 영광이 다시 내게 밀려오도록 기다릴 수가 있었다. 비록 내가 스트라우스 공원에서 느끼는 이 고색창연함이 날씨 때문일 수도 있고, 알코올 때문일 수도 있고, 사랑과 섹스 때문일 수도 있는 것으로, 어쩌면 사고일 뿐 그 이상의 것이 아니었음을 알았다고 할지라도. 마치 다른 벤치가 아니라 이 벤치에 앉아 있는 것처럼, 아니면 내가 택시를 잡을 수가 없어서 너무도 많은 아름다움을 발견하고 있는 것처럼, 아니면 리버사이드 드라이브에 있는 대신에 결국 여기 있는 것처럼, 아니면 크렘 프레슈* 대신에 알 후추를 베어 무는 것, 내가 베릴을 먼저 만나서 완전히 다른, 어쩌면 더 나은 저녁을 겪었을지도 모를 서재에 서 있는 게 아니라 크리스마스트리 뒤편에 서 있는 것처럼……. 갑자기 이 모든 우연이 명료성과 광휘, 조화, 따라서 기쁨으로 가득 찼다. 눈처럼 절대로 오래가지 않으리라는 것을 내가 알았던 기쁨, 작은 기적들이 우리의 삶을 건드릴 때 그것이 주는 기쁨, 제단 위의 빛과 같은 기쁨으로 말이다. 나는 내일 밤 이 장소를 재방문하리라는 것을 알았다.

이 모든 것이 어쩌면 아무도 말해본 바 없었던 언어로까지 멀리 되돌아간 하나의 작은 단어에 담겼다. **칸드.** 여성의 허심탄회함candor 말이다.

그럼에도 나는 그녀에 관해 아무것도 몰랐다. 나는 그녀의 이름은 알았고, 성씨는 철자법을 몰랐고, 그녀가 남자에게 또 여자에게 키스하는 것을 보았다. 그녀는 누구였나? 그녀는 무엇을 했나? 그녀는 어떤 사람이었나? 다른 사람들은 그녀를 뭐라고 생각했나? 그녀는 그녀 자신을, 나를 뭐라고 생

* 프랑스어로 '생크림'이라는 뜻.

각했나? 그녀가 혼자 있고 아무도 보지 않고 있을 때 그녀는 무엇을 했나?

어쩌면 내가 원했던 것은 오로지 앉아서 생각하는 것, 무엇에 관해서도 생각하지 않는 것, 나 자신 속으로 침잠하고 꿈을 꾸고 아름다운 모든 것들을 발견하는 것이자, 내가 저녁나절 동안 나 자신에게 한 번도 허락하지 않았던 행동대로 그녀를 그리워하는 것이었다. 우리가 다시는 만날, 또는 정확히 똑같은 조건으로는 만날 가능성이 없다는 걸 알면서도, 그리움이란 우리를 우리라는 사람으로 만들어주고 우리라는 사람보다도 나아지게 만들어주므로, 그리움이란 심장을 채워주므로, 우리가 그럼에도 그리워하기로 작심한 누군가를 그리워하는 식으로 말이다.

심장을 채워주므로.

부재와 설움과 애도가 심장을 채워주는 식으로 말이다.

이 모든 게 무슨 의미였는지 나는 몰랐고, 이에 관해 나 자신을 믿지도 않았다. 이런 길 잃은 생각들을 숙고하는 동안 나는 움직이지 않았다. 마치 내가 거기 차가운 벤치에 앉은 동안 영구하고 엄숙한 무언가가 공원 자체에만이 아니라 내게도 자리를 잡아가고 있는 듯했다. 나와 같은 사람들이 자기 자신과 주위의 모든 것과 합일되기 위하여 찾아오는 이 스트라우스 공원이라는 인적이 없고 외딴곳에 내가 들어옴으로써. 도시, 밤, 그리고 공원, 그리고 공원 건너편과 오른쪽의 프라이드치킨 식당 너머 약국 위에 걸린 요란한 네온사인과 더불어. 그녀가 담배꽁초를 비벼 끄고는 신발로 살포시 턱에서 밀어낸 방식이. 그녀의 진홍색 셔츠에다 그 단추들이 가슴께가 보일 만큼 풀려 있어 그녀 가슴 모양을 상상하게 하던, 그리고 상상하라는 목적이던 그 잊히지 않는 모습이. 그녀가 내게 말하고, 내가 수렁과 참호에서의 사랑을 언급했을 때 살포시 내 마음을 일렁이게 했다가는, 그래봤자 나를 완전히 동일한 수렁과 참호 속으로 다시 꾀어들여, 그녀가 속내를 털어놓고 있다는 분위기를 온통 풍겨봤자, 내가 혹시 잊어버렸을까 봐서, 그녀가 당신에게 말할 때 그냥 어쩌다 당신 어깨에 팔꿈치를 올려둔, 당신과 그녀가 하나이고 똑같았다고, 근데 똑같지는 않아도 그래도 똑같았으며 절대 똑같지 않았다고 생각하게 만든 건드리지 못할 파티광 그 자체였다는 것을 일깨워줄 뿐이었을 동안에 말이다.

나는 나 자신을 측은하게 여기고 싶었다. 언제나 원하고, 원하고, 원하면서도 원하는 것을 넘어서 뭘 할지 아니면 어디로 갈지 결코 알지 못한다는 걸 측은하게 여기고 싶었다. 나는 스트라우스 공원에 촛불을 밝히고 싶었다. 마치 성당에서 사람이 뭘 요청하려고 기도하는 건지 아니면 얻어서, 아니면 그냥 그게 존재한다는 걸 알아서, 우리의 삶 속에 그것이 지나가는 기억을 붙들고자 하는 단순한 소망이 그리움의 특색도 아니라, 아니 희망이나 심지어 사랑의 특색도 아니라, 숭

배의 특색을 전부 띠게 될 정도로 너무도 근거리에서 그것이 우리에게 보라고 내어주는 짧은 시간 동안 그것을 보게 되어서 감사를 표하려고 기도하는 건지 확신하지 못할 때 그러하듯이 말이다.

오늘 밤 그녀가 내 삶과 삶의 방식에 걸치는 얼굴이었다. 오늘 밤 그녀는 나를 돌아보는 세상을 향한 내 눈이었다.

오늘 밤 나는 하마터면 저지를 뻔했다. 한 번만 더 흘깃 보면 난 당신에게 키스할 거예요, 클라라. 당신이 베릴에게 키스했듯이. 당신 혀를 그녀 입에 집어넣고, 그래서 내가 베릴에게 키스한 거였다고. 내 혀, 그녀의 혀, 당신의 혀, 모두의 혀라서.

내가 뜻대로 했다면, 나는 이 가상의 봉헌초를 바로 여기에 심고, 마치 클라라가 테라스에서 자기 잔을 파묻었듯이 눈 속에 파묻어 세워둘 터였다. 그리고 나는 그런 양초를 하나만이 아니라 많이 밝히고, '기억 동상'을 둘러싼 말린 꽃밭의 테두리를 따라 하나하나 세워둘 터였다. 마치 스페인과 이탈리아, 그리스 마을들의 작은 길거리 제단에서 성모 마리아와 성인들에 그렇게 하듯이. 그 동상 자체를 머리부터 발끝까지 가는 양초들로 뒤덮어서, 그것들이 전부 스트라우스 공원 주위에서 축축한 진흙탕의 공동묘지 부지 위의 도깨비불들처럼 깜빡이게 할 터였다. 그 부지에서 망자들의 영혼은 밤에 솟아올라 마치 동틀 녘까지 함께 무리를 이루어 체온을 유지하는 반딧불이 유충처럼 헤매어 다닌다. 망자들은 서로서로에게 잘해주기 때문에.

나는 여기 앉아서 절대로 꼼짝하지도 않을 터였다. 나는 그녀를 위해 얼어 죽을 터였다. 왜냐하면 오늘 밤 그녀가 내 삶과 내가 배우지 않은 삶의 방식에 걸치는 얼굴이었으니까.

어쩌면 끝내 내 눈에 눈물을 고이게 한 건 추위였는지도 몰랐다. 어쩌면 내가 너무 많이 마셔서 분간이 안 되었는지도 몰랐다. 그러나 나한테 가장 가까운 가로등 중 하나를 응시하는 동안 나는 사물이 둘로 보이기 시작했고, 가로등이 어딘가 기대는 듯해 보이다가 흔들리기 시작했다. 마치 그것이 제자리를 벗어나려고 내 쪽으로 스스로를 끌어당겨서 마치 거지처럼 꼴사나운 사지를 질질 끌면서, 문워크를 흉내 낸다고밖에는 볼 수 없는 것을 하려는 듯했다. 그는 거기 서서 앞뒤로 기울였는데, 마치 그가 발견한 것이 정말로 나인지 확인하려는 듯했고, 그러더니 뒤로 직직 물러나 다시금 가로등이 되었다. 그는 누구였나? 그리고 이렇게 종잡을 수 없는 밤에 그는 무엇을 하고 있었나? 나는 이 추위에 나와서 뭘 하고 있었나? 그는 또 다른 나로서 여기 주위를 터덜터덜 굴러가면서, 내가 상황을 그르쳐놨으니 그가 이어받겠다고 말하던 걸까?

아니면 그는 미완결된 나였을까? 햇빛을 아직 보지 못했고 영영 보지 못할지도 모르는 이런 존재들은 그곳에 얼마나 많았나. 우리가 시간을 통과해 살금살금 훔쳐 오는 커닝페이퍼들은 보이지 않는 잉크로 쓰여 있다는 것을 깨닫지 못한 채, 나에게 알아들을 수 없는 위로와 성마른 조언을 주기 위함밖에는 이유가 없을지라도 과거로부터 넘어오고 싶어 좀이 쑤시던 존재들은 얼마나 많았나. 이런 자아들은 마치 지하 세계에서 온 철창 속 군단처럼, 어쩌면 아무 자격도 없고 노력도 하지 않은 나에게만 주어진 생혈을 맛보고 싶어 갈급증을 내며 내 주위에 모여드니 말이다.

어쩌면 나는 그들을 위해서도 스트라우스 공원 주위에 촛불을 밝힐 테다. 내가 나의 안에서 볼 수 없었고 내 바깥의 촛불들처럼 바라볼 수 있기를 희망한 것에 대하여 의식상의 대역으로서.

그때 나는 그것을 보았다. 내 머리 바로 위에 걸려 있던 얼룩진 잔가지를 건드려보았다. 그것은 얼음 결정이 되어 있었다. 나는 그걸 잡아당기려 해보았지만 부러뜨리기는 불가능했다. 내가 더 세게 잡아당기면 무슨 일이 벌어질까? 잔가지는 어느 정도 뜯길지도 몰랐다. 그리고 나는 아마 베이게 될 터였다. 나는 피가 내 손가락에 괴어오르고 눈 위에 쏟아지는 모습을 그려보았다. 나는 뒤로 쭉 고개를 젖혔고 아버지가 뭐라고 말할지 생각해보았다. **이런 꼴이야 새삼스럽지도 않**

다. 너야 몇 년간 이런 식이지 않았니. 그리고 너를 도와줄 수 있는 사람은 아무도 없다. 피에 삶이, 삶의 영혼이 있는 거다.*

클라라가 피가 나는 내 손가락을 봤다면 뭐라고 말할까? 나는 그녀가 고동색 신발을 신고 내게 다가와서 눈 속에서 바로 내 앞에 서는 모습을 그려보았다.

당신 무슨 일이에요? 내가 한번 볼게요.

아무것도 아니에요.

아니, 피가 나잖아요.

네, 알아요. 참호 속 군인이 그렇죠, 뭐.

자기 연민이라도 하는 중인가?

나는 답하지 않았다. 하지만, 그렇다. 자기 연민을 하는 중, 자기혐오를 하는 중이다.

그녀는 붉은 블라우스에서 천 조각을 찢어내어 내 손가락에, 그러고는 내 손목에 단단히 싸맨다. 나는 자신이 사랑하는 남자의 소지품이었던 나무 지팡이에 노란 리본을 싸매는 클레브 공작부인**을 생각하고 있다. 그 천 조각이 내 막대기, 내 살결, 내 귀도에 감기고, 내 모든 것이 당신의 옷단에, 당신의 손에, 당신의 손목, 당신의 손목, 당신의 손목, 당신의

* 레위기(17:11)의 구절을 암시한다. 피는 곧 모든 생물의 생명이니 혈액을 함부로 먹으면 안 된다고 한다.

** 프랑스 소설 《클레브 공작부인》의 주인공. 클레브 공작부인은 연모하는 느무르 공의 것이었던 인도산 지팡이를 얻어 혼자서 방에 있을 때 노란색 리본으로 돌돌 말아 연모의 감정을 드러낸다.

고운, 얼룩진, 축복받은, 하느님이 내린 손목에 얹히고. 지금 당신이 뭘 했는지 봐요—그녀는 미소 짓는다— 나 집중하려 하고 있잖아요. 그쪽 심각하게 감염될 수도 있단 말이에요.

감염되면 어쩌는데요?

나 여기 집중하게 둬요, 하며 그녀는 내 상처를 돌본다.

그녀는 내 간호사 역할을 마치고 나자, 그래서 왜 그런 거예요? 묻는다.

내가 원했고 결코 가지지 못한 모든 것 때문에요.

그쪽이 원했고 결코 가지지 못한 모든 것 때문에요. 여기 앉아 있다가는 감기 걸려 죽을걸요.

그래서요? 이렇게 추운 밤중에 내내 앉아 있어서 새벽에 시퍼렇게 얼어붙은 채로 발견된들, 그게 당신을 위해서라면 내가 신경이나 쓸 것 같아요?

나를 위해서인가요, 그쪽을 위해서인가요?

나는 어깨를 으쓱했다. 나는 대답을 알지 못했다. 양쪽 대답이 다 옳았다.

양서성이네요, 그녀는 말한다.

양서성이죠, 나는 말한다.

그리고 우리가 밤새도록 말한 그 어떤 것보다, 이 인적 드문 공원에서 우리의 환영 자아가 나눈 이 짧은 대화가 더 많은 것을 말한다는 게 문득 떠오른다. 베를렌의 시에서처럼 우리의 환영 양쪽이 접촉하고, 나머지는 그저 기다리고, 기다

리고, 기다리는 연인 간의 토론이랄까. 이런 꼴이야 새삼스럽지도 않았다. 나야 몇 년간 이러지 않았나.

—◆◆◆—

"뭔가 문제라도 있으십니까?" 제복을 입은 경찰관이 방금 차 문을 닫고 나를 향해 공원을 가로지르고 있었다. 그는 이 지구상에 남은 유일한 다른 존재처럼 보였다.

나는 고개를 저었고 다른 곳을 보는 체했다. 내가 지금껏 내내 혼잣말을 했던가?

"괜찮으세요?"

"예, 경찰관님. 그냥 생각을 정리하려고 하던 참이었습니다."

생각을 정리한다라……. 꼭 이런 소리 하는 사람들이 체포되는 거다.

"어리석은 짓 하시려는 생각은 없는 거죠?"

다시금 나는 미소를 지으며 고개를 저었다. 오늘 밤 두 번째다.

"술 드셨습니까?"

"너무 많이요. 아주 너무 많이요."

"즐거운 크리스마스 보내세요."

"경찰관님도요. 성함이……?"

"라훈입니다."

"라훈이라. 〈그녀는 라훈을 슬퍼한다〉*에서처럼요?"

"그 노래는 모르겠는데요."

"노래가 아니에요, 시죠. 아일랜드 거."

"진짜요!"

나는 **진짜고말고요** 하고 말할 참이었으나, 그러지 않는 게 낫겠다고 판단했다.

"그래서 고민이 있으신가 봐요. 여자 문젠가?" 그는 팔짱을 꼈다. 방탄조끼의 끄트머리들이 꽉 조이는 파란 재킷 아래로 튀어나온 게 보였다.

"아뇨. 여자 문젠 아니에요. 그냥 우리 집 영감님이 돌아가셔서요. 오늘 밤 딱 아버지 생각을 하고 있었거든요. 곧 있으면 정확히 일주기가 될 거라." 그리고 불현듯 나는 바로 아버지가 한 말들이 기억이 났다. **곧 있으면 나는 내가 한 번이라도 살았다는 것조차 모르게 되겠지.** 그리고 복잡한 길가에서 내 환영이 당신의 환영과 맞닥뜨린대도, 당신이 내 방을 엿보던 그 밤만큼 내 심장이 펄쩍 뛰지는 않을 것이다. 너무도 커다란 사랑이 전부 폐물이 되고, 수없이 쌓아둔 책과 운문이 전부 사라지고 없다니. 나는 이 손을 쳐다보고, 곧 있으면 더는 이걸 보지 못하리라는 것을 깨닫는다. 왜냐면 내 눈이 전

* 제임스 조이스의 시.

혀 내 눈이 아닌 식으로 손이 더는 전혀 내 손이 아니고, 나는 심지어 여기 있지도 않아, 내 양발은 이미 나를 앞서가버린 터로 레테와 플레게톤* 너머 하늘만이 아실 모종의 시간대에 한층 아늑한 곳을 찾아냈기 때문이다. 나는 레테나 플레게톤, 반항적인 섀넌강의 파고, 파이돈**이나 우리가 함께 읽은 용감한 아리스티데스***와 투키디데스****의 그 긴 연설들은 기억하지도 않을 테다. 이 모든 불멸의 단어들이 사라지고 없고, 비잔티움도 사라지고 없으니. **푸시식!** 나의 일부는 더는 내 것이 아니다. 실상 삶이 결코 내 것이 아니었던 식으로. 내 옷과 내 신발과 내 체취가 실상 결코 내 것이 아니었던 식으로. 심지어 '내 것'이 더는 내 것이 아니라 내 생각, 내 머리카락, 나의 모든 것이 내게서 표류해 간 식으로. 사랑 역시도 마치 너덜너덜한 낡은 벽걸이에서 꺼낸 우산처럼 더는 내 것이 아니라 그저 빌린 것이 되는 식으로. 당신과 나는 벽걸이의 우산들인데, 다만 당신은 내 목의 피, 내 삶의 숨결보다도 지금 내게 더 가까이 있다. 나는 거울 속 나 자신을 바라본다. 내가 하고 있는 일이란 오로지 내 얼굴과 당신 얼굴 양쪽에 작별 인사를 하는 것이다. 나는 당신을 조금씩 떠나고 있어.

* 그리스 신화에서 '레테'란 저승에 있는 망각의 강으로, 강물을 마시면 생전의 모든 기억을 잊어버린다고 한다. 아울러 '플레게톤'은 저승에 있는 불의 강을 말한다.

** 그리스 철학자 플라톤의 철학적 대화편(對話篇).

*** 아테네의 정치가이자 장군.

**** 그리스의 역사가.

당신이 비통해하지 않기를 바라. 그들이 지금 나더러 억지로 가게 하는 그 어딘지 모를 곳으로 이제 당신의 이 사진을 가져가서, 내가 눈을 감으면 이것이 마지막까지 떠나가지 않을 것이 되기를 희망해. 왜냐하면 사람이 마지막으로 보는 것은 영원히 가져가는 거라고들 하니까. 만일 '가져간다'라는 것이 레테와 플레게톤 너머의 어떤 것을 말한다면.

"레테와 플레게톤을 아세요, 경찰관님?"

"그게 누군데요?"

"중요한 건 아니고요." 죽음의 가장 나쁜 부분은 당신이 한 번이라도 살고 사랑했음을 잊게 되리라는 것이다. 당신은 대략 칠십 년간 살고, 영원히 죽는다. 왜 거꾸로는 안 될까? 칠십 년간 죽고—그리고 덤으로 칠십 년간 더 던져 넣고서도— 영원히 사는 걸로 말이다. 그나저나 죽음이라는 게 무슨 쓸모가 있는가? 누가 어느 인간도 한평생보다 오래 사는 걸 견뎌낼 수가 없다고 말하든, 그런 건 상관하지 않는다. 망자에게 물어보고 어떻게 답하는지 봐라. 그들이 여기 오늘 밤의 눈을 맞기 위해서라면, 이런 별이 총총한 밤을 일주일간 가지기 위해서라면, 세상에서 가장 아름다운 여자에게 반하기 위해서라면 뭘 내놓지 않을 건지 물어봐라. 망자에게 물어봐라.

"'이것만은 약속해주렴.' 아버지는 말씀하시곤 했어요. '그때가 오면, 네가 날 도와주겠다고. 하지만 내가 요청할 경우에만 말이다. 그 이전에는 말고. 내가 버틸 수 있는 한까지는 하되 그보다 일찍은 말고.'"

"그래서 요청하셨나요?"

이 보안관이 나를 유도 신문하고 있었던 것일까?

"끝내 요청하지 않으셨어요."

"그때가 오면 절대로 요청하지들 않으시더라고요. 그래서 뭐 때문에 그렇게 마음이 무너져 계신 거예요?"

"아버지가 몇 시간 동안 주무시러 가셨고, 저는 동네를 걸어 다녔어요. 마치 집에서 여자친구가 자기 물건을 마지막 하나까지 다 치우기를 기다리면서, 여자친구가 마음을 바꿔주기를 희망하는 연인처럼. 그러다가 어느 공원을 지나치는데, 추위 속에서 나무 사이로 부는 바람의 솨 하는 소리를 듣고, 아버지가 무사히 가셨다는 걸 알았죠. 저는 아버지에게 플루타르코스를 읽어드릴 예정이었어요. 저는 될 대로 되라고 놔뒀죠."

"의도적으로요?"

"제가 어떻게 알겠어요."

제가 잔인한 놈이 아니라고 말해주세요, 라훈 경찰관님. 아버지도 알았다고 말해주세요, 라훈 경찰관님.

"이 달을 좀 보세요."

"좋은 밤이에요, 달님." 내가 말했다.

"좋은 밤이에요, 달님." 그가 내 비위를 맞추려고 되풀이하며 고개를 저었는데, 그 뜻은 이랬다. 당신네 사람들이란!

어느 비렁뱅이 여자가 길을 건너 우리 쪽으로 오고 있었다. 이 공원은 아마 그녀의 침실이었다. 그녀의 욕실이었다. 그녀의 주방이었다. 그녀의 응접실이었다. "선생님, 빵값 좀."

나는 호주머니에 손을 넣었다.

"정신 나갔어요?" 경찰관이 말했다. 그러고는 비렁뱅이에게 돌아섰다. "꺼져, **마마시타***."

"이 사람한테 화내지 마세요. 크리스마스잖아요."

"이 사람이 그쪽한테 그 꼬질꼬질한 손가락을 올리고 나면, 그쪽이 얼마나 크리스마스 기분이 드는지 봅시다."

무른 마음을 알아챈 그 비렁뱅이 여자는 내게 시선을 고정하면서 말없이 구걸했다.

내가 스트라우스 공원을 떠날 참이던 그때, 나는 5달러짜리 지폐를 꺼내 그 비렁뱅이 여자의 손아귀에 슬쩍 쥐여주었다. **포르 미 파드레****.

"진심이세요?"

"놔두세요, 경찰관님." 나는 말했다. 모르는 일이잖아요, 나는 말하고 싶었다. 다른 시대에, 이 노파는 저더러 이 벤치 중 하나에 앉으라고 청하고, 물 양동이를 하나 가져다가 내 발을 씻겨주다가 뭔가를 알아챘을 테고, 덕분에 저는 집에 온

* 야유하는 뜻으로 쓰이는 스페인어.

** 스페인어로 '우리 아버지를 위해서'라는 뜻.

것 같았겠죠.* **이 포르 클라라 탐비엔****. 나는 덧붙였어야 했다.

라훈과 그의 자동차는 사라졌고, 모든 것이 다시금 고요했다.

분명 도로이지 인도일 뿐은 아니었을 것을 건널 동안, 나는 공원을 돌아보았다. 정확히 오늘 저녁이 펼쳐진 대로 오늘 저녁을 다시 처음부터 시작하려면—로마인들이 음식을 포식했을 때 하던 짓을 시간을 갖고 하려면— 시간을 역류시켜서, 시계를 다시 7시로 되감아서 바로 여기 스트라우스 공원에서 다시 시작할 수 있다면 내가 뭔들 내어줄 것임을 이제야 깨달았다. 눈이 오고 있다. 나는 아직도 파티에 가기엔 매우 일찍이다. 나는 이 작은 카페에 들러 차를 마실 거다. 그런 다음에는 건물로 향해서, 이게 올바른 주소인지 확신하지 못하는 체를 하고, 우산을 털고, 우렁찬 목소리의 건장한 러시아인이 나를 위해 문을 열어주는 것을 지켜보고, 오늘 밤 상황이 어디로 향해 가는지 감도 주지 않는 고딕 양식의 출입구가 달린 엘리베이터로 걸어 들어갈 것이다. 나는 오늘 저녁을 다시 처음부터, 그리고 다시 몇 번이고 더 시작하고 싶었다. 왜냐하면 그게 끝나기를 바라지 않았기 때문이다. 왜냐하면 오늘 밤 내내 뭔가 애석하고 미완의 것이 감돌고 있었

* 오디세우스가 20년 만에 귀향했을 때, 가족마저 오디세우스를 알아보지 못하는 가운데 그의 발을 씻겨주던 노파만이 그의 다리에 있는 흉터를 알아보고 그가 오디세우스임을 알아챈다.

** 스페인어로 '그리고 클라라를 위해서도'라는 뜻.

다고 할지라도, 나는 그것을 애석하고 미완의 밤이었던 그대로 받아들이고, 스스로가 두 배는 축복받은 사람이라고 여길 터였기 때문이다.

내일 밤이면 나는 이곳에 와서 각 촛불을 다시 처음부터 하나하나 밝히고, 주위를 돌아보면서 공원의 모든 구석구석이 클라라의 존재로, 나, 나의 삶, 나의 삶의 방식으로, 또 아버지로 여전히 메아리친다는 느낌을 거의 받을 터였다. 아버지는 나도 모르는 사이 오늘 저녁 처음부터 나를 졸졸 따라오고 있었으며 마치 어느 순간에라도 소멸될 참이나 그러다가는 열쇠라도 깜빡한 양 마지막으로 한 번 보러 돌아오고, 그러다가는 안경을 잊어버려서 또, 그리고 가스 밸브를 점검하는 걸 잊어버려서 또 한 번 돌아오며, 그리고 본인 삶에서 빈약한 사랑만을 알았던 가엾고 안절부절못하고 고뇌에 찬 남자처럼 다시 몇 번이고 더 돌아오고 있을 터인 환영을 붙들듯이 나는 그런 아버지를 붙들고 있었다. 그렇게 돌아오는 건 마치 내가 뭔가를 뒤에 두고 왔다고 염려하면서 이곳에 돌아오고 있으면서, 우리가 뒤에 두고 오는 것은 환영 자아라는 것을, 근데 이 환영 자아는 우리의 모든 자아들 중 가장 진실하고 가장 오래가는 존재라는 것을 알고 있을 터였던 것과 매한가지였다.

마지막으로 한 번 돌아보면서 나는 내가 이 작은 공원을 언제나 얼마나 많이 좋아했던가를, 그리고 내일 돌아와서 잠시 여기 앉아 일출에 앞선 시간의 백광 속에서, 언제나와 마찬가지로 한 번 더 별들의 불후의 침묵을 숙고하는 건 얼마나 쉬울지를 생각했다.

두 번째 밤

나는 그녀를 곧바로 발견했다. 그녀는 영화관 앞에 서 있었다. 인파가 매표소 근처에 모여 있었고, 표를 든 사람들의 줄이 블록을 따라 반쯤까지 늘어져 있었다. 브로드웨이가 한복판의 교통섬에서, 나는 불이 바뀌기도 전에 길을 뛰어들어 건넜다. 인파를 다시 보자 그녀는 사라져 있었다. 나는 그게 클라라였다고 거의 확신했다.

나는 그녀를 생각하면서 하루 종일을 보냈고, 이미 두 번은—점심때, 그리고 나중에 스타벅스에서— 그녀가 나의 시야에 지나가는 걸 보았다고 맹세할 수도 있었다. 마치 나의 희망이 쏜살같이 달려나가 조금이라도 닮은 구석이 있는 누구에게나 그녀의 이목구비를 갖다 붙인 듯이 말이다. 이제 오늘 세 번째로 그녀를 우연히 만나면 자연스러움이 망가지고, 나는 몇 시간 전 충분히 시간이 있을 때 예행연습했던 것들을 말하게 될 터였다. 어떤 말이라도, 그녀를 우연히 만난 처음의 충격과 더없는 행복과 그녀를 알아보는 데 애를 먹는 척하는 것에 이르기까지. **아 맞다, 지난밤에, 한스 씨 파티에서요, 당연하죠.** 최초의 충격을 되살리려는 열망, 꾸민 것 같지 않은 어떤 말을 불쑥 내뱉음으로써 속임수를 지양하려는 절박하고도 지나치게 열성적인 열망에 이르기까지. **하루 종일 당신 생각을 하고 있었어요, 하루 종일요, 클라라.**

하루 종일 나는 딱 그러고 있었다. 크리스마스 당일에 열린 가게 하나라도 찾아다니다가 모든 곳이 닫았다는 걸 발견하고, 달리 모든 곳이 닫았기에 사람이 꽉꽉 들어찬 불결한 싸구려 식당에서 끝없이 아내 흉을 보는 올라프와 점심을 함께하고, 크리스마스 당일에 크리스마스 선물을 사러 다니려고 하던 사이, 지난밤이 다시 처음부터 벌어질지 모른다는 흐릿한 예감이 온종일 간간이 끼어들었다. 눈 속에서 우리가 헤어진 일, 내 코트를 입었다가 입지 않은 일, 악수와 함께 작별 인사를 한 다음 그녀가 나를 버스 정류장까지 걸어서 배웅해주고 자신이 사는 건물로 서둘러 돌아간 일, 그녀가 빌렸던 우산을 수위에게 건네준 일, 돌아보지 않다가 마지막 순간 뒤를 돌아보던 일에 나는 완전히 넋을 잃은 채 온종일을 보냈다. 파티에서 그녀의 팔꿈치가 내 어깨에 얹혀 있던 일, 그녀의 버건디 스웨이드 신발이 눈, 담배, 전남자친구를 걷어차던 일, 블러디 메리를 그녀가 거의 건드리지도 않았으며 나중에는 발코니에 내버려둔 사이 내가 그녀의 풀어헤친 블라우스를 응시하면서 저렇게 피부가 그을렸는데 가슴 아래쪽은 왜 저렇게 피부색이 밝은지를 밤새도록 궁금해하던 기억에 나의 모든 구석 마지막 하나까지도 매달려 있었단 말이다. 하루 종일 당신 생각을 하고 있었어요, 하루 종일요.

나는 이 말을 할 용기가 있을까?

나는 어느새 소원을 빌고 있었다. 그녀가 오늘 밤 브로드웨이가와 95번가에 나타난다면 나는 하루 종일 그녀 생각을 하고 있었다고 그녀에게 말할 터였다. 기가 꺾인들, 희망차든, 행복하든, 어떤 태도가 되든 간에 그녀에게 말할 터였다.

아니면 이렇게. 제가 막 당신 생각을 하고 있었는데요……. 나 자신이 진담인지 확신하지 못하는 양 목소리에 익살맞은 미소를 담아서. 그녀는 이걸 읽는 법을 알 터였다.

게다가, 나는 브로드웨이가를 건너 대담하게 돌진한 것으로 허둥거리고 집중하지 못한 분위기도 이미 띠고 있었다. 그것 역시 내가 그녀를 조금이라도 더 일찍 발견하지 못한 것을 정당화해줄 터였다.

그쪽이길 바라고 있었는데. 근데 또 그럴 리가 없다 하고 있었거든요. 그런데 여기 계시네요.

나는 넥타이들을 셔츠에 대보는 사람처럼 이런 말들을 시험해봤다. 군중 쪽을 보지 않으려고 갖은 애를 썼다. 내가 벌써 그녀를 발견했다는 걸, 그저 못 본 체하고 있다는 걸 그녀에게 알리고 싶지 않았다. 나는 그녀가 먼저 나를 알아보고, 먼저 상대를 찾아낸 사람이 되리라고 생각하고 싶었다.

그러나 그녀 쪽을 보지 않는 데는 또 다른 이유도 있었다. 나는 그녀를 우연히 만난다는 환상을 물리치고 싶지 않았고, 그런 전율을 무효로 만들고 싶지 않았다. 나는 그 환상을 붙잡고 있고 싶었다. 마치 합의에서 본인 몫의 약속만큼은 지키려고 작심한 예의 바른 오르페우스*처럼, 그녀가 이미 나를 봤으며 내가 뒤돌아보지 않는다는 조건하에 막 지금 내 쪽으로 길을 헤쳐오고 있다고 생각하고 싶었다. 나는 이 자그맣고 은밀하고 수치스러운 희망에 양손을 동그랗게 모아 쥐고 싶었다. 마치 내가 해야 하는 일은 오로지 외면하고 또 외면하는 것이며, 그렇게 내가 못 본 체하는 한 그녀가 내 뒤로 와서 내 눈에 양 손바닥을 두고는 이렇게 말할 터라는 듯했다. 누구게? 내가 그녀 쪽으로 돌아보기를 저항할수록 더더욱 내 목덜미를 스치는 그녀의 숨결이 가까이 더 가까이 느껴지는 게, 파티에서 그녀가 나한테 속삭일 때마다 내 귀에 그녀의 입술이 거의 스치도록 했던 식이었다. 내가 시선을 받고 있다는 걸 안다는 암시를 주지 않으면서 기다리고 희망하는 것에는 너무도 매혹적인 구석이 있었다. 그런 나머지 그렇게 많이

* 그리스 신화에 등장하는 음유시인. 아내 에우리디케가 사망하자 다시 데려오고자 저승에 가지만, 지상의 빛을 볼 때까지 절대로 뒤를 돌아보지 말라는 경고를 어겨 아내를 데려오지 못한다.

희망하지 않으려고 노력하는 나 자신을 발견하기까지 했으면서도—그녀는 오늘 밤 도저히 저기 있을 리가 없었다. 나는 무슨 생각을 하던 건가!— 그러던 내내 깨달았기로는 역희망으로 이렇게 정신이 번쩍 나도록 안간힘을 쓰는 것은 삶이 우리가 원한다고 제가 알고 있는 것을 우리에게 좀처럼 내어주는 법이 없음을 아는 나의 방식이었다. 삶은 우리가 거의 단념하고 절망을 포용하자마자 우리의 소원을 들어주는 것보다 좋아하는 게 또 없는데, 그걸 잊어버린 척함으로써 삶의 호의를 얻으려고 하는 나만의 뒤틀린 방식이기도 했다.

희망과 역희망. 그녀를 발견했다고 생각하다가, 도저히 그걸 스스로 믿을 수가 없어서 즉각 말할 거리를, 취할 태도를 양쪽 선택지 사이에서 찾게 되는 것이다. 기쁨을 숨기자. 기쁨을 보이자. 기쁨을 숨기고 있다는 걸 보이자. 기쁨의 모든 구석구석을 마지막 하나까지 보이고 있다는 걸 보이자 하고. 그러다가 당신은 단지 그녀처럼 보이는 사람을 발견하게 되는 것이다. 환상은 깨진다. 다른 사람이다.

그러나 당신이 말하려던 것들이 당신을 전율시키고 추운 저녁을 담요처럼 덮어주는 듯해서, 당신은 그 전율이 다른 사람들의 손을 거치기 전에 스스로 없던 것으로 만들고 싶어 하는 자신을 문득 발견하게 된다. 당신은 생각하기 시작한다. 어쩌면 이런 식이 오히려 좋다고. 그런 만남들은 절대로 벌어지지 않고, 그런 것들이 벌어질지도 모른다고 생각하는 건 의미가 없고, 게다가 하루 종일 고대하던 영화관에서의 조용한 저녁이 드디어, 거기다 딱 계획한 대로, 주어지고 있었다고 말이다. 당신은 영화들과 함께 몇 시간을 보낼 것이다. 물론 군중 속에서 설핏 알아본 하나의 얼굴 탓에 무언가가 당신과 영화 사이에서 실제로 벌어질지도 모른다. 마치 영화가 저만의 기이한 방식으로 당신이 청하는 바로 그것들을 대신 화면에 띄움으로써 살아 있게 할 수 있다는 듯이 말이다.

영화를 본 뒤, 나는 아마도 매표소 창문 근처에서 그녀의 존재에서 남은 신기루를 발견할 터였다. 그 신기루는 벌써 저녁에 빛을 뿌리기 시작했을 것이다. 그녀를 봤다는 환상이 내가 영화관으로 가지고 가서 몇 시간 동안 부둥켜안을 수 있었던 무언가였다면, 영화는 그 대신 영화 속에서 남녀 간 벌어진 일이 오늘 밤 내게 벌어졌다는 느낌을 내가 가지고 집에 걸어가도록 해줄 터였음을 알았다.

어쩌면 이 마지막 환상은 내가 오늘은 단념하고 다섯 시간 동안 영화관에 틀어박히기 전에 기분을 띄우려는 절박한 시도인지도 몰랐다. 나는 생각했다. 자정이 되면 내일이 될 터였다. 동화에나 나올 법한 온실 속에서 시작된, 그 이후에도 이보다 더 막연하게 느껴질 수 없었던 이 기이한 크리스마스는 드디어 손아귀를 떠나고 있었다. 마치 그날그날의 밀물과 더불어 표류하기 시작하는, 밧줄이 풀린 배처럼 말이다.

영화가 끝나면, 나는 버스를 타거나 집에 걸어가거나 시내 쪽 더 멀찍이에서 택시를 타거나 도중 어딘가에서 멈추거나 할 터였다. 오늘 밤을 이쯤 마무리하기 전에 그저 얼굴들을 구경하기 위해서라도.

아예 하나도 구경하지 않는 것과는 대조적으로 얼굴들을 구경하는 것. 얼굴들을. 사람들을. 자정의 사람들을. 눈보라를 뚫고서라도 담배를 사거나, 개를 산책시키거나, 요기를 하거나, 신문을 가져오거나, 나처럼 얼굴들을 구경할 **타인들**을.

나는 영화를 본 다음에 헤맬 곳들을 생각하기 시작했다. 식당 겸용 바라든지. '타이 수프집'이라든지.

나는 '타이 수프집'에 좋은 기억이 있었다.

참호 수프라고 그녀는 불렀을 테다, **소고기 범불안**이 딸린. 무언가를 가져와 그것을 뒤집은 다음, 원래대로 다시 뒤집으면서 이후에는 결코 예전과 같지 않을 거라는 걸 아는 그녀의 방식이 나는 어찌나 그립던지.

그러다 나는 그녀를 보았다.

나는 마치 그런 일을 예상했지만 그에 관해 다시는 생각한 적도 없었다는 것처럼, 놀랐지만 완전히 자지러지지는 않은 소리를 내고 싶었다.

처음 소원이 이뤄진 만큼, 어쩌면 나는 그 소원의 조건들을 수정할 방법을, 그리하여 내가 그녀를 **하루 종일, 하루 종일** 생각하고 있었다는 걸 그녀에게 말해줄 의무감을 더는 느끼지 않을 방법을 찾아낼 터였다.

"클라라?" 나는 사람들이 누군가를 피하려는 걸 들킬까 우려되어 먼저 상대에게 서둘러 인사할 때처럼, 놀란 기색을 과장하면서 물었다.

"왔군요. 드디어!" 그녀가 외쳤다. "내가 그쪽한테 백만 번은 전화를 걸었는데 그쪽이 죽었다 깨어나도 집에 있질 않아서"—그것은 거의 연인의 힐난처럼 들렸다—"그쪽이 마음을 바꿔서 오지 않으려는 건가 생각했다고요."

과장이 아니라는 걸 보이기 위해 그녀는 손마디에 피가 몰리도록 꽉 움켜쥔 표 두 장을 내보였다. "내가 기다리고 기다리고 기다리고 있었다고요. 그리고 **완전** 얼어 죽겠어." 그녀가 마치 이 모든 게 내 탓인 양 말했다. "여기, 만져봐요." 그녀는 얼마나 차가운지 증명하기 위해 자기 손바닥을 내 뺨에 댔다. "그쪽한테 전화를 하도 여러 번 해서 번호를 다 외울 지경이야. 이거 봐요." 그녀가 핸드폰을 내 쪽으로 돌려서 줄줄이 또 줄줄이 또 줄줄이 늘어선 수많은 친구를 스크롤해 내려가기 시작했다. 알록달록한 화면상의 그 숫자들을 알아보는 데는 약간의 시간이 걸렸다. 전화번호 아래에 기이하게 친숙한 다른 무언가가 보였다. 내 이름이었다. 성씨가 이름 자리에, 이름이 성씨 자리에 쓰인. 내가 그녀의 1번 친구 목록에 공식적으로 올라 있었던 걸까? "왜 **텔리폰***을 안 받아

* '전화기'를 뜻하는 '텔레폰(telephone)'을 익살스럽게 발음하고 있다.

요?" 나는 왜 내가 **텔리퐌**을 안 받았는지 몰랐다.

내가 그녀 입장이었다면 절대 누군가의 이름을 그런 식으로 입력하지 않았을 것이다. 내 상설 목록에 완전히 새로운 이름을 넣는 것은 불확실성을 암시하는 모든 싹을 잘라버리고, 우리 인생의 기록부에 입장을 허락하기 전에 타인의 이름을 만져보며 품는 허둥지둥하는 망설임에 찬물을 끼얹어버렸을 테니까. 나는 그 이름을 미정 상태에, 연옥에 두었을 것이다. 그게 제 스스로 '입증'될 때까지. 종이 냅킨에 잘못 갈겨쓴 글자, 추위 속에서 급하게 툭 내놓은 이름, 우리가 전화를 할 일이 있을지 썩 확신이 들지 않는다는 걸 보여주기 위해 성씨를 의도적으로 비워두는 것……. 이 모든 것이 다른 사람들에게로 가는 뒤틀린 길에 있는 내면의 조심성과 망설임의 표지일 뿐 아니라, 모든 고양감에 있는 빠져나갈 구멍들, 지체 없이 퇴각하기 위해 등 뒤에 남겨두는 얕은 습지이기도 하다. 나는 절대로 그녀를 '브런슈바이크' 아래 목록에 넣지 않았을 것이다. 그녀의 이름도 그녀의 전화번호도 내 핸드폰의 메모리에 저장하지 않았을 것이다. 내가 벌써 그녀의 번호를 외웠다면 그걸 기억하지 않으려고 갖은 애를 다 썼을 것이다.

그런 상황이라면 나도 그녀와 똑같이 말했을 거라는 생각이 문득 떠올랐다. 그러나 나는 그녀와 정확히 정반대의 이유로 말했을 테다. 나는 이런 걸 내가 얼마나 가벼이 여겼는가를 보여주기 위해, 그녀가 그랬듯 지나치게 다 드러내놓고 표현했을 테다. 그녀의 목소리는 날씨에 관해, 내 전화기에 관해, 나에 관해 과장된 불평들 뒤편에 몸을 숨긴 조심성의 목소리였나, 아니면 대다수 사람이 너무 일찍 밝히기를 꺼리는 무언가를 그녀는 비밀에 부치지 않던 걸까? 이건 너무 일찍이었던 걸까?

그녀는 나처럼 생각하고 있던 걸까?

아니면 그녀는 첫 밤 데이트에 남자에게 해주면 그가 간이고 쓸개고 빼줄 만한 말을 해주고 있던 걸까?

이건 우리가 밤에 나가는 첫 데이트였을까?

나는 그녀가 이중 어느 것이라도 말하는 것을 미리 연습했을지 궁금해졌다.

나라면 했을 테니까.

나는 생각했다. 그녀가 연습을 했다면 더 좋은 일이다. 그녀가 연습할 만큼 신경을 썼다는 뜻이었으니까.

그러던 중 나는 그녀에게 내 전화번호를 준 적이 없다는 사실을 떠올렸다. 내 전화번호는 전화번호부에 올라 있지도 않았다.

그녀는 내 머릿속을 읽은 게 틀림없었다. "그쪽 **텔리퐌** 번호를 누가 나한테 줬는지 짐작도 못 할걸요."

"누군데요?"

"말했잖아요, 짐작도 못 할 거라고. 나 같이 먹으려고 이거 가져왔어요." 그녀는 말하고는 먹을거리와 마실 거리들이 담긴 하얀 종이봉투를 꺼냈다.

"제가…… 어쩔 줄을 모르겠네요."

일시정지.

"어쩔 줄을 모르시겠다네." 그녀는 입술을 오므리고 시선을 피했다. 마치 내 말투 속 어떤 이상한 매너리즘에 대한 분통을 억눌렀다는 걸 보여주려는 듯했다. 지난밤 베란다에서 농담을 짐짓 꾸짖던 그 말투를 나는 즉시 알아챘다. 나는 그게 그리웠고, 돌아와준 것을 환영했고, 그로부터 너무도 오래 떨어져 있었다. "백만 번은 걸었다고." 그녀는 혼잣말처럼 되풀이했다.

그녀의 말에는 거의 모르는 사람들에게 어렵게 고백하는 법을 아는 이들의 순진한 얼굴을 한 대담함, 그리고 어렵게 고백하는 것이 전혀 어렵지 않다고 여길 때 그들을 구제하러 와주는 희미하게 비꼬는 투가 다 있었다.

다른 누구라도 이 말을 들으면 안심해도 좋다는 신호들을 읽었을 것이다.

그녀는 거기 서서 나를 기다리며 손에는 표 두 장에 간식까지 들고, 내가 에릭 로메르 영화제 얘기를 꺼냈던 성당의 그 순간부터 이런 일을 계획했을 것을 암시하는 태도로 있었다. 그 모습을 보자 이보다 더 기쁠 수가 없었다. 그녀가 아침에 일어나 잉키를 생각하는 대신 벌써 저녁에 나를 만날 계획을 하는 그림이 떠올랐다. 먼저 그녀는 내 번호를 알아내려고 시도했을 테다. 번호를 찾아내고 나서 그녀는 전화를 걸었을 테다. 아침 느지막이. 오후 일찍이. 결국 그녀는 메시지를 남겨야 했을 테다. 그러나 아무도 메시지를 남기지 않았다.

"냉동 보관된 사람들도 음성 메시지함은 확인할 거라고요." 그녀가 내가 한 말을 기억하며 말했다.

"그럼 은신하는 사람들도요?"

"은신하는 사람들은 그래도 전화를 거는 노력은 해요. 내가 전화 거는 걸 그만뒀다가 몇 분 전부터 다시 걸고 있었다고요."

"내가 여기 있을 걸 어떻게 알았어요?"

내가 물어보려던 말은, 내가 오늘 밤 혼자 올 걸 그녀가 어떻게 알았느냐였다. "내가 안 왔으면 어쩌려고요?"

"나야 들어갔겠죠. 게다가." 그녀는 마치 그 생각이 이전에는 한 번도 떠오르지 않았다는 양 덧붙였다. "우리는 데이트 약속이 있었잖아요."

그녀는 알았을까? 우리가 데이트 약속을 한 적이 없음을 내가 알고 있음을. 그리고 내가 데이트 약속을 했다고 갑자기 떠올린 척을 한들, 그것은 그녀의 체면을 살려주기 위해서라기보다 나 스스로 어떤 태도를 취할지 결정하기를 미루기 위해서임을.

아니면 이는 그녀가 단순히 내가 지난밤에 로메르 영화제 얘기를 꺼낸 무언의 이유를 직접 또박또박 말해주는 그녀의 방식이었던 걸까? 우리는 내 마음속에 정의되지 않은 채 남아 있던 무언가를 확정해두었던 걸까? 혹시 이런 게 너무도 쉬이 주선될 수 있다는 걸 내가 스스로 도저히 믿을 수 없다는 이유만으로?

"클라라, 당신이 여기 있어서 정말 반가워요."

"당신이야 반갑겠지! 추운 데서 이렇게 표 두 장을 들고서 내가 얼마나 멍청한 기분이 들었을지 상상이나 해봐요. 들어갈까. 계속 기다릴까. 그가 나타나지 않으면 어쩌지. 표를 거저 줘버릴까. 하나는 가지고 다른 하나는 애먼 남자한테 줄까. 그래서, 내가 그때까지 오래 엉덩이를 붙이고 있다면, 두 영화를 보는 내내 그가 나한테 말을 걸 자격이 된다고 생각하게 할까? 괜찮은 영화들이기만을 바랄 뿐이네요." 그녀는 마치 좋은 영화들일지 썩 믿기지 않았지만, 대기 줄을 보고서 상영회가 매진되기 몇 분 전에 어찌어찌 표 두 장을 구했다는 양 덧붙였다. 아니면 그녀는 이렇게 자기 방식대로 나를 칭찬하던 걸까. 혼자 내버려뒀다면, 그녀는 이 영화들을 사랑하는 남자를 믿지 않는 한 웬 로메르 영화를 보겠다고 이 추위 속으로 절대 걸음을 내디디지 않았을 테니까 말이다.

우리는 뭐라도 더 말할 짬도 거의 없었는데, 그녀는 이어서 경영진을 향한 악담을 속삭이며 7시 10분 상영회라는 관념 자체에 대해 짐짓 열변을 토해냈다. 7시 10분은 너무 일렀다. 7시 10분은 자정 전에 잠자리에 들어야 하는 사람들을 위한 것이었다. 7시 10분은 얼간이 같은 시간이었다. "우리 서기 무슨무슨 년의 크리스마스 날에 내가 뭘 했게요? 나 7시 10분에 영화 보러 갔네요."

"저도 그날 결국 영화 보러 갔어요."

"설마요."

다시금 그곳에 있었다. 짐짓 꾸짖는 말이, 마치 누군가가 함께 걷고 있을 때 당신 팔 아래에 갑자기 팔 한 짝을 미끄러뜨려 넣듯이. 이것은 그녀의 직감이 기대한 성과를 올렸다고 말하는 그녀의 방식이었다. 나는 이것을 기억할 터였다. **우리 서기 무슨무슨 년의 크리스마스 날에**— 그 도입부가 나는 어찌나 좋던지. 그것은 영화관 앞의 눈과, 브로드웨이가를 따라 있는 신호등 불빛 주위의 가벼운 연무와, 줄 서서 덜덜 떨며 영화 〈모드 집에서의 하룻밤〉을 열성적으로 기다리는 모두와 어울렸다.

"나 뭐라도 먹을 기회가 없었어요. 그쪽도 없었을 것 같네요." 우리가 줄 서 있는 동안 그녀가 말을 이어가면서, 거짓 분노를 불태우며 날씨에 대해 소리를 낮춘 욕설을 중얼거렸다. 나는 그녀에게 '타이 수프집'과 그곳의 **갈리크**가 들끓는 새우 수프에 관해 말해줬다. 그녀는 웃었다. 어쩌면 그녀는 자신이 지난밤에 썼던 단어를 내가 사용해 즐거웠는지도 몰랐다. 그녀의 웃음은 고음이었고, 이에 좌석 안내원 중 한 명의 이목을 끌어 그 사람이 우리를 도끼눈으로 보게 되었다.

"저 얼굴 좀 봐요." 그녀가 그의 날카로운 크루컷 머리 모양과 넓은 어깨를 가리키며 속삭였다. "그리고 저 치아도요. 저 치 같은 얼굴의 사람들이 7시 10분 같은 시간을 탄생시키는 거라니까." 나는 웃었다. "조용히, 저 사람 우리 봤어." 그녀는 마치 고양이 쥐 어르듯 쉿 소리를 내면서 코트 속에 하얀 종이봉투를 미끄러뜨려 넣었다. 경비원 같은 걸음걸이와 클립식 넥타이를 한 건장한 좌석 안내원이 우리에게로 걸어왔다. "7시 10분 상영회 기다리시는 거 맞으세요?" 그가 물었다. "그러세요. 기다리시는 거 맞으세요." 그녀는 답하면서 그의 얼굴을 응시하며 우리 표를 그에게 건넸다. 그는 표를 한쪽 손바닥에 받아 들고는 그걸 둘로 찢는 대신 으깨서, 종이를 씹은 뭉텅이 두 개로 보이는 것을 그녀의 손에 떨어뜨렸다.

"이게 뭐예요?" 그녀가 한쪽 손에 짓이겨진 표 꽁다리들을 들고 말했다. 남자는 답하지 않았다. "저 사람이 손으로 표들을 씹었어요." 우리가 좌석에 앉을 무렵 그녀가 덧붙였다. 다시 한번 그녀가 예의 하얀 종이봉투를 드러내 보였다. "나 커피 가져왔어요." "제 것도 가져왔어요?" 나는 처음에 못 들은 척을 하며 물었다. "아뇨, 나는 내 것만 챙기는 주의라서." 그녀는 딱딱거리면서 나한테 내 몫을 건네줬는데, 그러는 표정에는 이런 말이 담겼다. **끊임없이 안심시켜주어야 하는 학생입니다.** 나는 그녀가 플라스틱 뚜껑을 열고 설탕을 넣어 젓고, 뚜껑을 다시 덮은 다음 입구 마개를 올리는 모습을 지켜보았다. "나 커피 좋아해요."

그것은 수줍음을 타는 고백처럼 들렸다.

나도 커피 좋아한다고, 나는 말했다. 맛 좋은 커피였다. 나는 영화관에서 마시는 커피가 좋았다. 우리가 앉은 자리도 좋았다. 이거 딱 완벽하네요, 하고 말하려다 나는 퍼뜩 자제했다.

"제가 그 사람한테 짓궂었다고 생각해요?"

"누구한테요?"

"경비원한테요. 마지막으로 브라티슬라보비치*에서 스톨리**를 병나발로 불었을 적 이래로 제일 더러운 표정을 나한테 보내던걸요. 그 사람 화났다."

우리는 영화관이 어두워지기를 기다렸다. 또다시 놀라운 일이 벌어졌다. 그녀는 종이봉투 속을 더 깊게 파헤치더니 커다란 샌드위치 두 쪽을 꺼냈다. "**매우 트레 구르메이*****예요." 그녀는 속삭이면서 미각 관련으로 보다 고상한 것들을 상대로 한 맨해튼의 정사를 간접적으로 후려쳤다. 갈릭 치즈와 프로슈토의 급작스러운 냄새는 압도적이었다. 다시 한번 그녀는 웃음을 터뜨렸다. 누군가가 우리더러 조용히 해달라고 했다.

* 허구의 러시아 지명을 익살스럽게 지어내고 있다.

** 러시아의 유명 보드카 브랜드.

*** '트레'는 프랑스어로 '매우'라는 뜻. 프랑스어로 '미식'을 뜻하는 '구르메(gourmet)'를 익살스럽게 발음하고 있다.

우리는 좌석에 더 깊이 박혀들었다. "이거 지루하진 않겠죠?" 크레딧이 올라갈 무렵 그녀가 말했다.

"죽을 만큼 지루할지도 몰라요."

"좋네요. 그냥 우리가 뜻이 같은지 확인하고 싶었어요."

우리 뒤에서 다시금 돌연한 "쉿"이 불쑥 튀어나왔다.

"너나 쉿 하시죠!"

불현듯 우리는 내가 하루 종일 갈망하던 흑백의 우주에 있었다. 크리스마스 무렵의 프랑스 클레르몽페랑 시내, 파스칼이 태어난 곳에서 파스칼을 공부하는 남자, 크리스마스 조명으로 간소하게 장식된 프랑스 시골 도시, 북적거리는 좁은 길거리를 따라 내려가는 드라이브. 금발 여자. 흑발 여자. 성당. 카페. 클라라는 정말로 이걸 좋아할까?

나는 감히 그녀 쪽을 보지 못했다. 사람들은 영화를 보려고 아니면 함께 있으려고, 아니면 서로를 좋아하는데 이런 게 누군가를 좋아하면 가끔 하는 행동이니 영화관에 함께 갔던 것인가. 사람들은 마치 세상에서 가장 자연스러운 일인 양 그녀와 영화관에 갔으니 말이다. 사람들은 영화를 보자는 것에서 같이 있자는 것으로 생각을 전환했던 걸까, 그리고 어느 지점에서 사람들은 이쪽에서 다른 쪽으로 생각을 전환하는 걸 그만두게 됐을까? 나는 왜 이 모든 걸 묻고 있었을까? 묻는다는 것으로써 자연스럽게 구는 것에 관해 의문하고, 다른 사람들은 자기 자신에 관해 똑같은 의혹을 품고 있지 않는다고 넘겨짚는 사람들의 진영에 내가 자동적으로 들어갔던 것일까, 아니면 다른 사람들은 모든 사람이 자기들만큼 소심하기를 내심 희망했던 것일까? 그녀는 자연스럽게 구는 것에 관해 생각하고 있었을까? 아니면 그녀는 그저 영화를 보고 있었을 뿐일까?

그녀는 마치 이제 나를 무시하려고 작심한 양 화면을 골똘히 응시하고 있었다. 그러더니 경고도 없이 팔꿈치로 내 갈빗대를 찔렀는데, 그녀는 뺨을 빨아들이고 앞쪽을 똑바로 바라보면서 고약할 게 분명한 말들을 깨물고 있었다. 나는 그녀가 테라스에서 롤로와 함께 있을 때 분노를 억제하던 순간에 그러는 걸 봤다. 왜 나를 그런 식으로 쿡 찌른 걸까?

그러다 나는 알아챘다. 클라라는 전혀 화난 게 아니었다. 그녀는 웃음을 터뜨리지 않으려고 몸부림치고 있었다. 지금 두 번째 하고 있듯 내 갈빗대를 찌름으로써 자신이 몸부림치고 있음을 내가 확실히 알게 하고, 그 몸부림을 내게도 전해주고 있었던 것이다.

"내가 뭐가 씌어서 **갈리*** 치즈를 달라고 했을까. 내가 무슨 생각이었지?"

내가 그럴듯한 추측을 하려던 차에 그녀는 내 갈빗대를 또 찌르면서 한 손으로 나를 저어 물리쳤다. 마치 내가 무엇

* 영어로 '마늘'을 뜻하는 '갈릭(garlic)'을 익살스럽게 '갈리(garly)'로 발음하고 있다.

을 내쉬어도 그녀의 웃음보를 터뜨릴 것이 확실하다는 듯했다. 웃음을 참느라 그녀의 눈에 눈물이 괴어오르고 있었고, 급기야 나한테도 웃음보라는 병세가 옮았다. "**갈리** 더 먹을래요?" 그녀가 시작했다. 이제는 내가 그녀를 떨쳐낼 차례였다.

그녀는 내가 우리 사이의 은밀한 '주방 언어'라고 생각한 단어의 새로운 버전을 자아냈다. 나는 그것에 주목하기까지 몇 초가 걸렸다. 그녀와 있으면 방심할 새가 없다.

영화. 금발 여자. 흑발 여자. 금발 여자는 도덕적이고, 흑발 여자는 요부이다. 가톨릭교도인 남자는 올가미에 걸리지 않으려고 한다. 크리스마스이브에 눈에 발이 묶인 채, 그 남자는 어쩔 수 없이 흑발 여자의 아파트에서, 그녀의 침실에서, 종국에는 그녀의 침대에서 하룻밤을 보내게 된다. 아무 일도 일어나지 않지만, 동틀 녘이 되어가면서 몸이 말을 듣지 않는다. 그가 막 수작을 걸 참이 되자 그녀는 침대에서 뛰쳐나간다. "나는 자기가 뭘 원하는지 아는 남자가 더 좋아요." 바로 그날 아침, 카페 바깥에서 남자는 금발 여자를 우연히 맞닥뜨린다.

인터미션 때, 클라라는 갑자기 일어나서 통화를 해야 한다고 말했다.

혼자 남겨진 나는 영화관의 어슴푸레 밝혀진 암흑 속에서 사람들이 주로 쌍쌍으로 도착하는 것을 둘러보았다. 남자 넷과 여자 하나의 무리가 줄지어 들어오는데 각자 커다란 컵에서 음료를 마셔가면서 어디에 앉을지 정하질 못하던 중에, 개중 한 명이 뒷좌석을 가리키고는 속삭였다. "저기 어때?" 한 커플이 일어나서 그들이 비집고 들어가도록 해주었다. 다섯 명 중에서 하나가 나머지에게 돌아서더니만 말했다. "감사하다고 해야지." "감사합니다" 하고 나머지도 장단을 맞췄다. 분위기는 숨죽인 흥분으로 충만해 있었다. 도시 각처에서 사람들이 이 영화를 위해 왔으며, 각자의 다른 점들에도 불구하고 그들이 무언가를 공유했다는 것을 알았던 것이다. 다만 정확히 뭘 공유했는지 분간하기는 불가능했다. 그것은 에릭 로메르의 영화에 대한 그들의 사랑일 수도 있었다. 아니면 프랑스에 대한, 아니면 프랑스라는 개념에 대한, 아니면 로메르가 한 시간가량 빌린 우리 삶 속의 그 혼란스럽고도 은밀하며 무작위적인 순간들에 대한 그들의 사랑일 수도. 로메르는 그 순간들을 끄집어내 그것들의 거친 부분을 벗겨냈다. 모든 우발적인 것들을 제거하고 그것들에 리듬, 억양, 심지어는 지혜를 부여한 다음 화면에 투사했다. 상연 후에는, 살짝 바뀌기야 했어도, 그것을 우리에게 돌려줘 우리가 삶을 되찾게 하겠다고 약속한 것인데, 그런데 이게 다른 면에서 보인 삶이었던 것이다. 있는 그대로의 삶이 아니라 삶이 그래야만 한다고 우리가 언제나 상상해왔던 대로의, 우리 삶이라는 개념 말이다.

나는 이 다섯 친구들이 첫 번째 영화가 끝나기를 기다리면서 옆집 스타벅스의 구석에 옹송그리고 있다가 마지막 상연에라도 맞춰 가려 서두르는 것을 상상해보려 했다. 이제 그들은 여기에 있었다. 그들 중 하나는 도넛 봉투를 꺼냈는데, 그 남자가 코트 속에다 영화관으로 밀반입해와서 이제 주위에 돌리고 있던 것이었다. 일 분 남짓 만에 거대한 팝콘 통을 든 또 다른 여자가 영화관으로 떠돌아 들어오더니, 순간 방황하는 듯하다가는 자기 무리를 발견하고 그들 쪽으로 계단을 걸어 올라갔다. "나 이것도 가져왔어." 그녀는 말하면서 M&M이 든 커다란 노란 상자 두 개를 꺼냈다.

나는 이 군중 속에서 어리둥절해지는 게 좋았다. 득시글거리면서도 차갑고 투광 조명등으로 밝혀진 이 도시를 탈출하여 각자가 가상의 내면의 프랑스를 일별하고자 희망한, 어퍼 웨스트사이드의 이 조용한 오아시스로 온 이 사람들이 좋았다. 클라라가 복도 어딘가에 나가 있고 돌아오고 있을 것임을 아는 게 좋았다. 세상을 몇 시간 동안 내쫓을 수 있다는 것이, 그녀가 통화를 하러 간 곳에서 돌아오자마자 북적거리는 페리선에 승선한 승객들처럼 바짝 붙어 앉아서, 영화 속보다는 우리 안에 더 존재하는지도 몰랐던 로메르가 지어낸

이 기이하고 묘한 매력이 있는 환상의 세계로 우리가 다시 한 번 떠돌아 들어갈 터였음을 생각하는 게 좋았다. 나는 영화관 속 단체와 커플 들을 둘러보았다. 몇몇은 다른 이들보다 명백히 행복했다. 나보다도, 연인이 아닌 사람들보다도 행복했는데, 물론 그들 사이에 있는 것도 여전히 좋기야 했다. 내가 지난밤 꼭두새벽에 로메르의 이름을 떨어뜨려서 그녀더러 나랑 이 영화를 보고 싶게 했다는 것이 좋았다.

이건 내가 상상한 오늘 저녁 모습이 아니었다. 이것이 오늘 저녁이 향하는 길이었다니, 누군가가 예상치 못하게 나타났다니, 이 누군가가 클라라라니, 같이 있으면 다른 누구와 같이 있는 것보다도 웃음이 쉽게 나왔던 클라라라니, 내가 이런저런 것들을 원한다고 인식하기 오래전부터 이런저런 것들을 벌이는 법을 알았으며, 내가 도착하기 전에 구매해둔 영화표 두 장으로, 내가 어린 시절 이래로 받아본 것 중 제일가는 크리스마스 선물을 준 클라라라니 나는 전율이 일었다. 공중분해될 수도 있었던 선물을 말이다. 클라라는 바로 이 순간 다른 남자에게 전화를 하러 갔을 수도 있고, 워낙 충동적이니만큼 자기 소지품을 집어 들러 돌아와서 나를 좌석에 오도 가도 못 하게 남겨둘지도 모르는 일이었다. **미안해요. 뛰어가야 해서. 영화 재밌었어요. 그쪽도 보게 돼서 정말 좋았고요.**

그러나 이런 걱정을 하면서 거기 앉아 있는 동안, 나는 걱정하는 것이 내가 오늘 밤 정말로 행복했다고 인정하기 전에 근거 없는 두려움들에 명목상의 헌사를 바치는 나의 방식이기도 한 것을 알았다. 그녀를 기다리는 건 나를 행복하게 했다. 그녀를 기다리는 나의 방식에 그녀가 콧방귀를 뀌리라는 생각마저도 나를 행복하게 했다. 두 시간 만에 우리가 영화관을 떠나게 되자마자 그녀가 돌연 작별 인사를 건네는 상황을 미리 연습하는 것도 나를 행복하게 했다. 그리고 나를 더더욱 행복하게 한 것은, 떨어져 보낸 지 채 하루도 되지 않았는데 우리가 다시 함께였다는 점뿐만이 아니라 그녀의 존재가 오늘이 흘러가게 된 방식을 내가 좋아하게 했다는 점, 내 삶과 내가 삶을 살던 방식을 좋아하게 했다는 점이었다. 그녀는 내 삶과 삶의 방식의 얼굴이자, 나를 되쏘아보는 세상을 향한 나의 눈이었다. 영화관에 있는 사람들, 내가 알았던 사람들, 읽은 책들, 아내를 험담하는 올라프와 먹은 점심, 내가 살아본 장소들, 냉동 보관된 내 삶, 그리고 내가 여전히 원한 그 모든 것들이 전부 그녀의 마법 아래 갑자기 한층 소중하고 취약한 얼굴로 변해 있었다. 왜냐하면 이것은 마법이기에 마법처럼 닥쳐왔고, 모든 마법과 마찬가지로 새로운 색깔, 새로운 사람, 새로운 향기, 새로운 습관을 안내해 들여오면서 이것저것에 새로운 의미, 새로운 패턴, 새로운 웃음, 새로운 억양의 베일을 벗겨냈기 때문이다. 비록, 그러는 내내, 눈에 보이지 않고 미개척된 나의 작은 일부분은, 마치 기왕이라면 이쪽이라는 식으로 마법을 건 사람보다도 그 마법을, 옥신각신하던 상대보다도 우리 사이의 암호화된 옥신각신을, 클라라 본인보다도 클라라로 인한 나를 쉬이 더 좋아했을 수도 있겠다고 넘겨짚을 의향이 완벽히 있었다 하더라도 말이다.

클라라는 자기 코트를 좌석에 놔둔 터였다. 나는 한 손을 그녀의 코트에 얹고, 그 안감을 빤히 쳐다보며 만져보았다. 클라라. 그것은 내가 혼자가 아니었음을, 그녀가 매우 금방 돌아와서 다시 좌석을 차지하고 왜 그렇게 오래 걸렸는지 나한테 말해줄—아니 어쩌면 말해주지 않을— 터였음을 기억하는 나의 방식이기도 했다. 가끔 영화관에서 내가 혼자 있을 때 내 좌석 옆에 그저 내 코트를 놔두는 것은 그 자체로 어둠 속에서 어떤 존재를 소환하는, 누군가가 잠시 밖으로 걸음했고 어느 순간에라도 돌아올 거라고 상상하는 방식이기도 하다. 그건 한밤중에 우리 삶을 떠난 사람들이 우리가 그들의 이름을 우리 베갯잇에 속삭이자마자 갑자기 우리 곁에 누워 있게 될 때 벌어지는 일이기도 하다. 클라라, 나는 생각했고, 딱 그녀는 내 옆자리를 차지하고 있게 될 터였다.

내가 인터미션 불빛이 들어오자마자 이 영화관에서 언제나 흘러나오는 베토벤의 바이올린 소나타를 듣고 있었을 때, 나는 불과 세 번의 겨울 전에 다른 누군가가 매점에서 탄산음료를 사러 간 동안 그녀의 코트를 가지고 아주 똑같은 짓을 했던 것이 기억났다. 나는 우리가 헤어졌다거나 그녀가 심지어 결코 존재하지도 않던 체했으니, 그녀가 돌아와 내 옆 의자를 펼쳤을 때 놀랄 따름이었다. 우리는 영화관을 떠났으며, 일요 신문을 사서 눈 속에서 집까지 느긋하게 걸어가면서 에릭 로메르의 영화 〈모드 집에서의 하룻밤〉에 관해서 또 〈오후의 사랑〉에 관해서 이야기했다. 서점을 들른 다음에는 어디선가 저녁을 때웠다. 그랬던 게 너무도 오래전 같았다. 그리고 나는 어느 토요일 밤에 혼자서 바로 이 영화관에 와 너무 많은 사람을 방해하지 않으면서 좌석을 찾아다니며, 어떤 남자가 어떤 여자에게 이렇게 묻는 것을 엿듣던 훨씬 어린 나를 돌이켜 생각했다. "베토벤 좋아하세요?" 코트를 좌석의 등받이에 걸어둔 여자는 코트 위로 몸을 구부리더니, 그를 돌아보며 이런 식의 대답을 내놓았다. "네, 정말 좋아하죠. 그런데 이 소나타는 싫어해요." 그들이 첫 데이트 중이라는 건 나도 알아볼 수 있었다.

그날 밤 나는 미래에 희망차고 미혹된 일별을 던지면서, 내 옆자리에 앉아 베토벤의 이 곡을 듣고 **네, 그런데 이 소나타는 싫어해요,** 하고 말할 내 삶의 여자는 누가 될지 질문했다. 그들은 서로에 관해 아는 게 너무 없어서 그 남자가 그녀더러 베토벤을 좋아하는지 물어봐야 했던 것이다. 지금에 오기 전까지만 해도, 그는 오로지 대화를 해보려던 것뿐이라는 생각은 내게 절대로 떠오르지 않았다.

네, 그런데 이 소나타는 싫어해요. 나는 혼자서 되풀이했다. 마치 그녀의 약간 발끈한 어조에 내 삶이 언젠가 가고자 하는 곳으로 통하는 열쇠가 쥐여진 듯했다. 그 말은 마음을 뒤흔드는 무모한 암시투성이로 보였다. 마치 내가 한 번도 들어본 적 없는, 되풀이해서 듣고 싶은 칭찬처럼. **네, 그런데 이 소나타는 싫어해요**의 말뜻은 이랬다. **당신한테는 뭐라도 말할 수가 있겠네요. 이렇게 추운 밤에 같이 있어서 좋아요. 조금 더 가까이 오면 우리 팔꿈치가 닿겠어요.** 몇 년이 지난 지금 그녀의 무방비한 대답을 다시 뜯어보자니, 내가 그때 알았던 것보다도 남녀 사이의 함정들에 관해 더 아는 바가 없음을 깨달았다. 그렇다고 그날 밤 나의 미혹된 소망이 무엇이었는지도 알지 못했다. 내가 혼자 앉아서 내 앞날을 생각하면서 내 삶이 취할 법한 패턴을 추적하기를 희망하고, 그때 내가 삶에 물었던 질문들이 똑같은 병에 담겨 답변되지 않은 채 몇 년 뒤에 내게 깐닥거리며 돌아오리라는 것은 절대 단 한 순간도 깨닫지 못하던 그날 밤.

그렇게 몇 년이 흘렀는데도, 내가 여전히 하려는 건 오로지 대화를 해보려는 것이다!

그렇게 몇 년이 흘렀는데도, 내가 보여주고 싶은 건 오로지 나는 침묵이, 여자들이 두렵지 않다는 것이다.

나는 그 연인들을 다시 떠올렸다. 영화관 앞에서 모두가 비가 그치기를 기다리던 때, 나는 그들을 한 번 더 언뜻 알아보았다. 그리고 수년이 지나갔다. 누군가가 나에게 왔다. 어쩌면 우리의 첫 번째 데이트에 나 역시도 그녀가 베토벤을 어떻게 생각했는지 물었고, 그렇게 함으로써 장미 화원으로 통하는 입구임을 암시한 질문 옆에다 체크 표시를 했다. 우리 역시도 빗발이 잠잠해지기를 기다렸다. 그리고 나는 영화관에 혼자서 갔다. 그리고 다른 이들과 함께. 그리고 혼자서. 그리고 다시금 다른 이들과 함께.

내가 영화를 혼자서 더 많이 보았던가, 아니면 다른 이들과 함께 더 많이 보았던가? 그리고 어느 쪽을 더 좋아했던가? 나는 궁금해졌다.

클라라는 **혼자서**가 더 나았다고 말하다가, 내가 그녀와 뜻을 함께하려는 바로 그때 태도를 바꾸어 어둠 속에서는 그래도 **타인들**이, 문지를 팔꿈치가 필요했다고 말할까?

한번 가본 길은 이제 움푹 패인 구덩이들로 가득 찬 듯했다.

어쩌면 나는 그녀에게 이 모든 것을 말해줄 테다.

수년을 벗겨내고 그녀 앞에 나 자신을 발가벗겨놓는다는 쾌감이 나를 흥분시켰다. 그녀에게 나에 관한 무엇이든지 말한다는 쾌감이 나를 흥분시켰다.

그녀에게 이렇게 말하는 것이다. 한순간 나는 당신이 오늘 밤 나랑 있는 게 내 상상일 뿐이라면서 스스로 겁을 먹게 했어요. 왜인지 알고 싶어요?

왜인지 아는걸요.

나는 온종일 그녀 생각을 했다고 그녀에게 말하게 될까?

아니면 한층 살짝 길들여진 무언가를 암시하게 될까? 즉 영화관 앞에서의 우리의 만남은 내가 본 모든 영화에서 떼어 온 장면 같았고, 많은 로메르 이야기처럼 흘러갈 것이 예지되었음을. 나는 열린 상점을 찾아서 많은 블록을 걸었는데, 내가 생각할 수 있던 건 오로지 그녀였다고, 그녀를 찾아다녔다고, 어디엔가 커피를 마시러 들렀다가 그녀를 발견한 걸로 거의 확신했다고, 하지만 희망할 만큼 어리석지는 않았으니 각 장소에 아무렇게나 시선을 흘깃 주고는 걸어가버렸는데, 바로 그사이에 그녀는 내게 백만 번은 전화를 하고 있던 거라고 그녀에게 말할 수 있을까? 내가 이 모든 걸 그녀에게 말하는 걸 미리 연습도 했다고 말해줘야 할까?

내가 기억하던 것은 쇠해가는 늦은 오후의 태양, 내가 올라프와 점심을 먹은 다음 그 태양이 점차 외로움과 낙담을 초래하기 시작하던 것, 그날이 그것의 고통에 종지부를 찍는 걸 내가 바라보던 중 그 미적거리는 햇빛이 나를 저 자신과 함께 끌어내리던 모습, 그럼에도 언제나 뒷배경에 깔려 있던 시계가 24시간을 되돌려 내가 정확히 어제저녁에 있던 곳으로 나를 데려가줄 거라는 그 미련한 희망이었다. 시내를 벗어나는 방향의 M5 버스에 타기 전에, 샴페인 두 병을 사기 전에, 주류점에 가는 길에 우리 어머니네 집을 떠나기 전에 말이다…….

나는 오후 내내 시내를 벗어나는 방향으로 향하고 있었

다. 그녀의 영역을 샅샅이 뒤지며, 그녀의 영역 가장자리에서. 사람은 갈망, 자신의 갈망으로 상대에게 미끼를 던져서 우연히 맞닥뜨리기만 한다면 무엇이라도 내어줄 단 한 사람과 언제나 우연히 맞닥뜨리기 마련이다.

그러나 그때, 그녀가 나를 우연히 맞닥뜨리고 내가 왜 이렇게 시내를 벗어나는 방향으로 멀리까지 헤매어 왔는지를 짐작할까 두려운 나머지, 나는 집으로 향하기로 결심했다. 내가 다시 떠나서 영화관에 도착했을 무렵에는 상영회가 매진되어 있었다. 그럴 줄 알았어야 했다. 크리스마스였잖은가.

그녀가 드디어 내 옆에 앉았을 때, 불은 벌써 어두워지고 있었다. 그녀는 더는 쾌활한 모습이 아니었다. 동요한 듯했다. "무슨 일이에요?" "잉키가 우네요." 그녀가 말했다. 그녀는 떠나고 싶었나? 아니었다. 그는 언제나 울었다. 그러면 왜 그녀는 그에게 전화했나? 왜냐하면 그가 그녀의 음성 메시지함에 메시지를 너무 많이 남기고 있었기 때문이다. "전화하지 말았어야 했어요." 누군가가 다시금 뒤편에서 우리에게 쉿 했다. "너나 쉿 하시죠!" 그녀가 딱딱거렸다.

나는 그녀의 짜증스럽게 투덜거리는 투를 좋아한다고 생각했지만, 이건 너무 과했다. 나는 가엾은 잉키를, 전화 너머

그의 눈물을, 그리고 사랑하는 클라라들 때문에 우는 남자들을 생각하기 시작했다. 전화를 붙들고 흐느끼는 남자는 절망의 구렁텅이에 있을 것이 틀림없다. 그녀는 그에게 나와 함께 있다고 말했을까?

"아뇨, 그 사람은 내가 시카고에 있다고 생각해요." 그녀가 속삭였다.

나는 당황한 눈빛으로 그녀를 바라보았는데, 그녀가 거짓말을 해서가 아니라 그 거짓말이 터무니없어서 당황했던 것이다. "나 그냥 전화 안 받으려고요." 그녀가 말했다. 이것은 그녀의 마음을 편하게 해주는 듯했다. 마치 그녀의 걱정거리를 전부 떨쳐버릴 수 있는 단 하나의 해결책을 갑자기 발견한 듯했다. 그녀는 안경을 다시 쓰고 마시던 커피를 한 모금 홀짝이더니, 뒤로 기대앉아 딱 봐도 두 번째 영화를 즐길 준비가 되었다. "당신이 시카고에 있다고 생각하면 왜 그 사람은 계속 전화를 하는 건데요?" 내가 물었다.

"왜냐면 내가 거짓말한다는 걸 알기 때문이죠."

그녀는 자기 앞을 똑바로 응시하면서, 내 쪽을 의도적으로 보지 않는다는 것을 명확히 했다. 그러더니 씩씩거리면서…….

"왜냐면 그 사람은 부재중 녹음 메시지로 나오는 내 목소리를 듣는 걸 좋아하니까요, 알았어요? 내가 듣자마자 지워버리고 누군가와 있을 때, 그는 그야말로 고문인 긴긴 메시지들을 자동 응답기에 남겨두는 걸 좋아하니까. 그리고 그는 내가 누군가랑 있다는 걸 알면서도 계속해서 지껄이고 지껄여대서 급기야 내가 인내심을 잃고 전화를 받게 한다고요. 왜냐면 내가 신물이 났다는 걸 그 사람도 아니까. 알았어요?"

분노에 차서 쏘아붙이는 말이었다.

"왜냐면 그 사람이 길가에 계속 서서 나를 염탐하고 내 집 불빛이 들어오기를 기다리니까요."

"어떻게 알아요?"

"자기 입으로 불던데요."

"이 문제는 건드리고 싶단 생각이 안 드네요." 나는 뚜렷하고 과장된 비꼬는 투를 담아 말했다. 그 말은 그녀를 더더욱 화나게 할 법한 무슨 말이라도 더하는 위험을 감수하고 싶지 않다는 뜻이었고, 이제는 영화를 볼 기분으로 조심조심 움직이기 위하여 일말의 유머와 함께 물러나고 있다는 거였다.

"그러지 마요." 그녀는 말을 뚝 끊었다.

그러지 마요는 내 가슴에 못을 박았다. 그녀는 이 단어를 지난밤에 한번 말했고, 이것은 그때도 똑같이 찬물을 끼얹는 효과를 냈다. 이것은 나를 입 다물게 했다. 이것은 두 번째 영화 나머지 동안 나와 함께 머물렀다. 차갑고도 직설적인 경고가. 허락하지도 않은 사적인 영역으로 꼬치꼬치 캐묻고 꾀어 들어가는 사람들의 주제넘은 선의로 간섭하거나 비위를 맞추려고 하지도 말라는. 설상가상으로 그녀는 나를 그와 섞어 보고 있었다.

"그는 아래층에서 서성거리고, 내 집 불빛이 들어오는 걸 볼 때마다 결국에는 전화를 한단 말이죠."

—•◆•—

"그 사람이 불쌍하네요." 영화가 끝나고, 우리가 그녀 집 근처의 바에 자리했을 때 내가 말했다. 그녀는 스카치와 프렌치프라이를 좋아했다. 그리고 그녀는 이따금씩 친구들과 여기 오는 걸 좋아했다. 여기에서는 스카치를 와인잔에 내주었다. 나는 스카치를 좋아했고 결국 그녀의 감자튀김을 집어 먹기에 이르렀다.

"그럼 **그쪽**은 그 사람을 불쌍해해요." 침묵. "원하는 만큼 다 그 사람을 불쌍해하라고요. 그쪽이랑 다른 모두는."

다시금 침묵.

"사실은, 저도 그 사람이 불쌍하긴 해요." 그녀는 잠시 뒤 덧붙였다. 그녀는 얼마간 더 길게 생각했다. "아니다. 하나도 불쌍하진 않아요."

우리는 술집 겸 식당의 뒤쪽, 작고 오래된 나무 식탁에 앉아 있었다. 그녀는 이 식당이 주중 밤늦게, 특히 텅 비었을 때면 가끔은 담배를 피우게 해주곤 해서 좋아하는 곳이라고 했다. 그녀는 앞에 와인잔을 놓고 양쪽 팔꿈치를 식탁에 펼친 채였다. 담배 한 개비는 재떨이에서 타오르고 있었으며, 우리 사이에는 불이 밝혀진 작은 초가 마치 말린 양말 속에 웅크린 작은 아기 고양이처럼 종이봉투 속에 들어앉아 있었다. 그녀는 스웨터의 양 소매를 당겨 올리고 있어서, 그녀의 뼈밖에 없는 손목들이 추위로 벌게진 것이 보였다. 그것은 집에서 매우 두껍고도 솔질된 모직 뜨개코로 짠 오버사이즈 스웨터였다. 나는 헤더 꽃을, 커다란 겨울철 솔을, 양가죽에 감싸인 상기된 알몸을 떠올렸다. "우리 다른 거 얘기해요, 응?" 그녀는 살짝 거슬리고, 지루해지고, 부아가 나 보였다.

"어떤 거요?" 내가 물었다.

그녀는 사실은 연출된 대화가 좋다고 생각한 건가?

"당신에 관해서 얘기하는 건 어때요."

농담하는 거죠? 라는 의미로 나는 고개를 저었다.

그녀는 **전혀 농담 아닌데,** 라는 의미로 고개를 저었다. "그래, 그거예요." 그녀는 내가 망설일 조금의 가능성마저 일축했다. "우리 당신에 관해서 얘기해요."

그녀는 갑자기 기운을 차리고 식탁 위 내 쪽으로 몸을 수그렸다. 나는 그녀가 진정으로 나에 관해 궁금해서 그러는지, 아니면 **잘못된 전남자친구를 둔 여자를 동정하자,** 에서 냉철한 반대 심문자로 이렇게 갑작스레 돌변하게 된 것을 즐겨서 그러는지 궁금해졌다.

"말할 게 너무 없는걸요."

"말해봐요!"

"말해보라니……." 나는 그녀의 명령을 가볍게 해보고자 되풀이했다. "뭘 말해볼까요?"

"뭐, 일단은, 왜 말할 게 너무 없는지를 말해봐요."

나는 왜 말할 게 너무 없었는지를 몰랐다. 왜냐하면 말해도 된다는 걸 알기 전에 굳이 말할 만한 것이 너무 없고, 심지어 안전하다는 걸 알고 나서도 없으니까……? 왜냐하면 나라는 사람과 바에서 바로 이 순간 나였으면 싶은 사람이 언제나 말을 섞고 지내는 사이가 아니라서? 왜냐하면 나 자신이 지금 당장 무슨 유령처럼 느껴지고 왜 당신은 이걸 보지 못하는지 종잡을 수 없어서? 그녀는 정말 내가 뭘 말하길 바란 걸까?

"재미없는 신앙심 얘기 빼고 아무거나요."

"재미없는 신앙심 얘기 빼기, 약속할게요!"

그녀는 내 답에 전율이 인 듯했다. 마치 방금 이야기를 해주겠다는 약속을 받은 아이처럼 내 말을 열렬히 기대하고 있었다.

"그래서요?"

"그래서라뇨?" 내가 물었다.

"그래서 계속해봐요……."

"그쪽이 얼만큼을 원하느냐에 달렸는데요."

"많이 원해요, 난. 주위에 다 물어봐요. **그래서, 왜 말할 게 너무 없나요?**"

나는 그녀의 질문으로 어디로 갈지를 몰랐다고, 또 그녀의 허심탄회한 태도가 회피를 가치 없는 선택지로 만들었기에 나는 완전히 꽝을 뽑고 있었다고 말하고 싶었다. 너무 이르게는 얘기하고 싶지 않았던 완전히 꽝을, 우리 사이에 들어앉아, 클라라, 관련해서 얘기해달라고 부르짖고 있는 그런 완전히 꽝을. 장미 화원 속 로제타석, 그게 나다. 내게 속돌을 주면, 내가 입 속에서 얼버무리는 걸 전부 쳐부술 차례가 될 것이다. 내 속돌, 당신의 속돌. 나는 내 속돌을 오늘 밤 함께 가져와서 식탁에 쿵 버려놓고 말했어야 했다. "속돌에게 물어봐요." 그녀는 지난 오 년간 내가 무엇을 했고 어디에 있었는지, 누구를 사랑했거나 사랑할 수 없었는지, 나의 꿈은, 밤의 꿈과 낮의 꿈은, 내가 차마 자백하지 못할 꿈은 무엇이었는지 알고 싶었을까. '1페니 줄게 내 생각 다오' 하는 식으로? 속돌에게 물어봐라.

"그리고 **부고에나 나올 법한 당신**을 주지는 마요. 진짜 당신을 줘봐요."

속돌에게 물어봐요, 클라라, 속돌에게 물어봐요. 그게 나 스스로 아는 것보다도 나를 더 잘 알고 있거든.

나는 여느 때 없이 허둥지둥하며 시선을 위로 올렸다. 바로 그때 나는 그 말들이 하마터면 입에서 미끄러져 나올 뻔했다는 느낌을 받았다. 그녀는 내가 예상한 것보다도 오래도록 나를 바라보고 있었다. 나는 그녀의 시선을 돌려주고 한동안 눈빛을 받아내면서, 어쩌면 그녀는 생각에 잠겨 있었기에 자신의 시선을 나에게 남도록 무심코 내버려두었겠거니 생각했다. 그러나 그녀의 침묵은 무엇도 방해하지 않았다. 그녀는 전혀 얼이 빠져 있지도 않았다. 그녀는 그저 응시하고 있을 뿐이었다.

나는 시선을 피하면서, 내가 어떻게 털어놓을지 몰랐던 깊은 생각에 몰두해 있는 척했다. 나는 그녀의 손가락들이 와인잔 아래 네모난 종이 냅킨의 귀퉁이를 접는 것을 지켜보았다. 내가 올려다보자 그녀의 시선은 여전히 내게 붙어 있었다. 나는 아직 한마디도 하지 않은 채였다.

나는 그녀가 모두를 이렇게 대해왔을지 궁금했다. 그냥 응시할 뿐 말로 침묵을 채우지 않고, 얼굴을 똑바로 들여다보고, 그런 다음에 당신의 연약하고 사소한 방어벽을 하나하나 뚫고 가고, 시선을 옮기지 않은 채, 그녀가 당신을 간파해냈다는 걸 당신이 드디어 이해했다는 데에 거의 즐거워 보이는 미온적이고 짓궂은 미소를 짓기 시작하는 것 말이다.

내가 되쏘아보아야 할까? 아니면 그녀의 시선에는 도전장이랄 게 없고, 내가 가로채거나 판독할 무언의 메시지랄 게 없었나? 이것은 어느 여자의 응시로서 그 미모는 쉬이 당신을 압도할 수 있으나, 그렇다고 그 효과를 이룩한 뒤에 물러나기보다는 그저 당신 얼굴에 남아서 절대로 놓아주지 않는다. 그리고 제가 찾아내리라는 것을 또 아마도 제가 거기 심어두었던 것을 알았던 모든 좋고 나쁜 생각을 다 읽어내면서, 대화를 긴장시키고, 때 이르게 친밀감을 약속하고, 항복을 요구하듯이 친밀함을 요구하고, 우정에서 나오는 예비 행위들이 제자리에 갖춰지기 오래전부터 가벼운 대화의 대사들을 뚫고 나아가면서, 그녀가 그동안 내내 알아온 것을 당신더러 인정하라고 들이밀었다. 바로 당신은 그녀가 있는 곳에서 쉬이 당혹했다고, 그녀는 옳아서, 모든 남자는 궁극적으로는 그들이 갈망하는 여자들보다는 갈망에 더더욱 불안해지는 법이라고 말이다.

순간, 나는 가볍게 질문하는 듯한 끄덕임을 알아본 것 같았다. 다 내 기분 탓이었을까? 아니면 그녀는 뭔가 말하려다가 딱 제때에 그만둔 것일까?

그럼에도 누군가는 뭐라도 말해야 했다. 나는 스스로를 다잡고서 대담한 짓을 단행할 것이었다.

"원래 이렇게 남자들을 빤히 보고 그래요?"

나는 그 말의 싹을 딱 제때 잘랐다. 그러나 그녀의 시선을 한순간만 더 받았더라면 나는 허물어져서 더욱 절박한 무언가를, 침묵을 물리쳐주고 내 안에 괴어오르는 말들의 혼란을 틀어막아줄 무엇이라도 말했을 테다. 여전히 내게 완전히 미지의 것이었으며, 마치 유충기에 갇힌 작고 미숙하고 탄력이 없는 조마조마한 생물들처럼 배경에 숨어 있는 듯하던 말들 말이다. 또 기회만 주어진다면 내게서 쏟아져 나와 내가 스스로 알고 있던 것보다도 나에 관해 많은 걸 드러낼. 내가 어떻게 느꼈는지, 원하는 건 무엇이었는지, 내가 두려워하였지만 이후에 닫는 법만 안다면 용케 뚫고 나갈 의향이 있었던 문을 열어버리면서 암시하거나 시사할 수조차 없었던 건 무엇이었는지 말이다. 나는 단순히 뭐든 말하려고 아무거나 말할 참이었나? 이런 게 다들 하는 짓인가? 침묵 대신 무언가 말하고, 순간에 맡기는 게? 아니면, 운에 맡기지 않으려고 나는 의도하지도 않았고 관련도 없는 무언가를 언급할 참이었나. "원래 사람들한테 자기 얘기를 해달라고 청하고 그래요?" 나는 이것 역시 싹을 잘라버렸다.

"너무도 멍청하고, 비현실적인 영화네요." 나는 이렇게 말하는 자신을 발견했다. 나 자신이 두 영화 모두를 좋아하고 딱히 사실주의를 덕목이라 여기지도 않는 것을 알았으니, 더더욱 내가 왜 이렇게 말했는지, 둘 중 어느 영화를 언급하고 있는 것인지 확실치 않았다. 나는 체념한 듯 엄숙하며 몰두한 분위기를 품고 그렇게 말하면서, 내 목소리의 모호한 실망감을 영화 자체의 어색하고 심란한 구석 탓으로 돌렸다.

나는 그저 나의 무능을 감추려고 하고 있었다. 얼른 나서서 우리 둘과 관련되지 않은 무언가를 말하지 못하는.

그녀는 나를 완전히 오해했다. "로메르의 영화들에서는 아무도 같이 자지 않으니까 비현실적이라는 건가요?" 그녀가 물었다.

나는 고뇌에 빠져서 비꼬는 기미를 보이며 고개를 저었다. 그건 그녀가 너무도 헛발을 디뎠으니 내가 가벼운 대화를 하려던 잘못된 시도를 차라리 지워버리고 다른 무언가로 처음부터 다시 시작하겠다는 뜻이었다. 그녀는 한숨 지나가게 놔두었다.

"오늘 밤 우리가 같이 자지 않을 거라서 하는 말이에요?" 그녀가 말했다.

그 말은 난데없이 찾아왔다. 그러나 딱 그 말이 있었다. 그녀는 전혀 오해하지 않았다. 아니, 그녀가 오해했다고 내가 생각했던들, 그것은 단지 그녀가 내 마음에서 말들을 가져다가 내게는 아주 금방은 떠오르지 않았을 테지만 귀 기울여지기를 열렬히 바랐던 유일한 것이었던 해석을 부여했기 때문이었다.

"그런 생각도 들었죠." 나는 그녀가 던진 벼락에 놀라지 않은 체하며 말했다. 나는 이 상황에 대한 그녀의 해석을 과장하려고, 또 그렇게 함으로써 그게 표적에서 얼마나 멀리 떨어졌던지를 보여주려고 즐거운 미소를 지으려 하고 있었다. 나 나름의 동등하리만치 첨예한 고백으로 그녀의 화살을 슬쩍 피하는 방식으로서 말이다. 그녀는 **그럴 줄 알았다**를 의미하는 아치를 그리는 미소로 그것을 단박에 일축하였다. 테라스에 있던 여자가, 반대쪽 손에 시가를 들고 그녀에게 한 팔을 두른 남자에게 물어본 말과 비슷한 것이었다. **당신 나한테**

수작 부리는 거예요?

흩뿌려진 드라이아이스 무더기에서 나오는 증기만큼이나 침묵이 재빠르게 우리 사이에 솟아올랐다. 어느 쪽도 덧붙일 말이 없었다는 것, 우리 둘 다 어떤 수단을 동원해서든지 이 화제를 제치길 원한다는 것이 명확해졌다. "**아-무것도** 아니에요." 그녀는 그렇게 읊조렸다. 너무 멀리 모험을 감행하였으나, 출렁이는 물살을 잠잠하게 하려고 그저 자신들의 대담함에 평정을 잃은 척을 하는 자조를 담아서. 그녀의 미소는 자신의 노골적인 말을 강조했다. 혹은 내가 동요한 티가 내가 기대한 만큼은 나지 않았다는 뜻이었다. "그건 그냥 **혹시나 해서**였어요." 그녀는 한 번 더 내게 시선을 올리면서 말했다. 그러고는 그 말이 찾아왔다. "혹시나 제가 지난밤에 분명히 하지 않았을까 봐서요. 제가 그야말로 은신하고 있거든요." 그녀는 덧붙였는데, 목소리에 뭔가 거의 무력하고 겸손한 느낌이 담겨 있었다. 그녀는 지난밤에도 정확히 똑같은 어조로 말했다. 곤란한 순간들에는 언제나 그러는 듯 직설에다 횡설수설을, 담백어語에 애석어語를 가미했다. 그러나 이번에 그녀는 자신에 관해서나 그녀 주위 사람들로부터 은둔하는 것에 관해서 말하는 게 아니었다. 그녀는 그것을 내게 말하고 있었고, **나를** 물리치고 있었고, **나를** 쫓아내고 있었다. 그녀가 이 크리스마스 날 밤에 나와 함께 있었다면 그건 그녀가 **실제로** 은신하고 있기 때문이라는 생각이 나는 문득 들었다. 우리는 영화관에 가거나 지금 하고 있듯이 바에 앉아 있기는커녕 절대로 만나지도, 얘기하지도, 함께 테라스에 서 있지도 않았을 테다. 만일 그녀가 **레콘발레센츠**에 있지 않았고 만일 내가 야간 간호사, 면회 시간을 훌쩍 넘겨서까지 남아주는 방문객, 환자가 끝내 깜빡 잠에 들어버린 다음에 살포시 불을 약하게 해주는 마지막 손길의 역할을 떠맡지 않았더라면 말이다.

나는 그날 밤 늦게 그녀를 집까지 걸어서 배웅해주고, 그녀가 **은신한다**는 말을 강조할 방법을 찾아보는 걸 지켜봤다. 그때 그녀는 설명했다. 자신은 언제나 울음에서 **이렇게 멀리** 있었다고. 그녀는 지난밤에 했듯이 엄지와 검지 사이의 거리를 가리켰다. 그러나 우리가 그녀 건물의 입구에 드디어 다다랐을 때, 울음에 이렇게 가까워질 수 있었던 여자는 갑자기 내게 달려들었다. 못 살게 구는 장난과 함께, 그렇게 침울한 표정 짓지 말라고 일깨워주곤 했다. 나는 이미 경고를 받지 않았던가? 갑자기 우리 사이는 북극과 남극 간의 거리보다도 더 벌어졌다.

나는 바에서 터놓고 내가 왜 로메르를 좋아하는지 그녀에게 말해주려고 했다. 내가 어쩌다가 여자들에 관해서나 나 자신에 관해서나 거의 아는 게 없던 나이에 그를 발견했는지.

"그쪽이 너무 멀찍이 앉아 있어서 들리지가 않네요." 그녀는 말했다. 그런 이유로 나는 얼굴을 촛불에 더 가까이 가져가면서, 내가 그녀에게서 거의 식탁 하나만큼이나 떨어져 앉아 있다는 것을 깨달았다. 그녀는 상대가 관심이 뜨는 걸 좋아하지 않았다. 어느 시점에 나는 눈치챘다. 그녀에게 말하는 동안 왠지 피곤한 소리를 내거나, 침묵의 순간 중에 생각이 헤매는 듯 보이는 행동만 하면 그녀는 즉시 상처받은 표정을 할 터라는 것이다. 그러나 내가 계속 그런 행동을 하면, 그녀는 먼저 그녀 스스로도 상념에 잠긴 척을 함으로써, 또 그 다음에는 지루한 표정을 짓거나 우리 테이블 옆의 사람들의 말에 너무도 크게 흥미가 돋은 표정을 지음으로써 내가 집중하지 못한 것에 벌을 주기 마련이었다. 그녀는 그 누구보다도 이 게임에 능숙했다. "아무래도 나 슬슬 집에 갈 생각을 하긴 해야 하는데." 그녀가 말한 뒤, 우리 두 번째 잔을 마시자고 제안했다. 그러고는, "말하던 거 마저 해요." 이것이 그녀가 상대를 치켜세우는 방식이었다. 내 생각에 그 영화들은 열정 없이 사랑하는 남자들에 관한 것이었다. 그 영화들에서 아무도 고통받지 않는 듯했기 때문이다. "로메르의 남자들은 사랑을 빙 둘러서 그럴싸한 말을 하는데, 자신들의 욕망, 본인들의 두려움을 더더욱 길들이기 위함이에요. 그들은 오만 것을 지나치게 분석해요. 마치 분석이 감정에 닿는 길을 터줄지도 모른다는 것처럼. 분석이 감정의 하나의 형태이고, 감정보다도 낫다는 식이에요. 결국에는 그들은 큰 것들을 단념하고는 작은 것들을 갈망하죠…….”

“그쪽은 큰 것들을 겪어봤어요?” 그녀는 내 말을 자르며, 다시 한번 우리 대화의 말해지지 않은 주제로 돌격했다.

나는 잠깐 생각해보았다. 내가 큰 것들을 겪어보았다고 맹세할 수 있을 때도 있었다. 사실 이제는 겪어본 것 같지가 않았다. “가끔은 겪어봤다는 생각도 들어요. 그쪽은 겪어봤어요?” 나는 여전히 모호하게 남으려고 노력하면서 물었다.

“가끔은 겪어봤다는 생각도 들어요.” 그녀는 또다시 나를 흉내 내고 있었다. 그녀가 이러는 걸 나는 사랑했다.

우리는 둘 다 웃었다. 그녀가 나를 썩 잘 흉내 냈기 때문에. 내 답변이 공허했고, 공허하게 들리도록 의도되었기 때문에. 그녀 역시도 큰 것들을 절대로 겪어보지 못했을지도 모른다는 것, 우리 둘이 겉으로 보이리라 우려한 것보다는 약간 덜 차가운 말을 하기 위해 그런 것들을 겪어보았다면서 거짓말했다는 것을 보건대, 그녀도 그 질문을 피하려고 했을 것임을 웃음으로써 암시하고 있었기 때문에.

마지막 주문 시간 안내가 왔다. 우리는 세 번째 판을 주문했다. 단 하나도 잘못된 게 없었다.

“나한테 뭔가 약속해줘요, 그래도.” 내가 오늘 밤 만나게 되어 기뻤다고 막 되풀이하자, 그녀가 말했다.

나는 내가 잘 이해했는지 확신하지 못했다. 아무 말 없이 그녀를 바라보았다. 그녀가 "그래도"라고 말한 것이 이제 찾아올 충격을 불안하게 경고하는 것 같다고 할지라도, 나는 그녀가 하려는 말에 놀란 얼굴을 하려고 노력했다.

그녀는 말하기 전에 망설였다. 그러더니 마음을 바꿨다.

"그걸 굳이 또박또박 말할 필요는 없는 것 같아요." 그녀가 말했다.

내가 아는 걸 그녀도 알았다.

"왜요?" 내가 물었다.

"모르겠어요. 그냥 이것저것을 어그러뜨릴 수 있잖아요."

나는 뜸을 들이면서, 내가 처음 예상한 것이 완전히 옳았음을 직감했다. 우리에게는 그녀가 요청하는 대로 약속을 하지 않으면 어그러질지도 모를 **이것저것**이 너무도 많다, 그런 생각은 한 번도 든 적이 없었다. 우리 사이에는 동떨어진 작은 이것저것이 드문드문 있었지, **따옴표** 달린 **'이것저것'**은 없었고, 단연코 그녀가 암시하던 만큼 많이도 없었다고 생각했다!

"이것저것요?" 나는 얼굴에 즐거워하는 듯한 표정을 담고 물었다. 마치 내가 그녀의 말을 흉내 내려는 충동을 느꼈지만 참았다는 듯했다. 나는 내가 솔직하지 못하게 굴고 있다는 것을 알았다. 어쩌면 내가 그녀로부터 추론하고 있고 아직은 애매모호하게 남아 있어주기를 바랐던 것을 피하기 위해 달리 말할 것을 찾으려고 절박하게 애쓰고 있다는 것을 알았다. 그러나 나는 그걸 부정하고 싶지도 않았다.

"이것저것요." 나는 마치 그녀의 의미를 드디어 알아들었다는 듯, 내가 그녀의 소망에 순응하려던 참이었다는 듯 되풀이했다.

"이것저것을 어그러뜨리진 않을 건데요." 내가 답했다. 나는 그녀의 말들이 내 입을 떠나기 전에, 내가 그 위에다 퍼뜨리고 있던 의식적으로 비꼬는 투를 누그러뜨리려고 했다. 마치 나는 그녀가 하는 것 같은 걱정은 한 번도 떠올린 적이 없었고, 지금 생각해보니 약간 재미있다는 듯했다. 나는 나에 관한 그녀의 의혹을 떨쳐주려고 하고 있었지만 의혹이 완전히 일축되기를 원하지는 않았는지도 몰랐다. 나는 진실 속에 숨고 있었다. "거기다, 당신이 완전히 잘못 안 걸 수도 있잖아요." 내가 덧붙였다.

짧은 침묵.

"그건 아닐걸요."

그녀의 눈에는 거의 사과하는 기색이 있었다. 나를 향한 무언의 업신여김에 대해 사과하는. "무슨 말인지는 알겠어요." 내가 말했다. "'슬픔을 금하는' 경고사 알아들었습니다." 내가 굽혔다.

그녀는 식탁 너머로 내 손을 꼭 쥐었고, 내가 답례로 꽉 잡아줄 겨를도 없이 손을 뺐다. 그녀는 드디어 우리 사이의 이것저것을 바로잡았다는 데에 안도한 듯했고, 이어서 양초

그루터기를 들어 올려 그걸 얼굴에 가까이 갖다 댐으로써 다음 담배에 불을 붙였다. 세 번째 스카치 잔을 즐기기로 작심한 터였다. 촛불에 비친 저 얼굴 참, 나는 생각했다!

나는 일찍이 그런 빛에 비친 그녀의 얼굴을 본 일이 없었다. 눈은 절대로 피하지 않으면서 상대방의 얼굴로부터 얼굴을 돌리면서 하는 끽연, 그 덕에 그녀의 침묵에는 내가 파악하기가 어렵다고 여겼던 어떤 제멋대로이고 전지적인 분위기가 감돌았다.

우리는 잔을 세 번 부딪쳤다. 그런 다음에 다시 세 번을. 그리고 세 번의 세트를 세 번째로. "기왕 하는 김에." 그녀는 말했다. "세 번 하면 '삼위일체'니까." "나 따라 해봐요. **에흐 라즈, 예스초 라즈, 예스초 음노고, 음노고 라즈**…….*" 그녀는 그 러시아어 구절을 한 번 더, 천천히, 글자 하나하나 되풀이했다. 한 번 더, 다시 한번, 다시 몇 번이고 더. 나는 그녀가 한스와 건배한 것을 떠올렸다. 그녀가 그걸 누구의 품속에서 배웠을지 누가 알았을까?

이때가 내가 로메르의 영화들에 관해 지나가듯 평을 한

* 러시아어로 '그래, 한 번 더, 다시 한번, 다시 몇 번이고 더'라는 뜻.

때였다. 침묵을 채우기 위해 말했지만, 그것은 우리의 대화에 기이한 해석을 낳았다. 그녀의 충동적인 해석이 잔혹하리만치 솔직해서 우리 대화의 방향을 그야말로 폭로해버렸다. 같이 자지 않는 것, 이것이 우리 대화에서 빠진 말이었다. 이것이 모든 것의 안장을 벗기고 기를 꺾었다. 나는 겉모양이라도 살려보려고 했다.

"비현실적인 건 로메르 작중에서 사랑은 그저 알리바이, 편리한 비유일 수가 있다는 거예요. 그런데 사랑에 관해서는, 그의 등장인물 중 아무도 사랑을 신봉하기는커녕 실제로 믿지도 느끼지도 않거든요. 영화감독이랑 심지어 관객들까지도 포함해서요. 다만 우리 모두 사랑이라는 문을 노크하는 시늉을 계속하기는 하죠. 사랑을 벗어나면 우리는 혼자서 어쩔지 모를 테니까. 사랑을 벗어나면 우리는 추위 속에 나와 있는 거잖아요."

그녀는 잠시 생각했다. 다시 나를 놀리려던 걸까?

"모두가 추위에 나와 있는 건가요, 그럼?"

"몇몇 사람은 유독 그럴 거예요. 하지만 모두가 노크하긴 해요."

"사랑이 알리바이이자…… 비유라고 해도요?"

그녀는 **정말로** 나를 놀리고 있었다.

"모르죠. 몇몇은 문을 노크해요. 다른 사람들은 벽면을요. 그리고 몇몇은 창문이겠거니 믿고 싶은 것을 계속 살살 두드려요. 반대쪽에서는 또렷한 소리를 듣지 못한다고 할지라도."

"그쪽은 지금 두드리고 있어요?"

"나는 지금 두드리고 있냐고요? 좋은 질문이네요. 모르겠네요. 어쩌면 두드리고 있을지도."

"또렷한 소리가 조금이라도 나나요?"

"지금까지는 하나도 안 나네요. 제가 듣고 있는 건 **은신한다는** 소리가 다예요."

"**그건** 살살 두드리는 게 아니었는데요." 그녀는 어색하게 웃었다.

나도 웃고 말았다. 한순간 나는 그녀가 나를 나무라고 있다고 생각했다. 내가 그녀에게 불리한 쪽으로 **은신한다**는 말을 써서. 그러나 어떤 식으로든 사과하려던 차에 깨달았다. 내가 능숙하고도 섬세한 수작 걸기라고 생각한 것을 그녀가 그저 조롱하고 있을 뿐이라는 걸.

"참호들은 텅 비고, 땅은 누렇게 말랐고, 모든 것들이 **라이트***하다고, 말했던 것 같은데요."

그녀의 시선에 담긴 이것은 책망이었나? 아니면 이것은 사과였나? 그리고 왜 그녀는 나를 계속 응시하던 걸까?

내가 드디어 이렇게 말한 건 얼굴 붉히기를 멈추기 위해

* 영어로 '가볍다'는 뜻인 '라이트(light)'를 '라이트(lite)'로 변형하여 강조하고 있다.

서였다. "여기서 제가 당신을 바라보고 있는데요, 클라라. 지금처럼 당신을 보는 게 정말 좋다고 말할지, 아니면 그냥 조용히 아무 말도 하지 않고, 가장 금욕적인 침묵 속으로 웅크려야 할지 모르겠어요."

"여자라면 당신이 계속 말하게 놔두지 않으려고 환장할 걸요."

"그리고 남자라면 자신을 멈춰달라고 당신한테 부탁하지 않으려고 더 환장할걸요."

"이거 로메르 감독의 말이에요, 아니면 당신 말이에요?"

"누가 알겠어요. 나는 당신을 응시하고 내 심장은 거세게 뛰고 있고 당신도 나를 마주 보고 있으니, 제가 계속 생각하는 건 오로지 이거예요. 참호들은 텅 비고, 땅은 누렇게 말랐고, **라이트**하게 유지하면서 '도로 표지에 주의하시오'."

그녀는 끼어들려는 동작을 취했다. 나는 바로 멈췄다.

"아니, 계속 말해봐요."

무슨 이런 굉장한 여자가 다 있담.

"그러니까 이제는 내가 길거리 공연을 하는 것 같은 기분이 드는데요."

"오, 그러지 마요. 우리는 오늘 밤에 격렬하게 정신적으로 비슈누크리슈누 빈달루 같은 순간을 가졌잖아요." 그녀는 일어서더니 지갑에서 1달러 지폐를 꺼내어 주크박스로 건너가 즉각 일련의 단추들을 눌렀다. 딱 봐도 '그녀의' 노래였다.

나는 그녀가 우리 테이블로 돌아와서 마시던 걸 다 마실 줄 알았는데, 그녀는 마치 노래 목록을 사찰하듯이 주크박스 옆에 서 있었다. 나는 일어나서 그녀에게 갔다. 음악은 시작되었고, 그것은 탱고였다.

그 노래의 시끌벅적한 가사는 내 귀에 닿자마자 주문을 걸었다. 그것은 거의 텅 빈 바의 한밤중 고요함으로부터 솟아나왔다. 마치 우박에 덜거대는 창유리 소리뿐인 추운 밤에 리넨 옷장에서 펼쳐지는 모직 담요 같았다. 클라라는 가사를 알았고, 나는 무슨 일이 벌어지는지 보거나 저항하거나 심지어 저항하려는 척할 겨를도 없이 대학 새내기 때로 어렴풋이 기억나는 춤을 이끌어달라는 요청을 받고 있었다. 우리는 바 입구에서 3미터도 떨어지지 않은 주크박스 옆에서 춤을 추었다. 탱고의 원래 속도보다 훨씬 천천히 춤을 추었지만, 누가 신경이나 썼을까. 왜냐면 그곳에 우리가 있었기 때문이다. 주크박스, 우리, 성에가 낀 창문들 너머에서 이쪽을 우연히 들여다보던 도보 위 행인들의 보기 드문 얼굴들이. 마치 에드워드 호퍼의 그림에서처럼 불을 밝힌 초록색 하이네켄 간판 아래에서 춤을 추면서. 남아 있는 웨이터 중 한둘이 케첩 병을 다시 채우는 업무를 하러 돌아다녔다. 우리는 완벽하게 춤을 춘다고 생각했고, 이것이 낙원이라고 생각했고, 우리가 7시 10분 이래로 치고받던 그 모든 단어들보다 이 탱고가 삼 초 만에 우리를 더 가까이 묶어준다고 생각했다. 그러더니 그 일이 벌어졌다. 노래가 끝난 다음 그녀는 일순 가만히 서 있더니, 손은 여전히 내 손 안에 둔 채 거의 익살스럽게—아니, 익살스러운 게 맞나?— **나를 용서해요**라고 스페인어로 말한 다음, 바로 그 자리에서 스페인어로 크게 노래하기 시작했다. 그녀는 그 가사들을 나를 위해 아카펠라로, 내 안의 모든 것을 찢어발기던 그 목소리로 불러주면서 나를 응시했다. 마치 가수들이 관객을 완전히 평정을 잃게 해 무력하고 벌거벗은 채 거기 서 있게 해서, 동요된 자아와 뺨에 흘러내리는 눈물 밖에는 남지 않게 하는 식이었다. 그리고 그녀는 이를 지켜보았고, 노래하기를 멈추지 않았다. 마치 그녀가 손바닥으로 내 눈을 닦아주기 시작했을 무렵, 이것은 이보다 자연스러운 일이 없었다는 것을 아는 듯했다. 또 이것이 한 명의 인간이 춤을 멈추고 당신의 손을 잡고는 당신에게, 당신을 위해 노래하고 또 노래할 때 정확히 벌어져야 마땅한 일이라는 것을. 그도 그럴 게 음악은 밀림 속 마체테처럼 모든 것을 가르고 여전히 심장이라고 불렸던 그곳으로 곧장 향하기 때문이다.

"그러지 마요. 제발, 그러지 마요." 그녀는 속삭였고, 그러고는 마음을 바꾸어 그녀의 노래인 '나를 용서해요'로 되돌아갔다.

"**나를 용서해요**." 그녀는 말했다.

두려움이 나의 환상을 앗아갔다면

당신은 내게 와주었으나
나는 사랑하는 법을 알지 못했기에
이에 오직 이 노래만이 남았네*

나는 이걸 절대로 잊지 못할 터였다. 이것은 사랑을 두려워하여 '마음을 지키기'를 택한 남자의 이야기이다. '당신은 내게 왔지만 나는 사랑하는 법을 알지 못하여, 내가 이제 가진 건 이 노래뿐이네.' 그는 말한다. 클라라는 그 노래로 내게 말하고 있던 걸까, 아니면 우연의 일치였을까? 나에게 후안 돌라가 있었나? 하고 그녀는 물었다. 후안 돌라가 누구였나? "1달러**요! 나 참!" 짐짓 격분한 투였다. 나는 1달러를 꺼내어 그녀가 주크박스에서 똑같은 단추를 누르는 걸 지켜보았다. "한 번 더요." 그녀가 말했다.

그녀가 춤을 추는 상대는 나인가?

나다.

왜 그녀에게는 싫은 구석이 하나도 없었을까?

"내가 당신 타입이 아니고 당신도 내 타입이 아니라니 좋은 일이네요." 우리가 두 번째 춤을 춘 뒤 착석할 때 그녀가 말했다.

* '고독(La Soledad)'이라는 스페인 노래의 가사.

** 후안 돌라(Juan Dola). '일 달러'를 뜻하는 '원 달러(one dollar)'를 장난으로 스페인 발음으로 말하고 있다.

나는 그 잔꾀에 웃었다.

"그래, 그거 감내하지 뭐. 그게 **내 지옥**이 되게 하죠, 뭐." 나는 그녀가 지난밤 한 말을 메아리처럼 되풀이하려 했다.

나는 그녀가 코트를 입는 걸 거들었다. 그녀가 돌아서서 머리에 숄을 감쌀 동안, 우리가 하는 모든 말이 어떤 요점에 다다르는 듯한 찰나의 순간이 있었다. 그녀는 망설였다. "그래서 그쪽은 내 걸 안 듣겠다는 거죠?"

"뭘 듣는데요?" 나는 다시 한번 그녀의 말뜻을 따라가지 못한 체하면서 그렇게 말하려던 참이었다. 우리가 언제나, 언제나 같은 주파수대에 있었다는 걸 인정하게 될까 두려워서. 아니면 이렇게 말할 수도 있었다. "내가 못 듣는 거, 또 내가 안 들을 거라는 거 알잖아요."

그 대신 나는 결국 너무나 나답지 않아서 나를 무섭게 하는, 동시에 매혹적인 무언가를 말하게 되었다. 마치 내가 갑자기 사복이 아니라 군복을 입고 사브르에 별에 메달에 어깨 장식을 달았지만, 장화와 속옷은 없는 것만 같았다. 나는 **나답지 않아**지는 게 좋았다. 이렇게 **나답지 않아**지는 것이 가장 무도회에 잠깐 들르는 것이라든지, 왕복 승차권이 만료되자마자 사라질 미지의 풍경으로 하루 떠나는 여행이 아니라, 내가 한평생 내내 임하기를 등한시해왔지만 이제 때가 와버린 끝없는 원정이기를 희망했다. 나답지 않아진다는 건 내가 된다는 뜻이었다. 아직 어떻게 하는 건지를 잘 몰랐을 뿐이다.

어쩌면 이런 이유로 나는 그녀와 있을 때 말문이 막혔던 것이다. 그게 나는 한편으로는 변덕스러운 깜짝 놀라는 일들과 재담으로 또 온갖 종류의 부주의한 방식으로, 막후에서 너무 오래 기다리고 있었고, 인생 처음으로, 앞으로 나오는 위험을 감수할 터인 이 미지의 새로운 등장인물을 여전히 발견하는 중이었던 것이다. 나는 한편으로 아직 그를 잘 몰랐고, 같이 얼마나 멀리 가게 될지도 몰랐다. 나는 마치 그가 신발 한 켤레인 것처럼, 마음에는 들지만 나머지와 어울리는지 확신이 들지 않는 것처럼 사이즈가 맞나 그를 시험 삼아 신어보고 있었다. 나는 다시 처음부터 걷는 법을 배우고, 인간이 되는 법을 배우고 있던 걸까? 그럼 그동안 나는 뭐였단 말인가. 죽마를 타고 걷는 사람? 퇴화 가능한 인간?

나는 다른 것 역시 두려워했음을 금세 깨달았다. 바로 이 새로운 나를 좋아하게 되는 것을, 그에게 완전히 애착을 품게 되는 것을, 그를 더더욱 무르게 대해서 그와 함께 온갖 종류의 새로운 세상을 발견하는 것을. 그뿐 아니라 그가 그녀가 있을 때만 존재했음을, 그녀가, 그녀만이 그를 이끌어낼 수 있었음을, 그리고 나는 천 년에 한 번 나오는 주둥이로 움츠려 들어가는 주인 없는 지니처럼, 다음으로 알맞은 사람이 크리스마스트리 뒤에서 다가와 그녀의 이름이 클라라라고 말할 때 나와서 햇빛을 볼 기회를 기다리고 기다리게끔 운명지어졌음을 깨닫는 것을 말이다. 나는 그에게 애착을 품다가 그가 신데렐라의 옷보다도 오래가지 않을 것을 발견하게 되고 싶지 않았다. 나는 마치 프랑스어를 할 줄 모르지만 어느 저녁 한 프랑스인 여자와 있는 자리에서 프랑스어를 매우 유창하게 하는 것으로 밝혀지고, 알고 보니 그녀가 이튿날 아침 집에 돌아갔으며 그녀가 없으니 다시는 프랑스어를 한마디도 못 하게 되는 사람과 같았다.

그녀는 모직 숄로 귀와 얼굴 일부를 덮은 채 나를 대면하고 있었다. 그 모습을 보니 나는 나답지 않게 무모한 어떤 말로 그녀의 경고에 답하게 되었다.

"그래서, 그쪽 정말로 내 거 안 듣겠다고요?" 그녀가 물었다.

"듣고 싶지 않은데요."

"듣고 싶지 않다?"

"전혀 듣고 싶지 않아요."

이것은 정말 우리가 함께 보내는 마지막 순간일 수도 있었다. "그저 나한테 사랑에 빠지지만 마요, 제발!"

"당신한테 사랑에 빠지진 않을게요, 제발."

그녀는 나를 바라보고 더욱 바짝 붙더니 내 목에 키스했다. "그쪽 냄새 좋네요."

"나 집까지 걸어서 데려다줘요." 그녀가 말했다.

바깥에는 눈이 내리고 있었다. 희미하고 고요한 호박색 불빛이 브로드웨이가에 드리웠다. 우리가 방금 본 영화와 파스칼의 말들, 즉 기쁨, 기쁨, 기쁨*을 떠올리게 한 고요한 기쁨의 감각으로 105번가의 더러운 보도를 씌웠다. 교통량은 드물었던 한편—대부분이 버스와 택시였으니— 멀찍이서 보면, 마치 멀리 떨어진 동네들에서 들려오듯 조용히 시내로 길을 다니는 제설기의 금속성 깡깡 소리가 나지막이 찾아왔다. 그녀는 내 팔에 쓱 팔짱을 꼈다. 그녀가 딱 그래주기를 나도 바랐다. 이건 그저 동지애였을까, 그러면?

우리가 한인이 운영하는 24시간 청과점을 걸어 지나갈 때, 그녀는 담배를 사고 싶다고 했다. "이거 읽어봐요." 그녀는 '탠절린**'에다 바로 그 옆에 '메롱***'이라고 쓰여 있는 철자법이 틀린 표지판을 가리키며 덧붙였다. 그녀는 웃음을 터뜨렸다. "아주 블루베리랑 블러드오렌지는 어떻게 철자를 쓸지 상상해봐요." 그녀는 말하면서, 이런 터무니없이 늦은 밤 시간에 꽃을 가지치기하는 어리둥절한 멕시코인 도우미 앞에서 크게 더 크게 웃어젖혔다. 내가 등을 돌리면 그녀가 나에 관해 무엇을 찾아낼지 생각하면 무서워졌다. 아니다, 그녀는 내 면전에다 해버릴 터였다.

우리는 내가 원한 것보다 빨리 그녀의 건물에 다다랐다.

* 프랑스 수학자인 블레즈 파스칼의 《팡세》 중 '개인적 수기'에 등장하는 구절. 그는 어느 11월의 밤에 성령의 불을 받는 체험을 하고 '기쁨, 기쁨, 기쁨, 기쁨의 눈물'이라는 구절을 집필했다.

** '귤'을 의미하는 '탠저린(tangerines)'의 오표기.

*** '멜론(melons)'의 오표기.

꾸물대봤자 소용이 없다고 나는 결정했다. 내가 그녀를 데려다준 다음 정말로 추운 바깥으로 나가려 한다는 걸 보여주기 위해 내 겨울 외투의 마지막 단추까지 꼭꼭 여민 데다 벌써 추위에 대비해 몸을 다잡고 있었는데도, 우리가 바깥에 서 있을 때 그녀는 허드슨강의 전망을 가리키면서 잠시 더 오래 남아 있으려고 하는 듯했다. 그리고 끝내 말했다. 나를 위층으로 초대할 법도 했지만, 그녀는 자신을 알기에 아마도 우리는 지금 잘 자라는 인사를 하는 게 나았다고 생각했다. 우리는 껴안았다. 껴안자는 건 그녀의 발상이었다만, 이 포옹이 한층 열정적이라거나 덜 순수한 무언가를 암시하기에는 너무 포괄적으로 느껴졌다. 나는 껴안는 행위가 제풀에 시들게 놔두었다. 그것은 친구 또는 남매의 포옹이자, 양쪽 뺨에 붙는 성급한 송별 키스가 뒤따르는 기분이 좋아지는 몸짓이었다. 그녀는 나의 코트 옷깃을 세워서 내 귀를 덮으면서 내 얼굴을 응시하고 다시금 거의 망설이다시피 했다. 마치 등교 첫날에 끔찍한 시간을 보낼지 모를 아이에게 작별 인사하는 어머니 같았다. "마음 상하는 거 아니죠?" 그녀가 마치 우리가 아까 이야기하던 무언가를 넌지시 언급하듯 말했다. 나는 고개를 저으면서, 잘 자라는 것만큼이나 간단한 말을 하는데도 그녀는 어떻게 여전히 아리송하면서도 한숨 돌릴 틈도 없이 연이어 노골적인 태도로 남을 수 있는지 혼자 의문했다.

"우리가 지난밤에 작별 인사를 한 곳까지 내가 걸어서

배웅해줄게요."

그녀도 장면을 재생하는 데 빠진 걸까? 우리는 지금이 지난밤인 척을 하던 걸까? 아니면 그녀는 나를 위해 그렇게 하던 걸까? 아니면 나를 그녀 건물의 로비로부터 떨어뜨려놓기 위해? 나는 그녀에게 오늘 밤은 택시를 잡을 셈이라고 말했다. "왜냐면, 버스, 그놈 지난밤에 안 와서."

"그놈 안 와서?"

"안 와서."

"그러면 위층으로 돌아왔어야죠."

"그러고 싶어 죽는 줄 알았어요."

"파티는 아침까지 계속됐는데. 계속 있지 그랬어요."

"왜 계속 있으라고 해주지 않았어요?"

"그쪽이 소극을 벌인 마당에요? 나 너무 쫓겨, 나 너무 바빠, 미소수프오어샐러드*. 나 코트 갖다줘, 스카프 갖다줘, 서둘러야 해, 가야만 해, 휘릭, 휘릭, 휘릭."

그녀는 우리가 지난밤에 헤어진 동상까지 나를 걸어서 배웅해주었다. 내 차례네요, 나는 말했다. 나는 그녀를 그녀의 건물까지 다시 배웅해주었다. 그녀의 얼굴은 숄에 단단히 싸인 채, 그녀의 손은 코트 주머니에 든 채 떨고 있었는데. 그 자태는, 취약하고 애원조여서 사리 분별을 못 했다면 마음을

* 영어로 '나 너무'를 뜻하는 '미 소(Me so)'와 '된장국'을 뜻하는 '미소 수프(miso soup)'의 발음이 비슷하여 언어유희를 하고 있다.

미어지게 할 수도 있었고.

"그러지만 마요." 그녀는 똑같은 일말의 사과와 상당한 경고를 목소리에 담아 덧붙이면서, 추위 속 우리의 순간적인 애가를 철조망이 감싼 화강암에 새겨진 사랑의 소네트에 대한 신랄한 푸대접으로써 산산이 조각내버렸다. 그녀는 내 뺨에 손바닥을 올렸고, 나는 생각 없이 그것에 키스했다. 보드라운 그녀의 손바닥에. 그녀는 손바닥을 뺐다. 마치 내가 어떤 가상의 선을 넘었다는 양 잽싸게 뺀 게 아니라, 자신의 행동에 주의를 끌지 않고자 거의 마지못하게. 그것이 나를 더 쓰리게 했다. 왜냐면 그럼으로써 그녀의 머뭇거리는 몸짓이 고의적인 것으로 보이게 되어, 마치 나의 키스를 나무라는 그녀의 방식이 키스를 못 본 체하여, 주저하는 시늉들로 손을 빼는 행위를 장식하는 것인 듯해졌기 때문이다. 호의적이지 않은 건 아니지만, 마찬가지로 훈계적이긴 했다.

대체 누가 손바닥에 키스받는다고 마음을 쓴단 말인가? 지난밤에 그 거지 여자가 내 손에 키스를 했을지언정 나는 그러도록 놔두었을 테다. 나는 클라라에게 이런 뜻의 어색한 시선을 흘긋 보냈다. 알아요, 알아, 은신해 있는 거.

"당신 완전 잘못했어요." 그녀가 설명했다.

나는 어안이 벙벙했다. 이제는 뭘?

"스카프요!"

"스카프가 뭐요?"

"난 이렇게 묶는 거 싫어한다고요."

그녀는 내 스카프를 풀고는 자신이 좋아하는 식의 매듭으로 다시 묶어주었다.

이 매듭은 내가 집에 갈 때까지 나와 함께 있을 것이다. 나는 나를 안다. 나는 집 안 온도가 최고로 높을지라도 아마 그것을 잠시 더 오래 간직하고 싶어할 테다. 클라라의 매듭과 함께 알몸이 되고, 클라라의 매듭과 함께 알몸이 되고. 나를 매듭으로 묶었던 거다, 그건. 지난밤에는 일부러 스카프를 풀었다. 매우 감사하지만, 나도 이것저것을 하는 나만의 방식이 있어요, 하고 보여주기 위하여. 그러나 그건 지난밤 일이었다.

이반·보리스·페오도어가 그녀를 위해 문을 열어주었다. 나는 전화하겠다고 말했다. 그러나 내가 전화할지는 잘 모른다고 그녀가 생각했으면 싶었다. 어쩌면 스스로 그렇게 생각하고 싶었는지도 몰랐다. 그런 뒤에 그녀는 안으로 들어갔다. 나는 그녀가 엘리베이터로 걸음을 내딛는 모습을 지켜보았다.

나는 나를 그녀의 건물로 반겨준, 그 희미한 낡은 엘리베이터 냄새에 녹아든 복도의 어지러운 향수 향기를 떠올렸다. 지난밤을.

나는 거기 서서 생각을 정리하면서, 110번가의 기차역으로 걸어갈지 아니면 그냥 손을 흔들어 택시를 부를지 결정하려 하면서, 그녀 건물의 어둑한 창문 중 어느 것이 우리가 작별 인사를 하고 몇 분 안에 밝혀질지 궁금해했다. 나는 잠시 머무르면서 어느 창문인지 봐야 했다. 그러나 내가 정말로 원한 것은 그녀가 나를 찾으면서 문에서 뛰쳐나오는 모습을 보는 것이었다. 심지어 무언가가 내게 말했다. 똑같은 충동이 그녀의 뇌리를 스쳤다고. 그녀가 바로 그때 그 자리에서 그 생각을 곱씹고 있었고, 그렇기 때문에 그녀가 아직 불을 켜지 않은 것일 수 있었다고. 나는 몇 초 더 기다렸다. 그러던 중 나는 그녀의 아파트가 건물 어느 면을 향하는지 모른다는 사실을 떠올렸다.

나는 이제 그 어느 때보다도 더, 그녀를 다시는 보지 못할 것이 틀림없다고 확신한 채 106번가와 웨스트엔드의 모퉁이로 걸어갔다.

나는 스트라우스 공원으로 건너갔다. 가로등의 광륜 속에 광분한 벌 떼처럼 모인 눈송이, 내가 그들 너머 시내를 벗어나는 방향과 저 너머 강과 뉴저지의 아득한 불빛들 쪽을 바라볼 동안 더욱 빽빽해지는 눈송이를 따라갔다. 나는 예의 오버사이즈 스웨터 차림의 그녀를 그려보았다. 저녁나절 내내, 영화관에서조차 그것은 두 사람은 덮을 만한 거친 모직 담요를 떠올리게 했다. 나는 궁금했다. 그 담요 속에서는 세상이 무슨 냄새가 날까. 평소대로 일상적인 냄새를 지닌 나의 세상이었을까, 아니면 적도 과일의 향기만큼이나 새롭고 전율을 주는 향기를 지닌 완전히 생경하고 익숙지 않은 세상이었을까? 클라라의 옆에서는, 그녀의 스웨터 속에서는 삶이 어떻게 느껴졌을까? 그녀 뜨개코들의 격자 모양을 통해 응시하면 우리의 도시는 얼마나 달랐을까? 클라라가 되면 이것저것을 어떻게 생각했을까? 마음을 읽었을까? 클라라가 되면 언제나 사람들을 내립떠보게 되었을까? 사람들이 불평하면 그들더러 쉿 하라고 말했을까? 아니면 다른 모든 이들과 같았을까? 그녀가 얼굴만 빼고 온몸을 숄로 뒤덮고서는 나를 응시할 때, 그리고 혼자 이렇게 생각할 때 나는 어때 보였을까. **아, 이 사람 나한테 키스하고 싶어 죽어가는 거 알겠다. 잉키가 지난밤에 그랬던 것처럼 내 셔츠 속에 손을 넣고 싶어하는 거, 그리고 자기 귀도가 못된 짓을 꾸미는 줄 내가 모를 거라고 생각하는 거.**

혼자 있으면서 그녀를 생각하고, 내 마음속의 전율을 놓아버리지 않고서 애지중지하자니 기분이 좋았다. 여기서, 길을 건너기 전에 그녀는 헨델의 아리아와 사라반드를 연주한 레오 체르노비치의 잃어버린 피아놀라* 롤에 관해 마치 사람들이 미제 범죄나 잃어버린 가보에 관해 말하듯 내게 말해주었더랬다. 나는 내 앞의 장화 발자국이 그녀 것일지 궁금했

* 사람이 연주하지 않고 기계가 자동적으로 연주하는 피아노. 구멍이 뚫린 종이 롤을 오르골처럼 돌리면서 그대로 연주한다.

다. 우리가 그녀의 건물 쪽으로 향한 이래로 공원의 이쪽에는 달리 누구도 발을 내딛지 않은 터였다. 그녀는 처음 몇 마디를 흥얼거렸더랬는데, 내가 지난밤에 들은 것과 똑같은 목소리였다. 그저 목소리일 뿐인데, 나는 생각했다. 그럼에도.

"정말 듣고 싶네요." 그녀가 언젠가 체르노비치의 잃어버린 피아놀라 롤을 들어보고 싶으냐고 물어봤을 때, 나는 말했더랬다.

지난밤과 정확히 똑같은 곳으로 공원에 걸어 들어갔을 때, 나는 다시 한번 침묵과 의식의 영역으로 들어설 터임을 알았다. 시간이 멈추는 세계로. 사람이 기적들을, 고요한 아름다움을 생각하는 세계로. 또 우리가 인생에서 가장 원하는 것들은 너무도 드물게 주어지는지라 그것이 드디어 이뤄질 때 우리는 좀처럼 믿지 않고, 감히 만져보지도 않고, 그리하여 알지도 못하는 사이 거절하고, 그것을 정말 우리가 받는 게 맞는지를 의문하게 되는, 보드랍고 조용하고 각광을 받은 세계로 말이다. 이것이 그녀 건물의 수위 앞에서 내가 코트 단추를 성급하게 여밀 때 내가 했던 짓이 아니었나. 작별을 고하고 다시 만나는 것, 위층으로 올라오는 것, 위층에 머무르는 것에 대해 내가 아무 말도 하지 않을 수 있음을 보여주려고 말이다. 왜 그렇게까지 무심한 태도를 보이려고 무리하는 걸까. 두 살배기에게도 빤히 보였을 텐데……. 이상하다. 아니, 이상하진 않다. 나답다. 하루의 차이는 우리 사이의 무엇도 바꿔놓지 않았다. 나는 지난밤보다 지금 그녀에게 조금도 더 가까워지지 않았다. 오히려 어느 편인가 하면, 이제 사이는 더 벌어졌고 한층 날카롭고 험준한 무언가로 굳어져버렸다.

내가 공원을 어정거리고 다니며 주위를 둘러볼 무렵, 나는 이 설움을 개의치 않았음을, 이 상실을 개의치 않았음을 알았다. 나는 그녀의 공원에서 머뭇거리는 것을 사랑했고, 눈, 침묵이 좋았고, 완전히 방향타가 없이 길을 잃은 느낌이 드는 게 좋았고, 괴로운 게 좋았다. 그것이 지난밤의 불면과 황홀감으로 나를 다시 데려갔기 때문이라는 이유밖에는 없었다고 할지라도 말이다. 좋은 만큼 자주 여기 와요. 당신의 희망이 하나하나 다 내동댕이쳐지고 나서 여기 와요. 그러면 나는 당신을 회복하고 온전하게 만들어주고, 기억할 만하고 곁에 두면 기분이 좋아질 만한 무언가를 줄게요. 일단 와서 나랑 있어요. 그러면 내가 당신에게 사랑과 같이 되어줄게요.

나는 지난밤에 앉았던 똑같은 벤치에 눈을 치우고 앉았다. 모든 것이 지난밤과 같으리라. 나는 팔짱을 꼈고, 그녀의 창문에서 보일지도 모르는 위험을 무릅쓰고 거기 앉아 맨둥맨둥한 나무들을 응시하고 있었다. 공원에는 아무도 없었다. 그저 동상뿐으로, 그 호리호리하고 샌들을 신은 발이 받침대에 늘어뜨려 있고, 발가락에는 눈이 쌓여 있고. 내 뒤에서 나는 구식 순찰차를 연상시키는 타이어체인의 리드미컬한 덜덜거림을 알아들었다. 경찰차가 난데없이 실제로 나타나서 106번가에서 방향을 꺾더니, 주차된 버스로 게걸음 쳤다. 두 운전자 사이 무언의 인사. 순찰차가 기습적으로 홱 돌더니, 힘찬 유턴을 하고는 웨스트엔드를 속력을 높여 내려가기 시작했다. 라훈 경찰관과 다른 경찰관들 둘이서. 그가 나를 보지 않았기를 다행이었다. 라훈, 멀둔, 컬훈 경찰관. 경찰관 셋이 차량 하나에, 맥주 셋에 양배추 하나*. 그걸로 끝이었나, 그러면. 마법은 풀리고, 신데렐라는 돌아와서 바닥을 닦는 건가?

완전한 침묵이 내렸다.

나한테 가장 가까운 가로등은 제 어슴푸레한 빛 웅덩이 위에 서 있었다. 다시 한번 지난밤처럼 열렬하게 도와주고 싶어하면서도, 여전히 어떻게 해야 할지는 모르는 채로 내게 기대는 듯했다.

이 모든 것이 뭘 의미했나? 나는 궁금했다. 응시, 다정한 껴안기와 겉치레식의 키스 두 번을 프렌치 스타일로 한 것, 그녀는 자신을 안다는 것에 관한 이야기 토막, 그리고 나더러 그렇게 침울한 표정 짓지 말라고 말한 것, 은신에 관한 너무도 많은 얘기, 잃어버린 체르노위스키**들에 관한 슬픈 이야기, 그에 엮인 사랑과 경고를 구슬프게 암시하는 것들, 그 모

* 라훈, 멀둔, 컬훈은 아일랜드식 이름이기에 경찰관들이 아일랜드인이라고 추정하고, 아일랜드인 하면 연상되는 맥주와 양배추에 사람과 차를 비유하고 있다.

** '체르노비치(Czernowicz)'를 익살스럽게 '체르노위스키(Czernowhiskey)'라고 변형하여 부르고 있다.

두가 씁쓸한 **그걸 굳이 또박또박 말할 필요는 없는 것 같아요, 이것저것을 어그러뜨릴 수도 있잖아요,** 로 끝맺은 것이 마치 키스하고 깨무는 것 마지막의 독극물과 같았다.

무슨 이것저것을 어그러뜨린단 말인가? 무슨 소린데!

그저 나한테 사랑에 빠지지만 마요. 그때가 그녀가 내 귀 아래에 키스를 심어둔 순간이다. **그쪽 냄새 좋네요.** 야유와 뒤늦게 생각난 것에 가깝게 내뱉은 말. 독극물, 독극물, 독극물. 독극물과 해독제. 마치 싸늘한 아침에 갓 구워 따끈하고 폭신폭신한 빵을 먹던 빵 껍질이 갑자기 잇몸을 베어 지구에서 가장 건강한 맛이 역겨운 썩은 맛으로 바뀌는 것처럼. **'이것저것' 없기, 알겠죠? 말인즉슨, 뚱한 표정 없기, 부루퉁·샐쭉이 없기, 죄책감 드는 거 없기, 알았죠?** 왜냐면 그것은 그녀의 지옥으로 바뀔 수 있었으니까. 현실을 봐요, **슈베스터***! 메인주 출신의 맥없는 상속녀는 요새를 열기 전에 그렇게 많은 열쇠를 달그락대지 않았다. 풋내기에 제멋대로인 여자가 영원의 언어를 말하다니. 무슨 소린데! 그리고 온통 그렇게 은신하는 얘기라니. 무슨 말을 지껄이는 건가!

나는 버스 운전기사가 엔진을 켜는 것을 들었다. 버스 안의 불빛들은 깜빡이며 켜졌다. 창유리 뒤편의 안개가 낀 오렌지빛 미광은 얼마나 포근했는지, 추위로부터의 피난처였다.

* 독일어로 '자매님'이라는 뜻.

그저 나와 버스 운전기사, 버스 운전기사와 나뿐.

어쩌면 나도 떠날 때인지도 몰랐다. 아직 떠나고 싶진 않았지만. 갑자기 이 생각이 내게 찾아왔다. 나는 그녀에게 전화를 해야겠다, 그렇지 않나? 그냥 그녀에게 전화를 하자. 그러고 뭐라고 말하나? 뭐라도 가닥을 잡아낼 터였다. 내가 뭐라도 할 때였다. 언제나 다른 사람들이 하기를 기다리고 있었으니까. 간만에 진실을 말하고, 관계를 맺으라고, 제발 좀. **나 오늘 밤 혼자 있고 싶지 않아요.** 그렇게! 그녀는 뭐라고 말할지 알 터였다. 그녀는 대화를 이어나갈 터였고, 그녀가 안 된다고 말해야 할지라도, 그것은 상냥한 '안 돼'일 터였다. 예를 들면 이렇게. **안 돼요, 은신 중이라니까요?** 아, 하지만 그녀가 그런 식으로, 안 돼요, 은신 중이라니까요? 하고 마치 마뜩잖은 애무를 시작은 하지만 그러다 얼굴에서 머무적대고는 입으로 곧장 불쑥 움직여 심장의 혁대를 끄르듯이 말하는 걸 듣자니 말이다. 나는 휴대폰으로 손을 뻗었다. 그녀는 마지막으로 전화한 사람이었다. 몇 시간 전에. 우리는 아직 줄에 서 있을 때 전화번호를 교환했다. 그때 그녀는 말했다. 그러지 말고 내가 전화를 걸게요. 이렇게 하면 그쪽도 내 번호를 가질 거 아니에요. 이것은 경고 전의 일, '그러세요'가 우리의 표를 가져가서 주먹 속에서 으스러뜨리기 전의 일이었다. 그곳에 그녀의 전화번호가 있었다. 그 일을 감당할 수 없을 것 같았기에 내 마음이 순식간에 가라앉았다. 핸드폰을 손에 들고 있으니 그 전화번호가 나에게 물었다. 전화하는 것 말고 날 가지고 달리 뭘 하려고 그랬는데? 나는 마치 망치로 금속 못들을 쿵쿵 때려 암석을 쪼개며 박아 넣듯 전화번호 열 자리 숫자가 울리는 소리를, 뒤이어 신호음이 투덜거리듯 위협적인 드럼 소리로 울리는 것을 상상했다. **아카데미 2**— 사람들이 아직도 '아카데미'를 접두사로 사용하다니 놀랍네요, 나는 그녀에게 말했었다. 그녀를 놀리기 위해, 아니면 그녀가 나한테 전화번호를 준 방식에는 뭔가 고의적으로 구시대적이고 고풍스러운 면, 심지어는 일말의 점잔을 빼는 면이 있다는 걸 암시하기 위해서였다. 이제는 그녀의 전화번호가 날 우롱할 차례였다. 마치 작은 파충류가 애완동물 가게에서 판매원이 손님더러 손끝으로 그것의 배를 문지르게 할 때는 완전히 순해 보이더니 이제는 손톱을 물어 파고들고 뜯어내듯이. 그녀는 그런 식으로 자신의 전화번호를 내어주는 것을 정당화했다. 그녀가 말했기로, 자기 어머니도 이런 식으로 번호를 말하곤 했고, 그녀도 함께 있어 **편안함**을 느낀 매우 소수의 사람들에게 계속해서 이런 식으로 번호를 말해왔기 때문이라는 것이다. 그러면서 담은 암시는 그녀의 '구세계'와 당신의 '구세계'가 공통의 혈통을 공유했다는 것을 즉각 이해한 사람들 축에 당신이 꼈다는 것이다. 다만 꼭 같은 나뭇가지로 난 건 아닐 수도 있었다. 왜냐면 당신에게 현존하지 않고 한물간 것이 그녀에게는 복고풍·호화판·최첨단의 것이었고, 또 증조부모님과 언어가 같음에도 불구하고 우리는 아예 같은 나무에도 속하지 않았을 수도 있기 때문이다. 그러니까, 자! 행복한 소수 정예를 위한 아카데미 2이다.

나는 그녀의 전화번호를 생각했다. 절박한 남자친구들이 걸어오는, 수 세대에 걸친 통화들을. 밤늦게 그녀에게 전화를 걸면 어떻게 벨 소리가 울렸을까? 그 벨 소리로 그녀는 절망 또는 죄책감, 분노와 남 탓에 걸려온 전화인지 아니면 세 번 신호음이 울리고 나서 끊는 소심함에서 걸려온 전화인지 분간할 수 있었을까? 발신자 정보 속에서 질투에는 뚜렷한 벨 소리가 있어 꿈꿔질 때보다도 요란한 진실들을 외쳤을까?

오, 잉키, 잉키, 잉키. 그는 오늘 밤 얼마나 여러 번 전화를 걸었을까? 그는 지금 당장도 전화를 걸고 있을 터였다. 나 자신도 그럴 법했듯이. 나는 그녀에게 전화하는 상상을 해보았다. 한 번 전화를 걸고. 두 번 전화를 걸고. 갑자기 그녀가 받는다. 씩씩거리면서. 배경에서 흐르는 물소리가 들린다. 파티는 끝났고 신데렐라는 바닥을 닦고 있네. 잉키? 아뇨, 나예요. 당신이구나. 나죠. 잉키 행세를 하지 않으려고 노력하는 나죠. 그런데 누가 봐도 딱 그런 짓을 하는. 내가 그다음에 뭐라고 말할지 생각이 나지 않는데, 나 오늘 밤 혼자 있고 싶지 않다는 말을 어떻게 하나? 그냥 그렇게, 나 오늘 밤 혼자 있고 싶지 않아요. 어쩌면 물음표를 달아서? 어쩌면 달지 않고서. 여자라면 당신이 이 모든 걸 말해버리게 놔두지 않으려고 환장할 거다.

M104 버스 한 대가 106번가와 브로드웨이가의 귀퉁이에 정차했다. 나는 그것을 딱 제때 잡아탔고, 앉기 전에 그 삼각형의 공원이 눈보라 속으로 서서히 사라지는 모습을 지켜보았다. 나는 눈 속의 이곳을 결코 다시는 보지 못할 수도 있다. 그리고 내가 그 생각을 믿기 시작할 무렵에, 나는 스스로에게 거짓말하고 있다는 걸 깨달았다. 나는 내일 밤, 또 그다음, 또 그다음 밤에도, 그녀와 또는 그녀 없이, 로메르와 또는 로메르 없이 돌아올 터였다. 그리고 그냥 여기 앉아서 내가 이틀 밤 동안 그녀를 두 번 놓쳐버렸다는 생각을 피할 방법을 찾고자 바랄 터였다. 그러는 내내 그녀의 얼굴이 나 자신으로부터, 내가 새벽에 혼자가 아니라고 생각하기 위해서라는 이유밖에는 없을지언정 내가 밤에 주워 모으는 그 모든 거짓말들로부터 나를 차단하기 위해 이 공원 주위에서 내가 걸칠 얼굴이었다고 직감할 터였다.

그날 밤늦게, 나는 집 앞 길거리를 긁는 제설기의 요란한 쾅 소리에 잠에서 깼다. 갑자기 나는 너무도 절묘한 느낌으로 가득 찼다. 다시 한번, 그것을 '기쁨'이라고밖에 할 수 없었다. 어느 날 밤 파스칼이 포르루아얄 수녀원 독방에서 내뱉은 말로서.

그것은 우리가 마지막 주문 시간 안내 뒤, 바에서 걸어 나와서 105번가를 담요처럼 덮은 눈을 발견한 그 순간을 상기시켰다. 우리는 계속해서 서로 팔을 비비다가 급기야 그녀가 내 팔에 쓱 팔짱을 꼈다. 나는 우리의 산책이 절대 끝나지 않기를 소원했다.

나는 침대에서 나와서 창문을 내다보았고 눈이 평화롭게 맨해튼의 옥상과 샛길을 담요처럼 덮었는지를 보았다. 그것은—어쩌면 그것이 사진작가 브라사이를 너무도 많이 상기시켰기 때문에— 밤중의 파리 또는 클레르몽페랑에, 또는 여느 프랑스 시골 도시에 있는 옥상의 놀라운 흑백의 장관이었다. 나는 까치발로 책상 옆의 다른 창문까지 가서는 밤중 세상의 다른 광경을 일별했다. 그때 내 안에서 갑작스레 터져 나온 그 기쁨은 침실에 너무도 가없는 주문을 걸었기에 나는 어느덧 어떤 소리도 내는 걸 피하려고 하는 나를 발견했다. 나는 발아래에서 나무 바닥이 삐걱대게 하지도 않고, 아니면 창문을 딱 한 틈만 올리고 찬기가 들어오게 할 때 내리닫이창에 달린 오래된 균형추들이 뚜렷한 쿵 소리를 내게 하지도 않고, 천사의 날개 끄트머리에 내려앉은 듯 활공해 들어온 침묵을 방해할 무엇도 하지 않으려 했던 것이다. 밤 풍경을 지켜보며 서 있은 동안 내 이불 속에 나만큼 얕고도 차분하지 못한 잠을 자는 누군가가 누워 있다는 상상을 너무 쉽게 믿을 수 있었기 때문이다. 내가 침대에 돌아가게 될 때 나는 많이 움직이지 않으려고 노력하면서, 오른쪽의 한구석을 찾아 가만히 누워 잠을 기다리면서, 그러는 내내 잠이 오지 말아주기를 희망하다가 이윽고 그녀의 알몸이라는 그림을 내 꿈속에 밀반입하게 될 터였다.

내일 나는 제일 먼저 뛰쳐나가서 아침을 먹고 친구들을 만나, 그들에게 클라라에 관해 말해주려고 할 터였다. 그다음에는 백화점 안을 돌며 산책을 좀 하고, 휘트니 미술관에 가 제트족 조부모를 모시고 찰칵찰칵 사진을 찍는 관광객 무리 사이에서 점심을 먹고, 크리스마스 다음 날에 크리스마스 선물을 사러 다닐 터였다. 그 모든 일에 오늘 밤이 다시 처음부터 벌어질지도 모른다는, 분명 다시 처음부터 벌어질 거라는, 절대로 다시는 벌어지지 않을 수도 있다는 소심한 예감이 간간이 끼어드는 채로 말이다.

다시 한번, 나의 마음은 우리가 마지막 주문 시간 안내 후에 바에서 걸어 나와서 105번가에 갓 내린 눈을 발견한 그 순간으로 표류해 돌아갔다. 그녀는 내 목에 키스했고, 절대로 아무것도 희망하지 말라고 말한 다음 내 팔에 자기 팔을 바싹 파묻었다. 마치 **이 모든 걸 신경 쓰지는 마, 하지만 이 모든 걸 절대 잊지는 마**라는 뜻인 듯했다. 이제 어둠 속에서 그녀의 몸이 내 몸에 기대 오는 기억과 더불어 내가 할 일은 그녀의 이름을 말하는 게 전부였다. 그러면 그녀는 침대보 아래에서 느리게 움직일 터였고 나는 어깨 한쪽, 무릎 한쪽을 맞닥뜨려 그녀의 이름을 다시 또다시 속삭일 터였다. 이윽고 그녀도 내 이름을 속삭이고 있다고 나는 맹세하게 될 터였다. 마치 고대 이야기에서 바로 본인과 연애 놀이를 하는 두 연인의 목소리처럼 우리 목소리가 어둠 속에서 휘감긴 채로.

세 번째 밤

이튿날 아침, 아래층 버저 소리가 들렸을 때 나는 샤워 중이었다. 욕조에서 뛰쳐나와서 주방 문을 스치고 달려가 인터폰에 크게 "누구세요?"를 외치며 물을 사방에 뚝뚝 흘렸다.

"나예요" 하고 수신기에서 수위의 것이 아닌 잘 알아들을 수 없는 목소리가 찾아왔다.

"나 누구요?" 나는 배달부에게 울화가 치밀어 외쳤다. 흩어진 고지서들을 찾아 먼저 서랍장 위를, 다음에는 의자에 걸린 지난밤에 입은 바지 속을 수색하기 시작했다.

"나요" 하고 똑같은 목소리가 찾아오더니 일시정지가 뒤를 이었다. "나라니까요." 목소리가 되풀이했다. "**모아***." 또 다시 일시정지. "나라고요, 숙오프. 나라고요, 은신 중인. 미

* 프랑스어로 '나'를 뜻하는 '무아(moi)'를 장난스레 발음하고 있다.

소수프오어샐러드. **나라고, 젠장할!** 우리는 왜 이렇게 빨리 잊어버리는 거야."

다시금 침묵.

"나 허드슨강으로 드라이브 가요." 그녀가 외쳤다.

나는 순간 이의를 제기했다. 허드슨강이 어쨌다고? 그녀는 내 방으로 올라오고 싶었나? 나는 물었다. 그녀가 위층으로 올라온다는 발상은 마치 외설적이고 거의 죄책감이 서린 전율처럼 나를 휩쓸었다. 그녀더러 나의 꼬깃꼬깃한 세상을, 내 양말, 내 목욕 가운, 내 더러운 고물상, 내 삶을 보라지.

"고맙지만요, 사양할게요." 그녀는 로비에서 기다릴 터였다. 그녀는 개의치 않았는데, 다만 너무 오래 걸리지만 말아달라고 했다. 나는 자고 있었나?

"아뇨, 샤워 중이에요."

"뭐라고요?"

"샤-워."

"뭐라고?"

"아무것도 아니에요."

"하여튼 서둘러요." 그녀는 마치 내가 벌써 따라가기로 동의한 양 외쳤다.

"사실은……." 나는 망설였다.

그곳에는 죽은 듯한 침묵이 있었다.

"사실은 **뭐요? 그렇게** 바쁘신가?" 그녀가 불쑥 내뱉었다.

인터폰의 잡음조차 매 음절에서 탁탁거리는 비꼬는 투를 묻을 수 없었다.

"알았어요. 알았어. 오 분 안에 내려갈게요."

그녀는 수위에게서 전화기를 잡아챘던 게 틀림없다.

이렇게 구석에 박힌 그리스식 식당에서 먹는 평소대로의 아침이 물 건너가는구나, 나는 생각했다. 계산대 옆에서 기다리는 신문, 내가 한 번도 굳이 신경 써 다 맞추려고 하지도 않는 십자말풀이, 손님이 눈을 헤쳐 터덜터덜 걸어오는 것을 발견하자마자 내어놓는 골무처럼 작은 잔에 담긴 오렌지 주스, 오믈렛, 해시 브라운, 거기다 작은 은박지 꾸러미들에 담긴 매우 가공된 잼—거기서 나를 아는 것이다— 웨이트리스와 **헬레니키***로 몇 마디 나누고, 우리 둘 다 플러팅의 먼 친척 같은 플러팅을 하는 체한다. 그다음에는 밖을 내다보면서 마음이 떠돌아다니게 놔두는 것이다. 고정적으로 엄지 자물쇠**가 걸려 있는 문이 내는 소리, 그에 이어 창유리가 딸랑대며 덜덜거리는 소리가 거의 들려올 지경이었다. 그러는 사이 등 뒤에 문을 매우 빨리 닫으며 추위에 양 손바닥을 문지르고, 창가의 빈 테이블을 살핀 다음 앉아서 밖을 내다보면서 마음이 떠돌아다니게 놔둘 그 마법 같은 순간을 기다리는 것이다.

여섯 시간 전에, 불과 여섯 시간 전에 나는 그녀의 건물

* 그리스어로 '그리스어'라는 뜻.

** 엄지손가락의 압력으로 해제되는 자물쇠.

앞에 서서 그녀가 엘리베이터 속으로 사라지는 모습을 지켜보고 있었다.

이제 그녀는 내 건물 앞에 서서 기다리고 있었다. 갑자기 지난밤 내가 침대에서 그녀를 향해 한 말들이 한 단어 한 단어 내게 돌아왔다. **106번가를 그때 걸었던 거 있죠? 그게 끝나지 않았더라면 싶어요.** 그게 계속되고 계속되었다면, 강까지 쭉 계속 걸어가서 시내로, 또 지금쯤이면 누구도 모를 다른 곳으로, 언젠가 그녀가 파벨과 파블로가 살았다고 말해준 해안 산책길과 배들을 지나서 배터리 파크 시티로, 또 쭉 가서 다리 너머 건너 브루클린으로 향하여 딱 동이 틀 때까지 걷고 또 걸었더라면. 이제 그녀는 아래층에 있었다. **그때 걸었던 거 있죠…….** 그 말들은 내가 지난밤에 속죄하지 못한 비밀스러운 소원처럼 내 속을 훑었다. 나는 아래층으로 가는 엘리베이터를 타고서 목욕 가운의 매듭을 묶으며, 중앙 로비로 물을 뚝뚝 떨어뜨리면서 들어가 그녀에게 말하고 싶었다. **106번가를 그때 걸었던 거 있죠? 그게 끝나지 않았더라면, 절대 끝나지 않았더라면 싶어요.** 급하게 몸의 물기를 닦고 있었던 지금 나는 그녀에게 이 말을 한다는 생각만 해도 그녀와 함께 알몸이 되고 싶어졌다.

내가 드디어 아래층 로비에 있는 그녀를 봤을 때, 나는 사람들을 집에서 끌어내기에 8시는 부적절한 시간이라고 불평했다. "좋으면서 그래." 그녀가 말을 잘랐다. "타요, 아침 식사는 가는 길에 할 거니까. 한번 봐요."

그녀는 은빛 BMW의 조수석을 가리켰다. **그란데** 사이즈의 커피 두 잔이 계기판 아래의 컵 홀더가 아니라 조수석 자체 위에 위태로운 각도로 세워져 있었다. 그녀가 자질구레한 것들에 으레 내는 갈급증으로 두 잔을 퍽 하고 내려놓은 듯했다. 그곳에는 말끔하게 싸인 머핀 같은 것도 있었다. "딱 **그쪽** 블록 근처에서 샀어요." 그녀가 말했다. 그녀는 다른 누구도 아닌 나를 생각하며 사 온 것 같았다. 그렇다는 것은 그녀가 나를 찾아내리라는 것을 알았고, 내가 기꺼이 따라오리라는 것을 알았고, 내가 머핀을, 특히나 이렇게 정향의 희미한 냄새가 풍길 경우 좋아한다는 것을 알았다는 말이었다. 나는 그녀가 나를 찾지 못했더라면 누구한테 쳐들어갔을지 궁금했다. 아니면 내가 이미 예비 순번이었을까? 나는 왜 이런 식으로 생각하는 걸까?

"어디로 가는데요?" 내가 물었다.

"우리는 오랜 친구를 방문하는 거예요. 그 사람이 시골에 살거든요. 당신도 그를 좋아할 거예요."

나는 아무 말도 하지 않았다. 또 다른 잉키이겠거니, 나는 짐작했다. 나는 왜 끌고 가는 거지?

"그는 전쟁 전에 독일을 떠나온 이래 쭉 거기서 살아왔어요." 그녀는 이 말투를 부모님으로부터 물려받은 것이 틀림없었다. 그쪽 세대는 **전쟁**이라고 불렀지, 제2차 세계대전이라고 부르지 않았다. "워낙 박식해서 모든 것……."

"……에 관한 모든 것을 알겠죠." 나는 그런 유형을 알았다.

"얼추 그래요. 음반에 담긴 모든 음악을 알거든요."

커다란 축음기 주변에서 너덜너덜해진 슬리퍼를 신고 다리를 저는, 신경질적인 나이 든 **가멘토*** 유형의 사람을 그려 보았다. **말해줘요, 리브헨****, **시계가 어떻게 되지요?***** **당신은 아는가, 레몬이 꽃피는 나라를?****** 나는 그를 놀림감으로 삼고 싶었다. "또 한 명의 뫈물박사 제크*****군요." 내가 말했다.

그녀는 나의 회의론과 시도에 그친 유머를 알아차렸다.

"그 사람은 여기랑 다른 곳에서, 당신이랑 내가 살아온 날을 더하고 8의 세제곱을 곱한 것보다도 더 많은 삶을 살았어요."

"설마요."

"정말요. 세상이 마지막 남은 모든 유대인을 집단으로 괴롭히던 시절, 유럽에서 남은 것이라고는 스위스의 주 하나

* 특히 뉴욕 내의 의류 산업 종사자를 일컫는 말.

** 독일어로 '여보' 또는 '자기'라는 뜻.

*** 1942년 미국 영화 〈카사블랑카〉에 등장하는 대사이다. 작중의 독일인 부부는 영어가 서툴러, 독일어로 시간을 묻는 표현을 영어로 직역해 "시계가 어떻게 되지요?"라고 묻는다.

**** 독일의 작가 요한 볼프강 폰 괴테의 시 〈그대는 아는가〉의 구절을 암시한다.

***** 영어 관용구 중 '모든 일에 만능인 사람'이라는 뜻의 'Jack of all trades'라는 표현에서 이름인 '잭(Jack)'만 따서 '만물박사 잭'이라는 뜻으로 '뫈물박사 제크(Knöwitall Jäcke)'라고 부르고 있다. 악센트를 넣어서 익살스럽게 발음하고 있다.

가 내려다보이는 마법 같은 호숫가 도시 곁 작은 장소가 전부였던 시절부터 계셨던 분이에요. 그곳에서 저희 아버지랑 한스, 프레드 파스테르나크는 초등학교에서 만났어요. 그래서 우리 아버지가 저더러 그쪽 학교에 잠시 다니라고 우기기도 했죠. 거기서, 그쪽의 색정보를 위해서 말해주자면, 베토벤의 마지막 제자 옆에서 악보를 넘겨준 남자의 악보를 넘겨준 남자의 악보를 넘겨준 사람이 막스예요. 어쩌면 저는 그 사람을 숭배하는지도 모르겠어요."

나는 그녀의 맹목적인 과찬이 싫었다. 보나 마나 그녀는 내가 분별없이 그를 조롱하려던 게 싫었던 것이다. "그러니까 **그쪽**이야말로 뫈물박사처럼 굴지 마요." 그녀는 자신이 나무란 걸 누그러뜨리고자 내 말을 되풀이했다. "우리는 그 사람이 발굴한 뭔가를 들으러 가는 거예요. 상당히 멋진 거기도 해요, 굳이 알고 싶다면."

어떤 오한이 갑자기 우리 사이에 맴돌았다. 그것을 받아넘기기 위해 우리는 입을 다물고 있었다. 안개가 지나가게 하자. 안개가 흩어지고 떠나가고 마치 그녀 창문의 작은 틈으로 빨려 나가는 담배 연기처럼 자동차에서 흘러나가게 하자. 우리의 침묵이 나에게 말해주었다. 우리의 생각이 잠깐 다른 곳에 있었거나 분노가 우리 사이의 무언가를 막고 있었다는 것뿐 아니라, 그녀도 나와 마찬가지로 이 순간을 살릴 막판 복구 작업을 하고자 절박하게 또 티나지 않게 허둥대고 있었다는 걸.

좋은 신호다, 나는 생각했다.

이때 그녀가 헨델의 피아노 모음곡 음반을 꺼냈다. 나는 아무 말도 하지 않았다. 음악을 언급하면 거대한 축음기를 가진 그녀의 나이 들어가는 인조인간 얘기를 갑자기 꺼내게 될지도 몰랐음이 두려웠던 것이다. 그녀는 무엇으로라도 침묵을 채워보려고 헨델을 틀고 있는 것이다. 그녀가 긴장을 인식하고 있음을 보여주려고. 그녀가 긴장을 인식하고 있지 않음을 보여주려고. 언젠가 엘리베이터 속 어느 아리따운 여자가 내 옷깃의 주름을 펴주려고 스포츠 옷깃 앞쪽을 문질렀던 식으로, 자글자글 찌푸려진 눈살을 펴려고. 대화의 물꼬를 트는 용도로. 대화의 물꼬를 트지 않을 용도로.

그녀는 내가 무슨 생각을 하는지 깨달은 게 틀림없었다.

나는 미소를 돌려주었다.

내가 입 밖으로 내지 않은 **그때 걸었던 거 있죠, 지난밤에**가 거울처럼 비춰진 말을 그녀가 품고 있었다면, 그건 무엇일 터였을까? **당신이 무슨 생각 하고 있는지 알아요. 당신의 생각이랑은 전혀 다르거든요. 당신은 이 긴장감 때문에 내 생각을 읽고 싶게 만드는 것뿐이에요.** 아니면 한층 더 가혹한 말이었을까. **당신은 헤어* 제크를 그런 식으로 말할 권리가 없었어요. 이제 당**

* 독일어로 '선생'과 같은 경칭.

신이 우리한테 무슨 짓을 한 건지 봐요.

우리는 리버사이드 드라이브에 있었다. 곧 112번가의 동상에 가까워질 터였다. 이틀 전 그곳에서는 영원히 지속될 듯했던 잠시 동안 나는 눈보라 속에서 오도 가도 못하게 된 느낌을 즐겼다. 나는 그날 저녁과 눈 덮인 작은 언덕과 난데없이 나오는 세인트버나드를, 그다음 엘리베이터, 파티, 나무, 여자를 기억하려고 했다. 이제 나는 클라라의 자동차를 타고 이 긴장감을 우리 뒤에 놔두려고 열심이었다. 나는 틸든 동상이 지나치는 것을 지켜보았다. 이틀 전에는 눈에 파묻힌 이것이 너무도 영구불변하고 행복할 만큼 중세적으로 보였다. 그런데 이제는 내가 스포츠카형 쿠페에 타고 내달려 지나가고 있으니 그것은 내가 누구였는지 거의 기억하지도 못했고, 우리는 공통의 생각 하나 공유할 수 없었다. 나는 약속했다. 나중에, 어쩌면 내가 돌아오는 길에 우리는 다시 교류할 것이고, 그때 나는 멈춰서 시간의 흐름을 숙고할 것이다. **이 동상을 봐봐요, 이것과 나를…….** 나는 그녀에게 말했을 법도 했다. 우리가 발코니에 서서 요전번 밤에 영원을 지켜보았음을 일깨워주는 나의 방식으로서. 신발, 유리잔, 눈, 셔츠, 벨라지오, 그녀에 관한 거의 모든 것이 시로 변하고 싶어 좀이 쑤셔 했다. 그건 시였어요, 안 그래요, 그날 밤에 걸었던 건, 그리고 지난밤에 걸었던 건, **106번가를 그때 걸었던 거 있죠? 하루 종일 당신 생각을 하고 있었어요, 하루 종일요.**

"못난 날씨네요, 안 그래요?"

나는 구름이 드리운 회색 날씨를 사랑한다고 말했다.

사실은, 그녀도 사랑했다.

그러면 왜 **못나다**고 말하는 건가?

그녀는 내 질문을 어깨를 으쓱하여 치워버렸다.

어쩌면 그것이 말하기에 가장 쉬워 보였기 때문에? 우리가 긴장감을 해소하기 위해 뭐든지 말할 것이기 때문에? 한 순간 그녀는 다른 곳에 동떨어져 보였다.

몇 초 안에 또 경고도 없이, 마치 이것이 그녀가 핸들을 틀기도 전, 자동차 안에 긴장감이 깔리기도 전, 어쩌면 내 초인종을 울리기도 전부터, 아니면 길모퉁이에서 **그란데** 두 잔을 사기도 전부터 그녀가 향해왔던 곳이었다는 양, "그래서." 이에 즉시 나는 그녀가 무슨 말을 하려는지 알았다. 그냥 알았다. "지난밤에 내 생각 했어요?" 그녀는 마치 내 쪽을 보기에 너무도 바쁘다는 듯 앞을 똑바로 응시하면서 물었지만, 내가 무슨 말을 하든 그녀가 꿰뚫어 보리라는 것은 자명했다.

변죽을 울려봤자 소용이 없었다. "나 지난밤에 당신이랑 잤어요."

그녀는 아무 말도 하지 않았고, 흘긋 곁눈질조차 던지지 않았다.

"알죠." 그녀는 마치 정신과 의사가 1회차 상담의 끝에 거의 건성으로 처방한 약이 다음 회차 상담 시작쯤에는 의도

한 효과를 냈다는 것을 알게 되어 기쁜 것처럼 답했다. "어쩌면 전화를 하지 그랬어요."

그 말은 난데없이 찾아왔다. 아니면 이것은 내가 낯선 이들 사이의 한계라고 추정한 선을 넘는 그녀의 방식이었을까? 그녀는 민감한 일들에 관한 한 솔직했다. 아마도 나처럼 그녀는 고백이 쉽다고, 또 대담한 질문들이 한층 더 쉽다고, 하지만 그 일들로 발전해 나아가는 것은 아마도 **고통과 고뇌**라고 여긴 것이다. 사람들이 숨기는 건 정염이 아니라 점진적인 흥분인 것처럼. 진실이 유리 조각들처럼 불거져 나왔다. 그러나 그것은 내면의 사소한 충돌에서 나왔는데, 어쩌면 진실의 기원이 폭력보다는 두려움에 더 가까웠기 때문이다.

"내가 전화하기를 그쪽이 원했을까요?" 내가 물었다.

침묵. 그러고 딱 그만큼이나 돌연하게, "당신 왼쪽 희끄무레한 회색 종이봉투 안에 머핀이랑 베이글이 있어요."

그녀는 이 놀이를 하는 법을 알았다.

"아하, 제 왼쪽 희끄무레한 회색 종이봉투 안에 머핀이랑 베이글요." 나는 메아리처럼 되풀이했다. 그녀가 고의적으로 빤히 말을 돌리는 것을 내가 놓치지는 않았다는 것을, 그러나 내가 더 밀어붙이진 않으리라는 것을 그녀에게 알려 안심시키기 위해서였다.

나는 오래오래 시간을 들여 희끄무레한 회색 종이봉투의 내용물을 뜯어보았다. 내가 마지막으로 먹은 것은 거의 한나

절 전 클라라의 갈릭 치즈 샌드위치였다.

"자동차에서 먹어도 된다고 허락하시겠습니까?"

"허락합니다."

나는 버터가 든 크랜베리 머핀의 바삭한 윗부분을 일부 떼어 내서 그녀에게 내밀었다. 그녀는 그것을 받아 들고, 입이 가득 찬 채로 고맙다는 신호로 두 번 고개를 숙였다.

"다양성을 위하여 다른 머핀을 먹어봐도 된다고 허락하시겠습니까?"

입이 여전히 가득 찬 채로, 웃음보가 터질락 말락 하면서 그녀는 나더러 그렇게 하라고 그저 끄덕였다.

"여기…… 제 왼쪽의 이 희끄무레한 회색 종이봉투의 다른 내용물을 완전히 낱낱이 파헤쳐야만 하겠습니다."

그녀는 짐짓 웃음을 꾸미며 한쪽 어깨를 으쓱하는 듯 보였다. 우리는 긴장감이 도는 순간을 극복한 참이었다.

그녀의 핸드폰이 울렸다.

"말해." 그녀가 말했다.

그것은 누군가가 그녀에게 질문을 던지는 전화였다. "안 돼, 나 운전 중이야. 내일." 그녀는 찰칵 끊었다. 그러더니 핸드폰을 꺼버렸다.

침묵. "이렇게 가는 길에 아침 먹는 것도 괜찮네요." 나는 끝내 말했다. 그러나 그녀 역시 내가 말한 것과 동시에 말했다. "그래서 그쪽이 지난밤에 전화를 안 걸었던 이유가……?"

그래, 우리는 그걸로 돌아온 거로군, 나는 생각했다. 그녀는 놓아줄 셈이 없었다. 이것은 좋은 신호였을까, 그러면? 좋은 신호였다면, 왜 나는 우리 사이에 이토록 끔찍하게 어색하고 거북한 무언가가 몰려오는 것 같았을까. 특히나 내가 아까 전에 공언해버린 뒤에는 더 부끄러워할 것도 없던 마당에. 아니면 내가 그렇게 공언한 것은 그녀에게 충분히 충격을 줘서 그 주제를 그 자리에 얼어붙게 하기 위해서, 내가 원하기만 했다면 진실을 전부 털어놓을 수 있었지만 또 그 진실을 아예 덮어두는 조건으로만 그럴 수 있었다는 것을 보여주기 위해서였나? 내가 제일 원하지 않은 것은 그녀에게 왜 내가 전화하지 않았는지를 말하는 것이었는데, 물론 지금 내가 그녀에게 가장 말하고 싶은 것이 오직 그것뿐이기도 했다. 나는 그녀에게 지난밤에 관해서도 말하고 싶었다. 내가 바에서 그녀의 살결에 내려앉는 불빛을 떠올렸을 때 내가 그녀 생각에 잠에서 깼다고, 그녀가 아래층에서 초인종을 눌렀을 때 그 생각이 여전히 나와 함께 있었으므로 나는 목욕 가운을 입고 뛰어 내려가서 그녀의 목소리가 내 몸에 준 영향을 드러내놓고 싶었다고.

"왜냐면 그쪽이 내가 전화하기를 원할지 확신이 들지 않아서요." 나는 결국 이렇게 말했다.

왜 나는 그녀에게 전화하지 않았을까? 나는 그저 그녀

와 말하고 싶지 않은 체하고 있었나? 아니면 그녀에게 어떻게 말하기 시작할지조차 감을 못 잡고 있었나? 내가 당신에게 뭘 말할 수 있었을까, 클라라? 내가 그러고 싶지 않았는데도 당신의 규칙을 지킬 터였다고? '나예요, 나 오늘 밤 혼자 있고 싶지 않아요' 다음에 뭐라고 말할지 몰랐기 때문에 전화하지 않았다고?

"나는 왜 전화를 안 했을까요?" 나는 다 털어놓으려는 노력의 일환으로 끝내 되풀이했다. 예기치 못하게 나를 구하러 와준 말은, 바로 그녀가 지난밤에 한 말이었다. "그냥 은신 중이라서요, 클라라. 당신이랑 마찬가지 같아요. 우주를 흔들어놓고 싶지 않거든요.*" 나는 이것이 책임 회피라는 걸 알았다. 나는 그녀처럼 앞을 똑바로 바라보면서, 나의 고백에 사전에 계획했으면서도 너무나도 다 드러나게 억누른 장난기를 담아 우스갯소리를 하는 분위기를 주려 하고 있었다. **은신한다**는 걸 경멸하려는 뜻이었던가? 나는 그녀에 맞서 그 말을 쓰고 있던 건가? 아니면 그것들이 흉내쟁이 말들로, 내 것이 아니라 다만 그녀 것이라고 내비침으로써 나의 허술한 변명을 취소하고 있던 걸까? 아니면 그녀가 짐작한 것보다 우리가 한층 공통점이 많다는 걸 보여주려 하던 걸까? 그 공통점이 무엇일지 나는 감을 잡기 시작하지도 못했지만. 아니면

* T. S. 엘리엇의 시 〈프루프록의 사랑 노래〉에 등장하는 구절을 인용한 것.

나는 소매 속에 아무것도 숨긴 게 없으면서 그녀는 내가 뭘 숨긴 게 있는 것처럼 생각하게 해서, 나 자신도 그렇게 믿을 수 있도록 할 필요가 있었던 걸까?

나는 그녀에게 **은신한다**는 말을 내뱉고 나서야 이런 생각이 들었다. 내가 짓궂은 표정을 꾸며낸답시고 짐짓 몸부림치면서 전달하고자 바란 것보다, 내가 하는 말이 차 안이나 지난밤이나 파티에서나 심지어 인생에서의 내 상태에 관한 진실에 훨씬 가까이 있었다고.

그러나 나는 내가 왜 끝내 전화하지 않았는지를 아직 그녀에게 말하지 않았다. 어쩌면 그녀가 답을 기다리고 있다는 것이 느껴지기도 했다.

"있죠, 내가 아무래도 뭔가 말할 필요가 있겠네요." 나는 끝내 말을 시작했다. 내가 이 말로 어디로 가고 있는지도 몰랐다. 다만 내 목소리 속에 항의와 심각함을 띠고 그것을 말하자니, 내가 우리 사이의 모든 애매모호함을 쫓아내줄 게 확실한 유의미하고 가차없이 정직한 말을 내뱉고 싶은 충동에 따르고 있다는 인상만이 들었다.

"당신은 그런 걸 할 **필요**는 없을 거예요." 그녀는 **필요하다**는 동사를 놀리면서 딱딱거렸다. 나는 그녀가 그걸 싫어하는 걸 잊고 있었다.

"저는 그냥 우리 대다수는 이런저런 유의 수선집에 있는 거라고 말하려고 했어요."

그녀는 나를 바라보았다.

"아니, 그쪽은 그런 거 말하려던 게 아니었어요."

그녀는 다시 한번, 나보다 먼저 나를 꿰뚫어 본 걸까? 아니면 더 내 마음에 드는 생각으로는, 그녀는 지난밤에 그녀가 **이것저것을 어그러뜨리지 말라고** 내게 경고하며 찬물을 끼얹은 것에 대해 내가 뒤늦은 설욕을 하고 있다고, 그래서 자신을 놀리고 있다고 생각한 걸까?

상처를 없던 것으로 만들기 위해 나는 덧붙였다. "모든 사람이 요새는 은신해 있죠. 그 후로도 오래오래 행복하게 사는 그런 사람들까지 포함해서. 그들 역시도 은신해 있어요. 솔직히, 저는 이제 그 구절이 뭘 의미하는지도 모르겠어요." 그녀가 물어보았다면, 나는 마치 추운 한밤중에 어른의 이불 속으로 바싹 파고드는 아이처럼 내가 단순히 그녀의 말 속에 숨었다는 것을 설명할 방도를 찾아냈을 테다. 당신의 말을 빌려서, 당신 세계에, 당신 이불 속에 파고드는 것, 클라라, 그게 전부다. 왜냐하면 그런 것들이 모든 것을 설명해주고 아무것도 설명해주지 않으니까. 왜냐면, 내가 이런 말을 하는 게 내게 상처가 되기야 하지만, 내가 말할 때보다 당신이 숨을 쉴 때 더 커다란 진실이 있으니까. 왜냐면 당신은 직선이고 나는 똬리를 틀고 있으니까. 왜냐면 당신은 눈 하나 깜짝하지 않고 지뢰밭을 내달려 뚫고 갈 테지만, 나는 여기 엉뚱한 비탈의 참호들 속에 갇혀 있으니까.

"저는 아무래도 머핀 한 조각 더 달라고 할 **필요**가 있을 것 같네요."

우리는 웃었다.

—◆—

우리는 헨리 허드슨*으로부터 멀지 않았고, 북쪽으로 쭉 강을 옆걸음질 치듯 따라서 가고 있게 될 거라고 그녀는 말했다. 특히나 그녀가 타코닉 산맥을 싫어했기 때문이다. 우리는 차를 몰아 가면서, 지난밤에 그때그때 봐가며 저녁을 먹었던 식으로 그때그때 봐가며 아침 식사를 먹었다. 나는 어쩌면 우리를 한데 모아준 것은 어떤 갈망일지도 모른다고 생각하기 시작했다. 똑같이 은신하고 싶어서 절박한 사람, 매우 적은 것을 바라고 상대가 절대로 바라지 않았다는 전제하에 상당한 것을 내어줄 수도 있는 사람과 함께 은신하고 싶은 갈망. 우리는 요양 중인 두 환자와 같아 체온표를 비교하고, 약을 바꾸어 먹었으며, 같은 담요로 서로의 허벅지를 덮었다. 요양기가 영원히 이어지지는 않는다는 걸 각자 알았다는 전제하에 서로를 발견하게 되어 행복하고 우리가 이전에는 좀처럼 해본 적 없었던 방식들로 속마음을 터놓을 준비가 되어 있던

* 미국 뉴욕의 허드슨강은 영국의 탐험가 헨리 허드슨의 이름을 따서 명명되었다.

것이다.

“그래서, 지난밤에 내 생각 했어요?” 나는 그 질문을 그녀에게 다시 던졌다.

“내가 그쪽 생각을 했냐고요?” 그녀는 보아하니 어리둥절해져서 되풀이했다. 그러면서 **어쩜 이렇게 부적절한 말을!** 이라는 말을 눌러담은 듯한 분위기를 풍겼다. “어쩌면요.” 그녀는 끝내 답했다. “기억이 안 나네요.” 그러고는 한 차례의 침묵 뒤에, “아마 안 했을 걸요.” 그러나 나 자신도 잠깐 전에 꾸며낸 그 속임수가 담긴 표정은 그녀 역시도 정반대를 뜻했음을 말해주었다. “아마 안 했을걸요. 기억이 안 나네요.” 또 한 차례의 침묵 뒤에, “어쩌면요.”

우리 사이에 다시 한번 시작된 이 게임에서, 참가자는 무관심한 체함으로써 더 득점했을까? 아니면 무관심한 체하는 체함으로써? 아니면 그녀가 빤한 덫이라는 것을 영리하게 알아차려 옆으로 피했고, 그렇게 하면서 그것이 공중에서 폭파하기 바로 직전에 참호 속 전쟁식으로 내게 용케 되던졌다는 걸 보여줌으로써? 아니면 그녀가 다시 한번 둘 중에서 더 대담하고 더 솔직한 쪽임을 보여줌으로써 더 높은 점수를 득점한 걸까? 그녀가 득점에 하등 신경을 쓰지 않아서 그랬다고 할지라도.

나는 다시 그녀를 바라보았다. 이제 **그녀가** 억누른 웃음을 꾸며내고 있던 걸까? 아니면 내가 그녀를 절박하게 따라

잡으려고 하면서 득점판을 확인할 때 그녀는 그저 씩 웃고 있었을까?

나는 그녀에게 머핀 조각을 내밀었다. 이런 뜻이었다. **평화를 맺읍시다.** 그녀는 받아들였다. 지금은 우리 사이에 긴장감이 있었을 때보다 말할 게 더 없었다. 그래서 강을 내다보았더니, 허드슨강 바로 한복판에 닻을 내리고 고정된 커다란 화물선을 목격했다. 커다란 가짜 고딕 양식의 적색과 흑색의 글씨체로 **오스카 왕자**라는 단어들이 칠해져 있었다.

"오스카 왕자!" 나는 침묵을 깨기 위해 말했다.

"나 오스카 왕자 한 조각 더 먹을래요." 그녀는 내가 무슨 이유에서인지 머핀을 '오스카 왕자'라고 부르기로 결정했다고 생각했다.

"아니, 배 말이에요."

그녀는 왼쪽을 바라보았다.

"프린츠 오스카르* 말이군요!"

"그게 누군데요?"

"들어본 적이 없는데요. 더는 존재하지 않는 어느 발칸반도 나라의 잘 알려지지 않은 왕족 사관 후보쯤 되겠죠."

"《땡땡의 모험》 같은 만화책에서나 들어봤네요." 내가 덧붙였다. 아니면 오래된 히치콕 영화에서나요, 그녀가 응수

* 프로이센 오스카 왕자의 독일식 호칭.

했다. 아니면 그는 사춘기도 되지 않은 여자아이들을 고문하고 그들 할머니까지 강간하는 땅딸막하고 단안경을 낀 남아메리카의 **딕타토르, 엠페라도르*** 유형의 인간일지도요. 우리 중 어느 쪽도 농담을 살리지 못하고 있었다. 우리가 드라이브를 따라서 속도를 내자 어떤 자동차가 갑자기 오른편에서 우리 차로로 홱 틀어 들어왔다.

"너네 엄마 구멍에 프린츠 오스카르나 박아라!" 그녀가 자동차에 대고 고함을 질렀다.

그녀의 BMW는 추월 차선으로 홱 건너가 우리를 앞지른 차를 향해 속도를 높였다. 클라라는 자동차에 가까워지자 운전자를 응시하며 또다시 욕설을 뻐끔거렸다. **프리이이이인츠-오스-카아아아아아아아아아아아르!**

운전자는 우리에게 얼굴을 돌리고 음흉하게 웃었다. 그러고는 왼손 손바닥을 내보이면서 휙 털고 우리에게 중지를 흔들었다.

일 초도 더 낭비하지 않고 클라라는 히죽 웃음을 돌려주더니, 느닷없이 손을 흔들어 아주 외설스러운 손짓을 했다. "너도 프린츠 오스카르나 먹어라, 등신 새끼야!" 그 손짓에 완파당한 듯한 남자는 우리 앞으로 달려나갔다.

"저놈 저거 쌤통이다."

* 라틴어로 '독재자'를 뜻하는 '딕타토르(dictator)'와, 스페인어로 '황제'를 뜻하는 '엠페라도르(emperador)'에 익살스럽게 악센트를 붙여 발음하고 있다.

그녀의 손동작에 그 운전자보다 내가 더 놀랐다. 그것은 그녀와도, 시인 헨리 본과도, 폴리아에 관해 탐독하면서 몇 개월을 보냈고 또 꼭두새벽에 우리를 위해 몬테베르디의 **'푸르 티 미로'**를 불러준 사람과 결코 어울리지 않을 법했던, 무슨 암흑가 출신의 것인 듯했다. 나는 동요되고 말문이 막혔다. 그녀는 누구였나? 이런 사람들이 정말 존재했단 말인가? 아니면 이런 손동작에 쉽게 충격받는 내가 이상한 놈이었나?

"프린츠 오스카르 조금이라도 남았어요?" 그녀는 오른손을 내밀면서 물었다.

대체 무슨 뜻이었나?

"**욍 프티*** 프린츠 머피인** 말이에요."

"지금 갑니다."

"프린츠가 하나 더 남았을 것 같은데요." 그녀가 말했다.

"벌써 먹어치웠죠."

그녀는 커피 두 잔을 응시했다.

"내 오스카르에 설탕 하나 더 넣어주면 안 돼요?"

그녀는 내가 자신의 손동작에 당황했음을 감지한 모양이었다. 모든 것을 프린츠 오스카르라고 부르는 게 그녀의 손동작에 관하여 남아 있는 나의 충격을 해소하는 그녀의 방식이었다. 그러나 그것은 나름의 용어와 억양과 유머가 있는 우

* 프랑스어로 '하나의 작은'이라는 뜻.

** '머핀(muffin)'에 장난스레 악센트를 붙여 '머피인(muffín)'이라고 발음하고 있다.

리만의 작은 세상을 함께 지어내기가 얼마나 쉬운지 내게 일깨워주기도 했다. 함께 하루만 더 보내면 우리 어휘에 새로운 말을 다섯 개는 추가하게 될 터였다. 열흘 있으면 우리는 더는 영어를 하고 있지 않을 터였다. 나는 우리의 용어가 좋았고, 우리에게 용어가 있다는 게 좋았다.

또 다른 커다란 바지선이 우리 시야에 들어왔다. 그것은 파티가 있었던 밤에 106번가 곁의 얼음덩이들 사이에 닻을 내렸던 거대한 바지선을 연상시켰다. 그때 나는 **숭배**라는 단어를 생각하고 있었다.

"또 하나의 프린츠 오스카르네요." 내가 우리의 용어를 말할 차례가 되어 말했다.

"이건 오스카르 왕에 가깝죠." 그녀가 정정했다. 그 바지선은 알고 보니 공룡처럼 거대했고, 매우 작고 시건방진 머리가 아주아주 뒤편에 튀어나와 있어 거대하고 못생기고 무뇌의 존재 같았다. 그런 것이 혼자서 대서양을 건널 수 있었을 리가 없었다. 어쩌면 다른 강으로 내려왔으리라. 클라라는 커피를 홀짝였다. "잘 저었네요."

그녀는 헨델 음반을 플레이어에서 꺼냈다.

"바흐?" 그녀가 마치 내가 바흐는 별로 안 좋아하는지 묻듯이 말했다.

"바흐 좋죠."

그녀가 음반을 쏙 넣었다. 우리는 피아노 연주를 들었다.

"우리가 거기 도착하게 되면 바로 이 곡을 다시 듣게 될 테니까, 마음의 준비를 해둬요."

"'헤어 뫈물박사'네 집에서 말이에요?"

"프린츠처럼 굴지 말아줄래요. 당신도 그 사람이 마음에 들 거라고 내가 장담해요. 그리고 그 사람도 당신을 맘에 들어할 걸 알고요."

"두고 봐야죠." 나는 바흐에 몰두한 겉모습을 보여주며, '헤어 뫈물박사'에 관한 무시하는 듯한 말을 억누르는 체하면서 말했다.

"그 사람이 알고 보니 완전히 꼰대거나 하면 어떡해요?" 나는 참지 못하고 결국 말했다.

"당신이 알고 보니 그 사람이 마음에 들면 어떡할 건데요? 그냥 당신이 그를 알면 좋겠다 싶어서 그래요. 지나친 부탁도 아니잖아요. 그렇게 까다롭게 구는 것 좀 그만해요."

나는 까다롭게 구는 것 좀 그만하라는 말을 듣는 게 좋았다. 마치 그녀가 내게 소파 쿠션을 대여섯 개 던져놓고 나서 내게 고개를 기대기라도 한듯, 그 말은 우리를 가깝게 해주었다. 내가 좋았던 것은 우리를 가깝게 해준 그 스스럼없이 면박을 주는 분위기만이 아니었다. 심지어는 그녀가 결국에 "당신 끔찍한 프린츠 오스카르야!"라고 말하며 끔찍한 허영덩어리, 끔찍하게 유치하고 둔감한 놈이라고 뜻하면서 품은 빈정댐조차도 아니었다. 다만 "그렇게 까다롭게 구는 것 좀 그만해"가 정확히 모든 사람이 항상 나한테 했던 말이기 때문이다. 그녀는 아주 옛날부터의 나의 언어를 말하고 있었다. 그것은 마치 텅 빈 아파트에서 자신의 어린 시절의 소리를, 아니면 클라라가 오늘 아침 가져온 머핀 봉지 속에서 정향과 할머니의 향신료 향기를 발견하는 것과 같았다.

"여기, 이 조각 먹어요." 나는 숨겨져 있던 작은 머핀을 찾자마자 말했다.

"그쪽이 먹어요."

나는 부득불 우겼다. 그녀는 처음 했던 그대로, 앞쪽으로 고개를 끄덕임으로써 내게 감사 인사를 했다.

클라라는 자신의 스포츠카를 타고 속도를 내는 걸 좋아했다. 옅은 안개에 휩싸인 도로가 갑자기 탁 트이면서, 처음 보는 미지의 곳이자 내가 영원히 그렇게 남아주기를 소망한 곳들로 끝없이 뻗어나갔다.

"그쪽 수학 잘해요?"

"못하진 않죠." 왜 물어본 걸까?

"이 수열을 완성해봐요, 그럼. 1, 2, 3, 5, 8……."

"쉽네요. 피보나치수열이네요. 13, 21, 34……."

잠시 뒤에. "이건 어때요, 1, 3, 6, 10, 15……."

그건 잠깐 시간이 걸렸다.

"파스칼의 삼각형이네요. 21, 28, 36……."

언제나 퉁명스럽고 딱딱거리면서. "이제 이 수열도 해봐요. 14, 18, 23, 28, 34……."

나는 잠시 열심히 머리를 굴렸다. 그러나 풀 수 없었다.

"못 하겠어요."

"낫 놓고 기역자인데요."

나는 온갖 종류의 성급한 계산을 해보았다. 아무것도 나오지 않았다. 왜 그녀는 내가 너무도 서투르고 감도 못 잡는 기분을 느끼게 하는 데 항상 능숙했던 걸까?

"못 하겠어요." 난 되풀이했다.

"42, 50, 59, 66……." 그녀는 힌트를 몇 개 주고 있었다.

"어떻게 계산되는 거예요?"

"브로드웨이 완행열차 노선의 정거장들*이에요. 바로 앞에 있는 거 못 보는 편이죠?"

"좀처럼 못 봐요."

"그럴 줄 알았어."

클라라 브런슈바이크, 나는 말하고 싶었다. 브런슈바이크 수열은 뭔가요? "클라라, 나 지난밤에 겁을 먹고 그만둔 탓에 전화 못 한 거예요, 알겠어요? 내가 심지어 **텔리폰**까지 꺼냈는데, 그러고 나니까 당신이 내가 전화하는 걸 원하지 않을 거라는 생각이 들어서. 그래서 안 한 거예요."

* 브로드웨이 지하철 노선에는 '42번가', '50번가', '59번가' 식으로 역 이름이 거리명으로 되어 있다.

"그래서 대신에 나와 사랑을 나누셨다."

"그래서 대신에 당신과 사랑을 나눴죠."

그녀는 알맞은 날을 골랐다. 모든 것이 하얬다. 오늘 태양이 뚫고 나오기에는 어림도 없었다. 그럼에도 그녀의 은빛·회색 자동차의 비스듬한 후드에서부터 은빛·하얀색 차선에 이르기까지 우리 주위에 서리가 서늘한 막을 드리웠다. 그럼에도 불구하고 자동차 안의 우리 사이에는 무언가 따스한 것이 자리 잡았다. 일부는 클라라의 기분, 일부는 그녀가 가져온 아침 식사, 일부는 크리스마스, 그리고 일부는 마치 성상에 내려앉은 아우라처럼 경건하고 말없이 **지난밤에 내 생각 했어요?** 주위에 모인 듯했던 지난밤의 잔광.

"나는 계속 그쪽이 전화하기를 바라고 있었는데."

"그 대신 그쪽이 직접 왔죠."

"그 대신 내가 직접 왔죠."

그럼에도 가는 길에 먹을 아침 식사를 들고 그 사람이 안 된다고 말하리라는 걱정은 전혀 없이 들르다니, 무슨 배짱이었을까. 이것이 그녀가 일찍이 자기소개를 한 방식이었다. 이것이 그녀가 영화관에서 기다린 방식이었다. 이것이 그녀가 살아가고, 모든 것을 한 방식이다. 나는 그녀가 부러웠다.

이것이 그녀가 모든 이에게 행동한 방식이다. 사람들을 저버리고는 다시 불쑥 들어오는 것. 말해, 라고 그녀는 말한 뒤 그만큼이나 급작스럽게 찰칵 끊어버릴 터였다. 무언가가 내게 말했다. 지난밤에 늦어지기야 했어도, 또 그녀가 나와 함께할 동안은 전화 받기를 빈번히 피하기야 했어도, 내가 데려다준 다음에는 그래도 그녀가 잉키에게 전화를 걸 시간을 냈을 거라고. 거기다 우리가 찾아가는 그 할아버지도 있었다. 그는 그녀가 낯선 이를 대동하고 온다는 것은커녕 그날 아침 나타날 것도 감도 못 잡고 있었다. 당신은 그냥 어슬렁어슬렁 그의 진입로로 들어가, 몇 번 경적을 울려 그에게 세수하고 머리를 빗고 틀니를 끼울 시간을 준 다음에, 여기 누가 왔을까요! 하고 외치겠다는 거잖아요.

아니다. 그녀는 우리가 '에디의 식당'를 떠나자마자 그에게 전화하려고 했다.

에디가 누군데요? 나는 여느 때 없이 당황해서 물었다. 두고 봐요. 침묵. 나는 아무것도 모르는 것을 좋아했나? 아니, 나는 좋아하지 않았다. 실은 그보다 사랑하는 것이 없었고, 이제 막 그 사실을 발견하는 중이었다. 이것은 눈을 가리고 술래잡기를 하면서 절대 내 안대가 벗겨지는 걸 원치 않는 것과 같았다.

어쩌면 나는 내 시간이 망가지고 헝클어지는 걸 사랑하게 되었는지도 몰랐다. 내 나날과 습관들을 깍둑썰기를 해서 그녀가 그 자리에 있어 대신 조립해주기 전까지는 어쩔 도리가 없는 산산이 흩어진 조각들이 되도록 하는 것, 그것은 상황을 흔들어 섞고, 상대방을 뱅뱅 돌리고는 마치 오래된 양말 한 짝처럼 안팎을 뒤집어놓는 그녀의 방식이었기 때문이다. 심장은 제 짝을 찾아다니는 세탁된 양말 한 짝이 되고 말이다. 나 지난밤에 당신 생각만 한 거 아니에요, 클라라. 나한테 물어봐요. 나더러 말하게 하면 말할게요. 어차피 말하고 싶어서 죽겠으니까.

나는 우리가 어디로 향하는지, 아니면 언제 우리가 돌아오게 될지도 알지 못했다. 나는 내일을 생각하는 나 자신을 발견하고 싶지도 않았다. 내일은 없을지도 몰랐다. 그렇다고 질문을 너무 많이 하고 싶지도 않았다. 어쩌면 저항이란 이미 오래전에 항복한 이들의 결정적 증거 같은 몸짓임을 알면서도 나는 여전히 저항하고 있는지도 몰랐다. 나는 차 안에서 완전히 천연덕스러워 보이고 싶었지만, 차에 탄 그 순간부터 내 목과 어깨가 뻣뻣해졌음을 알았다. 아마 지난밤에 영화관에서도 마찬가지였을 것이다. 바에서도, 우리가 걸어가던 도중에도. 모든 것이 나더러 뭔가를, 대담하거나 영리한 뭔가가 아니라 단순하면서도 진실된 뭔가를 말하라고 재촉하고 있었다. 낯선 좁은 문이 열려 있었고, 내가 해야 하는 것은 오로지 내 통행증을 확 보여주고 밀치고 들어가는 것이었다. 그러는 대신 나는 금속 탐지기로 주뼛주뼛 걸어가는 승객 같은 기분이었다. 열쇠를, 그다음엔 손목시계를, 잔돈을, 지갑, 혁대, 신발, **텔리핀**을 놓아두고는 그것들이 없으면 자신은 깨진 치아만큼이나 벌거벗고 취약하다는 것을 문득 깨닫는 것이다. 뻣뻣한 목과 깨진 치아. 작고 소소한 곳들 속 나의 **이것저것**이 없다면 나는 누구였나? 나의 소소한 아침 의식들, 나의 사람으로 가득한 소소한 그리스식 식당에서의 소소한 아침 식사, 나의 세련된 설움이 없다면? 아래층에서 **나라고요, 슉오프. 나라고, 젠장할!**이라고 소리 지르는 그 여자가 내가 지난밤에 함께 잠자리로 데려갔던 바로 그 여자임을, 내가 어둠 속에서 스웨터를 벗지 말아달라고, 나도 그 안으로 쏙 들어갈 수 있도록 해달라고 청했던 바로 그 여자임을 알아보지 못한 체하는 나의 간사한 방식들이 없다면? 그도 그럴 게 함께 모직에 뒤덮인 우리의 알몸을 생각하던 중에, 내가 이틀 밤 연속으로 두 번의 기회를 날려버렸고, 십중팔구 그녀를 영영 놓쳐버렸던 마당이니만큼 나는 한편으로 수문을 무너뜨리고 내 마음이 그녀와 함께 설치고 다니도록 놔두는 게 안전하다는 걸 알았으니 말이다.

"딴생각하고 있네요."

"딴생각 안 해요."

그녀는 딴생각하는 사람들도 싫어하는 것이다.

"말이 없는 거네요, 그럼."

"생각 중이라서요."

"그런 말은 바지선들한테나 하시고." 그녀는 말을 멈추었다. "내가 모르는 거 말해줘요." 여전히 자기 앞을 똑바로 바라보며.

"당신이 나에 관해 알 건 다 아는 줄 알았는데요."

나는 지난밤의 바에서의 경고를 그녀에게 상기시키려고 했다.

"그러면 내가 듣고 싶은 거 말해줘요."

운전자들의 특권이란, 상대를 쳐다보지도 않고 가장 대담한 것들을 말한다는 것.

"예를 들어 뭘요?"

"예를 들어 뭐라도 당신이 떠올릴 수 있다고 나는 확신해요."

나는 그녀의 말이 어디를 향하는지 알아들은 걸까? 아니면 그저 내 상상이었던 걸까?

"예를 들어 지난밤에 당신을 집까지 걸어서 배웅해주고 여전히 말할 게 너무 많아 작별 인사 하는 걸 피할 방법을 하나 더 생각해내려 한 거? 예를 들어 왜 그 영화가 우리에게 수많은 유대감을 주었는지를 모르겠다는 거? 예를 들어 모든 걸 다시 처음부터 겪길 원한다는 거? 예를 들어 그런 거요?"

그녀는 대답하지 않았다.

"예를 들어 내가 계속 말하기를 원하나요, 아니면 내가 말을 멈춰야 할까요?"

내 목적은 그것이 곧 찾아올 눈사태에 대한 경고로 들리게 하는 것이었다. 그뿐 아니라 내가 그저 그녀와 농담을 하고 있었음을, 내가 얼마나 가까이 갔든 간에 나는 그녀가 우리 사이에 놓아둔 망령을 절대로 먼저 치우지 않을 터였음을 보여주기도 하는 것이었다.

"예를 들면 당신이 그러고 싶을 때 언제든 말을 멈춰도 된다는 거라든가요." 그녀가 말했다.

그 말은, 우리 사이의 함정들을 헤쳐나가는 데 도움을 청하다니 맛 좀 보여주겠다는 것이었다.

"당신 같은 사람은 어디서 만들어지는 거예요, 클라라?"

처음에 그녀는 대답하지 않았다. "어디서냐고요?" 그녀는 그 질문을 이해하지 못한 양 물었다. "왜 물어보는데요?"

"왜냐면 당신을 이해하기가 너무 어려워서요."

"난 비밀이 없는데요. 나는 가진 패를 펼쳐놓아요. 당신한테는 다 펼쳐놓은걸요."

"비밀에 관해 묻는 게 아니에요. 당신이 어떻게, 내가 절대 누구한테도 말하지 않을 법한 것들을 말하게 하는지 궁금한 거지."

"오, 나한테 프린츠 오스카르 짓은 참아줘요!"

나는 몇 초가 흘러가도록 놔두었다.

"참아줄게요!" 마치 내가 오로지 그녀를 재미있게 하려고 의견을 굽히고 있다는 듯 말했지만, 나는 업신여겨진 기분이 들면서도 동시에 안도한 기분도 들었다.

그녀는 웃었다. "얼굴을 붉히는 게 당신이 아니라 나라니 믿기지가 않네요."

"주제를 바꿔도 된다고 허락하시겠습니까?" 나는 종이 봉투 밑바닥에서 찾은 마지막 머핀 조각을 그녀에게 건네며 말했다.

"이것저것 잘도 찾아낸다니까, 프린츠."

나는 특히나 잿빛의 하얀 날이면 이렇게 허드슨강을 따라 늘어선 소도시들이 좋았다. 이십 년 전에, 그들 중 몇몇은 낮은 부두와 뼈대만 남은 둑이 있는 공업 촌락보다 크지 않았을 수도 있다. 이제는, 도시 주변의 다른 모든 것들과 마찬가지로 그림 같은 주말 휴양용 마을로 피어났다. 길을 벗어나 경사지에 자리잡은 것은 작은 여관이었다. 나는 거기 자리를 차지한 사람들, 그곳의 주인장들, 이 크리스마스 주간에 작은 식당들에 들어앉아 아침 신문을 읽는 그들이 부러웠다.

아니다. 나는 차 안에 있는 게 좋았다.

그래, 하지만 그녀와 함께 저런 아침이 나오는 여관 중 하나의 식당에 있다면. 아니면 그 이상으로, 그녀가 아래층으로 와서 바로 내 옆자리에 앉기를 기다린다면. 그리고 오늘 밤에 폭설이 와서 우리가 여기 말고는 잠잘 곳이 아무 데도 없다면…….

"다른 거 말해달라니까요……. 뭐라도요, 프린츠."

"클라라, 당신이랑 보조 맞추기가 어렵네요. 당신 내 앞에서 끊임없이 차선을 바꿔대고 있잖아요."

"어쩌면 당신이 오로지 딱 한군데로만 향하고 있기 때문이겠죠."

"저 앞쪽에 대대적인 복구 작업이 있다고 반복적으로 경고를 받아서 그런 거겠죠."

"바리케이드도 있다는 걸 잊지 말아야죠." 그녀는 정정했다. 언뜻 보기엔 따라서 농담하는 듯했다.

클라라는 빠른 운전자였지만 난폭하지는 않았다. 나는 그녀가 여러 번 차선을 바꾸어 초조해하는 운전자들을 보내주는 모습을 알아챈 터였다. 그러나 그녀는 그들을 예의상 보내주는 것은 아니었다. "저 사람들 때문에 제가 긴장해요." 나는 그녀가 긴장하는 모습을 그려보느라 혼이 났다.

"나 때문에 그쪽이 긴장되나요?"

그녀는 잠시 생각해보았다.

"내가 그렇다고 말하기를 원해요, 아님 아니라고 말하길 원해요? 양쪽 다 가능한데."

나는 미소 지었다. 내 인생에서 이보다 더 즐겁고 안절부절못하는 순간은 떠올릴 수가 없었다. 나는 끄덕였다.

"깊네요. 매우 **트레** 깊어요." 그녀가 말했다. "우리 사이에는 비슈누크리슈누 빈달루 파라마샨티적인 것이 너무 지나치게 많이 일어나고 있어요."

나는 아무 말도 하지 않았다. 나는 그녀의 말이 무슨 뜻인지 알았다. 그러나 그녀가 그 친밀감을 반겼는지, 아니면 거기서 멈추기를 원했는지 감이 오질 않았다.

"공동묘지 마을이네요." 나는 웨스트체스터에서 쭉 늘어선 공동묘지들을 가리켰다. "그러게요." 그녀가 말했다.

나는 바깥을 바라보았고, 아버지가 묻힌 공동묘지로 빠르게 다가가고 있었다는 것을 깨달았다. 나는 이 화제를 꺼내지 않을 것을, 우리가 도시를 지나치자마자 그대로 떨쳐버릴 것을 알았다. 내가 그녀를 더 잘 알았다거나 덜 갑갑한 기분이었다면, 어쩌면 나는 그녀에게 다음 출구를 타서 방향을 돌려서 가는 길에 꽃집을 찾아내 거기에 같이 잠깐 들렀다 가자고 청했을 테다.

아버지는 그녀를 좋아했을 테다. 일어서질 못해서 미안합니다. 솔직히 여기 이게 정말 사람 허리치고는 좋지가 않아요. 그리고 내게 돌아서면서 말했을 것이다. 적어도 이번 애는 배짱도 있고 바람둥이 사칭자 같은 분위기도 풍기는 게, 남자 바가지 긁는 상속녀는 아니구나.

나는 클라라더러 자동차를 세우고 몇 분을 빼서 그의 무덤에 들렀다 가자고 안심하고 청할 날이 오기는 할지 궁금했다. 왜 나는 청하지 않았을까? 그녀는 나를 그녀의 아버지가 계신 곳으로, 아니면 내가 청했더라면 우리 아버지가 계신 곳으로 가는 데에 망설이지 않았을 것이다. 왜 나는 지난밤에 전화하지 않았을까? 왜 나는 그냥 이렇게 말할 수가 없었을까. 언젠가 내가 당신에게 우리 아버지에 관해서 말하도록 해줄래요?

나는 그에 관해서 한 번도 얘기해본 적이 없었다. 우리가 돌아오는 길에 나는 다시 그를 떠올려 생각할까? 아니면 그를 두 번째 죽음, 침묵과 수치의 죽음과 함께 묻어버림으로써 나 자신을 싫어하게 되는 쪽을 선택할까. 그것은 아버지가 아니라 나에 대한, 사랑이 아니라 진실에 대한 죄악임을 나는 이미 알고 있었다. 슬픔은 비싼 돈으로, 또 나중에는 굴러다니는 동전으로 그 죗값을 치르게 된다. 그러나 침묵과 수치의 죗값은 악덕 사채업자라도 빌려 쓰지 않을 것이다.

잠시 뒤, 경고도 없이 그녀는 어느 출구로 곧장 홱 틀더니, 마을 중심을 표시하는 골동품 돛대 꼭대기가 있는 작고 오래된 어촌으로 들어섰다. 그러고는 주유소에서 10미터도 떨어지지 않은 구석진 1950년대 과자점 앞에 정차했다. "우리 잠깐 들렀다 갈 거예요." 벽돌 계단 위쪽, 색이 바랜 간판이 이곳은 '에디의 식당'이라고 불리는 곳임을 선언했다.

자동차에서 내딛자마자 우리를 반겨준 그 차가운 공기가 마음에 들었다.

'에디의 식당'는 아주 인적이 드문 블루칼라용 작은 식당이었다. "노먼 록웰*이 포덩크**에 간 격이네요." 내가 말했다. "차 마실래요?" 클라라가 물었다. "차 좋죠." 나는 협조적으로 굴고자 마음 먹고 말했다. 클라라는 허드슨강을 면하는 커다란 창문 근처, 플라스틱 탁자에 즉시 코트를 떨어뜨렸다. "나 화장실 갈래요."

나는 화장실에 간다고 말하는 데 주저하지 않는 사람들이 언제나 부러웠다.

자신의 이름을 파란색 줄무늬 앞치마에 분홍색 필기체로 수놓은 오십 줄의 웨이트리스, 그녀가 립톤 티백 꼬리표 두 개가 달랑거리는 두꺼운 빈 머그잔을 두 잔 가져왔다. 두 머그잔의 손잡이들을 왼손 검지에 걸고, 다른 손은 뜨거운 물이 담긴 둥근 유리 항아리를 들고 있었다. "에디 씨?" 나는 그녀에게 감사를 표하기 위해 물었다. "네, 저예요." 그녀가 대답하면서 플라스틱 탁자에 머그잔을 두고 끓는 물을 부었다.

나는 두 개의 바깥 풍경 중, 가장 매력적이지 않은 곳이

* 미국의 화가. 미국의 일상 풍경을 그린 것으로 유명하다.

** 뉴잉글랜드 남부 지역에 있는 지명에서 유래한 표현으로, 작고 별 볼 일 없는 마을을 이르는 말.

보이는 좌석에 앉았다. 버려진 얼음낚시용 오두막에 더 가까워 보였던 수상좌대가 보였다. 그러던 중 클라라 자리에서는 기울어지고 녹슬고 격자무늬로 된 부두가 보이는 것을 깨닫자 마음이 바뀌었다. 그리고 또 마음이 바뀌었다. 어쨌든 간에 도랑 맨 아래쪽에 있는 부유식 바지선의 풍경은 그렇게 못나지만은 않았던 것이다. 나는 마음을 정할 수 없던 차에 커피숍 뒤편에서 통나무가 타오르는 벽난로를 보았다. 갑자기 퇴창의 환상이 겹쳐 보였다. 나는 머그잔을 둘 다 집어 들고 불가에 있는 막힌 구석의 칸막이 자리로 옮겨갔다. 여기서는 풍경도 한층 좋았다. 육분의 유물과 커다란 해포석 담배 파이프 사이에 두 개의 작은 그림들이 걸려 있었다. 조슈아 레이놀즈 초상화 모작, 그리고 투우사의 사브르에 척추가 관통당하여 비틀거리는 황소의 그림이었다.

클라라는 다가와 앉아서, 양손 손바닥으로 머그잔을 감싸 쥐었다. 양손으로 따뜻한 머그잔을 쥐는 것보다 사랑스러운 느낌이 없음을 보여주는 몸짓이었다.

"저라면 백만 년이 지나도 이곳을 절대 발견하지 못했을 거예요." 내가 말했다.

"아무도 못 할걸요."

그녀는 지난밤처럼 탁자에 양쪽 팔꿈치를 두고 앉았다.

당신의 눈, 당신의 치아, 클라라. 나는 그녀의 치아에 동요된 적이 한 번도 없었지만, 그 치아를 내 손가락으로 만져보고 싶었다. 그녀의 눈을 대낮에 본 일이 없었다. 나는 그것들을 찾아냈고 그것들을 두려워했으며 그것들과 씨름했다. 당신이 내가 응시하고 있음을 안다고, 그냥 안다고, 내가 응시하기를 원한다고, 당신도 우리가 대낮에 함께 있어본 적이 없다는 생각을 하고 있다고 말해줘요.

어쩌면 나는 그녀를 불편하게 하고 있었는지도 몰랐다. 그녀가 머그잔을 쓰다듬으면서 곱은 두 손을 녹이는 척했기 때문이다. 그녀의 어깨에 한 팔을 두르는 것, 그녀의 맨 어깨에 늘어뜨린 캐시미어 같은 오버사이즈 스웨터에 한 팔을 두르는 것. 충분히 쉽게 할 법한 일인데, 왜 클라라랑은 안 되는 걸까?

그녀는 자세를 바로 하고 앉았다. 마치 내 마음을 읽었으며 내가 다시 이 길을 헤매어 내려가게 하고 싶지 않다는 듯했다.

나는 제크에 관해서 뭔가 재미있는 말을 했다. 그녀는 대답하지 않았거나, 집중하지 않고 있었거나, 쾌활한 잡담을 하려는 나의 맥 빠지는 시도를 그저 털어내고 있었다.

나는 모든 잡담 시도를 무시하는 사람들이 부럽다.

한 팔로 당신의 어깨를 만지는 것. 왜 우리는 서로의 옆에 앉지 않고 모르는 사람들처럼 마주 보고 앉았을까? 어쩌면 그녀가 먼저 앉기를 기다렸다가 그 옆에 앉았어야 했다. 자리를 바꿔대는 나는 얼마나 바보 같았는지. 바지선이 있는 풍경, 또 격자무늬의 부두와 다시 돌아가 바지선이 있는 풍경에 관해서 법석을 떨다니. 풍경이 무슨 상관이 있다고?

그녀는 커다란 창유리에 고개를 기대서 먼지 앉은 타탄무늬 커튼을 만지지 않으려고 하고 있었다. 그녀는 생각에 잠긴 듯했다. 나도 창문에 고개를 기대려던 참이었지만 또 그러지 말자고 마음을 먹었다. 내가 먼저 그러려고 했음에도 그녀는 내가 자신을 따라 하려 한다고 생각할 터였다. 똑같은 상념 속에서 멍해진 듯 보이자니 너무 사전에 계획된 시도처럼 보였을 테다. 그 대신 나는 뒤로 구부정하니 앉아 탁자 아래에서 거의 그녀의 발을 건드렸다.

그녀는 팔짱을 끼고 밖을 내다보았다. "난 이런 나날이 정말 좋아요."

나는 그녀를 쳐다보았다. 나는 지금 있는 그대로의 당신을 사랑해요. 당신의 스웨터, 당신의 목, 당신의 치아. 당신의 손마저도, 당신 역시 긴장했다는 듯 팔짱을 낀 채 올라가 있는 각 손의 그 온순하고 그을리지 않고 따스하니 빛을 내는 손바닥마저도.

"그래서 나한테 말 좀 해봐요."

"그래서 당신한테 말 좀 해보라고요."

나는 설탕 꾸러미를 만지작댔다. 간만에, 침묵을 채울 필요가 있는 쪽은 내가 아니라 그녀인 듯싶었다. 그럼에도 막딱지를 탈피한 게처럼 느껴진 쪽은 나였다. 집게발도 없이,

위트도 없이, 달음질하는 걸음걸이도 없이 그저 욱신거리는 유령 같은 사지가 달린 기구한 덩어리처럼.

"나도 여기서 이렇게 있는 게 좋아요." 내가 말했다. 여기서 당신과 있는 것이. 오두막집이 가득한 미국 중심부, 버려진 주유소 옆에 난데없는 뗏집 같은 곳에서 차를 마시는 것이. 지금 그런 게 중요한가? "그리고 이것도 좋네요." 나는 얼어붙은 하얀 기슭과 그 너머의 절벽들에 시선을 보내며 덧붙였는데, 마치 그것들 역시도 **여기서 이렇게 있는 게** 좋다는 것과 뭔가 관련이 있다는 듯했다. "지금 당장 우리가 있는 그대로 여기서 있는 게요." 나는 마치 뒤늦게 생각났다는 듯이 첨언했다. "물론 이 모든 게 당신과는 완전히 아무 상관이 없을 수도 있겠지만요, 당연히." 난 능청스레 덧붙였다.

그녀는 내가 **사족**이라고 덧붙인 말에 미소 지었다.

"저와는 아무 상관이 없는 거네요."

"완전히 아무 상관도 없죠." 나는 우겼다.

"전적으로 동감이에요."

그녀는 웃기 시작했다. 나에게, 그녀 자신에게, 일찍 함께 있는 기쁨에, 이 기쁨을 폄하하려는 우리의 고의적으로 투명한 시도 모두에.

"세 번째 비밀 요원 시간이에요." 그녀는 덧붙이고는 담배 한 개비를 집어 들어 이어서 불을 붙였다.

치아, 눈, 미소.

"조금이라도 위안이 될지 모르겠는데, 나도 이걸 좋아해요." 그녀는 강 건너편의 멀찍한 숲을 빤히 넘겨다보며 말했다. 마치 이 순간 우리의 즐거움에 저것들이 우리 자신보다도 더 상관이 있다는 듯했다. 그녀는 내가 방금 한 일과 똑같은 일을 하던 걸까? 우리 스스로를 칭찬하는 한편, 시선을 저 너머 절벽의 광경으로 다시 던져 그 칭찬을 없던 일로 하면서 말이다. 아니면 내가 아직 감히 하지 못한 방식으로 이 주제를 꺼내려고 하던 것일까?

"분명히 그쪽 입장에선 신경이 쓰이는 얘기겠지만, 저 여기에 잉키와 함께 오곤 했어요."

"뭐, **셰*** '에디의 식당'에요?" 왜 나는 이 장소에 대해 계속 놀려댔을까, 왜?

"어렸을 때, 잉키랑 그의 남동생이 여기까지 배를 타고 와서 낚시하고 취하고는 어두워지기 전에 집으로 돌아가곤 했거든요. 잉키랑 저는 여기까지 운전해 와서 주차한 다음에 잠깐 늘어져 뒹굴곤 했어요. 그러면 저는 그 사람이 옛날 그 시절을 그리워하는 걸 지켜봤고, 우리끼리 자동차에 다시 타서 도시로 몰아가 돌아가곤 했거든요. 너무도 구제 불능, 구제 불능의 인간이죠."

"그쪽도 구제 불능의 인간인가요?"

* 프랑스어로 '~의 집에서' 또는 '~의 가게에서'라는 뜻.

"아뇨!" 그녀는 내가 물으려는 줄도 몰랐던 것을 다 말하게 두지도 않고 딱딱거렸다. 그 말뜻은 이랬다. **시도하지도 말아요.** 참호, 구덩이, 범불안의 계곡은 파티에서의 수다였다.

"그 사람이랑 같이 있기 위해서 여기 있는 거예요?"

"아뇨. 내가 벌써 말해줬잖아요. 우린 끝났다고."

멍청한, 멍청한 질문이다.

"그러면 왜 지금 그 사람 얘기를 꺼내는 건데요?"

"화낼 필요는 없잖아요."

"나 화 안 났어요."

"화가 안 났다고요? 본인 모습을 좀 봐요."

나는 그에 관해 농담하려고 결심했다. 금속 재질의 작은 우유 용기를 들어 올려서, 마치 화난 얼굴이 어떻게 생겼는지를 알아내려는 양 거기에 비친 내 얼굴을 한 번, 두 번, 세 번 뜯어보았다.

그러다가 나는 보았다. 오늘 아침 그녀를 만난다고 서두르는 통에 나는 면도하는 것을 완전히 잊어버렸던 것이다. 내가 내려오는 데 시간을 끈답시고, 내가 그녀를 만나려고 계단을 급히 달려 내려오는 게 아니라는 걸 보여준답시고 의도적으로 노력을 기울인 다음 이런 꼴이 되었다니.

그녀는 내가 화가 났다고 말해주기를 원했을까? 그러면 이것은 어떤 '물꼬'를 트는 것이었을까? 그 남자가 언급될 때마다 내가 느끼는 감정을 스스로 인정하라고 강요해서, 내가 경계선을 넘었다고 또다시 일깨워주는 그녀의 방식이었을까? 그녀는 우리 사이에 참호가 있음을 내게 일깨워주려고 자꾸만 그녀의 전남친을 되살려 이용하던 걸까?

"나 전혀 화 안 나 보이는데요." 나는 그녀의 말과 말싸움하는 체하며 말했다.

"그냥 그쯤 해둬요."

왜 그녀는 내가 한 발짝 더 가까이 가도 안전하다는 생각이 들 때마다 나를 벼랑 끝으로 데려갔을까?

"잉키는 여기 앉아서 그저 저쪽 다리를 보곤 했어요."

"다리를 본다고요? 왜요?"

"그 사람 남동생이 저기서 뛰어내렸거든요."

나는 그들 세 명이 안타까워졌다.

"그럼 그 사람이 다리를 볼 동안 그쪽은 뭘 했는데요?" 나는 달리 뭘 물어야 할지 몰라 물었다.

"그 사람이 잊어버리기를 바랐죠. 그 사건이 그 사람을 그만 쫓아다니기를 바랐고요. 내가 있어주면 달라질 수 있기를 바랐고. 그가 뭐라도 말해주기를 바랐고. 하지만 그 사람은 그냥 거기 앉아서 응시하곤 하더라고요, 멍하니, 언제나 멍하니. 그러다 보니 그가 나름의 교묘한 태도로, 내가 그럴 마음이 있고 그 사람을 계속 부추겼더라면 그 사람도 뛰어내리게 할 수 있었다고 나한테 말해주고 있다는 걸 깨달았죠."

그래, 나도 어떻게 클라라가 어떤 사람이든 뛰어내리게

할 수 있을지가 보였다.

"그래서 그쪽은 왜 여기 오는데요?"

"이렇게 짠물깨나 먹은 해병 같은 지저분한 분위기가 좋아서요." 그녀 역시도 의도적으로 건방진 체를 할 수 있었다.

"진지하게요. 그 사람이 그리워요?" 나는 마치 그녀가 낫 놓고 기역자인 대답을 보게끔 도와주려는 양 제안했다.

그녀는 고개를 저었다. 그립지 않다는 의미가 아니라, 마치 그녀가 나를 털어버리면서 이렇게 뜻하는 듯했다. **당신은 내 말을 절대 알아듣지 못할 테니까 시도하지도 말아요.** 아니면 이렇게. **완전히 틀렸네요, 친구.**

"그러니까 이곳에는 잉키가 온갖 군데에 쓰여 있는 거네요." 나는 그녀의 답을 기다린 뒤에 끝내 말했다.

"잉키는 안 쓰여 있어요."

"누가 쓰여 있는데요, 그럼?" 내가 물었다.

"그건 '3번 문' 질문이에요. 그쪽은 한 시간당 상담료가 얼마나 돼요?"

그러나 그녀는 내 답을 기다리지 않았다.

"나예요, 내가 온갖 군데에 쓰여 있는 거예요. 왜냐면 여기는 어쩌면 내가 사랑이 무엇인지 몰랐다는 생각이 끝내 나를 강타한 장소거든요. 아니면 내가 잘못된 유의 사랑을 실습했다는 생각이. 나는 사랑을 영영 모르겠다는 생각이."

"이런 얘기 해주려고 이 먼 데까지 나 데려온 거예요?"

이 말은 그녀를 완전히 깜짝 놀라게 했다.

"어쩌면요. **어쩌면요.**" 그녀는 되풀이했다. 옛 상처를 들쑤시고 진실이 그녀를 베어 넘어뜨렸던 장소를 보는 데 도움을 달라고 나를 데려온 거라고는 한 번도 생각해보지 않았다는 듯이. 혹은 그녀는 다른 남자와 있으면 다르게 느낄지 보고 싶었던 것뿐인지도 몰랐다. 그러기엔 너무 일렀을까? 은신하고 있었으니까.

"나는 앉아서, 그가 딴생각하고 딴생각하고 딴생각하는 모습을 지켜보곤 했어요. 마치 그가 나를 저 다리로 데려 올라가고 있고 내가 그와 함께 뛰어내린다는 조건하에 뛰어내릴 터였던 것처럼. 근데 저는 그 다리로 올라가지도 다리에서 뛰어내리지도 않을 터였죠. 그와 함께라도 안 할 터였고, 그를 위해서도 안 할 터였고, 그 누구를 위해서도 안 할 터였어요, 유감스럽게도. 그렇다고 내가 여기 올 때마다 그가 그 생각을 하고 다리를 응시하면서 나를 위해 죽겠다고 말하는 꼴을 앉아서 지켜봐줄 생각도 없었죠. 그러면서도 그에게 가장 말하고 싶었던 단 한 가지는 말하지도 못했으면서도요."

"그럼 그 한 가지란?"

"그래, 제가 **확실히** 당신한테 시간당 상담료를 주고 있는 거로군요!"

그녀는 숨을 고르고자, 혹은 생각을 정리하고자 잠시 말을 멈췄다. 아니면 그녀는 흐느끼는 울음의 물꼬를 억누르는 걸까? 아니면 씩 웃는 걸까?

"뛰어내릴 테면 뛰어내리라는 말요. 못되고 고약하죠. 내가 그런다고 신경이 안 쓰였던 건 아닌데, 내가 누구도 절대로 사랑하지 않을 터였던 거죠. 그는 사랑하지 않을 거였어요, 하여간. 그를 구하기 위해서 제가 따라서 뛰어내렸을 법도 하네요. 어쩌면. 아니, 그렇게도 안 했을 거야." 그녀는 숟가락을 가지고 놀면서 종이 냅킨에 문양을 그리고 있었다. "나머지에 관해서는 우리 얘기하지 말아요."

"저라면 당신을 구한다고 와락 뛰어들고 '에디의 식당'의 외투걸이에 걸린 온갖 코트로 당신을 감싸고 도와달라 소리를 지르고 당신 입에다가 인공호흡을 해주고 목숨을 구해주고 차를 가져다주고 머핀을 먹여줬을 건데요." 나는 이것을 말한 그 순간 말하기에 부적절한 말임을 알았다. 덜 노골적인 위트 속에 샌드위치처럼 끼워진 변변찮은 수작 걸기.

"차랑 코트랑 머핀은 좋네요. 입에서 입으로 인공호흡은, 안 돼요. 왜냐면 제가 지난밤 당신한테 말한 대로니까."

나는 놀란 얼굴로 그녀를 봤다. 왜 이런 말을 할까? 나는 내가 다리로 이끌려 가 밀쳐진 기분이 되었다. 딱 그녀가 가장 취약하고 가장 인간다울 때, 가장 허심탄회한 상태에 있을 때 튀어나온 것이 가시철사와 톱니 모양 송곳니였다. **왜냐면 제가 지난밤 당신한테 말한 대로니까.**

내가 이 순간을 씻어내려면 얼마나 오랜 시간이 걸릴까?

몇 개월? 몇 년?

우리는 세상에서 가장 아늑한 구석 중 하나인 곳에 들어 앉아 있었다. 불가, 차, 아주 오래된 부두의 방해받지 않은 풍경, 작동하지 않는 뱃고동, 19세기로까지 거슬러 올라가는 듯한 좁은 주방 창문 뒤편 깊은 곳에서 들려오는 아득한 소리들이 이 행성에 다른 이들이 있다고 상기시켜주는 조용한 커피숍. 못되고 고약한 허드슨강을 따라 내던져진 로맨스 흑백 영화 시퀀스의 꿈결 같은 온기. 나는 긴장했고 불편했고 실망스러웠으면서도 자연스럽게 보이려고 노력했고, 그녀의 존재를 즐기려고 노력했다. 그러면서도 내가 우리 동네 그리스 식당에서는 훨씬 잘 지냈을 거라고, 웨이트리스에게 수작을 걸고 제일 좋아하는 달걀 요리를 주문하고 신문을 읽었을 거라고 느꼈다. 그 모든 것을 이제는 그르쳤고, 나는 어떻게 고쳐야 할지 몰랐다. 그것은 계속 부서져갔다.

"근데 내 부탁 딱 하나만 들어줄래요?" 그녀가 말했다. 우리는 그녀의 차 쪽으로 비포장된 빙판길을 따라 걸어가느라 둘 다 땅바닥을 쳐다보고 있었다.

"뭔데요?"

"나 역시 싫어하지 말아줘요."

우리가 피해온 그 단어를 너무도 명백히 포괄했던 **역시**라는 단어는, 내 자존심을—다른 것 말고 단지 내 자존심만을— 건드렸다. 마치 자존심이 내 등골의 산등성이 하나하나의 선을 그었고 그녀의 말이 내 자존심을 때려 죽인 듯했다. 마치 황소가 무엇에 맞은 건지 알 겨를도 없이 휘청이며 흙먼지로 무너지게 하는 빠르고 치명적인 타격처럼. 사지가 풀리는 일도 없이 꺾이는 일도 없이 무릎이 후들거리는 일도 없이, 그냥 안팎으로 관통되어서 죽게 한 것처럼. 나는 그냥 발각된 게 아니었다. 나에게서 발각된 것이 나에 대항해서 사용되었다. 마치 그것이 약점과 수치의 근원이라는 듯했다. 그리고 그것은 정확히 그녀가 이것을 이런 식으로 사용했다고 내가 느끼도록 했기에 근원이 되었다. 자존심은 다른 어떤 것보다도 더 쉽게 멍이 드는가? 왜 나는 나에 관한 모든 것이 발각되고, 폭로되는 것을, 마치 때 묻은 속옷처럼 말리려고 내놓아지는 것을 싫어했는가?

나 자신이 완벽히 감당할 줄 알았던 증오, 또 내가 막 지금으로서는 불러일으키고 싶지 않았던 증오의 정반대 감정. 나는 두 가지 모두 부끄러웠다. 왜냐하면 마치 얼음판 아래에 있는 호수와 강처럼 잔잔하기야 했으나, 그곳에 그런 게 얼마나 많이 있는지가 짐작되었기 때문이다. 그녀의 **역시**는 내가 느낀 것이 무엇이든 무슨 외설적으로 위반하는 것처럼, 오물을 뜻하는 것처럼 보이게 했다. 갑자기 나는 불쑥 말하고 싶었다. "봐요, 당신이 가는 곳이 어디든 거기로 먼저 가지 그래요. 나는 도시로 돌아가는 첫 기차를 잡아탈 테니까." 그러면 그녀에게 바로 그때 그 자리에서 교훈을 가르쳐줬을 것이다. 나는 그녀를 절대 다시는 보지 않을 것이고, 절대 초인종에 답하지도 않을 것이다. '에디의 식당'의 계산대 옆에 깨진 대리석 석판에 수술 도구를 갈기 전에 럼주 샷을 한 모금 홀짝이려고 나온 웬 늙은 낙태 시술자만큼이나, 웬 숙취에 시달리는 아독 선장*이 주방 커튼 뒤에서 기웃거리게 생긴 싸구려 경식당을 향하여 주 북부로 드라이브를 절대 가지도 않을 것이다. 그녀는 뭐 하러 굳이 오늘 아침에 와서, 뭐 하러 하늘만이 알 곳으로 차를 타고 가서, 뭐 하러 **지난밤에 내 생각 했어요?**를 히죽이며 말한 걸까. 지금은 물론 앞으로도 쭉 **손대지 마,** 라는 뜻을 내비칠 거면서?

"내가 그쪽 화나게 한 거 아니죠?" 그녀는 물었다.

당신이 화나게 하려고 해도 못 했죠, 라는 뜻으로 나는 어깨를 으쓱했다.

왜 나는 아직도 그녀 때문에 화가 났다는 것을 인정하려 들지 않았던 걸까. 왜 뭐라도 말하지 않는 걸까?

"오늘 아침에만 두 번씩이나……. 그쪽은 내가 진짜 고르곤이라고 생각하겠네요."

"고르곤요?" 고르곤뿐일까요, 라는 의미로 나는 지분댔다.

"전 아니란 거 알잖아요." 그녀는 거의 슬프게 말했다. "아니란 거 그냥 알잖아요."

* 《땡땡의 모험》 등장인물.

“당신의 지옥은 뭔가요, 클라라?” 나는 그녀의 언어를 말하려고 시도하면서 끝내 물었다.

그녀는 싸늘하게 멈췄다. 내가 그녀를 당황하게 했거나 기분 상하게 해서 내게 핀잔을 줄 기분에 빠뜨렸다는 것처럼. 나는 아무도 이전에 묻지 않은 듯했던 무언가를 물었고, 그녀가 그것을 용서하거나 잊어버리기까지는 오랜 시간이 걸릴 터였다.

“내 지옥요?”

“네.” 내가 물어버린 마당에 되돌릴 길은 없었다. 우리 사이에 한순간의 침묵이 떨어졌다. 울타리는 성급히 무너졌다. 다시 세워봤자 다음 순간에 허물어졌고, 재차 즉각 세워지고 있었다.

우리 사이란 조마조마하고 쉽고 얕은 친목이지 그 이상의 것은 전혀 아니었던 걸까? 아니면 우리는 정확히 똑같은 지옥을 공유한 걸까? 왜냐하면 같은 아파트 라인에 사는 이웃들처럼, 나는 그녀의 집 배치를 숨겨진 두꺼비집에서부터 리넨 옷장 속 선반들까지 알고 있으니까. “어쩌면 우리의 지옥은 그다지 다르지 않은지도 모르죠.” 나는 끝내 말했다.

그녀는 그것에 대해 생각해보았다.

“그쪽이 그렇게 생각해서 행복해진다면야…….”

자동차 안에서 그녀는 핸드폰을 꺼내서 그녀의 친구에게 전화를 걸어 **우리**가 불과 이십 분 안에 거기에 갈 거라고 했다. "아뇨." 그녀가 급한 안부의 말 뒤에 말했다. 그런 다음, "할아버지는 이 사람 몰라요. 파티에서요." 나는 안전벨트를 매고 기다리면서, 마치 내가 앉은 등받이가 뒤로 넘어가는 좌석의 편안함 속에서 잠으로 빠져들고 있다는 듯이 만사태평해 보이려고 노력했다. "이틀 전에요." 내 쪽으로 조준되어, 나를 진정시키려는 의도의 공모하는 듯한 시선. 일시정지. "어쩌면요." 그는 똑같은 질문을 두 번 물어본 것이 틀림없었다. "모르겠는데요." 그녀는 조바심을 내고 있었다. "안 그럴게요, 약속해요. 안 그럴게요." 그러고는 핸드폰을 탁 닫고 나를 바라보면서, "다 무슨 말이었는지 모르겠네요." 그녀는 내가 그녀의 대답들로 명백히 추론해낸 질문들을 가볍게 만들려고 했다.

주제를 바꾸고자 내가 물었다. "할아버님을 마지막으로 본 게 언제였어요?"

"지난 여름요."

"할아버님이랑은 어떻게 아는 사이에요?"

"우리 부모님이 할아버지를 평생토록 알고 지냈어요. 할아버지가 저를 잉키에게 소개해준 사람이고요."

"친구의 친구의 친구네요?" 잉키의 이름이 번번이 내게 던져지는 걸 분명 싫어하면서, 왜 나는 웃기게 굴려던 걸까?

"아니, 친구는 아니에요. 잉키의 할아버지예요."

그녀는 이 점수를 득점하면서 기분이 째졌을 것이다. 그녀는 빠진 질문이 있음을 알아차리고 답했다. "우리는 어릴 적부터 서로를 알아왔어요. 굳이 알아야겠다면."

클라라는 잉키를 절대로 단순 과거형으로 말하지 않았다. 그녀가 그를 떠나자마자 건넌 해자 아래로 던져버린 열쇠로 열리는 심장 속 어떤 굳어지고 접근할 수 없는 지하 감옥에 영영 갇혀버린 사람으로 말하지 않았다. 그녀는 그에 관해 이상하게 무언가 소망하는 듯한 분위기로 말했다. 꼭 환멸한 아내들이 남편들에 관해 똑바로 처신 못 하는 듯싶고 어려운 시험을 통과하도록 재도전해야 한다든가 철이 들어서 그만 등쳐먹고 다녀야 한다든가 마음을 정하고 아이를 가져야 한다고 말하는 식이었다. 그녀가 그에 관해 말하면서 품은 불만은 언제라도 미래를 가지겠다고 주장할 가능성이 있던 과거 시제로부터 현재로 뻗어 오는 듯했다.

나는 이 모든 곳 중 어디에 끼워 맞춰진 건데요? 나는 물어봤어야 했다. 대체 나는 그녀와 함께 차에서 무엇을 하고 있었나? 그녀가 졸리지 않게끔 수다를 떨 따뜻한 몸으로 곁에 있어주기 위해? 그녀에게 머핀 조각들을 먹여줄 사람으로? 나는 그녀의 친한 친구 부류가 될 터였을까? 귀도는 집어넣어두라고 말해뒀으니, 그 앞에서 속을 터놓고 영혼을 발가벗겨 드러내놓고 알몸으로 걸어 다니게 되는 그런 남자가.

나는 지금만큼 명확하게 본 일이 없었다. 이것이 정확히 내가 던져져 끼워 맞춰지는 역할이었다. 내가 그렇게 벌어지도록 놔둔 것은 아무것도 엎어뜨리고 싶지 않았기 때문이었다. 나는 그 때문에라도 그녀가 정말로 나한테 얼마나 고르곤 같았던지 말하지 않을 터였다. 롤로가 옳았다.

"음악은요?" 그녀가 물었다.

나는 그녀에게 다시 헨델을 틀어달라고 청했다.

"그럼 헨델로."

"여기, 이거 그쪽 거예요." 그녀가 시동을 걸자마자 말했다. 그녀는 내게 묵직한 갈색 종이가방을 건넸다.

"뭔가요?"

"분명 그게 나쁜 기억을 가져와줄 거예요."

그것은 밑바닥에 '에디의 식당'의 이름이 있는 작은 스노우볼이었다. 나는 그것을 거꾸로 뒤집었다가 위쪽이 위로 오게 뒤집은 다음, 익명의 엽서 마을 속 작은 통나무집에 눈이 떨어지는 것을 지켜보았다. 그것은 그날 모든 이와 모든 것으로부터 보호된 우리를 떠올리게 했다.

"하지만 나한테는 나쁜 기억이 아니에요." 그녀는 덧붙였다. 우리가 '에디의 식당'의 따스한 구석에 앉아 있었을 때 그녀의 맨 목과 어깨 사이의 트인 공간에 키스하기 위해서라면 내가 모든 걸 내어줄 터였음을 그녀는 알았던 게 틀림없다. 그녀는 알았던 게 틀림없다.

"눈과 함께하는 로맨스라." 내가 유리 스노우볼을 응시하며 말했다. "그쪽은 벌써 이런 스노우볼 중 하나를 갖고 있는 거예요?"

그 말은, 왜 이렇게 켰다 껐다 하는 건데요? 대신에 물어보게 된 것이었다.

"아뇨, 그건 한 번도 가져본 적이 없네요. 나는 표 꽁다리나 오래된 기념품을 잘 집어넣어두는 타입은 아니라서요. 추억은 안 만드는 편이라서."

"맛보고 뱉는 편이군요. 와인 전문가처럼." 내가 말했다.

그녀는 내가 무슨 말을 하려는지 알았다.

"아니, 내 주특기는 가슴앓이예요."

"잊지 않게 알려줘요, 절대……."

"프린츠 오스카르처럼 굴지 말고!"

우리는 예상보다 일찍 노인의 집에 도착했다. 길들은 텅 비어 있었고, 집들에는 셔터가 내려진 듯했다. 마치 허드슨 주 이쪽에 있는 모든 가족이 시내에서 동면하고 있거나 카리브해 바하마로 날아가버린 듯했다. 그 집은 반원형 진입로 끄트머리에 있었다. 나는 판잣집이라든지 헙수룩하고 무너진, 그들 주위의 세상을 고치기를 오래전에 포기한 이들 위에 오랜 세월이 쌓아두는 건방진 태만으로 똘똘 뭉친 무언가를 상상했었다. 이것은 언덕배기의 맨션이었다. 곧바로 나는 뒤쪽이 강을 내려다보이겠거니 추측했다. 내 추측은 옳았다. 우리는 자동차에서 내려 정문으로 길을 나아갔다. 그러나 클라라가 마음이 바뀌어 옆문을 통해 들어가기로 했고, 아니나 다를까 그곳에는 강이 있었다. 우리는 연철 탁자와 의자들이 있는 커다란 포치 바깥에 서 있었다. 거기 쿠션들은 겨울철을 맞이하여 치워져 있거나, 혹은 오래 쓰이지 않아 완전히 망가져서 아무도 굳이 교체한다고 신경 쓰지 않은 것들이었다. 그러나 선박용 부두로 내려가는 목제 길은 최근에 재건축된 듯했다. 그러니까 이 사람들은 집을 신경 쓰기는 했던 것이고, 포치의 쿠션들은 아마도 겨울철 동안 세심하게 잘 넣어두었던 것이리라. 포치에서 클라라는 어느 유리문을 열려고 시도했지만 문이 잠겨 있었다. 그래서 그녀는 손마디로 세 번 두드렸다. 다시 한번 그녀는 양팔을 문지르면서 어깨가 얼어붙는다는 시늉을 했다. 나는 왜 그녀를 믿지 않았던 걸까? 왜 그녀를 보이는 대로 받아들이지 않는 걸까? 이 여자는 추워하는 거다. 왜 그녀에 관해서 뭔가 다른 것을 찾고, 왜 말과 다른 이유를 그렇게 물색하는 걸까? 경계하는 걸 명심하기 위해서? 그녀가 지난밤에 내게 말했고 오늘 아침에는 적어도 두 번은 되풀이한 것을 믿지 않기 위해서?

"현관 벨을 누르는 게 더 현명하다는 생각 안 들어요?"

"그냥 저분들이 조금 시간이 걸리는 것뿐이에요. 늑대들을 무서워하시거든요. 하여튼 제가 여기는 야생 칠면조밖에 없다고 귀에 못이 박이도록 말하는데도 말이죠."

아니나 다를까, 거트루드 스타인 스타일의 노부인이 아주 조심조심 문을 열었다. 관절염에 걸린 손, 몹시 절룩거리는 걸음, 측만성 허리까지.

그들은 포옹을 나누고 독일어로 서로를 맞이했다. 나는 관절염의 손과 악수했다. "저는 마고예요." 그녀가 말했다. 그녀가 우리를 실내로 안내했다. 그녀는 주방에서 요리하고 있었다. 커다란 식탁 상판이 이제 나올 점심 식사의 기미를 이곳저곳에서 보여주었다. 막스는 금방 나올 거예요, 그녀는 말했다. 그들은 계속해서 독일어로 이야기를 나누었다.

나는 이 집에서 황망한 느낌, 이방인인 느낌이 들었다.

나는 뉴욕으로 돌아가는 기차를 탔더라면 싶었다. 샤워를 하다가 밖으로 내디디지도, 초인종에 응답하지도, 지난밤에 영화관에 가지도 않았더라면 싶었다. 이 모든 것을 삽시간에 없던 일로 할 수도 있었다. 잠시 실례하고, 집 밖으로 내디뎌서 전화기를 꺼내어 지역 택시 회사에 전화를 하여 그들의 집으로 황급히 돌아가서 성급한 안녕, 안녕히를 내뱉고는 가버리는 거다. **아디오스, 카사블랑카.*** 당신, 마고, 잉키 그리고

* 영화 〈카사블랑카〉의 대사.

다리를 절룩거리는 범불안의 독일 문화 동경자 부류 모두.

나는 풍경을 보고 싶다는 빌미로 밖으로 쑥 고개를 디밀었다. 그리고 그들의 풍경에도 흥미가 없다는 것을 깨닫고 다시 들어와 부엌문을 닫았다.

"방금 손님 드시라고 커피 타왔어요." 관절염이 있는 마고가 오른손으로 머그잔을 내게 건넸다. 반대편 손으로는 엄지와 검지와 중지로 설탕 꾸러미를 잡고 권했는데, 그녀의 구부정하고 난처한 팔이 그녀가 그걸 떨어뜨리고 잡으려다가 넘어지기 전에 내가 얼른 더 가까이 와서 가져가달라고 거의 간청하는 듯했다. 나는 왜 클라라가 아니라 그녀가 나한테 커피를 권하는지 의문이 들었는데, 클라라가 이미 자기 커피를 타서 커다란 주방 식탁의 빈 구석 자리에 앉으려는 참이었음을 보았다. 노부인의 간곡히 손짓하는 몸짓은 겸손한 동시에 깊이 뉘우치는 것 같아 내 마음을 움직였다.

"클라라는 언제나 내가 커피를 엄청 연하게 탄다고 불평하지 뭐예요." 그녀가 말했다.

"할머니는 세상에서 커피를 제일 맛없게 탄다니까."

"전혀 맛없지 않은데요!" 나는 마치 평가를 부탁받아 주인장 편을 드는 것처럼 말했다.

"**아흐***, 클라라, 이분은 너무도 예의가 바르시다." 그녀

* 독일어로 '아이고'라는 뜻.

가 말했다. 그녀는 여전히 나를 재어보고 있었고, 현재까지는 괜찮다고 생각하는 중이었다.

"누가 그렇게 예의가 바르다고?" 지긋한 노인의 목소리가 찾아왔다. 제크 뫈물박사 씨 본인이었다.

키스. 딱 내가 예상했던 대로. 단호한 악수, 아무것도 의미하지 않는 과도하게 예의 바른 '구세계'의 미소, 그가 서둘러 달려들어 나의 손을 잡을 때 살짝 굽히는 고개까지. 나는 그 움직임을 즉각 알아보았다. 존중이 머리부터 발끝까지 쓰여 있다가 상대가 등을 돌리기만 하면 돌변하는 태도를. 그럼에도 아내와는 달리 독일어 억양은 흔적도 없이 완전히 미국화된 투까지. **만나 뵙게 되어 정말로 영광입니다!**

"이 못생긴 신발은 뭐예요, 막스?" 클라라는 찍찍이 조이개가 줄줄이 달린, 딱 봐도 정형외과용 지지 장치였던 것을 가리키며 물었다. 그게 그의 건강을 묻는 그녀의 방식인 모양이었다.

"봐, 내가 못생겼다고 하지 않았어!" 그는 자신의 아내에게 돌아섰다.

"신발이 못생긴 건 당신 다리랑 무릎이랑 당신의 비실비실하니 세상 풍파를 맞은 몸에 있는 뼛조각들이 전부 제대로 안 돌아가기 때문이잖아요." 그녀가 말했다. "작년에는 골반, 올해에는 무릎, 내년에는……."

"내 해부학은 그쯤에서 그만하지, 이 사악한 독사 같으니라고. 젊었을 적에는 이 몸뚱아리가 당신한테 제법 봉사해 주었잖은가." 내가 깨닫는 데 시간이 조금 걸렸지만, 이건 모두 클라라 들으라고 하는 말이었다. "로킨바 경은 더는 우리 사이에 없을지언정, 고이 잠드소서, 한밤중에는 그의 머리 없는 몸통이 어두운 복도를 수색하면서 우리 침실 위에서 전속력으로 말을 달리는 걸 들을 수가 있으니, 당신이, 이 전갈들의 이빨 빠진 딸이 관심을 두면, 창문을 열어서 그놈한테 당신의 축 늘어져서 프라이팬에 눌어붙은 달걀들을 권하고 당신 입이 일하게 하겠지."

모두가 웃었다.

"**아흐**, 막스, 영감탱이가 완전히 야설만 늘어서는" 하고 그의 아내가 말하면서, 마치 그가 가장 나중에 외친 아우성에는 신경을 쓰지 말라고 애원하듯이 내 쪽을 바라보았다.

"아가, 클라라 아가, 내 몸이 제대로 안 돌아가. 내가 요새 그렇다."

"불평불만에 불평불만만. 이제 그이의 새로운 유행은 죽고 싶다는 거란다."

그는 그녀를 무시했다.

"정말로 내가 그렇게나 불평불만이 많냐?" 그는 클라라의 손을 잡고 있었다.

"맨날 불평불만하셨잖아요, 막스."

"그런데 이 양반이 지금은 점점 더 불평불만을 한다니

까, 허구한 날." 관절염 환자가 대꾸했다.

"유대인 식이라 그래. 클라라, 내가 젊었으면, 내가 젊었고 더 나은 무릎과 더 나은 군마軍馬와 준마駿馬가 있었으면……."

마고는 내게 뭘 좀 도와줄 수 있는지 물었다. **나투를리히***! 그녀와 함께 밖으로 나가도 괜찮을까? "코트를 입어요. 그리고 장갑도 필요할 거야."

곧 나는 이유를 알게 되었다. 나는 난로에 쓸 목재를 좀 챙겨 그걸 부엌으로 가져와야 했다. "우리는 나무로 요리하는 걸 좋아하거든. 우리 남편한테 물어봐. 내가 무슨 말을 하는 거람. 나한테 물어봐요."

우리는 정원사가 목재를 보관해둔 헛간 쪽으로 걸어 나갔다. 그녀는 사슴에 관해 불평했고, 그들의 똥을 옆걸음질로 비켜 갔으며, 진흙이 아닌 무언가에 걸음을 내딛자 욕설을 퍼붓더니 신발 한 짝 밑바닥을 반드러운 바위에 긁었다. 그녀가 나한테 말하는 건지 그냥 중얼거리는 건지 확실하지 않았다. 끝내, 난데없이, "클라라를 보게 되어 기쁘네." 어쩌면 그건 대화를 하려는 신통찮은 물꼬였을지도 몰랐는데, 혹은 그냥 혼잣말을 하는 것이었을지도 모르니 나는 답하지 않았다.

나는 통나무 두 개를 들고 돌아왔다. 마고는 주방에서 난

* 독일어로 '당연합니다'라는 뜻.

로를 열어, 기름과 허브로 반짝이고 반으로 쪼개진 금빛의 땅콩호박 여러 개를 보여주었다.

막스는 레드와인 한 병과 화이트와인 한 병의 코르크를 둘 다 땄다. "시간을 보내기 위해서." 그는 말하고는 이어서 화이트와인을 유리잔 넷에 부었다. 엄지와 검지 사이에 유리잔의 밑부분을 꼬집어 쥐고, 그 액체를 몇 번 빙빙 돌리고 끝내 입술로 가져갔다.

"하나의 소네트, 하나의 기적일지니." 그가 말했다. 클라라는 마고와 막스와 잔을 쨍 부딪치고는 나와 세 번을, 그리고 세 번을 두 번 더 부딪쳤다. 그러면서 짐짓 소곤거리며 오랜 러시아식 공식*을 되풀이했다. 아무도 아무 말을 하지 않던 중 그가 말했다. "젖먹이 불알만 한 분별 없는 둥근 과일만 있으면 천국이 따로 없지."

우리는 모두 그의 와인을 맛보고 있는 것이었다.

"이제 다른 것도 맛보지." 그는 내가 소비뇽을 다 삼킨 것을 보자마자 내 잔에 피노를 디캔팅해주었다.

"다시 한번 작은 기적이지."

우리는 모두 맛을 봤고, 칭찬의 빛이 우리 얼굴에 오갔다. 잉키의 할아버지는 나를 빤히 쳐다보고 있었다. 그는 그들이 벌써 깨졌다고 의심 중이구나. 그는 둘 사이를 자신이

* 러시아에서는 술을 마시기 전에 잔을 세 번 부딪치는 풍습이 있다.

다시 이어줄 수 있을지 보기 전에 그녀를 떠보려고 하는 중이구나. 나는 지금 여기서 단연코 불필요한 한 명이네. 나는 택시를 불렀어야 했어. 지금쯤이면 역에 있고 멀리 떨어져 있을 텐데 말이야.

“두 와인 모두 환상적인데요.” 나는 말했다. “근데 제가 와인에 관해서는 워낙에 일자무식이라 이거랑 저거를 분간하지 못하는 경우가 너무 자주 있긴 하지만요.”

“아이고, 그냥 무시하세요. 그냥 평소처럼 프린츠 오스카르 짓을 하는 것뿐이니까.” 그녀는 그들에게 말하고 있었지만 나한테 윙크를 하고 있는 듯했다. 혹은 그들에게도 내게도 윙크하고 있지 않은 듯했다. 그냥 윙크하고 있을 뿐, 어쩌면 전혀 윙크하고 있지 않을지도.

그녀는 나한테는 너무 지나치게 영리하다, 나는 생각했다. 지나치게, 지나치게 영리하다. 그녀는 어찌나 빨리 생각을 전환하고 손짓을 하고 퇴짜를 놓고는 뒤바꾸는지. 그리고 당신이 포기하고 도시로 돌아가는 첫 기차로 향하려는 막 그때, 그녀는 당신더러 입에 물고 있으라고 프린츠 오스카르 하나를 던져주고 그걸 당신 머리 저 위에서 흔들어 당신이 짖고 뛰고, 짖고 뛰려고 할지 볼 것이다.

“이 애가 왜 여기 왔는지 말해주더랍니까?” 그가 드디어 내게 물었다.

“아니, 말 안 했어요.” 그녀가 끼어들었다.

"그럼, 마음의 준비를 하세요. 그쪽은 레오 체르노비치, 바흐-질로티를 연주하는 체르노비치를 들으러 온 거니까. 그런 다음에는 그 사람이 헨델을 연주하는 걸 들을 거예요. 그러다 보면 우리는 천국에 있을 거고, 수프랑 와인을 들 거고, 우리가 정말로, 정말로 운이 좋다면 이런 이상한 버섯이 든 마고의 샐러드 중 하나도 들 건데 만일 내 입에서 음담패설이 한마디만 더 나오면 마고가 그걸 사용해 영영 내 입을 막아버릴 겁니다."

"앉으세요." 그가 말했다. 나는 거실의 많은 의자와 안락의자들을 둘러보았다. "아니, 저기 말고……. 여기에!"

그는 피아놀라를 열고 만지작거렸다. 구멍이 뚫린 누런 양피지 같은, 길고 펼쳐진 띠 같은 무언가를 넣었다.

"손님께서는 바흐가 귀에 익으신가?" 그가 물었다.

나는 그녀를 바라보고 고개를 끄덕였다.

그녀는 좁은 2인용 안락의자 내 바로 옆자리에 앉게 되었다. 나는 음악을 기다릴 터였고, 그다음엔 내 손이 그녀의 어깨에 얹히도록 그냥 놔둘 터였다. 이제는 여느 때보다도 나를 잘 알고, 나에 대해 찬성하고, 내 생각 모두를 알고 있음을 내가 알아줬으면 하는 듯한 그 어깨에.

"뭐, 손님이 전주곡을 알고 있다고는 해도, 이건 인생에서 한 번도 들어본 적이 없는 겁니다. 한 번도요. 이런 식으로 연주되는 걸 언제고 듣지도 못할 거고요. 먼저는 그가 바흐의 전주곡을 연주하는 걸 피아놀라로 들으실 거고, 그다음에는 그 바흐의 전주곡을 질로티가 전위해놓은 걸 들으실 겁니다. 그다음에는 내가 근처 대학교 중 하나의 학생들 두 명한테 리마스터하도록 시켜본 대로 들으실 거고요. 얌전하게 구시고, 너무 여러 번 끼어들지 않고 수프를 드시면 내가 레오가 연주한 헨델을 들려드리도록 하지. 신사 숙녀 여러분, 이것은 독일군이 발견해서 데려간 다음에 그를 어떻게 할지 몰라 죽여버리기 불과 몇 년 전의 레오 체르노비치입니다."

그리하여 그곳에 있었다. 처음에는 매우 희미한 웅웅대는 소리, 그다음에는 헉 하는 소리가 마치 막힌 기관을 통해 공기가 퍽퍽대고 식식대어 나가는 것 같더니, 그것이 왔다. 내가 이전에 몇 번인지도 모르게 들어보았지만 이런 식으로는 한 번도 듣지 못한 전주곡이, 성급하고 머뭇거리면서도 너무나도 신중한 식으로. 그다음 우리는 질로티를 들었다.

"전주곡이 너무 엄숙한데요" 하고 클라라가 말했다. "너무 우중충하고 느릿한지도 모르겠어요." 그녀는 그것에 관해서조차 뭔가 잘못된 점을 찾아야만 했던 것이다. 왜 나는 놀랍지 않았던 걸까?

"걱정할 것 없다. 우리가 물론 속도를 올려야 하기야 했어. 우리 중에서 레오의 연주를 들어본 사람들은 그가 엄청 빠르게, 너무 빠르게 연주한 걸 기억하고 있으니까. 하지만 상관없어. 예술은 한 가지에 관한 거거든. 하느님의 언어로 하느님에게 직통으로 말하고 하느님이 들어주기를 희망하는 거. 나머지는 똥오줌 싸는 소리고."

그는 음반을 틀었고, 아닌 게 아니라, 나는 우리가 왜 이 얼어 죽게 추운 날에 이 집에 오려고 두 시간을 여행해 왔는지를 드디어 알게 되었다.

"다시 틀어드릴까?"

클라라와 나는 서로를 흘깃했다. 당연하죠.

"그럼 저는 가서 점심 준비 좀 할게요." 마고가 말했다.

망설이지도, 심지어는 우리의 대답을 기다리지도 않고, 그는 이어서 바흐-질로티를 두 번째로 틀었다.

숙달된 솜씨에, 체르노비치 같은 사람들에게 예비된 일 앞에서조차 너무도 수월하고 재치 있으면서도 몹시 사색적인 것이었으니. 수십 년에 수십 년이 지났는데도 여전히 하느님에게 말하고 있었던 그런 사람들 말이다. 나는 우리 앞에 놓인 바로 이 판지 조각에다가 피아노가 구멍을 뚫을 동안 그가 이 곡을 연주하는 것을 계속 생각하고 있었다. 그가 몇 년 사이에 새벽의 검은 우유*를 마시게 될 거라고 어떻게 몰랐을 수 있단 말인가? 내가 들으면 들을수록 더더욱 그건 질로티에 관한 것이라기보다는 그에 관한 것으로, 홀로코스트에서 살아남았지만 그 형기刑期를 절대로 끝까지 살아내지 못할

* 루마니아 출생의 독일 시인 파울 첼란의 시 〈죽음의 푸가〉에 등장하는 구절.

터였던 막스와 같은 유대인들에 관한 것으로, 바흐의 전주곡과 푸가에 관한 것이라기보다는 죽음의 푸가에 관한 것으로 되는 듯했다. 나는 이것이 절대 없던 일로는 되지 않을 터임을, 이것에서부터도 되돌릴 길은 없고 돌아갈 길은 없음을 알았다. 마치 막스와 이 오래된 집 없이는, 허드슨강에서의 겨울철 없이는, 클라라와 우리가 함께 보낸 삼 일 없이는 이 전주곡이 지금껏 내게 언제나 그래왔던 대로 반짝이는 빈 껍데기로 남아 있을 알았던 것과 마찬가지로. 그것이 살아나기에는 쇼아*가 필요했다. 내 인터폰에 울리는 클라라의 목소리, 그녀가 차 안에서 음란한 손동작을 흔들 무렵 그녀의 웃음이 필요했고, 비틀거리는 황소 옆의 '에디의 식당'의 따스한 구석에서 **우리가 여기서 이렇게 있는 게,** 또 수많은 것들을 금지하는 그녀의 경고가 필요했다. 마치 그녀에게 손을 뻗는 생각을 하면서 음악에 집중하지 못하는 것마저도 음악이 주의가 기울여지고 인식되고 기억될 필요가 있다는 사실의 일부가 되고 말 터였다는 듯, 심지어는 내가 음악에 집중하지 못하는 상태마저도 필요했다. 만일 예술이 무작위의 것들의 설계를 이해하는 하나의 방식에 지나지 않는 것이라면, 그러면 예술에 대한 사랑 역시 무작위한 것에서 오는 게 틀림없다. 예술이란 리듬을 지어내는 것, 혼돈을 추론하는 것에 다름없는

* 제2차 세계대전 중 나치 독일이 저지른 유대인 대학살, 즉 '홀로코스트'를 뜻하는 히브리어.

것일지도 모른다. 그것은 어떤 것이라도, 그저 어떤 것이라도 사용하여 우리 주위에, 또다시 우리 주위에, 또 한 번 더 우리 주위에 고리 모양으로 감기다가 들어올 길을 찾아낼 것이다.

질로티 이후에 바흐를 들을 수 있는가?

아무도 답하지 않았다.

나는 한 번 더 들을 수 있을지 물었다.

그는 기뻐 보였다. 내가 중독된 거라고, 그는 생각했다.

그러고 그 영광스러운 도입부가 다시 우리를 휩쓸 때, 그는 마고가 점심 준비를 하는 걸 도와주러 갔다.

그녀와 둘이서만 남겨진 나는 완전히 불편해지기 시작했다. 우리 주위에 이렇게 텅 빈 의자들이 온통 있는데도 우리는, 클라라와 나는 이 좁은 2인용 안락의자에 함께 꽉 눌러 담겨 있었다. 나는 어쩌면 음악에 더 가까워지고 싶은 척이라도 하면서 저리로 옮겨갈 구실을 찾고 싶었다. 그러나 나는 가만히 있으며 숨 쉬지 않았고, 꿈쩍이지도 않았고, 내가 꿈쩍인다는 생각을 한 것을 보이지도 않았다. 그녀 역시 나의 불편함을 눈치채기 전에 어색함을 느낀 것이 틀림없었다. 그러나 그녀는 나보다 어색함을 잘 감췄다. 뒤척이지도 않았기 때문이다. 어쩌면 그녀는 아무것도 눈치채지 못했던 것이고, 그녀의 불편감을 내가 읽은 것은 마치 질로티의 전주곡을, 아니면 그녀가 프린츠 오스카르를 쓸 때마다 그 말들로 뭘 뜻했는지를, 아니면 지금 당장 우리의 어색한 2인용 안락의자 배치를 내가 읽은 것과 마찬가지로 또다시 잘못 읽은 것에 지나지 않았는지도 몰랐다. 나를 되쏘아보는 세상을 향한 나의 깜짝 놀란 시선에 지나지 않았는지도 몰랐다. 내가 무엇을 느끼고 생각하는지 그녀가 알아줄 리가 조금이라도 있었을까? 아니면 그런 건 그녀의 뇌리를 스치지도 않았을까? 그녀는 음악에 너무 정신이 팔려 있어서 그녀의 허벅지가 내 허벅지에 골반부터 무릎까지, 골반부터 무릎까지, 말하자면 우리 신체의 거의 20퍼센트만큼 닿고 있다는 걸 눈치채지도 못하고 있었다. 내가 그녀에게 이렇게 말했다면 어떨까. 전주곡이 우리에게 흘러오는 동안 나의 생각은 골반에서 무릎까지에 집중되어 있었고, 골반에서 합쳐졌다고. 당신과 나는, 클라라, 왜냐면 우리는 하나의 콩팥으로 되어 있기도 하니까. 그리고 우리에게 필요한 거라곤 오로지 우리가 앉은 곳에서 살짝 기울어지는 것뿐이었다. 그러면 딱 그만큼이나 쉽게 나의 골반이 당신의 골반에 맞붙어서 내가 당신 안에 있게 되는 사이, 우리가 이 음악을 다시 또다시 들으며 당신의 냄새가 내 피부에, 내 피부의 모든 곳에 있게 될지도 몰랐다. 왜냐하면 내가 당신의 냄새에 푹 적셔지고 내 등에다 비비고 당신의 촉촉함을 내 목과 내 신체의 온갖 곳에 비비고 싶기 때문이다. 당신이랑 나랑, 클라라.

나는 내 몸을 아주 살짝만 뒤척여도, 심지어는 손가락 하나만 까딱해도 그녀를 자신만의 생각에서 갑자기 깨어나게 하여 그녀에게 우리의 신체가 골반에서 무릎까지 닿고 있다고 말해줄 것을 알았다. 그리하여 나는 꼼짝하지 않았다. 이에 심지어 침을 삼키는 것도 어려워지면서 나 자신의 호흡마저 의식하게 되었는데, 그 호흡의 속도를 나는 안정시켜서 단조로운 리듬으로, 또 종국에는 가능하면 멈추기까지 하려고 노력했다.

그러나 그때 또 다른 생각이 나를 훑었다. 내게 벌어지던 것, 내가 느낀 것을 그녀에게 말하면 어떨까? 꼼짝하고 뒤척이고 꿈쩍이고, 내가 이 2인용 안락의자에서 함께 딱 붙어 있는 게 좋았다고, 또 내가 할 일은 그저 그녀의 무릎을 만지는 것, 그녀의 양 무릎을 벌리는 것, 그리고 그냥 내 손을 거기 두는 것, 그리고 르네상스의 수많은 그림들 속에서처럼, 마치 롯*의 다리가 딸들의 다리와 얽히듯이 그녀더러 전설을 말하는 자세로 내 다리 사이에 다리 하나를 쓱 끼워 넣게 하는 것이었다고 적어도 보여주면 어떨까? 그녀도 나와 함께하던 걸까? 아니면 그녀는 다른 곳에 있던 걸까? 아니면 그녀는 음악과 한 몸이었고 그녀의 마음은 별들 속에, 내 마음은 시궁창 속에 있던 걸까?

이 모든 감정이 내 안에서 난전을 벌이는 와중에, 나는 특히나 우리가 함께 둘만 있게 된 마당에는 절대 아무것도 감

* 창세기 19장에 등장하는 롯을 일컫는다. 그의 딸들은 롯이 모르는 사이에 그와 성관계를 하여 아이를 가진다.

히 하지 않을 터임을 알았다. 우리가 그 음악을 들을 동안 그 어깨에 한 팔을 올리고자 하고, 한 손을 아주 살포시 내려앉게 하고 그곳에서 그녀를 쓰다듬고는, 내 입이 가고 싶어서 안달하는 곳에 키스하는 것도 심지어는 핥는 것도 아니고 물고자 하는 나의 결심, 나의 희망은 가셔 있었다.

나는 그녀가 긴장했음을 느꼈다. 그녀도 알았던 것이다.

지금 당장이라도 클라라는 주방에서 거들겠답시고 일어설 것이다. 아니면 내가 이런 2인용 안락의자의 배치에 전념하지 않았다는 것을, 그녀를 만지려고 하고 있지 않았다는 것을, 내가 정말 신경도 쓰지 않았다는 것을 보여주기 위해 지금 먼저 일어나야 할까?

"다시 듣고 싶어요?"

나는 그녀를 응시했다. 그녀에게 지금 단번에 말해버리고, 그냥 말해버리고 무슨 일이 벌어지든 내버려둬야 할까?

"음악 말예요. 듣고 싶어요, 아니면 들을 만큼 들었어요?"

"한 번 더 듣죠." 내가 끝내 말했다.

"그럼 한 번 더."

그녀는 일어나서 재생 버튼을 눌렀다. CD 플레이어 옆에서 서 있다가 되돌아와서 내 바로 옆자리를 다시 차지했다.

우리는 손을 만질 건가, 아니면 뭘 할 건가?

그냥 자연스럽게 굴어, 어떤 목소리가 말했다.

자연스러운 게 뭔데?

너답게 굴라고.

그게 무슨 뜻인데?

나답게 군다는 건 가면을 벗은 적이 한 번도 없었던 얼굴을 흉내내겠다고 가면을 청하는 것과 같았다. 배역을 연기하지 않으려고 하는 사람의 배역을 어떻게 연기할 것인가?

우리는 '골반에서 무릎까지'로 돌아와 있었다. 그러나 그것은 기계적이고 무정하고 차갑게 느껴졌다. 나는 지난밤의 그 순간을 어느 때라도 찾아갈 터였다. 공원을 건너기 전에 그녀가 멈춰서 체르노비치에 관해 내게 말해주던 때, 우리의 팔이 무심코 계속 닿았을 때를 말이다.

이것은 전부 내 상상일 뿐이었다. 그렇지 않았나?

갑자기 나는 다시 여기로 돌아오고 싶다는 생각을 하는 나 자신을 발견했다. 이 순간에 다시 닿기 위해서라는 이유밖에는 없을지라도. 이 어수선한 방, 성에, 작고한 피아니스트, 우리가 지어낸 이 스노우볼 오두막 안에서 드물게도 같이 앉은 그녀와 나, 그리고 우리 주변의 이 모든 것. 수프, 잉키의 남동생, 지난밤의 로메르, 맨해튼에 쌓이고 클레르몽페랑에 쌓인 눈, 그리고 만일 체르노비치가 여기서 질로티를 연주한 다음에 무엇이 자신을 기다렸는지 절대로 몰랐다면 그는 이것을 절대로 짐작하지 못했을 거라는 사실. 즉 전쟁 전 유럽의 그의 세상을 내다보고 나서 이틀 밤 뒤에, 우리가 이 방 안에서 마치 친구들 중에서도 가장 오래되고 가장 절친한 이들처럼 앉아서 우리 할아버지와 클라라의 할아버지가 젊을 적에 틀림없이 들어봤을 법한 피아니스트를 듣고 있게 될 터라는 것을. 또 그 할아버지들은 절대 한 번도 의심하지 않을 터였다는 것을, 설마 자신의 손주들이…….

음악이 멈췄을 때, 나는 몇 분간 밖으로 발을 디디고 싶다고 말했다. 나는 그녀에게 같이 가자고 하지 않았다. "같이 갈게요." 그녀는 말했다.

"둘이서 어디 가려고?" 우리가 부엌문을 통해서 나가는 걸 보고 마고가 물었다.

"이 사람한테 강을 보여주려고요."

발밑은 단단했다. 눈 밑에 갈색 땅 부분들이 있었다. 클라라는 앞에 있는 세발자전거가 두 분의 손자 중 하나의 것이라고 알려주면서 한쪽으로 치웠다. 자전거 주인의 이름은 마일스였다. "비밀 요원?"

"비밀 요원요." 나는 담배 한 개비를 받아 들며 말했다.

"내가 불붙여줄게요."

그녀는 내 담뱃불을 붙이고는 내가 아주 오랜만에 첫 모금을 빨 겨를도 없이 담배를 도로 가지고 갔다.

"내가 눈 똑바로 뜨고 있는데 어딜!"

그러니까 나는 담배를 피워도 된다고 허락받지도 못할 거였다.

"지금 두 분이 뭐에 관해서 얘기하고 계실 것 같아요? 나? 당신?" 내가 물었다.

"우리겠죠, 아마도."

나는 우리가 우리라고 불리는 게 좋았다.

그녀는 말했다. 여름에 허드슨주는 우거졌고, 사람들은 음식과 음료를 끊임없이 먹으며 그저 여기 둘러앉아 안락의자에서 주말 시간을 통째로 흘려보냈다고. 그녀는 이곳의 여름철 석양을 사랑했다. 그녀는 잉키랜드에서의 잉키 시절을 묘사하고 있다는 게 내 눈에도 보였다.

우리는 옆에 커다란 자작나무가 있는 좁은 골목을 따라 느긋하게 걸었다. 흰색이 온갖 곳에 있었다. 덤불들마저도, 집 주변의 석조 조각과 길쭉한 숲을 따라 늘어선 벽을 제외하면 창백하고 땜납 같은 회색, 검푸른 회색에 가까운 녹청색이었다. 나는 1세기 전에 여기 멈추었을 마차를 상상했다. 걷는 동안 우리는 목제 통로로, 또 더 멀찍이로는 낡은 계단으로 이어지는 더러운 목제 울타리 같은 것에 가까워졌다. "보트 정박지는 저 아래예요. 와요."

허드슨강은 몇 년 전에 청소되어 있었다. 이제는, 저층 역류와 물속의 장어만 개의치 않으면 헤엄칠 수도 있었다. 더욱더 많은 나무, 앙상한 덤불, 기울어져가는 벽들이 부지를 따라 늘어서 있었다.

우리가 발견한 것은 강, 그리고 그 너머 반대편 강둑이었다. 온통 하얗고 부연 것이 어느 인상파 화가가 그린 겨울 풍경 같았다.

그것은 베토벤의 후기 사중주를 떠올리게 했다. 나는 그녀에게 부슈 사중주단의 연주를 들어본 적이 있느냐고 물었다. 어쩌면 어렸을 적에 부모님 댁에서는 들어봤을지도 모른다고, 그녀는 말했다.

우리가 강에 접근하자 탁탁거리는 소리가 들렸다. 점점 커지고 커지면서, 마치 철로 모루를 두들기는 것처럼 철컹대는 소리. 아작, 어적, 어적. 강 얼음이 부서지면서 딸깍거리고 달가닥대고, 하나의 얼음덩이가 다른 얼음에 부딪히면서 우리가 멀리 떨어진 집에서 보던 그 매끈하게 하얀 얼음판을 망가뜨렸다. 얼음이 낀 허드슨강에서 얼음 덩어리가 줄지어 하류로 강타해 나아갔다. 그 아래에는 어둡고 더럽고 끈적끈적한 검은 물이 있었다. 어쩌면 허드슨강도 자신의 질로티를 우리에게 선사하는 건지도 몰랐다. 아작, 어적, 어적, 어적.

"나 이 소리를 몇 시간이고 들을 수도 있겠어요." 내가 말했다. 내 말뜻은 이랬다. 당신과 몇 시간이고 있을 수도 있겠어요. 당신과 영원히 있을 수도 있겠어요, 클라라. 다른 모든 사람과 있는 건 가장무도회였고, 어쩌면 당신과도 그렇겠지만, 지금 당장은, 우리의 음악이 냉동 보관되어 내어지는 게 내게 들리는 동안에는, 내 심장은 냉동 보관되어 있지 않아요. 내가 알기로 당신 심장도 냉동 보관되지 않은 것과 마찬가지예요. 당신과 있으면 당신이 그렇게나 가시 돋친 말과 엉겅퀴 같은 말을 내뱉어도 내가 집에 있는 듯 느껴지는데, 왜 그런 걸까요?

"이걸 하루 종일 들을 수도 있겠어요." 나는 되풀이했다.

나는 클라라의 세상에서는 자연이나 석양, 강, 샤워 중의 노래에 관해 열정적으로 말하지 않는다는 걸 잊어버리고 있었다. 손도 맞잡지 않을 것 같았다.

"이거 별로예요?" 내가 물었다.

"저도 이거 괜찮아요."

"아니, 그냥 좋다고 말해요, 그럼."

그녀는 내게 돌아서더니 땅을 내려다보았다. "나 이거 좋아요, 그럼." 그녀가 말했다. 소소하게 인정하자마자 즉각 주워담는데.

그녀의 은신은 얼마나 오래갈까?

그때 뭐에 씌었는지는 모르겠지만, 나는 그녀에게 물었다. "이렇게 은신하는 게 얼마나 오래갈까요?"

그녀는 이 질문이 오겠거니 예측한 것이 틀림없었다. 혹은 그녀 자신도 그에 관해 생각하고 있었을지도, 얼마나 있으면 내가 이런 말을 하게 될지 바로 그 순간 의문을 품고 있던 걸지도 모르겠다. 어쩌면 그 때문에 그녀는 왜 내가 그런 걸 묻는지 묻지 않았던 것이리라.

"겨울 내내요, 내가 아는 한은."

"그렇게 오래요?"

그녀는 돌멩이를 집어 들어서 멀찍이 강 속으로 던졌다. 나도 하나를 집어 들어서 내 돌은 가능한 한 멀찍이 조준하면서 똑같이 했다. "벨라지오는 돌 하나 던지면 닿을 거리에 있네요." 내가 말했다. "그런데도."

그녀는 돌멩이들이 얼음에 부딪히는 소리를 사랑한다고 말했다. 특히나 더 무거운 돌멩이들이 부딪히는 소리를. 그녀는 또 다른 돌멩이를 던졌다. 나는 또 다른 돌멩이를, 그리고 또 다른 돌멩이를 느리게 밑으로 던졌다. 우리는 서서 돌멩이들이 착지하는 지점을 지켜보았다.

"어쩌면 저한테 시간이 필요한지도요."

그녀는 딱히 문장을 끝맺지 않았다. 그러나 나는 즉각 알아들었다.

"당신은 굉장한 여자예요, 클라라. 그야말로 굉장해요."

그녀는 아무 말도 하지 않았다.

"누가 그렇게 말해주니까 좋네요." 그러더니 그녀는 자신의 말에 스스로 어쩔 줄 몰라했다. "**누가 그렇게 말해주니까 좋네요.**" 그녀는 자신의 말을 놀림감으로 삼았다.

"그래도 굉장한걸요."

우리는 얼음덩이에 돌멩이를 더 던졌다. 그리고 그 얼음에서 꽥 울음 같은 소리가 돌아오는 것을 들었다. 마치 거기 펭귄들이 있어 새끼들을 위하여 사냥하고자 얼음에 훌쩍 올라탔는데 우리가 저들에게 빵을 던져준 줄 알았더니만 알고 보니 얼음과 돌멩이였던 것처럼.

돌아오는 길에 나는 한 손을 그녀에게 내밀었다. 나는 그럴 생각조차 못 하고 있었다. 우리가 도교로 이어지는 목제 계단을 올라갈 무렵 그녀는 내게 손을 건넸다. 그러더니 그녀는 손을 놓았고, 아니 내가 손을 놓았고, 아니 우리 둘 다 손을 놓았다.

우리가 돌아오자 수프가 차려져 있었다. 마고는 끈적한 금빛의 혼합물에 크림을 넣는 것을 좋아했다. 클라라도 마찬가지였다. 추운 날씨에 딱인 수프라고, 마고가 말했다. 시골풍의 사각형 식탁이 차려진 가운데 막스는 상석에, 마고는 그의 왼편으로, 클라라는 그의 바로 오른편으로, 나는 그녀의 옆에 앉은 채였다. "클라라가 내 왼편에 앉았으면 좋았겠지만" 하고 행복하고 수다스러운 기분에 있는 듯한 마고가 말했다. "그쪽 둘을 떨어뜨려놓고 싶진 않아서요."

그들은 대체 무슨 생각을 한 걸까? 그들은 무슨 말을 들은 것일까?

나는 클라라에게 캐묻는 시선을 보내려고 했지만, 그녀는 이런 말을 예상한 게 틀림없었다. 그녀는 자기 수프에만 집중하면서, 그녀가 못 들었을 리가 없는 그 말을 듣지 못했음을 보여주려 하고 있었다. 그녀는 수프에 관해서, 또 그것을 넘어서서 크렘 프레슈에 관해서, 카레에 관해서 열변을 토했다. "저는 육십 분에 일 초도 더 들이지 않는 요리를 신봉해요. 그리고 그 시간에는 디저트도 포함되죠" 하고 마고가 말했다. "그러는 나는" 하고 막스가 끼어들었다. "너구리조차 안 건드릴 마누라의 육십 분짜리 음식이 무엇이든 간에 좋은 와인만 있으면 살릴 수 있다고 신봉하는 주의지."

"내가 옆에 붙어 있어서 당신 썩어가는 잇몸 먹여 살려주는 걸 감지덕지로 여기셔."

"그리고 내가 우리 손님들 앞에서는 음식이라고 불러줄 곤죽을 삼켜주는 걸 감지덕지 여기라고."

웃는 것은 클라라가 먼저였고, 그다음에는 마고와 막스, 그다음엔 나였다.

이것이 이 가족의 평소 모습이겠거니, 나는 추정했다.

나는 잉키가 앉는 자리에 앉아 있는 거로구나, 나는 생각했다.

계속 나오는 수프와 빵과 크림과 와인은 비범했고, 오래지 않아 우리는 막스의 최근 불평불만을 듣고 있었다. 그의 무릎 말이다. 그는 젊을 적에 고고학 발굴에 참가했으니, 지금 구십 대가 되어서 고대 왕국의 수도 엑바타나 인근에서 벌인 자신의 어리석은 짓에 대가를 치르고 있었다. "내 또래의 대다수 사람은 나가버리는 게 정신이란 말이야. 내 정신은 온

전해. 근데 몸이 체크아웃을 하고 있단 말이지."

"정신은 온전한지 어떻게 아는데요, 할아버지?" 하고 클라라가 말했다.

"어떻게 아는지 말해주길 원하냐?"

"부디 해주세요."

"경고하는데 음란한 얘기일 거야. 내가 이 영감탱이를 하루 이틀 보나." 마고가 끼어들었다.

"그게 말이다, 약 한 달 전에, 이 우라질 무릎들 때문에—여담이지만 교체될 참이라서 이 무릎이 너희들을 보는 것도 이번이 마지막이 될 건데— 내가 MRI를 찍어야 했어. 그쪽에서 당연히 나한테 안정제를 받고 싶으냐고, 폐소 공포증이 있느냐고 물었지. 그래서 내가 그놈들 면전에다 웃어줬다 이거야. 내가 아스피린 한 알 먹지도 않고 제2차 세계대전을 살아남았는데 지금 겨우 무슨 구멍이 뚫린 상자에 나를 넣겠답시고 안정제를 받으라고? 됐소이다, 난. 그래서 내가 들어간다 이거야. 그런데 내가 그 안에 있자마자 나는 죽음이란 필시 이런 것이구나 깨닫는 거야. 그 기계가 그렇게 악귀같이 쿵쾅대고 징징대기 시작하는 바람에 내가 안정제를 달라고 하고 싶지 뭐야. 문제는 나는 움직이면 안 되는 거지. 움직이면 그들이 절차를 취소해버리니까. 그래서 내가 마음을 단단히 먹고 그걸 계속하자고 결심을 해. 내 심장이 미친 듯이 질주하고 있다는 건 알겠고, 내가 그 소리 말고는 하나도 생각할 수가 없는데, 그 소리가 이제는 오페라 〈돈 조반니〉 속 죽은 이의 동상이 지옥처럼 쿵쾅대는 소리를 연상시킨단 말이야, 둥, 둥, 둥! 나는 혼자서 돈 조바니를 생각하려 하는데 내가 떠올릴 수 있는 건 오로지 지옥뿐이야. 이게 죽음이구나. 나는 뭔가 조용하고 위안이 되는 걸 생각해야 해. 그런데 조용하고 위안이 되는 장면이 떠오르질 않는 거야. 바로 이때 기억이 나를 구제해줬지. 즉 내가 매년 나랑 잔 여자를 하나하나 세고 이름을 대보자고 결심을 했던 거야. 침대에서 나한테 너무 기쁨을 덜 준 여자들, 나에게 줄 만나*도 없었고 내 것을 하나도 원하지 않았다면 뭐 하러 홍해는 갈랐나 종종 궁금해질 정도였던 여자들까지 포함해서 말이야. 게다가 옷을 벗지 않으려고 했거나, 이건 하겠지만 그건 단연코 안 하려고 했거나, 매번 엔진에 문제가 있어서 결국에는 함께 침대로 가서 심지어는 잠에 곯아떨어졌을 수도 있었지만 절정에 오르긴 한 건지 명백하지가 않았던 여자들은 말할 것도 없고 말이야. 여하간, 내가 그 여자들을 세보았더니 그 숫자의 총합이……."

"일천삼 명이었죠!" 하고 클라라가 돈 조반니**의 스페인 정부의 명수를 언급하며 외쳤다.

* 이스라엘 민족이 모세가 홍해를 갈라 인도하여 이집트에서 탈출하여 가나안 땅으로 가던 도중, 광야에서 음식이 없어 방황하고 있을 때 여호와가 날마다 내려주었다고 하는 기적의 음식.

** '돈 후안'이라고도 불리는 전설 속 방탕아.

우리 모두는 박수를 쳤다.

"아니면 구십일 명이었나요?" 클라라가 돈의 터키 정부 명수로 물었다.

"육백사십 명이었겠지." 마고가 이탈리아 정부 명수를 언급하며 덧붙였다.

"이백삼십일 명이었지, 한 명도 더하지 않고!" 막스가 독일 정부 명수를 우레처럼 외쳤다.

"마다미나……."* 나는 말을 시작하면서 목소리를 낮게 깔아, 레포렐로가 전 세계에 있는 돈 조반니의 정부 숫자를 목록으로 작성하는 식으로 희극적인 엄숙함을 담아 으르렁거렸다.

내가 거의 알지 못하는 사람들 사이에서 노래는 말할 것도 없고 농담을 던지다니, 너무도 나답지 않았다. 클라라가 제일 크게 웃는 걸 듣게 되어 놀랐고, 그보다 더 놀랐던 순간은 그녀가 심지어 큐 사인이라고 의도하지도 않은 것을 받아서는 아리아의 처음 몇 마디를 흥얼거리다가 실제로 그 아리아를 부르기 시작했을 때였다. 그 목소리는 다시 한번 예고 없이 찾아왔다. 내가 파티에서 또는 주크박스 옆에서 들어본 목소리보다도 한층 짓찟는 듯했다. 왜냐하면 이번에는 그 목소리가 제 숨결로 내 목을 한 번 두 번 손바닥으로 쓰다듬는

* 〈돈 조반니〉 1막 아리아의 도입부. 돈 조반니의 시종 레포렐로가 호색한인 조반니의 염문을 희극적으로 표현하는 내용이다.

듯해서 모든 음절이 하나의 애무였기 때문이다. **"아가씨, 이것은 우리 주인님이 사랑한 미인들의 목록이오……."** 몇 절 더 부르자 그녀의 목소리는 전적으로 나를 흔들고 동요시켰다. 평정심을 지키려고 나는 그녀에게 한쪽 팔을 두르고는 그녀의 등에 머리를 누르며, 그녀를 내 쪽으로 꼭 조였다. 그녀는 개의치 않는 듯했다. 더더욱 놀랍게도 그녀는 내 손을 자기 허리에 갖다 댔고 내게 돌아서면서 내 목에 키스하고는, 그녀가 지난밤에 그랬듯 손을 거기 남겨뒀기 때문이다. 마치 손도 키스의 일부였다는 듯이.

그녀의 키스는 노래보다도 나를 더욱 동요시켰다. 나는 잠자코 수프에 집중하며 이 세 번째 와인은 처음 마신 두 와인보다 훨씬 좋다는 것을 보여줘야 했다. 그러나 나는 말을 하기에는 지나치게 당황했다. 나는 그녀의 스웨터를 만졌고, 그 부드러움은 그녀의 말, 그녀의 얼굴, 그녀의 몸 속 모든 매서운 음조가 거짓임을 보여주었다.

그때쯤에는 우리는 각자 수프를 2인분씩은 이미 다 먹고 양념된 푸성귀를 먹기 시작한 터였다. 와인도 더.

샐러드 다음에, 마고는 일어나서 케이크를 들고 돌아왔다. "**슈트루델 가토***예요. 다들 좋아하시면 좋겠네."

그녀는 식탁에 크렘 프레슈를 더 가져오기도 했다. "이

* '슈트루델(strudel)'이란 반죽에 과일을 얹어 말아 구운 오스트리아의 전통 과자를 말하며, '가토(gâteau)'는 프랑스어로 '과자'를 뜻한다.

게 다들 제일 좋아하는 거죠."

그녀는 아마도 **이게 잉키가 제일 좋아하는 거죠,** 라고 말하려는 뜻이었으나, 제때 말을 걸렀던 것이다. 아니면 속사정이 이렇다고 내가 지어내는지도 몰랐다. 그러나 클라라가 자신 몫의 턴오버 애플파이 조각에 심지 굳게 집중하는 모습은, 바로 그 후퇴하는 느낌을 그녀가 도중에 알아차리고 그것을 침묵 속에서 무시하고 있다는 것을 내게 다시 한번 말해주었다.

"막스, **슈트루델 가토** 좀 먹을래요?"

"멍청한 여편네. 꼭 매번 그걸 **슈트루델 가토**라고 불러야겠어?"

"왜 그러세요." 클라라가 속삭였다.

클라라와 노부부 사이에 뭐가 있었는지 누가 알겠는가. 나는 그녀에게 어느 지점에서는 물어야 할 터였다. 어쩌면 우리가 돌아가는 길에, 우리 사이에 속출하게 되어 있는 그런 기나긴 침묵들 중에. 그러나 나는 한편으로 클라라와 잉키의 과거를 떠올리게 하는 것이 너무도 많아서 지쳐 있었다. 그들은 함께 자랐을까? 그의 그림자는 우리 사이에 영원히 남아 있을까? 그녀가 그와 끝났다면 뭐 하러 그의 조부모님은 뵈러 오는 걸까? 그녀가 이제는 다른 남자와 사귄다는 걸 보여주려고? 그들이 그걸 잉키에게 말해주기를 기대하면서? 그러나 뇌가 반만 있는 사람이라도, 우리 둘의 행동만 보면 우리가 사귀지 않는 걸 즉각 알 수 있을 터였다. 그녀의 키스는 우리가 사귄다는 것을 암시하기 위함이었나? 이런 이유로 그녀는 나를 데려왔던 건가? 나를 샤워하는 도중에 끌어내서 나한테 아침 식사를 가져오고, 나를 특별한 존재처럼 느끼게 해주고, 은신한다는 것에 관한 이 모든 헛소리, 그녀 생각에 누구나 궁금증을 품을 만한 헛소리를 늘어놓고, 자신을 고르곤이라고 부르고……. 이 모든 것이 그저 사랑이 죽었다는 메시지를 잉키에게 보내기 위해서였을까?

나는 그녀의 사랑이 죽었을 때 그녀가 어떤 유의 사악한 괴물로 변했을지 궁금해졌다. 그녀는 상대에게 끝났다고 말했을까, **그냥 놓아달라**고? 그녀는 상대가 가라앉았거나 헤엄쳤던 어장에다가 그를 다시 떨어뜨렸을까, 아니면 그녀는 파티에서의 그날 밤에 잉키와 했듯이 한 번에 기포 몇 개를 발산하고 상대에게 작은 사료 알갱이 몇 알을 던져주어서 상대가 배를 까뒤집고 죽지 않도록 했을까? 물론 그들이 상대를 집어 올리고 모든 물고기의 영혼이 한층 큰 그림으로 돌아갈 때 최후를 맞이하는 곳으로 물을 내려버리기까지는 오로지 시간 문제라는 것을 상대도 알고 그녀도 알지만. 나는 이 모든 것을 지어내던 걸까, 아니면 내 머리 위로 닫힐 참인 구멍을 올려다보면서 피클 단지에 밀어 넣어지기 전에 나 스스로 점차 구속복에 넣어지고 있던 걸까?

나는 언제나 도망칠 수 있었다. 도시행 열차. 나의 사랑하는 그리스식 식당. 〈뉴욕타임스〉 십자말풀이를 하는 것. 나는 여전히 사야 할 크리스마스 선물들이 있었고, 내가 지금 떠난다면 상점들은 여전히 열려 있을 터였다. 언제까지만 크리스마스 선물을 줄 수 있다는 날짜 제한이 있기나 했나?

"**슈트루델 가토** 한 조각 더?" 마고가 물었다.

나는 그녀를 바라보았다. 그녀가 잉키라는 전선에서 어디에 서 있었을지 의문이 들었다. 나는 그들이 한 번도 아니고 두 번씩이나 우리를 서로 가까이 앉혔다는 것을 기억했다.

그렇다, 나는 **슈트루델 가토**를 한 조각 더 들 터였다.

"젊은 남자들은 다 이 케이크를 좋아한다니까." 마고가 말했다.

나는 클라라를 건너다보았다. 이번에도 그녀의 얼굴은 감정을 드러내지 않았다.

"신사 숙녀 여러분, 즐거웠습니다." 막스가 말했다. "따라오셔, 마고."

나는 아주 당황해서 그들을 올려다보았다.

"내가 낮잠을 자야 해서. 그렇지 않으면 나는 오 년은 늙어버리고, 그렇게 되면, 우리 친구들, 우리가 비현실적인 나이로 넘어가버리거든. 아니면 내가 남들 보는 앞에서 꾸벅꾸벅 졸기 시작해. 그리고 솔직히 말해서, 늙은이들이 꾸벅꾸벅 침을 질질 흘리면서 굳이 말하지 않는 편이 좋았던 말들을 웅얼거리는 모습을 보는 게 좋진 않잖아."

"저이가 한 번이라도 말을 조심하기나 한 것처럼 그러네."

"**아흐,** 마고, 당신이라고 오후에 꾸벅이지 않는 것도 아니면서."

"……그렇다고 손님들을 내팽개쳐두자고?"

"와서 껴안고 자기나 하고 그렇게 법석 좀 떨지 마소, 여편네야."

"껴안고 자잔다, 영감탱이가 말을 해도……. 에휴."

"나도 에휴다 에끼, 정신 못 차리는 괴팍한 여편네야. 위층으로 오라고 했잖아. 그리고 내가 사랑에서 대담하고 전쟁에서 용맹한* 걸 지켜보라고."

"당신 보닛과 깃털을 달랑거리는 것도 지켜보라고? 난 안 졸리다니까."

"저희는 신경 쓰지 마세요" 하고 클라라가 끼어들었다. "제가 커피도 타고 그릇도 치워둘게요."

"에스메랄다가 해줄 거야. 그게 아니면 우리가 그녀한테 뭘 해달라고 돈을 주게?"

"다시 생각해보니까, 우리 지금 작별 인사를 하는 게 나을 것 같아요. 우리 잠깐만 있으면 떠날 거라서. 다시 눈이 올 수도 있잖아요." 클라라가 말했다.

"그래, 너희도 눈에 발이 묶이고 싶지는 않을 테니까 말

* 영국의 시인 월터 스콧의 시 〈로킨바〉에 등장하는 구절이다. 로킨바는 '보닛과 깃털을 달랑거리는' 모습으로 '사랑에서 대담하고 전쟁에서 용맹'하다. 낭만적인 구혼자를 일반적으로 일컫는 말로 사용된다.

이다."

클라라는 갑자기 내게 돌아섰다. "눈에 발이 묶이고 싶어요?"

이렇게 굉장한 여자라니.

"내가 그것보다 사랑하는 건 없다는 거, 더럽게 잘 알잖아요." 내가 말했다.

"마고는 나한테 눈에 발이 묶이고 싶은지 한 번도 안 물어봤는데. 그쪽은 운 좋은 남자구먼."

"위층으로 가세요, 로킨바" 하고 마고가 말했다. "위층으로 가라고, 그놈의 당신 보닛과 깃털을 들고."

클라라는 그녀가 그들을 맞이했을 때보다도 더 애정 어리게 그들 둘에게 키스했다.

"두고 보세요, 금방 있으면 원래대로 정정하게 기운 차리실 테니까." 그녀는 그가 수술에 관해서 걱정하고 있다는 것을 알고 덧붙였다.

"하여튼 헨델 듣는 거 잊지 마라. 이렇게 수프랑 와인이랑 보닛 얘기를 온통 해대다 보니 내가 까먹었지 뭐냐."

"와인이나 내 수프 탓하지 마요. 자기가 늙어서 까먹은 걸 가지고."

"**자기가 늙어서.** 영원히 묻힐 곳에 가기 전에 내가 들을 마지막 말이 아마 그거겠지. 그래도 헨델은 잊지 마라. 그 헨델은 칠십 년을 기다릴 가치가 있는 거였으니까."

"먼저 커피를 타죠."

나는 그녀가 주방 수납장 중 하나를 열어서 에스프레소 메이커를 꺼내는 걸 지켜보았다. 그녀는 그걸 어디서 꺼내면 될지를 정확히 알았다. 돌려 열려고 했지만 그건 꽉 닫혀 있었다. "자요, 그쪽이 열어요." 그녀가 말하면서 그걸 내게 내밀었다. "할아버지 할머니가 더는 커피를 안 드시거든요." 그녀가 마치 그들이 쇠락해가는 또 다른 예시를 인식하듯이 덧붙였다. 갈린 원두 꾸러미도 그녀가 그게 어디 있을지 알았던 곳에, 냉동고에 있었다. 그녀가 세 숟가락을 듬뿍 퍼내는 데 쓴 은제 숟가락마저도 낡은 목제 서랍에 있었다. 그 서랍은 덜덜거리다가 당겨내자마자 위태로운 각도로 갑자기 푹 꺾여버렸다. 몇 년일지 아무도 모를 기간 동안 햇볕을 쬐지 않은 낡은 날붙이의 공동묘지였다. "여기요." 그녀가 내게 머그잔 두 개를 건네며 말했다. "숟가락. 설탕. 우유는요?"

"우유 좋죠." 내가 말했다.

마치 우리가 이런 일을 한세월 동안 해왔다는 듯이 그녀가 모든 것을 평범하고 습관적이고 일상적으로 보이게 하는 게 나는 좋았다.

아니면 나는 경계 태세에 있어야 할까. 당신이 단지 손님일 뿐임을 아는데도 특이하게 집에 있는 것처럼 느끼게 해주는 사람들의 경우, 그런 사람들은 삽시간에 당신을 문으로 안내하고는 당신이 더운 날에 물 한 잔을 청하면서 초인종을 누른 집배원과 다를 것 없음을 일깨워줄 수 있는 것이다.

나는 우리가 점심 식사 동안 그러했듯이 커다란 식탁에서 서로의 옆자리에 앉을지, 서로의 건너편에 앉을지, 아니면 직각으로 앉을지 고민했다. 나는 직각으로 앉자고 결정했고, 그에 따라서 숟가락들을 내려놓았다. "할머니가 어딘가에 자그마한 달콤한 것들을 둔 게 분명한데" 하고 말한 클라라는 냉장고와 낡은 부엌 찬장들을 뒤지기 시작했다. "찾았다." 그녀가 말했다.

"**아흐, 리브헨, 슈트루델 가토** 다음에 단 건 안 되지." 그녀가 말하며, 라이프니츠* 초콜릿 쿠키 상자에서 마음대로 집어서 셀로판 포장지를 뜯었다. 네 조각을 담은 접시를 바로 우리의 좌석이 될 곳 사이에다 놓았다. 그녀가 노부인의 억양을 너무도 잘 흉내 내서 나는 웃을 수밖에 없었는데, 그러자 그녀도 웃었다. 나는 그녀더러 방금 말한 것을 되풀이해달라고 했다.

"싫어요."

"해줘요."

"싫다니까."

* 독일의 초콜릿 비스킷 브랜드.

"왜 싫은데요?"

"부끄러워서, 그래서 그래요."

"한번 **슈트루우델 가토오** 해봐요."

"**슈트루우델 가토오.**"

나는 배 근육이 졸아드는 걸 느꼈다. 나는 그녀에게 키스하고 싶어서 죽을 지경이었다. 그녀가 아무 말이나 나는 그녀에게 키스하고 싶어질 터였고, 아무 몸짓이나 해도 나는 그녀에게 이끌려갈 터였고, 우리가 위층의 노부부를 깨우지 않기 위해 조곤조곤 말하려고 하면서 그녀가 우연히 내게 기대기라도 하면 나는 정찬 식탁에서 그랬던 것처럼 내 팔을 그녀에게 두르지 않으려고 몸부림쳐야 할 터였지만, 이번에는 나는 손바닥이 그녀의 얼굴을 한 번 두 번 문지르게, 그냥 계속 그 얼굴을 문지르게, 그러고는 그 입술, 그 입을 만지게 두고, 나의 얼굴이 그녀 얼굴을 문지르게 둘 터였다. 그렇게 그녀의 치아를 내 손으로, 내 입술로 건드리려면 내가 뭔들 못 내어줄까. 우리는 접시들을 헹구면서 주방에 서 있었다.

"와서 행복해요?" 내가 물었다.

"네. 뵙게 되어서 좋았어요. 언제나 뵙게 되면 좋거든요. 할아버지 할머니는 당신들의 최후까지 나선형으로 똘똘 감긴 뱀 두 마리 같아요. 한번 봐요, 한 사람이 가면 다른 사람도 간다니까요. 마치 낡은 짚신 한 켤레같이."

"사랑이란 그런 걸까요. 짚신 한 켤레 같은?"

"짚신인지는 모르겠네요. 그런데 둘이서 똑같아요, 막스와 마고는. 반면에 잉키랑 나는 그보다 다를 수가 없었죠. 잉키는 몸속에 삐딱한 뼛조각 하나도 없는 애예요. 잉키는 상대가 행복하기를 원해요. 상대가 없어지면 그리워하고, 심부름을 해달라면 해주고, 이것저것 부서지면 고쳐주고, 이쪽이나 저쪽 턱에서 그가 뛰어내리면 좋겠다고 암시만 줘도 상대를 위해 죽어줄 거예요. 그는 친절과 건전의 화신이에요. 그렇기 때문에 절대로 나를 이해하지 못할 거고요."

"왜냐면 그는 온통 꼬여 있지 않으니까요?"

"우리 같지가 않아요, 그 사람은."

나는 이 말이 마음에 들었다.

"그래서 잉키가 건전한 인간이라서 그한테 싫다고 한 거예요?"

"그래서 제가 잉키에게 싫다고 한 거죠." 일시정지. "여기, 이 쿠키 먹어요. 안 그러면 내가 먹어버릴 테고, 그렇게 내가 살이 찌면 내 장담하는데 이보다도 더더욱 신랄하고 우울해진다고요."

"신랄하고 우울하다고요, 그쪽이?"

"눈치 못 챈 것처럼 그런다. 당신은 나랑 비슷해요. 우리는 온통 이가 빠져 있어. 이 접시들처럼. 유대인 접시들처럼요." 그녀가 미소 지었다.

나는 접시들을 가지고 하라는 대로 했다. 그러고 나서 우리는 접시들을 식기 세척기에 채워 넣었다. 우리는 거의 골반과 골반이 닿게 서 있었는데, 어느 쪽도 꿈쩍하지 않고 있다 보니 우리의 골반이 닿고 있었다. 우리 중 누구도 비켜나지 않았다.

그녀는 자신과 함께 라이프니츠 쿠키를 하나 더 나눠 먹겠느냐고 물었다.

"신랄하고 우울해지지 않겠다고 약속해요."

"나야 벌써 신랄하고 우울한데요."

"나 때문에요?" 나는 완전히 농담조로 말했다. 그녀가 들은 것을 뜻한 게 결코 아니었다. 그러나 그녀는 젖은 분홍색 손으로 내게 돌아서더니 손등으로 내 뺨을 한 번, 그러고는 다시 또다시 건드렸다. 그런 다음에 그녀는 내 입술에 너무 가까이 키스한 나머지 그녀가 나한테 대놓고 키스한 것과 같이 되었다. 바로 그때 나도 점심 내내 하고 싶어서 갈급증이 났던 대로 내 입술이 그녀의 입술을 한 번 두 번 건드리게 하면서 그녀의 얼굴을 나의 젖은 손바닥으로 문질렀다.

그녀는 나더러 입술을 스치게는 했지만, 그녀의 입술에는 관용이 느껴졌다. 나는 밀어붙이지 않아야 한다는 정도는 알고 있었다.

"나랑 초콜릿 라이프니츠 또 하나 나눠 먹을 거죠?"

"저야 선택권이 없네요."

"잉키는 이걸 초콜릿 레즈비언이라고 불러요. 우리는 그게 재미있다고 생각하곤 했죠. 가는 길에 뭐라도 가져갈 만한 게 있을지 모르겠네요."

그녀는 찬장을 파헤쳐보았다. 아무것도 없었다. 아마도 손주들을 위해서, 아니면 핼러윈을 위해서 사 둔 M&M뿐이었다. 그 커다란 노란 봉지는 거대한 죔쇠로 봉해져 있었다.

"우리 몇 개만 집어 가요."

우리는 작은 지퍼락 봉지를 찾아 말없이 아마추어 금고털이처럼 M&M을 그 안에다 옮겨 담았다.

"고마워요." 그녀가 말했다.

"M&M 담아줘서요?"

"아뇨, 나랑 여기 와줘서요. 알아줘서요. 다른 모든 걸로도요. 그리고 이해해줘서요."

"특히 이해해줘서겠죠." 나는 강조와 짐짓 유머를 담아 되풀이했다.

이해해줘서 고마워요. 그녀는 어떻게 말도 이렇게 했을까. 모든 것을 말하면서 아무것도 말하지 않는다니.

"나는 내가 그에게 안 맞는 여자라고 말했어요. 그런데 그 사람이 어디 들어먹길 했을까요? 그런 다음에는 그가 나한테 안 맞는 남자라고 말했어요. 근데 그가 그래도 들어먹질 않는 거예요. 그리고 그는 계속해서 저항할 거예요. 내가 그를 알거든요, 그는 오늘 밤 할머니 할아버지한테 전화해서 내가 들렀다 갔는지 물을 거예요. 그럼 저분들이 들렀다 갔다고 하겠죠. 그러면 그가 내가 혼자 왔는지 물어볼 거예요. 그러면 저분들이 아니라고 하겠죠. 그러면 그가 누구랑 같이 왔냐고 물을 거고, 그러면 저분들이 모를 거고, 그러면 그가 나한테 전화를 할 거고 그렇게 영영 끝이 안 나겠죠. 이제 와서 행복해요?"

"그쪽이 답해봐요."

"아직 행복한 것 같은데."

그녀는 손의 물기를 닦고, 나한테 수건을 건네준 다음 와인을 치워두기 시작했다.

"클라라?"

그녀는 다시 돌아섰다. "네."

"나 당신한테 말하고 싶은 거 있어요."

그녀는 두 와인병에 코르크를 다시 끼워두고 있었다. 이 말로써 판이 깔릴 터였다.

"그쪽이 나한테 말하고 싶은 게 있다니." 다시금 그녀의 목소리에는, 그녀가 몸가짐을 하고 지금 나를 응시하던 방식에는 예의 자제심이 느껴졌다. "내가 알 거라는 생각은 안 들어요?" 그녀는 내 얼굴을 쳐다보았다. "내가 알 거라는 생각이 안 드냐고요?"

그녀가 그걸 말한 방식은 내 심장을 후벼팠다. 나는 가슴에서 솟아오르는 흐느낌이 느껴질 지경이었다. **내가 알 거라는 생각은 안 들어요?** 그것은 사람이 사랑을 나누는 중에나 할 말이다. **내가 알 거라는 생각은 안 들어요? 내가 알 거라는 생각은 안 들어요?**

나는 뭐라도 덧붙일 참이었지만 달리 말할 것이 없었다. 그녀가 다 말했으니까.

"헨델이나 듣죠, 그럼." 그녀가 말했다.

우리는 거실로 걸어 들어갔다. 그녀는 CD 플레이어를 틀었고, 바닥으로 몸을 수그려 러그에 무릎을 대고 앉았다. 그녀는 벌써 겨울 코트를 입고 있었다. 나는 그녀의 맞은편 벽에 기댄 의자에 앉았다. 같은 방에서, 아무 말도 하지 않으면서. 음악이 시작되었다.

나는 이 사라반드가 뭐가 어떻길래 그걸 듣겠다고 우리가 여기까지 이 먼 길을 올라오게 되었던 건지 이해가 되질 않았다. 어쩌면 내가 이전에는 한 번도 들어보지 못했기 때문일지도 모르겠다. "좀 너무 천천히 연주되는 거 아니에요?" 나는 조심스럽게 말하면서, 나도 거기에 기계적인 가속이 좀 들어가면 좋았겠다는 걸 분간할 수 있음을 보여주려고 했다.

그녀는 한번 고개를 젓고는 아무 말도 하지 않으면서, 내 지적을 있는 그대로 단순하고도 주제넘은 것으로 일축했다. 그러고는 이유도 없이, 아니면 내가 감도 잡기 시작하지 못한 이유로 그녀는 시선을 들어서 나를 똑바로 응시하기 시작했다. 하나 모호하고 생기가 없는 태도로였기에, 나는 그녀가 나를 쳐다보고 시선을 피하고 있지 않건만 그녀가 정말로 나를 쳐다보고 있지는 않다는 의심이 들었다. 그러나 그녀가 응시하고 있다는 데는 의심할 여지가 없었다. 나는 똑같이 언뜻 보면 딱히 뭔가를 보고 있지 않은 시선으로 응시를 돌려주었지만, 그녀는 나의 시선을 인식하지 못했거나 나를 인식하지 못했다. 나는 이렇게 생각했다. 이것이 음악에 완전히 넋이 빠진 사람들에게 벌어지는 일이고, 반면에 나는 거의 그냥 그런 체하고 있는 거다. 내가 음식, 와인, 풍경, 예술, 사랑에 거의 그저 넋이 나간 체하는 식으로 말이다. 다른 사람들은 음악을 들을 때 음악과 합일되어 그저 당신을, 당신을 지나, 당신을 관통해 응시하고, 시선을 돌려받는 것도 암시적인 눈썹의 신호도 기대하지 않았던 것이다. 그들은 이미 사물과 합일되었으므로.

음악을 듣기 위해 얼마나 오래 걸렸든 간에 우리는 그 시간 동안 그저 서로를 응시하게 될 터였을까?

그런 듯했다.

나는 의자에서 일어났다. 그러는 내내 그녀를 계속해서 응시하면서—그녀는 여전히 시선으로 나를 좇고 있었다—러그 위의 그녀 바로 옆쪽에 무릎을 꿇고 앉았다. 나의 심장은 거세게 뛰고 있었고 우리 둘 중 누구도 서로에게서 눈을 떼지 않고 있었다. 나는 내가 완전히 동의한 적이 없었던 어떤 암묵적인 합의를 깨고 있었던 걸지 모르는 채였고, 그녀는 내가 무슨 꿍꿍이였는지 모르는 채였다. 다만 갑자기 나는 그녀의 아랫입술이 미약하게 떨리는 것을 알아차렸다. 그녀의 턱이 아주 살짝 경련하는 듯하더니 내가 무엇이 벌어지고 있었는지 깨닫기도 전에 그녀의 눈은 눈물로 가득 차 있었다. 그녀는 울기 시작했다. 나는 심지어 이럴 자유를 가진 그녀가 부러웠다.

"클라라." 내가 말했다.

그녀는 어깨를 으쓱했는데, 이런 뜻 같았다. **어쩔 수가 없어요.**

"뭐가 나한테 밀려온 건지 모르겠네요. 모르겠어요."

나는 손을 뻗어서 그녀의 양손을 쥐었다.

"나 완전히 엉망진창이죠, 그쵸?"

"헨델 때문인걸요."

그녀는 아무 말도 하지 않고 그저 고개를 저었다. 나는 바로 그때 그 자리에서 그녀에게 키스했어야 했다.

"아니면 어쩌면 잉키 때문일지도요." 내가 첨언했다. "아니면 여기서 두 분을 뵌 것 때문일지도요." 나는 꼭 부모가 아이에게 팔에서 아픈 부위를 정확히 찾도록 도와줄 법한 식으로 그녀가 눈물을 흘린 이유를 좁혀가는 것을 도와주려고 하면서 덧붙였다.

"우리 음반을 가져갈 거예요. 할아버지가 다른 복사본도 만들어뒀으니까." 그녀가 끝내 말했다. 그녀는 스스로 마음을 가라앉힐 능력이 된다는 걸 보여주려고 하고 있었다. "가엾은 사람, 할아버지는 그 죽은 음악과 그 썩어가는 몸과 그렇게 영구한 매립지에 관한 얘기까지 하시니…….”

그녀는 다시 울기 시작했는데 이번에는 본격적이었다.

“당신 **슈트루델 가토** 빠뜨렸잖아요.” 나는 그녀의 주의를 흩뜨리고 그녀를 웃게 하려고 했는데, 물론 그녀가 계속 울었다고 한들 내가 개의치는 않았을 것이다. 눈물은 그녀의 몸에서 모든 가시 돋친 말을 제거한 듯했고, 그것을 넘어서 내가 일찍이 누구에게서도 본 적이 없을 만큼 그녀를 인간적으로 만든 듯했다. 나는 완전히 방향타를 잃은 기분이 되었다. 나는 또 다른 농담을, 이번에는 예술과 똥오줌 예술을 제물로 삼아 시도했다.

그녀는 살포시 웃음을 지었지만 다른 작전에도 넘어가주지 않을 셈이었다.

“언제나 음악을 들으면 울고 그러나요?”

그러나 나의 질문은 작전이라기에는 약했고, 그녀는 그 질문에도 넘어가주지 않을 셈이었다.

“나 준비가 안 됐어요.” 그녀는 끝내 말했다.

나는 그녀가 무슨 말을 한 건지 정확히 알았다. 그걸 툭 터놓고 말을 꺼낸 것과 진배없었다.

“그러는 나는 준비돼서요?” 나는 마치 내가 혹시나 준비되어 있을지도 모른다는 일말의 겉치레도 없던 것으로 만들려는 듯이 물었다.

우리는 싫다고 말함으로써 좋다고 말하던 것일까?

아니면 그것은 거꾸로였을까? 싫다고 말함으로써 좋다고 뜻하여 싫다고 말하던 것일까?

"이렇게 엉망진창일 수가." 그녀가 말했다.

"뭐, 적어도 우리가 안전한 엉망진창이라는 걸 우리는 알잖아요."

그녀는 이 말을 받아들였다. 나는 드디어 그녀를 위로해냈다고 생각했다.

"저는 모르겠거든요. 제가 안전한지요. 그러니 어쩌면 우리 둘 중 누구도 안전하지 않은지도요."

눈물 바람 와중에도, 나는 기다란 시골 울타리에서 대롱거리는 녹슨 철조망의 소리, 가볍고 바람에 날려서 나는 삑삑 소리에 주의를 기울일 수 있었다.

나는 손수건을 꺼내 그녀에게 건넸다.

그녀는 마치 그것이 7월의 얼음물 주전자인 양 와락 잡아채어 눈물을 여러 번 훔친 다음에 주먹 안에 꼭 구겼다.

나는 그녀가 이 순간으로 날 좋지 않게 생각할까 봐 두려웠다.

"그쪽이 내가 아는 사람 중에 유일하게……." 그녀는 한 순간 망설이면서 나에 관해서 너무도 달콤한 무슨 말을 해주려는 참이라고 나더러 생각하게 했다. "여전히 손수건을 사용하네요."

"대부분의 사람들은 뭘 쓰는데요, 손가락?"

"몇몇은 그러죠. 대부분은 휴지를 쓰고요. 다른 사람들은 장갑이랄까."

나는 어쩌면 유머가 효과가 없을 것임을 알 수 있었다.

"저는 그냥 이 집을 다시 못 보게 될까 봐 두려워요."

그녀는 다시 울음을 터뜨릴 지경이 되었다.

"우리가 일주일 뒤에 여기, 같이 다시 오자고 약속하면 어때요?"

그녀는 나를 정면으로 바라보았고 아무 말도 하지 않았다. 그 얼굴의 똑같이 모호하고 멍한 표정은 그녀가 나의 동기를 믿지 못했다는 것을, 혹은 나의 계획이 얼마나 돈키호테처럼 공상적인지를 내게 일깨워줄 의지가 그저 부족했다는 것을 말해주었다. 내가 알기로 그녀는 다음 주에 다른 일들, 나는 포함되지 않은 일들이 많았다. 내가 알기로 지금은 그녀가 또 경고를 꺼낼 때였을 법했다. 하나 그녀는 현재 그럴 힘도 마음도 없었다.

"안 될 게 뭐 있어요. 그쪽이 나를 태우러 와서 아침 식사도 가져다주고 자동차에서 나를 위해 노래도 불러주고 하면 되지."

"그쪽 진짜 프린츠 오스카르 같아."

그녀가 내게 돌려준 손수건은 축축했다. 나는 그걸 호주머니에 다시 넣으면서 그게 절대로 마르지 않기를 기원했다.

"그쪽은 비슈누크리슈누들을 같이 하기에 최고의 사람이에요." 그녀가 끝내 말했다. "오늘은 내 차례였죠. 어제는 그쪽 차례였고."

"이런 식으로 계속 말하면 그쪽은 나더러 지금 당장에라도 건수 하나 올리게 만들 거예요."

"무슨 만신창이들이람." 그녀는 말했다.

돌아오는 길에 우리는 헨델의 사라반드를 다시, 또다시 들었다. 나는 이것이 우리의 노래, 12월 26일의 노래가 될 터임을 알았다. 앞으로 내가 어디 있게 되든, 만일 사막의 여행자처럼 어느 밤에 길을 잃게 된다면 내가 해야 할 일은 오로지 시간의 뒤안길로 사라진 남자가 연주한 이 사라반드를 떠올리는 것이고, 그러면 나는 뼛조각을 하나하나 조립하는 인류학자처럼 이날 내가 누구였는지, 어디 있었는지, 인생에서 무엇을 가장 원했는지, 또 내가 어쩌다 그것에 홀딱 반했고 거의 닿을 뻔했는지를 되살릴 것을 알았다. 함께 조용히 음악을 듣는 동안 나는 그녀와 비탈길을 내려가 강바닥으로 발을 디뎌서 얼음 깨지는 소리를 들었던 것을 떠올렸다. 그것도 러그 위에서의 그 순간에 영원히 엮여 들어갔고, 그때 나는 그녀를 만난 이래 한 번도 하지 않았던 대로 내 여생이 그 곡조에 달렸을 수도 있음을, 부적절한 숨결 하나만으로도 내 인생이 이쪽 또는 저쪽으로 가게 될 것을 깨달았다.

"클라라 브런슈바이크." 내가 말했다.

"네, 프린츠 오스카르?"

"클라라 브런슈바이크, 나는 당신을 절대로 잊지 않을 거예요"라고 나는 말하려 했다. 그러나 그때 그게 너무도 탐내는 투라는 생각이 들었다. "클라라 브런슈바이크, 나는 당신과 너무도 쉽게 사랑에 빠질 수가 있겠어요. 이미 빠지지 않았다고 한다면야 말이죠." 아냐, 너무 무겁다. "클라라 브런슈바이크, 나는 평생 동안 이렇게 할 수 있겠어요. 나랑 당신이랑 단둘이서 함께, 언제든지, 어디든지, 영원히. 우리가 오늘 한 것처럼 매 분초를 보낼 수 있겠어요. 겨울이든, 자동차든, 얼음이든, 돌멩이든, 수프든. 왜냐면 지금으로부터 일백 년 뒤에 그 분초들은 우리 자신에게 성과를 보여줘야 할 모든 것이자, 우리가 혹시라도 다른 이들에게 전해주고 싶어질 모든 것이니까. 그리고 솔직히 일백 년 있으면 그들은 모두 잊어버리거나 신경 쓰지도 않거나 기억하는 방법도 모를 거예요. 나는 사랑에 대한, 또 빼앗겼거나 여전히 출항해서 향하고 있는 더 나은 삶에 대한 꿈을 품은 우리 아버지처럼 끝나고 싶지는 않아요. 나는 삼십 년 있다가 당신 건물을 지나치며 올려다보면서 나 자신에게 또는 그날 나와 함께 있게 될 사람에게 말하고 싶지 않단 말이에요. 이 건물 보여? 저기서 내 인생이 멈췄어. 아니면 저기서 내 인생이 시작됐어. 아니면 저기서 인생이 나한테 등을 돌렸어, 그래서 바로 지금 그 건물을 바라보고 있으면서 당신한테 말하고 있는 나라는 사람이, 너무도 여러 해 전의 그 어느 겨울로부터 쭉 **보류 상태**인 거야. 그러니 당신의 손을 잡고 있는 이 손은 환상의 사지이고, 나의 나머지 역시도 인공 기관이야. 나는 그림자이고 그녀도 그림자이고, 또 베를렌의 시에서처럼 우리는 여전히 우리의 환영 같은 사랑에 관해 환영 같은 말들을 하고, 우리가 가만히 있으면서 숨을 죽인 사이 수십 년이 우리를 지나쳐 훑어갈 거야. 진짜 나는 이 블록에 얼어붙어 있고, 높은 확률로 나보다 여러 해는 오래 살아남은 끝에 의례적인 기일에 다시 이야기되는 그런 가족사에 얽힌 전설 중 하나가 될 거고, 더는 비극도 아닌 웃음과 조롱의 원천이 될 거야. **그래서, 커다란 대형 선박을 따서 이름이 붙여진 남자에 관한 그 얘기 말해줘요,** 하고 그들은 말하겠죠. 내가 아버지한테 머리가 날아간 조상들에 관해서 물어보곤 했던 식으로."

"하려던 말이 뭐였어요?" 그녀가 말했다.

"아무것도 아니에요."

"그건 하려던 말이 아니잖아요."

"그러게요, 나도 알아요."

그 말에 우리는 웃었다. "우리는 아주 너무, 너무 영리하지 않은가요, 프린츠."

"영리하죠. 영리하고말고요."

그날 똑같은 일이 두 번 다시 벌어졌다.

우리는 도시로 돌아오는 길에 시골길을 속도를 내서 달려 내리고 있었다. 그때는 해 질 녘이 지났고, 우리는 하루 종일 응시하던 하얀 허드슨강에 창백하고 무기력한 색이 선을 긋는 것을 지켜보았다. 우리가 반 시간 정도 차를 몰고 있던 중에 작은 도시가 시야에 들어오기 시작했다. 우리 중 누구도 아무 말도 하지 않았고, 우리 둘 모두가 잊어버렸으니 침묵 속에서 지나갈 참인 듯했다. 운전하던 클라라는 나를 바라보았다. 그녀는 속력을 높이기 시작했고, 그녀가 미소 짓고 있음을 나는 알 수 있었다. 그녀는 허세를 부리고 있었다.

"그냥 지나가고 싶어요?" 그녀가 물었다.

"아뇨. 멈췄다 가자고 청할 참이었어요."

"립톤 티가 **그렇게** 맛있었나?"

나는 끄덕였다.

"우리 지금 썩 능숙하지 못한 거 알죠." 그녀가 말했다.

"알아요. 그래도 차 한잔한다고 누가 죽는 것도 아니잖아요."

우리는 그날 아침에 우리가 주차했던 정확히 그곳에 차

를 세웠다. 나는 아까와 똑같이 차 두 잔을 주문했다. 클라라는 화장실에 갔다. 나는 목판이 깔린 벽 옆의 똑같은 장소를 골랐다. 모닥불이 여전히 벽난로에서 타오르고 있었다. 그리고 그녀는 내가 정확히 어디에 있을지를 알았다. 다만 이번에는 그녀가 앉자마자 내가 그녀에게 좁혀 앉으라고 말했는데, 내가 그녀의 옆에 앉고 싶었기 때문이다. 그녀는 상관하는 것 같지 않았다. 그녀는 시간이 많이 흘러가도록 놔두지 않고 물었다. "그래서 그녀에 관해서 말해줘요." 그녀는 정말로 알고 싶었나? 나는 물었다. 그렇다, 그녀는 정말로 알고 싶었다. 그리고 마치 나를 꼬드기려는 듯이 그녀는 허드슨강의 어두워오는 전망을 바로 등지고서 좌석 끄트머리와 유리판 사이의 구석으로 바싹 파고들었다. 나는 대학을 나오고 바로 그녀를 만났어요, 나는 말했다. 인생의 사랑이에요? 아뇨, 인생의 사랑은 아니에요. 그러면 왜 내게 그녀에 관해서 말하고 있는 건데요? 내 이야기가 끝나면 알게 될 거예요. 그녀는 무용수였지만, 낮에는 편집자, 실력 좋은 요리사, 그리고 일주일에 세 번은 싱글맘이기도 했죠. 그녀는 나보다 연상이었어요. 얼마나요? 열 살요. 그리고 끼어들지 마요. 그녀는 내가 일찍이 한 번도 먹어본 적 없었던 식사를 나한테 요리해줬는데, 셰프랑 수셰프가 며칠은 준비해야 할 법한데도 그녀라면 몇 분 만에 휘릭 만들어내던 소스들이 곁들여 있었죠. 그렇게 나는 밤마다 스테이크가 나오는 저녁 식사를 먹는 채식주의자 같았어요. 그녀가 나한테 왜 그렇게 단백질을 많이 먹이는지 깨닫기까지는 한참이 걸렸죠. 반면 그녀는 절대로 먹질 않았어요. 그녀는 맨날 담배를 피웠어요. 우리는 다과상에 그렇게 으리으리한 요리들을 차려놓곤 했고, 내가 먹고 먹고 먹을 동안 그녀는 내 옆의 땅바닥에 앉아 내가 우적우적 먹어대는 모습을 지켜보곤 했어요. 그녀는 아마도 대식증 환자, 또는 거식증 환자, 또는 양쪽 다였는데, 다만 그녀가 언제나 비밀리에 폭식하고 있었기 때문에 상대는 전혀 모를 터이긴 했죠. 그녀는 또한 진정제, 완하제, 항우울제에 중독되어 있었고요.

"그녀의 뭐가 좋았는데요?"

"한동안은 모든 게요."

"그러다가는요?"

"나는 그녀를 사랑하기를 멈췄어요. 멈추지 않으려고 했지만 그럴 수 없었어요. 그녀를 사랑하지 않는 걸 넘어 나는 그녀에게 귀 기울이고 싶지 않기 시작했고, 그러다 그녀를 만지고 싶지 않기 시작했어요. 그녀의 웃음소리나 그녀가 집에 올 때 열쇠가 달가닥거리는 소리, 그녀가 한밤중에 깨어나 담배 한 대 피우러 거실로 들어가서 내가 불을 켜면 거슬린다고 했기 때문에 그녀가 거기 어둠 속에 앉아 있을 때의 슬리퍼 소리, 그녀가 침대로 돌아온다는 걸 뜻하던 텔레비전을 껐을 때 그 딸깍 소리에 이르기까지 싫어하기 시작했어요. 그건 끔찍했어요. 내가 끔찍했어요. 그래서 내가 그녀를 떠났어요."

"그쪽도 남들한테 좋은 사람은 아니죠?"

"좋은 사람이라는 생각은 안 들어요. 그리고 그녀도 그걸 알았어요. 어느 날, 끝을 향해갈 무렵 그녀가 말했어요, '나는 당신이 사랑했다고 기억하지도 않을 사람이야. 당신은 나를 버릴 거고 그에 관해 다시 생각도 안 할 거야.' 그리고 그녀는 옳았죠."

나는 침묵에 빠졌다.

"뭐, 당신 이야기 계속해봐요."

"지난 늦겨울에, 난데없이 어느 저녁에 그녀로부터 전화 한 통을 받았어요. 우리는 삼사 년간 얘기한 적이 없었거든요. 그녀는 나를 보고 싶었다고 하데요. 아니, 날 **봐야만 했다**고. 뭐, 그녀가 몰래 내 아이를 낳지 않았다는 건 알고 있었고, 그녀가 돈이 궁한 것도 아니었다는 건 알고 있었고, 그녀가 옛날 연인들 모두에게 말해줘야 했던 무슨 성병이라도 발견한 게 아니었다는 것도 알고 있었어요. 그녀는 그냥 나를 봐야만 했다, 그게 다예요. 자기 인생의 남자라고, 그녀는 나를 그렇게 불렀어요. 그건 뭐랄까, 나를 간지럽게 했어요. 우리는 점심이나 먹자고 약속을 잡았는데, 그건 불발로 끝났고, 그런 다음에 또 잡았는데 역시 불발로 끝났어요. 그녀는 한 번도 다시 전화하지 않았고, 나 역시도 하지 않았어요. 몇 개월 전에, 일련의 우연을 통해서 나는 그녀가 죽었다는 걸 알게 됐어요. 그녀가 죽었다는 소식은 여전히 나를 따라다녀요.

아니 어쩌면 내가 그게 따라다니기를 원하는지도요."

"그래서요?"

"그래서 아무것도 없었죠. 그녀는 자기가 매우 아팠다는 걸 알게 돼서 중요했던 사람에게 연락을 취해서 그녀가 이전에는 말할 용기가 한 번도 나지 않았던 몇 가지를 말해야만 했던 거죠. 이제 베일이 벗겨지고 자존심도 다른 헛소리를 할 여유도 없어지니, 그녀가 원했던 건 그저 몇 시간이나마 함께 보내는 거였죠."

우리 사이에는 한순간 침묵이 흘렀다.

"나야 그녀가 외로워져서 옛 연인들, 옛 친구들의 목록이라도 되짚어보는 줄 알았어요." 나는 덧붙였다.

"나도 때가 오면 누구한테 전화를 걸지 궁금하네요. 잉키한체는 안 걸겠죠. 그건 확실해요. 그쪽은 누구한테 걸 거예요?"

"그건 '3번 문' 질문이네요. 그리고 우리는 간이식당이랑 그릴에서는 그런 질문을 다루지 않아요."

"저한테 범불안이 들리는데요."

나는 그녀에게 눈빛으로 말했다. 그건 당신이 잘 알겠죠.

그녀는 답했다. **내가 매우 확실히 알기야 하죠.**

그녀는 자세를 똑바로 하고 양 손바닥으로 머그잔을 쥐고 차를 홀짝였다.

나는 그녀의 양손을 모아 잡은 다음, 마치 성가집을 펼치

듯이 양손을 펼쳐 열어서 손바닥 하나마다 키스하고 싶었다.

나는 그녀가 차를 마시는 모습을 지켜보는 게 좋다고 그녀에게 말했다.

"그러는 나는 그쪽 이마가 정말 좋네요." 그녀가 말했다.

나는 창문을 내다보면서 이 노동계급식의 간이식당에 믿을 수 없으리만치 마법적인 구석이 있다는 느낌을 받았다. 마치 우리가 여기서 함께하고 편안함을 느끼려면 그것은 마치 호퍼의 그림 속의 무언가만큼이나 평범하고 꾸미지 않고 쇠퇴해야 한다는 것을 이 장소가 이해한 듯했다. 꼭 립톤 티처럼, 꼭 그녀의 머리카락을 계속 문지르던 저 격자무늬의 모조 리넨 커튼과 우리가 차를 마시던 이가 나간 두꺼운 도기 머그잔들처럼. 나는 그녀와 내가 호퍼의 그림 속 영원히 요양 중인 환자들과 같지 않았나 의문이 들었다. 호퍼의 사람들, 얼이 빠지고, 놀랐고, 얼어붙은 호퍼의 사람들로서, 절대로 치유되지 않을지도 모르나 설움도 고통도 뒤흔드는 걸 멈춘 지가 오래된 숨겨진 부상을 받아들인 이들 말이다. 나는 호퍼에의 비유가 마음에 드는지 확신이 들지 않았다. 그러나 이것이 정확히 그녀가 은신한다는 말로 뜻한 바였다. 호퍼의 사람들처럼 가만히 있는 것, 흥미도 무심함도 품지 않고 삶이라고 불리는 **온통 너무도 친숙한** 풍경을 자세히 살피는 신경과민의 여우원숭이처럼 온 세상에서 약간의 거리를 두고 꼿꼿이 앉아 있는 것 말이다.

"왜 그녀가 당신한테 전화했는지는 알겠네요, 근데."

그녀가 나의 옛 연인을 언급하고 있다는 걸 내가 깨닫기까지는 얼마간이 걸렸다.

"왜요?"

"왜요가 아니라. 그냥 알겠는걸요."

"늦겠네요." 내가 말했다.

불현듯 내가 말했다. 내가 이걸 왜 말했는지 그녀가 안다는 것을 나는 알아차렸다.

"몇 시에 시작해요?"

"7시 10분인데, 몰랐어요?"

"저도 초대받은 거예요?"

나는 그녀를 쳐다보았다. "이제 누가 프린츠 오스카르처럼 굴고 있죠?"

"그래서 우리 영화 보러 가는 거예요?"

"그렇죠." 내가 마치 그녀가 하루 종일 용쓰며 하던 요청을 드디어 들어준다는 듯이 말했다.

"그래서 우리 영화 보러 가는 거구나."

"그래서 우리 영화 보러 가는 거구나" 하는 그녀 목소리 속 거의 알아들을 수 없는 억양이 무엇을 의미했는지 이해하기에는 잠시 시간이 걸렸다. 눈꺼풀이 천근만근인 일요일 오후, 부모가 갑자기 코트를 입고 영화관에 가자고 할 때 아이들의 흥분을 그녀는 표현하고 있었던 것이다. 우리 영화 보러 가는 거구나, 내가 그녀를 따라 되풀이했다. 학교 친구가 방과 후에 우리 집에 놀러왔는데 저녁에 부모님에게로 돌아가지 말고 같이 영화관에 가자는 말을 들은 식으로.

우리는 한 시간 내에 도심으로 차를 몰고 가서 주차할 자리를 찾아내야 했다. 아니면 그녀의 차고에다가 주차하고 택시를 불러도 되었다. "해낼 수 있을 거예요." 그녀가 말했다. 아니면 그녀가 근처에 주차할 동안 내가 뛰어나가서 표를 살 수도 있었다. 영화관에 전화를 걸어서 우리 이름으로 두 좌석을 남겨달라고 할 수도 있었을까? 어느 쪽 이름요? 당신 이름요. 내 이름요. "무슨 이름인지 알잖아요." 그녀가 말했다.

우리는 이제 고속도로를 따라서 속력을 내고 있었고, 삽시간에 널찍하고도 평온한 허드슨강 위에서 깜빡거리는 조지 워싱턴 브리지의 불빛들을 발견했다. "도시네요." 그녀는 집으로 가는 길을 신호해주는 낯익은 등대를 발견한 듯 말했다. 나는 그날 아침 차 안에서의 긴장감을, 희끄무레한 회색 종이봉투에 담긴 머핀이랑 베이글을, 우리가 들었던 바흐의 버전을, 그 모두가 또 다른 시간 왜곡에 속했던 것을 기억했다. "오른편으로 봐봐요." 그녀가 나보다 먼저 눈치채고는 말했다. 그리고 그곳에는 우리가 일찍이 오늘 아침에 놔둔 정확히 그곳에, 허드슨강의 딱 한복판에 닻을 내린 채 **프린스 오스카**가 있었다. 우리의 등대, 우리의 북극성, 우리의 상징, 우리의 붕어빵, 우리의 동성동명, 우리가 칭할 말이 없었던 것들을 칭하는 우리의 매혹된 단어. 내 인생의 사랑, 나의 사랑스럽고도 사랑스러운 **프린스 오스카**, 사랑스럽고도 고뇌에 찬 배인 그대여, 배 일람표에 있는 모든 배들의 주인이여, 우리에게 신호를 주소서. 오, 갑판 장교여, 우리에게 이 밤에 관해 뭐라도 말해주소서. 당신이 승객들을 실어 나르는 이 꿈의 땅에 관해 우리에게 말해주소서. 우리는 뭐가 될지, 나는 뭐가 될지 우리에게 말해주소서. 들리시는가?

그것은 우리가 왔다 가는 것을 보았다. 이제 일 분간 허드슨강 건너 멀찍이에서부터 우리에게 손을 흔들어 맞이하려고 제 갑판에 불을 밝히는 모양이 마치 이렇게 말하려는 듯싶었다. 이 필멸의 존재들아, 쉬이 다른 쪽을 보고서 나의 세월을 얕봤을 수도 있었는데도 오늘 밤 나를 기억한 이 운 좋고 성스러운 한 쌍아, 나의 하얗게 센 겨울들 한복판에서 툭 튀어나온 이 축축한 철녹색 고철통을 잘 봐라. 너희가 이 길을 왔다 가고, 다시 왔다 갈 수도 있는 사이에 젊다는 게, 희망한다는 게, 두려워한다는 게, 갈망한다는 게 무슨 의미인지 내가 모른다고 생각하지는 말아라. 강변들을 많이 보았고 나 이전의 수많은 유령선처럼 이 세상을 오르락내리락했던 내가. 오, 절대로 유령선이 되지는 말아라. 그대의 세월이 녹의 층들로 표시되어 이윽고 물이 스며들어오고, 그대는 길을 몇 번 잘못 꺾고 얄팍한 굽이를 지난 뒤 꼼짝 못 하게 된 텅 빈 선체이자 진창밖에 아니게 된다. 방향키도 더는 그대의 것이 아니게 된다. 녹도 더는 그대의 것이 아니게 되고, 그대는 자신이 한때 배였음을 기억하지도 못하게 된다. 내 쪽이 아니라 그대 쪽이 진정한 여정인 것이다. 오, 나를 데려가 사람들이 죽은 자의 혁대를 풀듯이 내 빗장을 벗기지는 말고, 나를 빛이자 길로 생각해달라. 그리고 이날을 기억해달라. 왜냐하면 때는 일평생 한 번만 찾아오는 것이고, 삼십 년이 가도록 여생은 그때를 기억하는 것 이외에는 아무짝에도 쓸모가 없는 것이니.

"프린츠 오스카르." 그녀가 마침내 말했다.

"네." 나는 대답했다.

"프린츠 오스카르."

"네!" 나는 되풀이했다.

"아무것도 아니에요, 그렇게 말하는 게 좋아서."

이 여자는 내게 사랑에 빠져 있는데, 그렇다는 걸 알지도 못하고 있다.

나는 우리를 기다리는 저녁을 떠올렸다. 영화 두 편, 눈

속을 걸어 똑같은 바로 가서 우리는 똑같은 자리를 차지하는데 다만 이번에는 나란히 차지한 다음, 똑같은 음료를 주문하고 말하고 웃고 똑같은 노래에 춤을 아마도 두 번 출 터였던 것. 그러고 나서는 집으로 두렵게 걸어가면서 지나치는 스트라우스 공원의 내 자리에서 나는 그녀에게 공원의 내 자리에 관해서 말하고 싶어지거나, 어쩌면 그러고 싶어지진 않을 터였던 것. 그 모두에 뒤잇기로는 그녀 집 대문에서의 겉치레식인 굿나잇 키스로, 겉치레식으로 보이려고 노력할 가능성이 십중팔구일 테지만 어쩌면 그러지 않을 터였던 것. 그리고 마지막으로는 그녀가 현관을 관리하는 보리스와 함께 엘리베이터로 사라지는 모습을 지켜본 다음, 다시 내가 공원으로 걸어갈 터였던 것. 나는 오늘 밤 역시 멈춰서 나의 벤치가 젖어 있지 않다면 벤치에 앉아서 그저 분수를 응시하고, 브로드웨이 곁의 이 아무것도 아닌 공원 한복판의 나무들을 쳐다보고, 내가 어느 부분을 가장 좋아했을지, 클라라와 하루 종일을 보내는 것일지 아니면 내가 하루 종일을 방금 함께 보낸 그 클라라를 생각하기 위해서 여기 혼자서 오는 것일지 의문하면서…… 대답을 얻지 않기를 바랄 것이었다. 왜냐하면 모든 대답들은 옳았다가는 이윽고 돌변하여 그 질문이 잘못된 거라고 입증하게 되었던 것이다. 꼭 너무도 많은 것들이 옳았다가는 틀렸다가는 다시 옳아졌고, 이윽고 우리가 가진 것의 전부는 우리의 밤마다의 토론일 뿐으로, 주위에는 촛불들이 밝혀져 있고 우리의 환영 자아들이 어깨를 문지르는 채였던 식으로 말이다. 마치 우리가 '에디의 식당'에서, 그리고 우리의 술집 안에서, 그리고 점심 식사 도중에, 그리고 우리가 음악을 듣고 설거지를 하고 영화관에서 함께 앉아서 어깨와 어깨를 마주하고 서로서로에게 환영 같은 말들을 얘기할 때에 그러했듯이.

그날 밤 집으로 돌아오는 길에 문자 메시지를 받았다.

프린츠 오스카르 언젠가 내가 당신한테 문자 메시지를 보내야 하겠네요

네 번째 밤

“당신의 지옥은 뭔가요?” 나는 그녀에게 물어보기로 했다. 그것은 그녀더러 말하게 하고, 그녀가 경계심을 풀도록 도와주는 나의 방식이었다. 나는 그녀가 자신에 관해 말할 때가 좋았다. 그녀가 울 때가 좋았다. 우리가 어둠 속에서 ‘에디의 식당’의 칸막이 좌석 안에 앉아 있고 내가 하마터면 그녀의 손을 잡고 양 손바닥에 동시에 키스할 뻔했던 때가 좋았다. 영화가 끝나고 자정을 넘겨, 그녀가 우리가 평소 가던 곳에서 감자튀김을 맛있게 만든다고 말했을 때 그녀가 좋았다. 내가 거기 우리가 평소 가던 곳으로 다시 가기를, 또 그것을 넘어서서, 같은 테이블에 나란히 있으면서 우리가 로메르와 다들 뻔한 것을 다루고 있었건만 그 주위에서 길을 잃어버린 작중 남녀들에 관한 얘기를 하다가 중단한 곳에서 다시 시작하기를 원했다는 것을 그녀가 알았기 때문에 그랬으니 말이다. 그녀가 영화 사이에 영화관에서 몰래 빠져나와서, 우리가 마고의 부엌에서 작은 지퍼락 봉투에 쏟아 놓은 그것들을 잊어버리고 왔기에 M&M을 파는 열린 신문 노점상을 찾아냈던 그 방식이 좋았다. 그러는 한편 그녀는 **그란데** 커피 두 잔을 살 짬도 냈다. 아침저녁으로 마시네요, 그녀는 말했다. 나는 그녀가 메시지를 확인할 짬도 냈겠거니 추정했다. 그가 몇 번이나 전화했는가? 내가 물었다. 여덟 번밖에. 그건 그녀의 집 전화에 그가 남긴 메시지는 셈에 넣지 않은 거다. 그녀는 그 메시지들에서 그가 뭐라고 말했을지 알고 싶어 궁금증이 나지 않았나? 그녀는 각각의 메시지에서 그가 뭐라고 말했는지 알았다. 나는 그녀가 친절을 휘저어 독극물로 변모시킬 수 있음을 보기보다는 아예 그녀가 그를 동정하고 키스하는 걸 차라리 봤으면 봤을 테다.

우리가 밤에 작별 인사를 한 다음, 나는 이튿날 그녀가 내게 전화를 걸리라고 기대하지 말자고, 얼마나 길지 아무도 모를 기간 동안 그녀를 보거나 소식을 듣기를 기대하지 말자고, 그리고 단연코 절대로 그녀에게 전화를 걸 생각도 하지 말자고 스스로 다짐했다. 내가 전화를 걸 적당한 이유가 있지 않은 한 말이다. 제일 적당한 이유가 몇 시간 뒤에 내게 불쑥 닥쳐왔건만 나는 그것에 주의를 기울이지 않았다.

처음에 나는 전화를 걸어서 그녀에게…… 그녀에게 내가 그녀와 하루를 보내게 되어 기뻤다고 말해주고, 또 말하는 과정에서 그날의 표지들에 관해 몇 번의 언급을 하고도 싶었다. 바흐, **슈트루델 가토**, 다시 로메르, 그리고 우리를 기다리면서 놓인 헨리 허드슨강을 따라 있었던 **프린스 오스카**의 갑작스러운 등장이라든지, 피하는 것 못지않게 하려 드는 것도 어색했던 작별 키스에 관해.

그러나 전화를 걸어서 뭐라고 말한단 말인가? 나는 헤어제크를 제물 삼아서 한 모든 농담을 취소했다고? 내가 정확히 그녀가 예견한 대로 환상적인 하루를 보냈다고? 말할 거리가 너무 많다고? 그래, 말해버리자. 어디서부터 시작할지 모르겠다. 영원히 이러고 있을 셈인가? 나는 그냥 당신이 나랑 집에 와주면 좋겠어요, 지금, 오늘 밤, 이 순간. 왜 그때 나한테 청하지 않았는데요, 오스카르? 왜냐면 그냥 그럴 수가 없었으니까요, 왜냐면 당신이 그놈의 뜨겁고도 차가운, 불 같고 얼음 같은, 말해 하지만 말하지 마, 하는 분위기로 너무도 존나게 삼엄하니까요. 왜냐면 당신이 어디 있는지, 당신이 누구인지 감을 잡을 수가 없으니까요. 프린츠 오스카르! 클라라 브런슈바이크! 잘 자요. 잘 자요. 그곳에는 일순의 침묵이 흐를 터였다. 클라라 브런슈바이크……. 왜요? 클라라 브런슈바이크…… 그거 말하지 마요, 그녀는 끼어들 터였다. 내가 그걸 말하는 게 싫어요? 싫어요. 그럼 **그쪽**이 말해요. 프린츠 오스카르, 우리 지금은 이런 거 하지 맙시다. 왜 당신이 우리가 이걸 말하기 싫어하는지 말해줘요, 말해줘요, 말해줘요,

말해달라고.

나는 집에 돌아오는 길에 전화할 수도 있었다.

나는 택시 안에서 전화할 수도 있었다.

내가 집에 도착하자마자 전화할 수도 있었다.

당신이 엘리베이터에 타고 있을 동안 부를 수도, 당신이 보리스에게 말하고 있을 동안 당신의 이름을 부를 수도, 외칠 수도 있었다. "클라라!"

나는 그녀의 메시지를 받자마자 답장했을 수도 있었다. **언젠가 내가 당신한테 문자 메시지를 보내야 하겠네요.** 전형적인 클라라 화법으로 돌에 쓰여서, 아무도, 심지어는 그걸 쓴 사람도 해독하지 못하는 상형 문자와 같은. **언젠가 내가 당신한테 문자 메시지를 보내야 하겠네요**가 대체 무슨 뜻이었을까? 이것은 그녀가 쓰려고 의도하는 문자 메시지가 아니라고, 그녀가 **언젠가** 쓸 그 메시지가 훨씬, 훨씬 더 많이 말해줄 거라고, 그리고 이것은 그저 예고편이자 채널 고정 신호로서 속편이 있을지도 없을지도 몰랐던 거라고? 아니면 이런 의미였을까? 나는 할 말이 더 많았으면 싶어요, 더 말할 용기가 있었으면 싶어요, 당신이 듣고 싶어한다는 걸 나도 아는 그 말을 당신에게 말해줄 수 있었으면 싶어요…… 나한테 물어보지 그래요, 빌어먹을, 그냥 나한테 물어보지 그러냐고요? 당신이 행간을 읽어줬으면 싶어요, 당신이 그래줄 거고 그러기를 엄청 좋아한다는 걸 내가 알듯이 말이에요. 왜냐면 당신은 내가 말하는 어떤 것도 겉으로 보이는 대로 받아들이지 않을 거니까, 그러니만큼 나는 이중 화법으로 말해야만 한다고요, 비록 내가, 특히나 당신에게는, 암호로 말하고 싶지 않지만 암호 중에서도 가장 황량한 것으로 말하는 신세가 되지만 말이에요.

나는 최소한 한 시간 동안 그 문자 메시지를 계속해서 읽었다. 마치 그것이 내가 뜻하지 않게 잃어버린 커닝 페이퍼라도 들고 왔다는 듯했다. 나는 곧장 무슨 답장을 했어야만 했다. 그러나 3시경까지도 나는 답장을 하지 않았고, 내가 꼭두새벽에 메시지를 확인하는 유형의 사람이라고 그녀더러 생각하게 하고 싶지는 않았다. 4시경에, 기억도 나지 않던 어떤 꿈에서 깼을 때, 나는 뭔가 재치 있는 말로 답장해야겠다는 생각이 들었다. "**세시 네 파 윙 메사주 농 플뤼.*** 잠자리에나 들어요." 그러나 그러던 나는 생각했다. 그녀더러 잠깐 속 좀 끓어보라지.

우리 둘 중에서 속이 끓는 쪽은 클라라가 아니라 나였고 언제나 나일 터라는 생각이 내게 들지 않았던 것이다. 그녀는 속 끓기를 **하지 않았다.** 그녀는 즉흥적으로 문자 메시지를 쓰고는 잠자리에 들었던 것이다. 아니면 그녀는 그저 자신이 즉흥적으로 문자 메시지를 쓰고는 잠자리에 들었다고 나더러

* 프랑스어로 '이것도 메시지가 아니잖아요'라는 뜻.

생각해주기를 원했던 것일까?

그러면 왜 그녀가 그런 것을 원할까? 무엇을 숨기기 위해? 무엇을 시사하기 위해? 정확히 무엇을 나더러 의심하거나 추측하게 만들기 위해?

아니다. 이건 나의, 나만의 생각이었다.

그러던 나는 끔찍한 불안에 사로잡혔다. 그녀가 내게서 소식을 듣고자 기다리느라 깨어 있었더라면 어쩌나? 홀로 남겨져서는 그날 밤에 수차례 벨이 울리고 드디어 전화기를 실제로 받아 들고는 잉키와 한 차례 마라톤 같은 줄다리기 시간을 가져서 매번 맥없이 **알았어, 정 마음이 그러면 집에 오든가**로 이어졌더라면 어쩌나? 혹시 발신자가 나라는 걸 확인했다면 그녀가 전화기를 받아 들었을까?

아침 8시에, 모든 터무니없는 예상과는 반대로 그녀가 아래층에서 우리 집 초인종을 누르지 않을 터였다는 것이 드디어 명백해졌을 때에, 나는 희망을 버리고 **사랑하지만 더는 그렇게 사랑하지 않는** 그리스식 식당으로 향할 때라고 결정을 내렸다. 달걀 요리와 신문과 함께 혼자 있는 어제의 놓친 기회가 이제는 실패와 절망을 상기시키는 것처럼 되살아났다. 샤워하러 들어서기 전에 나는 전화기에 눈길을 주었다. 아니다, 당신은 이 세상의 클라라들에게 그저 안부 인사를 하고자 전화를 걸지 않는다. 당신은 목적을 가지고, 계획을 가지고 그들에게 전화를 건다. 그것이 임시변통의 목적이라고 할지라도 말이다. 당신은 계획이 있나? 나는 계획이 없다. 그러나 전화를 걸고 싶나? 전화를 걸고 싶다.

점심 식사다, 나는 생각했다. 아니다, 느지막한 점심 식사다. 너무 시끄럽지도 않고, 너무 사람이 많지도 않은. 괜찮은 곳에서 느지막이 점심 식사를 하는 거다.

CB* 점심 식사 어때요 PO**

이것이 내가 문자를 보낼 때 자연스러운 '목소리'라고 그녀더러 생각하게 하자. 경쾌하고, 속박받지 않고, 신나는.

내가 샤워하고 나왔을 무렵에 그녀는 벌써 답신을 보낸 터였다. 여기에 자신이 답신을 보내고 싶어 안달이 났다는 걸 보여주는 것을 꺼리지 않는 사람이 있었다.

어디서 언제 무엇을 어떻게 왜

그녀는 걸기에 응하여 나보다 판돈을 올린 터였다.

그 말뜻은 이랬다. **그래 당신이 퉁명스럽고 정교하게 굴고 싶어하니까, 여기 퉁명스럽고 정교한 거 있어요. 누가 먼저 게임을 포기할지 두고 보자고.**

그녀가 마치 사족처럼 덤으로 준 **왜**는 이 방정식에서 가장 가시 돋친 부분이었다.

피라네시 오후 2시 이탈리아식 67번가 & 매디슨가 그냥

이유가 형편없네요

* 클라라 브런슈바이크(Clara Brunschvicg)의 앞 글자를 딴 것.

** 프린츠 오스카르(Printz Oskár)의 앞 글자를 딴 것.

이유는 알고 싶지 않을걸요

하나만 대봐요

지난밤의 헨델과 로메르

그건 어제였잖아요

나는 오늘이 어제와 같기를 원해요 나 계속 말해야 하나요

나는 무언가인지 감은 잡히지 않았으나 무언가를 인정하려는 고비에 있었다.

문자 메시지는 한층 친밀함과 동시에 한층 거리를 두는 것이다. 가끔은 말해진 단어보다도 더더욱 그렇다. 억양은 거기 있지만, 한층 시끄럽고 날카로워지고 명료해지는 것이 통명스러운 의도들의 암초로서, 쉬이 오해되지만 잘못 해석되는 일은 좀처럼 없다. 한 판만 더 오가면 우리는 키스가 아니라 말다툼을 하고 있게 될 터였다.

내가 더 좋은 곳을 알아요 2시에 데리러 와요

나는 결연한 "멋지군요"를 내뱉을 참이었다가 한층 낙관적이면서도 정형화된 "알겠어요"로 어조를 누그러뜨리려 결정했건만 그것을 한층 고분고분한 "거기로 갈게요"로, 또 짐짓 명령조의 "거기로 가요"로 바꾸었다가는 그것을 정말 마지막 순간에 한층 상냥하고 회피적인 "그때 봐요"로 달래고 싶어졌다가 결국에는 원래대로의 "알겠어요"를 택했다.

모든 것이 아주 방어적이고 숨기는 게 있는 듯한데. 가식적인데. 우리 양쪽 다 그랬나? 아니면 그저 내 쪽만 그랬나?

이후에 나는 나의 그리스식 식당으로 가서 정확히 어제 하기를 갈망했던 일을 했다. 성에가 낀 커다란 창문가에 앉았다. 더는 **쿠클라***가 아닌 그리스인 **쿠클라**와 정확히 똑같은 말들을 주고받는 데에 성공해냈다. 나의 바닥이 보이지 않는 풍미 없는 커피를 마셨고, 해시브라운을 다 먹었고, 신문에다 어제의 신문까지 읽었다.

그런 다음에는 음반 가게에 가서 모든 헨델 피아노 모음곡과 바흐-질로티의 음반들을 샀다. 나는 집에 돌아가자마자 음악을 틀고 하루 종일 떠나지 않는 주문을 걸어주었던 전주곡의 리듬에 맞추어 얼음이 어떻게 갈라졌던가를 기억하려고 해볼 터였다.

나는 스타벅스로 걸어 들어가서 그녀가 어제 가져온 모카가 함유된 똑같은 커피를 주문한 다음 이 음반 상자 뒤에 다른 음반 상자를 열었다. 나는 크리스마스 이후의 군중이, 링컨센터 근처에 빙빙 몰려드는 관광객들과 그날 휴일을 맞은 수많은 뉴요커들이 좋았다. 나는 여전히 살 선물이 두 개 있었다. 내가 진정으로 하고 싶던 것은 클라라에게 선물을 사주는 것이었음을 깨달았다. **왜 나한테 선물을 사주는데요?** 그냥요. **그냥이라니 이유가 형편없네요.** 그냥 당신이 모든 것을 바꾸었기 때문이고, 그냥 당신이 내 인생에서 하루라도 건드

* 그리스어로 '인형'이라는 뜻. '자기'나 '여보'라는 애칭으로도 쓰인다.

리자마자 그것은 마치 저기 무드 링 중 하나처럼 색깔이 변하기 때문이고, 그냥 당신이 내 살결을 스치기만 해도 나의 그 부분은 영영 화상을 입기 때문이죠. 여기, 이 팔꿈치 보여요? 우리가 바에서 걸어 돌아왔을 때 당신이 한 번 두드렸잖아요. 팔꿈치가 잊질 않았다고요. 이 손 보여요? 이게 당신이 울었을 때 당신의 모든 손가락 끝을 잡았어요. 그리고 내 이마에 관해서는, 당신이 이마가 좋다고 한번 말했고 그 이래로 쭉 내 생각은 더는 이전과 같질 않아요. 그냥 당신이 내가 내 삶을, 나라는 사람을 좋아하게 만들어주기 때문이고, 만일 모든 것이 여기서 멈춘다면, 당신을 만나지 않은 것은 마치 북쪽 나라에 산 터라 열대 과일은 단 하나도 맛보지 못했던 것과 같을 거기 때문이에요. 체리모야, 망고, 구아바, 파파야, 나는 그것들 이름을 전부 '십자가의 길', 아니면 콤포스텔라*로 가는 도시들, 아니면 브로드웨이 완행열차 노선의 역들처럼 붙일 거예요. 91번가 아래의 그 유령 역**을 포함해서 말이죠. 바로 그곳에서 당신과 나는, 클라라, 산 자라고 불리는 이들에게로 다시 향하기 전에 함께 중간 휴식을 보낼 필요가 있는 지하 세계에서 온 두 명의 망령들처럼 똑같은 피를 마시는 거고요.

* 스페인의 순례길인 산티아고데콤포스텔라.

** 미국 브로드웨이 완행열차 노선의 지하철역 중 '91번가' 역은 폐쇄되어 지도에 존재하지 않는다. 지하철이 잠시 지나가기만 할 뿐 하차가 불가능하다.

그러다가는 이런 생각이 나를 강타했다. 나는 당신이 알았다는 것도 잊어버리게 될 사람이지 않아요?

나는 당신이 만난 게 절대 기억나지도 않을 사람이에요.

내가 죽어도 당신은 모르겠죠.

나는 그녀를 위해서 베토벤의 A 마이너를 연주하는 부슈 사중주단의 음반 한 부를 샀다. 지워지지 않는 매직펜으로 나는 헌사를 갈겨썼다. **이 '성스러운 감사의 노래*'는 당신을 위한 거예요. 이건 나예요.**

극적으로.

교묘하게.

달콤하게.

얼빠지게.

신나게.

마음에 들었다.

그녀는 웃고는 그래도 잊어버릴 거라고 무언가가 내게 말했다.

오후 2시에 내가 데리러 가자, 클라라는 벌써 아래층에서 나를 기다리고 있었다.

"지난밤에 본 영화는 전혀 말이 안 돼요." 다른 보리스가 그녀를 위해 문을 열어주자마자 그녀가 말했다. "그는 그녀

* 베토벤의 현악 사중주 15번 제3악장의 부제.

의 무릎을 갈망한 게 아니에요. 그녀를 원했지만, 자신이 그녀를 절대 얻지 못할 걸 알았기에 교활한 이놈의 변태는 무릎을 노린 거죠. 싸구려 양동 작전이에요. 사실은 그는 그녀를 갈망했지만 그걸 실토하고 싶어하지 않았어요. 아니면—그러면 점입가경이 되는데— 그는 실제로 그녀를 원한 적이 없지만 자신이 원해야 한다는 생각이 들었기에 그녀를 원하면서도 그녀를 원하기를 원하지 않는 이러지도 저러지도 못하는 처지에 빠진 거죠. 어쩌면 그녀를 원해본 적이 한 번도 없었으면서도……."

"안녕하세요?" 내가 말을 잘랐다.

그녀는 웃기 시작했다.

"아주 안녕해요. 근데 내가 틀렸다고 생각해요?"

"내 생각에는 로메르의 남자들은 전부……. 아, 존나 알게 뭐람!"

그녀는 커다랗고 알록달록한 모직 숄을 머리에 감싼 뒤 턱 아래에다 밀어 넣었다.

"스카프!" 그녀는 양보하려는 셈이 없었다.

"스카프요." 나는 되풀이하면서 스카프를 풀어서 그녀가 좋아하는 매듭으로 더듬거렸다.

"내가 할게요." 그녀가 말했다.

그러더니 그녀는 내 팔에 팔짱을 끼고 갑자기 북쪽으로 걷기 시작했다. 우리는 택시를 잡아도 되었고 아니면 버스를 타도 되었다. 매우 경치가 좋은 길이라고, 그녀는 말했다. 걷자고, 춥지 않다고, 그녀는 말했다. 나는 즉각 낭패감을 느꼈고 이것이 힘 쓰는 일을 시킬 또 한 번의 당일치기 여행이 될 참인지 아니면 알고 보니 그녀와 잉키가 단골손님이던, 그녀와 잉키가 이런 짓을 했고 저것을 먹었고 '아무아무'를 만났던 그런 식당들 중 하나가 될 참인지 궁금해지기 시작했다. "당신이 정확히 무슨 생각 하는지 아는데 그거랑은 전혀 관련 없는 데예요." "그거 다행이네요." 내가 말했다. "나야 모든 걸 생각해야 하지 않겠어요. 우리는 샐쭉해지는 건 전혀 원치 않으니까요." "누가 샐쭉해진다고 그래요?" "내가 아는 누구는 쉽게 흥분하던데." "말을 안 해야지 내가." 내가 답했다.

리버사이드 드라이브에서 완전히 인적이 없는 보도를 올라가는 도중에 우리는 드디어 바지선과 거대한 대형 선박들을 기억해냈다. "저기 더 위쪽에서 뭔가 보여요." 그녀가 말했다. "내가 그거라고 생각하는 그거인 것 같아요?" "그럴 것 같아요. 딱 그럴 것 같아요." 그러나 우리 둘 다 그럴 리가 없었음을 알았다. 그것은 그저 어제를 부활시키려는 우리의 방식이었다.

우리가 걸어갈 무렵 나는 리버사이드 드라이브를 따라 있는 모든 건물들을 계속해서 바라보았다. 내가 몇 년간 이 보도를 걸은 적이 없는데 조금도 변하질 않은 터였다. 이제 그 건물들에는 클라라가 온갖 군데에 쓰여 있었다.

길을 가던 중 어느 시점에서 그녀의 전화가 울리기 시작했다. 그녀는 두꺼운 코트 속 모든 호주머니를 뒤지다가 드디어 핸드폰을 찾아냈다. "나 안경이 없어서 그런데, 누구예요?" 그녀가 핸드폰을 넘겨주면서 말했다. "리카도라는데요." 그녀는 핸드폰을 내게서 잡아채어 끈 다음에 집어넣어 버렸다. "리카도가 누군데요?" 내가 물었다. 나는 그녀가 남자들에게 둘러싸여 있다고 언제나 느꼈지만, 왜 그녀는 일찍이 리카도를 언급한 적이 없었단 말인가?

"잉키예요." 그녀는 돌연 내뱉었다.

"배 이름을 따서 지은 건가 봐요, 아마도?"

"아니에요." 그녀는 내 말에 웃지 않았다.

식당은 비어 있었다. 주방에 가장 가까운 커다란 테이블들 중 하나에서 일꾼들이 벌써 점심을 드느라 분주했다. 웨이터들 중 한 명은 작은 테이블에 혼자 앉아 스포츠 신문을 읽고 있었다.

클라라가 걸어 들어가자마자 그녀는 그를 성씨가 아닌 이름을 부르며 인사했다. 그는 공동 소유주였다. 파스타가 있었나? 많이 있었다. 그는 올려다보지도 않았다. 그녀는 코트를 벗고 머리에 두른 복잡한 숄을 푸는 내내, 바 뒤편으로 슬쩍 들어가서 오래된 냉장고인 게 틀림없던 것을 열었다. 이어 차갑게 식힌 와인 한 병과 와인잔 두 개를 꺼내 나더러 코르크를 따달라고 부탁하더니 주방 안쪽으로 향했다.

쭈뻣쭈뻣 나는 병의 코르크를 따고 우리 둘을 위해 와인을 따른 다음 주방에 있는 그녀와 합류했다. 물은 듣자 하니 여전히 뜨거웠기에, 그녀는 스베토니오에게 파스타를 '던져' 넣고 소스를 가열하기 시작해달라고 청했다. 그녀가 원하기만 하면 볶을 예정인 저민 닭고기도 몇 점 있었다. "**그라치에***, 스베토니오." 그녀는 내게 돌아서더니만 소개를 해주지도 않고, 그들 우정이 오랜 세월을 거슬러 올라간다고 설명했다. 내가 그 말에 무슨 의미를 부여해야 하는 걸까? 스베토니오는 나더러 여기 와서 할 대로 하게 내버려둬요. 나는 그에게 연중 내내 가장 좋은 오페라 표를 구해다 주죠. 장담하는데, 내가 밑지는 장사라니까요, **논 에 베로****, 스베토니오? "클라라랑 누가 입씨름을 하겠어?" 그가 말했다.

그녀는 마른 프라이팬을 찾아서, 커다란 냉장고에서 셀로판에 싸여 있는 저민 닭고기를 꺼내 프라이팬에 올리브오일을 좀 부었다. 스베토니오가 얇게 썬 채소도 좀 꺼냈다. "그냥 거기 서 있을 거예요?" "아뇨, 전 구경하는 건데요." 내가 답했다.

"계속 구경하든지요. 불과 구 분 만에 점심 식사가 나올 거니까. 그쪽이 계획한 어떤 것보다도 낫죠? ……나 레몬이랑 허브가 좀 필요한데." 그러나 그녀는 내가 아니라 자기 자

* 이탈리아어로 '고마워요'라는 뜻.

** 이탈리아어로 '내 말 맞지'라는 뜻.

신에게 말하는 중이었다.

나는 웨이터들 중 한 명이 다른 모두에게서 멀리 떨어져 있으면서도 프랑스식 창 중 하나 바로 옆에 있는 테이블에 상차림 하던 동안 지켜보았다. 나는 예의 음반을 꺼내어서 테이블에서 그녀 쪽에다 두었다.

"이게 뭐예요?" 그녀가 모든 것이 준비되었는지 확인하고자 나왔을 때 말했다. "**아인 게셴크.***" "**퓌르 미히?****" "**퓌르 디히.*****" "**바룸?******" 나는 그녀를 바라보았고 참지 못하고 말했다. "그냥."

그녀는 포장된 음반을 주방으로 가지고 갔다. 나는 다시 그녀와 합류했다. 스베토니오가 움푹한 그릇 두 개에 파스타를 퍼 담았다. 그 모습을 그녀가 지켜볼 때, 나도 옆에 서 있었다. 소스, 치즈, 그리고 식당 웨이터들을 흉내 내면서 그녀가 **후추 좀 주세요**라고 불렀던 것까지. 그는 접시에 볶은 닭고기를 두고 다른 접시로 덮고서 채소를 꺼냈고, 그리하여 몇 초 안에 우리는 서로의 건너편에 착석해 있었다. 누군가가 심지어 우리 둘을 위해서 커다란 샐러드 그릇을 가져다줄 짬도 내주었다.

"그래서 이게 뭐예요?"

* 독일어로 '선물.'
** 독일어로 '나한테?'
*** 독일어로 '당신한테.'
**** 독일어로 '왜?'

"내가 제일 좋아하는 음악이에요."

"그래, 근데 **이건 나예요**라는 건 무슨 뜻인데요?"

"내 기분, 내 생각, 내 희망, 이 음악을 듣기 전에 나였던 모든 것이자 이 음악을 듣고 나서 내가 되었던 모든 것…… 그게 전부 그 안에 있어요. 단지 더 나은 상태로. 어쩌면 그게 당신이 나를 봐주기를 원하는 방식인지도 모르죠."

우리는 와인을 마셨다.

"그래서 그쪽이 이걸 나더러 가지라는 이유는?"

"설명할 수 없어요."

"설명할 수 없는 거예요, 설명하지 않으려는 거예요?"

"그것도 설명할 수가 없네요."

"우리 진짜 능숙하게 해내고 있네요, 프린츠. 다르게 물어볼게요, 그럼."

갑자기 나는 위험에 처한, 발각된, 곧 허를 찔릴 것 같은 느낌이었다.

"왜 **나한테** 이걸 주는데요?"

"왜냐면 당신만 빼고 내가 아는 거의 모든 사람에게 크리스마스 선물을 하나씩 사 줬거든요."

"그래서 그게 진짜 이유예요?"

"아뇨, 아닌데요."

"프린츠 오스카르!" 그녀의 목소리에는 짐짓 면박을 주는 투가 있었다.

"클라라 브런슈바이크, 거짓말을 하면서 그쪽한테 진실을 말하라니 그쪽이 날 매우 곤란하게 하네요. 모든 것이 정교한 실뜨기로 꼬인 것만 같아요."

"어떻게요?"

"우리는 중요한 것들을 마치 중요하지 않은 것처럼 말해요. 그리고 우리는 정말로 중요한 것에서 우리가 미적거리게 되는 걸 면하게 해달라고 옆길들이 우리를 진로에서 벗어나게 데려가도록 놔두죠. 하지만 중요한 것은 다시 돌아오고, 그러면 우리는 다시 옆길과 우회로로 벗어나요."

그녀는 나를 응시하고 있었다. 그녀는 말이 없었다.

"무슨 중요한 거요?"

내 그럴 줄 알았다.

"내가 정말로 말해줘야 해요?"

"누가 살얼음 위를 걸어가나?"

나는 살얼음 위를 걸어가고 있지 않음을 암시하고자 고개를 저었다. 그러나 나는 **실제로** 살얼음 위를 걸어가고 있었고, 그것을 부인해봐야 소용이 없었다. "나 발은 피 나고 있고 나 혀는 묶여 있다."

"제발 그냥 말해줄래요? 우리 파스타로 좀 넘어가게."

"그게, 내가 이걸 어떻게 말해야 할까요? 갑자기 너무 어렵게 느껴져서……."

"왜요?" 그녀의 목소리에는 다정함이 있지 조급함은 없었다.

“부분적으로는 당신 같은 사람을 알아본 적이 없어서 그래요. 당신이 나를 알아줬으면 싶은 식으로 그 누구에게도 알려지고 싶었던 적이 없었어요. 당신에게는 아무것도 꾸며내고 싶지가 않으면서도, 의도치 않게 당신과 함께 있을 때면 내가 수그리고 피하고 있다는 느낌이 항상 들어요. 그런데도 당신은 내가 절대로 가져보지 못한 쌍둥이 자매 같기도 하단 말이죠. 그래서 이 음악인 거예요. 나머지는 전부 비슈누크리슈누 빈달루적인 것이니 그쪽한테는 면해줄게요.”

“아니, 나 닭고기 빈달루적인 것도 듣고 싶은데요.”

“스파게티 먹으면서는 좀 아니죠.”

“그쪽만 좋다면 저녁으로는 인도 음식 먹어도 되고요.”

“그래서 그쪽은 오늘 밤 일정이 없는 거예요?”

“그쪽도 없는 거 아니에요?”

나는 그녀가 오른편 프랑스식 창에 기대는 모습을 보았다. 나도 내 왼편으로 창에 기댔다. 이것은 딱 어제와 같으면서 더 좋기만 했다. 나는 침묵은 개의치 않았다. 그것은 우리가 그 헨델 곡을 함께 듣고 너무도 오래도록 서로를 응시한 그때를 뇌리에 떠오르게 했다. 그녀는 한쪽 주먹 위에다 턱을 받치고 나를 바라보면서 물었다. “그러니까 빈달루적인 거 계속 말해봐요.”

나는 어깨가 다시금 긴장되고 구부러지는 것이 느껴졌

다. 이것은 마치 내가 무엇인가를 숨기고 있으나 그게 무엇인지 감을 잡지 못하고 있다는 양 내 기분을 매우 불편하게 하고 있었다. 나는 그녀의 눈을 쳐다볼 수조차 없었다. 우리 문장들 사이의, 그녀의 허심탄회함과 나의 조심성 사이의 단절이 내 코앞에 들이밀어지고 있었다. 나는 그녀에게 무엇도 숨기지 않고 싶어 죽을 지경이면서, 왜 내가 그녀에게 숨기는 게 있다는 기분이 들었던 것일까?

"베토벤·빈달루에 관해서." 마치 그녀가 나의 선물을 푸는 모습을 지켜본 이래로 쭉 내가 정말로 말하고자 하던 것은 이것이라는 양 나는 말했다. "어쩌면 내가 원한 건 다만 누군가가 나 대신 말해주는 것이었어요."

"그래서 무슨 말을 해주는데요?"

"클라라, 우리가 언급하는 모든 화제마다, 배에서 바흐까지 로메르까지, **탠절린**과 **슈트루델 가토**까지, 우리를 매번 정확히 똑같은 곳으로 데려간단 말이죠, 마치 우리 사이의 모든 것이 하나의 문을 계속해서 돌아다니고 문질러 닦고 두드리게 운명지어진 듯이요. 근데 그 문은 우리가, **당신이** 결정했기로, 닫힌 채로 놔두자는 거잖아요. 맞죠?"

"내 차례가 되면 답할게요."

"어쩌면 베토벤이 내가 이 문을 우회하는 길인지도요. 아니 어쩌면 로메르 영화 속 사람들한테서 내가 한 수 배워야 하는 걸지도요. 방금 만난 사람들끼리는 보통 어색하게 여기고 침묵으로 무시하려 하는 것들, 그들은 그런 걸 친밀하게 말하는 데서 적절하지 못한 전율을 얻으니까."

나는 몸을 숨길 곳을 찾아 뛰면서, 내가 방금 내가 숨을 곳을 누설해버렸다는 것은 깨닫지 못하고 있었다.

그녀가 내 말을 잘랐다. "그러니까 그쪽은 지금 이게 어색하다는 거네요?"

이게 우리였구나, 나는 추정했다. 그녀의 질문에는 무언가 야만적이고도 잔인한 구석이 있었다. 마치 내가 말한 것 중 그녀를 기분 상하게 한 어떤 것에다 그녀가 반격하고 있는 듯했다. 그러나 그러면서도 그녀가 원한 것은 오로지 나를 발각시키는 것, 그런 짓을 하는 데서 오는 순전한 변태적인 쾌락을 위해 나를 발각시키는 것인 듯싶기도 했다. 이틀 밤 전에 그녀는 이것에 관해 일절 암시도 주지 말라고 나더러 경고했다. 내가 명백히 그 주제를 피하려 하고 있었건만 왜 그녀는 그 주제를 제기한 것일까? **그러니까 그쪽은 지금 이게 어색하다는 거네요?**라는 그녀의 똑 부러지는 여섯 마디는 나였던 모든 것에 관한 직설적인 매도였으니, 그것은 내가 마치 이미 잔디에서 떨어져 있으라고 경고받았는데도 덤불 변죽을 치고 다닌 것으로 처벌받아야 마땅한 미끈미끈한 야바위꾼처럼 느껴지게 만들었다.

그럼에도 나는 그녀가 옳았음을 알았다. 그녀는 나를 꿰뚫어 보았고 내가 가장 두려워한 한 가지에 영점을 조준했다.

바로 그녀가 내 눈을 보고 그녀에게 말하거나 우리 사이에 어색함이 실제로 존재했음을 부정하지 않을 용기를 내는 것을 너무도 어렵게 만들 때마다 우리 사이에 솟구친 그 어색함에 말이다. 나는 간접 화법에서 옆길로 샜다고 느낀 그 순간에 내가 얼마나 쉬이 얼굴을 붉혔는지 그녀에게 보여주고 싶지도 않았다. 나는 갈망을 숨기고 있던 걸까? 아니면 내가 갈망할 자격이 있다고 느끼지 않았다는 것을?

그녀는 왜 내게 이걸 물어봤을까? 혹시나 내가 너무 많이 추정했을까 봐 나를 더더욱 달리는 말에서 떨어뜨리기 위해서? 내가 너무 적게 추정했다면 나를 부추기기 위해서? 그 순간으로부터 제 광채를 앗아가기 위해서? 진실을 끌어내기 위해서? 나더러 우리에 관한 모든 것을 의심하게 하기 위해서? 아니면, 내가 완전히 받아들일 의향이 있었기로, 이 모든 것은 내 머릿속에서만 벌어지는 것이었을까?

나는 그녀를 바라보았다. 미미하게나마 악의적이라든가 영리한 말을 함으로써 모든 것을 위험에 처하게 할 수 있음을 나는 알았다. 이 세상의 클라라들은 남자들에게 두 번째 기회를 좀처럼 주는 법이 없다. 잘못된 말을 하면 끝장난다. 아무것도 말하지 않아도 똑같이 끝장난다. 그녀는 어두운색의 치마를, 진홍색 블라우스를 입고, 그녀의 위압적으로 아름다운 용모를 하고 셔츠 단추를 여럿 풀고서, 그녀가 자신이 초대받도록 할 만큼 관심이 갈 만한 맨 첫 번째 파티에 가서 아무 남자나 찾을 것이다. 나는 지금 그녀의 단추가 풀어 헤쳐진 연두색 셔츠를 응시하고 있었다. 그녀가 그렇게 묵직한 솥을 두르고 있던 것도 무리가 아니었다. 그 아래에는 아무것도 없었다. 왜 셔츠 단추를 풀어 헤쳐서 입었는가? 나는 볼 것인가 아니면 시선을 피할 것인가? 나는 볼 것이다.

"이제 이거 정말로 어색해지고 있는데요, 프린츠. 이거 또 다른 비슈누크리슈누 빈달루적인 순간인가요?"

뚜껑을 닫은 채 둘수록 가시 돋친 말들이 날아가는 법이다, 나는 생각했다.

"내가 말이 없어서 하는 말이에요?" 내가 물었다.

"당신이 빤히 쳐다봐서 하는 말이었죠. 근데 말이 없어서 그랬기도 해요."

"주제를 바꿉시다, 그럼."

"그리고 도망가려고요? 아니, 어색함에 관해서 얘기해줘요. 나도 알고 싶으니까."

나는 목청을 가다듬었다.

그녀는 닭고기 접시를 덮고 있던 그릇을 치우고 내게 닭고기 두 점을, 또 자신에게도 두 점을 내어주었다. "그쪽한테 작은 감자 세 알, 나한테도 세 알, 그쪽한테 한 알 더. 왜냐하면 일장 연설을 하려는 모든 남자는 감자 한 알 먹을 자격이 있는 법이니까요. 그쪽한테 아스파라거스 다섯 줄기, 나한테는 세 줄기. 왜냐하면 내가 그런 남자한테 받을 참인 것에 대비해서 공간을 만들어둘 필요가 있으니까요. 그리고 마지막으로 그쪽한테 그레이비소스 조금, 나한테도 약간으로 이것저것 씻어내리게끔. 좋아요, 나 듣고 있어요." 그러고는 뭔가를 빠뜨렸음을 깨닫고 그녀는 덧붙였다. "그리고 이 순간을 망치지 말아요."

"나는 한스의 파티에 가게 되어서 내가 얼마나 행운이었나 생각하고 있었어요."

"그으-래요." 계속 얘기해보라는 신중한 부추김.

"나한테 행운이라는 거죠, 내 말은, 당신한테 행운이라는 게 아니고."

"당연하죠."

우리는 웃는다. 우리는 왜 웃는지 알고 있다. 우리는 모르는 체를 하고 있다. 우리 둘 다 모르는 체를 하고 있다는 걸 깨닫는다. 단골 행사. 나는 이게 너무도 좋다. **우리 정말 엄청, 엄청 영리하지 않은가요.**

"어쩌면 나는 당신이랑 전혀 어색함을 느끼지 않는데 그래야만 한다고 느끼는지도 모르겠어요. 어쩌면 지금 당장 우리 사이에 앉아 있는 이런 어색해서 찌르르한 느낌은 유예된 친밀감에 다름없는 것일지도 몰라요. 아니면 생기기를 기다리는. 아니면 생기지 못하는."

"그래서요?"

"그래서 무언가가 나한테 말해주기를 우리 둘 다 이것이 분명 제일 좋은 부분이라고 느끼고, 그러니만큼 우리 둘 다 그것에 저항하는 게 내키지 않는다는 거예요. 이것이 딱 장미 정원일 수도 있어요. 이후에 오는 건 참호일 수도 있고요."

"그래서요?"

나는 진실을 말하고나 있었던 걸까? 거짓말하고 있었던 걸까? 나는 왜 내가 하는 말이 한마디도 믿기지 않았을까?

"그래서요?" 그녀가 끈질기게 말했다.

"그래서 여기서 나는 베토벤이 개입해서 이 순간이 영원히 지속되게끔 만들어주기를 희망한단 말이죠. 이 점심 식사가, 이 대화가, 심지어 이렇게 어색해서 찌르르한 느낌들까지도. 나는 아무것도 바뀌지 않기를 또 모든 것이 지속되기를 원해요."

"그래서요?" 이쯤 되자 그녀는 지분대고 있었고 나는 그런 모습을 사랑하고 있었다.

"그래서 여기 하나의 생각이 드는 거죠. 지금으로부터 일 년 뒤, 우리가 한스의 파티에 간다면 우리는 그곳에 모르는 사람들로서 가게 될까요?"

"글쎄, 나는 한스한테 모르는 사람이 아닌데요."

"한스랑 그쪽 관계를 얘기한 게 아니잖아요."

그녀는 나를 팔꿈치로 밀었다.

"그쪽이 무슨 얘기 한 건지 알아요. 십중팔구 우리가 그때쯤이면 몇 번 말다툼이라든지, 어쩌면 강한 의견 충돌이 있어서 서로의 뒷담화를 하고—난 거의 확신해요— 어쩌면 전화를 끊고 절대 다시는 말하지 않겠다고 맹세했을 수도 있지만, 나는 뒤끝이 없는 성격이고 쉬워도 너무 쉽게 화해하니, 이것저것을 어그러뜨릴 바보 같은 놈은 내가 아니라 당신일 거예요."

"어그러뜨린다고요? 뭘 어그러뜨리는데요?"

나는 드디어 그녀를 궁지에 모는 데에 성공했다.

"이거 봐요. 지금 하고 있잖아. 이것저것을 어그러뜨리는 거, 이번에는 모르는 체해서."

그러니까 그녀를 어느 곳에도 가둬 넣을 길이란 없었던 거다.

"뭐, 내가 멍청한 놈이면 어쩔 건데요? 그러면 어떻게 되는데요?"

"그쪽 말은 내가 참작을 해주고, 이해하려고 하고, 그쪽을 미주알고주알 캐내서 그쪽 고통을 느끼고, 그쪽 눈으로 세상을 보지 나만의 편협하고 이기적인 관점을 통해서는 보지 않을 거냐는 거죠?"

왜 그녀는 곁길로 새는 건가?

"이렇게 말해보죠. **이것저것**이 갑자기 죽거나 죽을 참이라면, 그 여러 가지 죽음과 함께 그것들을 살려놓겠다는 갈망 역시 죽는다고 하면 어쩔 거예요. 그러면 그쪽은 뭘 할 건데요?"

의도치 않게 나는 그녀를 다시 한번 궁지에 몰았다는 느낌이 들었다.

“나는 그것들이 죽을 참이라는 걸 당신에게 알려는 주겠지만, 한 가지도 더 하지 않을 거예요.”

“그래서, 우리가 한스의 파티에서 이듬해에—내가 뭐라는 거야?— 다음 주에 만날 거고, 우리는 이 정도로 멀찍이 떨어져서 서 있겠지만 완전 남남이 될 수도 있겠다는 게 상상 가능한 일이네요.”

나는 언짢은 투로 말하고 있었다.

“왜 이러는 건데요?”

갑자기 그녀는 전혀 경망스럽게 굴고 있지 않았다. “우리는 이렇게 제일 멋진 점심 식사를, 어쩌면 내가 올해 내내 든 것 중에 최고로 칠 만한 점심을 먹고 있는데 우리를 봐요. 체스나 두고 있잖아요. 체스보다도 못하죠. 왜냐하면 체스 말들은 움직이는데 당신은 우리를 그 자리에 얼어붙게 하고 있으니까요. 무슨 다리 아래 갇힌 얼음 토막 두 개처럼. 바보들은 우리의 바리케이드를 전부 지나쳐서 온갖 종류의 지름길을 찾아내요. 인생의 친구 한둘이 결국에는 이것저것을 어그러뜨리게 되고, 그러면 비난받는 건 나예요. 나 계속할까요, 아니면 채널을 돌릴까요?”

“제발, 제발, 계속하고 채널을 바꾸지는 말아요.”

“당신과는 다르게, 그러란 소리죠.” 작은 화살이, 가볍고도 신속하니. 가볍고도 신속하니 딱 내가 그녀를 좋아했던 그대로. 나는 그 화살이 미끄러지도록 내버려두었다. "봐요. 나는 당신이 뭘 원하는지 알고, 웃긴 건 내가 그걸 당신한테 가져다줄 수가 있으면서도, 당신을 알기도 한단 말이죠. 당신은 내가 틀림없이 가져다줄 것 이상으로 약속들을, 그것도 내가 해줄 수 없는 약속들을 원해요. 그렇다고, 그런 면에 있어서 당신도 약속들을 할 수 있느냐. 요즘에는 못 하잖아요. 우리 자신을 속이지 말아요. 이건 장미 정원이 아니에요."

나는 그녀의 허심탄회함에 아연해졌다.

"내가 주제넘게 말했나요?" 그녀가 물었다.

"아뇨. 언제나처럼 당신은 정곡을 찔렀네요. 가끔은 왜 나는 당신처럼 말할 수 없을까 궁금해진다니까요."

"왜인지 알고 싶어요?"

"왜인지 알고 싶어 죽겠는데요."

"엄청 간단한 원리예요, 프린츠. 당신은 나를 믿지 않잖아요."

"왜 내가 당신을 믿지 않는데요? 말해줘요."

"정말로, 정말로 내가 말해주면 좋겠어요, 빈달루 씨?"

"네."

"왜냐면 내가 당신을 다치게 할 수 있다는 걸 당신은 아니까."

"그래서 그쪽은 이게 사실이라고 확신하고요?" 나는 내

존엄을 회복하려 하고 있었다.

그녀는 끄덕였다.

왜 나는 그녀처럼 될 수가 없었던 걸까?

나는 손을 내뻗어 그녀의 손을 쥐고는, 고개를 수그려 그녀의 손바닥을 펼쳐 거기에 키스했다. 내가 그 손을 어찌나 사랑했던지. 정확히 그 손의 모습 그대로, 내게 느껴지던 그대로, 체취가 나던 그대로. 그것이 속한 그 셔츠가 속한 것은 그 얼굴, 언제나 나였으면서도 절대로 나를 원하지는 않을지도 몰랐던 이 여자였다. 나는 그녀의 손이 내 손 안에서 처지는 것을 느꼈다. 즉 그녀는 손을 만지는 나를 묵인해주고 있었고 그 이상은 하지 않을 터였다는 거다.

"왜요?" 내가 말했다.

그녀는 이런 뜻으로 어깨를 으쓱했다. **하늘만이 알겠죠.**

"나는 내가 좋은 사람이라고 항상 생각하지는 않아요. 하지만 사람들한테 이렇게 말하는 건 그들이 내 생각이 잘못됐다고 증명하고 싶어지게 하고, 그들이 내 생각이 잘못됐다고 증명하려고 노력할수록 더더욱 나는 그들을 밀어내고 싶어진단 말이죠. 그런데 내가 그들을 밀어낼수록 나는 더더욱 죄책감이 들고, 더더욱 친절해져버리고, 더더욱 그들은 내가 변했다고 생각하게 돼요. 그런 식으로는 절대로 오래 가질 못해요. 종국에는 몇 시간보다 오래가지 말았어야 했던 것들에 대해 나 자신과 그들 양쪽을 증오하는 법을 내가 터득하게 되죠." 그녀는 이에 관해 곰곰이 생각해보았다. "어쩌면 며칠 밤 정도는 괜찮겠네요. 잉키랑 나도 친구로 남았을 수도 있고요."

"지금껏 그쪽이 말한 것 중에 제일 뒤틀린 말이네요."

"뭐가요? 사람들한테 다정하게 굴면 그들에게 상처 주고 싶어진다는 말요? 아니면 그들에게 상처 주면 내가 다정하게 굴고 싶어진다는 말요?"

"양쪽 다요. 왜 당신이 나한테 이 모든 걸 말해주는지 묻지는 않을게……."

그녀는 내가 말을 마치도록 두지 않았다. "어쩌면 나의 지옥은 모든 것을 말해야 하면서도 내가 말하는 대신 입을 다물고 있어야 하는지 모르는 것이고, 그러는 그쪽의 지옥은, 내가 완전 잘못 짚지 않은 한, 들으면서 내가 진심으로 그런 말을 하는 건지 모른다는 거예요."

"양서성인가요?"

그녀는 시선에 감사를 닮은 무언가를 담고 나를 바라보았다.

"양서성이고말고요. 그래도 내가 이 패를 테이블에 까놓을게요. 그렇다고 당신이 나보다 판돈을 올리면 안 되고요. 알겠죠?"

너무도 그녀답다. 나는 끄덕였다.

"당신이 나를 안 믿는다고 내가 그랬잖아요. 그리고 당신도 나름의 이유들이 있겠거니 나는 확신하고, 나도 그 이유들이 무언지 묻지는 않을게요. 그런데 나는 당신을 알기도 한단 말이죠. 당신은 우리가 여기서 같이 뭘 하고 있는 건지 나한테 절대로 묻지 않을 거예요. 그러다가 어느 날 당신은 물어야만 하게 되겠죠."

"그래서 그날이 오면요?"

그녀는 입술을 오므리고 다시 한번 어깨를 애석해하듯이 으쓱하고서 아무 말도 하지 않았다.

그녀는 대답을 하지 않고 있었다. "'3번 문'인가요?" 내가 물었다.

그녀는 끄덕였다.

"그게 내 지옥이네요." 내가 말했다.

"서운한데. 내 지옥이기도 하거든요."

나는 이해했다는 생각이 들었다. 하지만 그녀가 옳았다. 어느 날 나는 그녀에게 무슨 말뜻이었느냐고 물어야 할 터였다. 그리고 갑자기 떠올랐길, 그날은 오늘이고 지금이었다. 나는 물어볼 용기가 없었다.

"서비스입니다." 멕시코인 웨이터가 말하며, 티라미수처럼 보이는 네모난 조각 두 개와 커피 두 잔을 식탁에 놓았다.

그는 다른 웨이터, 요리사들과 점심 식사를 마치고 직원용 식탁을 치운 지 오래였다.

"몇 시인지 아시나요?"

우리 둘 모두 말문이 막혔다. 4시 30분이었다.

그녀는 걸어야겠다고 했다. 나도 걸어야 했다. 커피를 마시고 우리는 코트를 입었고, 그녀는 자신의 복잡한 숄 매듭을 지었고, 다시 스포츠 지면을 읽던 스베토니오에게 작별 인사를 했다. 그렇게 우리는 걸어 나서서 차갑게 가라앉는 태양을 발견했다. 그녀에 관한, 심지어는 오늘에 관한 모든 것이 전적으로 색달랐다. 점심값은 내지도 않고, 요리사 본인의 식당에서 요리사를 거들고, 이곳저곳에 걸어 들어가서 접수하는—집이든 주방이든 식당이든 삶이든— 이 모든 것이 그게 아니었다면 평범했을 나날로 세차게 몰아쳤다. 이것은 그저 클라라의 스타일이었을 뿐만 아니라 클라라의 세상, 무한하고 화려하면서도 모든 한 끗까지도 축제 같고 내 삶 같지 않은 듯하던 삶이었다. 그럼에도 여기 우리가 있었던 것이다. 우리의 온갖 다른 점에도 불구하고 정확히 똑같은 언어로 말하는 듯했고, 정확히 똑같은 것들을 좋아했고, 거의 동일한 삶을 영위했던 두 존재가. 우리가 똑같은 의자를 공유하게끔 만들어졌건만 어떻게 우리는 길거리 몇 개와 몇 블록을 떨어져서 사는 것은 고사하고 각기 다른 두 방에라도 있을 수가 있었던가? 그러다가 나는 잉키를 떠올렸고 그의 지옥을 일별했다. 그 역시도 그들이 동일한 존재였다고 분명 생각했을 것이다. 그런데 이제 그는 끔찍한 증거와 함께 살아가고 있었다. 누군가와 비슷한 존재가 되고 똑같이 생각하고 떨어지지 못하겠다고 느끼는 것은, 외로움이 우리 삶의 담벼락에 투사하는 많은 화면 중 하나일 뿐이라는 증거.

나는 그녀에게 우리가 오늘 밤 인도 음식을 먹을 시간이 될지 미심쩍다고 말했다.

"왜요?" 그녀는 물었다.

우리는 웃었다. 그녀는 정확히 왜인지 알고 있었다.

우리는 7시 10분까지 두 시간보다 약간 더 시간이 있었다. 브로드웨이가를 내려가는 도중에 그녀는 어느 종교 용품점에 들러서 스페인어로 사장님이 계신지 물었다. 기껏해야 열네 살이나 된 그 소녀는 들어가 어머니를 불렀고 이에 그녀가 곧이어 나타났다. "같이 해드릴까, 따로 해드릴까?" 그녀가 물었다. "사장님 맘대로요" 하고 클라라가 그 점쟁이에게 말했다. 그 여성은 나더러 손바닥을 내보라고 청했는데, 나는 살면서 이전에 이런 비슷한 일도 해보지 않은 터라 마지못해 내밀었다. 지저분한 타투 시술실이나 아편굴에 들어가는 것과 다를 바 없이 느껴졌다. 내가 나올 때 절대로 똑같은 사람으로 있지 못할지도 몰랐기 때문에 뭔가 살짝 불안감을 주는 것이었다. 한번 해볼 가치는 있겠다고, 나는 생각했다. 그 우람한 여성은 내 왼쪽 손바닥을 한 손으로 붙잡고 다른 손의 새끼손가락으로 나는 보지 못하는 것들을 가리키는 듯했다. 나한테 매우 소중한 사람이 다리에 큰 문제가 있다고 했다, 아니다, 오른쪽 다리에만. 형제자매 하나가—그리고 잠깐 뒤에— 아니, 부모님 한 분이, 그녀가 말했다. 매우 심각하게 다리에 문제가 있으시네, 그녀는 말하면서 고개를 들고 나를 응시했다. 지난 일이지만, 그녀는 정정했다. 나는 그녀가 뭐라도 더 말할 겨를이 있기도 전에 손을 빼냈다. 그래도 손님 손금은 좋으셔, 그녀가 나쁜 소식을 벌충하기 위하여 말했다. 그녀는 클라라의 손을 청했다. 양동이는 가득 찼지만, 어디에서도 아무것도 보이지 않네. 이것은 비유였을까? 그러더니 그녀는 클라라의 귀에 무언가를 속삭였다. 클라라는 어깨를 으쓱했는데, 무관심이나 자신은 몰랐다는 것을 암시하려는 뜻이었다. 우리는 겸허해지고 의기소침한 생물들로 걸어 나섰다.

"마담 소소스트리스*가 그쪽한테 뭐라고 속삭인 거예요?" 우리가 손금쟁이의 영업장을 떠나자마자 내가 물었다.

"알고 싶지 않을걸요."

"치사하기는."

"사실은 알고 싶을 텐데 정말은 알고 싶지 않을 거예요."

"잉키 관련이에요?" 나는 점심 식사 뒤 나의 카드가 전

* T. S. 엘리엇의 〈황무지〉에 등장하는 가짜 점쟁이 마담.

부 테이블에 까놓아져 있다는 것을 알고서 물었다.

"안 말해줄래요."

초코바 하나를 사고 싶다고, 그녀는 말했다. 5시였다.

우리는 두 시간이 있었지만 참 이상하게도 우리 둘 중 누구도 그걸 우리가 때워야 하는 시간이라고 느끼지 않았다. 우리는 걷고 가게에 들르고 선물들을 사고 계속 가고, 계속 갈 수 있었다. 언제까지요, 클라라, 내일, 내년까지, 영원히?

"내가 차를 대접할 수도 있는데요." 그녀가 말했다.

나는 참을 수가 없었다. "카페에 걸어 들어가서 주방으로 돌진해 들어가 립톤 티백이 든 머그잔 두 개를 꺼내 오겠다고요?"

"아뇨, 우리 집에서요."

나는 순간적인 공황과 기쁨이 갑자기 치밀어오르는 것을 통제해야 했다. 나는 한편으로는 내가 하고 싶다고 유혹당할 일을 두려워해서 위층으로 가고 싶지 않았다. 다른 한편으로는 내가 절대로 용기를 내지도 못할 것을 두려워해서.

보리스는—그가 나를 기억했다면— 뭔가 이런 상황이 벌어지게 되어 있었다고 짐작한 게 틀림없었다. 그가 문을 잡아주던 동안 그녀는 발을 굴렀고, 나도 똑같이 하고서 살짝 허둥지둥하는 인사로 그에게 감사를 표했다. 나는 깨닫지도 못하는 사이 불안해하고 있었고 그런 티를 내비치지 않으려고 노력하고 있었다.

우리는 엘리베이터로 발을 디뎠다. 이곳이 내가 파란색 오버코트를 입은 이 여자를 만난 곳이었다.

엘리베이터는 다른 느낌과 냄새가 났다. 나는 이 냄새를 몰랐다. **어떤 낯선 새로운 곳에서의 오후 중반** 냄새였으니. 나는 이곳에 처음으로 오는 것이라고, 파티가 이미 시작되었다고, 이제 언제고 클라라를 만날 참이라고 행세하고 싶었다. 그러나 내가 깨닫기도 전에 우리는 벌써 그녀의 층까지 도달해 있었다.

그녀는 잠긴 문을 열었다. 그러고 나서 코트를 벗고 복잡한 숄을 풀더니만 나를 허드슨강이 내려다보이던 거실로 안내했다. 나는 파티에 돌아온 듯한 느낌이 되었는데, 다만 모든 것이 치워지고 다시 짜 맞춰진 터라 완전히 달라 보이기는 했다. 위층에서는 파티션이 하나도 없었던 자리에 파티션들이 솟아나 있었고, 가구가 옮겨져 있었고, 미술품은 다르면서 더 오래되어 보였으며, 허드슨강은 더 가깝게 느껴졌다. 내가 일렬로 늘어선 커다란 창문들로 가까이 가자 심지어 리버사이드 드라이브마저 다르달까, 나더러 고골, 비잔티움, 몬테비데오를 떠올리게 했던 그 멀리 떨어진 경치보다도 더 접근 가능하게 느껴지는 듯했다.

"코트 나한테 줘요."

그녀는 내 코트를 받아 들었다. 나를 하마터면 감동시킨 것은—왜냐하면 그것이 너무도 예기치 못한 듯했기에— 그녀가 그것을 다루는 방식이었으니, 마치 그녀가 내 멍청한 낡은 코트에 공경하듯이 신경을 쓰지 않았다면 그게 부서지거나 주름이라도 질 터였다는 듯했다. 이것은 뭔가의 신호였을까? 신호란 없다, 나는 계속해서 스스로에게 말했다.

"와요, 주방으로 가요. 그다음 집을 구경시켜줄게요."

그녀는 나한테 침실을 보여줄 참이었을까?

아파트 전체와 마찬가지로 주방은 몇십 년간 고쳐지질 않은 터였다. 그녀가 설명하기로는 그녀의 부모님이 사고 당일까지만 해도 그곳에 사셨고, 그 이래로 쭉 그녀는 크게 개보수할 마음도 시간도 하나도 없었다. 뚫어 부숴야 할 벽들, 세워야 할 다른 벽들, 뽑아내어야 할 배선, 거저 넘겨줘야 할 너무도 많은 것이 있었다. 자기 말을 증명하기 위해 그녀는 나한테 가스레인지를 보여주고 불을 켜보라고 청했다. "그냥 손잡이를 돌리거나 뭘 누르는 거 아니에요?" 내가 물었다. "아뇨, 이걸 쓰는 거예요." 그녀가 커다란 성냥갑에서 성냥 한 개비를 꺼내며 말했다. "물이 끓으면 이게 휘파람 소리를 내나요?" "아뇨, 벨이 울려요." 그녀는 매우 현대식 디자인의 찻주전자를 가리켰다. 선물로 받았다고 했다. 그러나 중대한 개조를 하려면 너무도 시간이 많이 걸릴 터였다. "거기다 내가 바뀌기를 원하는 것 같지도 않고요." 그녀의 아파트 전체도 은신하고 있다는 생각이 문득 들었다.

우리는 물이 끓기를 기다리면서 불을 켜지 않은 주방에

서 있었다.

"쿠키가 없어요. 손님 접대할 만한 게 아무것도 없네요."

끊임없이 식단 관리를 하는 여자구나, 나는 생각했다.

우리 사이 침묵이 지나갈 동안 나는 눈치채기 시작했다. 그녀는 팔짱을 끼고 서서 주방 조리대에 등을 기대면서 미약하게 불안해 보였다. 왜 그런지 궁금했다. 그녀는 자신의 불안을 덮으려고 매번 퉁명스럽고 돌연하고 흥분했던 것일까……. 이것이 그녀의 방식이었을까? 아니면 그녀는 정말로 퉁명스럽고 돌연했는데 그것이 가끔 그녀의 불안과 동시에 일어났던 걸까? 나는 그녀에게 동정심이 들었고, 그래서 그녀의 형체에 서쪽으로 기우는 햇빛이 드리우는 것을 지켜보던 무렵 말했다. "죽은 꿩이랑 파란색으로 테두리가 둘린 그릇에 들어앉은 멍든 석류, 그 근처에 애쿼빗*이 든 투명한 주전자만 있으면 네덜란드 거장의 '주방 조리대에 기댄 소녀' 같은 그림이 나오겠네요."

"아뇨, '주방에서 남자와 함께 차를 끓이는 소녀'겠죠."

"어쩌면 주방의 남자를 의심하는 소녀일지도요."

"소녀는 어떻게 생각할지 모르는걸요."

"주방의 매우 아름다운 소녀. 매우, 매우 행복한 남자."

"소녀와 주방의 행복한 남자."

* 스칸디나비아반도 일대에서 주로 생산되는 증류주.

"엄청 멍청한 대화를 하는 남자와 소녀."

"로메르 영화를 너무 많이 본 남자와 소녀일지도요."

우리는 웃었다. "당신이랑 얘기하는 식으로는 그 누구한테도 얘기해본 적이 없어요. 요즘에 내가 함께 웃는 사람은 당신뿐이에요." 이 말에는 그녀의 얼굴을 똑바로 쳐다보는 것 말고는 덧붙일 게 아무것도 없었다.

그녀는 설탕을 얻으려 찬장 중 하나를 열었다. 나는 약스무 자루의 각기 다른 철제 푸주 칼의 모음을 보았다. 그녀의 아버지는 주말에 요리하기를 사랑하셨다고 했다. 이제 그것들은 전부 꾸려져서 꼭대기 선반에 수북이 쌓여 있었다. 나한테는 티스푼 한 개에다 그녀에게는 두 개. 나는 그녀가 불안해하는 걸 알 수 있었다.

"남자가 준 음반을 소녀가 틀 거예요." 그녀가 말했다. "그런 다음에 둘은 **프랑스로 갈** 거고요." 이것은 그녀가 로메르 영화를 언급하는 방식이었다.

찻주전자의 벨 소리가 제2차 세계대전 공습 사이렌 같다고 내가 말했다. 그녀는 눈치채지 못하고 있었지만, 그렇다고, 정말로 공습 사이렌처럼 들린다고 했다.

나는 그녀에게 차를 우리는 주전자가 쓸 만한 게 있느냐고 물었는데, 내가 〈모드 집에서의 하룻밤〉에서처럼 차를 끓일 예정이었기 때문이다. 그녀는 티백밖에 없긴 했지만, 그래도 분명히 그 언저리에 분명 차를 우리는 주전자가 하나 있을 터라고 말했다. 아마도 엄청 낡고 더러운.

티백이면 된다고 나는 말했다. 이어서 머그잔 두 개에 뜨거운 물을 부었는데, 하나는 이탈리아 움브리아의 한 도시의, 다른 하나는 뉴욕 소호의 어떤 상점의 이름을 지니고 있었다. "잠깐 이렇게 뒀다가 물을 따라낼 거예요."

"본인이 뭐 하는 건지 알고 하는 거예요?"

"하나도 모르는데요. 그래도 머그잔 각각에 얼그레이 티백을 하나씩 떨어뜨릴 거긴 해요."

향기가 주방을 채웠다.

거실로 가죠, 그녀가 말하면서 자신의 머그잔과 음반을 챙겨 갔다. 그녀가 보관장을 열고 CD 플레이어를 켜니 머지않아 그곳에 있었다. '아다지오' 속 그 찬가가 제 통렬하고 가슴이 미어지는 아름다움 일체에 담긴 채. 나 얼그레이티 엄청 좋아해요, 내가 말했다. 그녀도 그랬다. "비밀 요원 시간이에요."

새것인 소파가 퇴창 바로 앞에 놓여 있어, 차를 마시면서 허드슨강을 볼 수 있었다. 전망 끝내주네요, 내가 말했다. 나는 차를 정말 좋아했고, 나는 허드슨강을 정말 좋아했고, 베토벤을 정말 좋아했고, 거기다 나는 로메르식의 오후의 홍차적인 이것을 정말 좋아했다. 아직 타이어 자국이나 발자국이 찍히지 않은 바깥의 눈밭에는 클라라가 방과 후에 친구들과 썰매를 타곤 하던 곳이 있었다.

"이제 왜 이 베토벤 곡이 당신인지 다시 말해줘요."

"또 그놈의 베토벤 얘기!" 나는 이걸 즐기고 있었다.

"그냥 해봐요, 프린츠. 그게 본인인 이유는……?" 그녀가 기대되어서 숨을 죽이는 흉내를 내면서 물었다.

"이유는 **'성스러운 감사의 노래'**는 베토벤이 요양하고 있었고, 나처럼, 당신처럼, 실상 모든 사람처럼 매우 은신하고 있었던 동안 쓰였으니까요. 그는 하마터면 죽을 뻔했다가 살아나게 되어서 감격했어요."

"그리고요……?"

"그리고 단순한 한 줌의 음표들에다 더해진, 리디아 선법旋法*으로 한결같이 유지되어 과도하게 늘어진 찬가에 관한 것인데, 그런 찬가를 그 곡은 사랑하고 끝을 보는 걸 원하지 않거든요. 왜냐하면 그 곡은 질문을 반복하고 대답을 유예하는 걸 좋아하기 때문이고, 왜냐하면 모든 답변들은 쉽기 때문이고, 왜냐하면 베토벤이 원하는 것은 답변과 명료함도 심지어는 모호성도 아니기 때문이에요. 그가 추구하는 것은 집행연기와 증대된 시간이자, 절대로 만료되는 법이 없고 기억처럼 찾아오지만 기억이 아닌 유예 기간이라, 전부 리듬이지 혼돈이 아닌 거예요. 그리고 그가 그런 과정을 계속해서 반복하고 늘여갈 건데 그러다 보면 그의 수중에는 음표가 다섯 개,

* 고대 그리스 및 중세 유럽에서 교회 음악을 연주하던 선법의 하나.

음표가 세 개, 음표가 한 개 남았다가는 음표가 없어지고 숨도 없어져요. 어쩌면 예술이란 딱 그런 걸지도 몰라요. 죽음 없는 삶. 리디아 선법의 삶 말이에요."

우리 사이의 침묵이 내게 말해주었다. 클라라는 마음속에서 **삶**이라는 단어를 다른 단어로 곧장 바꾸었다고. 그래서 그녀는 침묵하는 거라고.

"리디아 선법의 홍차. 리디아 선법의 해질녘……." 나는 우리 사이에 약간의 유머를 일으켜보려고 덧붙였다. 그녀는 이런 뜻으로 히죽거렸다. **그쪽이 뭐 하고 있는 건지 알아요, 프린츠.** "그러네요. 그것도 있겠네요." 그녀가 말했다.

나는 방을 건너다보았다. 소파와 안락의자에는 쿠션이 스무 개쯤 있는 게 틀림없었고, 창가 구석 자리 중 하나에는 커다란 식물 두 개가 있었다. 안락의자들은 오래되어 보이기야 했지만 볼품없지는 않았다. 마치 방의 나머지가 무리하지 않으면서 새 소파에 맞추려고 하는 듯했다. 모든 전기 콘센트는 포도송이처럼 달린 플러그로 꽉 찬 듯했다.

"어렸을 때 숙제를 했던 곳이 여기예요?"

"숙제는 식당에서 했어요, 바로 저쪽에서. 하지만 이 장소는 책을 읽는 용으로 좋아했죠. 우리가 손님을 맞았을 때에도 나는 구석에 있는 가구에 앉아서 상트페테르부르크로 슬금슬금 빠져나가곤 했죠. 제가 피아노를 친 곳도 여기예요."

"완벽한 어린 시절이었나요?"

"별일 없는 시절이었달까요. 나쁜 기억도, 그렇다고 엄청 좋은 기억도 없어요. 그냥 부모님이 더 오래 사셨더라면 싶었죠. 그렇다고 그립지는 않지만요."

나는 그녀의 침실을 상상해보려고 했다. 나는 왜 그녀가 박사 논문을 바로 여기 대신에 한스의 아파트에서 쓰기로 결심했는지 궁금했다.

"왜냐하면 거기서 아침 점심을 해줬으니까요. 사람들이 요리해주고 뒷바라지해줄 때면 시간이 얼마나 빨리 날아가는지 놀랄걸요. 저는 그 위에서 계속 논문을 쓰고 아무에게도 신경을 쓰지 않으면서 6개월을 보냈어요."

내가 떠올리기로 위층의 책상과 방에서 나는 그녀가 애피타이저를 가져오기를 기다리면서 그녀가 영영 돌아오지 않을까 봐 두려워했다. 그녀는 자기 말마따나 간식을 가지고 돌아오기야 했는데, 그것들은 노아의 방주 대형으로—쌍쌍으로, 하나는 당신 거 하나는 내 거, 또 하나는 당신 것과 내 것이라는 의미로— 배열되어 있었다. 그 방에서 나는 계속해서 생각했다. 여기 온전히 우리 것인 이 작은 벽감 속에 그냥 앉아서 우리의 모습으로 세상을 다시 지어냅시다. 이 모든 모르는 사람들이 걸걸한 목소리의 가수 주위에서 잡담하면서 서 있던 식탁에서 우리만의 창공이 더 멀리 뻗어나가지 않는 채로. 마치 우리 주위에 비물질화되었으며 제 그림자가 잔해의 전부였던 외계인들처럼 말이에요. 나는 파티를 떠나기 전에 딱 십오 분만 더 기다리겠다고, 거기서 일 분도 더 기다리지 않겠다고 다짐했다. 그러나 클라라가 커다란 접시를 들고 돌아오는 것을 보자마자 나는 이것이 꿈보다도 낫다고, 내가 뭐 잘났다고 꿈에 관여하려 들었는가 생각하기 시작하며 그 십오 분이 새벽 3시 넘어서까지 늘어지는 것을 지켜보았다. 그때도, 모든 사람이 이곳에서 보낸 나의 첫날밤에조차 나더러 믿게 만들었듯이, 누구라도 떠나기에는 아직 너무 이른 시각이었다. 그 작은 방은 내가 언제가 됐든 클라라에게 가장 가까이 다가갈 법한 거리인 듯했다. 이제 나는 똑같은 자리로, 아래쪽으로 층계 몇 개는, 침몰된 도시로 된 층 몇 개는 더 깊은 곳으로 돌아와 있었고, 우리는 여전히 표면 위에, 여전히 해수면 위에 있었다. 잉키의 영혼은 이 건물의 지하 세계 속에서 얼마나 더 멀리 지하로 쏘다니고 있었을지 궁금했다.

"그런데 저 작은 방 위쪽이 그 발코니였어요."

그 시인은 본이었고 그곳은 벨라지오였으며, 그 사이에서, 숙녀용 스웨이드 신발이 불을 문질러 끈 담배꽁초는 나선식으로 길을 급강하해 이고르들과 이반들이 마치 '냉전'을 연상시키는 추방된 이중간첩들처럼 서서 담배를 피우던 눈더미가 쌓인 차도로 내려갔다.

기억하느냐고? 내가 잊을 수나 있을까?

방들과 발코니들이 서로의 위에 차곡차곡 쌓인 것이 나에 관한 또는 그녀에 관한 또는 내가 아직 딱히 파악하지 못한 우리가 함께 보내는 시간에 관한 무언가의 전조가 되는 모호하고 신비로운 설계의 몇몇 버전들 같아 보였다. 내가 그녀의 층에 있는 그 무언가에 가까워진 것일까, 아니면 사흘 전에 그곳에 있었을 때보다도 그것으로부터 멀어진 것일까? 각 층은 제 자신의 더 약한 반향을, 아니면 더 시끄러운 반향을 가리킨 것일까? 아니면 그것은 마치 뱀과 사다리*와 같이, 마치 다가와서는 시들고는 다시금 돌아오는 게 영구하고 황홀하고 불멸인 베토벤의 과도하게 늘어진 찬가와 같이 바로 층에서 층으로 올라가고 떨어지면서 바로 지금 내게 손짓하고 있던 그런 반향 효과였을까?

그러니까 지금 이게 어색하다는 거네요, 그녀는 식당에서 말했었다. 나는 그걸 언급하지는 않을 터였지만, 그녀가 나더러 말하라고, 그 너머로 가라고, 그냥 뭐라도 말하라고 애원하고 있던 건 알았다.

똑같은 구석 줄에 있는 방들과 창문들의 배열은 주기율표의 원소들을 떠올리게 했다. 그 모두가 완전히 아리송하면서도 일단 계수적으로 배열되고 나면 그 암호를 아는 사람들에게는 운명 자체보다도 예측하지 못할 것이 하등 없는 어떤 논리에 따라서 깔끔한 열과 행으로 정렬되어 있었다. 나트륨(원자번호 11)은 온실과 더불어 최상층이고, 그 바로 아래

* '뱀과 사다리 게임'에서는 주사위를 던져 숫자칸을 지나가는데, 도중에 사다리를 만나면 더 높은 숫자칸으로 이동하게 되나, 뱀을 만나면 더 낮은 숫자칸으로 후퇴하게 된다.

는 칼륨(19)이라는 내가 거의 기절할 뻔했던 곳이고, 그 바로 아래는 루비듐(37), 즉 발코니와 블러디 메리가 있는 층이고, 그 아래는 세슘(55), 즉 클라라의 세계이다. 만일 사람이 11, 19, 37, 55라는 수열 뒤편에 있는 규칙을 계산한다면 다음 원소가 87번, 프랑슘이 될 터임을 쉬이 예측할 수 있겠다는 추정하에 주기율표를 따라서 인생을 조직화할 수는 없었을까? 우리는 두 시간도 되지 않아 로메르의 프랑스로 갈 예정이 아니었나?

그녀는 즉흥적으로 행하는 일을 좋아했고, 나는 설계를 좋아했다.

"그래서 이 방은 1층의 무엇에 해당하는 건가요?" 내가 물었다. "로비요." "그리고 그 아래로는요?" "창고, 관리실이요." "그리고 그 아래로는요?" 나는 화물 엘리베이터에 영구히 갇혀버린 유령선처럼 층에서 층으로 헤매고 다니게 된다면 운명이 나를 어디로 데려갈지 가늠하려는 듯 물었다. "자전거실. 세탁실. 중국요." 그녀가 답했다.

여기서 나는 최저점 다음에는 아래란 없고, 오메가 이후란 없다고, 내가 클라라 속에서 보는 사람 너머에는 다른 사람이란 없다고 결정하려 하고 있는데도, 최저점이란 존재하지 않는다고, 우리 행성의 묻힌 계층들과 전설들이 있는 만큼이나 많은 클라라들이 있다고 내게 말해주다니 얼마나 그녀다운지. 그러는 나는 어떤가?

"첫날 밤을 생각하면서, 잘못된 층에 내려서 다른 파티에 갔다면 무슨 일이 벌어졌을까 의문하는 남자."

"남자는 다른 네덜란드 여자를 만났을 테죠."

"그러게요, 그런데 현 네덜란드 여자는 그것에 대해 뭐라고 생각하나요?"

"남자가 낚으려고 하고 있으니까, 네덜란드 여자는 **낚시하러나 가세요** 하네요."

내가 그녀의 정신을 어찌나 사랑했던지. 모든 북쪽에는 나의 남쪽이, 모든 비밀에는 비밀의 공유자가, 모든 장갑에는 제 짝이.

"프린츠." 그녀가 말했다. 그녀는 일어나서 우리의 컵 두 잔을 주방에 치우고, 거실의 다른 커다란 창문들 중 하나로부터 허드슨강의 어둑해지는 전망을 일순 내다본 터였다.

"뭔데요?" 내가 물었다.

"당신이 와서 한번 봐야 할 것 같아요. 여기요." 그녀가 말하면서 내게는 완전히 놀랍게도 제2차 세계대전 쌍안경처럼 생긴 것 한 쌍을 꺼내 보였다. "저기 건너다봐요." 그녀는 조지 워싱턴 브리지 쪽을 가리켰다.

"내가 생각하는 그거 맞아요?" 내가 물었다.

"그럴 것 같기도 한데요."

"재한테 오 분은 줍시다. 어쩌면 옆을 지나갈지도 모르니까."

우리는 긴장감 속에서 기다리면서 베토벤 곡의 맺는 부분을 듣고 있었다.

그러나 배는 조금도 더 다가오지 않았다. 정지되어 있는지도 몰랐다. 게다가 이름을 알아보기에는 이미 너무 어두웠다. 시간이 늦기도 했던지라 서두르지 않으면 영화를 놓칠 판이었다. 그리하여 그녀는 숄을 둘렀고, 나더러 내 코트를 어디서 찾을지 말해주었다. 욕실에서 나는 그녀가 피아노로 헨델 곡의 몇 마디를 치는 것을 들었다. 그것이 의미했던 바는—아니면 그렇게 내가 생각하기를 희망한 것은— 우리는 집 안에 머물러도 되고, 요리야 배달시키면 되고, 근육 하나만 움직인대도 주문을 깨어버릴 터였기 때문에 어두워질 때까지 가만히 앉아 있지만 불을 켠다고 절대로 꿈쩍하지도 않아도 된다는 것이다. 우리 택시를 타야겠네요, 나는 제안했다. 절대 아니죠, 우리는 걸어갈 거예요, 그녀는 대답했다.

"그래서 이게 당신이었네요." 그녀는 엘리베이터에서 말했다. 그녀가 여전히 그 베토벤 곡 얘기를 되뇌고 있다는 것을 내가 깨닫기에는 잠시간이 걸렸다.

"이게 나였어요." 나는 거의 수줍게, 확신 없이 말했는데, 마치 내가 아까 낮에는 생각 없이 했건만 이제는 철회할 수 있으면 좋겠다 싶은 고백을 고수하고 있는 듯했다.

"다음번에는 피아노로 사라반드 몇 곡을 연주해줄게요. 그 사라반드들에도 내가 온갖 군데에 쓰여 있거든요."

"무슨 말이에요?"

"사라반드들은 빠르면서도 느리죠. 누군가가 언젠가 말했길 사라반드는 앞으로 두 발짝 뒤로 세 발짝으로 춤이 추어진다데요. 내 인생이 그렇죠, 개인적인 생각으로는."

우리는 지름길을 택해서 웨스트엔드 대로로 내려갔다. 리버사이드와는 달리 그곳은 이미 제설이 되어 있어 연석을 따라 눈이 높이 쌓여 있었다. 산책로는 온통 내리막길이었다. 우리가 도착하자 표를 사려는 줄이 예상보다 길었다. 누군가가 표가 매진되지 않았다고 말해주었다. 우리가 표를 구매할 때 내가 희망한 것은 오로지 우리가 따로 앉게 되지 않는 것이었다. 만일 따로 앉게 되면? 나가버리죠, 그녀가 말했다. 우리는 이전 저녁들에서 봤던 얼굴 몇몇을 알아보았다. 습관이 된 대로 클라라는 근처 스타벅스에서 무언가를 가져오려 해보겠다고 말했다. 우리는 그녀가 지난밤에 사 온 레몬 조각 케이크가 마음에 들었었다. 줄에 선 나는 우리 앞에 선 남녀 한 쌍과 대화하기 시작했다. 그녀는 로메르 영화를 많이 보았고, 그는 몇 개만 보았다고 했다. 그들은 전날 밤에도 왔지만 그는 설득되지 않은 채였다. 그녀 생각에는 오늘 밤의 영화들이 감독의 천재성을 그에게 정말로 설득시킬지도 몰랐다. 나

는 그가 천재라고 생각했나? 천재일 수도 있죠, 내가 말했다. 하지만 진짜 사람들은 진짜 세계에서는 절대로 그런 식으로 얘기하기는커녕 행동하지도 않는다고, 그는 말했다. "글쎄요" 하고 클라라는 내 곁에 같이 줄을 서자마자 그 남자의 요지를 알아채고 말을 잘랐다. "모네의 그림들도 하나도 실제 세계처럼 보이지 않거니와 우리도 실제 세계처럼 보이기를 원하지도 않을 거잖아요. 실제 세계가 예술이랑 무슨 상관이 있단 말이에요?"

그로써 그는 입을 다물게 된 듯했다.

어쩌면 그 가엾은 남자는 대화를 하려던 건지도 몰랐다. 그들은 딱 봐도 두 번째 데이트 중이었으니 말이다.

"비뚜름한 크루컷 머리의 '7시 10분 씨'가 오늘 밤은 어딨는지 모르겠네. 오, 저기 있다."

나는 그에게 우리의 표를 주었고, 그녀는 그에게 미소를 지었다. "**당코, 필로 동카.***" 그녀는 가짜 독일어로 말하면서 얼굴에 광대 같은 헛웃음을 올렸다. 그는 이틀 밤 전에 그러했듯 침묵 속에서 으르렁거렸다. 그녀가 자신을 놀림감으로 삼는 게 느껴진 것이다.

"손님 태도가 마음에 안 드네요." 그가 드디어 말했다.

"나는 그쪽 태도 완전 마음에 드는데." 그녀가 받아넘겼다.

* 독일어로 '고마워요, 매우 고마워요'를 뜻하는 '당케, 피얼렌 당크(Danke, Vielen Dank)'라는 문장을 익살스럽게 발음하고 있다.

그녀는 그를 필당코라고 불러야 할지 필뎅코라고 불러야 할지 몰랐다. 그래서 그녀는 그를 ph가 들어간 필동카로 부르기로 했다. 그녀는 혼자 웃었다. 필동카는 두껍고 어두운 커튼 틈으로 얼굴을 들이밀고 관중을 들여다보더니, 손전등 빛으로 우리 뒤쪽 빈 좌석을 가리켰다. "고객님, 좌석 있습니다." 그가 말하자, 그것을 클라라는 즉시 **고갱님좌석있습다**로 패러디했다. "보여요?" 나는 크레딧이 올라올 때 물었다. "하나도 안 보이는데요." 그런 다음에 그녀는 **필동카 고갱님좌석있습다**를 되풀이했고, 우리는 웃음을 멈출 수가 없었다.

영화 〈녹색 광선〉이 중반쯤 흘러갈 무렵 상황은 완전히 옹호할 수가 없어졌다. 그녀는 핸드백을 열더니 독주 한 모금을 꺼내 돌려 따서 나한테 마시라고 권했다. "이게 뭔데요?" "오번 위스키요." 그녀가 속삭였다. 내 옆자리 사람이 내게 고개를 돌리더니 화면을 본 것이 다시는 우리 쪽을 절대 보지 않겠다고 결심한 듯했다. "우리 딱 걸린 것 같아요." 그녀가 속삭였다. "저 사람 필동카한테 말한다. 두고 봐라. 필동카 길길이 뛴다." 억눌린 웃음.

그러던 중, 필름이 작동을 멈추었다. 사람들은 제자리에 조용히 앉아 있었지만, 곧 초조해졌다. 결국 마치 고등학교 강당처럼 쉭쉭 소리와 조롱이 터져 나오며 점점 시끄러워졌다. 필동카가 이곳의 집표원이자 좌석 안내원이자 팝콘 제조원이자 영사 기사라고 내가 그녀에게 말해줬더니, 그녀는 크게 폭소하면서 소리를 질렀다. "필동카, 영화좀고치십쇼!" 모두가 이제 우리를 쳐다보고 있었고, 그들이 쳐다볼수록 더 더욱 그녀는 웃었다. "영화좀고치십쇼." 그녀가 고함을 지르자 모두가 웃음에 합류했다. 이것이 몇 시간 전에 자기 집의 주방 조리대에 기대 우리 사이에 어색한 침묵이 흐르던 동안 너무도 불안해 보인 나머지 고작 단순한 말만 주고받던 여자라니. 똑같은 클라라, 새로운 클라라, 옛날 클라라, 사람들을 닥치게 하고 제 주제를 알게 하던 그 클라라, 응시하고 흐느끼는 그 클라라, 방과 후 주중의 오후에 106번가에 있는 집 건물에서 뛰쳐나와, 프란츠 시걸 기념상 옆 계단을 들입다 내려와 스트라우스 공원으로, 다른 아이들과 언덕에서 썰매를 타거나 다 같이 벤치에 앉아 각자의 부모님 험담을 했던 그 스트라우스 공원으로 향하던 클라라. 소식을 들었을 때 말없이 부모님을 애도했지만 그러고 나서 옷을 갈아입고 파티에 갔던 클라라. 허드슨강을 면한 커다란 창문 옆에서 부모님은 친구들과 다과를 들었고, 그녀는 책 한 권을 들고 슬그머니 끼어들 뿐이었다. 그녀의 부모님과 조부모님이 대서양의 이쪽에 부활시켜둔, 라인강을 따라 있는 이 중세의 도시 속에서 모든 것, 모든 것이 잘되고 안전했던 그 시간들의 안온함에서 클라라는 절대로 벗어나지 못했다. 그녀의 다양한 작은 사각형 위로 아래로 건너로 그녀가 둥둥 떠간 만큼, 그녀에게도 주기율표가 있어, 그녀의 폴리아와 엄숙한 사라반드는 마치 그녀가 사는 블록 길모퉁이에서 판매되는 샌드위치처럼 하나로 싸여 파니니 압착기 아래에 넣어졌던 걸까? 아니면 그녀는 나와 같았지만 나보다 훨씬 나았던 걸까?

"이제 우리 뭐 하나요?" 내가 물었다. "몰라요. 그쪽은 뭐 하고 싶은데요?" "내 생각에는 우리 진짜로 한잔해야 할 것 같은데요." 무언가가 우리 마음을 바꿀 법하기 전에 영화관을 떠난다고 황급히 구는 와중, 그녀는 자기 스카프를 머리 위에 던져놓거나 자기만의 매듭을 맬 짬도 거의 내지 못했다. "그 복잡한 매듭은 어떻게 된 거예요?" 내가 물었다. 그 복잡한 매듭에는 신경 꺼요, 그녀가 말하던 사이 내가 미처 그녀에게 한쪽 팔을 두를 겨를도 없이 내 팔 아래로, 그러고는 내 겨드랑이 아래로 바싹 파고들었다. "우리 택시 잡아요." 내가 말했다. "맨날 가던 데로?" "당연하죠."

그러나 택시들은 도심을 벗어나는 쪽으로는 오지 않았다. 그리하여 우리는 도심으로 향하는 택시라도 잡으려고 길을 건넜다. 이곳은 이틀 밤 전 내가 그녀를 발견한 정확히 그 길모퉁이였다. 빨간불이었기에 우리는 기다려야 했고, 브로드웨이가 한복판의 교통섬에서 그녀는 추위에 딱딱 부딪히는 치아로 읊조리기 시작했다. "필동카여, 필동카여, 그대의 경종은 아득한데, 용자에게 희망과, 전쟁의 승기勝氣를 가져다주네." "누구 시예요?" 내가 물었다. "바이런." 호박만 한 터번을 쓴 택시 운전사가 차를 몰아 지나갔다. 그때도 그녀는 그 단어를 놓을 수 없어서 "여기, 택시요" 대신 "택시있습다, 택시있습다, 고갱님택시있습다" 하고 소리를 질렀다. 수염을 기른 택시 운전사는 자신만큼 큰 터번을 쓴 승객을 뒷좌석에 태우고 우리 곁을 빠르게 지나갔다. 얼어붙을 만큼 추운데도 우리는 웃음이 터졌다. 나는 이렇게 생각했다. 이건 다 허튼소리이지만, 이 허튼소리로 나는 행복에, 혹은 타인에게 평생에 가장 가까이 가닿은 것이다. 그리하여 생각하지도 않고 그녀에게 돌아서서 그녀의 입에다 키스했다.

그녀는 즉각 물러섰다. 불에 실수로 닿은 손이라도 이렇게 빨리 움츠러들진 못했을 테다. 그녀는 나의 입술이 그녀의 입술에 닿기 직전에 **안 돼**라는 단어를 내뱉었다. 마치 그녀가 그런 유의 무언가를 예상하고 있었고 이미 준비된 답변이 있었다는 듯했다. 그녀는 마치 코트 호주머니 속 호신용 메이스 스프레이 통 꼭대기에 엄지손가락을 벌써 얹은 터로 일단 뿌리고 나중에 질문하자고 결심했는데, 알고 보니 밤중에 자신에게 걸어온 그 남자는 길을 물으려던 길 잃은 관광객에 다름없음을 깨닫는 사람 같았다.

살면서 처음으로 나는 마치 여성을 성폭행하려고 시도한, 아니면 성폭행을 시도했다고 여겨진 듯한 느낌이 들었다. 그녀가 뺨까지 날렸더라면 내가 덜 놀랐을 테다.

나는 여자에게 키스하려다가 저항을 맞닥뜨려본 적이 아예 처음이었다. 그뿐 아니라, 이렇듯 즉흥적이고 불수의적으로 키스하다가 왈딱 되던져받자니, 지난 나흘간 함께한 매 순간과 허심탄회한 대화와 우정, 우리의 인류애와 나라는 존재 자체에 대한, 그녀에게 보여줘도 마냥 행복하기만 하던 내 모습에 대한 모욕처럼 느껴진 적도 처음이었다. 나의 키스가 너무도 예기치 못하게 찾아와 그녀를 놀라게 했을 리가 있었을까? 그것이 그렇게까지 범법 행위였을 리가 있었나? 그 키스가—아니면 내가— 그렇게 역겨웠을 리가 있었나?

나는 그녀가 이 모든 것을 어떻게 받아들이고 있는지 몰랐고 우리 사이의 상황을 이게 망치지 않도록 단속하고 싶었다. 그래서 나는 사과했다. "기분 나쁘게 한 게 아니라면 좋겠어요."

"사과할 필요 없어요. 내가 이런 일이 있을 거라고 예상했어야 하는데. 내 탓이에요."

나는 죄책감이 들었다기보다 두려웠던 모양이었다. 그러나 그보다도 나의 천진함이 더더욱 짜증이 났다. 나는 우리의 들뜬 분위기를 영 아닌 무언가로 오해했던 것이다.

"클라라, 정말로 기분 상한 거 아니면 좋겠어요."

"기분 상한 거 아니라고 했잖아요. 당신은 무슨 열네 살짜리처럼 굴었네요. 역시나 열네 살짜리처럼 사과할 필요도 없어요."

그걸로 말 다했다. 나는 마음에서 우러나온 사과를 하고 있었다. 이것은 불필요한 업신여김이었다.

"택시 잡아줄게요." 내가 말했다. "그다음에 나도 집으로 가게요."

그녀는 내 키스에보다 이런 태도에 더욱 당황했다.

"이렇게 집에 가지 말아요."

"날 바보로 만들어야 할 건 없었잖아요."

"나한테 키스해야 할 것도 없었잖아요."

"아뇨, 해야만 했어요."

"그냥 집에 가지 말아요. 그러지 마요." 그녀는 나를 바라보았다. "너무 존나게 춥잖아요. 한잔이나 해요. 이렇게 흘러가는 건 싫어요."

"왜요?"

"왜냐고요? 왜냐면 우리는 같이 좋은 시간을 보내고 있었으니까요. 그쪽이 우리 둘이 한스의 파티에 같이 있었던 게 기적이라 생각한다면, 나도 그렇게 생각한다는 생각은 안 들어요? 당신이 내가 본인을 아는 식으로는 그 누구에게도 알려지고 싶던 적이 한 번도 없었다면, 그건 나도 당신에게 똑같은 걸 원할지도 모르기 때문이라는 생각이 안 드냐고요?"

"그러면 내가 당신한테 키스하게 두지 그래요?"

"내가 설명해야 하는 거 아니잖아요. 시도하고 싶지도 않고요. 나 추워요. 택시나 잡자니까."

"내가 마치 당신을 강간하려고 했거나 흑사병에 걸린 양 나를 밀어내는 대신에 나랑 키스하지 않는 게 좋겠다고 나한테 말을 하지 그래요."

"그쪽이 무서워서 그랬어요, 됐어요? 당신은 이해를 못 할 거야. 지금은 우리 이 얘기 안 하면 안 돼요?"

"우리는 뭐에 관해서든 절대 얘기하는 법이 없잖아요."

"그런 말이 어딨어요."

그녀는 나더러 무슨 말을 하라고 귀를 기울이고 있었다. 그러나 나는 집으로 돌아가게 되어 행복했다는 걸 제외하고는 뭘 생각해야 할지도 몰랐다.

"이게 내 지옥이에요. 이게 내 지옥이야." 그녀는 계속 되풀이했다. "거기다 당신이 지옥을 더 심하게 만들고 있어."

"당신의 지옥이라고? 내 지옥은 어떤데!"

나는 나 자신에게, 그녀에게 고개를 흔들었다. "하여간, 너무 춥네요. 그리고 우리 둘 다 마실 게 필요하기도 하고."

나는 이해가 가지 않았지만, 그녀는 마치 전혀 아무 일도 벌어지지 않았다는 양 내 겨드랑이 아래로 바로 다시 슬쩍 다가와 내 허리에 한쪽 팔을 감았다. "저기 택시 하나 오네요."

우리는 손을 흔들어 택시를 잡아탄 다음 택시가 눈 속에서 갑자기 활주하면서 완전히 태연하게 유턴하고 곧이어 도심을 벗어나는 쪽으로 속력을 올리는 모습을 지켜보았다. "심하게 추워졌어요. 끔찍한 날씨야" 하고 클라라가 유리 칸막이를 통과하여 말했다. 운전기사는 담담하게 담배를 끄면서 부드러운 재즈를 듣고 있었다. "미쿡 날시네요." 그가 답했다. "설마요." 그녀가 택시 운전사의 미국 날씨에 대한 관점에 진정 흥미가 생긴 것처럼 노력하는 말투로 평했다. "저거 들었나요." 그녀가 내게 돌아섰다. **"미쿡 날시."**

우리가 105번가에서 내렸을 때 우리는 배꼽을 쥐고 웃고 있었다.

우리는 실내로 급히 들어가 그녀가 **우리의 방켓***이라고 부른 벤치에서 어깨와 어깨를 맞대는 평소의 자리를 찾았다. 그곳에서 내가 싱글몰트 두 잔과 프렌치프라이를 주문하는 동안 그녀는 서둘러 화장실로 향했다.

그녀는 몇 분 뒤 돌아왔다. "저 안에 누가 뭘 놔두고 갔는지 믿기지도 않을걸요." 그녀는 이번에는 정말로 웃음보를 터뜨리면서 말했다. "너무 역겨워요. 무슨 온 제3세계가 이 화장실에 똥을 누러 온 줄 알았어."

그녀는 다른 곳에 갈 필요가 있었나?

아니다, 그녀는 남자 화장실을 사용했다.

남자 화장실에 혹시 남자가 있었나?

"네." 그녀가 말했다. "이 남자요."

그녀는 바에 있는 깡총한 청년을 가리켰다. 그는 아마도 충격에서 헤어나오고자 한잔이 필요한 터였다. "날 그렇게 보지 마요." 그녀가 그에게 크게 소리 내 말했다. "아무것도

* 프랑스어로 '긴 의자'라는 뜻.

못 봤잖아요. 만일 봤더라도 땡잡았다고 생각하라고요."

건배, 우리는 음료가 도착하자, 한 번 더, 다시 한번, 다시 몇 번이고 더 말했다.

나는 그녀를 바라보았고 어쩔 수 없이 이렇게 물었다. "우리 그냥 웃고 있는 걸까요, 아니면 정말로 매우 행복한 걸까요?"

"혹시 그쪽 오늘 밤에 로메르 영화 본 거 아니에요? 그냥 후안 돌라나 줘요, 미스타*. 그리고 춤이나 추자고요."

매일 밤 우리의 습관이 된 대로, 우리는 새벽 2시를 훌쩍 넘겨 바를 떠났다. 집으로 오는 산책은 절대로 충분히 오래 지속되는 법이 없었다. 추위도 도움이 되지 않았다. 이때 불쾌하지 않던 점은 우리 둘이서 체감온도를 매우 의식하면서도 속도를 올리지 않으려고 애쓰는 것을 지켜보는 것이었다. 우리는 평소보다도 많이 마셨고, 걸어가던 사이에 내 팔이 그녀의 어깨에 둘려 있었다. 우리 사이에서 벌어지는 그 어떤 것이 됐든 언제고 무의식적으로 될 일이 있었을까?

문제는 어떻게 작별 인사를 하느냐는 것이었다. 키스는

* 영어로 '아저씨'라는 뜻의 '미스터(mister)'라는 단어를 스페인식으로 익살스럽게 발음하고 있다.

논외였다. 키스는 아니었다. 너무 연출된 것이었으니. 완전히 겉치레식인 평범한 가벼운 입맞춤이 나왔다. "이게 어색하다는 건 아는데." 그녀가 말했다. "우리 잘 자라는 인사는 안 하는 게 나을 것 같아요." 언제나처럼, 같은 주파수대에 있으며.

그러니까 우리는 아예 키스도 하면 안 되고 잘 자라고 말하는 일체의 동작들을 포기한다라. 괜찮은 생각이네, 나는 생각하면서 그녀의 현관문에서 더더욱 어색한 순간을 피하는 그녀의 능력에 하마터면 감탄할 뻔했다. 그녀는 도중에 중단된 나의 키스에 관해서도, 그 노래에 관해서도, 우리가 오늘 밤 네 번은 춘 탱고에 관해서도 아무 언급이 없었다. 왜 나는 놀라지 않았나? "어쩌면 그쪽 말이 맞는지도요." 내가 말했다. 그리고 어쩌면 그녀의 말이 맞았다. 그녀는 손을 코트 호주머니에 깊숙이 찔러넣고 보리스가 서 있던 곳으로 쏜살같이 달려나갔다. 나는 그녀가 들어갔는지 보고자 몇 초를 기다린 다음 빙글 돌아서 브로드웨이가 쪽을 향했다. "뭐, 오늘 즐거웠어요." 그녀는 할리우드식 데이트 용어를 쓴다는 걸 분명 알면서 그렇게 말했었다. 그러나 일말의 비꼬는 투도 없이.

나중에 공원에 다다랐을 때, 나는 어쩌면 이제는 클라라를 더 보지 않을 때라고, 충분히 멀리 왔으며 더는 멀리 가지 말아야 한다고 생각하기 시작했다. 너무 많은 혼돈, 너무 많은 의혹, 많아도 너무, 너무 많은 찔러보는 말들과 신랄한 말들에, 모든 것이 당신 몸의 겉껍질을 벗겨내고 당신을 갓 태어난 연체동물보다도 덜 헐벗었을 것 없는 상태로 남겨둘 수도 있던 신랄한 조합에 푹 절여 있었으니. 끝내자, 나는 생각했다. 그냥 끝내자. 그녀는 신경은 쓰겠지만, 아마 그녀라면 상대보다 빠르게 털고 일어날 것이다. 몇 시간만 있으면 그녀는 기억을 잊고, 잊었다는 것조차 잊어버릴 것이다. 나는 한참이 걸릴 것이다. 어쩌면 이제 나 자신도 은신하는 연습에 대해 다시 생각해볼 때인지도 몰랐다.

몇 주 만에 나는 담배 한 갑을 사고 싶어서 좀이 쑤셨다. 나는 그것들을 비밀 요원이라고 부를 참이었나? 그래, 왜 안 되겠나. 적어도 한동안은 말이다. 그러나 내 이름은 절대로 다시는 오스카르가 되지 않을 터였다.

밤중의 공원은 언제나처럼 비 오는 날의 교회만큼 나를 반겨주는 듯했다. 점심시간에 혼자 보낼 십 분의 여유가 있을 때, 신앙 때문도 아니고 교회에서 하려는 의식이 있어서도 아니라 그저 좋은 대로 발을 들인, 아무것도 청하지 않고 기대하지도 않고 내어주지 않으면서, 텅 빈 신도석에 앉아 생각에 잠길 수 있는, 고요한 찬가처럼 무언가를 읊조릴 수 있기를 바라는 그런 날의 교회 말이다.

나는 오늘 딱 1시 전에 이곳을 지나쳐 가면서, 오늘 밤에 그녀를 집까지 걸어서 배웅해주고 나서 이곳에 들를 터라고 혼자 생각했었다. 상황이 그보다 좋게 흘러갔다면, 그러면 나는 공원에 잘 자라는 생각을 보낼 터라고. 공원은 이해할 터라고. 틸든이 이해했듯이. 내가 지난밤에 도시로 급히 돌아가면서 고별의 생각을 보내지 못했을 적에 우리 아버지도 이해했듯이. 그러나 상황은 좋게 흘러가지 않았다. 이제 나는 우리의 첫째 날 밤에 그랬던 것보다 그녀에게 조금도 가까워지지 않은 채로 돌아와 있었다. 두 층 올라갔다가 세 층을 내려오다니. 그저 선헤엄을 치면서, 언제나처럼 선헤엄을 치면서. 나는 이런 느낌이 얼마나 싫었는지. 나는 얼마간 얼어붙는 추위 속에서 앉아 있으면서 내가 곧 떠나야 할 터임을 알면서, 그러면서도 파티의 화려함과 또 그날 밤에 어찌나 모든 것이 광채와 전설에 건드려진 듯했는지를 소환하려고 했다. 여기에 마법은 더는 없었고, 아무것도, 아무것도 남아있지 않았고. 머리가 환하게 빛나는 나의 동방박사들은 집에 간 터였으니. 집에 가라, 오스카르, 집에 가라고.

나는 일어나서 새벽 3시의 도시를, 내가 어쩌면 다른 어떤 시간에보다도 더욱 3시에 사랑하는 도시를 지켜보았다. 이 도시는 이런 것 관련으로는 하나도 아는 바가 없지 않았나? 그렇다고 이 도시가 지켜보고 제 할 일을 하고 돌아다니면서 이따금 다시 올려다보는 것 말고는 도와준다고 뭐라도 할 수 있던 것도 아니었다. 꼭 포식자들이 제 새끼들을 위하여 조용히 평원을 샅샅이 뒤지는 동안 얼룩말들이 계속해서 풀을 뜯고 지켜보는 식으로. 집에 가라, 오스카르.

나는 우리의 술집에서 한 잔 더 하기로 결정하고, 바에 앉았다. 어쩌면 나는 그녀의 동네에 남아 있고 싶을 뿐인지도 몰랐다. 손님은 거의 아무도 남지 않아서, 웨이트리스와 바에 앉아 있는 두 남자와 저 멀리의 한 커플뿐이었다. 내 인생에서 언제고 이곳에 돌아와 그녀를 떠올리지 않을 수 있을 텐가? 아니면 여기로 돌아와 내 삶을, 나 자신을 싫어하지 않을 수 있을 텐가?

내가 회상해냈기로, 나는 예의 깡총한 청년이 클라라와 우연히 화장실을 같이 쓰고 난 다음에 서 있던 바로 그 자리에 앉아 있었다. 나는 그를 향한 그녀의 매서운 말을 즐겼었다. 심지어 그조차도 지금 당장의 내 꼴보다는 훨씬 나았다. 나는 우리의 테이블이던 자리를 건너다보았다. 그쪽 구석에는 직원들이 벌써 양초를 꺼둔 터였다. 이곳에서 나는 텅 빈 극장의 이러한 상황을 떠올렸다. 좌석 밑에 두고 온 작은 우산을 되찾으려고 직원의 허가를 받아 들어온 상황. 리어 왕과 윈더미어 부인까지 배우들 모두, 청소 작업반까지 다들 벌써 집에 갔다. 제대로 보수를 못 받는 총정리 작업반 역시 벌써 지하철을 타고 도시 외곽으로 가는 길에 올라, 착한 아내가 따스하게 데워둔 음식을 앉아 먹을 수 있기까지 분초를 세고 있는 그런 상황.

우리 존재의 흔적들은 온갖 곳에 있었다. 이곳이 바로 그녀와 내가 로메르 영화에 관해 이야기하고, 평소보다 많은 술을 주문하고, 그녀가 고개를 내 어깨에 기대고 내가 가끔 그녀의 어깨에 팔을 두르지만, 누구도 그 이상으로 갈 엄두를 내지 못했던 곳이다. 우리 몸으로 눌린 자국을 여전히 품고 있을지도 모르는 쿠션이 있는 벤치를 그저 바라만 봐도 모든 것이 되살아났다.

나는 한잔을 주문했다. "좆같은 겨울." 바텐더가 말했다. 바의 제일 끄트머리에 앉아 있는 이 빠진 노인은 그걸 좋아했다. "좆같은 겨울." 그가 되풀이했다. "그러니까 말이에요!" 나는 즉각 미쿡 날시를 떠올렸고 웃음이 내 목구멍을 타고 올라오는 바람에 웃음에 거의 목이 멜 뻔했다. 내가 근래에 누구와 이렇게나 많이 웃어본 적이 한 번이라도 있던가? 그리고 웃음이 뭐가 어땠기에 나는 그렇게나 많이 사랑했던 건가. 실없고, 익살스럽고, 유치하고, 얼빠진 웃음인 그것이. **미쿡 날시**, 그녀는 운전기사에게 되풀이하면서 마치 이렇게 말하려는 듯 얼굴을 찌푸렸었다. **세상에나, 미쿡 날시라니!** 그때 얼마나 그녀에게 키스하고 싶던지.

나는 1달러를 꺼내 주크박스에 넣었다. 돌아와서 다시 우리의 노래를 틀다니 딱 나 같은 짓일 터였다. 나는 거기에, 바의 문가에 못 박힌 채 서서 노래를 들으면서, 우리가 함께 춤을 추는 것을 보던 사람들이 내가 완전히 혼자서, **엔 솔레다드***, 지금 뭘 하고 있는 거라 생각할지에는 하등 신경 쓰지

* 스페인어로 '외로이'라는 뜻.

않았다. **그래서 그 여자가 저 남자더러 좋을 대로 하게 놔두지 않았던 거로구만, 안 그래, 거기다 그렇게나 온통 춤을 추고 술을 마셔 댔는데도…….** 신경 쓰지 않았는데, 왜냐하면 이제 나한테는 그녀가 이틀 밤 전에 내 얼굴에 손을 올리고는 너무도 많은 친절을—그렇다, 친절을— 품었던 그 순간, 지금 떠올리면 눈물이 다시 나올 수도 있는 그 순간을 제외하면 아무것도 중요하지 않았던 탓이다. 그것은 자기연민의 눈물도, 자기혐오의 눈물도, 자기의 무엇도 아니고, 심지어는 사랑의 눈물도 아니었다. 물론 사랑 같은 무언가이긴 했을 것이다. 두 존재, 두 물체, 두 세포, 두 행성이 이렇게나 가까이 있으면서 사랑이라는 걸림돌이자 소란에 바뀌지 않을 수는 없기 때문이다. 혼란이 오래 계속되면 매번 이런 일이 벌어질 수가 있었기에 맘 놓고 울어버릴 수도 있었다. 그리고 어쩌면 여기 아예 혼자 있는 것과 그녀가 내 귓가에 가사들을 노래한 다음에 내 얼굴을 따라 손바닥을 비비다가는 기껏해야 몇 초 뒤에 또 1달러를 달라고 청할 적에 그녀 몸짓의 애절한 뜻을 기억하고 싶어하는 것이, 거의 내 의지에 반하여, 이 모든 것이 분명 사랑임에 틀림없었으며 언제나 사랑, 그녀의 사랑, 나의 사랑, 우리의 사랑이었다고 생각하게 했다. 나는 그 노래를 한 번 더 틀었다. 그녀가 우리가 집에 가는 길에 그에 관해 한마디도 하지 않았다니 기이했다. 내 키스에 관해서도 한마디도 하지 않았다니. 그리고 우리가 바에서 서로를 붙들던 식에 관해서도 단연코 아무 말도 않았다니. 아무 말도. 일체의 것은 아래로 휩쓸려 가고, 잊히고, 얘기되지 않았던 것이 마치 그것들이 전부 그저 옆길과 우회로였다는 듯했는데.

우리는 오늘 오후, 어색함의 구름에 휩싸여 주방에 서 있던 순간 이후 한 발자국도 내딛지 못한 것이다. 누가 그곳에 구름을 드리웠고, 왜 우리는 친밀함이란 감정에 관해 여러 경험이 있음에도 얼어붙어서 그 구름을 내쫓지 못했을까? **우리 잘 자라는 인사는 안 하는 게 나을 것 같아요.** 대체 누가 그렇게나 갑갑하고 서투른 말을 한단 말인가? **우리 잘 자라는 인사는 안 하는 게 나을 것 같아요.**

내가 바에 앉아서 스카치를 마시기 시작했을 무렵에 드디어 이 생각이 나를 강타했다.

이런 지독한 멍청이가 있나! 나는 옆자리의 스툴을 걷어찼다. 그러고는 걷어찬 걸 감추려고 내가 다리를 꼬다가 실수로 거기에 쾅 부딪힌 척했다. **우리 잘 자라는 인사는 안 하는 게 나을 것 같아요**라는 말은 우리가 작별 키스를 하면 안 된다는 말이 아니었다. 그건 우리 **아직** 작별 인사를 하고 싶지 않아요, 라는 말이었다. 왜 그녀는 **아직**이란 말을 하지 않았던 건가? **아직**이란 게 그렇게나 말하기 어려운 단어인가? 왜 그녀는 명쾌히 말하지 않은 것인가? 아니면 그녀는 그것을 아주 명쾌히 말했는데, 내가 언제나 원하던 것이 주어진다는 것을 믿지 못해서, 그리고 내가 그걸 받을 자격이 없다고 느껴서 알아듣지 못한 걸까.

아니면 내가 그녀 말뜻을 정확히 이해했는데 그녀가 그 말을 두 번째로, 어쩌면 한층 커다란 강조를 담아 되풀이하게끔 믿기지 않는 척을 했던 것일까…… 클라라라는 인간들은 그런 짓은 하지 않는데도?

갑자기, 나는 당장 그 무엇보다 그녀에게 전화를 걸고 싶었다. 그녀의 목쉰 듯 졸린 목소리를 들으면서, 낮 동안 그녀의 반짝이는 목소리에 대고는 말하기 어려웠을 것들을 말하고 싶었다. 반쯤 잠들어 족쇄가 풀린 상태에서만 말할 수 있고, 반쯤 잠든 사람들이 들어줄 수 있는 것들을. 당신을 깨워도 상관 안 해요. 지금 당신이랑 있고 싶어요. 당신 침대 속에, 당신 이불 속에, 당신 스웨터 속에. 삶은 오늘 밤 정말이지 너무 춥네요. 내가 그래야만 한다면 옆방에서 자겠지만, 당신 없이는 있고 싶지 않아요. 오늘 밤만은.

지금 그녀에게 전화를 걸어야 할까? 새벽 3시가 넘어서?

우리의 산책 다음에는 전화하기가 한층 쉬웠을지도 몰랐다. 그러나 3시에? 오로지 비상 상황에만 사람들은 3시에 전화를 건다. 그렇다, 하지만 이런 게 비상 상황이 아니었나? 술 취한 사람들만이 이런 걸 비상 상황이라고 칭한다. 뭐, 나는 술에 취해 있고, 그리고 설사 비상 상황이란 게 있다면 이것이 비상 상황이었다. 자! 그녀에게 전화를 걸어서 말하자. 나 오늘 밤 당신 없이 있는다는 생각을 할 수가 없어요. 그것은 차라리 유서라든지 결혼 프러포즈처럼 들렸다. 양쪽이 똑같은 거 아닌가? 나는 이렇게 물으며 올라프를 생각하고 벌써부터 킥킥대는 웃음을 참고 있었다.

나는 그녀의 이메일이나 문자 메시지를 받고 싶어서 안달이 났다. 언제가 됐든 올 줄 알았던 메시지, 그것은 그녀답게 정이 없고 매섭고 클라라적인 방식으로 잔인하게 쏘아붙이는 말투일 터였다. 그러나 그녀는 이메일을 곧바로 보내지 않을 터였다. 자신이 지난밤에 이미 한 일을 또 하지 않으려는 이유뿐일지라도. 그녀는 나더러 차고 넘치도록 오래 기다리게 놔둘 터였기에 나는 잠을 청하지 못할 테고, 잠을 정말 청했대도 일어나 확인하게 될 터였다. 그러던 나는 그녀에 관한—아니면 운명에 관한— 나의 직감이 이렇든 저렇든 정확했다면, 그녀는 오늘 밤에는 나한테 문자 메시지를 일절 보내지 않을 터임을 깨달았다. 침묵이 온전한 영향력을 행사하도록 놔두자. 침묵이 독약이 되도록 놔두자. 침묵 **자체**가 메시지가 되도록 놔두자.

그러나 그녀는 나를 위해 또 다른 고뇌를 준비해두었다. 내가 의심하게 하는 것이다. 이 모든 것이 내 마음속에서만 벌어지는 일이라고, 내 주위를 빙빙 도는 이 복잡한 수수께끼들은 그녀와 아무 관련이 없다고, 나 자신과 그녀와 삶과 나의 비틀린 관계를 보여주는 것뿐이라고.

그러나 나는 이런 것에 속아 넘어가지 않을 터였다. 나는 편집증적으로 굴고 있는 것이 아니라고, 나는 생각했다…… 나한테 이런 짓을 하고 있는 것은 그녀 쪽이다. 그리하여 나는 전화기를 꺼두기로 결심했다. 그녀에게 보여주기 위하여.

그러던 중 내 뇌리에서 이런 생각들을 꺼뜨리면서 튀어나온 것은 지옥에서 온 양자 법칙이었다. 두 가지 선택지가 있지만, 동시에 양쪽은 못 했다. 내가 핸드폰을 다시 켜면, 그녀에게서 아무 메시지가 없는 것 또는 내가 며칠간 아연하고 휘청거리게 될 정도로 너무도 잔인한 말들을 한 메시지를 찾아보게 될 터였다. 그러나 내가 확인하지 않고 핸드폰을 계속 꺼두면, 나는 이렇게 시작된 메시지를 절대로 읽지 못할 터였다.

친애하는 오스카르 전화하거나 문자를 쓰거나 신발 벗느라고 애쓰지 말고 될 수 있는 한 빨리 몸만 가지고 와요 몇 시인지 상관 안 하고 그쪽이 오고 싶은지 아닌지도 상관 안 하고 내가 오늘 아니면 어제 아니면 전날 밤에 무슨 말을 했는지도 상관 안 해요 그냥 오늘 밤 당신이 나와 있기를 원해 그리고 나 맹세하는데 아래층에서 우리 집 초인종이 울리는 거 들을 때까지 안 잘 거야 전화하거나 문자를 쓰거나 신발 벗느라고 애쓰지 말고 그냥 아래층에서 초인종 초인종 초인종을 누르라고.

오르페우스처럼 나는 핸드폰을 켜서 메시지를 확인하기를 참을 수가 없었다. 그러나, 오르페우스의 경우와 마찬가지로, 내가 확인하자마자 그녀가 보냈을 터인 메시지는 즉각 사라져버렸다.

다섯 번째 밤

내가 일어나자마자 품고 떨쳐버릴 수 없어 샤워실로, 길모퉁이의 단골 그리스식 식당으로, 그런 뒤에는 집으로 돌아오는 긴 길에 가져가면서도 도저히 대답하지 못한 단 하나의 질문은 이것이었다. 그녀는 오늘 나한테 아예 전화를 안 걸 작정일까, 아니면 그저 전화를 걸지 않을 행세를 하는 걸까?

아침 식사를 마치고, 나는 희망하는 걸 멈추려고—아니면 희망하는 그 이유로 스스로에게 심술을 부리기 위함이었을까?— 나는 전화기를 다시 끄기로 결심했다. 내가 오늘 아침에 시간이 남아돌아 할 일이 아무것도 없었다는 핑계를 대면서 브로드웨이가에서 꾸물거리는 자신을 발견했다. 그러나 너무 일찍 돌아가고 싶지 않은 이유는 너무도 빤했다. 나는 증명하고 싶었던 것이다. 나 자신에게, 그녀에게, 신들 본인들에게, 그녀가 문자를 썼을지 전화를 했을지 찾아왔을지 알려고 급하지 않았다는 것을 말이다. 왜냐하면 내가 오늘 아침 제일 알고 싶지 않았던 것은 그녀가 내게 전화를 하거나 보려는 노력을 일절 하지 않았다는 것이기 때문이다. 결국에, 나를 수치심 직전까지 이끌어간 것은—왜냐하면 그것이 내가 가장 원했던 단 한 가지였으므로— 그녀 자신도 정확히 똑같은 **고통과 고뇌**를 거치고 있었다는 그녀의 고백을 듣는 것이었다. 그녀가 자동차로 왔더라면 그녀는 우리 집 초인종이 잠잠했다는 것을 알아차렸을 테며, 그녀가 전화했더라면 음성메시지함에 가닿았을 테며, 그녀가 우연히 나를 만나 어디 있었느냐고 물었다면 나는 대답을 얼버무렸을 테다. 그러다가 내게 문득 떠오른 생각은 이것이 정확히 그녀가 나더러 거쳐가기를 원한 바라는 것이고, 나는 이 점에서 위안을 찾았다. 그녀는 정확히 이 순간에 그녀 자신도 이 모든 의구심을 저글링하고 있었기 때문에 나더러도 이것들을 저글링하기를 원했던 것이다.

내 마음속에서—그것도 아마도 내 마음속에서만— 그 모든 것은 하나의 질문으로 귀결되었다. 누가 먼저 전화기를 집어 들어 전화할 것이었나, 누가 장본인이고 누가 침묵의 희생양이었나? 그리고 그녀의 경우는 그저 침묵이었을까, 아니면 나의 경우와 마찬가지로 위장된 수다였을까? 어디서 암묵이 끝나고 침묵이 시작되었을까? 명백히, '3번 문' 질문이었다.

그러나 분명히 길고 복잡한 하루의 끝에도 단 하나의 희망이 있었다. 암묵적인 7시 10분 말이다. 그러나 7시 10분에 관해서 아무것도 말하지 않는 것은 어떤 신호였거나 신호가 아니었지만, 신호가 아닌 것 자체가 어떤 신호이기도 했다.

이 통신상 침묵을 어떻게 끊는단 말인가?

나는 스태튼섬의 페리선을 타고, '자유의 여신상' 앞에서 얼어붙게 추운 갑판에 서자마자 전화를 해서 내가 어디 있는지 맞혀봐요, 하고 말하고 그녀에게 사진 한 장을 보내 증명할 수도 있었다. 그러나 나는 그녀의 답신 역시도 상상이 갔다. 퉁명스럽고도 무반응적으로, **그래서 어쩌라는 건지?** 아니면 나는 브루클린브리지에 서 있거나 그녀의 집에서 거의 열 블록도 떨어져 있지 않은 성 요한 대성당 안쪽의 신도석 중 하나에 앉아 있을 수도 있었다. **뭐 그래서 어쩌라는 건지?**

아니라면—그래서 내가 한 일은 이것이다— 오후 2시경에 나는 스트라우스 공원의 '기억 동상'을 찍은 사진을 그녀에게 보냈다. 여기서 날 찾아볼 수 있어요. 나 잠깐 동안, 아주 오랜 잠깐 동안 기다릴게요. 다만 그때쯤에는 얼음 깨는 송곳을 가져와요.

나는 그녀가 내게 다시 전화를 주기를 기다렸다. 그러나 그녀는 그러지 않았다. 그러니 상황은 내가 우려했던 것보다도 훨씬 심하게 악화되어 있었던 거다. 그녀는 나한테 말도 하지 않고 있었다. 어쩌면 그녀는 핸드폰을 꺼버렸는지도 몰랐다. 하지만 그러면 그 역시도 어떤 신호이지 않았나? 더군

다나 그녀도 똑같은 이유로 핸드폰을 꺼두었다면 말이다. 그러면 개중에서도 가장 요란한 신호로 성립될 테니까.

나는 일련의 시나리오들을 훑어봤다. 가장 좋은 시나리오는 이것이다. 그녀가 자신이 바로 그 순간에 있는 장소 사진을 내게 보내주는 것이다. 아무 말도 덧붙이지 않고. 그저 그녀가 나를 만나러 오지 못하는 이유를 설명하는 그녀의 방식으로. 어떤 이유에서인지 나는 그녀가 덴두르 신전*의 사진을 보내주는 것을 상상했다. 버그도프 백화점의. 대리엔으로 가는 길의. 화장실 변기의.

그러던 나는 그녀의 답장이 레오 체르노비치가 바흐를 연주하는 형태로 오기를 바라기 시작했다.

그러고 나서 그녀가 내게 전화를 다시 걸고는 이렇게 말해주기를. 뭔데요?

"뭔데요"라는 말은 또 뭔데요? 나는 대답할 터였다.

그쪽이 전화했잖아요.

시간 있어요?

왜요?

바쁘면 언제 다른 때에 전화하게.

용건이 뭐였는데요?

사과하러 전화했어요.

* 기원전 15년경 건설된 이집트의 로마 신전. 미국 뉴욕 메트로폴리탄 미술관에는 해당 신전을 통째로 옮겨놓아 전시해두었다.

뭐에 대해서요?

뭐에 대해서인지 정확히 알잖아요.

이미 했잖아요. 다른 건 뭔데요?

다른 건 없어요.

"얼어 죽게 추운데 당신이 나더러 집을 떠나오게 만들었다니 믿기지가 않네요."

그녀는 내가 놀랄 걸 알고 있었다. 그러나 그녀가 스트라우스 공원에 나타난 순간, 우리는 병적으로 웃음보를 터뜨렸다. 우리의 너무 오래 이어진 통신상의 침묵을 그녀가 놀리는 것일 수도 있었다. 아니면 우리의 침묵이 의견 충돌에 지나지 않는 것, 가짜 냉전에 다름없다는 것이 명백해졌기 때문일 수도 있었다. 웃으면서 그걸 인정하려니 얼마나 다행이었는지.

"일하고 있었어요?" 그녀가 아니라고 말해주기를 나는 희망하고 있었다.

"네. 그런데 너무 오래 걸린 데다, 그쪽이 지난밤에 나한테 온갖 술까지 먹였으니까 거의 집중할 수가 없더라고요."

"여전히 화나 있어요?"

"뭐에 대해서인지에 달렸죠."

"밥 먹었어요?" 그녀는 자신이 민감한 주제를 전환하고 있음을 명확히 했는데, 다만 그 주제가 정확히 무엇이었는지 나는 썩 확신이 들지 않기는 했다. 언제나 그랬듯이 말이다.

"아뇨."

"나도 안 먹었는데."

"에스닉한 거 당겨요?"

내가 알기로 몇 분만 있으면 생겨날 터였다. 우리 삶에 새로운 사람들이. 이것저것을 명명하는 새로운 방식들이. 어떤 소녀의 마음속에서 튀어나온 등장인물들의 곳간에서 알아차릴 새로운 기벽들이. 그 소녀가 나를 쏙 빼닮은 상, 다만 반대로 된 나의 상이자 그녀 자신의 복제판이 얼굴에 비친 상이라고 생각하는 방법을 제외하고는 내가 이해할 엄두도 못 냈던 그 소녀의 마음속에서 말이다.

우리는 브로드웨이가를 걸어갔다. 점심 먹을 만한 식당 여러 군데를 찾아봤지만, 이런저런 이유로 다 지나쳤다. 사실은 우리 둘 중 누구도 배가 고프지 않았고 아늑한 카페로 만족했을 법도 했다. 나는 육분의와 특대형의 해포석 담배 파이프와 비틀거리는 황소의 그림이 그리웠다. 요맘때 으레 그렇듯 사람이 많았고, 우후죽순처럼 생겨났던 여러 2성 호텔들의 젊은 투숙객과 관광객 들이 많았다. 모든 곳이 만석이었다. 공기중 들끓는 기운이 있어서 우리의 걸음은 성급하고 활발한 리듬이 되었다.

클라라는 사탕을 사야 한다고 했다. 그 나이씩이나 먹어서 정말 사탕을 샀다고? "나 사탕 좋아해서 그래요, 됐죠?" 어느 지점에서 우리는 시내 횡단 버스를 타고 이스트사이드로 향하기로 결심했다. 그러나 우리는 더욱 심한 인파를 맞닥뜨리고 싶었던 걸까? 저기 구겐하임 미술관이 있네요, 내가 말했다. 우리는 정말 구겐하임에 가고 싶었나? 사실은 아니었다. 우리는 **프랑스로 갈** 수도 있고요, 내가 제안했다. 하지만 오후의 이 시간에? 그러면 영 아닐 터였다.

"맞다, 영화 말인데." 그녀가 말을 시작했다. "이러면 이것저것이 틀어질 거라는 건 알지만, 오늘 밤에는 못 갈 것 같아요."

그녀는 **이것저것이 틀어진다**는 뜻이었을까, 아니면 **내가 틀어진다**는 뜻이었을까?

"이런." 나는 마지못해 초대한 사람으로부터 '사절 통지'를 받았을 경우 같은 평정심으로 이 소식을 받아들였음을 보여주려고 애쓰며 말했다. "그쪽이 없으면 재미없을 건데요." 나도 이보다 멍청한 대꾸를 찾지는 못했을 테다.

상처를 받았다. 문제는 어디가 상처를 받았느냐는 것이었다. 나는 혼자 가는 것은 개의치 않았다. 원래도 영화관에 혼자 가는 걸 좋아했으니까. 내가 나도 모르게 당연시하던 것들을 취소해야 한다는 게 마음에 들지 않았을 뿐이다. 언젠가 발견할 것을 알고 있었듯 그녀에게는 다른 삶이 있었다. 그 삶에 나의 역할은 없다. 그녀의 은신 단계에서 내가 했던 역할은 너무나 소소했다. 막스와 마고, 그리고 파티에서 우리가 함께 있는 걸 봤던 몇몇 말고는 아무도 내가 존재했다는 것조차 모를 것이었다. 그걸 알게 되는 게 싫었다. 어쩌면 내가 정말 싫어한 것은, 클라라 이전의 내 삶으로 다시 돌아가야 한다는 것이었다. 나흘 밤 만에 나는 홀린 것이다. 이게 끝인 걸까?

우리 사이에 죽은 듯한 침묵이 내려 있었다.

나는 이런 상황이 벌어지리라 두려워하고 있었다. 그러나 이렇게 빨리 벌어진단 말인가?

"나 아무렇지도 않아요. 정말이에요."

다시 침묵. "저기, 왜 내가 못 가는지 안 물어볼 거예요? 보통 안 물어본다는 건 물어보고 싶어서 죽겠다는 뜻인데."

나는 궁금해하거나 짜증을 내는 것처럼 보이지 않으려고, 물어보지 않으려 하고 있었다. 그렇다고 무심한 투로 들리기도 싫었다. 나는 뭘 해야 할지 몰랐다. 어쩌면 내가 그녀와 있지 않았을 때 그녀가 무엇을 했는지 알고 싶지 않았는지도 몰랐다. 나는 우리가 함께했던 것에만 상관했다. 아니면 그렇다고 믿기를 희망했다. 그녀가 다른 사람들과 무엇을 했는지는 중요치 않았다. 특히나 그런 것이 우리가 함께 있는 것을 방해하지 않았다면. 내가 깨닫는 데 한참이 걸렸기로, 이런 면에서 나는 모든 질투하는 남자처럼 생각하고 행동하고 있었다.

"정말로 알고 싶지 않아요?"

"별것도 아닌데, 뭐. 딱 보니까 그쪽이 나한테 말해주고 싶어 죽을 지경이네."

"**타인들**이에요." 그녀가 말했다. 모호함과 동시에 너무나도 구체적인 투를 견지하는 그녀의 방식으로.

그러나 그 말은 마치 그녀가 드디어 커다란 삽으로 흙을 퍼서 내 얼굴에 떠민 것처럼 나를 강타했다. 길거리들이 회색이 되었고, 하늘이 회색이 되었으며, 브로드웨이가의 시내 횡단 정류장 근처 가게들에 밀려드는 축제 분위기의 사람들이 제 색을 잃어버리고 회색이 되었고, 삶도 그 미소의 보조개를 잃어버린 채 뚱하니 회색으로 변한 터였다.

다시 한번 나는 그녀와 더는 아무 관계를 맺지 말자고 결심했다. 지금이 그 결심을 실행할 때였다. 지금이 그 일이 벌어져야 마땅한 때다. 남자는 무릎이 풀리고 있는지도 모르고, 남자는 너무 높이 목표를 잡았을지도 모르지만, 남자는 지금 떠나간다. 이런 상황에서 굳이 점심은 뭐 하러 먹을까?

"그쪽 집에서도 차를 끓여주나요?"

나는 완전히 놀라서 그녀를 쳐다보았다.

"네, 트와이닝 차가 종류별로 다 있죠. 다만 입실 사전 작업반이 내일 도착하는지라 공간이 엉망이기는 해요."

"깨끗한 구석 하나 정도는 있나요?"

"있을걸요."

"그리고 **일 이 야*** 먹을 것?"

"엄청 오래된 햄이랑, 초록색으로 얼룩덜룩해진 치즈에, 아래 서랍에 있는 감자에는 나무가 자라 있어요. 언제나 와인은 있죠, 그래도."

그녀는 어떻게 이런 일을 할 수 있었나? 얼음장처럼 차가웠다가 델 듯이 뜨겁게 만들다니. 갑자기 우리 삶에 파티가 시작됐다.

브로드웨이에서 우리는 멈춰서 먹을 것을 사기로 했다. 가게에는 사람들이 떼로 몰려 있었지만 우리는 신경 쓰지 않았다. 치즈 둘, 바게트 하나, 아니 둘, 익은 아보카도 하나, 햄 조금, 날것에다 익힌 것까지. 아보카도는 왜요? 햄과 겨자와 어울리잖아요. 내게 겨자가 있었나? 네, 근데 엄청 오래됐어요. 세상에, 마지막으로 장미 정원에 있던 적이 언제예요? 말했잖아요, 엄청 오래됐다고. 과일도 좀 살까요? 겨울 과일, 아니면 여름 과일요? 그게 중요한가요. 과일은 다 멀리 떨어진 곳에서 수입되는 거고, 그런 곳에서는 과일이 다름 아닌 **프린스 오스카**라고 불리는 다 쓰러져가는 대형 선박들에 쌓인 거대한 어두운 컨테이너들에 탑재된 채로 익어가고, 그런 선박들은 대서양을 위아래로 오가며 형형색색이면서 무미의 산딸기들을 크리스마스 장작들에 둘러앉아서 술이 들어간 푸르

* 프랑스어로 '그곳에 있느냐'는 뜻.

트 펀치를 두고 캐럴을 부를 준비가 된 사람들에게 가져다주는 것인데. "알았어요, 알았어. **쥬*** 알았다니까." 그녀가 말했다. 우리 우유는 있던가? 있다고, 나는 말했고, 겸연쩍은 얼굴을 했다. 그런데 요구르트로 변했을지도 모른다고. 마지막 순간에 우리는 아예 하늘과 땅만큼의 차이를 만들어줄 법한 것을 떠올렸다. 바로 캐비어와 사워크림을. 우리는 다시 한번 소꿉장난을 하고 있었다. 정크 푸드 좀 어때요? 정크 푸드랑 사탕요, 그녀가 말했다.

다 마쳤을 무렵 우리는 커다란 식료품점 가방 두 개를 채운 터였다. "갑자기 나 배고파요." 그녀가 말했다. 나는 배고파 죽을 지경이었다.

"우리가 조금이라도 더 가기 전에, 주방은 깨끗한가요?" 우리가 내가 사는 건물에 들어서면서 그녀가 물었다.

그녀는 내 침대보가 깨끗한지 물어본 걸까?

"베네가스 여사님이 일주일에 두 번 오세요. 냉장고 안이나 내 서재의 무엇도 건드리시지 못하도록 해뒀긴 하지만요."

나는 엘리베이터에서 내렸다. 엘리베이터 문이 아주 빨리 닫힌다고 말해준다는 걸 깜빡했다. 그래서 꾸러미를 든 클라라는 엘리베이터 문이 닫힐 때 격하게 떠밀려 나오는 꼴이 되었다. "좆같은 문. 좆같이 무례해." 그녀는 내 아파트로 가

* 프랑스어로 '나'라는 뜻.

는 복도를 따라오는 내내 그 문에다 계속 욕설을 퍼부었다.

그녀는 내 러그와 사랑에 빠졌다. 아이디어가 하나 떠올랐다고 그녀는 말했다. "우리 저 구석 방에서 피크닉해요. 내가 모든 걸 준비할 테니까 그쪽은 와인이랑 음악만 맡아줘요." 잠시 우리는 서로의 옆에 서서 공원을 내다보고 있었다. 내면의 기쁨으로 벅차오르는 또 하루의 흐린 백주白晝.

그녀는 리넨을 넣어두는 장에서 식탁보 하나를 발견했다. "이게 뭐예요?"

"프랑스 루시용에서 샀어요. 선물로 샀는데 주질 못해서, 결국 여기 보관해뒀죠."

그녀는 주방으로 가는 길에 우리 아버지와 네 살 때의 내 사진을 발견했다. 그것은 베를린 여행 때 찍은 것이었다. 우리는, 그와 나는 티어가르텐 공원에 있다. 그리고 그 옆으로는 아버지와 함께 그의 아버지가 정확히 똑같은 장소에서 찍은 흑백 사진이다. "'유대인의 귀환'이네요."

"'유대인의 설욕'이랄까요."

"그쪽은 아버지를 닮았네요."

"개인적으론 안 닮았기를 바라지만요."

"아버지를 안 좋아했어요?"

"아주 좋아했어요. 그런데 아버지가 행복한 사람이었던 것 같지는 않아요."

"이 사진이 찍히고 나서 벌어진 일이 있으니, 어디에서도 행복을 상상하기가 어렵긴 했겠어요."

"아버지도 행복할 기회야 있었어요. 제가 생각하기로."

"그쪽이 생각하기로요."

"제가 알기로요."

"그런데요?"

"아버지는 기회를 놔버렸어요."

"무슨 뜻이에요?" 왜 우리 아버지에게 갑자기 관심을 보이는 걸까?

"무슨 뜻이냐면…… 아버지는 자신이 자격이 충분했다고 생각하지 않았어요. 아버지는 한 번, 딱 한 번 사랑을 알았던 적이 있어요. 그러나 아버지는 오직 그의 사랑만을 원하는 상대를 좇아가기에는 충분히 다가가지 못했거나, 충분히 위험을 감수하지 못했죠. 그는 너무 오래 기다렸지만, 인생이 그가 장애물을 다 건널 때까지 기다려줄 수 있다는 건 몰랐던 거죠."

"'양서성 시니어*'인가요?"

"그렇게 부르고 싶다면야."

"언제 돌아가셨어요?"

"작년에요."

그녀는 사진에 더욱 가까이 갔다.

* 부자간에 이름이 같을 경우 아버지의 이름 뒤에 '시니어(Senior)', 아들의 이름 뒤에 '주니어(Junior)'를 붙여 사용하기도 한다.

"저는 이 사진이 찍힌 그 여름에 태어났어요." 그녀는 말했다.

"알아요."

나 역시도 산수를 했다고. 나도 이미 이렇게 생각했다고 그녀에게 알려주자. 나는 과연 알았는가, 내가 아버지와 함께 티어가르텐의 작은 공원에서 걸어 다니던 무렵, 맨해튼의 병원 어딘가에서는 클라라라고 이름 지어질 누군가가……?

내가 그녀에게 말하지 않았고 절대로 암시할 용기도 내지 못했을 법한 것은 나 역시도 이렇게 생각하고 있다는 것이었다. 누군지 모를 사진사가 우리 사진을 열심히 찍던 과거의 그때, 아버지는 알 수 있었을까? 훗날 어떤 사람이, 내가 아버지에게 소개해주고 싶은 사람이 아버지의 사진 앞에 서서 아버지에 관해 물으리라는 것을? 또 우리가 오 년 전 어느 일요일에 경매에서 산 페르시아 러그를 보고 클라라가 피크닉을 하자는 아이디어를 떠올릴 것을?

"아버지의 사생활을 어떻게 그렇게 많이 알아요?"

"왜냐면 우리는 비밀이 엄청 적었으니까요. 아버지는 너무 불행해서 가끔은 비밀을 만들 여유도 되지 않았으니까요. 아버지는 살면서 겪은 모든 실수를 되새기며, 내가 그때가 왔을 때 같은 실수를 하지 않게 했으니까요."

"그래서 그쪽은 그런 짓들을 했나요?"

"그건 '3번 문' 질문이네요."

"말씀하신 그때는 온 거고요?"

"그것도 또 다른 '3번 문' 질문이네요."

"그래서요?"

"그래서—우리가 문들을 들이받아서 여는 것에 빠져 있으니만큼—그건 우리가 말하는 동안에조차 따져보아지고 있는 거라고 말합시다."

"깊네요. 매우, 매우 **트레** 깊어요."

우리는 동시에 그것을 내뱉었다. "비슈누크리슈누!"

그녀는 루시용에서 산 식탁보를 러그에 힘차게 펼쳤다. 한 번의 결연한 펄럭거림으로 식탁보는 바람 부는 날 깃발처럼 바스락거렸다. 나는 〈골드베르크 변주곡〉의 내가 가장 좋아하는 녹음본을 틀었고, 레드와인 한 병의 코르크를 땄다. 그녀는 주방에서 접시들을 가져왔다. 그다음 당혹스러운 순간이 찾아왔다. 냅킨이 없었던 것이다. 천 냅킨도 종이 냅킨도 없었다. 우리는 여기저기 다 찾아봤다. 그 베네가스 여사님이 아마도 코 닦는 데 냅킨을 쓰시는가 봐요. 어디에라도 두루마리 화장지가 하나라도 있었나? "제가 온갖 곳을 찾아봤어요" 하고 클라라가 말했다. "**에스 깁트 카인*** 화장지." 그녀는 주방의 온갖 보관장을 확인해보았다. **나다****, 그녀가 말했다. 단 하나의 해결책만이 남아 있다고 내가 말했다. 내가 그 말

* 독일어로 '그곳에 없다'라는 뜻.

** 스페인어로 '아무것도 없다'라는 뜻.

을 끝내지도 않았는데 그녀는 병적인 웃음보를 터뜨렸다.

"그쪽은 더 좋은 선택지가 생각나요?" 내가 물었다.

그녀는 고개를 저으면서 여전히 웃음을 참지를 못하는 채였다.

"그쪽 집이잖아요. 그쪽이 가져와."

그래서 나는 빵빵한 두루마리를 찾아서 우리의 피크닉에 가져와 그녀 옆에 두었다.

"그쪽이 화장실에 있던 두루마리 화장지가 나를 시퍼렇게 쳐다보고 있는 중에 나더러 식사하게 한다니 믿기지가 않아요. 당신의 건강과 기쁜 새해를 위해서." 나는 뻗어 건너가서 알고 보니 오래 지속되는 키스였던 것을 그녀의 귀 아래에 놓아두었다. "다시 몇 번이고 더, 몇 번이고, 몇 번이고."

그녀는 부츠를 벗고 나를 보며 바닥에 비스듬히 누웠다. 그을린 맨발을 다른 발에 올리고 가끔은 뚱하게 나를 보는 시선, 나는 그게 정말 좋았다. 내가 자기 발을 쳐다보는 걸 그녀는 한두 번 눈치챘다. 그녀가 그걸 좋아한다는 걸 나는 알 수 있었다. 그러니까 그녀는 내가 뭘 생각하는지 알았고, 나도 그녀가 안다는 것을 알았다. 그게 정말 좋았다. 일주일 전에 그 발들은 모래 위에 있었는데 이제는 내 러그 위에 있는 것이다. 우리는 이제 친구 이상이었다. 우리 사이에는 분명 평범한 남녀 간의 우정 이상으로 훨씬 많은 것이 있었다. 이게 무엇인지, 이게 어디로 향하는지, 이것이 혹시 벌써 정점에

다다른 것이라서 우리가 함께할 모습은 이게 전부인지, 나는 알지 못했다. 며칠간 처음으로 나는 우리 사이에 버티고 선 것이 크레이터와 지뢰로 어지럽혀진 회색의 황량한 무인지대가 아니라 다른 무언가임을 볼 의향이 생겼다. 예수의 탄생을 그린 그림처럼 고요하며 눈이 내리는 미지의 장소, 그럼에도 희망적이고 가슴 아픈 즐거움로 가득한 곳으로. 그 즐거움은 마치 전쟁터에서 12월 25일에 총성이 잠잠해지고 적군 병사들이 참호에서 기어나와 함께 담뱃불을 붙이는, 그러나 다음 담배에 불을 붙이는 것은 잊어버리는 임시의 휴전처럼 찰나일 뿐이다.

언젠가 나는 내가 사 모은 모든 질로티 음악을 그녀에게 들려주겠다고 말했다.

"어느 게 제일 좋아요?" 그녀가 물었다.

"그쪽 음반요."

"내 말이 딱 그 말이에요."

우리의 피크닉은 두 시간 넘게 이어졌다. 그녀가 텔레비전을 틀어, 그러려고 한 건 아니지만 우리가 영화 〈대부〉를 시작부터 거의 끝까지 보다 보니 그렇게 되었다. 거의 결말에 이르면 마이클 코를레오네가 모든 이를 제거해두고 역시나

죽일 참인 자신의 매제에게 말한다. "아, 네놈이 내 여동생한테 벌인 그 멍청한 촌극 말이야. 그걸로 코를레오네 가문 사람이 속아넘어갈 거라고 생각하나?" "아, 그걸로 코를레오네 가문 사람이 속아넘어갈 거라고 생각하나?" 그녀는 되풀이했다. 그다음 우리는 내가 새로 산 헨델의 연주본을 들었다. 우리는 다시 로메르를 논했지만, 오늘 밤의 영화들은 언급하지 않았다. 나는 그녀가 우리의 소풍 다음에 어디로 갈지 알고 싶지 않았고, 묻고 싶지 않았고, 구체적인 사항을 원하지 않았다. 아는 것은 알고 싶어 좀이 쑤시는 것보다도 상처가 될지도 몰랐다.

"그 사람이 말하는 그거 뭐죠?" 내가 물었다.

"아, 그걸로 코를레오네 가문 사람이 속아넘어갈 거라고 생각하나?"

나는 그녀가 말하던 방식이 너무도 좋았다. "다시 말해봐요."

"아, 그걸로 코를레오네 가문 사람이 속아넘어갈 거라고 생각하나?"

그러나 그때, 그녀가 나한테 레드와인을 더 따라주려던 바로 그때, 그녀는 커다란 사전 위에 흔들림 없이 세워둔 자기 잔을 넘어뜨렸다. 조금 남았던 와인이 양탄자에 붉은색 웅덩이를 만들었고, 그것은 페르시안 러그의 어두운색 마름모 문양 속으로 금세 사라졌다. 그녀는 급하게 사과했다. 막스의 식당에서 그녀가 내게 돌아서 키스했을 때의 그 즉흥적이고 야단스러운 모습을 상기시켰다. 나는 그녀를 진정시키려 했다. 걱정하지 말라고 했고, 행주를 찾으러 주방으로 급히 들어갔다.

"두드려요. 문지르지 말고. 두드리라고." 그녀가 되풀이 했다.

나는 말을 들은 대로 하려고 했다.

"아직도 두드리는 게 아니라 문지르고 있잖아요."

"그쪽이 해요, 그럼."

"내가 할게요." 그녀가 말하면서 처음에는 러그에서 멀찍이서 나의 문지르는 동작들을 따라 하더니만 어떻게 되어야 하는지를 보여주었다.

"이제 소금이 필요해요." 그녀가 말했다.

나는 그녀에게 식탁용 소금 통을 주었다.

그녀는 내게 웃음지었다. 나는 소금을 어디 보관해두고 지냈나?

나는 유대교 율법에 따라 만든 소금이 든 거대한 상자를 그녀에게 가져다주었다. 클라라는 와인 얼룩 위에다가 넉넉히 한 무더기를 부었다.

"대체 왜 이렇게 거대한 소금 상자는 가지고 있으면서 집에 음식은 하나도 없는 건데요?"

"장미 정원이 여기 살았고 많이 요리했었거든요. 그걸로 향신료가 든 매우 커다란 용기들도 설명이 되죠. 음식도 요새는 은신하는 중이에요." 내가 덧붙였다.

"그 여자가 뭘 했길래요?"

"진수성찬을 요리해줬죠."

"아니, 내 말은 그 여자가 뭘 했길래 장미 정원에서 걷어 차였느냐고요?"

"나한테 문지르지 말고 두드려야 한다고 했죠."

"그래서 그 여자는 지금은 어디에 있는데요?"

나는 어깨를 으쓱했다. "돌아갔죠."

그녀는 손가락의 평평한 부분으로 소금 무더기를 신중하게 눌러서, 네 손가락 길이의 납작한 고랑을 만들었다. 나는 이것을 영원히 간직하고 베네가스 부인더러 이 소금을 건드린다거나 청소기로 빨아들인다는 생각은 하지도 말아달라고 청할 것이다. 그리고 그녀가 이걸 기어이 치워버린다면, 나는 이날을 기억할 계기로 이 얼룩을 가지고 있으리라고 확신한다. 마치 별똥별이 지구에 떨어져 흔적도 없이 사라졌지만, 사람들이 크레이터에 별똥별의 이름을 붙여 명판을 세우는 것처럼. 그녀는 별똥별, 나는 벌어진 구멍이었다. 12월 28일에 클라라와 나는 우리 집 바닥에서 소풍을 했고, 여기에 그 증거가 있다. 그녀가 떠나게 되자마자—나는 나를 알았다—나는 그녀의 손가락들 사이의 공간들을 표시하는 저 작은 주름들을 응시하고 나 자신에게 말할 터였다. 클라라가 여기 있었지.

"바라건대 얼룩이 안 지기를."

"바라건대 얼룩이 지기를." 내가 말했다.

"프린츠." 그녀가 원망스레 말했다. 우리 둘 모두 이해했다. 짧은 침묵 뒤 그녀는 갑자기 덧붙였다. "설거지!"

우리는 그릇들을 주방으로 다시 가져갔고, 그녀가 그릇을 싱크대에 놓았다.

"우리 디저트를 깜빡했네요." 그녀가 말했다.

"아니, 안 깜빡했어요. 내가 초콜릿 레즈비언들을 샀거든요."

"난 못 봤는데요."

"놀랐죠! 하지만 조건이 하나 있는데……."

"무슨 조건요?" 그녀의 얼굴에 파문처럼 번져 내려가는 우려. 내가 그녀를 긴장시켰다는 걸 알았다.

"조건이 있는데, 그쪽이 '아, 그걸로 코를레오네 가문 사람이 속아넘어갈 거라고 생각하나?' 하고 말하는 거예요."

내 심장이 뛰고 있었다.

"그쪽이 생각하는 거 한번!"

그녀는 쿠키 세 팩을 뜯어서 두 개씩 늘어놓았다. 당신이 쿠키를 하나씩 발가락 사이에다 끼워 넣었다면 나는 거기에 입을 갖다 대고 쿠키를 하나씩 베어 물 터였다. **내가 생각하는 거 한번**, 이라고 말하셨겠다?

"아직도 차 마시고 싶어요?" 내가 물었다.

"빨리 되는 차요." 그녀가 말했다. "내가 금방 가야 해서요."

무엇이 나더러 그녀가 **타인들**과의 약속을 잊어버릴 거라고 생각하게 한 건지 모르겠다. 나는 어쩌면 어리석을 데가. 그러나 그녀도 기억하다니 어쩌면 완전히 둔감할 데가. 한편으로 나는 그녀가 우리의 작은 일과를 깨는 것을 즐겼고, 나를 당혹시키는 걸 즐겼고, 그녀가 잊어버렸기를 희망하는 나를 지켜보다가는 기껏해야 나를 다시 현실로 홱 잡아당겨서 자신이 잊어버리지 않았다고 내게 일깨워주는 것을 즐겼다고 믿기까지에 이르렀다.

그러나 나는 그러한 동기들 탓으로 돌리는 것은 어떤 의도가 거친 날씨 때문이라고 보는 것이라든가, 우리와 불과 두 시간 전에 테니스를 치던 친구의 돌연사 배후에서 의미를 찾는 것과 같았음을 알기도 했다.

우리는 전자레인지로 이 분간 물을 끓였다. 그리고 얼그레이 티백을 끓는 물에 일 분간 담갔다. 칠 분 안에 우리는 차를 다 마셨다. 형편없는 섹스 티네요. 엄청, 엄청 형편없는 섹스 티야, 그녀가 되풀이했다, 전혀 리디아적이지가 않아.

그러고 그녀는 일어서서 창문 중 하나로 가서 또 한 번의 하얗고 추운 회색 겨울날이 절로 지쳐 떨어지는 것을 지켜보았다. 그녀는 로메르에 관해서 아무 말도 하지 않았다. 나 역시도 아무 말도 하지 않았다.

나는 내 아파트로 통하는 문을 약간 열린 채 두고는 그녀를 복도 끝까지 걸어서 배웅해주었는데, 그곳에서 우리는 어색한 침묵 속에서 엘리베이터가 도착하기를 기다렸다. 우리는 작별 인사를 할 때 절대로 계획을 세우지 않았고, 이번 역시 다르지 않았다. 다만 내일에 관해 아무것도 말하지 않는 것, 그것이 우리 분위기를 긴장시켰다. 우리의 침묵은 부자연스러워졌고 거의 적대적으로 되기까지 했다. 마치 우리가 숨기고 있었던 것이 우리의 우정을 공식화하는 것을, 또는 우정이 우리를 한층 가깝게 해줄 때마다 우정을 다시 지어내는 것을 우리가 꺼린다는 점이 아니었고, 우리가 숨기고 있었던 것이 다시 만날 의향이 없어서 절박하게 해당 주제를 피하고 있는 사람들의 죄책감 서린 조심성이었다는 것만 같았다. 엘리베이터가 드디어 오자 우리는 돌연하고도 성급한 가벼운 입맞춤으로 돌아갔다.

"곧 봐요." 내가 말했다.

"곧 봐요." 그녀가 흉내를 냈다.

우리 사이에 문이 닫히기 시작할 무렵, 나는 그녀를 마지막으로 보는 거라고 확신했다.

"좆같은 문." 나는 그 문이 그녀에게 쾅 부딪히고 나자마자 그녀가 꺅 하고 비명을 내지르는 것을 들었다. 나는 이번에도 그 문에 관해서 그녀에게 일깨워주는 것을 잊어버렸던 것이다. 그녀가 내려가는 내내 웃어젖히는 소리가 들려왔다.

일단 내 아파트로 돌아오자, 나는 오늘 아침의 그 순간으로 돌아갔다. 내가 그녀와 이 복잡한 우정을 하루 더 이어가기는커녕 오늘 말을 섞기나 할지 알 수 없었던 순간으로. 내가 끝내 무너져서 그 두려운 전화를 걸자고 결정해두었던 늦은 오후 시간은 이미 지나갔다. 그러나 그녀와 몇 시간을 보내고 난 지금도 기분이 나아지지 않았다. 나 자신의 결단이 마지막 봉화, 혹은 그다음에 기대할 것이 아무것도 없어서 마지막까지 남겨두는 가장 맛있는 한 입 거리 같았던 아침보다도.

나는 창문을 내다보았다. 음울하고, 음울하고, 음울했다.

차 마실 시간이다, 나는 생각했다. 그러나 나는 방금 그녀와 차를 마셨다. 공기가 나를 포위하는 게 느껴졌다. 마치 이름 없는 황혼 이전의 시간, 십오 분에서 온종일까지 이어질 수 있는 그 시간 속에서 모든 사람이 떠올리는 런던의 이미지 속 공기처럼. 나갈 시간이었다. 그러나 갈 곳이 없었다. 나는 친구한테 전화를 걸어야 했다. 친구들 중 반절은 시외에 있었다. 다른 반절은 한가하지 않을지도 몰랐다. 레이철 자매가 있기야 했지만, 그들은 분명 나더러 용기와 임기응변과 무엇보다도 솔직함이 부족하다고 몰아세우기부터 할 것이다. 게다가 그들에게 클라라를 소개해주지 못한 채로 그들을 다시 보고 싶지도 않았다.

나는 체육관으로 가서 책 한 권을 들고 러닝머신에 오르고, 어쩌면 수영도 몇 바퀴 하기로 했다. 그다음 7시 10분까지는 내가 언제나 가기로 한 곳에 가기로 했다. 다만 이제는 내가 뭐라도 더 나은 일을 하지 못해서 그러고 있을 터였다는 듯한 느낌이 들기는 했다. 어쩌면 영화를 보고 난 다음에 저녁을 들 터였다. 역설적으로 하고많은 음식점들 중에서도 '타이 수프 가게'에서 말이다. 가끔은 혼자 있는 것도 나쁘지 않다.

그녀는 아보카도를 얇은 편들로 썰어서 바게트 위에다 일련의 초록색 반달들을 비스듬하게 포개어 놓고는 햄의 층을 두 개, 그다음에 치즈를, 그다음에 한 방울의 매운 겨자를 더하고는 최종적으로 빵을 파니니 그릴 아래에서 살짝 납작하게 누르면서 자신의 손가락을 얼룩지게 한 여분의 겨자를 핥았었다. "이건 당신 거예요, 프린츠." 그녀가 어떤 얼간이라도 그저 우정이라고 부르지 않을 법했던 무언가를 품고 접시 위에 샌드위치를 올려 내게 건네면서 말했다.

그러나 그곳에는 캐비어도 있었다. 그녀는 그걸 사워크림 위에다 펴 바르겠다고 고집을 부렸다. 왜요? 내가 물었다. "왜냐면 그쪽은 하는 법을 모르니까요." "나도 똑같이 잘할 수 있는데요." "그러면 왜냐면 내가 하고 싶으니까요."

왜냐면 내가 하고 싶으니까요라는 말들은 나를 그녀에게서 보호하는 모든 것을 간단히 무효화하고 내 심장을 바로 명중시켰다.

오후는 내 예상보다 빨리 지나갔다. 나를 놀랜 것은 내가 우려한 만큼 상황이 나쁘게 전개되지 않았다는 감각이었다. 사람은 언제나 이런 일을 겪고도 살아갈 수 있는 것이다. 그녀에게 아주 가까이 다가갔다가 그녀를 놓쳐버렸다는, 그 떨칠 수 없는 후회를 극복하는 것만이 나에게 필요한 일이었다. 나는 끄떡없을 터였다. 아니면 그녀는 세례 요한과 같이, 이제 찾아올 더 나쁜 일들의 신호, 혹은 설움의 전구자였을까? 말리려고 널기는커녕 아직 현상하지도 않은 사진들처럼?

영화관에 도착해보니 기다리는 줄이 평소보다 짧았다. 이번 작품은 로메르의 수작에 드는 영화들이 아니었는데, 관중 수가 그것을 증명해주었다. 표를 구매한 다음에 나는 옆집에서 그란데 커피 한 잔을 가져오기로 결심했고, 스스로에게 굳이 이유를 묻는 일 없이 초코바 하나를 샀다. 그다음에는 그녀가 피우는 브랜드의 담배를 샀다. 나는 지난밤의 영화관에서 시간이 멈췄다고 생각하고 싶었다. 나는 마치 스포츠 트레이너와 같이 경주가 끝난 그 순간을 표시하고자, 일주일의, 일 년의 고점을 표시하고자 의도적으로 스톱워치를 아래에 들고 있었다.

'필동카 고갱님좌석있슴다'는 그곳에 변함없이 튼튼한 모습으로 똑같은 머리, 똑같은 노려보는 시선, 똑같은 셔츠로 있었다. 그러나 그녀가 없으니 그는 웃기지가 않았고 그저 우쭐한 폭력배 같았다. 그는 내 표를 가져가서 무슨 **여자한테 바람맞았군?** 하는 투로 나를 내립떠본 다음에 다른 누군가의 표를 움켜잡았다.

나는 양쪽에 있는 사람들로부터 세 자리 떨어진 곳을 찾아서 앉았다. 영화관에서의 커피는 그녀가 발명해낸 것이었다. 나는 언제나 차가운 음료를 마셨지 커피는 절대 마시지 않았고, 술 한 모금을 마시다니 당치도 않았다. 나는 그녀의 많은 전남친들 중 어느 놈이 그녀에게 영화관에 술을 가져오는 것을 가르쳐줬을지 궁금해졌다. 그녀는 오랜 연인들과 익힌 습관들을 나와 있을 적에 얼마나 여러 번 부활시켰던 걸까?

영화가 시작되기 전 어둠 속에서, 나는 클라라와 처음 함께할 때 클라라가 전화를 하러 갔을 때를 떠올렸다. 그때 나는 옆좌석에 코트를 두었다. 그녀가 돌아왔을 때 정신이 깨어 그녀의 존재를 알아차리는 것을 더욱 즐기기 위해서라도, 내가 그날 밤에 혼자 온 척하려고 했다. 나는 오늘 저녁을 위하여 그 기억을 꿍쳐두었던 것인가, 마치 역사를 바꾸라는 사명을 띤 시간 여행자가 지금 자동 권총을 묻어두었다가 내일 고대 로마에서 되찾는 식으로?

영화 크레딧이 나왔다. 내 마음은 표류하기 시작해, 내가 몇 년 전 이 영화를 함께 보러 왔던 다른 누군가를 떠올리려 했다. 나쁘지 않았다. 엄청 좋지야 않았지만 나쁘진 않았다. 오프닝 시퀀스는 정확히 내가 회상한 대로였고, 그것을 세세하게 회상할 수 있음에도 불구하고 이 영화는 여전히 매우 신선했고, 내가 가고자 희망한 정확히 그곳으로 나를 실어 갔을 법했음을 알게 되어 행복했다. 물론 영화관에 평소보다도 소음이 심하지만 않았다면 말이다. 어디에 앉을지 결정하질 못하는 지각생, 자리를 바꾼다고 잡담하는 커플, 내 머리 위로 이동하는 필동카의 빛기둥, 그런 뒤 급기야 문이 쾅 부딪히는 소리에다 그 뒤로 뭔가 걸린 듯한 탄산음료 자판기의 반복적인 철커덕 소리까지. 그곳에는 웅성대는 목소리들이 있었다. 나는 누군가가 자판기를 다시금 시도하는 소리가 들려왔다. 철커덕, 철커덕, 다시금 철거덕. 그런 다음에는 자판기의 아래 받침대에 캔 여러 개가 쿵 하고 부닥치는 소리가 들렸다. "잭팟을 터뜨리셨네." 누군가가 외쳤다. 관중은 웃었다. 이것은 클라라의 대사여야 했다고, 나는 생각했다. 그런데 막 영화가 시작하고 있었을 무렵 문이 다시 한번 열리더니 또 다른 커플이 걸어 들어왔는데, 둘 다 전형적으로 사려 깊게 어퍼 웨스트사이드식의 자신을 삼가는 태도로 고개들을 숙인 채였다. 바깥에서 오는 불빛은 한순간 방해가 되었지만 문이 닫히자 사라졌다. 또 다른 침입자가 자리를 찾는다고 애를 먹고 있었다. 그 역시도 나를 산만하게 했다. 그러던 중 나는 그 기침을 들었다. 긴장 서린 기침이 아니라 의도적인 기침을. 마치 사람들이 방 안에 본인들의 존재를 타인들에게 일깨워주려고 기침을 할 때와 같은. 다시 그 염병할 기침이 크레딧과 크레딧이 다 올라가고 나자마자 시작되었던 보이스 오버* 양쪽을 가로막았다. 콜록, 콜록. 나는 내가 이걸 상상해내고 있었던 거라고 확신했지만—이 기침은 "프린츠 오스카르" 하고 속삭이고 있었으니— 내가 이걸 상상해내고 있을 리가 없기야 했지만 진짜이기만 하다면 내가 무엇을 안 내어주었겠는가……. 몇 초 뒤에, 그 목소리는 이번에는 기침 없이, 그럼에도 여전히 속삭였다. 거의 이런 뜻의 질문 같았다. **거기 있어요? 내 목소리 들려요?** "프린츠 오스카르?" 관중 전체가 문 방향으로 돌아보았다. 믿기지 않았지만, 달리 누가 영화가 시작되고 나서 영화관에서 그런 말을 한단 말인가? 나는 그녀가 알아채기를 바라면서 팔을 들어 올렸다. 그녀는 알아차

* 영화에서 화면에 모습을 보이지 않으면서 대사, 해설 등을 설명하는 목소리만 들리도록 하는 일.

렸고, 내가 있는 방향으로 즉각 걸어왔다. "정말 미안합니다. 매우 정말, 정말 미안해서 몸 둘 바를 모르겠네." 그녀가 내 자리로 도달하려 할 동안 일어서는 사람들에게 짐짓 사과하면서 말했다. "저 좆같은 필동카가 나를 안 들여보내려고 하잖아요." 그리고 바로 그때 그 자리에서 그녀는 통제 불능의 웃음보를 터뜨리면서 영화관의 모든 사람에게서 전반적인 쉿 소리를 불러일으켰다. 나는 그녀를 포옹하자마자 그녀를 놓아줄 수가 없어서 그녀의 머리를 꼭 잡고 그녀의 머리에다 키스하고 그녀의 머리를 내 가슴에 눌렀다. 그녀는 조용히 숄을 벗기 시작했다.

"나 이제 영화 봐도 될까요?"

내가 그녀 목덜미 곳곳에 입을 맞춘 게 틀림없었다. "내가 얼마나 행복한지 감이라도 잡혀요?"

그녀는 코트를 벗어 더욱 사람들을 방해하고, 앉아서는 안경을 꺼냈다. "네, 알고말고요."

나는 그러나 내가 그녀를 놓아줘야 할 터임을 알았다. 나는 그녀를 놓아주고 싶지 않았다. 나는 이렇게 있는 것이 좋았다. 일단 풀려나면 그녀는 다시 만지기가 불가능해질 터임을, 또 우리 사이에 몇 초간 보글보글 끓던 물은 금방 얼어붙을 테고 쩍쩍 갈라지는 얼음 몇 킬로미터에 걸쳐서 어렴풋이 나타날 것은 그녀라는 본토와 나라는 멀찍한 해안 사이의 오랜 무인지대임을 나는 알았다. 그리하여 나는 거의 태평스러운 투로 그녀의 어깨에 손을 얹었는데, 다만 그녀가 그 몸짓의 연구된 천연덕스러움을 알아채고 십중팔구 그걸 놀릴 터임을 아는 채이기는 했다. **그러니까 그쪽은 지금 이게 어색하다는 거네요, 안 그래요?**

그녀는 내 커피를 발견하고, 곧장 그 잔을 집어 들어 마셨다. 왜 나는 설탕을 넣지 않았나? 왜냐하면 나는 넣는 법이 없으니까요. 그쪽이 나한테 커피를 안 사줬다는 게 믿기지가 않네요. 그래서 이런 식으로 복수하시겠다. 가엾은 여자한테 커피도 안 사 주는 식으로? 뭐라도 먹을 건요?

나는 그녀에게 초코바를 건넸다.

"적어도 그건 있네요!"

그녀가 빙긋 웃었다.

"왜요?" 내가 말했다.

"아무것도 아니에요."

우리 뒤쪽 남자가 우리더러 목소리를 낮추라고 했다.

클라라는 그에게 돌아서서 그녀 옆자리에서 발을 치우지 않으면 머리털을 그녀의 커피로 헹궈주겠다고 위협했다.

그녀가 영화관에 나타나기 전까지, 나는 하루 저녁을 혼자 보내기로 거의 체념한 터였다. 나는 심지어 똑바로 앉을

응시하고 내가 텅 빈 길거리로 걸어 나가자마자 나를 기다리고 있는 살풍경함에 너무 겁먹지 않을 수도 있었다. 그런다고 너무나 끔찍하지는 않을 터였다. 나는 스스로에게 말하고 있었다. 꼭 그녀에게는 내 삶 바깥의 삶이, 다른 친구들이, **타인들**이 있었음을 내게 일깨워줄 또 하나의 매서운 방식을 그녀가 찾아냈던 것이 너무나 끔찍하지는 않았고, 형편없이 시작된 하루가 못지않게 형편없이 끝나게 되는 게 끔찍하지는 않았고, 이제는 너무도 철저하게 혼자 있는 것과 시간들이 뻗어나가 내일, 그리고 다른 내일들, 그리고 더 많은 내일들까지 이어지면서 느릿한 허드슨강을 따라서 쩌적쩌적 갈라지는 얼음 토막들처럼 등과 등을 맞대고 뒷질해 나아가다가는 이윽고 모든 육지를 등 뒤에 놔두고 대서양으로 또 나아가 북극의 빙하 쪽으로 향하게 될 터였던 모습을 지켜보는 것이 끔찍하지는 않았듯이. 모든 사람이 잘못된 것도, 내 삶처럼, 이날처럼, 잘못된 것도 끔찍하지는 않았듯이 말이다. 마치 모든 것이 너무도 뼛속까지 혼란해지고 지리멸렬하면서도 너무도 쉬이 참을 만해 보일 수가 있듯이.

영화가 끝나면 나는 도심을 벗어나자고, 심지어 그녀의 집을 걸어서 지나가자고 이미 생각해두었다. 그녀 창문이 어느 쪽을 바라보는지 알고 있으니까. 도심을 벗어나는 그 장면을 재생하고 추체험하고자 도심을 벗어나도록 걷자고. 아니면 이것은 전부 그녀의 건물, 그녀의 길거리, 그녀의 세계를 스토킹하려는 변명이었을까? 나는 정말로 건물, 창문, 사람들을 스토킹하는 유형의 사람이었나? 그녀를 따라다니고, 염탐하고, 그녀와 마주 보려는? 아하, 이거 봐라! 아니면 더 좋은 것으로는, 그녀와 마주치려는. 이 밤중에 당신을 우연히 맞닥뜨리다니 정말 신기하네요!

아니면 도심을 벗어나는 쪽으로 106번가로 향하는 것이 단순히 밤에 할 일을 만들려는 구실일 뿐이었을까? 마치 크리스마스 사흘 뒤에 크리스마스 선물들을 사는 것이 내가 시간을 때울 거리들이 다 떨어지고 나서 기대할 무언가를 내게 줄 법했던 식으로?

우리의 평소에 앉는 방켓 위에 이제 그녀 옆에 앉아 있자니, 그녀가 나와 영화관에 가지 않겠다는 말을 들은 이래로 내가 한 일은 오로지 그녀에게, 나에게, 모든 것들에게 천연덕스러운 표정을 유지하려고 노력하는 것, 러그에서 우리가 함께 보내는 순간이 올해의 하이라이트였다고 느끼지 않기 위해서 너무 많이 즐기지 않으려 노력하는 것, 그 순간을 냉동 보관해두는 것, 우정을 냉동 보관해두는 것, 마치 언제나 차갑게 식혀진 캐비어처럼 나의 작은 미세한 희망들 각각과 더불어 살아가는 것이었음을 깨달았다.

우리가 영화관에서 걸어 나오자마자 우리 중 누구도 어디로 향하고 있었는지에 관해 아무 말도 하지 않았다. 그 대신 우리는 언제나처럼 똑같은 방향으로 걷기 시작했고, 혹시

나 일말의 의혹이 있었을 경우를 대비하여 우리가 그 한 곳 말고는 다른 곳을 마음에 두지 않았음을 보여주고자 브로드웨이가의 오른편으로 길을 건넜다. 나는 그곳에 다다라서 방켓 옆의 우리의 의식으로 되돌아가 우리의 첫 잔을 주문하고 싶어 안달이 날 지경이었다. 어쩌면 그녀 역시도 우리가 상황을 놔둔 그 자리로 열렬히 상황을 되돌리고 싶었는지도 모를 일이었다. 물론 그녀의 생각이 어디 있었는지 알 길은 없기야 했지만. 그러나 우리가 브로드웨이가를 건너자마자 그녀가 한 일은 오로지 내 팔에 자기 팔을 슬쩍 끼우고 우리의 오번 위스키를 마시고 싶어 안달이 날 지경이라고 말하는 것이긴 했다.

"내 영향으로 그쪽이 알코올 중독자가 되고 있네요."

"알코올 중독자에다 기타 등등까지 되고 있는걸요." 그녀가 말했다. 나는 그녀가 에릭 로메르를 점점 더 좋아하게 되었다고 말하는 것이라 생각했고 굳이 그녀더러 설명하라고 묻지 않았다. 그러던 중 그녀가 다른 무언가를 뜻했을지 모른다는 생각이 퍼뜩 들었으나, 그것을 알아내기 두려웠던 나는 그녀더러 설명하라고 밀어붙이지 않았다.

그러나 우리가 우리 자리에 앉으면서 웨이트리스에게 신호를 보내, 우리가 '늘 먹던 것'을 주문하고 있다고 즉각 추정하게 하자마자 상황은 앞으로 흘러나가기 시작했다. 처음에 나는 그녀가 오기 전에 벌써 뭘 마셨겠다고 생각했다. 그러나 그것은 거의 네 시간 전이었으니 그녀도 술이 깨고도 남을 만큼 긴 시간이었다. 습관대로 그녀는 바삭한 감자튀김을 주문했는데, 그것을 그녀는 소금과 케첩 무더기 속에 푹 잠기게 하는 것을 좋아했다. 나는 샐러드를 주문했을 법했지만, 마찬가지로 추가 주문을 감자튀김을 먹기로 했다. 나는 내 것에 마요네즈가 곁들여진 것이 좋았다. 주문이 끝나자 그녀는 손바닥을 내밀었다.

"내놔요!" 그녀가 말했다.

나는 그녀에게 1달러를 주었다.

"더."

그녀는 주크박스로 걸어갔고, 오래지 않아 우리는 우리의 탱고의 서문이 된 쇼팽의 몇 마디를 듣기 시작했다.

나는 그녀가 어디 있었는지, 무엇을 했는지, 누구랑 있었는지에 관해 그녀에게 아무것도 묻지 않기로 스스로 다짐한 터였다. 그러나 그녀는 나의 침묵에 거의 화를 냈고, 우리가 춤을 춘 다음 그녀는 끝내 "저기, 무슨 일이 있었는지 나한테 안 물어볼 작정이에요?" 하고 불쑥 내뱉었다.

"이번에는 감히 묻지 않으려고요."

"묻기에는 너무 예의가 발라서예요, 관심이 없어서예요, 알고 싶지 않아서예요, 아니면 다른 이유예요?"

"다른 이유요."

그녀는 오늘 밤 이상하게 반짝이는 기분이었다. 나는 최악을 두려워했다. 그녀는 내가 알고 싶지 않을 만한 무언가를 말하려고 했다. 나는 그녀를 그런 말로부터 기쁘게 몰아냈을 테다. 이것이 아마도 다음과 같은 무슨 말이 될 것이 직감되었던 것이다. "우리 다시 사귀기로 했어요" 혹은 "나 그 사람 아이 가졌어요" 혹은—그리고 이 길은 그녀가 그 사안을 암시하기도 전에 이쪽의 이정표들을 샅샅이 살피면 충격이 무뎌질 수도 있음에도 내가 발을 디디고 싶지도 않은 길이었는데— 내가 정확히 그녀가 나더러 하지 말라고 경고한 짓을 하고 있었다. 프린츠, 하고 그녀가 상기시킬 터였다는 것이다. 클라라를 아는 만큼 그녀는 여전히 나를 어떻게 해서든 놀랠 터였다. "내 생각에 우리는 너무 많이 붙어 있으면 안 될 것 같아요." 그녀는 원했던 수준보다 자신을 개입시킬 법했던 "서로 만나는 것"이라고 말하지 않고 "붙어 있는 것"이라고 말할 터인데, 이것이라면 상황을 충분히 모호하게 남겨두고 변덕스럽고 즉흥적인 아름다움이 서린 우리의 오 일간에 더 깊은 의미를 부여하지 않을 터였다. 그녀가 매우 십중팔구 말할 법했던 그 다섯 말마디의 다정함에 앞서서 열렬하고 갈망하는 시선을 내보내는 내내 그 말들이 내게 미치는 영향력을 재어보던 차에 그녀 미소 속의 갈팡질팡하는 더듬거림을 나는 벌써 예상하고 있었다. "그쪽 화난 거 아니죠, 그죠?" 내가 화났으면 장을 지지죠, 나는 말할 터였다. 내가 화났으면 존나 장을 지진다고! 그러나 나는 나를 알았다. 나는 아무 말도 하지 않을 터였다.

음료가 도착했다. 우리는 신중하게 잔을 부딪쳤는데, 왜냐하면 잘못 세었다면 또다시 아홉 번 잔을 부딪쳐야 할 것이기 때문이었다. 우리는 그 러시아어 단어들을 합창하듯 내뱉었다.

"알고 싶어요, 아니면 안 알고 싶어요?"

나는 거의 무기력한 투로 알고 싶었다고 말했는데, 나의 호기심을 꺾으려는 것뿐만이 아니라 그녀 목소리의 그 기운찬 어조를 꺾으려는 것이기도 했다.

"나 잉키랑 있었어요."

"그래서 둘이서 다시 사귀는 거예요?"

그녀는 나를 놀라서 쳐다보았다.

어떻게 맞췄어요? 그녀는 묻는 듯했다. 처음부터 눈에 빤했는데요, 나는 말했을 테다.

"내가 그 사람이랑 저녁을 먹겠다고 약속했어요. 우리는 일찍 한잔하기 시작했는데, 그래서 그쪽 집을 일찍 떠나야 했던 거예요. 다 끝이 났어요. 난 우리가 말다툼을 할 걸 알았죠. 그래서 떠났어요."

"그냥 그렇게 끝?"

"그냥 그렇게 끝."

"떠나고 **싶었던** 거예요?"

클라라는 대담한 시선을 내게 보냈다.

"그쪽한테 거짓말하진 않을게요. 나는 **실제로** 떠날 구실을 찾고 있었고, 그는 삽시간에 내게 구실을 주었죠. 내가 당신을 영화관에서 찾을 거라는 걸 알았어요."

나는 그녀가 왜 이런 말을 하는지 알 수 없었다.

"둘이서 끝난 거예요, 그러면?"

"엄청 매우 끝났죠."

나는 그녀에게 이렇게 되어 유감이냐고 물어볼 뻔했지만, 그녀가 워낙 쾌활해 보여서 물어볼 필요가 없었다.

"이제 그쪽 차례예요." 그녀가 내 쪽으로 몸을 수그리며 말했다.

나는 그녀가 무슨 말을 한 건지 알았지만 이해하지 못한 체했다. "무슨 내 차례요?"

"내가 간 다음에 뭐 했어요?"

"헬스장 갔고, 수영했고, 영화관에 왔고. 그게 다예요."

그녀는 내게서 무언가를 원했고, 나는 응답하지 않고 있었다. 그녀는 첫날 밤에 했던 일을 하기 시작했다. 즉 와인잔 밑부분 주변의 냅킨을 싸는 것. 그것이 말하기 전에 생각을 정리하는 그녀의 방식이었다. 나는 그녀가 어디로 향하는지 정확히 알았다. **당신 인생에는 다른 사람들이 있을 거 아니에요, 나뿐만이 아니라. 나는 당신을 오해하게 만들고 싶지 않아요. 그리고 게다가, 나 여전히 아주 매우 은신하고 있다고요.** 나는 정확한 순서는 몰랐지만, 이것들이 그녀의 약간의 쓴소리의 하이라이트가 될 터였는데, 그게 우리 아버지와의 긴 경험으로 미루어봐서 나는 약간의 쓴소리가 찾아오고 있음이 직감되었기 때문이다.

웨이트리스가 곁을 지나가자마자 클라라는 또 한 잔을 주문했다. 참 빠르기도 하다고 나는 생각했다.

"그래서 이 말을 내가 해야 하는 거네요, 그럼?" 그녀가 말했다.

내가 할 수 있는 것은 그녀가 내려다볼 때까지 그녀의 눈을 응시하는 것뿐이었다.

이것이 그녀가 잉키와 말을 시작했던 방식이었을까? **이 말을 내가 하길 원하는 거야, 그럼?** 하루에 두 번씩이나? 나를 완전히 폭로된 채 놔두겠다고 위협한 대화들을 나는 싫어했다. 심지어 내가 정확히 무엇을 폭로하게 될지 몰랐던 때도, 심지어 추상적인 개념으로서의 그 폭로가, 그렇게 꽁꽁 억눌려진 것보다 훨씬 나았다는 걸 알았던 때도. 그녀가 이미 알지 못한 무엇을 내가 숨기고 있었단 말인가?

"이틀 전에 내가 이메일로 말하려고 했었는데요."

그녀는 뭘 그렇게 비밀에 부치려 한 걸까?

"왜 안 보냈어요, 그럼?"

"왜냐면 내가 당신을 아니까요. 당신은 이걸 이쪽으로, 저쪽으로 읽고는 180도, 360도, 540도 돌려보고는 그래도 아무것도 내놓지 못할 거잖아요. 내가 틀렸다고 말해봐요."

"틀리지 않았어요."

"봐요, 내가 당신을 아는걸." 그녀는 나더러 자기 경고에 주의를 기울이지 않았다고, 우리 우정으로부터 그녀가 줄 수 있기는커녕 결코 약속하지 않았던 것들을 원했다고 비난할 터였다. 그녀는 이미 이전에 말한 바 있었고, 그걸 되풀이하지 않아도 되었고, 그것은 우리가 함께 보낸 매 분초 위에 맴돌고 있었다. 이제 그것이 공공연하게 나오려던 참이었다. **당신 때문이 아니라 나 때문이에요**라는 말을 나는 알았다. 나 자신도 여러 번 그런 말을 해봤으니까.

"요전날에 우리가 결국 한스의 파티에 가게 되어서는 완전 남남이 될 수도 있을까 하고 나한테 물었잖아요. 나는 더는 말을 걸지 않는 사람들을 마주쳐봤어요. 그건 용납할 수 있어요. 남은 응어리를 버리는 데에 드는 것이 그거라면 심지어는 그들을 증오해야만 하게 되는 것도 상관 안 해. 내가 얼마나 빨리 변하는지 내가 아니까. 하지만 우리가 남남이 되고야 말고, 내가 당신을 증오하는 법을 배워버리고야 말고, 내가 방으로 걸어 들어가자마자 당신이 등을 돌리는 모습을 보게 된다면, 이것만은 알아줘요. 나의 어떤 부분도 이번 주를 절대로 잊지 않을 거라는 거."

"왜요?"

"당신이 잊지 않을 것과 똑같은 이유로요."

"이거 일방적으로 작별을 고하는 것처럼 들리기 시작하

는데요."

"그러면 어쩌면 이게 우리의 지옥이라고 말합시다. 우리가 더더욱 바짝 붙을수록, 우리는 더더욱 멀찍이 소원해져요. 우리 사이에 버티고 선 암초가 있어요. 나는 그것에 복종하고요. 아니면 이렇게 말합시다. 그 암초랑 싸울 배짱이 내 안에 없어요, 요즘에는. 솔직히 당신 안에도 있다는 생각은 안 드네요."

"그런 말 하지 마요."

"왜요? 사실이잖아요."

"나흘 밤 전에 거기에 그 암초를 놓은 건 당신이지 내가 아니잖아요."

"그럴지도요. 그러나 그게 당신에게도 그렇게나 편리한 암초로 변모해줄 줄은 꿈에도 몰랐네요."

이것이 진실이었을까, 아니면 클라라는 내가 피하고 있던 무언가를 본 걸까? 우리 사이의 암초가 정말로 내게 유용했던 걸까? 미루고 의심하고 수많은 것에 의미를 부여하는 나의 버릇은 단지 더 바짝 붙음으로써 나의 거리를 유지하는 나의 방식이었던 걸까? 나는 무슨 의혹을, 무슨 두려움을 은폐하고 있던 걸까? 내가 어쩌면, 우리 사이에 거의 버티고 서 있지도 않았던 빙산의 일각을 더더욱 탓하기 위해서 그녀의 경망스러운 마음을, 아니면 **타인들**과의 그녀의 끈을, 아니면 그녀의 신랄한 말씨를 탓하고 있었던 걸까, 정말로 손해를 초래할 법했던 것은 실제로는 아래쪽에서 나의 단단해진 얼음이 몇 마일에 걸쳐 덩어리진 것이었는데도?

"봐요." 나는 앉은자리에서 자세를 바꾸며 말을 시작했다. 어쩌면 나는 대화의 흐름을 바꾸고 싶은지도 몰랐다. 아니면 우리가 향하려는 듯한 내리막길을 가로막아줄 무언가 중요한 말을 할 것처럼 보이고 싶은지도 몰랐다. 어쩌면 나는 매우 엄숙하고 진지한 투로 말함으로써 그녀를 당혹스럽게 하고 싶었는지도 몰랐다. 이것은 검은 것을 검다고 하는 시간이 될 터였다. 사실, 나는 내가 무슨 말을 할 참인지 감도 잡히지 않았다.

"지난밤에 나는 당신을 크고 또렷하게 읽었고, 그 이래로 쭉 나는 옆길로 새지 않았어요. 심지어 그 화제를 꺼내지도 않았죠. 나는 이미 말했으니까요. 우리는 다리 아래에 갇힌 얼음 토막 두 개와 같다고. 그쪽은 은신하고 있고, 나는 무슨 위험이라도 감수하기에는 제자리에 너무 얼어붙어 있으니. 그래도 다만 이게 내가 알아온 그 어떤 것과도 다르다는 말은 하게 해줘요. 당신은 내가 자신을 읽는 것보다도 나를 잘 읽고, 함께 있는다는 것에서 오는 기쁨의 일부는 딱 그거예요. 당신과 내가 마치 일란성 쌍둥이처럼 두 몸에 있는 똑같은 사람임을 발견하는 거요."

이것은 **저는 샤워하는 중에 노래를 불러요**보다도 심각했다. 두 몸에 있는 똑같은 사람이라니, 진심으로?

"우리는 쌍둥이가 아닌걸요." 클라라는 아무것도 못 본 척 넘어가주지 않았다. "그쪽이 그렇게 생각하고 싶은 건 알지만 우리는 쌍둥이가 아니에요. 우리는 매우 비슷하지만 그러면서도 매우 다르기도 해요. 우리 중 한 사람은 언제나 더 원하는 쪽으로 빠지고야 말 거고……."

"그리고 이 한 사람은 당연히 나겠죠?"

"나이기도 해요. 당신이 충분히 신경을 써서 봤더라면."

"나야 충분히 신경 써서 보죠 그럼. 뭐라고 생각했어요?"

"그러면 그쪽은 이런 순간이 올 거라고 예상했어야 했어요, 프린츠."

클라라는 나더러 감자튀김을 한 판 더 주문하게 했다.

"혼자서만 감자튀김을 더 먹을 건 아니죠?"

"그쪽은 피칸파이를 시키고 우리 두 음식 다 나눠 먹어요. 휘핑크림을 곁들여서요. 스프레이 통에 나오는 그런 거 있잖아." 그녀가 머리카락을 뒤로 던져 넘겼던 그 느긋한 몸짓은 그녀가 오늘 밤 고삐를 다 풀고 먹어버릴 터임을 말해주었다.

웨이트리스는 스프레이 통에 관한 제안에 인상을 찌푸렸던 것임에 틀림없다. 그러나 그때 클라라가 정확히 그것이 충격을 가져다주는 효과를 위해 그걸 청한 거라는 생각이 문득 들었다.

그러더니 그녀는 한 번도 하지 않은 일을 했다. 그녀는 내 손을 가져가서 자기 뺨에 두었다. "좀 낫네요." 그녀는 말했다. 마치 혼잣말을 하는 것처럼, 혹은 사이를 회복하려는 친구에게 말하는 듯한 말투로. 나는 내 손이 그녀의 뺨에 닿게 두었다. 그러다가 그녀의 목을, 귀 바로 밑을, 그녀가 몇 시간 전 영화관에 왔을 때 내가 열렬히 키스한 곳을, 순간의 열기에 휩싸여 그녀가 대비하지 못한 채 허점을 찔렸을 것이 틀림없는 정확히 그곳을 어루만졌다. 지금조차도 그녀는 신경을 쓰지 않는 듯했다. 내 손에 기댔다. 마치 뺨을 건성으로 문질러줬더니 계속 같은 것을 원하는 아이 고양이처럼. "그런데 내가 당신에게 뭔가를 말해야겠어요." 내가 할 수 있는 건 오로지 아무 말도 하지 않으며 그녀를 응시하고, 내가 해도 되었음을 아는 지금 그저 계속 그녀의 얼굴을 쓰다듬는 것뿐이었다. 그러던 중 전혀 생각 없이 나는 내 손가락이 그녀의 입술을 만지게 놔두었고, 거기다 그녀의 입술에서 손가락이 그녀의 치아로 옮겨가게 놔두었다. 나는 그녀의 치아를 사랑했고, 이것이 선을 넘었고 그녀가 내게서 요구하였던 무해한 **뺨에 얹은 손** 너머로 갔다는 것을 알았을지라도 여전히 그 손의 주인은 더는 내가 아니라 그녀였는데, 왜냐하면 그녀가 먼저는 내 손가락에 키스한 다음, 손가락을 치아 사이에 여리게 문 다음에 혀끝으로 손가락을 건드렸기 때문이다. 나는 그녀의 이마를 사랑했고 그곳 역시도 문질렀고, 그녀의 눈꺼풀 피부도 역시 사랑했다. 모든 것, 모든 것을, 그리고 침묵이 왔다 가게 했으며 그녀의 얼굴을 떠난 그 순간 내 심장이 덜컹이게 했던 그 미소까지도. 우리는 무엇을 한 건가? "난 우리가 얘기하면 좋겠어요." 그녀는 말을 시작했다. "왜냐면 당신이 뭔가를 알아줬으면 좋겠으니까." 나는 그녀가 무슨 말을 한 건지 감이 잡히지 않았지만, 그녀가 자신의 한 면을 내어주는 듯했다면, 그녀는 다른 면으로 모든 것을 다시 가져갈 준비가 거의 되어 있다는 건 알았다. "비밀 요원 시간이네요." 그녀가 말했다.

"잠깐요." 나는 코트 주머니에 손을 넣어 그녀가 피우는 브랜드의 아직 뜯지 않은 담뱃갑을 꺼냈다.

"농담하는 거죠!" 그녀는 담뱃갑을 톡톡 두드리고 땄다. "이게 당신 호주머니에서 뭘 하고 있었던 건지 묻지는 않을게요."

"굳이 묻지 마요. 이미 알면서."

나는 테이블에 자신의 카드를 까놓는 사람들, 그들이 패를 하나도 가지고 있지 않을 때라도, 단지 의혹이 걷히게 하기 위해서일지라도 편리하게 모호한 상황을 그 이름대로 부를 의향이 있는 사람들이 언제나 부러웠다. 그녀는 옳았다. 나는 그녀를 믿지 않았고, 함정에 빠지는 상황을 두려워했다. 이제 어느 순간에라도, 그녀는 내가 가장 무서워했던 그 한 가지를 내게 말할 터였다. **내가 말하고 싶어하는 게 뭔지 그쪽은 알긴 알죠?** 아는 것 같은데요. **뭔데요?** 그리고 나는 세상에서 가장 오래된 수법에 넘어갈 터였다. 그녀의 솔직한 응시에 그리고 앞으로 찾아올 영벌永罰에 대한 그 암시에 훈계를 받은 나는 단지 그걸 내 입으로 말하지 그녀에게서는 듣지 않기 위해서일지라도 그녀에게 선제 공격을 하려는 유혹을 느끼는 자신을 발견했다. 우리는 진정하고, 어쩌면 다른 사람들도 보고, 이것을 애먼 것으로 곡해하지 않아야 한다고, 당신 때문이 아니라, 나 때문이라고, 나는 이미 며칠 동안 이런 대사를 예상하고 있었다. 그러고는 이 모든 것에다 한술 더 뜨기 위해 나는 결국 말했다. "그쪽이 로메르랑 나 바깥에 온전한 삶이 있다는 걸 알고 있어요." 그것은 내가 질투심도 환상도 전혀 품고 있지 않다는 걸 보여주려는 의도였다. 그러나 나는 그녀가 매우, 매우 아는 바가 없던 내 삶의 측면들에 관해서도 똑같이 말할 수 있음을 그녀가 읽어주기를 원하기도 했다.

"나 직설적으로 말해도 돼요?" 그러니 그녀는 자신이 말하기 시작한 것을 나더러 흩뜨리게 둘 마음이 없었던 거다. "어제 오후에 그쪽이 우리 집에 들렀을 때 나는 그쪽한테 물어볼 수도 있었고 그쪽은 좋다고 말했을 거라는 걸 알아요. 그러나 그건 동의를 위한 것에 가까웠을 거예요. 꼭 당신이 지난밤에 나를 강간하고 강압적으로 하려고 한 이후에 당신이 고집을 부렸더라면 나는 동의했을 테지만 그건 미적지근한 좋음에 지나지 않을 터였던 것처럼요. 지난밤에 우리가 술집을 떠났을 무렵 내가 갈팡질팡하는 마음이었다는 걸 어차피 당신도 알았잖아요. 그리고 그걸 부인하지 말아요."

나는 놀란 것을 가장하려던 참이었다. 그러나 그녀는 나를 우뚝 가로막았다. "굳이 그러지 마요. 알았잖아."

이것은 내가 예상한 그 어떤 말보다도 더 솔직했다. 그녀는 모든 것에 곧장 나아가고 있었고, 이에 나는 갑자기 이 불안의 파도가 나를 휩쓰는 것이 느껴졌다. 왜냐하면 나는 그녀가 우리가 함께 보낸 저녁들 동안에 우리가 요령 있게 말하지 않고 놔둔 모든 것을 터놓고 얘기를 꺼내버릴 참인지 아니면 그녀가 그저 내 내장을 제거하고 내가 언제나 나라고 알아왔던 그 숨기는 게 많고 조마조마하며 갈구하는 남자로 나를 폭로해버릴 참인지 아직 알지 못했던 탓이다.

"우리 둘 다 원한다면, 왜 그걸 '동의'라고 해요?" 내가 덧붙였다.

"왜냐면 당신이랑 나 둘 다 우리 발목을 잡는 무언가가 있다는 걸 알고, 우리 누구도 그게 뭔지 모르니까요. 내가 덜 상관했다면 내가 상처를 받고 싶지 않다고 할 테지만, 나는 상처를 받는 건 눈곱만큼도 개의치 않아요. 꼭 그쪽이 상처를 받는대도 개의치 않는 것만큼이나. 내가 덜 상관했더라면 나는 이게 우리 우정을 망칠 거라고도 말할 테죠. 그러나 나는 우정도 존나 눈곱만큼도 개의치 않는단 말이에요."

"나는 우리가 실제로 우정을 품고 있었거나 우정을 향해서 발전되고 있었다고 생각했는데요."

"우정은 다른 사람들을 위해 있는 거고, 우리 누구도 우정을 원치 않아요. 우리는 우정이라기에는 너무 가까워."

뭐라도 가망이 없었나, 그러면? 갑자기 내가 떠올릴 수 있는 것은 **가슴앓이**라는 단어뿐이었다. 당신은 내 가슴을 앓게 하고 있어요, 클라라, 그리고 이것들은 속병과 혈관 파열을 유발하는 잔인하고 매서운 단어들이에요. 내 심장은 실제로 거세게 뛰고 있었다. 너무 슬퍼서, 나는 살면서 처음으로, 여자가 내게 싫다고 말했다는 이유로 울음을 터뜨리기 직전이었다. 아니면 내가 그녀에게 이미 요청했던가? 나는 이제 며칠간 요청하고 있지 않았던가? 남자들은 정말로 이렇게 울었단 말인가? 그리고 울었다고 하면, 나는 사는 내내 어디 있었단 말인가? 나는 이 일로 당신을 언제나 싫어할 것이다. 나를 심연으로 끌고 와서는 억지로 아래쪽을 응시하게 한 일로. 마치 감옥에 갇힌 사람에게 감옥 동기가 잔혹하게 처형당하는 모습을 억지로 보여주고 나서, 사실 그를 처형할 계획은 전혀 없었고 심지어 가도 좋았다고 말하는 것처럼.

그녀는 눈치챈 게 틀림없었다. 어쩌면 그녀는 잉키와 보낸 바로 이 오후에 그것을 한번 이미 봤을 테다. "제발 그러지 마요." 그녀가 지난번에 그러했듯 말했다. "왜냐하면 그쪽이 시작하면 나도 시작할 거고, 일단 이런 일이 벌어지고 나면 그러면 온갖 신호가 혼선되고 모든 체계들이 무너지고 우리는 심지어 이 대화를 시작하기 전으로 돌아가게 될 거라고요."

"어쩌면 나는 우리가 시작하기 전에 있던 곳으로 차라리 가고 싶네요. 이 대화는 내가 좋아하지 않을 장소들로 가고 있어서요."

"왜요? 그쪽 놀라지 않았잖아요. 나도 놀라지 않았고요."

내가 무엇이 벌어지고 있는지 알기도 전에 그것은 나를 휩쓸고 지나갔다. 완전히 뒤죽박죽이 될 테고, 우리가 얘기하던 모든 것을 형편없고 진부한 평면으로 격하시킬 법했지만, 나는 남아 있는 잃을 것도 없었고 존엄도 없었고 탄약도 없었고 호리박에 물도 없었기에 이 자존심의 마지막 남은 흔적을 불에 던져 넣을 가치가 있다고 느낀 것이다. 마치 아주 추운 날, 얼어 죽어가는 보헤미안 시인이 자신의 원고를 불에 던져 넣는 것처럼. 체온을 유지하고 사랑을 찾고 예술에 심술을 부리고 운명에게 본때를 보여주기 위해.

"그냥 솔직해져요." 내가 말했다. "그쪽은 그냥 끌리지 않은 거예요. 그냥 육체적인 게 없다고 해요. 내가 당신 대신에 해주진 않을래. 말해요. 그런다고 내가 찢어발겨지지 않을 거니까. 그래도 의혹이 걷히게는 해주겠죠."

"그쪽은 진지할 때도 농담을 한다니까요. 육체적 끌림과는 아무 상관 없어요. 굳이 따지자면, 내가 끌렸기 때문에 우리가 이렇게 멀리까지 온 거라고요."

처음 듣는 말이었다! 내가 그녀를 완전히 오해한 나머지

뒤통수를 맞은 건가, 아니면 그녀가 나만큼 침묵을 싫어하기 때문에 어떤 패라도 내놓는 걸까.

"그래서, 그쪽에 따르면, 이 모든 건 나를 향한 칭찬이네요." 내가 말했다. 나는 비꼬듯이 굴고 있었다. 어쩌면 그녀가 명확하고 평범한 언어로 한 번 더 그것을 말해주기를 바란 건지도 몰랐다.

"칭찬은 관계없어요. 난 칭찬에 관해서는 존나 눈곱만큼도 개의치 않고, 그쪽도 개의치 않기는 마찬가지잖아요. 그건 우리 누구도 원하는 바가 아니에요."

"왜, **그쪽은** 본인이 뭘 원하는지 알아서요?"

"**그쪽은** 알고요?"

"아는 것 같은데요. 나는 맨 처음부터 그걸 원했고 그쪽도 그걸 알았잖아요."

"사실이 아니네요. 그쪽은 문을 두드리고 있지만 문이 열리기를 원하는지조차 확신하지 못하고 있잖아요."

"그쪽은 어떤데요?"

"나는 두드리고 있지 않죠. 이미 문을 밀어 열었으니까. 그런데 내가 그렇다고 발을 들였다고도 말할 수가 없네요."

"어쩌면 그쪽이 나를 못 믿기 때문이겠죠."

"어쩌면요."

문득 이런 생각이 들었다. "그쪽은 상처를 받는 게, 아니면 거절당하는 게 무섭지 않은 거죠?" 내가 말했다. "그쪽은 본인이 찾지 못할지도 모르는 것에 겁에 질려 있는 거예요. 그쪽은 실망하는 것이 무서운 거라고요."

"그쪽은 아니고요?" 그녀는 마치 자신이 내내 그것을 알았다는 양 재깍 물었다.

"겁에 질려 돌처럼 굳었죠." 나는 답했다. 나는 과장하고 있었다.

"**돌처럼 굳었다**." 그녀가 되풀이했다. "이건 우리 누구에게도 찬사가 아니지 않아요? 아니면 어쩌면 우리는 그저 순 겁쟁이 어른 둘일 뿐일지도 몰라요. 그저 순 겁쟁이들요."

나 역시도 이 대화가 향하는 곳이 마음에 들지 않았다.

"돌이 됐든 아니든, 이건 말하게 해줘요." 내가 말했다. "나는 언제나 당신을 생각해요. 언제나, 언제나, 언제나. 진심이에요. 나는 지금이 마법적이고, 스노우볼 같은 연말연시 주간이라는 게 마냥 기뻐요. 그런데 나는 매일 매 분초 당신과 함께 있었죠. 나는 당신과 먹고, 당신과 샤워하고, 당신과 잠에 들어요. 내 베개는 당신 이름을 듣는 데 질렸어요."

그것은 그녀를 놀랜 것 같지 않았다.

"베개를 클라라라고 부르나요?"

"베개를 클라라라고 부르고, 살면서 아무에게도 말해보지 않은 것들을 베개에다가 말하고, 내가 오늘 밤 술이 더 들어간다면 내가 당신에게 해야 하는 말로 내일 다시 당신을 마주하는 게 어렵게 되겠죠."

우리 사이에 내리덮이는 묵직한 침묵은 내가 내 패를 과신했으며 끔찍한 실수를 했음을 내게 말해주었다. 이제 어떻게 수습한단 말인가?

"그쪽이 알아야겠다면, 이쪽도 그다지 별반 다르지가 않아요." 그녀가 거의 마지못해서 말했는데, 멈칫거리는 설움과 같은 무언가가 그녀의 목소리를 죄어들게 했다. 말을 잇지 못하는 순간에 난감하게 어깨를 으쓱하는 것과 동일한 것이었다. 그녀는 블러핑을 하던 걸까? 아니면 그녀는 판돈을 올리던 걸까? "내가 혼자 있을 때면 나 그쪽 이름을 말해요."

이게 샤워하는 중에 노래를 부르지 않던 그 여자와 같은 사람인가?

"왜 이전에는 아무 말도 하지 않았어요?" 내가 물었다.

"**그쪽이** 아무 말도 절대 하지 않았으니까요, 양서성 씨, '나는야 3번 문' 남자분."

"나는 그쪽의 규칙에 따르고 있던 거예요."

"무슨 규칙요?"

나는 여느 때 없이 당황해서 그녀를 쳐다보았다. 경고들, 바리케이드들, 미묘한 주의들…… 그것들은 아무것도 아니었던 건가?

감자튀김이 나왔다. 그녀는 감자튀김 위에 케첩 한 덩이를 짜고, 더 짰다. 그녀는 무언가 말할 참이었다. 그녀는 엄지와 검지로 감자튀김 하나를 집어 올리더니 그것을 바라보며,

부유하는 생각과 의구심 같은 것에 정신이 팔려 있었다. 마치 자신의 감자튀김이 그녀를 이 곤란한 위기 속에서 인도해줄 수호성인으로부터 온 뼛조각이라든가 성유물이라든가 부적이라도 되는 듯했다. "나는 이만큼만 말할게요. 그리고 그쪽이 나를 믿든 말든, 나를 비웃든 말든 자유지만 나는 당신이랑 갈 데까지 갈 준비가 되어 있어요." 그녀가 말했다. "오늘 오후에 나는 인생에서 최악의 실수를 하고 있다는 느낌을 받으면서 그쪽 집을 떠났는데, 왜냐면 내가 이걸 언제고 바로잡을 수 있겠다는 느낌이 안 들었거든요. 내가 잉키를 본 그 순간에 나는 어떤 구실로라도 달려 나와야 했고, 그쪽을 찾을지 확실치 않았고, 그쪽이 혼자 왔을지도 확실치 않았고, 그쪽이 나를 다시 보게 되어서 심지어 행복해할지도 확실치 않았지만 나는 우연에 걸었고 왔어요. 내가 메시지도 백만 개나 남겼다고요. 당신이 확인하려고만 한다면."

나는 확인하지 않았는데, 정확하게는 기다리는 메시지가 하나도 없는 것을 알게 되고 싶지 않았던 탓이다.

"나는 그쪽이 전화해주기를 계속 바랐고, 그래서 결국에는 집을 떠나서 헬스장에 갔던 거예요."

"그래, 이제 완전히 말이 되네요, 안 그래요? 그리고 똑같은 이유로 그쪽은 **텔리핀**도 꺼뒀고요, 추측하건대."

그것을 부정하는 데는 의미가 없었다.

"내가 말한 대로예요, 프린츠. 난 준비됐어요."

나는 그녀가 정확히 무슨 말을 한 건지 몰랐지만, 묻기가 무서웠다. 명확했던 것은 그녀의 문장이 **당신이 둘 차례예요** 식의 확신에 찬 대담성을 띠었다는 것이었다.

"그냥 지금 나한테 키스해주면 안 될까요? 이렇게 말씨름하지 말고요."

그녀는 내 쪽으로 구부려서 내 목을 향해 내뻗어 내 터틀넥을 내린 다음 곧장 내 목에다 키스했다. 첫 키스라기에는 드물게도 길고 관능적인 어떤 것으로.

"나 그쪽 피부 한 시간 동안 뚫어져라 보고 있었어요. 맛 좀 봐야 해서." 그녀는 내 눈 주위의 피부를 손에 쥐면서 말했다.

"그러는 나는 이제 며칠 동안 그쪽 치아를 뚫어져라 쳐다보고 있었는데요."

이것이 많은 키스들 중 첫 번째였다. 그녀의 숨결에서는 빵과 비엔나 버터 쿠키의 맛이 났다.

마지막 주문은 서비스였는데, 이번 주 매일 밤 야간 교대 근무를 뛴 웨이트리스의 호의였다. 우리는 방켓에 앉아 움직일 수가 없었다. 조금이라도 움직이면 지금 이 마법이 깨질지도 모르고, 그러면 모퉁이 너머에서 기다리는 의혹과 가슴앓이로 우리를 다시 끌어올지도 모른다고 두려워한 것이다. 클라라가 화장실에서 돌아왔을 때, 그녀는 내게 다시 양팔을 두르고 나에게 키스했다. 나는 상황이 얼마나 빨리 진행되는지 믿기지 않았다. "그쪽 맛이 환상적이네요." 내가 말했다.

그때 그녀가 내게 말했다. "다만 이게 내 상상 속 일이라고 나더러 생각하게 하지만 말아줘요. 왜냐면 나는 당신을 아니까." 그녀가 말했다. "그리고 나도 나 자신을 아니까. 나는 이걸 원하면서도 그쪽이 나한테 몰아가서 시킬 짓을 알기도 하거든요. 그리고 나는 그쪽이 그러지 않기를 기도하고 기도해." 나는 그녀가 무슨 말을 한 건지 감이 잡히지 않았다.

"당신은 신뢰란 게 아예, 믿음이란 게 아예 없어요?" 내가 물었다.

"전혀 없죠." 극도로 다정한 순간들에 그녀는 톱날이 달린 말투로 말했다.

그녀가 나에 관해 똑같이 생각한 게 틀림없다는 생각이 내게 들었다. 그녀가 나더러 누군가 신뢰하느냐고 물었다면 나도 정확히 똑같이 말했을 테다.

나는 화장실에 다녀오겠다고 했다. "그쪽이 일 분보다 더 늦으면 나는 고도의 범불안에 빠져서 그쪽이 무슨 쥐가 득시글한 뒷골목을 통해 도망쳤다고 생각할 거예요. 그럼 나는 그냥 떠나버릴 거예요. 왜냐면 나는 그런 상황을 견딜 수 없으니까."

"그냥 오줌 좀 쌀 거라고요, 알겠어요?"

그러나 화장실로 가는 길에 그 생각이 실제로 내게 떠올랐다. 나는 오늘 밤 그녀와 잘 것이고, 그다음 내일 우리는 두고 볼 테다. 그녀가 이미 방켓에서 굴었던 것보다 침대에서는 더더욱 열정적으로 될 수 있을지 궁금했다. 아니면 그녀는 갑자기 알고 보니 이걸 해줘야 하고, 그리고 저걸 해줘야 하고, 그리고 이걸 더 또 저건 덜 해줘야 하며, 부탁인데 무는 건 피해야 하던 유형의 사람이 될까, 아니면 우리가 엘리베이터 문 뒤에 있게 되어 그녀 집 수위의 시야에서 벗어나자마자 서로의 옷을 잡아 뜯을 짐승 같은 섹스가 될까? 아니면 촛불과 더불어, 우리 뒤에 스트라우스 공원과 우리 창문 바깥에서 우리를 눈으로 좇는 **프린스 오스카**가 있는 가운데 우리는 마치 두 명의 잠 못 드는 찌르레기들처럼 함께 발가벗은 채 서서 밤을 지켜보며 베토벤의 〈감사의 노래〉를 듣고 또 듣고, 다시 몇 번이고 더 듣게 될까? 아니면 그녀와 있으면 언제나 그러했던 대로 될까, 데는 듯이 뜨거운 순간 온수 장치들로 된 지뢰밭 속의 싸늘한 겨울철의 돌풍들로? 화장실 안에서 나는 거울 속 나의 얼굴을 언뜻 보고 나 자신에게 미소 지었다. 나는 스카치위스키를 석 잔, 아니 넉 잔 마셨다. "안녕." 나는 끝내 소리 내어 말했다. "안녕." 그가 대답했다. 그러고는 나는 시뇨르 귀도를, 나의 참을성 있는 침묵의 수양 자녀를 내려다보았다. "누가 장한 놈이지?" 내가 끝내 물었다. "네가 장한 놈이지.” 나는 그가 제 부수적인 기능을 행하는 양을 지켜보며 말했다. “누가 너를 사랑하지?” “네가 사랑하지.” 그가 여전히 대머리 정수리에 히죽대는 웃음을 지으며 말했다. “이게 너의 순간이고, 오늘이 너의 밤이다. 이 용감무쌍한 불량배야, 너 말이야.”

소변기 앞에 선 동안 나는 응결된 물방울이 모인 유수 장치에 연결된 서늘하고 윤이 나는 철제 파이프에 이마를 기대고, 그 서늘해지는 감각을 즐기면서 그냥 그곳에 서 있던 차에 내 이마를 커다란 육각형의 철제 암나사에다가 밀어대면서 이제는 머릿속에서 그 말들이 되풀이되는 것이 들려올 때마다 스스로에게 미소를 지었다. 누가 장한 놈이지? 네가 장한 놈이지. 누가 장한 놈이지? 네가 장한 놈이지. 나는 거의 웃음보를 터뜨릴 지경에 처해 있었다. 내 인생에서 가장 아름다운 순간이 소변기 앞에서 벌어졌다니. 그저 제발, 제발 제가 그 여자를 사랑하는 것을 멈추게 하지만 말아주세요. 이 감정을 억누르거나 물리고 무관심한 채로 깨어나게 하지만 말아주세요. 그러지만 말아주세요.

내가 클라라에게로 돌아갔을 때 그녀는 완전히 놀란 모양이었다.

“당신 얼굴에다 무슨 짓을 한 거예요? 넘어졌어요?”

나는 그녀가 무슨 말을 하는지 전혀 감이 잡히지 않았다. 나는 다시 앉는 동안 불안정해 보이지 않으려 애쓰느라 바빴던 것이다. "당신 이마에 자상, 아니, 멍처럼 보이는 뭔가가 있어요." 그녀는 그것을 사랑스럽게 만지고 있었다. 두 음절로 나를 갈라버릴 수도 있던 이 여자가 내 이마에 이렇게나 다정함을 보일 수 있었단 말인가? 나는 이마를 만져보았다. 의심할 여지가 없었다. 내 피부에는 찍힌 자국이 있었던 것이다. 나는 심하게 피를 흘리고 있었나? 어쩌다 이런 일이 벌어질 수 있었단 말인가? 그러던 나는 기억해냈다. 철제 암나사. 나는 철제 파이프의 커다란 암나사에 영원히 기대 있던 것이 틀림없었다.

"그걸 보기만 해도 그쪽을 건드리고 싶어지네요. 뭐 하느라 그렇게 오래 걸렸어요? 그 안에서 정말로 뭐 하고 있었던 거예요, 프린츠?"

"클라라 브런슈바이크, 당신이 날 깜짝 놀라게 하네요."

그리고 우리는 다시 키스했다. 우리의 애무와 성관계의 안개 속에서 나는 사람들이 왜 입을 붙이는지를 이해했다. 이래서 사람들이 키스하는 거구나, 나는 계속해서 생각했던 것이, 마치 멀찍한 별자리에서 온 외계인이 인간의 몸을 체험해본 다음에 **그러니까 이래서 사람들이 그러는 거로구나,** 하고 혼잣말할 법한 식이었다. 나는 이전에는 뭘 하고 있던 걸까? 나는 묻고 싶었다. 지금껏 내내 내가 누구와 나의 인생을 채운 걸까? 그리고 이 모든 여자들은 내 인생에서 뭘 하고 있던 걸까? 왜, 어떤 이유로, 무슨 쾌락으로, 무슨 목적으로, 언제 작은 사랑이 취해졌고 덜 돌려받았다는 것이 너무나도 명백해진 건가? 모든 사람이 일요일 때우기 용이었던 걸까? 나는 무슨 장미 정원들을 헛되이 보냈고 우리는 소음으로 가득 찬 '사랑 거래소'에서 무엇을 교환할 수 있었을까? 아니면 우리가 배들이 오고 무역이 굴러가고 부두들이 부산하도록 유지했던 한 그것은 중요치 않았던 것일까—사람들, 행동, 장소들, 화물에, 사고, 팔고, 빌리고— 그럼에도 모든 사람은 결국에는 언제나, 언제나 범불안의 계곡에 밤이 떨어질 때면 혼자가 되는데.

왜 이번만은 다른 이유를 굳이 물어보는가?

남자 화장실에서 나는 잠깐을 들여서 나한테 메시지가 와 있었는지 확인했었다. 그녀는 여덟 번 전화했지만 메시지는 한 번도 남기지 않았다. 왜 나는 여러 번 전화를 걸었다던 그녀의 말이 거짓말이었을 거라고 생각했을까? 그쪽은 나를 믿지 않으니까, 그쪽은 나를 무서워하니까. 무엇을 무서워한단 말이에요, 근데? 무서운 거죠. 내가 당신보다 나은 사람일 수가 있을까 봐 무서운 거죠. 다른 이들과의 사랑과는 달리, 이게 어디로 가고 있는지 실마리도 잡히지 않으니까 무서운 거죠. 당신이 절박하게 믿고 싶어하는 바와는 정반대로, 이것이 끝나기를 절대로 원하지 않게 될까 봐 무서운 거죠. 내가—그래 그쪽이 이제야 그것을 보기 시작하네요— 진짜배기인 게, 프린츠, 그리고 우리 사이의 암초였다고 우리가 생각한 이 걸림돌이자 소란은 우리를 애초부터 묶어준 것인 게 무서운 거죠. 오늘 당신은 자신이 아는 것보다도 더 날 좋아해. 그런데 당신이 죽을 만큼 겁을 먹는 것은 내일 나를 더 원하게 되는 것이죠.

나는 그녀를 고작 닷새 알았지만, 이것이 운명, 신들에 의해, 그리고 왔다 갔다 하면서, 시간도 속죄해주지 않을 것이고 그렇다고 애원도 돌려내지 못할 사랑들을 두고 곡을 하고 있던 유령들의 성운에 의해 움직인 삶들의 것이자 행성들의 것이었다는 점을 이미 알고 있었다. 당신은 내 땅에 저주처럼 솟아올랐어요, 클라라. 내 혈육이 몇 세대는 지나야 당신을 씻어내리게 될 거야.

클라라, 나 거짓말하고 있었어요. 나는 실망하는 게 무섭지 않아요. 나는 내가 가질 자격이 없으면서 가지게 될 터라거나 매일 가지고자 분투하는 법을 배우기는커녕 가진들 뭘 할지 모를 터였을 것이 무서운 거예요. 그리고 맞아요. 당신이 나보다 나은 사람일까 봐 무서워. 내가 오늘 밤 당신을 사랑하는 것보다 내일 더 사랑하게 될까 봐 무서워. 그렇게 되면 내가 어디에 있게 되겠어요?

"내일은 〈만월의 밤〉*이네요." 그녀가 말했다.

나는 답하지 않았다. 내가 어쩌기도 전에 그녀가 내 침묵

* 1984년 개봉한 에릭 로메르의 로맨틱코미디 영화.

을 가로막았다.

"당신이 생각한다고 내가 생각하는 걸 생각하고 있는 거예요?"

그녀는 알았다, 그녀는 알았다.

"내일이란 게 있을지 모르겠는 거죠?"

"그쪽은 알아요?"

"나는 장담을 하지 않아요."

"나도 안 해요." 나는 큰소리를 치고 있었다.

"프린츠, 가끔 당신은 본인이 무슨 말을 하는지도 모르네요."

우리는 다시 칼을 뽑았다.

"그래도 분명히 말해두는데……."

"그래요……." 언제나처럼 그곳에 있었다. 당신의 맥박을 찌르고 맥박이 뛰어 공황 상태에 빠지게 보내버리는 작은 위협이.

"그저 분명히 말해두는 거예요, 당신이 나더러 지금 말하지 않았다고 나무라지 않도록. 나는 당신이 아는 것보다도 더 당신에게 사랑에 빠져 있어요. 당신이 빠져 있는 것보다도 더 사랑에 빠져 있다고요."

우리는 다시 키스했다. 우리 중 누구도 누가 지켜보고 있든지 신경 쓰지 않았다. 이 바의 남녀에 관해서라면 아무도 굳이 지켜보려고 하지 않았다. 이 사람이 오늘 밤 나와 사랑을 나눌 여자였다. 그리고 그녀는 나한테 사랑을 나눌 것이었다. 이런 식으로는 말고, 그저 이런 식 이상으로. 우리 사이를 가로막는 것은 오로지 우리의 스웨터뿐이었다. 우리는 함께 알몸이 되어, 그녀의 허벅지가 내 허벅지에 아주 맞닿을 것이고, 우리는 술집에서 중단한 바로 그곳에서 다시 시작하여 이야기하고 웃고 이야기하길 계속할 것이다. 사랑을 나누고, 계속하고 계속하다가 이윽고 아침과 탈진을 맞이할 터였다. 이 사람은, 그리고 이 생각은 너무도 멀리서부터 찾아왔던지라 나는 쉬이 그 생각을 한동안 보류 상태에 둘 수가 있었을진대, 내가 언제고 사랑을 나누길 원했던 처음이자 유일한 여자였다.

밖에는 눈이 내려 있었다. 술집으로 통하는 입구 계단에 쌓인 눈은 우리가 함께 보낸 첫날 밤을 생각하게 했다. 그때 우리는 파티에서 빠져나왔고, 그녀가 내 코트를 몇 분간 입었다가 내게 돌려주었다. 그러고 나는 기념상 옆 계단을 힘겹게 내려가 리버사이드 드라이브까지 가면서, 어쩌면 내가 파티를 너무 일찍 떠난 거라고, 조금 더 오래 머물렀어야 했다고 생각했다. 다들 내가 파티를 즐긴다고, 아침 식사 때까지 남고 싶어하는 거라고 생각하더라도 그게 뭔가 문제라고! 그때 나는 마음을 바꿔 스트라우스 공원으로 걸어갔다. 나는 마음을 바꿔 먹어서 스트라우스 공원으로 걸어갔었고, 그곳에서 내가 한 일이란 오로지 앉아서 생각하고 우리가 미사 이후에 돌아온 차에 그녀가 자기가 앉은 벤치를 내게 가리켰던 그 몇 분을 기억하는 것이었다. 이 행성에서 수많은 해를 보냈건만 이런 것은 손톱만큼도 결코 한 번도 느껴보질 못했다.

"잠깐만요." 그녀가 술집을 떠나기 전에 말했다. "나 숄 묶어야 해요."

그녀는 얼굴을 숄에 거의 완전히 감쌌다. 그녀의 눈 윗부분과 이마 일부만 보이게 되었다.

길모퉁이에서 나는 그녀에게 한 팔을 둘렀고, 우리가 함께 걸을 때면 언제나 그랬듯 그녀가 내게로 파고들게 했다. 그녀가 얼굴을 덮느라 얼마나 오랜 시간이 들었는지는 신경도 쓰지 않고, 나는 숄 속으로 손을 슬쩍 넣었다. 그녀의 얼굴을 들어 올려 그녀에게 다시 키스했다. 그녀는 빵집 창문에 등을 기대고 나더러 자신에게 키스하게 두었다. 그때 내게 느껴진 것은 하나뿐이었다. 내 골반이 그녀의 골반에 맞대고 아주 부드럽게 미는 것. 그녀는 처음엔 밀려나더니 부드럽게 응하여 마주 밀어왔다. 그도 그럴 게 이것이 우리가 그간 내내 예행연습을 해왔던 것이고, 이 역시도 예행연습이었기 때문이다. 이래서 사람들이 섹스를 발명해낸 것이었고, 이래서 사람들이 사랑을 나누고 서로의 몸속으로 들어가 같이 자는 것이었다. 내가 사는 내내 상상하거나 유도된 그 많은 이유 중 그 어떤 것 때문도 아니라 이런 이유 때문에. 오늘 밤에 관해서 손톱만큼도 몰랐던 것들을 나는 달리 얼마나 많이 발견하게 될까? 사람들이 사랑을 나눈 것은 하고 싶었기 때문이 아니라 시간 자체보다 훨씬 오래되었으면서도 무당벌레보다도 훨씬 작은 무언가가 그러라고 명했기 때문이었다. 나의 단단함이 그녀에게 문질러지는 것이라든가 우리의 골반이 완전히 저들 멋대로의 리듬에 휩쓸린 것을 그녀가 느끼는 것보다 우리 사이에서 더욱 자연스럽다거나 덜 어색하게 느껴지는 것은 세상에서 아무것도 없었다. 내 인생에서 처음으로 나는 누구를 유혹하려 하지도, 유혹하지 않는 척하지도 않았다. 나는 그곳에는 한참 전에 도달한 터였으니까.

그러나 어쩌면 나는 너무 일찍 도착했고, 마치 다리를 저는 아이가 자신을 앞서간 사람들을 늦추게 하듯 나의 마음은 뒤에 처지고 있었다.

"여기가 내가 다니는 빵집이에요. 나 여기서 커피 사요." 그녀가 말했다.

왜 그런 게 중요했나? 나는 생각했다.

"머핀도요?"

"가끔은 머핀도요." 우리는 다시 키스했다.

공원에서 그녀는 기념상 옆에 섰다. "이거 세상에서 제일 아름다운 기념상 아닌가요?"

"당신이 없으면 아무 의미도 없지만요." 내가 말했다.

"이건 나의 어린 시절, 나의 학창 시절, 모든 것이에요. 우리는 오늘 아침 여기서 만났는데 여기 우리는 다시 있네요. 이것엔 당신이 너무도 많이 담겨 있어요."

클라라의 세상이라.

그 추운 밤에 나는 우리가 도착하는 걸 무서워하기 시작했고 도착하는 것을 미루기를 희망하고 있었다. 내가 앞선 밤들에 희망했던 바와 같이, 도착하는 것이 겉치레식의 가벼운 입맞춤과 겉치레식의 껴안음 다음에 작별 인사를 한다는 뜻이었기 때문이 아니라, 오늘 밤에는 내가 말할 용기가 없었던 것을, 내가 말하고 싶은지도 확실치 않았던 것을 말해야 할 터였기 때문이다. "나 위층으로 올라가고 싶어 죽겠는데요, 클라라, 그냥 나한테 시간이 필요해요."

그녀가 사는 건물로 통하는 문으로 우리가 다가갈 무렵 그녀는 나를 쳐다보았다. 그녀는 무언가를 눈치챈 것이다. "나 뭔가 잘못했어요?"

"전혀요."

"그럼 뭔데요? 무슨 일이에요?"

내가 여자였고, 그녀가 남자였다.

나는 여전히 그녀를 내 품에 안은 채 걸음을 멈추었다. 나는 알맞은 말을 찾을 수가 없어서, 머릿속에 맨 처음 떠오른 말을 불쑥 내뱉었다.

"너무 이르고, 너무 급작스럽고, 너무 빨라요." 내가 말했다.

"무슨 말이에요?"

"서두르고 싶지 않아요. 이걸 그르치고 싶지가 않아요."

어쩌면 나는 내가 다른 남자들과 같다고 생각하게 하기 싫어서, 그걸 그녀에게 증명하고 싶었는지도 몰랐다.

아니면 내가 피하고 싶은 건 야비한 보리스, 그래서 드디어 오늘 밤 좋은 시간 보내시겠군, 하는 그의 히죽거리는 웃음이었을까?

아니면 그저 나는 이 로맨스가 조금만 더 오래 지속되고 포도나무 위에서 익어가게 놔두고 싶은 것이었을까?

"그래서 날 혼자 놔두고 이 날씨에 집에 가겠다고요? 굳이 그렇다면 소파에서라도 자요."

"우리 로메르 영화를 너무 많이 봤네요."

"그쪽 완전 끔찍하게 실수하고 있는 거예요."

"나 그냥 하루가 필요해요."

"하루가 필요하시단다."

그녀는 내 팔로부터 물러난 터였다. "내가 알아야 할 게 있나요?"

나는 고개를 저었다.

"혹시……." 이에 나는 그녀가 알맞은 말들을 찾고 있지만 찾을 수 없었다는 것을 알 수 있었다. "혹시 하자가 있어요? 내가 당신이 좋아하는 쪽의 사람이 아니에요?"

"그쪽의 색정보를 위해서 말해주자면, 나는 하자가 없어요. 그리고 그 다른 것에 관해서는…… 너무도 헛다리를 짚었네요."

"그래도, 완전 실수하는 거예요."

우리는 그쯤 되자 둘 다 매우 추웠다. 보리스가 로비의 문을 조금 열어둔 것이 다행이었다.

"나 다시 키스해줘요."

보리스의 존재는 어떤 이유에서인지 나를 억압했지만, 그녀를 억압하지는 못했다. 그럼에도 나는 그녀의 입에 키스했고, 그러고 나서 다시 한번 키스했고, 그러자 마치 그녀가 우리가 이전에 언제고 그랬던 것보다도 우리를 가깝게 해준 그 동작을 기억한 양, 그녀는 내 터틀넥을 내려서 나의 목울대에 긴 키스를 했다. "나 그쪽 냄새 사랑해요." "그러는 나는 당신에 관한 모든 것을, 그냥 모든 것을 사랑해요. 그렇게 단순하게." 그녀는 나를 바라보았다. **"바보."** 그녀는 영화에서의 모드를 인용하고 있었다.* "알아요." "그냥 잊지만 말아요. 내일 아침 제일 먼저…… 나한테 전화하는 거." 그녀가 엄지와 검지를 뻗음으로써 종종 패러디했던 손짓을 하면서 덧붙였다. "안 그러면, 날 알잖아요. 나는 고도의 범불안에

* 영화 〈모드 집에서의 하룻밤〉에서 주인공이 성관계를 거부했을 때 상대가 하는 대사.

빠지게 되고 그렇게 되면 무슨 일이 벌어질지 장담할 길이 없어요." 나는 그녀를 어르려고 노력했다. "프린츠, 그쪽이 들을 자격이 안 되니까 그쪽한테 말하면 안 되긴 하지만, 당신은 내게 올해에 일어난 것 중에 최고의 사건이에요."

여섯 번째 밤

그날 밤, 스트라우스 공원에서 나는 하마터면 정말로 담뱃불을 붙일 뻔했다. 앉아 있기에는 너무도 추웠고 눈이 오기 시작했던 터라, 나는 그곳에 오직 짧게만 서 있다가 옮겨갈 수밖에 없었다. 언젠가는 이 짓도 물리게 될 것이다. 언젠가는 지나쳐 가면서도 들렀다 가는 걸 잊어버릴 것이다.

나는 집에 도착하자마자 그녀에게 전화했다. 아니, 그녀는 자고 있지 않았다. 마찬가지로 이 느낌을 잃어버리고 싶지 않았다. 아니, 똑같은 장소, 창가에, 남성용 잠옷을. 그녀는 졸리고 탈진하긴 했으나 내가 그녀를 떠났을 때와 다르지 않은 목소리였다. 나 여전히 당신 냄새가 나요, 그녀가 말했다. 그러면 당신이랑 자는 것 같겠죠. 나는 그녀가 잠으로 빠져들고 있다고 느꼈고, 어쩌면 내가 그녀를 잠들지 못하게 하고 있었다. "아니, 아직 가지 마요. 그쪽이 전화해줘서 좋으니까." 어쩌면 내가 올바른 일을 한 걸지도 모른다고, 그녀는 말했다. "전화요?" 내가 물었다. "전화뿐이 아니고요."

전화상에는 기나긴 침묵들이 있었다. 나는 누구에게도 이런 것을 전혀 한 번도 느껴본 적이 없다고 그녀에게 말했다. "나는 느껴봤는데." 그녀가 말했고, 잠시간 말을 끊은 다음 "당신한테"를 덧붙였다. 나는 그녀의 지친 이목구비에 파문처럼 퍼지는 그녀의 미소가, 그녀가 미소 지을 때의 보조개가, 그녀의 이마에 그녀가 손바닥을 문지를 때의 그녀 손이 보였다. 나 당신이랑 알몸으로 있고 싶어요. 그쪽에게 청하지 않은 것도 아니잖아.

우리는 잘 자라고 말했지만 둘 중 누구도 전화를 놓지 않아서, 우리는 계속해서 상대에게 끊으라고 권하고 있었고, 우리가 잘 자라고 말할 때마다 기나긴 침묵이 따르기 마련이었다. 클라라? 네. 안 끊고 있네요. 지금 끊을게요. 긴 침묵. 그러나 그녀는 끊으려 들지를 않았다. 집에 가는 데 한 시간 걸렸어요? 얼추요. 무슨 미친 생각을 하는 거예요, 프린츠, 이렇게 집에 가다니, 그쪽은 나를 행복하게 만들어줬을 테고 나도 그쪽을 행복하게 만들어줬을 텐데. 잘 자요, 나는 말했다. 잘 자요, 그녀는 말했다. 그러나 나는 딸깍 소리를 듣지 못했고, 내가 그녀더러 여전히 전화상에 있느냐고 물었을 때, 나는 숨죽여 키득거리는 소리를 들었다. "클라라, 당신은 미쳤네요." "내가 미쳤다고? **당신**이 미쳤죠." "난 당신한테 미쳤죠." "딱 봐도 충분히 미치진 않았던걸요."

나는 이튿날 아침에 너무 늦게 전화함으로써 그녀를 놓치고 싶지 않았다. 그러나 그렇다고 너무 일찍 전화하고 싶지도 않았다. 나는 샤워를 하기까지 잠시 기다렸지만, 그러다가는 기왕이면 그녀가 어느 쪽에든 전화할 경우를 대비해서 집 전화와 핸드폰을 둘 다 욕실에 가지고 갔다. 아침 식사에 관해 말하자면, 내가 그녀와 말하기 전에는 집을 떠날 리가 만무했다. 내가 꼭대기가 접힌 희끄무레한 종이봉투 안에 쌓인 머핀과 스콘의 모음을 사자는 발상을 떠올린 건 이때였다. 그거다. 커피 두 잔과 머핀, 스콘, 간식들이 쌓인 모음을…….

샤워하러 가면서 나는 양탄자 위의 소금 더미를, 여전히 클라라의 손가락대로 홈이 파여 있는 그것을 발견했다. 세상에, 그녀는 불과 24시간 전에 이곳에 있었던 것이다. 여기, 바로 이 아파트에, 바로 이 양탄자에 맨발로 앉아서, 초콜릿 쿠키를 발가락 사이에 끼워둔 채로. 비현실적인 생각 같았다. 마치 어떤 고차원적 존재가 갑자기 강림하여 나의 무미건조한 하계의 매립지에 방문했던 듯했다. 어제 우리는 함께였다고 나는 계속해서 되풀이했다.

나는 얼룩을 지켜보았다. 그 얼룩이 제 광택과 의미를 잃어버릴까 봐 두려웠다. 그녀 역시도 결국 어느 호숫가 도시처럼, 불과 몇 시간 전에는 산책 한 번이면 닿을 거리로 보였다가 썰물로 빠져나가면서 후퇴하기 시작할까 봐.

물론 내가 이 러그를 샀을 때 클라라라는 사람에 관한 생각은 내 뇌리를 스치지도 못했다. 그럼에도 이곳으로 오기 전 내가 아버지와 함께 경매에서 이 러그를 샀던 그 5월 말의 일요일이 이제 클라라가 흘린 액체에 뒤섞여 있다. 마치 그녀, 러그, 나에게 경매에서 물건 사는 법을 가르치고 싶었던 우리 아버지가 바로 이 얼룩에서 수렴되기로 운명지어진, 겉보기에는 완전히 관련 없는 각자의 세 길을 달려왔다는 듯이. 꼭 티어가르텐 공원의 동물 우리를 찍은 사진들이, 몇천 킬로미터 떨어진 곳에서 바로 그해 한여름에 태어난 클라라라는 아이의 사진과 짝을 짓지 않는 한 이제는 그 의미가 없어지는 것처럼.

나는 내 삶을 이런 식으로, 클라라라는 음조音調 속에서 읽는 것을 사랑했다. 마치 저 바깥의 무언가가 삶 자체보다 더욱 빛나는 원칙들에 따라 모든 사건을 마련해두었다는 듯. 다시 돌아볼 때만, 언제나 다시 돌아볼 때만 의미가 명백해지는 사건들을. 맹목적인 행운이자 임의적이었던 것이 갑자기 의도를 띠었다. 우연의 일치와 생각지도 않은 일은 실제로는 혼란스럽지 않았고 내가 너무 많은 질문들로 방해하거나 침해하지 않는 편이 나았던 어떤 지성의 주된 태엽들이었다. 심지어 사랑조차도 어쩌면 삶의 무작위적인 구성단위들을 꿰어 맞춰서 의미와 설계에 근접한 무언가로 꾸려내는 우리의 방식에 지나지 않는 것인지도 몰랐다.

우리끼리 내 집에서 점심을 먹자는 그녀의 제안은 얼마나 민첩하고, 얼마나 자연스럽고, 얼마나 명백했나. 그런 건 내게는 절대로 떠오르지 않았을 테다. 파티에서 내게 다가오는 그녀의 방식은 얼마나 단순했나. 내 멋대로 두었더라면 나는 그녀에게 말을 걸려고 시도하려 저녁나절을 다 써버리다가는 그녀가 누군가에게 무심하고 신랄하고 잔인한 말을 하는 것을 듣고는 결국에 포기했을 테다.

나는 러그 위의 소금을 바라보았고 그것을 절대 건드리지 않겠다는 나의 다짐을 새로이 했다. 이것은 우리가 함께 행복했다는, 우리가 하루 종일 보내도 단 한 번을 서로에게 질리지 않을 수 있었다는 증명이었다.

물론, 나는 내가 느낀 기쁨이 마치 특정 나무들처럼 험준한 바위투성이 절벽 끄트머리에 뿌리를 내렸을까 봐 두려워했다. 나무들은 고개들을 쭉 빼서 원하는 만큼 태양을 향해 나뭇잎들을 돌릴 수 있겠지만, 중력이 최종 결정권을 쥐고 있기 마련이다. 부디 내가 이 나무를 무너뜨리는 사람이 되게 하지 말아주세요. 내 안에는 너무도 많은 빈정댐과 가뭄이 있고, 두려움, 자존심, 불신, 그리고 삶이 테이블에다 까놓는 것들 중 너무도 많은 것이 없어도 잘해낼 수 있는 나머지 내가 심지어는 맨 먼저 이 가엾은 묘목을 물속으로 밀어 넣는 사람이 되겠다고 증명하기 위해서라는 이유밖엔 없을지라도 나 자신에게 심술을 부릴 준비가 된 악한 기질은 말할 것도 없다. 하지 말자. 굳이 하려거든, 그녀더러 하게 하자.

나는 지난밤과 우리의 골반이 함께 움직인 양을 다시 한 번 생각했다. **너무 이르고, 너무 급작스럽고, 너무 빨랐다니.** 이런 바보 천치가 있나!

이것을 이 말과 비교해봐라, **당신은 내게 올해에 일어난 것 중에 최고의 사건이에요.** 당신은 이 말들을 중개인에게 가져가서 상승장에 풋옵션을 사고서 그래도 한몫을 잡을 수가 있었다. 내가 말의 숨겨진 광채를 되찾았으며 거푸거푸 말들을 다시 포착하기 위해서 놓아버릴 터였던 그런 말들을 말이다. 꼭 누군가가 일련의 자그마한 육각형의 마음을 달래는 염주 위의 기분 좋은 둥근 물체로 자기 손가락들이 몇 번이고 되돌아가는 것을 발견하는 식으로. 내가 이 말들을 잊어버렸을 때조차 나는 그것들이 바로 옆에 기다리고 있었음을 알았다. 마치 사람이 들어가고 닫힌 문에다 등을 비비는 고양이처럼. 나는 그것을 들이는 것을 미루기까지 할 터였는데, 내가 마음을 바꾸자마자 그것이 즉각 난입해서 내 허벅지에 뛰어오를 터였음을 알았던 것이다. **당신은 내게 올해에 일어난 것 중에 최고의 사건이에요.**

나는 클라라가 여전히 안경을 쓰고, 남성용 잠옷과 하얀 양말 차림이지만 그 밖에는 아무것도 걸치지 않은 광경이 떠올랐다. "그래서 이건 더는 **너무 이르고, 너무 급작스럽고, 너무 빠르지** 않은 건가요?" 그녀는 물을 터였다. "존나 너무 이르고 너무 급작스러운데요." 나는 그녀 잠옷의 졸라매는 끈을 풀고자 하는 욕구와 분투하면서 말할 터였다. 잠옷을 떨어뜨리고, 양말은 놔두고, 안경을 벗고, 당신이 아침 햇살 속에서 벗은 모습을 봅시다. 나의 북쪽, 나의 남쪽, 나의 **슈트루델 가토**, 오스카르와 브런슈바이크가 까불 준비가 되어 도리깨질을 하는 날쌘 파충류들처럼 똘똘 감겨서. 커피가 식어버릴지 모르겠네요. 머핀을 가르고 빵부스러기들, 끈적한 번 빵들, 케이크 위의 아이싱을 축복하고 침대에 있어, 커피를 향해 손을 뻗자고요. 그러다 보면 흥분이 우리를 다시금 휩쓸고, 그러면 우리는 그것을 **슈트루델 가토 만들기**라고 부르겠죠.

오늘 아침의 샤워 중에는, 귀도에 손대지 않고.

"그래서 지난밤에 나랑 사랑을 나눴어요?" 그녀는 물을 터였다. "절대, 단연코 나누지 않았어요." 나는 말할 터였다. 나누지 않았다고.

9시경에 내가 문을 나서 걸어가던 차에 전화가 울렸다. 나는 여전히 지난밤의 지치고 친밀하고 무방비한 목소리로 전화를 받기를 희망했고, 어쩌면 그게 자연스레 나오지 않을 거였다면 그걸 꾸며내려고 시도해보기까지 할 터였다. 그러나 그것은 그냥 집배원 전화였다. 내가 전화를 받고자 서두르면서 품은 전율은 그 전화가 클라라이기를, 오늘이 어제와 같기를, 그 전날과 같기를, 이번 주의 모든 다른 날과 같기를 내가 얼마나 원했는지를 말해주었다. 그녀가 지난밤에 그랬던 만큼이나 나른하고 쉰, 우리에게 관련되지 않은 모든 것에는 부주의한 목소리일지 궁금했다. 아니면 그녀는 다시금 쾌활하고 팔팔한 자아로 돌아와, 경쾌하고도 민첩하고, 기민하고도 신랄하여, 쏘려고 다 준비된 길들여지지 않은 질책 그 자체일 텐가?

배달은 필요 이상으로 오래 걸리고 있었다. "벌써 가는 중이시던데요" 하고 내가 아래층에 인터폰을 걸자 수위가 말했다. 나는 기다렸다. 지금쯤 되니 9시가 넘어 있었다. 나는 조금 더 기다렸다. 그다음에 나는 아래층에 인터폰을 넣어서 수위에게 왜 배달이 이렇게 오래 걸리고 있었는지 알아봐달라고 말했다. 나는 전화를 끊었다. 전화가 다시 울렸다. "네!" 나는 말했다. "내가 전화할 줄 몰랐어요?" 딱 봐도 나는 화가 난 목소리였던 게 틀림없으니 완전히 잘못된 신호를 보내고 있었다. 그녀의 목소리는, 내가 짐작했던 대로, 완전히 깨어 있었다. "재밌네요, 나 막 그쪽한테 머핀이랑 커피 가져다주려는 길이었는데." 그러나 나는 그녀의 목소리에서 무언가를 알아차렸다는 확신이 들었다. 무엇이 내게 귀띔해 준 건지는 꼭 집을 수가 없었지만, 무언가가 좋은 징조가 아니라는 것은 알았다. "그거 정말 다정하네요. 근데 내가 구태여 시내로 가야 해서요. 나 막 문밖을 나서려는 참이었어요."

시내로 가는 것이 그녀의 아침나절을 분명 망쳐버릴 터인 달갑지 않고 고통스러운 과제라고 암시하고 싶어한, 그 오래 끌면서 처량한 투의 **구태여 시내로**를 왜 나는 믿지 못했던 건가?

그녀는 왜 전화한 건가, 그러면? 연락하기 위해서, 지난 밤을 살려두기 위해서, 우리 둘에게 아무것도 변하지 않았다고 안심시키기 위해서? 아니면 내가 전화하기까지 너무 오래 걸렸기에 그녀가 **고도의 범불안**에 빠졌기 때문이었나? 아니면 그녀의 전화는 선제적인 고백이자, 은폐로서의 진실로서, 그 위압적인 서두름과 그녀가 **구태여 시내로** 간다는 주의를 돌리기 위한 감언이설을 설명해주던 것이었을까?

나를 분노케 한 것은 내가 언제나 사건들과 다른 이들이 나의 하루가 어떻게 펼쳐질지를 지시하게 놔두어버렸다는 거였다. 수동성? 소심증? 아니면 그것은 거절당할까 두려워서 청하기를 피하기 위해 고결한 장애물들을 지어내는, 모든 남자의 조심성이었을까? 나는 그녀와 함께 가겠다고 제안할 수도 있었으나 그러지 않았다. 그리고 나는 그녀가 볼일이 끝난 직후에 마중 나가겠다고 말할 수도 있었으나 그러지 않았다. 클라라는 내가 어느 쪽도 할 참이 아니었다는 것을 눈치채고 내가 그녀를 본다고 그렇게 안달이 난 건 아니었다고 추정했을 수도 있다. 그러나 그것은 말이 되지 않았다. 내가 그녀를 본다고 안달이 난 게 아니라면 뭐 하러 그녀에게 아침 식사를 가져다주겠다고 제안했겠는가? 그런데 또, 왜 나는 그녀의 **시내**에서의 계획을 바꾸지 않는 것을 그녀더러 너무도 쉽게 만들어주고 있던 건가? 내 실망감을 감추기 위해서?

나는 하루 온종일을—그리고 그와 더불어 클라라를—내 손가락 사이의 모래처럼 미끄러뜨리고 있었음을 알았다. 그녀의 단호한 어조는 싸움을 걸려는, 아니면 심지어는 그러려고 시도하려는 나의 욕망을 꺼뜨린 터였다.

"점심쯤에는 어디에 있을 거예요?" 내가 물었다.

나는 **사람들이 식사하는 곳에요**와 같은 무언가를 기대하고 있었다.

"글쎄, 어떤 친구랑 점심을 먹을 거라서요."

나는 이것이 전혀 마음에 들지 않았다. 그녀는 이름을 부르지 않으려고 친구라고 한 것이다. 내가 이것을 간파하리라는 것을 그녀도 알았음을 나는 알았다. 이번 경우 역시도 또 다시 대갚음하던 걸까? 더 심하게 만든 것은—그리고 나를 불나방처럼 불길에 끌어들인 것은— 그녀가 친구에 관해 더 구체적으로 구는 것을 피하려고 하고 있었다고 한들, 그녀가 고의적으로 그러고 있다고 내가 생각할 것을 그녀가 알았다는 점이었다.

"모임이 파하자마자 내가 전화하면 어떨까요? 그러면 어때요?"

그러나 **그러면 어때요?**도 그렇게 중립적이지 않기는 매한가지였다. 그것은 **이제 됐지?**라는 뜻일 수도 있었다. 아니면 이런 뜻일 수도 있었다. **봤지, 나 상냥하게 굴 수 있어. 이제**

착한 아이처럼 굴고 내가 이 제안을 취소하기 전에 받아들여. 그녀는 나를 만날 의향이 어중간한 정도로 있어 보였지만, 그 이상은 아니었다. 비록 우리 둘 모두 이것이 전혀 어중간한 정도가 아니었음을 알기는 했어도 말이다. 그것은 참을성을 잃고 경고에 의지하기 전에 신경질적인 아이에게 하는 최후의 양보처럼 들렸다. **그러면 어때요?**는 분명 **맛 좀 봐라!**라는 뜻일 수가 있었다.

나는 그녀를 지금, 아침 10시 전에 보고 싶었다. 그러나 그녀는 3시경에 내게 전화하겠다고 말하고 있었다.

우리가 가장 빨라도 영화관에서야 만나게 되겠다고 나는 이미 직감했다. 기껏해야 말이다.

그 시간 내내 나는 혼자서 뭘 할까? 희망하기? 걱정하기? 그녀와 싸우기? 그 속이 텅 빈 호퍼 등장인물들 중 하나처럼 멍하니 우리 집 벽을, 우리 집 양탄자를, 우리 집 창문을 응시하며 앉아 있기? 브로드웨이가를 터덜터덜 오르락내리락하기? 내가 너무도 행복하게 방치하고 있었던 친구들에게 전화를 걸기 시작하기? 우리 집 욕조에서 수영하기? 나와 더불어 살아가기?

이것이 내가 하고 있었던 짓—나와 더불어 살아가는 것—이자 그러는 매 분초를 싫어하고 있었던 짓이 아니었나?

"이런!"

그녀도 그것을 들었다. 내 목소리가 멘 것뿐만이 아니라,

내 고충의 정도와 그것에 경쾌한 억양을 얹으려는 나의 기구한 시도까지도.

"**의런?**" 그녀는 그 단어를 가볍게 여기면서 말했는데, 그것이 언제나 긴장감을 피하는 그녀의 방식이었다.

그러는 한편, 와인 두 상자가 도착했다. 나는 그것에 수령했음을 서명하고 내 목소리에 권위를 더 넣으려고 했다. 그러나 심지어 집배원 앞에서조차 그 찡찡거림을 숨길 길은 없었다.

"내가 막 들르려는 참이었는데……." 나는 그 생각이 질질 끌리게 놔두었다. 소용이 없었다. 그녀는 이미 전화를 하겠다는 약속을 내준 터였다. 밀어붙일 필요가 없었다.

"어디 있을 거예요?" 그녀가 물었다.

"**텔리퓐** 옆의 어두운 구석에 쪼그려 앉아 있을 건데요."

우리는 웃었다. 그러나 나는 오늘 어떤 시간에도 내가 통화 신호를 놓칠 위험이 있는 건물에는 들어가지 않을 터임을 이미 알고 있었다.

9시 30분이었다. 우리가 함께했던 셋째 날 9시 30분에 우리는 벌써 헤이스팅스를 지나쳐 있었다. 이제 그것은 너무도 매우 멀리 떨어진 듯 느껴졌다. 스콘, 커피, 나를 완전히

무장 해제시켰던 그 외설적인 손짓조차도 멀리 떨어진 듯 느껴졌다. 나는 오늘 클라라를 원했다. 클라라 없이 지내지 않기 위해서 클라라를. 클라라와 아무 관련이 없을지도 모르지만 삶의 굴곡들에 대한 대역을 그녀에게서 찾아낸 이런저런 상황으로부터 나를 은닉해줄 클라라를. 그녀의 모습은 이제 하루 종일 내 눈앞에 있을 터였다. 도시를 거닐어 다니면서 모든 가게, 모든 건물, 모든 것에 그녀의 모습을 투사하게 되게끔. 사람들을 우연히 마주치고 그들 대신에 그녀와 있었기를 바라게 되게끔. 친구를 만나서 달리 무엇에 관해서도 얘기하고 싶지 않아지게끔. 이웃집 사람들과 엘리베이터를 같이 타고 그들이 **오늘도 안녕하시죠?** 하고 묻기만 하면 모든 설움을 털어놓고 싶어지게끔.

우리는 오후 중반쯤에 서로에게 전화를 걸기로 합의했다. 나는 스스로 이런 말을 하지 않도록 막을 수가 없었다. 날 영원히 기다리게 하진 말아줘요.

안 그럴게요.

확고하게, 그러나 대강대강 말하는 투에는 고집스러운 태도가 서려 있었는데, 그 뜻은 이랬다. **그쯤 해둬요, 자기.** 그녀의 약속에 담긴 바로 그 어조로 보건대 나는 그녀가 어쩌면 내게 전화를 걸지 않을 터라는 것뿐 아니라 그녀가 정확히 내가 부탁하는 투 때문에 그렇게 마음을 먹게 되었다는 것까지 추론되었다. 징징거리고 시무룩한 투 말이다. 나는 이렇게 말한 것과 진배없었을 테다. 전화 안 해주면 자살해 버릴 거예요.

"그거 굿이겠네요." 내가 결단력 있으면서 **다정다감 업무적인 분위기**를 스스로 끌어내려고 노력하면서 말했다.

"그거참 **귓***이겠네요." 나의 위조된 확고함에 즉각 구멍들을 푹푹 쑤시면서 그녀가 메아리처럼 되받아쳤다.

우리는 전화를 끊었다.

나는 즉각 그녀에게 다시 전화를 걸고 싶었다. 누군가에게 바로 다시 전화를 걸어서 당신을 좀먹는 것들, 내동댕이쳐진 희망들, 부추겨진 걱정들, 걸린 채 내버려졌다가는 당신이 그것들을 돌보고 애지중지하고 더 잘 알아갈 짬을 가져보기도 전에 싹이 잘라내어진 소망들에 관해 솔직하게 말하는 것이 뭐 그리 끔찍했겠는가? 으스러뜨리고 찢어발기는 것이, 그녀에게는 얼마나 쉬이 찾아왔는가. 싹을 잘라내고 찢어발기는 것이. 이것은 그녀와 보내는 나의 아침, 우리의 아침이 되었을 터였다. 우리가 밤을 함께 보냈더라면, 그녀는 절대로 그 **구태여 시내로** 가야 있는 **친구**를 끄집어내지 않았을 터였다. 내가 밤을 보냈더라면, 우리는 여전히 자고 있고, **슈트루델 가토** 다음에 자고 있고, 자고 있다가는 다시 **슈트루델 가토**를 하고 있을지도 몰랐다. 결국에는 나는 살금살금 빠져나

* 영어로 '좋다'라는 뜻의 '굿(good)'이라는 단어에 장난으로 독일어 악센트를 넣어 '귓(güd)'라고 발음하고 있다.

가 머핀과 스콘을 사 와서 사랑을 나누는 것으로 돌아갈 터였다. 우리의 빵 부스러기의 침대, 우리의 정액의 침대* 위에서. 그녀의 침대 위 나의 빵의 숨결**이 그녀의 입안에 있으니, 나른하고 다정하고 목쉰 듯하여라 그녀의 목소리는, 마치 지난밤에 너무 담배를 많이 피운 다음 그러했듯이, 그 클라라는 내가 올해에 일어난 것 중에 최고의 사건이었다고 말해주기도 했고, 그 클라라는 내게 끔찍한 소식을 터뜨릴 참인 듯했다가는 결국에는 어둠 속에서 내 이름을 말했다고 내게 털어놓았고—그리고 나는 그녀를 믿었고 여전히 믿었다— 그 클라라는 프랑스어로 나를 **바보**라고 불렀고, 독일어로든 러시아어로든 영어로든 진심으로 그 말을 했는데.

이것은 단연코 올해에 가장 못난 하루가 될 터였다. 나는 올해를 싫어했는데, 이제 나는 올해를 과거로 돌리고, 그녀를 과거로 돌리고, 그녀를 잊고, 파티, 스트라우스 공원, 레오와 슈트루델과 얼어붙은 허드슨강에서 바흐-질로티의 전주곡의 리듬에 맞추어 키득대는 얼음을 잊어버리고 싶을 이유가 하나부터 열까지 있었다. 잊어버리자. 그리고 내가 잊어버리지 못하면, 증오하는 것을 배우자. 갑자기 나는 그녀를 그저 싫어할 방법뿐만이 아니라 그녀에게 상처를 줄 방법을 찾

* 영어로 '빵 부스러기'를 뜻하는 '크럼(crumb)'과 '정액'을 뜻하는 '컴(cum)'의 발음의 유사성을 통해 언어유희를 꾀하고 있다.

** 영어로 '침대'를 뜻하는 '베드(bed)'와 '빵'을 뜻하는 '브레드(bread)'와 '숨결'을 뜻하는 '브레스(breath)'의 발음의 유사성을 통해 언어유희를 꾀하고 있다.

아내고 싶어졌다. 아니면 그보다는, 그녀에게 상처를 준다기보다는 그녀가 괴로워하는 모습을 지켜볼. 그녀가 거칠게 놀고 싶어한다면? 내가 그녀에게 거친 걸 보여주겠다. 나는 전화를 받지 않을 것이다. 나는 다른 사람이랑 영화관에 갈 것이다. 그 이후에 예의 똑같은 술집으로 향할 것이다. 그게 내가 할 것이다. **하지만 우리는 데이트 약속이 있는 건 줄 알았는데요.** 퍽이나! 그냥 당신은 자신이 원할 때 사람들에게 불쑥 쳐들어와서 그들 삶 곳곳에 당신의 독극물을 흘리고 그들이 죽을 둥 살 둥 붙들어두는 모든 것을 내버리고 쓸어버리는 거였고. 당신이 그들과 손을 끊어 그들에게 볼일이 끝나면, 뒤에 남아 있는 것이라고는 러그 위의 얼룩과 소금, '에디의 식당'라고 불리는 공장 인부들 소굴에서 나온 유리 장신구, 그리고 그들 숨결에 올라간 당신 입의 맛, 내 입안에 당신 입의 맛, 당신 입이라는 빵, 당신 입이라는 음식, 당신 입에서 나온 빵 부스러기들뿐이라 나는 하나하나 집어 올릴 테니, 그냥 그것들을 내 문에다 놔둬요, 피투성이에 와인투성이에 소금과 담즙 덩이들로 쌓인 채로, 그러면 나는 그것들을 보살피고 그들 속에다 내 씨앗을 파묻을 거니까. 나는 당신이 내게 전화하기를, 나를 원하기를, 내게 참을성을 가지고 상냥하게 굴어주기를 원했다. 이렇게 **시내로** 가야 있는 **친구**라는 허튼수작을 부리는 게 아니라.

그러나 나는 무슨 생각을 하고 있던 건가! 그녀가 지난밤에 내게 제안한 것을 내가 제안했다면, 그리고 오늘 아침에 영영 오지 않는 전화를 기다렸다면 어떨까? 내가 처음부터 하던 것대로 그녀가 행동하고 있는 거라면 어쩌나? 내가 의인화된 머뭇머뭇 양짓말쟁이* 씨라고 이미 신호를 주지 않았다면, 지난밤에 술집에서 내가 화장실에 갈 동안 과연 무엇이 그녀더러 자신을 기다리게 하지 말라고 내게 간청하게 만들 수가 있었단 말인가?

나는 알 수 있었다. 오늘은 좋은 하루가 되지 않을 터였다. 나는 나 자신을 보류 상태에 두고 어딘가 조용한 장소를 찾아, 겨울잠 자려는 동물처럼 숨을 멈추고 가만히 있으면서 계획을 세우지 않고 그저 그녀의 전화를 기다려야 할 터였다.

11시가 되자 참을 수가 없었다. 나는 일하기 시작하기 위해서라는 이유밖에는 없을지라도 집 안을 좀 정돈했다. 그러나 집에서 일하는 것은 내가 원하던 것이 아니었으므로, 나는 만사를 제쳐두고 고지서를 좀 지불하기로 결정했고 이메일 몇 개에 답하려고 했다. 그러나 나는 무엇에도 집중할 수가 없었다. 나는 지갑과 열쇠를 집어 들고 코트를 입고서 밖

* 이전에 만든 '양서성(amphibalence)'이라는 합성어에 '거짓말쟁이(fibbing)'라는 단어를 합쳐 '양짓말쟁이(Amphifibbing)'라는 새로운 단어를 만들어내고 있다.

으로 나섰다.

클라라 없는 삶이 공식적으로 시작되었다. 그녀가 너무도 크게 웃는 소리를 들었던 엘리베이터를 타고 내려가면서, 나는 스스로에게 되풀이했다. 클라라 없는 삶이 공식적으로 시작되었다고.

나는 절망할 이유가 없었음을, 우리는 바로 오늘 저녁에 영화관에 돌아가 있을지도 모름을 알았지만, 나는 무언가에 금이 갔다고 또 내가 지금부터 상실을 예행연습하기 시작하는 편이 좋았다고 의심이 가기도 했다.

상실을 무디게 하고자 상실의 예행연습을 하는 것, 그게 내가 피하려고 희망하고 있었던 바로 그 상실을 불러일으킬지도 모른다는 생각이 들었다.

무슨 미친 생각을 하는 거예요, 프린츠.

그 생각은 나를 즐겁게 했다. 최악의 시나리오를 생각하는 것만으로도 십중팔구 그걸 야기할 터였다. 내가 그녀를 잃는다고 생각할 때마다 느낀 분노는—만일 그녀가 내 목소리나 내 얼굴에서 분노를 짐작했다면— 그녀더러 내게서 등을 돌리게 할 터였다.

나는 센트럴파크 웨스트를 걸어 내려갔다가, 이스트사이드로 길을 건너 메트로폴리탄 미술관 쪽으로 향하기로 했다. 나는 승마 전용 도로로 걷는 것이 좋았고, 비참한 하루를 방문하여 해가 넘어가기 한참 전에 태양을 안개로 보이지 않게 할 수가 있던 겨울철 아침의 이렇게 백악과 같이 하얀 도시가 좋았다. 얼어붙은 우윳빛 땅조차 좋았다. 그건 나로 하여금 다시 걸음마를 배우는 병약자처럼 공원을 건너 한 걸음 한 걸음 길을 저벅저벅 걸으며 걸음걸이에 집중하게 해주었다. 그러는 내내 그녀의 모습은 내 앞에 있고, 나의 발걸음 소리는 아작, 어적, 어적, 아작, 어적, 어적거렸다. 내가 그날을 어찌나 사랑했던지. 우리가 함께였더라면 이것 역시 즐길 수 있었을 텐데. 그녀는 스스로 한층 쾌활한 형태의 감정 토로를 더 함으로써 감정 토로하는 매 순간의 싹을 쉴 새 없이 잘라내면서. 그녀와 나는 그저 한 걸음 한 걸음, 저벅저벅 함께 따라가면서, 각자가 도중의 고드름을 먼저 부러뜨리는 사람이 되려고 하면서.

당신은 지난밤 때문에 나를 절대로 용서해주지 않겠죠?

나는 절대로 지난밤으로 당신을 미워하지 않았어요. 하지만 어쩌면 당신이 맞는지도 몰라.

그런 말 자꾸 하지 마요.

나는 그 순간이 오는 걸 느꼈다. 이런 풍경이 점차 하얘지며 나를 포위하고, 마치 무대 안개처럼 퍼져 나가는 것. 멀찍이서 웅웅대는 산업 폭포들의 더러운 희끄무레한 회색에 가까운, 달걀 껍데기와 데친 아몬드 같은 색깔로 온 도시를 감싸는 것. 낮의 억압적인 흰색이 내 눈앞에서 빙빙 도는 것.

나는 하루 종일 혼자일 것이다. 어쩌면 내일도. 최악인 것은, 내가 이 외로움을 물리치기 위하여 함께 있고 싶은 사람이 아무도 없다는 점이었다. 나는 사람들에게 전화할 수도 있었다. 하지만 나는 그들을 원하지 않았다. 나는 오늘 일찍 영화관에 갈 수도 있었지만, 영화들은, 특히나 지난 나흘 밤을 보내고 나니 이제는 더더욱 맹렬하게 정곡을 찌를 터였다. 마치 영화들조차도 나의 지조 있는 동맹이었다가 이제는 그녀 편으로 가버린 듯했다. 왜 사람들은 그녀에게 너무도 쉽게 시간을 내어주었던 건가? 왜 나와 똑같은 대장간에서 벼려진 사람이 자기 주위에 그렇게 많은 사람들을 둘러 모을 필요가 있었던 걸까? 그 대답은 내게 겁을 주었다. 왜냐면 그녀는 당신이 아니고, 당신의 쌍둥이가 아니니까. 간단하다. 아니면 그녀가 당신과 동류에 속하면서도 다른 사람들의 동류에도 속할 수 있는 걸까? 그들과 있는 그녀라는 여자는 당신에게는 완전히 미지의 사람이고, 그녀가 그들과 공유하거나 그들에게서 원할 것은 그녀가 당신에게는 절대 말해주지도 않았던 이름들이 있다.

의심의 여지가 없다. 나는 하루 종일 혼자일 것이고 상황을 정면으로 바라보기를 배울 것이다. 그녀와 큰 상관이 없을지도 모른다. 그것은 원하고, 기다리고, 희망하고, 내가 왜 또는 무엇을 원했는지 절대로 모르는 것과 관련이 있었다. 그리고 육신과 혈액과 너무도 강인해서 철골을 단지 내립떠보기만 해도 구부릴 수가 있었던 의지로 만들어진 이 생물체는, 그녀는 또 다른 비유, 알리바이, 절대 잘 풀리는 법이 없던 것들의, 바짝 붙기는 하지만 절대로 굴하지는 않는 것의 대역이었을까? 나는 익사하고 있었지 벨라지오로 헤엄치고 있지 않았다. 나는 이것저것의 변두리에 있었고, 이것저것의 변두리에 있는 것은 내가 삶을 살아가는 방식이었던 반면에 그녀는…… 뭐, 반면에 그녀는 그냥 나를 쌩깠다. 그래, 그것이 그걸 지칭하는 싸구려의 옹졸하고 야비한 단어였다. 그녀는 나를 쌩깠다. 이쪽 극한에서 저쪽 극한으로. 티격에 태격으로.

그리고 그중에서도 최악의 부분은 설명이 없었다는 점이었다.

내가 이스트사이드에 다다랐을 때, 신호등이 잇따라 붉은색으로 변했다. 삐, 삐, 삐. 그들의 얼룩덜룩한 붉은색 빛이 갑자기 60번대 거리들로 쭉 도달해 내려가며, 평상시보다 이른 저녁의 주문을 던졌다. 그로써 하루의 이런 커다란 실수를 닦아내 해질녘에는 평화의 외관이나마 재건하는 듯했다.

그러나 신호등이 갑자기 다시 초록불로 바뀌고 아직 내 생각보다 더 대낮이라는 게 드러나자, 나는 그녀가 전화하겠다고 약속한 오후 중반이 되기까지는 다섯 시간은 더 있어야 한다는 걸 깨달았다. 그것도 내가 서로서로 인접한 복도를 통해 떠돌아다니는 관광객들을 지켜보고 다음과 같은 하나의 압도적인 질문으로 이어지면서 메트로폴리탄 미술관을 떠나게 되기 전까지의 기나긴 다섯 번의 겨울철 오후의 무게까지 더해진 채 말이다. 정신이 나가고 있는 거냐, 프린츠?

나는 5번가에 산재한 초록 불빛들을 바라보았다. 그것들은 너무나 쾌활해 보였다. 마치 사무실 접수 담당자들이 인조 속눈썹을 깜빡이면서, 모든 것을 잃어버린 고객들에게 사무적이고 낙관적인 인사를 하는 모습처럼. 책상 한쪽 끝에는 포인세티아를 다른 한쪽 끝에는 상록수 분재를 둔 채, 축제 분위기이면서 막상 유쾌함이 없는 것과 같았다. 마치 모든 연말연시 인사와 같았고, 마치 오늘과 같았고, 마치 크리스마스 자체와 같았고, 마치 클라라들 또는 파티장 한복판에 떡하니 놓인 펀치 그릇이 있거나 없는 크리스마스 파티들 같았다. 스스로 온기를 품어오지 않는 한 이 불빛들로부터 받을 온기는 조금도 없었다. 그들은 그저 도시를 가로질러 파티의 폭죽들처럼 반짝이면서, 기쁨도 사랑도 빛도 확신도 평온도 고통을 위한 도움도 가져오지 않았다. 이 모든 말들, 말들, 말들이 와서 나를 따라다니고, 구조해주지는 않으면서 그저 손짓해대는데. 왜 나는 실성해가고 있던 걸까?

내가 실성해가고 있음을 알면, 나는 정말로 실성해가고 있는 것일 리가 있을까요? 말해줘요, 클라라.

속돌에다 물어봐요.

이유를 말해줘요.

양자적인 거예요, 자기. 왜냐하면 대답은 그렇다, 그럴

리가 있기도 하고, 아니다, 그럴 리가 없기도 하지만, 동시에 두 개는 안 된다는 거니까.

그러나 대답이 '그렇다'와 '아니다'이지만 동시에 두 개는 안 된다는 걸 내가 안다면, 그래도 나는 실성해가고 있는 건가요?

히에로니모*는 몰라요, 히에로니모는 말해주지 않을 거예요.

나는 무슨 짓을 하고 있는지 알았다. 나의 아버지가, 모르핀과 또 더 많은 모르핀의 주문 아래에서 기억력을 잃기 시작하자마자 괴테와 라신**의 긴 구절들을 인용하여 본인이 원문의 각 구절을 기억한다고 보여주던 식으로 조각들을 꿰어맞추고 있던 것이었다. 나는 지팡이에 휘청 내뻗는 불구자처럼 시인들에게 손을 뻗고 있었다.

내가 도착했을 때 메트로폴리탄 미술관에는 관광객들이 떼로 몰려 있었다. 그들 모두가 프랑스어, 독일어, 네덜란드어, 일본어, 이탈리아어를 우렁차게 말하는, 납작한 판지에 그린 2차원 캐릭터처럼 내 주위를 빙빙 돌았다. 특히 아이들이 그랬다. 사람들은 천당의 이 위대한 도떼기시장에서 환생을 기다리는 영혼들처럼 대회당 근처에서 조바심치며 길을 다니고 있었다. 저들은 전부 이 시기에는 뉴요커가 되고 싶구

* 영국의 극작가 토머스 키드의 희곡 〈스페인의 비극〉 속 등장인물.

** 프랑스의 극작가.

나, 나는 생각했다가, 그들만의 해가 나지 않는 창백한 도시들의 원주민이 되려면 내가 뭔들 내어줄 터라는 생각이 닥쳐왔다. 몬테비데오든 상트페테르부르크든 벨라지오든, 하나같이 오늘 아침에는 어찌나 멀찍이 보이던지. 이 인생을 깨끗하게 닦아내버리고 다시 처음부터 시작하는 거다. 덜 난파되고, 덜 모자라고, 덜 하자가 있는 채로.

혹시 하자가 있어요? 내가 당신이 좋아하는 쪽의 사람이 아니에요?

진짜, 이 여자가!

갑자기, 내 주위로 길을 요리조리 빠져나가던 이 모든 목적 없고 초조한 외국 영혼들이 마치 광고판을 앞뒤로 입은 샌드위치맨들처럼 옥외 광고판을 걸머지는 듯했다. 그러고는 앞뒤로 커다란 트럼프 카드 초상화들을 보여주며 몇몇은 왕으로, 다른 이들은 왕비로, 또 다른 이들은 잭 카드가 되어 행진했다. 잘생긴 하트 잭 카드와 스페이드 퀸. 고르곤과 조커. 그쪽은 고르곤, 나는 조커. 이 지구상에는 당신 같은 여자들한테 돌팔매질하는 곳들이 있어요. 그다음 그 남자는 자신의 목울대를 긋거나 절벽에서 몸을 던지죠.

나는 지금만큼 나 자신을 싫어해본 적이 없었다. 나는 이 사달을 나 스스로 초래했지 않은가? 나는 내 돈키호테처럼 황당한 **너무 이르고, 너무 급작스럽고, 너무 빠르다**는 개떡 같은 소리로, 그녀는 나름대로 싸구려의 옹졸하고 야비하게 쌩

까는 짓들로. 나의 개떡과 그녀의 쌩으로. 개떡에다 쌩으로. 티격에다 태격으로. 배에다 쌩쌩함으로. 배는 쌩하니 미끄러졌고 떠나버렸고. 인생 일체가 빽, 빽, 빽, 그리고 아작, 아작, 어적으로 간추려졌고.

나는 실성하고 있었다. 내가 그것을 의식할수록 더 증상이 심해졌다. 나는 생각이 다른 화제로 표류해가도록, 활기찬 감정을 나타낼 법한 아무것에라도 자리 잡게 하도록 해보았지만—하나의 좋은 생각, 나의 왕국을 줄 테니 하나의 좋은 생각을 다오—, 내 마음이 착지한 모든 것은 조용한 듯하더니 기어이 사탄 같은 이미지들을 깨워서는 세 개의 좋은 생각들이 세 마리의 눈먼 쥐들로 변하고야 말았다. 다이아몬드 퀸 세 명이 내 옆을 걸어가면서 낯선 언어로 지저귀었고, 그 뒤를 스페이드 왕과 서로서로 샐쭉해하는 작은 전자 기구들을 든 두 명의 잭들이 이었다. 킹은 나를 멈춰 세우고는, 소심한 2번 아내를 가리키면서 화장실로 가는 길을 물었다. 나는 전투 신경증에 빠져 돌아섰던 것이 틀림없다. 그쪽은 슉오프네요, 내가 말했다. 무례하시네요, 아저씨. 나 정말 미안합니다, 정말정말 미안해서 몸 둘 바를 모르겠네, 나는 말했다. 어찌나 그녀가 그리웠는지, 어찌나 그녀를 사랑했는지, 어찌나 그녀와 함께 웃고 싶었는지. 내가 원하는 건 오로지 당신과 웃는 것이에요, 클라라. 당신을 안는 것, 당신과 사랑을 나누는 것, 당신과 웃는 것, 그리고 인생에서 우리가 달리 아무것도 하지 않고 다만 매일매일을 상sans* 친구들, 상sans 아이들, 상sans 업무로 보내고 본과 헨델과 **슈트루델 가토**와 혁명으로 모든 것을 몰수당한 뒤에 앵벌이들로 변한 백러시아 장군들의 넝마가 된 제복들에 달린 훈장들처럼 우리의 사랑에 총총 박히는 일평생에 걸친 말도 안 되는 말들에 관해 말하기만 한다면, 그래도 나한테는 알맞은 삶일 거예요. 내가 그녀에게 말했다면 그녀가 뭐라고 말했을지 궁금하다. 나는 그녀에게 말해야만 할 터였다. 말해야만 했다. 왜냐면 **바터클로젯****으로 가는 길을 물었던 이 뚱뚱한 애처가 남편/아버지는 이 미술관 전체에 있는 그 어떤 것보다도 이제 나한테 더 중요했기 때문이다. 왜냐면 내가 원했던 것은 오로지 핸드폰을 꺼내어 스페이드 킹 카드의 그와 오줌 문제로 뒤집어지고 있는 그의 2번 카드의 아내와의 내 다툼에 관해 그녀에게 말해주는 것이었기 때문이다.

갑자기 나는 멈춰서 무언가에 매달려 주위의 세상이 비틀거리지 않고 있다고 확실히 할 필요를 느꼈다. 미술관을 떠나야 한다. 나는 추위 속으로 내달았고 메트로폴리탄 미술관의 계단들이 내 앞에서 마치 스페인 계단***처럼 5번가로 쭉 쏟아져 내려가, 마치 베네치아의 차가운 물처럼 희끄무레한

* 프랑스어로 '~없이'라는 뜻. 프랑스어 전치사에서 유래하여 영어에서도 사용된다.

** 영어로 '수세 변소'를 뜻하는 '워터 클로짓(water closet)'을 익살맞게 발음하고 있다.

*** 이탈리아 로마의 스페인 광장에 위치한 계단.

회색으로 변하며 제방을 침수시키고 프레첼 행상인들로 뻗어 내려갔다. 그 축소된 트럭들은 언제까지고 멀어지는 보도에 다 볼트로 접합된 듯했다. 나는 행상인들 중 하나를 향해 길을 내려갔다. 그에게로 향하는 것이 내게 방향성을 주었다. 내가 드디어 그의 가판대에 도달하자 그가 그 커다란 소금 뿌린 프레첼들 중 하나에 겨자를 펴 바르는 모습이 보였다. 그 광경에 내 속이 뒤틀렸고, 나는 무언가가 내 속에서 치솟는 것을 느꼈는데, 욕지기와 같지만 욕지기는 아니고 잊힌 악몽 뒤의 뱃멀미와 더 닮은 무언가였다. 추위에도 불구하고 땀이 내 얼굴에 맺히고 있었다. 나는 어떤 자전거를 타는 사람이 자전거를 체인으로 매어둔 장대를 움켜쥐었다. 나는 심장이 뛰는 것이 들려왔다. 그리고 도움이 되지 않은 것은 어느 버스가 지팡이를 짚은 노부인을 위하여 제가 무릎을 꿇을 수 없다면서 실랑이를 벌이느라고 주고받듯 부르는 듯한 징징거림으로, 마치 심장과 버스가 베토벤의 〈크로이처 소나타〉 속의 피아노와 바이올린처럼 바쁘게 언쟁하며, 티격에 태격으로, 삑에 빽으로, 쌩에 개떡으로, 서로서로에게 말대꾸하고 있었다는 듯하여, 모든 너스래미들이 위쪽에 토할 것 같은 겨자가 덩이지게 발린 바삭바삭한 따뜻한 프레첼 속으로 함께 엮여 들어가고, 프레첼 전체가 마치 쌍안경처럼 내 코 위에 얹혔던 것이었는데, 내 눈은 내 눈을 향한 당신 눈이고, 당신 혀와 나의 혀는 하나의 혀이고, 내 입술 위의 당신 치아는, 당신 치아, 당신 치아, 당신은 어쩜 아름다운 하느님이 내린 치아를 가지고 있는지, 가지고 있는지, 가지고 있는지.

나는—의심의 여지가 없었다— 실성하고 있었지만, 그럼에도 명백히 평정을 상당히 잘 위조하고 있었다. 아무도 나를 응시하고 있지 않았고, 아무도 나를 눈치채지조차 못했기에, 나는 쪽팔리게 될 참은 아니었다. 나는 공공장소에서 심근 경색을 겪는 사람들이 왜 여러 사항에서 괴로움을 겪는지 드디어 이해했다. 고통 때문에, 수치심 때문에, 모든 관광객과 모든 배달원과 핫도그 행상인이 버젓이 보는 앞에서 무너져 내린다는 순전한 공포 때문에. 그저 내가 배변을 하게 하지만 말아주세요. 내가 심장이 고장 나서 죽어야 한다면, 내가 살포시 가서 좁은 골목길을 통하여 황혼 녘에 사라지고 발을 잘못 디디면서 시작된 이 엉망이 된 삶에 종지부를 찍게 해주세요. 나는 죽어가고 있었던 걸까?

이 질문이 내 뇌리를 스치자마자 나는 마운트 사이나이 병원으로 몸을 급히 움직이기로 결정했다. 나는 택시에 뛰어올라타 운전기사에게 응급실로 데려다달라고 말했다. 나는 그곳에 아버지를 여러 번 데려가봤으니 절차를 잘 알았다. 경비 요원에게 가슴이 아프다고 말하기만 하면 그쪽에서 레드카펫을 돌돌 펼쳐서 모든 정거장들을 우회하도록 해준다. 그들은 정말 나를 바로 침대에 눕혔다. 내 옆에 어머니와 함께 있던 것은 열 살배기 소년이었다. 다리에서 피를 흘리는데,

간호사 한 명이 수술용 집게 한 짝으로 유리 파편들을 참을성 있게 제거하면서 가만가만하게 얘기해주었다. 조각이 두어 개가 더, 그다음에는 또 두어 개가 더 있다고, 그런데 그는 너무도 용감한 소년이라고, 눈물을 한 방울도 안 흘리네, 한 방울도 안 흘려, 하고 그녀는 위안을 주는 자메이카 억양으로 계속 말하며 엄지와 검지로 섬세하게 쥔 거즈 한 조각으로 상처를 너무나도 살살 토닥였다.

레지던트 인턴은 크록스를 신고 있었다.

나는 심장이 빠르게 뛰었다고 설명했다.

욕지기도 느껴졌다.

이상한 막이 내 눈 위에 구름처럼 끼고 있었다. 마치 안개가 포위하고 있었다는 듯이. 포위하고 있었던 듯이. **있었다는**일지 **있었던**일지 나는 어느 쪽일지 결정을 내리지 못했다.

"혹시 방향 감각에 이상이 있으신가요?" 그가 물었다.

대단히요, 나는 계단이 메트로폴리탄 미술관에서 쏟아져 내려가면서 베네치아 섬 리도로 가는 길의 호수로까지 넘쳤던 일을 돌이켜 생각하면서 답했다. 리도에 가보신 적 있으세요, 선생님?

그는 보통의 심전도 검사를 실시해야 한다고 했다.

나는 심장 초음파 검사를, 어쩌면 혈관 조영술을 예상했다. 나는 죽어가고 있었다, 그렇지 않나?

십 분 뒤에, "모든 수치가 정상으로 확인되네요. 아주 건강한 분이십니다."

"저 심장 마비인 줄 알았는데요."

"공황 발작을 겪고 계셨습니다."

나는 그를 쳐다보았다.

"고민거리가 너무 많으셨나요?"

"딱히 그렇진 않은데요."

"가족 문제라든가?"

나는 독신이었다.

연애 문제, 실연이라든가?

그럴 수도요.

"말해 뭐해요."

나는 그에게 말할 참이었다가 **말해 뭐해요**가 **더는 말씀하지 마세요, 우리 모두 거기 가봤습니다**는 뜻이었음을 깨달았다.

이 모든 것이 그가 말한 것만큼이나 흔한 것이었다면, 왜 나는 이것을 이전에는 경험하지 못한 것인가?

왜냐면 당신은 아무도 사랑해본 적이 없었으니까요, 프린츠.

나는 지난 이십팔 년간 뭘 하고 있었던 건데요, 그럼?

거의 살아 있질 않았지요, 프린츠. 장미 정원에는 거의 있지도 못했고. 나를 기다리고 있던 거, 그거지 뭐겠어요. 프린츠, 당신이 소생한 순간에 우리는 그 첫날 밤 발코니로 내디뎌서 당신이랑 나랑 같이 빛기둥을 바라보면서 서 있었고,

당신은 내 스웨이드 신발이 인간에게는 헤아릴 수 없는 층들로 담배꽁초를 차서 떨어뜨리는 것을 지켜보았어요. 당신이랑 나는 마치 같은 악보에 있는 두 개의 음표처럼 난간에 같이 기대어, 둘 모두가 한마음이 되었어요. 그 순간은 당신은 내가 입은 짙은 진홍색 블라우스 속 내 가슴을 바라보던 때예요.

나는 지금껏 내내 어디 있었던 건데요?

그쪽이 어디 있었느냐고요? 그쪽은 기다리고 있었다니까요. 다만 그쪽이 기다린 사랑보다도 그 기다림을 사랑하게 되기야 했지만요.

있죠, 의사 선생님, 저는 그저 충분히 열심히만 찾아다니면 사랑을 찾아내는 다른 사람들과 똑같은 척을 하고 있던 거예요. 그러나 저는 그들과 똑같지 않았어요. 저는 그저 그런 척을 하고 있던 거예요. 저는 그녀와 같아요. 제가 원하는 건 사랑이지 다른 사람들이 아니에요.

"이걸 드세요." 그가 마치 마술사가 상대의 귀에 한 손을 가져가서 동전을 가져오는 것처럼 손바닥 안에서 신경 안정제 한 정을 꺼내 들면서 말했다. 그는 내가 그것을 작은 플라스틱 컵에 든 물의 도움을 받아 삼키는 양을 지켜보고는, 내 어깨 앞쪽을 몇 번 토닥이고서 동료애와 남자 간의 유대를 뜻하는 공감하는 몸짓으로 손바닥을 그곳에 얹어두었다. **우리는 모두 여기서 함께하는 거예요, 형씨.** 누가 내 어깨를 마지막으로 만진 적이 불과 열두 시간 전이었다. "괜찮아지실 거예요. 그냥 잠깐 쉬세요." 그는 스툴을 붙잡아서 내 맥박을 다시 잰다고 내 옆에 앉았다. 이렇게 내 옆자리에 누군가가 앉아 있는 것만으로도 위안이 되었다.

그는 라훈 경찰관을 떠올리게 했다. 내가 완전히 잊고 있었으나, 응급실에서 경찰관들이 들것 주위에 몰려들 때처럼 나를 내려다보며 서 있던 라훈 경찰관을. 무전기가 시끄럽게 꽥꽥댈 때, 경찰관들이 규정 서식과 서류 들을 작성하면서 필리핀계 수간호사와 지난밤 하키 선수들에 관해 담소를 나누는 한편으로 상대방을 편안하게 해주려고 할 때 그러듯. 그의 환영은 이제 내가 아니게 된 나의 모습을 떠올리게 했다. 파티 후의 그날 밤, 내가 그 옛날 자아를 탈피하기 전에 나를 마지막으로 본 사람이 라훈이었다. 마치 뱀들이 비집고 나가 옛 허물을 문질러 떨어뜨릴 만한 숨겨진 울퉁불퉁한 돌을 찾아내는 것처럼, 나는 그래서 그날 밤 스트라우스 공원으로 돌아가 앉아 있던지도 몰랐다. 어쩌면 이것이 내가 그곳에 매일 밤 돌아가고 싶은, 지난밤에도 돌아가고 싶었던 이유인지도 몰랐다. 왜냐하면 오랜 허물을 놓아주고 싶지 않았거나, 완전히 벗어나지 못했으니까. 돌아오는 것이 앞으로 나아가는 것보다 안전하게 느껴졌으니까. 앞으로 두 걸음, 뒤로 세 걸음. 내 인생이 그런 식이기도 했다, 클라라. 이것이 내가 치유될 장소였던 것이다, 여기 병원이 아니라. 갑자기 나는 돌아가서 공원에 앉아 있고 싶어서 죽을 것 같았다. 그저 앉아서 나 자신을 찾고, 그저 앉아서 왜 내가 계속해서 클라라의 세상에 돌아왔는지를 알고 싶어서.

어쩌면 지난밤에 그녀와 자지 않은 게 옳았는지도 몰랐다. 그녀가 나와 사랑을 나눈 다음에 이런 일을 조금이라도 저질렀다면, 나는 그녀 아버지의 부엌 식칼 중 하나로 내 목울대를 긋고, 먼저 나 자신을 그다음엔 그녀를 죽였을 테다.

아니면 나는 그녀가 그런 것과 다를 바 없었는지도 몰랐다. 그녀는 단지 그것에 있어서 선수를 친 것이다. 나는 지난밤 바의 화장실에서 홀로 있으며, 그녀와 사랑을 나눈 다음 슬쩍 내뺄 궁리를 했던 그 순간을 기억해냈다. 이것은 오늘 밤에 관한 일이다, 나는 나 자신에게 계속 말했었다. 하나 내일에 관해 약속하지는 말자. 우리는 서로의 거울에 비친 상이었다. 이것이 내가 그녀를 너무도 심하게 원했던 이유인가?

"아마도 누군가에게 털어놓는 게 도움이 될지도 몰라요" 하고 인턴이 말했다.

나는 이전에 누구에게도 절대 '털어놓은' 적이 없었다고, 나는 말했다.

"놀랍네요." 그는 말했다.

왜 그는 놀란 걸까? 내가 11층 열린 창문 앞에는 절대 혼자 둘 엄두도 못 낼, 한눈에 봐도 자학적이고 불안정하고 자기혐오의 기질이 있고 우울증에 걸린 유형의 사람이었으니까?

"아니, 그냥 모든 사람이 어느 시점에는 좌절을 겪을 뿐인 거예요."

그리고 나의 시점은 지금이라는 말이었다, 그렇지? 좌절. 이것은 내게 벌어진 일을 명명하는 예의 바른 방식이었을까? 좌절. 하루는 영원을 보다가, 다음 날에는 좌절을 얘기하고 있다니?

내가 물어보려고 떠올릴 수 있는 것은 하나뿐이었다. 그들이 얼마나 오래 나를 붙잡아둘 계획인지.

나의 심박이 정상으로 돌아올 때까지라고 했다.

여기 안정제를 더 받을 수 있는 처방전이 있었다. 그리고, 카페인 금지. 음주 금지. 담배도 그만 피우시라.

세상에서 가장 아름다운 여자와 엿새를 보내고 나니 나는 정신병원에 향하는 만신창이가 되어 있었다.

갑자기 나는 핸드폰이 울리는 소리를 들었다.

"**텔리퓐** 소리네요." 내가 말했다.

"여기서 핸드폰을 사용하지 마시라고 요청드릴 필요가 있겠네요."

나는 클라라가 그런 천덕스러운 감언이설에 응수하는 모습이 딱 상상이 되었다. 지금 요청할 필요가 있는 거예요, 아니면 뭔가 막연한, 예의 바르게 애매한 미래의 어떤 허구의 순간에 요청할 필요가 있겠다는 거예요?

"저 이 전화 받아야 해요." 나는 의사에게 말했다. "발신인이"—그리고 나는 이 단어를 속삭였다—"**실연**인지라."

"뭐, 엄청 짧게 하시고, 다시 심장 박동으로 고무줄놀이는 하지 않도록 하세요."

"저야 **실제로** 고무줄놀이를 하고 있는데요." 나는 여전히 내 몸에 흡인되어 있는 심전도 검사용 줄들을 가리키면서 말했다.

"나 끝났어요." 그녀가 말했다. 언제나처럼 그녀는 본론으로 들어간 다음에 상대에게 인사를 했다.

나는 주위를 둘러보았고 실실 웃을 수밖에는 없었다. 하지만 나는 아닌데요.

응?

나 사실 묶여 있어요. 그리고, 이 농담이 충분히 멀리 갔음을 깨닫고는—"나 몸의 온갖 곳에 줄이 붙어 있어요."

"무슨 소릴 하는 건데요?"

그녀는 소리를 지르고 있었다. 여기 있는 저 내과 수련의가 내가 요새 지난 며칠간 대면해온 미친 여자가 어느 정도인지 감을 잡겠거니 희망하고 있었다.

"나 병원이에요."

포도탄 같은 질문들. 그녀는 올 것이었다.

그럴 필요 없어요. 나 스스로 수습할 수 있어요. 병원 쪽에서도 퇴원시키는 중이고요.

그녀는 어디에 있었느냐고 나는 물었다.

프린츠가街에서—가미된 강조— 시내를 벗어나는 방향의 택시를 잡으려는 참이라고 했다. 나의 별명을 사용하는 것이 좋은 신호였을까, 아니면 그녀는 그저 아직 시내에 있음을 은폐하려고 다정하게 구는 것이었을까?

나는 핸드폰의 송화구에 손가락 하나를 댔다. "제가 걸을 수 있기까지 얼마나 걸릴까요?" 내가 물었다.

그 젊은 레지던트는 거의 실망한 헛웃음을 지었다. 이 줄들을 제거하고, 옷을 입고, 서류를 작성할 시간이었다.

"우리 집 건물 아래층에서 만날 수 있어요?"

"그럴 수 있죠."

그럴 수 있죠. 그럴 수 있죠가 대체 무슨 말인가? 그녀는 '양설수설*' 역시 말해야 했나? 모든 사람이 그렇지 않았나?

그녀는 오고 싶어 안달이 나서, 오길 원해서 오는 것이었나, 아니면 그녀의 마음은 무관심에 인접한 미온적인 묵인이었나?

끝내, 거기 그 말이 있었다. **나 오래 기다리게 놔두지 마요.**

"병원에서 뭐 하고 있던 거예요?" 그녀가 물었다.

* 이전에 지어낸 합성어 '양서성(amphibalence)'에 '횡설수설(babble)'이라는 단어를 합쳐 '양설수설(Amphibabble)'이라는 단어를 지어내고 있다.

그녀는 내가 사는 건물 로비의 소파에 앉아 있었다. 숄과 코트를 벗고 있는 걸 보니 한참 기다린 게 틀림없었다. 소파에서 일어서는 그녀는 놀라울 만큼 아름다웠다. 늘씬하고, 온갖 곳에 어두운 색깔에, 그녀의 녹갈색 눈의 아름다움이 삼엄할 지경이었다. 그녀의 가슴께에는 다이아몬드 한 알이 얹혀 있었다. 내가 그걸 마지막으로 본 때가 옛날 같았다. 그 모든 것이 우리가 지난밤에 무슨 다리들을 건넜든 간에 오늘 아침에는 완전히 폭파되었다는 점을 일깨워주었다. **코버스**가 배에서 굴러떨어졌던 것이다.

"나 몇 분만 있다 갈 거예요. 그쪽이 괜찮은지 확인하고 싶었거든요."

그녀는 위층으로 올라오고 싶었나?

"네, 근데 몇 분 동안만요."

나는 약하고 수액이 빠져나간 느낌이 들었다. 감정적인 실랑이와 드잡이를 할 뱃심이 없었다. 나는 우리가 24시간 전에 소풍을 한 똑같은 바로 그곳에서 그녀를 보게 되어 그저 안심되었다. 그러나 그녀는 쌀쌀맞았고 앉으려 들지 않았다. 명백히 택시 미터기가 돌아가고 있었던 것이다.

"그래서, 무슨 일이 있던 건지 말해줄 거예요?" 엘리베이터에 타자마자 그녀가 물었다.

그녀가 그 질문의 틀을 잡은 방식으로 보아, 그녀가 이미 답을 예측했다는 걸 알 수 있었다. 진실을 숨겨봤자 소용이 없었다.

"참호 속에서 보낸 나의 세월로 인한 재발성의 전투 신경증이라고나 할까요."

"어디 속에서라고요?"

"늪지 속에서, 수렁, 참호 속에서요."

그녀는 끄덕였다. 그러나 그녀는 잊어버린 듯했다. 아니, 어쩌면 그녀는 잊지 않았는지도. "**패니크*** 발작이었어요." 그게 **갈리크**와 운이 맞다는 것을 그녀가 알아차려주기를 희망하며 내가 끝내 말했다. 그녀는 고개를 저었다.

그녀는 엘리베이터에서 나오느라고 시간을 끌었고, 다시 한번 왈딱 문에 의해 떠밀려 나왔다. "이럴 때가 아니거든." 그녀는 엘리베이터로 돌아서서는 엘리베이터의 정강이에 해당하는 곳을 걷어찼다. "좆같은 짐승. 존나게 좆같은 짐승."

우리는 웃음보를 터뜨렸다.

나는 문을 열었다. 오늘 아침에 집을 정돈해두었길 천만다행이었다. 옆집의 누군가가 늦은 오후의 수프로 짐작되는 것을 요리하고 있었다. 우리가 오늘 아침에 같이 아침 식사를 했더라면 하고 나는 얼마나 바랐던지.

나는 불을 켰다. 낮이 너무 빨리 저물어버린 터였다.

그녀는 의자에 코트를 떨어뜨렸다. 그녀가 오래 있다 가

* 영어로 '공황'을 뜻하는 '패닉(panic)'을 익살스럽게 발음하고 있다.

지 않을 거라는 또 하나의 징후였다. "내가 차를 끓일게요."

그들이 내게 뭔가를 주었나?

그렇다, 그들은 내게 뭔가를 주었다.

"내가 몇 시간만 사라져도 그쪽은 응급실행이네. 좋아요."

나는 그녀를 쳐다보았다. 나는 아무 말도 할 필요 없었다.

"내 탓 하고 있는 거죠?"

"아니, 탓하고 있진 않아요. 그런데 오늘 아침의 말투가 지난밤의 말투와 너무 달라서 내 정신을 나락으로 보내버리고야 말았네요."

"그러니까 나를 탓하고 있는 거 **맞잖아요.**"

"탓하니 뭐니 하는 문제가 아니에요. 내가 나를 알아보지 못하고, 내가 당신을 알아보지 못하는 것에 더 가깝달까."

"그건 맞아요."

"**그건 맞아요**라니 뭐가요?"

"우리는 바뀌죠. 우리는 마음을 바꿔요."

"그렇게 빨리요?"

"아마도요."

"어제 무슨 일이 벌어진 거죠?"

"그쪽이 물어본다 이거죠." 그녀는 일순 멈칫했다. "게다가 나는 어제에 얽매여 있을 수는 없어요."

그녀는 분명 자신이 초콜릿 쿠키를 넣어둔 곳으로 걸어가, 어제 자신이 놓아둔 정확히 그곳에서 상자를 찾아 두 조각을 꺼냈다. 그녀가 마치 집에 있었던 사람처럼 행동하는 데서 나는 전율을 느꼈다. 다른 때는 그녀가 그릇을 꺼내 이 쿠키들을 네 개에서 여섯 개씩, 우리가 맨 처음 만난 밤에 그랬듯이 노아의 방주 대형으로 배열해서 쌓아두는 걸 보았지만 말이다.

우리 누구도 물을 끓이려는 시늉을 하지 않았다. 그녀는 딱 봐도 차는 포기하고 즉각 쿠키로 향했던 것이다. **형편없는 섹스 티네요. 엄청, 엄청 형편없는 섹스 티야,** 나는 떠올렸다.

"봐요, 나 우리끼리 싸우고 싶지 않아."

내가 **어제**에 관해 물을 때 언성을 높였던 것이 틀림없었다.

"왜 나는 싸우고 싶어할 거라고 생각하는데요?"

"뭐, 딱 봐도 그쪽은 화가 나 있으니까."

"왜 내가 화가 나 있을지 조금이라도 감이 잡혀요?"

"말해주지 그래요. 어차피 말해줄 참이면서."

그녀 목소리에서 나는 그녀가 정확히 이런 대화를 수없이 거쳐왔음을 알 수 있었다. 그녀는 이런 순간이 오는 걸 두려워했다. 그래서 아마 이것의 표지판, 지름길, 교차로, 옆길, 퇴로를 전부 나보다 오래전에 발견할 수 있던 것이다.

"내가 할 말이 뭔지 그쪽은 이미 알고 있다고 확신하는데요."

"아는 것 같긴 해요. 그래도 해봐요." 그녀가 **그래서 그쪽**

이 조금이라도 마음이 좋아진다면이라는 말을 내포한 채로 덧붙였다.

"아마 말해봐야 소용이 없을지도요."

"아마 없을지도요." 그 말인즉슨, **마음대로 하세요.**

"그쪽이 너무 빨리 바뀌어 내가 유감이라고만 말할게요."

그녀는 꾸짖음을 받는 아이처럼, 아니면 시간을 벌고, 생각을 정리하고, 올바른 대답을 제시하려고 하는 사람처럼 쿠키를 응시했다. 아니면 그저 먹구름이 지나가기를 기다리는 사람처럼. 내가 완전히 헛발을 짚었다고, 그녀는 지난밤 이래로 전혀 바뀌지 않았다고, 그녀의 입에다가 말들을 욱여넣어서 그녀가 전혀 말할 마음이 없는 말을 하게 하는 걸 그만둬야 한다고 그녀가 말해주기를 나는 얼마나 바랐는지.

"어쩌면 그게 나의 지옥인지도요."

"그쪽의 지옥이 뭔데요?"

"언제나 사람들을 실망시키는 거요."

"사람들을 탓하나요?"

"아뇨. 탓한다고 말할 순 없어요. 나는 사람들을 실망시키려고 함정에 빠뜨리고는 저버리거든요."

그녀는 사람들을 실망시키려고 함정에 빠뜨리는 것이 사람들을 병원에 급히 실려가게 한 실망보다도 훨씬 나쁜 것이라는 듯 말했다.

나는 그녀를 응시했다. "그냥 나한테 하나만 말해줘요."

"뭘요?"

그녀의 **뭘요**는 너무 빨리 나왔다. 마치 자신감 있고 천진한 얼굴을 한 **아무거나 물어봐요 그쪽은 날 겁주지 않으니 당연히 답해줄게요** 뒤편에 소심한 **또 뭔데**라는 말을 감추고 있는 듯했다.

"우리가 지난밤에 사랑을 나누지 않았기 때문이었나요?"

"그러면 내가 잔인한 악질이 되겠는데요. 지난밤이랑은 아무 관련 없었어요."

"그러면 내가 생각했던 것보다도 안 좋은 거네요."

"아마 우리가 그냥 분위기에 휩쓸렸나 봐요. 아니면 아마 우리가 결국 똑같은 걸 원하게 되었나 봐요. 다만 완전히 다른 이유들로 말이죠."

"그쪽의 이유가 나의 이유가 아니었다고요?"

"아니었던 것 같은데요." 그러고는 그녀는 자신의 말을 누그러뜨리기 위하여, 그러면서도 말을 누그러뜨린다고 자신의 마음이 바뀌지 않을 터임을 보여주기 위하여 덧붙였다. "아마도 아니었을걸요."

"그리고 그쪽은 나한테 그러지 말라는 경고를 주었죠."

"그랬죠."

"그리고 난 들었고요."

"그랬고요."

"그러던 중 당신은 내가 그러지 말았어야 한다고 했고요."

"그러던 중 나는 당신이 그러지 말았어야 한다고 했고요."

"우리 엉망진창이네요, 안 그래요?"

"완전 엉망진창이죠."

나는 그녀 앞에 서 있었다. 갑자기 양손을 그녀의 얼굴에 올리면서 내게는 햇살, 말, 이 방 안팎의 그 어떤 것보다도 더 한 의미가 있던 그 입술과 녹갈색 눈들이 있는 이 얼굴을 매만졌다. 나는 그녀에게 키스하면서, 내가 이전에는 결코 품어본 적 없는 확신으로, 내가 갈망한 만큼 열정적으로 또 절박하게 그녀가 내게 키스하리라는 것을 알았다. 그리고 우리 사이의 비상구들이 활짝 열려 있고 내일이란 더는 우리의 어휘에 없으므로 그녀가 이렇게 하리라는 것을. 목적 없고 두서없는 사랑 나누기가 될 터였다. 안전하고도 무기력한, 또 한 번 평소처럼 나의 선의와 눈치가 뒤섞일 뿐, 지난밤의 느낌은 없을 터였다.

그녀는 지난밤에 한 것처럼 내 목에 키스했다. 나는 그녀의 골반이 내 골반과 더불어 움직이던 것, 우리가 서로를 꼭 안아서 사이에 공기가 기어들지 못하게 하던 식을 사랑했다. 알아채기에 잠시간이 걸렸는데, 우리는 거의 춤을 추고 있었다. 아니면 이것이 사랑을 나누는 것이고 내가 몰랐던 걸까?

나는 그녀의 셔츠 단추를 풀고 내 손이 셔츠 속으로 파고들게 놔두었다. 내가 며칠 동안 꿈꾸던 가슴을 내 손이 처음으로 건드렸다. 그녀는 저항하지 않았지만 나와 함께하지도 않았다. 나는 그녀가 그러도록 놔두었다. 잠깐, 고작 잠깐 뒤 그녀는 벌써 셔츠의 단추를 채우고 있었다.

"부디 그러지 마요." 내가 말했다. 나는 당신이 벗은 모습을 보고 싶고, 당신이 갔을 때 당신 생각을 하고 싶고, 절대로, 절대로 잊어버리고 싶지 않아요. 낮의 스러지는 햇살 옆에서 이 방 안에서 당신이 알몸으로 서서 나한테 당신 몸을 부비던 것을, 거기다 당신의 숨결에서는 빵과 비엔나와 당신 집 옆의 빵집 냄새가 나는데 그곳에서는 지난밤에 당신과 내가, 딱 당신과 내가…….

"나 정말 가야 해요."

맨 처음부터 이럴 줄 알았다. 그녀는 아래층에서부터 차려입은 모양새였으니까. 병원에 있는 내게 전화할 때 자리를 끝내게 되어 행복한 듯했던 긴 점심 식사를 위해 차려입은 것뿐 아니라, 이제 벌어질 일을 위해 차려입은 모양새였으니까. 나에게는 한마디도 알려주지 않은 그 무언가를 위해.

그러던 나는 알아차렸다. 그녀는 파티에서 잉키나 베릴에게 키스했던 것 못지않게 야만스럽게 내게 키스했다. 그녀는 아마도 달리 키스하는 방법을 몰랐던 것이니, 그런 이유로 수많은 것이 걸려들고 꼬였던 것이다. 그녀에게는 굴러다니는 잔돈이던 것을 그들은 고액권이라고 여겼다. 그녀는 어쩌면 이와 별반 다르지 않게 사랑을 나눴을 테다. 그저 몸짓—그녀가 부르던 대로 하자면, 동의—에 지나지 않았던 것이

다른 사람들에게는 풀 옵션이자, 당신을 어느 배의 이름으로 불렀던 그 여자에 관해 물어볼 만큼 손주들이 나이가 차면 그들에게 얘기해줄 일생일대의 사건이었다.

잉키라고 불리는 다른 친구가 퇴짜맞고 키스를 받고 짐을 꾸려 내쫓긴 다음 찾아온, 이 프린츠라는 친구의 시시각각 급보를 받을 제3자가 있을지 아니면 곧 있게 될지 궁금했다. 곧 나는 그녀의 자동 응답기에 메시지를 남기거나 영화관에서 그녀에게 전화를 하게 될 한편, 그녀는 함께 있는 사람이 누가 되든 그에게 발신자 정보를 봐달라고 부탁하고는 나의 이름과 성을 전해 듣자마자 숨죽인 욕설을 중얼거릴 터였다. **프린츠예요,** 그녀는 말할 터였다.

나는 그녀에게 잔인하게 굴고 싶었다. 몇 년간 흉터를 남길, 최소한 저녁을 망칠 것은 확실한 얼룩이나 멍처럼 그녀에게 달라붙을 무언가를 말하고 싶었다.

클라라, 내가 당신을 보게 될 때가 이번이 마지막이라는 느낌이 들어요.

클라라, 당신이 우리 집 문을 걸어 나가는 순간 우리는 한 번도 만나지 않은 것만 같아질 거예요.

클라라, 나는 이게 나락으로 떨어지기를 원하지 않아요. 이걸 구해내고 싶어요. 나의 자아나 당신 자아가 이겨먹기 전에 내가 이걸 구하도록 도와줘요.

클라라, 내 마음이 읽히나요?

"지금 가지 마요." 내가 말했다.

"내가 가지 않기를 바라요?"

"당신이 가지 않기를 바라요."

"이해를 못 하죠, 응?" 그녀는 나한테 말해줄 참이었나? "들어봐요, 지난밤은 지난밤이었어요. 그쪽이 말했듯이, 너무 이르고, 너무 급작스럽고, 너무 빨랐죠. 거기서 끝나는 거예요."

"난 끝나기를 원하지 않는걸요. 이건 그냥 지난밤에 관한 것만이 아니에요. 우리 둘 다 알고 있듯이 우리 둘 중 누구보다도 커다란 것이라고요. 우리 삶에 관한 거라고요. 달리 어떻게 말할지를 모르겠네. 당신은 내 삶이에요."

"**당신은 내 삶이에요.**" 그녀가 되풀이했다. 딱 봐도 클라라의 세상에서 사람들이 하는 그런 말은 아니었다. 샤워하는 중 노래를 부르지 않는 것처럼, 석양을 두고 시를 낭송하지 않는 것처럼. 또 뭐가 있을까?

나는 그녀가 싫었다.

"내 말이 멍청하게 들리게 하는 게 재밌어요? 어쩌면 내가 멍청한지도요."

"**어쩌면 내가 멍청한지도요.**" 그녀가 따라 했다. "연속해서 홈런 두 개를 치다니, 프린츠. 이제 내 차례네요. 그리고 그쪽이 좋아할지는 모르겠어요."

"차를 곁들일까요, 말까요." 나는 아무리 변변찮게라도 유머를 섞으려 하며 말을 잘랐다.

"티타임은 한참 전에 지났어요. 여기 내가 말해야 하는 것이 있고, 그쪽이 좋을 대로 견뎌내요."

"빌어먹을." 내 목소리에는 사라져가는 일말의 비꼬는 투가 담겼지만, 나는 최악을 대비하여 안전벨트를 맸다.

"진실은 이거예요. 그리고 이런 말을 하는 사람은 나뿐만이 아니야. 점쟁이 여자도 이렇게 말했다고요. 나는 당신이 좋아요. 당신이 부를 대로 불러요, 사랑이라고. 그쪽이 그러는 게 좋다면야. 당신은 그런데 나를 당신 몸에서 빼내고 싶을 뿐이고, 이걸 사랑으로 착각하는 게 그쪽한테 도움이 된다면 그쪽은 그걸 사랑이라고 부르겠죠. 나는 그쪽이 내 몸속에 있기를 원하지, 몸 밖에 있기를 원하지 않아. 나는 당신에게 원하는 게 뭔지 알고 그걸 위해서 내가 뭘 줘야 하는지도 알아. 당신은 본인이 원하는 게 뭔지 쥐뿔만큼도 감을 못 잡았고 당신이 줄 준비가 된 것이 뭔지도 단연코 감을 못 잡았어. 당신은 그렇게 멀리까지 생각해보지 않은 거야. 왜냐면 당신의 마음은 사실 관심이 없거든. 당신의 자아야 관심이 있겠지. 그리고 당신의 몸도 어쩌면 관심이 있겠지만, 당신의 나머지는 감도 못 잡고 있어. 당신이 지금까지 나한테 주고 있던 것의 전부는 상처 입고 안쓰러운 그 비 맞은 강아지 얼굴에다 우리 사이에 침묵이 있을 때마다 당신 시선 속의 예의 그 물어보지 못한 질문뿐이야. 그쪽은 이게 사랑이라고 생각하지. 아니에요. 내가 가진 것은 진짜고 사라지지 않을 거예요. 그게 내가 해야 하는 말이야. 이제 나 가도 되나요?"

그녀는 나를 너무도 설득했기에 나는 그녀를 믿기 시작했다. 그녀는 나를 사랑했고, 나는 그녀를 사랑하지 않았다. 그녀는 본인이 원하는 게 뭔지 알았고, 나는 감도 못 잡았다. 완벽하게 말이 되었다.

"그냥 있어요, 응? 아직 가지 마요."

"아니, 안 돼요. 누구 만나기로 약속했다고요."

"누구요? 이 사람은 **구태여 시내로** 가서 사는 그 친구의 친구인가?" 내가 그녀를 따라 하고 있다는 걸 나는 보여주려 하고 있었다.

"아니, 이건 또 다른 친구예요."

"당신은 **그 사람도 좋아**하나요?"

그녀는 나더러 기를 죽이는 시선을 흘긋 던졌다. "전쟁하고 싶은 거죠?"

"그건 전혀 내가 원하는 바가 아닌데요."

"뭘 원하는데요, 그럼?"

그녀가 옳았다. 나는 감도 못 잡았다. 그러나 내가 분명 원하는 게 있었고, 그것은 그녀와 관련이 있었다. 혹은 그녀를 통해야 찾을 수 있는 것이었다. 아니면 내가 원했던 것은 그녀였고, 나의 모든 의심은 전부 이 단순한 진실을 보기를 피하는 나의 최후의 보루 같은 방식일 뿐이었을지도 모른다. 내가 그녀를 원했다는 것. 나는 그녀를 놓쳐버릴 운명이었다는 것. 나는 총알이 바닥났고 낼 카드가 단 한 장도 남지 않았다는 것.

"나한테 한 번 더 기회를 줘요."

"사람은 변하지 않아요. 그쪽은 틀림없이 변하지 않을 거예요. 게다가 **한 번 더 기회**라는 게 무슨 뜻인데요? 이거 영화관에서 주워들은 말인가?"

"그쪽은 언제나 빈정거리면서 날 바보로 만드네요."

"당신이 나한테 헛소리나 하고 있으니까요. 그쪽이 만반의 준비가 되면 나는 이걸 원해." 그녀는 갑자기 오른손을 내 사타구니에 두고, 그곳에 있는 것을 움켜쥐고 놓아주지 않았다. 그러면서 쥐어짜는 것 같은 동작을 했다. "난 그쪽을 원해. 비 맞은 강아지 얼굴 말고, 비열한 광대 짓 말고, 당신의 얼버무리는 방백도 말고. 나는 이 순간, 지금 여기서 당신을 원해. 내가 이미 말했죠. 이걸 위해서 나는 갈 데까지 가서 당신이 원하는 것은 뭐든지, 뭐든지, 뭐든지 할 거야. 우리가 만반의 준비가 되면요." 그녀는 나를 쥐어짜는 것을 멈추었으면서도 아직 놓지는 않은 채였다. "그런데 어그러뜨리지는 마요. 그쪽이 멍청한 게임이나 하고 주눅이나 들고 다른 헛소리를 하면서 어그러뜨리지. 그럼 당신은 이걸 절대로 만회하지 못할 거예요. 이것만큼은 내가 그쪽한테 장담할 수 있어." 그 말과 더불어 그녀는 내 바지 속으로 손을 넣더니만 내 성기로 내뻗었다. "그쪽은 내 가슴을 원해요? 나는 이걸 원해."

"이제 나 가도 되나요?" 마치 내가 내 성기로 그녀를 붙들고 있었다는 양 그녀가 물었다.

나는 끄덕였다.

"우리 오늘 저녁에 영화관 가는 건가요?"

나는 내 목소리가 싫었다.

"네, 가는 거예요." 왜요? 나는 물으면서도, 내가 왜 그녀에게 왜인지 묻는지 모르는 채였다.

"방금 왜인지 말해줬다고 생각했는데요."

"그러면 지금 그쪽은 뭐 하러 가는데요?" 나는 어쩔 수가 없었다.

"지금 나는 내가 받아 마땅한 것보다도 내게 친절했던 사람을 만날 거예요."

나는 벌써 우리 표를 구매하고 영화관 앞에서 기다리면서, 체온을 유지하려 나의 커다란 컵에 든 커피를 마시고 있었다. 나는 속죄하고 있었고, 그녀는 지각이었다. 그녀가 지각할 거라고 무언가가 이미 내게 경고를 주었다. 나는 그게 날 신경 쓰이게 하지 않도록 노력하고 있었다. 나는 이렇게 오 분만 더 있으면 나를 더 불안하게 할 것을, 불안이 나를 화나게 할지도 모를 것을, 내가 화났다는 걸 숨기려고 시도할 것을, 그러나 화났다는 티가 수많은 완곡하고 기만적인 방식들로 전부 새어 나올 터이며 그로써 그녀의 사격을 유인하고 종국에는 전면전으로 폭발할 것이 확실함을 알았다. 나는 내 불안을 억제하려고 노력했다. 부디 날 바람맞히지 마요, 클라라, 날 바람맞히지만 마요. 그러나 나는 이런 불안을 초래한 것은 바람맞는다는 공포가 아님을 역시 알았다. 그것은 그녀가 내게 한 짓을 이 다른 친구에게도 하는, 그녀의 손이 그의 성기를 쥐어짜고 애무하면서 똑같은 말을 하는 그림이었다. 아니, 똑같은 말은 말고. 그녀는 그와 완전히 또 온전히 사랑을 나눌 테고, 그다음에는 시내를 벗어나는 방향으로 향하는 택시에 뛰어 올라 영화관에 나타나는데 온통 고무줄놀이를 한 듯 기운찬 태도일 것이다. **크레딧을 놓치고 싶진 않았거든요. 오후 내내 그쪽 생각하고 있었어요. 화난 거 아니죠?** 우리가 첫날 영화를 봤던 오후에 그녀가 무슨 짓을 하고 있던 걸지 누가 알 수 있을까.

그러나 그녀의 **누군가**에 관한 일로 내가 진심으로 걱정이 되었다면, 그것은 그녀가 나를 만졌던 방식을 생각하지 않기 위해서, 적어도 그에 관해서 너무 많이 생각해 그 순간의 전율을 다 써버리지 않기 위해서이기도 했다. 나는 마치 작은 한 입 거리들을 갉아먹는 새처럼 거기에 쑥 들어가서 살그머니 몇 입 물어뜯고 안전지대로 달아나고 싶었다. 나는 **나중을 위해 조금 남겨두자** 유형, 그녀는 **지금 여기서, 이 순간에 할 수**

있는 전부를 들이켜자 파였다. 어떤 여자도 자신이 그래도 된다는 것을 먼저 알지 않고 그곳에 손을 넣은 적이 없었다. 지난밤의 내 애무조차도, 우리가 새벽 3시에 빵집의 담벼락에 기대 있었을 때 그렇게 대담했음에도 불구하고, 그녀의 대담성은 하나도 지니지 못했다. 나는 궁금했다. 그녀의 행위는 그저 남자의 불알을 상징적으로 더듬는 것이었을까? 그러자니 그녀가 마치 그 꾸러미를 가볍게 만들려는 듯이 내 사타구니를 놓아주기 전에 다소 그것을 문지른 이유가 설명이 된다. 아니면 그녀는 나를 놀리기 위해, 나를 느끼기 위해, 나를 흥분시키기 위해, 자신이 무엇을 할 수 있었는지를 보여주기 위해 나를 손꿈치로 눌렀던 것일까?

걱정하는 것, 그녀의 손이 나를 쥐었던 그 바래가는 기억, 그 사이에서 무언가가 맴돌았다. 아까 메트로폴리탄 미술관 밖에서 벌어진 일을 어렴풋이 상기시키는 것들, 내가 떠올리고 싶지 않고 가까스로 물리칠 수도 있지만 여전히 그곳에 있는 것들이었다. 마치 성문 바깥의 적들 같았다. 성문이 열리기를 기다리고 있지만, 마음만 내키면 언제든 성문을 무너뜨리거나 땅굴을 팔 수도 있는. 오늘 아침에 나는 거의 땅바닥에 무릎이 꺾였었다. 관광객들, 가판대들, 아이들, 온갖 곳에서 빙빙 몰려다니는 군중, 트럼프 카드의 왕과 왕비로 차려입은 샌드위치맨들, 모든 사람이 공기를 빨아들여서 내가 헬륨 위에 떠다니는 듯했으니까. 나는 절대로 이날을 잊지 않을 터였다. 오늘 하루는 욕망으로 벅차오르면서 시뇨르 귀도에 내 손을 대지 않은 채로 시작되었다가, 지금 나를 봐라. 나는 심지어 마시면 안 되는 커피를 홀짝이면서 겸허해지고 짓뭉개지고 취약해지고, 자낙스의 약효가 가시자마자 새로운 좌절을 당하기 쉬운 상태가 되었다. 나는 아닌 게 아니라 그녀를 탓했다.

왜 나는 이런 일이 벌어지도록 허락한 걸까? 내가 희망했기 때문인가, 신뢰했기 때문인가? 그녀에게서 싫어할 만한 무언가를 찾아내지 못했기 때문인가? 모든 것이, 그저 모든 것이 아름다웠고 내가 속했으나 한 번도 본 적이 없다고, 또 나의 삶이 그게 없으면 하나의 커다란 무無이리라고 느껴진 그 하나의 장소로 나를 데려가겠다고 약속했기 때문인가?

"내가 올 거라고 생각하지 않았네요." 그녀는 영화관 앞에서 택시 밖으로 내디딘 뒤에 말했다.

"뭐, 어쩌면 당신은 약간 망설였는지도 모르죠. 내가 걱정하기를 바랐어요?"

"그만하죠."

그녀는 내 손에서 두 번째 커피잔을 받아 들었는데, 그게 자기 몫이라는 건 그녀의 머릿속에서 의심의 여지가 없었다.

나는 멘토스 롤 하나도 꺼내 들었는데, 그것은 그녀를 황홀케 했다. 아니면 어쩌면 그녀는 내게 커피에 대해 감사 인사를 하지 않은 것을 사탕에 대해 아낌없는 감사 인사를 던짐으로써 만회하던 것인지도 몰랐다.

"하나 먹을래요?" 그녀가 포장지를 찢으면서 물었다. 첫 번째 것은 빨강이었다. 그녀는 언제나 빨간 것을 사랑했고 노란 것을 싫어했다. "나 빨간 거 먹을래요." 내가 말했다. 그러나 그녀는 **그쪽이 감히 와서 가져가지 않는 한 이거 못 가질 거예요** 하고 놀리는 미소와 함께 그걸 벌써 자기 입에 넣은 터였다. 나는 그녀의 입에다 키스하고 사탕을 찾아내어 내 혀로 훔치고는, 그걸로 한참을 가지고 논 다음에 그녀에게 돌려줬을 테다. 갑자기, 나를 훑고 지나가던 우리의 상상 속 키스와 그녀의 손가락들이 열정적으로 내 머리칼을 빗는 생각 와중에, 무언가가 나를 저지했다. 그들은 오늘 오후에 사랑을 나누지 않았을 수도 있겠지만, 그들은 아주 근접하여, 거의 너무 근접했던 거다.

그녀는 자신이 어디 있다 왔는지, 무엇을 했는지에 관하여 한마디도 없었다. 그녀의 침묵은 나의 최악의 의구심들을 확증해주었다. 나는 로메르의 영화를 보는 내내 그런 의혹들 속에서 속을 끓이면서 두 편의 영화를 독으로 물들였다.

자정에 나올 무렵에 부루퉁하지 않기는 불가능했다. "뭐가 당신을 갉아먹고 있는 거예요?" 그녀가 물었다. 나의 "아무것도 아니에요"는 심지어 극적이거나 눈에 띄게 아리송하려고 들지조차 않았으니, 그것은 침울한 "아무것도 아니에요"였고 나는 그런 기색을 애써 숨기지도 않았다.

"영화가 마음에 안 들었어요?"

"마음에 들었어요."

"몸 상태가 안 좋아요?"

"상태는 좋아요."

"나 때문이구나."

그 너머에 놓인 것은 내가 맨발로 건너갈 마음이 간절하진 않던 쐐기풀밭이었다.

"내가 뭔가 말을 잘못했어요?" 그녀가 물었다. "들어나 보게요. 그냥 꺼내놔보자고요."

내가 용기를 찾기까지는 얼마간이 걸렸다.

"그냥 오늘 오후에 당신이 떠나지 않았더라면 싶어요. 끔찍한 기분이었거든요."

"누구를 만나야 했는걸요."

나는 차분하고 무관심한 얼굴을 하려고 했지만 참을 수가 없었다.

"내가 누군지 물어보게 되나요?"

"누구냐고요? 그럼요, 물어보든가요."

"누군데요, 그럼?"

"당신은 그 남자를 모르지만, 매우 소중한 친구예요. 우리는 당신에 관해 얘기했어요. 우리에 관해서요."

나는 행동해야 할지 몰랐다.

"모든 게 날 혼란스럽게 해요. 나는 이렇게 혼란스러웠던 적이 없어요. 그렇다고 내가 너무도 혼란스럽다고 누구한테 말해본 적도 한 번도 없었고요. 한 번도."

이것은 내가 자신에 관해 그녀에게 털어놓은 가장 정직한 말이었다. 나는 이렇게 말하는 게 새로웠고, 이걸 내가 좋아하는지도 확실하지 않았다.

우리 사이에 이런 전염병이 버티고 서 있는데, 오늘 밤 내가 어떻게 그녀에 대한 나의 방어벽을 내려놓고 지난밤의 키스를 되찾을 시도라도 할 수 있을까?

우리가 바에 도착하자 상황은 이보다 나쁠 수가 없었다. 남청색 양복과 하얀 셔츠를 입었지만 넥타이는 매지 않은 남자가 우리 옆 테이블에 앉아 있었는데, 그는 클라라를 보자마자 일어나 그녀를 포옹했다. 당연히 소개는 없었다. 그가 내게 돌아서서 직접 자신을 소개했다. 그의 테이블에는 흑백 사진들을 담은 책의 흩어진 교정쇄 같은 것이 놓여 있었다.

그녀는 올리브를 기다란 이쑤시개에 꽂아 곁들인 마티니 큰 잔을 두고 앉아 있었다. 뒤이은 어색한 시간, 클라라와 나는 우리의 좌석 배치를 결정하려 했다. 그녀가 그의 테이블에서 우리 테이블까지 가로지르는 방켓에서 그의 옆자리에 앉아야 하는 상황이었는데, 이렇게 되면 내가 평소처럼 그녀 옆에 앉는 건 불가능해질 것이었다. 그와 나는 너무 멀리 떨어지고 그녀는 우리 사이에 있게 된다. 그래서 나는 당연한 일을 했다. 그녀 건너편으로 가서 그들 둘을 마주하고 앉은 것이다. 그녀가 한순간 망설여서 그것을 나는 긍정적 신호로 받아들였는데, 그녀는 그에게 아주 바짝 붙어 앉는 편을 택해서 우리가 그의 테이블을 점유하는 꼴이 되고야 말았다. 나는 나더러 자기 옆에 앉으라고 고집을 부리지 않은 클라라에게 화가 치밀었다. 그러나 클라라의 망설임은 나를 기쁘게 했다. 웨이트리스의 연극조의 열성이 나를 기쁘게 한 것처럼. **오셨네요!** 그 남자의 이름은 빅터였다. 그는 순간적인 망설임도 웨이트리스의 떠들썩한 인사도 알아차리지 못하는 듯했다.

나는 그가 클라라와 나에 관해 무엇을 알지 궁금했다. 우리는 그저 친구였을까? 친구 이상이었을까? 그나저나 우리는 뭐였단 말인가? 그리고 그들은 뭐였단 말인가? 그는 조수와 저녁을 보내고 나서 여기 와서 한잔해야겠다고 마음을 먹었다고 설명했다. 그는 아침에 사진을 넘기기 전 마지막으로 한번 사진들을 살펴보고 싶었다. 어쩐지 그는 흡족하지 않았다. 그는 두 번의 전시회에서 막 돌아온 참이었는데, 하나는 베를린에서였고—굉장했다, 그저 굉장했다!—다른 하나는 파리에서였으며—**상사시오넬***했다!—그리고 3주 있으면

* 프랑스어로 '선풍적인', '센세이셔널한'이라는 뜻.

런던과 도쿄에서였다—더 바랄 게 있었나? 주제가 뭐였는데요? 나는 대화를 하고자 노력하면서 물었다. **맨해튼 누아르**, 그에게 프랑스식 억양이 있는 만큼, 그가 마나탕 누아르로 발음했던 것이다. 클라라는 내게 재빠른 곁눈질을 던졌다. 그 시선에는 유쾌와 공모가 있었다. 우리가 이것을 나중에 패러디하고 타파할 것을 우리는 알았다.

말쑥한 푸른 정장과 풀 먹인 하얀 셔츠에 프랑스식 커프스를 단 빅터는 이번 기획에 관해 이보다 행복할 수가 없었다. 이듬해 크리스마스 다과상에서의 화젯감은 되겠다며 그는 이번 기획을 가볍게 치부하려고 했지만, 그는 딱 봐도 자신에게 흡족해 있었다. 윤이 나는 흰 셔츠와 넓게 벌린 **상 크라바트 루크***마저도 우리가 함께 둘만 있게 되자마자 조롱거리가 될 터였으며, 책 표지의 두꺼운 문자로 쓰인 그의 이름은 말할 것도 없었다. 빅터 프랑수아 칠러. 그 머리글자들이 나를 웃고 싶게 했다.

맨해튼 누아르에 관한 대화는 우리를 자정을 훌쩍 넘긴 시간까지도 활기차게 웃음꽃을 피우게 해주었다. 모든 사람이 **맨해튼 누아르**에 관해 이론이 있었다. 우리는 번갈아 말했다. 우리가 일찍이 누아르 영화를 한 번도 본 적 없다 할지라도

* 프랑스어로 '상 크라바트(sans cravate)'는 넥타이를 매지 않았다는 의미의 '노타이'를 말한다. '루크(louque)'는 영어로 '옷맵시'나 '의복 스타일'을 뜻하는 '룩(look)'을 프랑스식으로 발음한 것으로, 빅터의 프랑스식 영어 발음을 놀리고 있음을 알 수 있다.

우리 각자에게 있는 그 **누아르** 도시. 절대로 존재하지 않았을지도 모르지만, 영화들과 영화들의 잔상의 덕으로 존재하는 또 다른 맨해튼으로 우리를 돌려보내주기 때문에 우리가 언뜻언뜻 일별하기를 사랑하는 그 **누아르** 도시. 우리가 가끔 거기서 살기를 갈망하는 그 **누아르** 도시. 당신이 나가서 찾아보는 그 순간 사라지는 그 **누아르** 도시. 저 밖의 진짜 도시에 있는 것보다도 우리 안에 더 있는 그 누아르 도시, 나는 덧붙였다. "뭐, 분위기에 휩쓸려 가지는 맙시다." 그가 말했다.

그녀는 그의 발음을 바로잡아주었다. **마나탕**이 아니라 **맨해튼**이라고. **거 바메 잊이지 않는 시강**이 아니라 **그 밤의 잊히지 않는 시간**이라고. 그는 그 농담과 자신의 영어 발음이 매우 웃기다고 생각했고, 자신 있는 우스움을 담아 클라라의 어깨에 한 팔을 두르고서, 그가 소리 내어 웃을 때마다 그녀를 자신에게로 당겼는데, 그러자 별수 없이 그녀가 그의 어깨에 고개를 누이게 되었다. 어쩌면 자신에게 두르는 그의 팔을 느끼고, 그녀는 그를 제물로 삼아 농담하는 것을 용서받고자 하는 방법으로 그의 쪽으로 자동적으로 기댔는지도 몰랐다. 혹은 이런 것이었을까, 접촉 버튼을 누르기만 하면 그녀는 즉각 상대의 것이 되는 것 말이다.

그의 팔은 한참 거기에 머물렀다. 그는 내가 그걸 뚫어져라 쳐다보는 걸 알아차렸다. 나는 그녀에게 시선을 돌렸지만, 그래봤자 그녀도 내가 뚫어져라 쳐다보는 모습을 알아차리고 그 남자처럼 반대쪽을 쳐다볼 뿐이었다. 그들 중 누구도 움직이지 않았다. 그녀도 그의 어깨에서 고개를 들지 않았고, 그도 팔을 치우지 않았다. 마치 그 둘이서 그 자세로 독립적으로 냉동된 듯이. 그 몸짓을 되돌리기에는 너무 늦었기 때문이었다. 혹은 그 몸짓에 어색하거나 부적절한 것은 없다고, 또 그들이 창피할 것이 아무것도 없으니 하고 싶은 대로 할 수 있으며, 자신들이 만반의 준비가 되었을 때만 그만둘 거라고 보여주고 싶기 때문이기도 했다.

그들은, 그녀는 나한테 심술을 부리려고 이러던 것일까? 그녀가 그를 부추기던 것일까? 아니면 그녀는 그를 그만두게 하기에는 너무도 힘이 약했던 것일까, 아니면 이것이 그녀가 내게 보내는 메시지였을까? 그쪽은 권리가 없고 청구권이 없으니 내가 그의 어깨에 기대거나 그의 손을 만지거나 그의 불알을 느끼고 싶다면, 뭐, 당신 면전에서 그렇게 할 거예요. 그걸 감내해요.

그들 사이는 혹시 전 애인들 사이에 남아 있는 그런 너덜너덜해진 친숙함이었을까?

아니면 그것은 남녀 간의 탁한 우정일까, 우리 사이가 남녀 간의 탁한 우정에 지나지 않았던 식으로?

나는 어쩌면 모든 것을 잘못 해석한 걸까? 아니면 수박 겉핥기조차 못 한 걸까? 나의 의혹들은 피타고라스 정리의 증명처럼 갑자기 별들보다도 숫자가 많아졌다.

아니면 자낙스의 약효가 가셔서 오늘 아침의 불안이 되살아나는 것일까. 이런 생각을 하게 하고, 내가 그들 앞에서 천연덕스러운 얼굴을 하라고 채찍질하는 걸까. 혹시 내가 이 모든 것을 지어내고 있을 경우를 대비해서?

어느 쪽이 더 나쁠까. 이 모든 것을 지어내면서 어느 것도 즐기지 못하는 것, 혹은 그들이 함께 있는 모습을 지켜보면서도 하나도 눈치채지 못하는 것 중에?

엎치락뒤치락하고. 엎치락은 말고 뒤치락하고…….

클라라, 내가 당신을 실망시킨 거죠?

오, 히에로니모, 히에로니모, 그들이 당신 마음에 무슨 짓을 한 건가요? 당신의 생각들은 전부 뒤죽박죽이고, 호수에는 골풀도 시들었네요.* 나는 그게 다시금 등장하는 것이 느껴졌다.

나는 화장실에 가겠다고 자리를 비켰다. 화장실이 내 심장을 후벼팔 것임을 나는 알았다. 나는 얼굴에 물을 철벅 끼얹었다. 악취가 나는 화장실에서 차가운 물이 좋았다. 얼굴을 다시금 꾹꾹 눌렀다. 목덜미를 적셨고 손목을, 귀 뒤쪽 부위를 적셨다. 나는 머리를 맞댄 철제 암나사의 압력과 그게 내 이마의 피부를 움푹 들어가게 한 일을 기억했다. 가엾은, 가엾은 불량배여. 그리고 내가 상태를 조금 진정시키려던 것,

* 존 키츠의 〈무자비한 미녀: 발라드〉라는 시에 나오는 구절.

뼈처럼 발기된 내 것의 골수까지 전율이 일던 것, 내가 **우리가 오늘 밤 일을 벌인 다음 내가 어떻게 우아하게 떠나지?** 하는 나만의 생각을 품었던 것까지. 지난밤에 그녀는 나의 터틀넥을 내려서 그곳에다 키스했다. 양손으로는 온갖 곳을 더듬으면서, 그러는 내내 내가 로킨바 경, 군마 및 준마에 탄 채 고삐를 당기고 있으려니 이윽고 우리는 축복받은 기억의 축복받은 빵집 옆에서 키스하게 되었다. 행복한, 행복한, 행복한 시간. 오늘 밤, 그녀의 심장은 다른 남자와 있다. 배신자. 영리한 속임수였다, 그건. 그의 옆자리에 착석하기 전에 망설이다니. 아, 그걸로 프린츠 오스카르가 속아 넘어갈 거라고 생각하나? 왜 이것은 지난밤이 아니었나. 왜 지난밤이 되어, 시계를 되돌려, 악몽을 없던 것으로 만들고, 모든 실수를 원상 복구하고, 시간에다 부목을 대고, 상황을 관장하여 내가 길을 잘못 들어서 우리가 키스하고 그녀가 "우리는 오늘 아침 여기서 만났는데, 여기 우리는 다시 있네요" 하고 말하는 걸 들은 다음 스트라우스 공원의 눈 속에서 서 있는 자신을 발견한 지점으로까지 돌아갈 수가 없는 건가. 아흐, 트리스트럼 경*, 이 정수리가 대머리가 되어 선웃음을 치는 뱅충이야, 나는 당신이 최고로 고상한 마차를 지닌, 온통 뻔적뻔적하고 있는 줄로 생각했는데, 당신은 한 귀도일 뿐이니. 나는 당신이 만사 중 위

* 《아서왕》에 등장하는, 아서왕의 원탁의 기사 중 한 사람.

인으로 생각했는데, 당신은 단지 한 미약자일 뿐이다.* 용을 써라, 이 바보야, 그리고 이럼으로써 침몰해라.

내가 나왔을 때 그녀는 내가 다가오는 것을 보지 못했다. 그들은 얘기하고 있었다.

이것은 내가 초대받지 못한 파티였다.

그들은 두 번째 판을 주문하려는 참이었다. 나는 주문하지 않기로 했다. 그녀는 놀랐다. 케첩을 곁들인 감자튀김을 먹고 싶지 않느냐고 내게 물었다.

이것은 나더러 아직 가지 말라고 청하는 그녀의 방식이었을까?

이 질문은 수많은 좋은 것을 말해주었다.

다소 긴 하루였거든요, 내가 말했다. 그리고 제가 뭔가 병에 걸린 걸 수도 있을 것 같아서요. 나쁘디나쁜 하루죠.

그는 왜인지 묻지 않았다. 그의 과묵함, 그리고 논하던 화제로 돌아가고 싶어하는 그 성급함을 보건대, 클라라가 병원에서의 내 일에 관해 그에게 말해줬을 수 있었다. 그는 그 사건을 모르는 척하고 싶지도 않았다.

잘했다, 클라라.

"거기다 제가 정말로 술을 마시면 안 되기도 하거든요." 나는 젊은 의사의 권고 사항을 기억하면서 덧붙였다.

* 제임스 조이스의 《피네간의 경야》에 등장하는 구절을 변형한 것.

“잠깐 있어요. 마시지 않아도 괜찮으니까.” 그것은 아주 즉석으로 나온 말, 거의 예의 바른 사족처럼 들렸다. 그러나 클라라는 사소한 말투로 말할 때조차 의미가 없는 게 아니었다. 그녀는 암호로 얘기하고 있었다. 이 격식 없는 태도는 내가 아니라 그를 겨냥한 것이었다. 그녀는 나더러 머물라고 간청하는 걸지도 몰랐다. 나는 그녀의 천연덕스러운 어조를 말 그대로 받아들이기로 했다. 나는 불신에 빠져 행동하다가, 그녀의 태평스러운 말투가 나에게도 향하는 것일지 모른다고 생각했다. 그녀는 내가 머물기를 원했다. 내가 머물면 모양이 더 좋아 보일 테니까. 그러나 머물든 말든 달라질 건 없었다.

내가 떠나려고 일어서자마자 내가 그간 내내 무엇을 원했는지 즉각 명확해졌다. 내가 일어나서 코트를 입는 것을 그녀가 보자마자 마음을 바꿔서 아무것도 주문하지 않을 거라고 나는 기대한 것이다. 그녀는 나와 떠날 테고, 나는 그녀를 집까지 걸어서 데려다줄 터였다. 우리의 습관대로. 빵집. 스트라우스 공원. 이번에는 그녀가 청하지 않는다고 할지라도 내가 위층으로 가겠다고 할 터였다.

“상태가 좀 나아지면 좋겠네요.” 그녀가 말했다. 그녀는 이것이 오로지 상태가 좋지 않은 것에 관한, 또 밀린 잠 보충에 관한 것이라는 행세를 하고 있었다. 나는 이런 뜻으로 그녀를 쳐다보았다, 그래서 정말로 안 따라오는 거예요? “나는 아무래도 잠깐 있으면서 한 잔 더 할게요.” 그녀가 말했다.

나는 그와 악수했고, 클라라와 나는 양쪽 뺨에 작별 키스를 했다.

나는 절대로 다시는 그녀와 관련되지 않을 것이다. 절대로 다시는 그녀를 보지 않을 것이다. 절대로, 절대로, 절대로.

이것은 내 인생에서 최악의 날 중 하나였다. 정말이지 최악의 날이었다. 며칠, 어쩌면 일주일이 더 지나면 이 모든 일은 지난 일이 될 것이다. 아니, 상처를 과소평가하는 걸까? 일 년은 생각하자. 다음 크리스마스이브까지. 영혼에는 그 자신의 기념일이 있는 거니까…….

시내로 걸어가는 대신 나는 스트라우스 공원으로 걸어 올라갔다. 더는 말자, 더는 말자, 더는 말자, 나는 생각했다. 이것이 내가 여기 오는 마지막이다. 나는 수직으로 서 있는 봉헌초들로 가득 찬 촛불 불빛으로 밝혀진 동상과, 얼음 결정이 된 나뭇가지들과, 사랑 때문에 피를 흘리던 일과, 대성당으로 오가며 걷던 차에 그녀가 친구들로부터 떠돌아 나와서 나를 이 조용한 곳으로 데려와서는 우리가 매우, 매우 가까워지고 있던 바로 그때에, 도수가 세고 얼음처럼 불타오르는 보드카 샷이 당긴다고 말한 일을 기억했다. 그녀는 지나쳐 갈 것이며, 그러는 매번 그녀는 내 생각을 하고 나와 함께 있을 것이며, 언젠가는 그녀의 남편과 더불어서, 그들이 그녀 집의 거실 창문 밖으로 허드슨강 위로 내리는 눈을 내다볼 적에, 그녀는 허물어져서 말할 것이다. 나를 부르는 그의 목소리는 실로 슬프다.* 그리고 그녀는 늙고 주름이 쪼글쪼글해지고 삶의 막바지를 향해 끄덕이고 있게 변해 울분과 추모로 가득 차게 되어, 그녀가 스트라우스 공원에서 맨 처음으로 찾게 될 비렁뱅이에게 말할 것이다. 내가 어여뻤던 나날에 그는 나를 사랑했지요.**

이 잔인하고도 유령 같은 도시. **마나탕 누아르**. 그 모든 것이 **누아르**였다. 눈雪은 그저 눈가림, 거짓말이었다. 왜냐면 그것 역시도 **누아르**였기 때문에. 눈은 당신을 속이기 때문에 아프다. 반짝이는 아스팔트에는 어둡고 단단한 물질과 그 아래 두들겨 부순 점판암, 그리고 섞여 있는 유리 조각들이 있다. 눈은 과일의 속껍질과 같다. 겉면이 보드랍다는 것만 빼면 녹은 타르와도 같다. 벨벳, 빵, 건드리면 푹 들어가는 좋은 것들과 같다. 그러나 그 아래는 시꺼멓고 둔탁하며 역청으로 이루어져 있다. 오늘 밤 모든 것이 그런 느낌이었다. 시꺼멓고 둔탁하고 역청으로 이루어져 있는.

나는 잠시 주변에 서서, 그녀가 다시 생각해 나를 뒤쫓아 오기를 희망했다. 그러나 아무도 이쪽으로 오지 않았다. 스트

* 제임스 조이스의 시 〈그녀는 라훈을 슬퍼한다〉의 시구. 이 시는 조이스의 아내가 되는 노라의 옛 구혼자인 마이클 보드킨이라는 청년이 폐결핵을 앓고 있었음에도 노라가 멀리 떠나기 전에 그녀의 창문 아래에서 슬픔과 이별의 노래를 부른 뒤에 얼마 지나지 않아 사망한 실제 이야기에 영감을 받아 쓰였다고 전해진다.

** 영국 여왕 엘리자베스 1세의 시 〈내가 어여쁘고 젊었을 적에〉를 암시한다. 이 시에서는 어여쁘고 젊었을 적에 구혼자들을 물리쳤던 것을 기억하며 현재의 외로움을 표현한다.

라우스 공원 근방 지역에는 인적이 없었다. 모두가 가고 없었다. 머리가 환하게 빛나고 발이 묶인 동방박사들도 가고 없었고, '필동카 고갱님좌석있슴다'도 가고 없었고, 라훈과 거지 여자도 아마도 왔다가 가고 없었을 것이다. 지금은 우리의 그림자뿐, 아니 내 그림자뿐. 시인 레오파르디는 옳았다. 인생은 씁쓸함과 지루함이고, 세상은 오물이다.

일곱 번째 밤

언젠가, 아무것도 상관이 없어졌을 때 그녀가 물어보기를 나는 바랐다. **그날 밤엔 왜 떠났어요?** 화나서요. 나를 싫어하게 돼서요. 뭘 할지 몰라서요. 조용히 앉아 그와, 당신과 계속 씨름하고 싶지 않았어요. 나는 당신을 놓치고 있었고, 술집에 앉아 그렇게 놓치는 상황이 내 앞에 펼쳐지는 것을 지켜보자니 더더욱 씁쓸했어요. 왜냐하면 당신이 더 빨리 멀어지기로 한 것 같아서요. 나는 우습고 약하고 무력한 기분이 되었어요. 나는 당신이 싫었고, 나 자신을 싫어하게 한 당신이 싫었어요. 나는 짜증이 나 있었어요. 겉보기로 내가 한 일은 놓친 기회들의 급류가 우리를 스쳐가는 것을 지켜보는 게 전부였는데, 그 밤에 당신이 나한테 결코 한 번도 한숨 돌리게 해주지 않아서 짜증이 나 있었어요. 아무 문제가 없는 충동을 억제한다는 이유로, 이 억제심으로 나를 나쁘게 생각한다는 이유로 당신을 탓했어요. 그게 당신 탓이라 생각한다고 나 자신을 탓했어요. 내 탓, 언제나 내 탓이었는데도요.

그날 밤에 나는 당신이 경쾌하게 새로 시작하여 자신을 쉽게 놓아버리는 모습을 봤고—**봐요, 한 손, 한 손으로도 거뜬하다니까**— 운명이 깜짝 상자처럼 다가와 내 머리 위에서 빗자루를 흔들었어요. **그래요, 우리는 이걸로 어딘가로 갔을 수도 있어요. 그런데 봐요, 우리는 모두 바뀌죠.** 당신은 나더러 자기 연민에서 위로를 찾게 했어요. 나는 이걸 절대로 용서할 수가 없었어요.

나는 공원에서 당신을 기다리자는 생각을 했어요. 나는 심지어 당신에게 문자 메시지를 보내어 무슈* VFC**에 관해서 웃기거나 외설적인 말을, 내가 술집에서 우리 사이의 다리들을 전부 벌써 불살라버리지 않았다면 그것들을 불살라버릴 만큼 매우 잔인한 말을 하고자 하는 구미마저 당겼어요. 그러나 당신은 핸드폰을 집어 들고는 안경을 끼고 있지 않다는 구실로 핸드폰을 VFC에게 건네주고, 발신인이 누구인지 묻고는 그의 손에서 핸드폰을 움켜쥐어 당신 코트 호주머니에 다시 쑤셔 넣었겠죠. **프린츠!**

나는 내가 여기 온 첫날 밤처럼 마법에 걸리고 정화된 듯한 느낌을 받으려 하며 하얀 빛 웅덩이 속에 서 있었다. 그러

* 프랑스어로 '선생'이라는 뜻.
** 빅터 프랑수아 칠러(Victor Francois Chiller)의 앞 글자를 딴 것.

나 잘되질 않았다. 나는 레오파르디의 시구들을 혼자서 더 암송하면서 얼마간의 위안을 쥐어 짜내면서도, 위로가 찾아오지 않으면, 그러면 그 자리에 아름다움이 들어올지도 모른다는 것을, 그리고 12월의 이 가장 부루퉁한 누아르 밤의 아름다움은 충분히 좋을 것을 알았다. 그러나 아무것도 찾아오질 않았다. 나는 노란 택시를 보았다. 나는 손을 흔들어 택시를 타 낡은 좌석의 위안을 주는 온기, 희미하고 매캐한 인도 음식 냄새에 환영받았다. 나는 **누아르**의 흑백 세상에 있었고, 그 밖으로 나가지 못하고 있었다.

그러나 택시에 타자마자 나는 운전기사에게 리버사이드 드라이브와 112번가로 데려가달라고 청했다. 그가 말했길, 104번가로 길을 쭉 따라간 다음 차를 돌려서 시내를 벗어나는 방향을 향해야 할 터였다. 내가 신경을 썼나? 아니, 나는 신경을 쓰지 않았다. 내가 원한 것은 오로지 버스에서 내려서 눈보라의 그날 밤에 길을 잃은 그 지점으로 돌아가는 것뿐이었다. 폭설은 파티 내내 지속되었고 그녀가 몇 시간 뒤에 나와 함께 밖으로 걸어 나왔을 때도 썩 개지 않은 터였다. 이제 나는 그날 밤에 나의 발걸음이 얼마나 오리무중이었는지는 상관없이 상황이 안전한 듯했던 그곳으로 돌아가고 있었다. 그저 나와 두 멍청한 와인병들만이 새뮤얼 J. 틸든 동상 옆의 계단을 올라가던 상태로.

택시가 그녀의 건물을 지나칠 무렵, 나는 그녀가 벌써 집에 있을까 확인하고자 그녀의 창문을 올려다보았다. 그러나 자동차가 건물에 너무 가까이 다가섰던지라 올려다볼 수 없었다.

나는 세인트버나드를 봤던 바로 그 자리에 내렸다. 아니면 나는 마지막 식료품점 주인이 범불안의 겨울들 속에서 롤러 셔터를 당겨 내릴 수 있기도 전에 빠르게 어두워지고 회색이 되고 그런 다음에는 텅 비게 되는 중세 시대의 크리스마스 시내들을 생각하는 한편으로 그 개를 상상했던 것일까? 광인들과 현인들과 **타인들**을 갈망하는 사람들 말고는 생레미의 심야에 누가 혼자 걸어 다닌단 말인가?

다른 이들을 갈망한다니. 무슨 그런 발상을!

나는 112번가에서 동쪽으로 걸으면서 브로드웨이가를 목표로 나아가면서도 그 긴장감을 즐기는 채였는데, 내가 어디로 향하는지 알지만 아직은 딱히 그것을 인정하고 싶지 않았기 때문이다. 이것이 여하간 내가 한스의 새해 파티에 가기로 결심하면 이틀 뒤에 하게 될 짓이다. 대성당 쪽으로 걸어 올라가, 브로드웨이가에서 오른쪽으로 꺾어 블록 여섯 개를 또 걸어 내려가서, 마침내 106번가에서 오른쪽으로 꺾는 것. 이것이 내가 오늘 밤에도 하려고 계획하던 일일까? 아니면 이 모두가 그녀가 사는 건물 옆을 지나가려는, 아니면 한술 더 떠서 그녀가 술집에서 돌아오는 길에 집으로 향할 무렵 그녀와 우연히 맞닥뜨리려는 우회적인 술책이었던 걸까?

당신 뭐 하고 있어요?

나 눈 속에서 산책하고 있었어요. 아니면 그냥 기분풀이 하고 있었달까.

기분풀이요?

당신이 더는 내 인생에 없으니 나와 더불어 살아가는 법을 배워간다는 의미에서요.

당신 인생에 더는 없다?

상황을 보건대…….

상황을 보건대 걸어 나간 사람은 당신인데요, 내가 아니라요.

그래요, 하지만 상황을 보건대…….

상황을 보건대 당신은 땅으로 꺼져야 해요. 내가 그녀가 집으로 가는 길에 그녀를 우연히 맞닥뜨린다면, 나는 그 둘을 함께 맞닥뜨릴 공산이 십중팔구일 터였다. 설사 그가 그녀와 함께 위층으로 올라가지 않을 것이라 해도, 그는 그래도 그녀를 집까지 걸어서 데려다줘야 할 터였다. 그들이 함께 걸어갈 때 그녀는 그에게 자기 팔을 주고 그의 겨드랑이 아래로 파고들 터였을까?

그럴 것을 알았듯이 내가 106번가에 접근했을 때, 나는 천천히 걷기 시작했다. 나는 그들이 나를 보기를 원하지 않았다. 그렇다고 내가 그들을 보고 싶지도 않았다. 그들은 술집을 떠나기 전에 또 한 판을 주문할 만큼 시간이 있었을까?

그러던 나는 왜 내가 숨고 있었는지를 깨달았다. 왜냐면 나는 **실제로** 숨고 있었으니까, 안 그랬는가? 나는 이렇게 살금살금 돌아다니는 것이, 그녀의 집 주변을 어슬렁거리는 것이, 그들을, 그녀를 염탐하는 것이 부끄러웠던 것이다. 스토커. **스토-커!**

내가 이 늦은 시간에 그녀와 맞닥뜨려야 한다면, 내가 원할 것은 오로지 그녀가 혼자 있는 것이다.

무슨 일이에요?

잠이 안 와서요. 혼자 있고 싶지 않아서요. 무슨 일이란 그거예요.

나한테서 뭘 원하는데요? 조바심, 연민, 탈진과 함께 내뱉는 그녀의 말.

뭘 원하는지 모르겠어요. 당신을 원해요. 내가 당신을 원하는 만큼 절박하게 당신이 나를 원하기를 원해.

왜 나는 오늘 오후에 그녀가 내게서 걸어 나가도록 놔둔 걸까? 나는 무슨 생각을 하고 있던 건가? 여자가 당신 집에 걸어 들어오고, 좋아한다고 명백히 말하고 있고, 당신의 아랫도리를 움켜잡는데도 당신은 그냥 거기 선 채로, 초조한 피네간은 몸을 가릴 곳을 향해 달려가는 한편 공황에 빠진 솀과 숀*은 뒤로 빠르게 달려나가면서 '골반 고속도로'를 아우성치

* 피네간, 솀, 숀은 모두 제임스 조이스의 《피네간의 경야》 속 등장인물들. 화자는 자신의 음경에 여러 이름을 붙이고 있다.

며 올라가고 있다니 말이다.

그러나 만일 그녀가 혼자 있지 않았고 만일 내가 그들 둘을 맞닥뜨려야 하면, 나는 희희낙락한 "잠이 안 와서요"라는 말을 내뱉고는 어깨를 으쓱하면서 덧붙일 터였다. "저도 두 분이서 가지 않으셨기를 바라면서 술집에 가는 길이었어요." 그들 둘이서 내 앞의 보도에 함께 서 있으면서, 불신의 시선들이 주고받고 던져지면서, 우리 셋 모두가 너무도 불편해 보이는 그림이 그려졌다. 좋은 밤 보내요, 클라라. 좋은 밤 보내요, **마나탕**. 그리고 집으로 종종걸음을 치면서 내가 맨 먼저 하고 싶을 일은 그녀에게 전화를 걸어서 이렇게 말하는 것임을 알 터였다. **마나탕 누아르, 세 무아***.

106번가와 브로드웨이가의 길모퉁이에서 나는 한 블록을 남쪽으로 걸어가, 105번가에서 꺾어 리버사이드 드라이브를 통하여 106번가로 돌아오기로 결심했다. 내가 원한 건— 아니, 원한다고 내가 자신에게 말한 것은— 그녀가 사는 건물을 마지막으로 작별로서 한번 보는 것이었다. 특히나 내가 이틀 뒤의 파티에 가지 않을 거였다면 말이다. 내가 다음번에 여기에 들르는 것은 몇 년 뒤, 몇 년에 몇 년 뒤가 될 수도 있었다.

그러나 나는 이것이 다시 한번 훔쳐보려는 책략일 뿐임

* 프랑스어로 '나예요'라는 뜻.

을 알기도 했다.

105번가를 쭉 내려가는 도로는 적막했다. 일렬로 늘어선 하얀 연립 주택들이 벽난로와 가스등과 숨겨진 마구간들의 별세계 같은 눈에 발이 묶인 시대 속에서 잠을 자는 듯했다. 아무도 눈을 치우지 않아서, 그곳은 눈에 발이 묶인 밤들의 록웰이 그린 마을만큼이나 깨끗하고 온전해 보였다.

그녀의 커다란 건물은 그와 대조적이었다. 106번가의 길모퉁이에서 시야에 들어왔을 때, 건물 앞면에 위협적인 도끼눈을 뜨는 게 마치 그 고딕식 창문과 장식물들이 눈 속에서 있는 나를 알아본 듯했다. 마치 불신하는 도베르만 두 마리처럼 가만히 누워서 거의 잠에 든 체를 하고 있었다. 마치 바짝 경계하면서 내가 한 걸음만 더 떼면 덮치는 것까지도 불사하겠다는 태도였다. 나는 보리스의 불빛, 그리고 그의 옆문을 발견했다. 그가 정확히 어디에 앉아 있는지 나는 분간할 수 없었지만, 우리가 매일 저녁 문에 가까이 가자마자 그는 언제나 그곳에 있어 그녀를 들여주었다. 내가 조심하지 않으면 그는 나를 발견할 터였다. 나는 올려다보았고, 정말 놀랍게도 그녀의 거실에 있는 불빛이 전부 켜져 있는 것을 봤다. 이 얼마나 수치스러운가, 나는 생각했다. 염탐을 하다니.

그래서 내가 브로드웨이가를 쭉 따라 천천히 걸어가는 동안 그녀는 집에 도착한 것이 틀림없었다. 그들이 술을 서둘러 마셨거나, 그러지도 않고 내가 나가고 머지않아 그냥 술집을 나섰다는 말이 되었다. 아니면 그녀는 오늘 아침에 외출하기 전에 불빛을 아예 끄지 않았을 수도 있다. 그녀는 하루 종일 불을 켜두는 유형이었나? 나는 그렇게 생각하지 않았다. 그녀가 막 집에 도착하여 거실 불을 켰을 가능성이 농후했다. 어쩌면 TV를 보고 있는 것이었겠지. 물론, 그녀가 혼자였던 한 말이다.

나는 106번가와 리버사이드 드라이브에서 길거리를 건너 북쪽으로 향하면서, 바로 위층에 있는 다른 방들을 힐끗 보려고 했다. 이 방들도 밝혀져 있었는데, 거실 불빛인지는 알 수 없긴 했다. 옆 창문들 중 하나가 그녀의 아파트에 속한지조차 확실치 않았다. 그녀는 내게 집을 구경시켜주겠다고 해놓고 그걸 잊어버린 것이다. 나는 아마도 너무 궁금하거나 열성적으로 들리지 않으려고 노력했기에, 끝내 무관심한 소리로 나오고야 말았다. 어쩌면 그래서 그녀도 더 밀어붙이지 않은 것이었다. 나는 그녀의 침대를 보고 싶어하면서도 그렇지 않은 척하려던 것을 기억했다. 그녀는 매일 침대를 정돈할까, 아니면 흐트러진 채 내버려둘까?

107번가 길모퉁이에서 나는 결정을 해야 했다. 리버사이드를 따라 다시 걸어가든가 아니면 브로드웨이가로 건너 걸어간 다음에 다시 한번 105번가를 둘러 고리처럼 걷든가. 눈 속에서 그러려면 십 분은 걸릴 법했다.

걷는 것에는 무언가 너무도 평화로운 구석이 있었다. 걸음으로써 나는 이것저것을 생각할 수 있고, 내 마음속에서 그녀와 대화하고, 이 모든 것이 언젠가 저절로 해결될지도 모른다고 생각할 이유를 찾게 될 것이다. 비록 산책이 답을 가져다주지는 않을 것임을 알고 있더라도 말이다. 그 무엇도 안개를 꿰뚫어 보기는커녕 무엇도 해결해주지 않는다는 것을, 걷는 일이 해주는 것이라고는 우리 마음이 무슨 생각이라도 더더욱 하지 못하게 하기 위해 우리의 다리와 눈을 바쁘게 유지해주는 게 다라는 것을 알지라도. 내가 지금 당장 할 수 있는 것은 기껏해야 생각하는 것에 관해 생각하는 것이다. 그건 나자신 속으로 더욱 깊이 침잠한다는 뜻이고, 나의 생각을 포함한 다른 모든 것을 무디게 만든다는 뜻이고, 다른 모든 이라면 백일몽이라 부를 법한 무언가를 자아낸다는 뜻이었다. 어쩌면 이 모든 것이 꼭 내리막길로 향하는 것은 아니었을지도 몰랐다. 이렇게 조용하게 목적 없이 생각하는 것조차 그 자체로, 기억 상실증과 실어증처럼, 몸이 마음을 구조하러 오고 마음을 아주 살짝 멍하게 만들면서 나쁜 생각들을 하나하나 닦아낼 때의 치유의 한 형태일지도 몰랐다. 마치 내가 본 간호사가 다리에서 피 흘리는 아이에게 그러하면서, 아이의 상처들을 접힌 거즈 천 조각으로 보드랍고 섬세하고 이따금씩 가볍게 토닥임으로써 닦아내는 한편 능숙한 집게로 깨진 유리의 작은 조각 다음 조각을 집어 각 조각을 플라스틱 통에 떨어뜨렸듯, 소년을 겁주지 않으려고 소리를 내지 않으려 노력했듯이 말이다. 내 마음이 지금 원하는 것은 공상하는 것뿐이었다. 왜냐하면 생각이란 상처에 닿는 요오드 용액 같은데, 상상은 멍 위의 깃털과 같았으니까. 우리가 화해할 때 함께 있는 그녀와 나. 새해 첫날에 그녀가 나더러 만났으면 좋겠다고 말했던 그 친구들과 더불어 함께 있는 그녀와 나. 로메르 영화제의 마지막 저녁에, 함께 있는 그녀와 나.

이제 나는 그저 걷고 있었다. 작별을 고하러 걷고 있었다. 그녀를 염탐하러 걷고 있었다. 그녀가 자라는 모습을 지켜본 모든 석조물과 하나가 되고자 걷고 있었다. 아이로서, 학생으로서, 클라라로서 그녀가 왔다 갔다 한 것을 전부 알고 있는 그 석조물. 클라라의 세계 속 나의 존재를 오래 끌고자 또 집으로 돌아가 더는 생각들조차 아니라 내가 그것들이 샌드위치맨들로 차려입고 내 주위를 빙빙 몰려다니는 것을 보기 전까지는 내 안에 존재했는지도 결코 몰랐던 괴물 같은 저승에서 튀어나온 흘겨보는 이무기들인 나의 생각들과 함께 홀로 되지 않고자 걷고 있었다. 직시하자, 내가 그녀의 삶으로 되돌아가는 입구를 찾게 되리라는 희망에서 걷고 있었다. 기도, 간구, 고행으로서 걷고 있었다. 사랑의 끝을 거부하고자, 마치 사람이 독으로 죽지 않기 위해서 독을 취하는 것처럼 뻔한 것을 한 걸음 한 걸음, 한 조각 한 조각 깨작이면서, 적은 투여량으로 그 진실을 취함으로써 뻔한 것을 거부하고자 걷고 있었다.

앞으로 다가올 몇 년 동안 내가 다시 그녀의 건물 옆을 지나가게 될 때, 나는 멈춰서 위층을 볼 것이다. 내가 왜 위층을 볼지 또 매번 무엇을 찾게 될지는 모르겠다. 그래도 내가 위층을 볼 것을 나는 아는데, 왜냐하면 내가 바로 지금 빠져 있는 이런 유의 멍하고 아늑한 기분 속에서 이렇게 목적 없이 위층을 보는 것은 그 자체로 추모이자 영혼을 추스르는 것, 은총의 한 사례이기 때문이다. 나는 그곳에 잠시 서서 수많은 것들을 기억할 것이다. 파티 날 밤, 내가 그녀의 로비 바깥에서 너무 오래 머물지 않으면서 작별 인사를 함으로써 옳은 일을 했다고 생각한 그날 밤, 이곳에서의 나의 밤들이 손에 꼽혔다고 처음 느꼈던 그날 밤. 그래요, 당신과 함께 위층으로 올라갈게요, 하고 내가 말하는 그 순간 그녀가 마음을 바꾸리라는 것을 내가 알았던, 그냥 알았던 그날 밤, 내가 그녀 집 창문으로 내다보고는 그녀 집 거실에서 내 인생이 다시 처음부터 시작하기를 바랐던 그날 저녁. 그도 그럴 게 우리가 앉아서 왜 베토벤의 이 곡이 정말로 나왔는지 말할 때 내 인생에 관한 모든 것이 이 하나의 방으로 클라라와 바지선, 우리의 기이한 용어, 얼그레이티와 함께 수렴되는 듯했기 때문이다. 한편 나는 한편으로는 내가 대화를 하고자, 상황을 약간 자극하고자 일체의 것을 지어냈다고 생각하기 시작했다. 왜냐하면 왜 그 베토벤의 사중주가 나왔는지 정말로 아무 생각이 없었기 때문이었다. 왜 로메르의 이야기들이 나왔는지,

또는 왜 내가 클라라와 함께 수많은 겨울철 오후에 여기 있고 싶어하면서 왜 인생에서 제일가는 것은 가끔 앞으로 두 발짝 그리고 뒤로 세 발짝을 떼는가를 이해하려고 노력했는지 알았던 수준과 별반 다를 바가 없이 말이다.

나는 올려다보았고, 알았다. 그것은 전부 그곳에 있었다. 공포, 갈망, 설움, 수치심, 씁쓸함, 아픔, 탈진까지.

이제 나는 브로드웨이가에서 그녀 블록의 맨 끄트머리를, 스트라우스 공원이 내려다보이는 하녀방이 틀림없는, 불을 밝힌 단 하나의 창문을 염탐했다. 우리가 이곳에서 정말로 무언가를 가졌던 적은 없지만, 여전히 어쩌면 우리는 또 여기서 모든 것을 놓쳐버렸을지도 몰랐다는 생각이 닥쳐왔다. 마치 무언가가 너무도 경건하게 소망되던 위치에서 어찌어찌 아예 존재한 적도 없으면서 놓쳐진 무언가의 기억이, 절대로 현재를 지니지 못한 과거를 품은 소망이 된 것처럼 말이다. 우리는 이곳에서 연인이었다. 한때. 언제? 알 수가 없었다. 어쩌면 언제나 그랬으면서도 한 번도 그러지 않았다.

나는 105번가를 다시 한번 걸어 내려갔다. 차분하고 고요하고 하얀 기둥이 세워진 도로를. 연립 주택들이 눈살을 찌푸린 의심의 빛으로 나를 응시했다.

왜 다시 여기 있는데?

내가 왜 여기 있는지 몰라서 여기 있어.

그녀의 집 불빛은 여전히 켜져 있었다. 그러나 너무 밝았다. 대체 그녀는 무엇을 하고 있었을까? 휘장 뒤편에 스쳐 가는 한 인간, 두 인간 그림자를 찾아봐야 할까? 그녀는 핸드폰이 울리면 창문 근처로 올까? 내가 애먼 창문을 염탐하고 있는 것만은 아니기를.

그녀는 불을 다 켠 채로 자는 유형일 수도 있을까? 그녀가 집에 돌아와서 온 집 안이 밝혀진 것을 발견하는 것이 좋아서 불을 켠 채로 놔둔 거라면 어쩌나, 내가 혼자 산다는 것을 잊어버리려고 가끔 그러는 식으로? 아니면 그녀는 방에서 방으로 움직이고 있고, 그래서 집 안이 온통 환히 빛나는 것이었을까? 아니면 그녀가 혼자 있을 때 어둠을 싫어했고 이것이 그녀가 혼자이며 어둠이 싫음을 보여주는 그녀의 방식이었기 때문에 불이 사방팔방에 켜진 걸까?

갑자기 누군가가 그녀 아파트의 불빛을 껐다. 그녀는 잠자리에 든 것이다. 끔찍한 생각이 내 마음에 휘몰아쳤다. **그들이** 잠자리에 든 것이다.

그러나 106번가에서, 그녀의 주방 불빛이 여전히 켜져 있는 것을 나는 눈치챘다. 연인과 잠자리에 들면서 주방 불을 켜두는 사람이 누가 있단 말인가?

아무도 없다.

열정에 한창 휩싸여 있을 때가 아닌 한 말이다.

그녀는 뭘 하고 있었던 것일까?

코냑? 따뜻한 야자술? 약간의 간식? 인간의 접촉은 얼마나 쉬울 수 있는가, 언제나 얼마나 쉬웠던가? 왜 그것이 클라라와는 이토록 어려웠나?

주방의 불은 여전히 나를 어리둥절하게 했다.

주방의 불이 대체 무엇을 뜻할 수 있단 말인가? 나는 잠자리에 들기 전에 내 주방 불을 얼마나 여러 번 켰다 끈단 말인가?

문득 이런 생각이 들었다. 나는 그 불이 왜 이렇게 늦게까지 켜져 있는지 절대로 꿈에도 모를 것이며, 마찬가지로 그 주방을 꿈에도 다시는 안에서 보지도 못할 것이다. 갑자기 그 주방 불이 폭풍 자체보다도 훨씬 잔인한 멀찍한 등대처럼 섰다.

보리스!

그는 담배를 마저 태우기 위하여 추위 속으로 내디뎌 나와, 잠시 아무것도 바라보지 않으면서 그곳에 서 있다가 담배꽁초를 길 건너 중반쯤에 튕겼다. 나는 그가 나를 보지 않도록 확실히 했다.

그가 로비로 다시 발을 디딘 그 순간, 나는 길을 건너서 107번가 쪽으로 향하는 나 자신을 발견했다.

보도에 너무 오래 있을 수는 없었다. 그녀는 주방에서 내다보고 그녀 집 창문에 딱 붙어 있는 내 눈길을 알아챌지도 몰랐다. 그녀는 창문을 내다보면서 나를 곧장 응시하고 있었을지도 몰랐다. 아니면 어쩌면 그들 둘이 그러고 있었을지도 몰랐다. 그래서 나는 황급히 걸어 지나갔다. 그러나 그녀의 블록 끄트머리에 너무 빨리 다다른 나는 갈 곳이 없다는 것을 깨달았고, 브로드웨이가로 먼 길을 빙 둘러서 돌아가는 것보다는 리버사이드 드라이브에서 천천히 되돌아 걷기 시작했고, 그 뒤 일단 105번가로 돌아오자 다시 107번가로 올라가며 다시 또다시 왔다 갔다 하면서 언제나 바쁜 분위기를 짐짓 꾸미면서도, 왜 누가 이런 터무니없이 야심한 시각에 리버사이드 드라이브에서 여덟 번을 지나쳐 걸어 가면서 그렇게 바빠 보일지 온 세상천지에 이유가 하나도 없었다는 것을 깨닫지 못하는 채였다.

나의 파사칼리아라고, 나는 언젠가 그녀에게 말해줄 것이었다. 레오의 전주곡도 아니고, 당신의 사라반드나 당신의 폴리아도 아니고, 베토벤의 아다지오도 아니라. 그저 나의 파사칼리아라고, 내가 여기서 길을 따라 지나가면서 실성해가던 것이.

어쩌면 내가 전화를 해야 할지도 모르겠다, 나는 생각했다. 얘기하기 위해서가 아니라. 다만 그녀에게 내가 그녀의 삶에서 아직은 아주 나가지 않았음을 일깨워주기 위해서. 나는 전화가 한 번 울리게 한 다음에 끊을 것이었다. 그러나 나는 나 자신을 알았다. 그녀에게 전화를 건 다음에 그게 그렇게 어렵지 않다는 걸 깨닫고 나서, 나는 전화를 다시 걸자는 유혹이 들 터였다. 그것은 잉키가 할 법한 짓이었다. 처음에 전화를 걸 때에는 영원히 걸리더니만, 이십 분 뒤에 두 번째로 걸고, 그러고는 오 분마다, 그러고는 계속 거는. 그녀가 나한테 얘기하고 싶다면, 혼자라면 그녀는 전화를 다시 걸 터였다. 그녀가 전화를 다시 걸지 않는다면, 뭐, 그녀가 전화기를 꺼버렸거나 이 게임을 하지 않을 터라는 것이었다. 끝에는 그녀는 그더러 전화를 집어 든 뒤에 누가 전화를 걸었든지 간에 그녀가 시카고에 있다고 말해주라고 청할 터였다. **나 시카고에 있다고 해요.**

내가 그들더러 같이 자라고 부추겼던가?

갑자기 거실의 불빛들이 다시 켜져 있다.

그녀는 자지 못하는 거다. 그녀는 씩씩대고 있는 거다. 그녀는 화나 있다.

나는 전화해야 한다, 그렇지 않은가?

내가 아래층에 있다는 걸 그녀가 알면 어쩌나? 그녀는 딱 그걸 직감할 유형의 사람이다. 그녀는 바로 이 순간 내가 아래층에 있다는 것을 안다.

아니면 설상가상으로는, 그녀가 단지 나더러 개중에 최악의 생각까지 포함하여 이런 생각을 내 머릿속에서 빙빙 돌리기를 원하는 거면 어쩌나, 그녀가 내 생각은 하지도 않고 있다고?

그러더니 불빛이 꺼진다.

그저 창백하고 푸르딩딩한 불빛만이 그녀 창문 근처에 있는데. 야간등이었을까? 클라라는 정말로 야간등을 사용하는 유형이었나? 아니면 그것은 다른 방에서 나오는 어스름한, 약해진 백열성의 불빛 또는 근처 길거리 간판에서 반사된 불빛이었나? 양초였나? 어림도 없는 소리. 아니, 양초는 아니고, 라바 램프도 아니다. 클라라 브런슈바이크는 절대로 라바 램프를 가지고 있지 않을 터였다!

아, 라바 램프의 불빛 옆에서 클라라 브런슈바이크와 사랑을 나눈다니.

누아르, 누아르적인 생각들이니.

나는 그날 밤 전화하지 않았다. 이튿날 아침 나는 빗물이 창유리에 가볍게 후두두 하는 소리에, 폭우의 히스테리도 신념도 없이 수줍고도 머뭇거리듯 떨어지는 소리에 깼다. 마치 언제고 멈춰서 몇 분 전 상황이 존재한 대로 복구시킬지도 모를 어느 8월 오후에 내리는 비와 같았다. 오후처럼 느껴졌다. 내가 6개월 뒤에 깨어났다 할지라도 나는 개의치 않았을 테다. 시간이 이 문제를 해결하도록 내버려두자.

나는 단속적인 밤을 보냈다. 어쩌면 잠이라는 황무지를

불살라 지나가는 기이한 꿈과 함께였으나, 대화재가 난 다음 바싹 말라버린 풍경 위의 연기를 뿜는 더미들처럼 내 잠 속에 남은 그 꿈들의 집단적인 장막을 제외하고는 꿈 하나도 기억이 나지 않기는 했다. 새벽녘으로 향하는 어느 시점에서 나는 전날에 병원을 갈 때와 똑같이 가슴속의 빠른 욱신거림을 느꼈다. 그러나 나는 잠으로 다시 빠져든 것이 틀림없었다. 내가 죽어야만 한다면, 잠 속에서 죽게 해달라.

아침이 되자 나는 정확히 그게 무엇이었는지 알았다. 나는 그것 때문에 놀라지 않았다. 내가 놀란 건 내 몸 곳곳에 스민 그 맹렬함, 그 일편단심의 집요함 때문이었다. 어떤 애매함, 어떤 의혹, 어떤 흐리멍덩한 구름이 소환된들 그것에 더 다정한 명칭을 붙여줄 수는 없었다. 이것은 변덕이 아니었다. 이것은 수면 도중 어디선가 시작되어, 하나의 악몽에서 낑낑대며 나와서 다음 악몽으로 들어간 다음 드디어 오늘 아침 햇살 속으로 몸을 빼낸 것이 틀림없는 명령이었다. 나는 그녀를 원했고 이 세상에서 달리 무엇도 원하지 않았다. 그녀가 옷을 입지 않은 채로, 그녀의 허벅지가 내 주위에 감기고, 그녀의 시선이 내 시선에 담기고, 그녀의 미소가 있고, 내가 그녀 속으로 1센티미터도 빠짐없이 다 들어가기를 원했다. "나를 페르세*해줘요. 나를 페르세해줘요, 프린츠. 나를 페르세해줘.

* 네덜란드어로 '꽉 껴안다', '세게 밀어붙이다'라는 뜻.

한 번 더. 또 한 번. 또 한 번 더." 그녀는 나의 잠 속에서 영어 같았으나 페르시아어나 프랑스어나 러시아어였을지도 모를 언어로 말했다. 이것이 내가 원하던 전부고, 그걸 가지지 못한다는 건 삶이 내 몸에서 쭉 빠져나가고 그 자리에, 내 목에 곧장 위조 혈청이 주입되는 걸 지켜보는 것만 같았다. 그런다고 나를 죽이지 않을 터였고, 나는 죽지 않을 터였고, 상황은 이전과 같이 계속될 터였고, 나는 단연코 회복할 터였지만, 그녀를 가지지 못하는 것은 마치 웃고 마시는 한편 나와 함께 자라났던 사람이 하나도 빠짐없이 교수대로 끌려가 교수형을 당하는 걸 지켜보던 끝에 나의 차례가 오고 나는 여전히 웃고 있을 터인 것과 같았다.

나 자신의 몸은 내 문을 쿵쿵대면서 내가 흉악범인 동시에 피해자였던, 막 저질러질 참인 어떤 범죄의 완강한 악함을 품고 문을 밀어젖히고 있었다—열어라, 열어라, 안 그러면 내가 문을 들이받아버릴라—**나를 페르세해줘요. 나를 페르세해줘요, 프린츠. 한 번 더 나를 페르세해줘.** 그녀는 말했고, 그에 나는 끝내 대답했다. 내가 가진 모든 것으로 당신을 페르세해줄게요. 그저 나더러 문제를 일으키게만 해주고, 나더러 뭘 하게만 해주고, 내가 당신에게 상처를 입히게만 해줘요. 당신이 날 상처 입히기를, 그것도 날 심하게 상처 입히기를 내가 원하듯이요, 클라라. 왜냐하면 부두에 매인 배 두 척처럼 이렇게 가만히 있는 것은 사형수 수감 건물에서 몇십 년간 기다리는 것과 같거든요. 내가 당신에게 굴복하게 해줘요. 내가 당신에게 키스한 다음에 내가 그날 밤에 키스한 바로 그 입술로 당신이 다시 가져가기를 원하는 **싫어**라는 말로 당신이 나를 윽박지른 이래로 쭉 내가 굴복하기를 갈망하고 있던 게 틀림없고 갈망하고 있었다고 내가 알거든요. 그 저주를 다시 가져가서 당신 입에서 뱉어내요. 그러면 나는 당신이 몰아낸 것을 취할 거예요. 그건 당신 것이기 이전에 내 것이었으니까.

나는 한편으로는 이 중 어느 것도 인정하거나 이 충동에 굴하고 싶지도 않았는데, 지금 굴복한다는 것은 잉크가 마르자마자 내가 서명한 것을 후회할 조항을 적군이 지시하게 놔두는 것과 같을 터였기 때문이다. 이것은 우리의 두 번째 밤과 같지 않았는데, 그때는 내 눈을 감는 것과 그녀가 나와 함께 잠자리에 있다고 생각하는 것이 너무도 쉽고 자연스러웠던지라 나는 이튿날 굳이 그녀에게 그것을 숨기지도 않았었다. 그 솔직담백함은 어디로 간 걸까? 왜 나는 그녀에게 더 이상 이렇게 얘기할 수 없었나? 왜 그렇게 공통점이 많았으면서 내 몸은 너무도 교착 상태와 병목 현상에 빠진 듯이 느껴졌을까? 내가 그녀를 알아갈수록 더더욱 나의 충동은 구속되었다. 또 나의 몸이 은둔할수록 나의 말은 혼란스러워졌다. 내가 나이가 들수록 더욱 미숙해졌다는 것일 수 있었을까? 내가 다른 이들로부터 두려워할 것이 너무 적었음을 알게 된 마당에 나는 부끄러워지고 있었다. 그러니 나의 말이 달변이 되어갈수록 더욱 허심탄회함이 어려워졌다. 욕망의 연금술 속에서 우리는 알아갈수록 덜 두려워지지만, 우리가 덜 두려워질수록 우리는 용기를 덜 내게 된다.

이제 침대 속에서, 그녀가 내 꿈 속에서 했던 말들이 여전히 귓가에 울려 퍼지는 채, 나는 마치 무언가가 수문들을 깨뜨리고 나의 거리낌을 조롱하고 내가 우리 사이에 놓은 임시방편의 모래주머니를 하나하나 침수시킨 듯한 기분이 되었다. 그래, 내가 그녀에게 항복하면 어떻고, 그녀가 알면 어때? 나는 아침에 맨 먼저 그녀에게 말할 거다.

나는 그녀에게 전화하기로 결심했다. 한술 더 떠서, 로킨바 경이 보닛과 깃털을 단 사진을 그녀에게 보내기로. 좋은 아침이다. 안부 인사를 전한다. 뱃머리에서 뱃고물까지. 우현과 좌현에 모두 승선하라. 우리 배의 **코버스**를 주의하라. 현재 함장이 전한다…….

전화해서 우리가 이틀 밤 전에 중단했던 지점에서 다시 시작하기로.

나는 당신을 갈구해요.

사람들은 여전히 사람들을 갈구하는가?

딱히 그렇지는 않다.

그러면 다르게 말하자.

당신이 내 전화를 끊고 싶어할 거 알아요. 그리고 당신은 그럴 이유가 하나부터 열까지 있고, 내가 술이 취했다고 또는 정신이 나갔다고 당신이 생각할 걸 나는 알지만, 그냥 나한테 말해요. 나랑 전화를 끊지 말고 있어줘요. 당신이 안다고 말해요. 왜냐면 당신도 그걸 겪고 있으니까 당신이 정확히 안다고 말해요. 그게 당신이 안다면, 그러면 당신이 영혼 속의 그 쇳소리의 막된 킬킬거림을 갖다가 그 꼬인 것을 풀어서 이윽고 열정, 기도, 감사의 가닥들로 풀어지게 할 것을 내가 아니까요.

나는 내 허벅지 사이에 베개를 넣고 **클라라**라는 단어를 말했고, 그녀의 다리가 내 등을 감싼 것을 생각했고, 그다음에는 되돌릴 길이 없었을 때, 내가 나의 삶을 그녀에게 양도하고 있었다는 것을, 내가 그녀의 치아, 그녀의 눈, 그녀의 어깨, 그녀의 치아, 그녀의 눈, 그녀의 어깨, 그녀의 치아, 그녀의 눈, 그녀의 어깨 대신에 내 열쇠를 전부 그녀에게 넘겨주고 있었다는 것을 알았다. 이 이후에 나는 그것이 아무것도 아니었다고, 아니면 아침 기운에 내가 그러게 되었다고 절대로 말하지 못할 터였다.

그 뒤 나는 빗속으로 나가 신문 세 부를 사서 나의 복닥복닥한 그리스식 간이식당에서 아침 식사를 한 다음, 컬럼비아 대학으로, 어쩌면 더 멀리 산책을 하러 향했다. 나는 비 오는 날들을, 특히나 막 가까스로 회색인, 그렇지만 그 구름이 뒤덮인 하늘이 도시 위에 억압적으로 걸려 있지는 않은 가볍게 비가 내리는 날을 좋아한다. 그런 날은 나를 명랑한 기분이 되게 하는데, 어쩌면 그들이 나보다도 어둡고 그러므로 대조적으로 내가 행복해 보이게 하기 때문이다. 산책하기에 좋은 날이었다. 이메일을 확인하거나 심지어 그녀에게서 전화를 기대해봤자 소용이 없음을 나는 알았다. 그녀는 나도 전화하지 않을 것을 알기에 전화하지 않을 터였고, 나도 그녀가 전화하지 않을 것을 알기에 전화하지 않았다. 그러나 그녀가 전화할 생각은 해봤음을 나는 알고 있었는데, 왜냐하면 나 자신도 그럴 생각을 해봤기 때문이다. 그녀는 그걸 들어 나를 비난하기 위해서라는 이유밖에는 없을지라도 내가 먼저 손을 내밀어주기를 원할 텐데, 그 때문에 나는 전화하지 않을 테고, 또한 그 때문에 그녀도 전화하지 않을 터였다. 바로 이렇게 꼬이고 고뇌에 빠진 환영·생각이 우리를 마비시킴과 동시에 우리를 더 가까이 끌어당긴 것이었다. **우리 정말 엄청, 엄청 영리하지 않은가요.**

클라라, 당신은 내 삶의 초상이에요. 우리는 똑같이 생각하고, 우리는 똑같이 웃고, 우리는 똑같아.

아니, 우리는 하나도 비슷하지 않아. 그냥 사랑 때문에 당신이 이렇게 말하게 되는 거예요.

내가 스트라우스 공원에 가까이 갔을 무렵에, 나는 도심을 벗어나는 방향으로 조금이라도 더 멀리 갈 흥미가 내게 전혀 없었음을, 컬럼비아를 향해서라든지 컬럼비아를 지나치자는 이런 일체의 탐험이 클라라의 세계로 다시 내딛겠다는 속

셈이었음을 알았다.

스트라우스 공원에서 눈은 벌써 녹기 시작한 터였다. 나는 그녀가 나를 만나러 온 그날 내가 서 있던 곳에 서 있었다. 우리 관계의 행로는 그날에는, 아니 그 전날에는 너무도 달랐다. 추위 속에서 식당으로 재빨리 돌진한 일, 스베토니오, 그녀의 집을 방문한 일, 우리의 리디아적인 티, 주방에서 그녀가 머그잔 두 잔을 조리대에 두고 과묵의 심연에서 튀어나온 체념한, 불편한 분위기를 띠고 이렇게 말했을 때의 그 신성불가침의 순간. "저 쿠키가 없어요. 손님 접대할 만한 게 아무것도 없네요."

나는 105번가로 돌아가서 지난밤의 발자국을 되짚어보았다. 내가 왜 이러고 있는지 나는 몰랐는데, 꼭 내가 지난밤에 왜 똑같은 지역을 너무도 여러 번 터덜터덜 걸어 내려갔던지 몰랐던 것과 매한가지였다. 그러나 지난밤에 모든 것은 내가 내 앞에서 닥쳐오는 공허함을 더더욱 보지 않기 위해서라도 내가 몸을 숨기고 있던 유령 같은 안개에 감싸인 것만 같았다. 지난밤에는 내가 산산이 조각난 존재였다는 것을 나는 알았다. 오늘 나는 전혀 산산이 조각난 느낌이 들지 않았다. 상황은 좋아지고 있는 게 틀림없다, 나는 생각했다. 나는 치유하고 있고 벌써 가장 힘든 부분을 넘기고 있는 게 틀림없다. 인간의 마음이란 얼마나 변덕스러운가. 나는 하마터면 나 자신이 너무도 경솔하게 군다고 닦아세우려던 차에 그녀 집 창문을 갑자기 시야에 잡게 되었다. 나는 압도적 공황감에 덜컥 충격을 받았다. 내가 벌써 치유되고 있다고 생각한 그 상처가 아직 완전히 타격이 가해진 것조차 아니었으며, 그래서 그렇게 많이 아프지 않던 것임을 말해주었다. 칼은 아직 끝까지 들어오지 않았고, 상황은 나빠지기 시작하지 않았던 것이다.

그녀 집 창문을 통하여 나는 며칠 전에 그녀의 거실에서 본 매우 커다란 식물을 보았다. 나는 당시에는 사실 그것을 눈치채지도 못했었다. 이제 나는 우리가 로메르와 베토벤을 논하고 있었으며, 그녀가 그 식물의 잎사귀 바로 아래에 앉아 있었고 나는 내내 그 식물을 응시하고 있었다는 것이 기억이 났다.

나는 시내 방향으로 걸어가기로 결심했다. 내가 길도 건너지 않던 차에 어떤 충동으로 인해 나는 빵집 옆을 지나가게 되었고 그 창문들이 안에서는 전부 김이 서려 있다는 것을 발견하자마자 멈춰 섰다. 크루아상 하나 먹어도 되겠다, 나는 생각했다. 줄이 길게 있었는데, 아침 중반쯤에는 언제나 있던 것으로 특히나 연말연시에는 말할 것도 없었다.

이것이 이틀 밤 전의 그 장소였다. 우리 키스의 기억을 불러일으키고자 나는 유리로 더더욱 가까이 갔고, 빵집 안쪽으로부터 의심을 불러일으키지 않기 위해서 안쪽의 줄이 긴지 알아보려고 눈에 힘을 주는 척하면서 유리에다 내 코를 거의 납작하게 눌렀다. 클라라가 다시금 나와 함께 있었다. 우리의 신비로운 골반의 움직임들은 그때 그랬던 만큼이나 지금도 내게 생생했다. 아무것도 변하지 않았다. 이 빵집이 내가 기억할 수 있었던 정도보다도 그 밤을 더 잘 기억했을 뿐 아니라, 연말연시의 잘나가는 모든 빵집의 전통에 따라, 나를 위해 그 밤을 기억해주었고 내게 특상 조각을, 왕 장식물이 들어 있는 조각*을 내밀고 있었다고 생각하니 놀라웠다. 이 장식품은 평생토록 간직할 만했다. 클라라는 단연코 극복될 수는 있지만 피부에 제 자국을 남겨서, 가끔은 완전히 흉지게 만들기도 하는 그런 질병 중 하나처럼 될 터였다. 그것은 하느님에게로 가는 길을 열어주었기 때문에 그럼에도 축복이라고 불릴 것이다.

앞으로 몇 주 동안 그녀를 보고 싶다면, 가장 쉬운 방법은 그녀의 건물 주변을 걷는 대신 여기에 오는 것일 터였다. 아니면 나는 둘 다 할 수 있었다. 사람들이 하나의 묘비를 방문하러 공동묘지에 갔는데, 이왕 거기 간 만큼 다른 사람의 묘비에도 꽃을 놓아줄 법한 식으로 말이다.

나는 문을 열어서 빵집으로 걸어 들어갔고, 내 차례가 왔을 때 순간의 충동으로 그 집의 커다란 과일 타르트 중 하나

* 가톨릭 문화권에서는 주현절 등에 '왕 케이크(king cake)'라는 케이크를 나누어 먹는다. 케이크 속의 왕 모양의 장식물이 든 조각을 받은 사람에게는 행운이 찾아온다고 여겨지며 하루 종일 왕의 권리를 가지게 되는 문화가 있다.

를 사기로 마음먹었다. 그런 다음 다시 생각해보고는 페이스트리 네 개도 추가했다.

"내가 분명 너인 줄 알았다" 하고 어떤 남자가 말했다. 나는 돌아보았다. 내가 몇 달간 보지 못했던 친구였다. 그는 여자친구와 작은 원형 탁자에 착석해서 아침 식사를 하고 있었다. "네가 바깥에서 들여다보는 게 보였는데, 순간 네가 네 얼굴 전체를 나한테 납작 눌러버리려는 건 줄 알았다니까."

그는 나를 로런에게 소개했다. 우리는 악수했다. 요새 뭘 하느냐는 질문에, 나는 아무것도 하지 않는다고 답했다. 나는 95번가에서 친구들 몇몇과 함께하는 늦은 점심 식사로 향하는 중이었다. 그래서 케이크도 산 거고.

친구들을 방문한다는 발상은 케이크를 구매한 다음에야 나한테 떠올랐더랬다.

크리스마스가 거의 일주일은 지났는데도 나는 아직도 친구들의 아이들을 위해 장난감을 찾아야 했다고, 나는 덧붙였다. 여자친구 쪽이 아이들에 흥미가 돋아, 내 친구들의 아이들이 몇 살인지 물었다. 두 살과 네 살이라고, 나는 답했다. "몇 블록 아래에 완구점들이 있어요." 나는 그녀가 학교 선생님인지 물었고, 그녀는 고개를 저었다.

나는 그녀를 바라보았다. 이렇게 사랑스러운 사람이라니. **몇 블록 아래에 완구점들이 있어요.** 일평생에 걸친 친절, 다정, 선의가 이 말에 담겨 있었다. 우리는 전혀 잘 알지도 못하는 아이들을 위해 선물을 산다는 것에 관해 농담을 했다. 그녀는 핸드백이 없었고 그저 코트뿐이었다. 단추를 다 채워 입고 있었는데, 양손을 코트 호주머니에 푹 찔러넣은 터라 경직되고 불편한 양이었다. 보아하니 한참 전에 커피를 다 마신 터였다. 그들은 말싸움을 한 커플의 모양새를 하고 있었다.

"저희도 어차피 그쪽으로 갈 거였거든요." 그녀가 말했다. "저희가 함께 걸어 내려가드릴게요." 그들은 내가 장난감을 고르는 걸 도와줄 터였다. 나는 그게 불편했나? 전혀 불편하지 않았다.

완전히 모르는 사람과 동행하겠다고 선뜻 자원하다니, 그녀는 얼마나 다정했나. 그러던 나는 왜 이것이 내가 전혀 원하던 바가 아니었으며 왜 내가 95번가의 친구들을 방문한다는 계획을 내놓았는지를 깨달았다. 나는 타르트 한 개랑 페이스트리 네 개를 가지고 올라가겠다고 선언하기 전에 클라라에게 전화를 걸 용기를 구할 요량으로 케이크들을 샀던 것이다.

내가 지금 이 두 명을 차버리거나 내가 마음을 바꿨다고 그들에게 말하지 않으면 나는 오늘 아침 클라라네 집에 절대로 들르지 못할지도 모르고, 다시는 클라라를 절대 보지 못할지도 모르며, 그러면—누가 알겠는가— 인생은 완전히 다른 쪽으로 전환될지도 모른다. 그저 두어 개의 장난감과 내 손에 들린 과일 타르트 하나로 날조된 멍청한 거짓말 때문에! 마치 위대한 음악의 탄생이라든가 영화 속 어느 등장인물의 운명을 결정짓는 그런 자잘하고 임의적인 우연들처럼, 사소한 아무것도 아닌 것, 의미 없는 거짓말에 인생은 궤도에서 팽그르르 돌아나가서는 완전히 예기치 못하게 전환되는 것이다.

그래서 여기 나는 케이크 하나와 페이스트리 네 개를 들고서 내가 방문할 의사가 전혀 없던 곳으로 가면서 내가 상관할 바가 전혀 아닌 선물을 살 참인 것이다.

장난감 가게 안에서 우리 셋 모두는 한동안 흩어지는 듯싶었다. 그는 자전거에 관심이 있던 반면, 그녀는 단순히 유아용 침대와 아기용 가구를 쳐다보면서 느긋하게 걸어 다니면서 양손을 여전히 코트 호주머니에 찔러넣은 채였다. 나는 어느덧 바로 그녀 옆에 있게 되었다.

"소방차라도 사주셔야 할 것 같은데요." 그녀가 유리 판매대 아래에 있는 하나를 가리키며 말했다.

왜 나는 이걸 못 봤을까? 이렇게 나를 시퍼렇게 노려보고 있었는데.

"왜냐하면 보질 않으니까 그런 게 아닐까요?"

"왜냐하면 보질 않으니까 그런 게 아닐까요. 내 인생이 그렇죠 뭐, 안 그런가요?"

"저야 모르죠, 안 그렇겠어요?" 그녀가 말했다.

거대한 소방차는 플라스틱으로 만들어진 데다 귀퉁이가 둥글어 날카로운 모서리가 없었다. 그로써 이 트럭에 친근하지만 의도치 않게 만화적인 특성이 부여되어, 네 살배기 남자 아이가 좋아할 가능성이 낮았다.

"사다리가 움직이나요?" 그녀가 사장에게 물었다.

"돌아가는 기능성도 있어요. 보이시죠, 사모님?" 그가 걸쭉한 인도식 억양으로 말하면서 사다리 부품 전체가 360도로 돌아갈 수 있었음을 보여주었다.

"그런데 똑같은 모델이 안 돌아가는 기능성으로도 나와요. 부품이 적어서 덜 쉽게 고장 나지." 그는 오십 대의 어느 여성과 임신한 그 딸에게로 관심을 돌렸다. 그들은 똑같은 가발을 쓰고 있었다. 그들은 가구를 사고 싶었지만 아기가 태어나기 전에 배송되는 것은 원치 않았다. "우리가 약간 미신을 믿어서요" 하고 어머니 쪽이 딸 대신 말했다. "이해합지요." 그는 이것보다도 훨씬 소름 끼치는 미신들과 더불어 한평생을 살아온 사람의 공손한 감정 이입을 담아 답했다.

몇 분 뒤에 그는 돌아왔다. "그래서, 어느 걸로 하시겠어요? 돌아가는 기능성이 있는 거 아니면 돌아가는 기능성이 없는 거?"

지금쯤이면 클라라는 그의 인도식 억양을 흉내 내려는 유혹이 들었을 테고, 함께 우리는 요절 복통을 하면서 우리의 비밀 용어에 새로운 단어 한둘을 더했을 테다. 돌아가는 기능성 보고 싶으세요? 내가 그거 하고 죽는 한이 있더라도 돌아가는 기능성을 보여드릴게.

로런과 있자니 그것이 예절에 맞는 행동인지 확신이 들지 않았다. 나는 돌아가는 사다리를 만지작거렸다.

"걔네들이 어느 기능성을 좋아할 거라고 생각하세요?" 나는 그녀에게 돌아서면서 그녀에게서 웃음을 꾀어내려고 할 수 있는 한 신중하게 시도하면서 말했다.

그녀는 미소를 지었다.

"그쪽이 한때 네 살배기 남자애였잖아요, 내가 아니라."

"저는 네 살부터는 자라지를 않은 것 같은데요."

"저야 모르죠, 안 그렇겠어요?" 분명히 이것이 우리 사이의 거리를 메워보려는 또 다른 성급한 시도에는 실상 대답하지 않으면서 인정하는 그녀의 방식이었을 것이다. 그러고는 의도치 않게 나를 무시했을지도 모른다는 걱정이 되는지 그녀는 덧붙였다. "그렇다고 불량한 패거리에 속하신 것도 아니죠. 남자들이 대부분 네 살부터는 좀처럼 자라질 않으니까요."

우리는 수조 앞에 섰다. 그녀가 매우 요란한 파란색들로 줄무늬가 그어진 웬 흔들리는 납작한 알류샨 열도의 물고기를 쳐다보고 있었음을 나는 눈치챘다. 그것은 곧 만개할 붓꽃처럼 생겼다. 그녀는 내가 자신을 응시하는 것을 보고는 시선을 피했고, 물고기 바로 앞에 있는 창유리에 손톱을 살포시 톡톡 두드리기 시작했다. 물고기는 움찔하지도 않고 그녀를 계속 응시했다. 그녀는 미소를 지었고, 물고기를 더욱 열성적으로 응시한 다음 나를 다시 보았다.

"저놈이 그쪽한테서 시선을 못 떼는데요." 내가 말했다.

"어머나, 평소에도 못 받아본 관심을 여기서 받네." 그녀는 거의 정신이 팔린 듯 답했는데, 그러면서 지은 장난꾸러기 같은 울적한 미소는 태평양의 모든 물고기에 관해서라기보다 자신이 동거하고 있는 남자에 관해서 더 많이 말해줄 법했다.

나는 그녀를 바라보았고 참을 수가 없었다. "저야 모르죠, 안 그렇겠어요?"

그녀는 어깨를 으쓱했고, 나의 대갚음을 너그러운 사람처럼 받아들였다. 물고기에게 계속 추파를 던졌지만 그 물고기는 갑자기 허둥거렸다.

"아니, 안 돼. 가버렸잖아." 그녀는 마음이 꺾인 얼굴을 가장하면서 말했다. 그러고는 나를 쳐다보았는데, 마치 평소와 다르게 슬픈 어떤 일이 실제로 벌어졌다는, 또 그녀가 그저 그 일을 상상한 것이 아니었다는 확증을 구하는 듯했다. 그녀의 손가락은 여전히 유리창을 건드리고 있었다. 그녀는 생각에 잠겨 있었다.

이 여자가 클라라였다면, 나의 마음이 그녀에게 쓰였을 테고 나는 그녀에게 키스했을 터였는데, 이 여자의 설움에는 믿을 수 없으리만치 마음을 움직이는 구석이 있었기 때문이다. "언젠가 전화해도 될까요?" 내가 물었다.

"그럼요." 그녀는 얼굴을 여전히 수조에 딱 붙인 채로 답했다. 그녀가 이해를 한 건지 나는 확신이 들지 않았다.

"제 말은, 전화해도 되느냐고요?"

"그럼요." 그녀는 물고기가 훨씬 더 중요하다고 계속해서 여겼던, 또 **처음에 들었어요** 하고 말하는 듯했던 정확히 똑같은 그 태평스러운 분위기로 되풀이했다.

그녀의 번호는 이보다 더 기억하기 쉬울 수가 없었다. 일사천리가 불과 십 초 만에 벌어졌다.

"달리 보고 싶으신 거라도?"

나는 고개를 저었고 돌아가는 모델 두 개를 사기로 결정했다. 가게 사장은 아들에게 상자들을 선물 포장해달라고 했다. "따로따로 싸, 니킬, 같이 말고. 같이 말고라고 했잖아." 나는 웃음보를 터뜨릴 준비가 되었던지라 입술이 부들부들 떨리는 걸 참으려 하고 있었다. 그녀는 두 소년에게 이런 선물이 가져다줄 기쁨으로 내가 함박웃음을 지은 거라고 생각했을 게 틀림없었다.

"이런 거대한 꾸러미들을 들고 걸어 들어갈 때면 본인을 아이들 입장에 놓는 거예요." 그녀가 말했다.

나는 그러려고 했고 나의 어린 시절을 돌이켜 생각해볼 수밖에는 없게 되었다. 어느 낯선 사람이 크리스마스 며칠 뒤 포장된 상자 하나를 가지고 우리 부모님 댁 거실로 걸어 들어온다. 이 상자가 나를 위한 것인지 확실치 않아서 나는 흥분을 억누르고, 흥분을 참기 위해 내 침실로 돌진한다. 한편, 그 낯선 사람은 내가 재빨리 빠져나가는 것을 무관심으로, 아니면 심지어 거만함으로 오해한다. 나는 그가 나를 내 침실에서 꾀어내어주기를 원했는데, 그는 흥분과 감사를 보고 싶었다. 내가 더는 자신을 억누를 수가 없어서 누군가에게 그 상자가 나를 위한 것이냐고 물어보면, 그들은 "아마도"라고 하면서도 그 손님이 벌써 선물을 갖고 떠났다고 떠났다고 말한다.

"어쩌면 이래서 우리가 크리스마스를 이렇게나 많이 좋아하는지도요. 우리 안의 아이를 끌어내주잖아요." 내가 끝내 말했다.

"그래서 좋은 건가요?" 그녀가 물었다.

"그래서 매우 좋은 거죠."

나는 그녀가 매우 많이 마음에 들었다.

"그쪽한테 전화를 걸고 싶어서 안달이 나네요." 내가 말했다.

그녀는 건성으로 으쓱했는데, 마치 이렇게 말하려는 듯했다. **당신네들 남자들이란, 다 똑같다니까!** 그녀에게는 최소한의 일말의 속임수도 없었다. 건성인 것 자체가 극히 연마된 속임수의 한 형태였던 게 아닌 한 말이다. 그녀는 이렇게 말한 걸지도 몰랐다. **전화한다고는 하지만 안 할 거면서.** "오늘 오후에 전화해요. 나 아무것도 안 하고 있으니까."

내 친구가 우리와 합류했을 때, 그는 우리가 장난감 두 개를 찾아서 구매해낸 속도에 놀란 모양이었다. 그는 그녀의 어깨에 한 팔을 둘렀다. 그녀는 그저 양손을 다시 코트 호주머니에 찔러넣고 바닥의 무늬에 사로잡힌 듯했다. 얼마나 복잡한 여자였는지, 나는 생각했다. 그러다 나는 자신을 정정했다. 어쩌면 전혀 복잡하지 않았는지도, 어쩌면 그녀가 셋 중에서도 더욱 솔직담백한 사람이었는지도 몰랐다. 어쩌면 클라라 역시 그랬는지도 몰랐다. 그들이 복잡하다는 게 필요했던 건 그저 나였던 것이다. 그들 속에서 속임수를 찾는 것이 그들을 나와 비슷하게 만드는, 그들이 나의 언어를 말하며 나도 그들의 언어를 말할 줄 안다고 추정하는 나의 방식이었다는 이유밖에는 없었을지라도 말이다.

포장대에서 우리 둘 다 판매대에 손을 얹고 있던 순간이 있었다. 우연히 우리의 손이 닿았었다. 그녀는 손을 치우지 않았고, 나도 내 손을 치우지 않았다. 누가 보면 우리 둘 모두 완전히 소방차들에 몰두하였다고 생각할 터였다.

우리는 한 블록 다음에 헤어졌다. 나는 그녀가 그의 손을 향해 뻗어 손을 찾은 다음에 튀어가듯이 진창을 통과해 신호가 바뀌기 전에 길을 건너는 데 성공하는 모습을 지켜보았다.

그럼에도 조금 있으면 그녀는 그가 모르게 바람을 피울 터였다고, 나는 생각하면서 클라라를 돌이켜 생각했는데, 그녀는 파티에서 그렇게 키스를 해댔음에도 자신이 잉키를 얼마나 쉽게 차버렸는지 친구들과 모르는 사람들에게 열심히도 말하고 있었다. 나는 그녀가 내게도 똑같은 짓을 한 거라고 확신했다. 헨델을 듣는 한편 나와 함께 흐느끼고, 나를 초대해 다과를 먹고, 나더러 함께 밤을 보내길 원하고, 그다음에는 이튿날 아침 맨 먼저 **구태여 시내로** 가서 나를 배신하는 짓 말이다.

나 자신도 별반 나을 바가 없었다.

95번가에서 나는 참을 수 없는 망설임의 순간을 가졌다. 내가 굳이 가야만 할까? 내가 심지어 초대받길 했나? 나는 기억이 나지 않았지만 언제나 그곳에서 환영받았다고 추정했다. 그들이 나 없이 벌써 시작했다 할지라도 나는 그들과 점심을 먹을 터였다. 나는 장난감들을 아이들에게 줄 터였다. 우리는 케이크를 먹을 터였다. 그러고 4시경에 나는 로런에게 전화할 터였다. 이번 주 일찍이 클라라를 데려와 그녀를 레이철과 그녀의 친구들에게 소개하여 나의 삶을 그녀에게 조금씩 조금씩 터놓을 계획이었다. 이제, 나는 3시쯤에는 로런에게 전화할 터였다. 클라라를 마음속에서 내쫓기 위해.

그들의 브라운스톤으로 지은 집에 초인종을 누르기 전, 나는 안쪽에서 시끄럽게 담소를 나누는 목소리들의 북새통이 벌써 들려왔다. 나는 내가 누른 초인종 소리와, 그것이 집 소음에 끼친 영향마저도 들렸다. 처음에는 침묵이, 그다음에는 타닥거리는 발소리가, 그리고 갑자기 터져 나오는 인사가. 선물을 들고 온 낯선 사람. 그것은 나의 어린 시절을 정말로 연상시켰다.

우리는 음식이 너무 많아. 거기다 이 온갖 술까지.

레이철이 주방에서 나와서 내게 키스했다. 그녀의 여동생이 자신이 모든 것을 조금씩 담아서 접시를 채워주겠다고 했다. 인도인 부부가 둘이 먹다 하나 죽어도 몰랐던 스튜를 가져왔고, 여전히 많이 남아 있었다.

내가 이 집을 '은둔처'라고 부른 건 여기에는 뭔가 좋고 건전한 구석이 있기 때문이었는데, 다만 누가 살았고 누가 그곳에 살지 않았으며 누가 숙박객이고 누가 그저 들렀다 가는 사람인지 절대 명확하지 않긴 했다. 언제나 넘쳐나는 음식, 언제나 새로운 친구들, 아이들 그리고 언제나처럼 반려동물 무리, 웃음, 좋은 동료애, 대화가 있었다. 이 피난처에 들러서 모든 사람들을 다시 보게 되어 얼마나 안심이 되던지, 마치 내가 그저 아픈 친구에게 잠깐 들렀다든가 그저 뭘 가져간다든가 책을 빌리고 다시 교류하고 베이스를 짚을 필요가 있었다는 양 말이다.

가끔 나는 들르는 일 없이 이곳을 택시로 지나친다. 문제는 없는지 확인하기 위해 커다란 거실 창문으로 그저 들여다보는 거다. 누군가가 언제나 주방에서 무언가를 들여오고 있고, 식탁 둘레에는 언제나 사람들이, 좋은 친구들이 있다. 한번은 옆을 지나칠 때, 나는 그들이 시원하게 해둔다고 창문 바깥에 놔둔 화이트와인 두 병을 보기도 했다. 내가 그들에게 가르쳐준 이 방법은 우리 아버지가 내게 가르쳐준 것이다. 한

번 누가 술병들을 훔쳐가자 레이철은 냉장고로도 충분히 좋다고 결정했다.

평소대로 나는 곧장 주방으로 갔다. 그곳에서는 더 안전한 기분이 들었고, 내가 적응을 하고 한참 동안 보지 못한 얼굴들에 익숙해질 시간을 주었다. 나는 잘리지 않은 커다란 프랑스식 오이를 발견했고 곧바로 그것을 내 바지에 넣었다. "그렇게 커다란 것들을 부리는 걸로 저쪽에서는 사람들을 감옥에 넣는다고" 하고 레이철이 말했다. "게다가 안 서 있는데도 이만하다면야." 내가 말하자 주방에 있는 사람들 모두에게서 배꼽 웃음을 불러일으켰다. 누군가가 갑자기 난입했다. "쟤네 또 싸운다." "쟤네는 이혼해야 돼" 하고 레이철이 말했다. "저놈들은 얼간이야." "누가 얼간인데?" 하고 그녀의 여동생이 묻는다. "내가요" 하고 방금 아내와 말싸움을 하던, 그리고 물 한 잔을 얻으러 주방으로 길을 밀치고 온 남자가 말했다. "내가 얼간이에요, 내가. **내가 얼간이**라고. 알았어요?" 그가 벽에다 머리를 들이받으면서 말했다. "지구상에서 제일 어마어마한 얼간이라고."

참을 수가 없던 아내 쪽은 그를 따라서 주방으로 들어왔다. "적어도 아무도 당신에게서 숨기고 있지는 않네."

"뭘?" 그가 물었다.

"당신이 얼간이라는 걸!"

"당신네 너무 재미없다" 하고 벌써 오늘 밤 모든 이를 위해서 저녁 식사를 준비하고 있던 레이철의 전남편이 끼어들었다. "적어도 우리가 모두 여전히 친구인 척이라도 할 수 없을까? 내일은 새해 첫날이라고요. 제발."

주방의 레이철은 내가 가져온 과일 타르트를 자르느라고 분주했다. 주방에서 사람들이 나가자마자 그녀는 내게 돌아섰다. "그리고 나는 네가 포셤 부부한테 착하게 굴면 좋겠어." 그녀가 말했다. 그녀의 목소리에는 책망이 있었다. "아니, 나야 착하게 굴지." "그래, 근데 네가 의도치 않았는데도 고약한 말을 할 거라는 걸 나는 알아. 너는 그들을 따라 하거나 그 집 아들을 놀리겠지. 네가 뭔가 할 거라는 걸 내가 모를 리가." 클라라는 그것에 한 치도 부족하지 않는 짓을 하라고 나를 부추겼을 테다. 포셤 부부는 언제나 일요일에 들렀다. 나는 그들을 '금슬'이라든가 '결혼 홍보용 연합 전선'이라고 불렀다. 그녀는 병 주는 경찰 역할이었고, 그는 엄청 좋은 약을 주는 경찰 역할이었다.* 그녀는 절대로 틀리지 않았고 그는 그야말로 완벽했다.

"그리고 그렇게 사라지는 짓은 왜 그러는 거야?" 레이철이 이것저것을 커다란 쟁반에다가 계속 두면서 물었다. 줄리아가 걸어 들어왔다. "얘한테 물어봐." "뭘 물어보는데?" "일

* '좋은 경찰 나쁜 경찰(good cop bad cop)'이라는 심리 전략. 경찰이 용의자를 취조할 시에 한 경찰이 적대적이고 공격적인 태도를 취한 다음에 다른 경찰이 회유적인 태도를 취함으로써 용의자의 협력을 이끌어내는 전략이다.

주일 내내 어디 있었고 왜 전화는 안 받는지 물어보라고."

나는 클라라에 관해 아무것도 말하지 않기 위해 레이철에게 로런에 관해 말하기로 했다. 그러나 내 이야기에 진입하고 중반쯤 그녀는 나더러 그녀를 따라 거실로 들어오라고 했고, 그러자 그녀가 나더러 이야기를 다시 처음부터 시작하라고 했다. "모든 사람한테 말하라고? 내가 모르는 사람들한테까지?" "특히나, 네가 모르는 사람들한테까지." 이것이, 포셤 부부에게 착하게 굴겠다고 약속하지 않은 것에 대해 내게 내린 벌이었음을 나는 알았다. 이것은 또한 나의 사라지는 짓에 대한 대가이기도 했다고, 그녀는 말했다. 나는 공개 처형을 당하는 게 너무도 좋았다.

그들은 완구점에 관한 이야기를 들었고, 내가 **돌아가는 기능성**을 따라 하자 웃었다.

"그냥 그렇게, 그 여자가 수조를 두드린 방식 때문에요?" 누군가가 물었다.

그녀는 손가락 두 개, 검지와 중지로 연속해서 두드렸다. 나는 그녀에게 키스하고 싶었다.

레이철은 타르트 조각들을 내주었다. 그녀는 나더러 커다란 에스프레소 커피포트 두 개도 들여와달라고 했다. 방 중앙에는 커다란 유리 접시가 있었고, 거기에는 아이들을 위한 흔들흔들하는 젤리가 잘리지 않고 속이 빈 원형으로 놓여 있었다. 그 젤리는 누가 걸음을 뗄 때마다 흔들거렸다.

"무슨 수조?" 하고 포셤 가의 아내가 물었다.

"이 사람이 만난 여자 얘기야."

"무슨 수조에서 무슨 여자를 만났는데?" 하고 남편 쪽이 물었다.

"그래서 언제 전화를 걸 계획이었다고요?" 누군가가 끼어들었다.

"3시경에요."

"우리가 둘을 발견해주면 좋겠죠?"

"아니, 고맙지만 사양합니다."

"엿들어도 돼요, 그럼? 약속한다니까, 우리 소리 하나도 안 낼게."

나는 그렇게 놀리는 게 너무도 좋았다.

줄리아가 남은 음식의 온갖 종류가 담긴 접시를 내게 가져왔다. 인도 여자인 기타는 나더러 비리야니*를 두 번째 그릇까지 들라고 고집을 부렸다. 그녀는 파란 청바지 위에 사리를 입고 있었다. 그녀의 남편은 다섯 살배기 아들에게 피아노의 음계를 설명해주느라고 분주했다. 나는 낮은 스툴에 자리를 잡고, 허벅지 위에 그 네모난 접시를 둔 다음 커다란 텔레비전 수상기에 등을 기댄 채 먹기 시작했다. 누군가가 나한테 레드와인 한 잔을 가져다주었다. 여기 냅킨, 하고 레이철

* 쌀에 향신료에 잰 고기, 생선 또는 계란, 채소를 넣어서 찌는 인도의 쌀 요리.

이 말하면서 나한테 접힌 천 냅킨을 집어 던졌다. 나는 이러는 게 너무도 좋았다.

누군가가 블록 아래에서 상연 중인 로메르 영화제에 관해 이야기했다. 오늘 밤이 마지막 밤이 될 예정이었다. 나는 아무것도 말하지 말자고 명심했는데, 내가 로메르를 언급하기만 하면 내가 클라라와 보낸 저녁들에 관해 모든 것을 털어놓아야 할 것을 아는 탓이었다. 처음에는 그들은 아무것도 의심하지 않겠지만, 오래지 않아 수상쩍은 낌새를 맡아 내게 질문들을 퍼붓기 시작해 내가 얼버무려봤자 내 속내를 드러낼 터였다. 그들은 계속해서 찔러보았다. 그리고 그것은 정확히 줄리아가 내가 로메르를 엄청 좋아했다고, 그렇지 않았냐고 기억하는 듯하자마자 벌어진 일이었다. 엄청 좋아했다고, 나는 말하면서 계속 내 음식을 응시했다. 이번 주에 그 영화들을 뭐라도 보러 갔는가? 그랬다. 어느 영화들을 봤나? 내가 전부라고 답할 겨를도 없이, 포셤 가의 남편이 자신도 로메르 영화를 한 편 봤지만 여전히 뭘 그렇게들 난리를 떨었던 건지 이해가 되지 않았다고 말했다. 그 사람 영화가 모든 사람한테 호평을 받는 건 아니더라고요, 하고 갑자기 몇 년 전에 나와 함께 로메르 영화 한 편을 본 것을 기억해낸 줄리아가 말했

다. 나는 화제를 바꾸려 했다. 포섬 가의 여자는 미성년자의 무릎을 만지고 싶어하는 데 역겹고 꼬인 구석이 있었다고 생각했다. 그녀의 남편도 적극적으로 동의했다. "그는 그 무릎이 속하는 여자를 좋아한다기보다도 그 무릎을 좋아한다니까. 성도착적이야!" "정확히 내 말이 그 말이에요" 하고 그의 아내가 남편의 말에 동의했다. "성도착적이야." 줄리아는 그 논평을 무시하고는 포섬 가의 아들에게 먹지 않을 거라면 젤리를 만지작대지 말라고, 먹을 거라면 달라고 청해야 한다고 말했다. 주방에서 그녀는 내게 그 애를 세상에서 가장 역겨운 아이로 묘사했었다. "왜 나한테 말 안 했어?" 그녀가 그 남자애에게 두 번째로 위협적인 응시를 준 다음 내게 돌아서며 물었다. "우리 같이 갈 수도 있었는데." "나도 마지막 순간에 간 거라서." 내가 말했다. 그녀는 나더러 오늘 밤에 갈 거냐고 물었다. 나는 그럴 생각은 없었다고 답하면서, 나의 가장 친한 친구 중 하나에게 거짓말하면서도 전혀 망설이지 않는 나 자신에게 문득 놀랐다. "어쩌면 로런 씨를 데려가도 되겠네."

그 생각은 나를 불쾌하게 하지 않았다. 그것은 나를 클라라와만 가야 한다는 생각에서 벗어나게 해줬다. 만일 클라라가 실제로 오늘 밤 우연히 간다면, 뭐, 그녀는 로런과 함께 있는, 로런과 함께 있지 않다면 친구들과 함께 있는 나를 발견할 터였는데, 솔직히 말해서, 위성에서 짜증을 잘 내는 소행성으로 강등된 보잘것없고 멀리 떨어진 행성처럼 나를 느끼게 한 그녀 인생의 그 온갖 친구들과 그 온갖 남자들, 시내 안팎을 오가는 그 모든 왕래와 더불어 자신이 나를 얼마나 필요로 하지 않는지 내게 일깨워주려고 혈안이 되어 있는 다루기 힘든 클라라와 있기보다는 좋은 친구들과 있는 게 나도 차라리 좋았다. 그녀가 나에 관해서 친구들에게 뭐라고 말하고 다녔을지는 하늘만이 알 것이다. 아니면 그녀는 나와 같았을까, 우정의 꺼져가는 심지가 험담의 숨결만 닿아도 꺼지는 것을 보게 될까 봐 두려워서 아무에게도 우리에 관해 한마디도 하지 않고 있었을까? 아무것도 말하지 말고 미소를 짓고 넘어가자. 온 세상에 말하고 싶어 좀이 쑤시지만 아무도 도저히 이해할 수 없을까 두려우니까 아무것도 말하지 말자. 그렇다고 만일 사람들이 정말로 이해한다면, 그러면 애초에 이해할 만한 특별한 게 하나도 없다는 것이 되지 않겠는가? 희망이 차츰 잦아들고 윤기를 잃어가고, 마치 혹투성이의 불덩이 유성이 지구에 나선식으로 급강하하는 것처럼 드디어 시베리아 툰드라의 황량하고 어두운 습곡들에 쿵 내려앉는 지점을 보고 싶지 않으니까 아무것도 말하지 말자. 우리 둘이서 정말로 아무것도 없었다고 말할 각오가 완벽했으니까 아무것도 말하지 말자.

그럼에도 클라라는 우리가 다른 계획이 모두 실패했다면 우리가 만날 터라고 둘 다 알고 있던 장소에서 내가 로런과 있는 모습을 보고 마음이 꺾일 터였다. 이것은 성스러운 것이었건만.

아니면 클라라는 웃음보를 터뜨려도 너무도 시끄럽게 터뜨릴 터라, 내가 로런과 영화관에 가는 걸 다시 생각해보는 게 나을 정도일까.

그런 다음에는 이런 생각이 나를 강타했다. 클라라도 다른 사람과 쉬이 영화관에 나타날 수 있었다. 그 생각은 나를 즉각 광분하게 했고, 이에 나는 분노와 절망의 구덩이로 자유낙하하는 자신이 보였다. 그녀가 다른 남자와 있는 것을 보면 나는 뭐라고 말할까? 그들이 앉자마자 그의 어깨에 기대는 것을. 아니면 입구에서 함께 서서 커피를 마시며 어디에 앉을지 결정하려 하면서 미국 날시에 관해서 필동카에게 수작을 거는 것을. 영화를 본 다음, 여전히 비가 오고 있다면 그들은 영화관으로 통하는 정문 바깥에서 기다릴 것이다.

그러면 나는 어디에 있을까?

이런 새로운 불안의 파도를 방지하기 위해 나는 눈부신 타협안을 고안해냈다. 나는 클라라가 다른 남자와 나타나지 않는 조건으로 로런을 완전히 포기할 의향이 있었다.

클라라가 나의 입장을 상상하고 내가 오늘 밤에 아마도 다른 여자와 영화관에 가고 싶어하겠다고 추측하는 것을 상상한 그 순간 이런 생각이 들었다. 그러나 그녀는, 그녀도 다른 사람과 가지 않겠다고 동의하면 나도 누군가를 데려가는 것을 단념할 거라고 계산했을 것이 틀림없다. 그녀가 이 난국을 타개하는 모습이, 이번에도 역시 우리의 생각이 똑같은 쪽으로 달리고 있었음을 그녀가 보자마자 나의 미소에 난해하게 미소를 짓는 것이 나는 딱 보였다. 이런 생각은 나를 자극했다. 내가 생각하던 것을 그녀가 생각하고 있었다고, 그리고 그러는 것을 내가 즐기고 있었듯이 즐기고 있었다고 생각하자니 새벽 3시 넘어서 빵집 옆에서 우리가 껴안던 일이 떠오른 것이다. 나는 그녀와 지금 함께 있고 싶었다. 우리 둘 모두 레이철의 집 위층 침실 중 하나에서 옷을 일부만 벗은 채, 소방차들 위로 곱드러지는 사이 둘이서 침실 방문 중 하나를 드디어 잠그면서. 나를 페르세해줘요, 나를 페르세해줘, 세게, 더 세게, 더더욱 세게.

어쩌면 나는 결국 로런에게 전화를 걸지 않을 터였다.

"왜 안 걸 건데?"

다른 누군가가 끼어들었다. "그냥 이 로런이란 사람 전화번호를 나한테 줘요, 내가 전화 걸게."

"전화 걸어서 뭐라고 말할 건데요?"

"우선 첫째로 그녀가 언제나 여기 와도 환영이라고 말할 거예요. 언제나 여기에는 새로운 친구들이 쓸 접시랑 숟가락이랑 나이프랑 포크가 있으니까."

나는 이 단어들의 소리가 어찌나 좋던지. **접시랑 숟가락이랑 나이프랑 포크**. 그들 없이 내가 어디에 있는다는 말인가?

나 역시도 이곳에서 낯선 사람인 적이 있었다. 레이철은 줄리아에게 나에 관해서 정확히 똑같은 말들을 했을지도 몰랐다. **그 사람한테 언제나 여기에는 그가 쓸 접시랑 숟가락이랑 나이프랑 포크가 있을 거라고 말할 거야.**

클라라가 옳았다. 다른 사람들은 중요했고, 그들은 우리와 도랑 사이에 버티고 서 있는 전부일 때가 있다. 왜 나는 그런 생각을 하지 않았던 걸까—다른 사람들이 중요하다고—왜 나는 그 생각을 얼음낚시용 오두막에서 얼음장 아래에서부터 낚아채야 했던 걸까? **접시랑 숟가락이랑 나이프랑 포크.**

지금 그들이 클라라에 관해서 이렇게 말했더라면.

"너 아무 말도 안 하고 있는 거, 그거 별로다." 레이철이 으레 하는 재촉 중 하나를 다시 하면서 나를 둘러싼 침묵을 깼다.

"먹는 중이라서." 나는 답하면서, 내가 말이 없다면 그것은 포셤 부부에게 친절하지 않은 무슨 말을 하는 걸 피하는 나의 방식이기도 하다는 것을 암시하려고 했다.

"너 오늘 진짜 이상해. 뭔가 숨기고 있어. 나는 알아." 그녀가 계속 나한테 말을 걸었다.

"그래서?"

"우리 애를 이불에다 헹가래 좀 쳐야 할 것 같아."

"누가 이불 좀 가져와."

그 충성심을 내가 소방차와 함께 구매한 줄 알았던 레이철의 네 살배기 아들이 맨 먼저 위층으로 달음박질했다. 아이는 가로 1.5미터 세로 1미터쯤 되는 자신의 애착 이불을 가지고 돌아왔다.

누군가가 진짜 이불을 찾아오라고 고집을 부렸다.

"알았어요. 다 말할게." 내가 말했다.

그제서야 내가 바로 그때 가장 원한 단 한 가지는 모든 사람한테, 포셤 부부한테까지 클라라에 관해 얘기하는 것, 육 일 전에 한마디의 자기소개로 나의 은하계를 뒤흔들고 그것을 젤리로 바꾸어버린 이 여자에 관해서 털어놓는 것이었음을 나는 깨달았다.

레이철의 전남편이 내 와인을 다시 채워주었다.

나는 한 모금을 마셨고 잠시 말이 없었는데, 어떻게 시작할지 몰랐기 때문이다. "어떤 사람이 있는데." 내가 말했다. "아니, 적어도, 있었는데. 더는 있다고 생각되지 않아."

"유령 여자. 너무 좋다. 그래서?"

"우리가 크리스마스이브에 만났어."

"그래, 그래서?"

"그래서 아무것도 없었어. 우리는 몇 번 외출했어. 아무것도 일어나지 않았고. 이젠 끝났지."

침묵.

레이철의 전남편 보석은 훔쳤어요?

포셤 부인 무슨 끔찍한 질문을.

나 내가 그 여자 보석을 훔치진 않았어요. 그런데 그녀가 나더러 보석을 보여주겠다고 제안하기는 하더라고요.

전남편 그래서요?

나 우천 교환권을 받아뒀죠.

데이비드라는 이름의 남자 이 사람이 정신이 나갔군.

다시 전남편 그 여자를 좋아하기는 해요?

나의 대답은 나를 완전히 깜짝 놀라게 했다. "대단히요." 내가 말했다.

줄리아 그래서 그 여자의 뭐가 문제인데?

나 그녀는 변덕스럽고, 거만하고, 다루기 힘들고, 신랄하고, 짓궂고, 위험하고, 어쩌면 완벽해.

전남편 매우 긴 겨울이 예상되네요. 동굴로 가세요, 열려라 참깨, 보석을 약탈하고 도적들을 처치해요.

한순간의 침묵.

레이철 로런 씨한테 전화 안 걸 거야?

나 로런 씨한테 전화 안 걸 거야.

레이철 나쁜 놈.

그날 오후 늦게 우리는 개들을 산책시키기로 했다. 공원으로 가는 길, 나는 레이철과 나란히 걸으면서 이야기했다. 클라라와 함께한 나의 저녁들, 술집에서 보낸 시간, 주크박스 옆에서 춤을 춘 것, 스트라우스 공원을 통해 걸어 돌아오던 것, 모든 것이 망했다고 내가 확신했던 밤들, 내가 틀렸다고 증명되었을 때의 심장박동, 삶이 모든 것을 테이블에 까놓았다가 모든 것을 다시 가져가서 카드를 집어넣은 그날 밤에 관해서.

우리는 다 같이 나갈 때 늘 그랬듯이 공원으로 걸어 들어가고 있었다. 테니스 코트와 그 너머 별관 쪽으로 향했다. 그곳은 그날의 이른 황혼에 의해 벌써 암흑 속에 가라앉은 듯하여, 그 두 개의 보잘것없는 등불이 저기 얼음이 언 저수지 쪽으로 이어지는 다리 건너 길을 거의 밝혀주지도 못하고 있었다. 내게 필요한 것은 오로지 그 얼음이 어적거리기 시작하는 것이다. 그러면 나는 달려나가고, 다른 곳에 있고 싶어질 것이다. 그러나 우리는 이미 다른 곳에 있었다. 겨울을 통하여 옮겨지는 숲속에서 길을 잃어, 93번가와 센트럴파크 웨스트 곁의 훌쩍한 건물들로부터 벗어나 마치 코로의 그림 같은 겨울 풍경 속에 던져져 있었다. 황혼은 맨해튼 중심부에서 모든 색깔을 창백한 톤으로 흐릿하게 만들었다. 또 다른 나라, 또 다른 세기에, 우리의 강아지 두 마리는 작은 프랑스 지방 도시를 깡충깡충 달리고. 나는 클라라와 맨해튼의 이쪽에 한 번도 온 적이 없었다. 그러니 나는 그녀를 떠올리지 않아야 마땅했다. 그러나 내가 그녀와 그날 밤 테라스에서 들먹인 곳들을 상기하는 바람에 나의 마음은 즉각 그녀에게로 끌려갔다. 이곳에서 프랑스로 가는 것도 괜찮을 터였다. 95번가를 걸어 내려가서, 가는 길에 재빨리 먹을 만한 것을 사서, 시간 넉넉하게 그곳에 도착하는 것도. 나는 그녀가 지금 우리와 있기를 원했다. 이것은 전혀 '다른 곳'이 아니었다. 배경은 알맞았지만, 연극과 그 참가자들은 영 글렀다.

"내가 했던 건 오로지 그녀와 자지 않는 거였어." 내가 설명했다.

"왜?"

"왜냐면 이번만은 내가 급하게 하고 싶지 않았거든. 어쩌면 이건 다르길 원했는지도 몰라. 나는 평범한 걸 원하지 않았어. 어쩌면 로맨스가 더 오래 가기를 원했는지도 몰라."

레이철은 내 말을 듣고 있었다.

"구애 다음에는 뭐가 오는 거야?" 내가 물었다.

"누가 알겠어. 게다가, 그건 나한테 물어보면 안 돼."

내가 당혹스러운 눈길을 한 것이 틀림없다.

"우리 재결합했거든." 그녀가 말했다. "우리는 친구였고, 결혼했고, 이혼했고, 다시 친구가 되었고, 이제는 그가 결혼하고 싶어해."

"그래서 너는?"

"나야 반대는 안 하지."

레이철은 풀어놓은 개 목줄을 달랑거렸다. 팔짱을 끼더니 부츠 한쪽으로 흙 덩어리에 가볍게 발길질을 했다. "사실 괜찮은 생각일지도 몰라." 레이철은 곧잘 열광에 빠지는 편이 아니었다. 이게 그녀로서는 떠들썩하게 승낙하는 것일 수도 있었다. 내가 막 의견을 피력하려는 찰나, 레이철이 시선을 피하면서 물었다. "우리의 유령 여자가 바로 지금 뭘 하고 있을 거라고 생각해?"

"모르겠네. 친구들이랑 있을 수도 있겠지. 어쩌면 다른 남자랑. 누가 알겠어? 한 가지 확실한 건, 주저앉아서 내 전화를 기다리지는 않을 거라는 거야."

"네가 전화하기로 했었어?"

"아니. 우리는 절대 전화하지 않는 걸 신조로 삼아. 우리는 그냥 충동적으로 만나곤 해서 가볍고 즉흥적으로 유지했거든."

"너는 뭘 할 건데?"

"내가 **할 수 있는** 게 뭐라도 있는 건지도 모르겠다."

"그래도 뭐라도 하긴 해야 하잖아."

나는 답하지 않았다. 나는 어깨를 으쓱하고 싶은 기분이 들었지만, 그녀가 이것도 꿰뚫어 볼 터임을 알았다.

"우리가 뭘 했던 건지 잘 모르겠어. 처음에는 그녀가 아무것도 원하지 않는 것 같았어. 그다음에는 그녀가 우정 같은 것을 원하는 줄 알았지. 그다음에는 그녀가 그 이상을 원하는지도 모르겠다고, 그러나 확신하지는 못하겠다고 생각했어. 그런데 이제 우리는 모르는 사이가 되어버렸어."

"그래서, 너는 네가 뭘 원하는지 정확히 안다는 말이네."

그녀의 목소리에는 비꼬는 투가 있었다.

"아는 것 같아."

"아는 것 같다고. 이렇게 말해보자. 그녀도 왜 **네가** 그녀를 보고 있는지 아마도 확신하질 못하는 거야. 그녀가 매우 구미가 돋은 거라고 생각해. 네가 그런 것처럼. 그녀는 우정을 원하고, 사랑을 원하고, 모든 것을 원하면서도 아무것도 원하지 않아. 너랑 다를 바가 없지. 너희 중 누가 하는 그 어떤 것도 틀리지 않아, 설사 아무것도 안 할지라도. 그래도 네가 그녀한테 싫다고는 절대로 말하지는 말았어야 해. 너무 늦기 전에 고칠 방법을 찾아봐."

나의 능글맞은 웃음은 이런 뜻이었다. 그래서 나더러 그걸 어떻게 하라고 제안하실 건데?

"봐봐. 어쩌면 그녀는 아직 이걸 끝내고 싶지 않을지도 몰라. 아니면 그녀는 이게 변해버리기 전에 끝내고 싶을지도 몰라. 그래도 어느 쪽이든, 네가 그녀에게 전화를 안 걸 수는 없는 거야."

그때쯤 그녀의 개 두 마리가 다시 나타났다. 다른 손님들은 우리에게 다가오고 있었고, 포셤 씨는 파이프 담배에 불을 붙이고 있었다. "유령 아가씨." 그녀가 되풀이했다. "그거 괜찮네."

그러더니 다시 생각하다가는, "내 부탁 좀 들어줘. 아무도 네 소리를 못 듣는 저 나무로 건너가서, 핸드폰을 꺼내서, 전화를 해."

"그래서 뭐라고 말하는데?"

"뭐라도 말해!"

"그녀가 받지 않을 가능성도 있어."

"왜?"

"왜냐면 그녀가 전화할 경우 그게 내가 할 짓이거든."

"그냥 전화하라고." 그녀의 말에 조바심이 씌워졌다.

그녀는 강아지들의 털을 헝클어뜨리고 있었다.

어쩌면 클라라는 아무에게도 나에 관해 아무 말도 하지 않았을지도 모른다. 아니 어쩌면 그녀는 나처럼 친구들에게 불투명하고 어렵고 괴팍하고도 투명했던 누군가에 관해 이야기하며 오후 대부분을 보냈을지도 모른다. 내가 그녀가 파블로와 파벨과 함께 있을 거라고 상상했던 대로, 보트 정박지 근처 해안 산책길을 걸었을지도 모른다. 낭패한 듯 어깨를 으쓱이며 나에 대해 이야기했을지도 모른다. 바로 내가 그랬던 것처럼. 레이철이 나에게 클라라를 좋아하느냐고 물었을 때 나는 **대단히**라고 말한 다음 어깨를 으쓱였다. 레이철이 내가 과장하는 거라고 생각하기를, 나 자신도 내가 과장한다고 생각하게 되기를 바라면서. 어쩌면 클라라 역시 나와 비슷한 대답을 들었을지도 모른다. 우리 사이의 이것은 십중팔구 아무 데로도 이어지고 있지 않았다고, 그러나 우리가 너무도 발맞춘 걸음걸이로 그곳으로 향하고 있었기에 개중 어느 것도 어디로 가고 있었는지 알 길이 없었다는 말을. 나는 단단하고 차가운 땅에 몇 걸음 내딛는 나 자신을, 레이철이 가리킨 그 나무를 향해서 걸어 나가는 모습이 보였다. 이곳에서, 나의 분별 있는 판단과는 반대로, 나는 더는 그 누구도 내 목소리를 들을 수 없음을 알자마자 억지로 전화를 걸 것이었다. 그냥 전화하고 싶어서요, 나는 말할 터였다. 몇 초의 경과. 고통스러운 침묵. 그냥 전화하고 싶었다고요? 그녀는 되풀이할 터였다. 그래, 이젠 전화했네요.

배경에는 목소리들이 많이 있을 터였다. 아마도 그녀는 해안 산책길에서의 늦은 점심 식사에 자리했을 터였다. 나는 그녀가 집에서 뜨개질이나 하고 있으리라고 생각했나?

어디예요? 어쩌고 있어요?

어쩌고 있냐고요? 그런 거 물어보는 거예요? 내가 어쩌고 있을 것 같아요?

우리는 서로의 말을 들으려고 애를 쓸 터였다. 아니면 우리는 서로의 말이 들리지 않는 척할 터였다. 어느 쪽이든, 통화상의 단절이 우리의 긴장감을 해소하는 데 도움을 주고, 우리의 말에 허둥대는 활발함을 부여할 터였다. 그녀는 보트 하우스에 있을 터였다. **나**는 어디에 있었나? 공원에. 딱 우리 같겠어요, 나는 말할 테다. 한 명은 리버사이드 파크에 있고, 다른 한 명은 센트럴 파크에 있으면. 그것은 냉랭함을 녹여줄지도 몰랐다. 나 너무 지루해요. 당신도 지루해요, 클라라? 나는 물을 터였다. **끔찍하게요.** 우리 둘 누구라도 정직했던 건가, 아니면 우리는 이러는 대신 함께 있으면 좋겠음을 보여주기 위하여 그저 과장하던 걸까? 나는 그녀에게 오고 싶을 터였나? 그녀는 내가 오기를 원했나? 내가 원했을 경우에만. 나한테 주소를 줘요. 그녀는 정확한 주소를 몰랐지만, 그곳은 79번가 곁의 해안 산책길이었다. 나는 거기 도착하자마자 그녀에게 전화를 걸어야 할 테고, 그러면 누군가 나와서 선상가옥으로 가는 문을 열어줄 터였다.

“적어도 메시지는 남겼어?” 내가 클라라에게 전화가 되지 않았다고 말했을 때 레이철이 물었다.

“응.” 내가 말했다.

"그래, 그녀가 다시 전화하지 않는다면 우리도 알게 되겠지."

"그렇겠지 뭐." 내가 너무 모호한 소리로 들렸던 것이 틀림없다.

"너 정말로 메시지 남긴 거 맞아?"

나는 그녀를 쳐다보았다.

"아니, 안 남겼어."

"너도 참 대단하다. 집에나 가자. 스리랑카에서 물 건너온 향료가 추가로 가미된 이 차를 찾았거든. 그리고 케이크도 너무 많이 있어."

그때쯤에는 어두워진 터였다.

레이철이 잠긴 문을 열자, 와인 소스에 뭉근히 끓인 소고기 냄새가 났다. 그녀의 **더는 전남편이 아닌 전남편**이 어둠 속에 앉아 히스토리 채널을 보면서 버번을 마시고 있었다. 그는 우리가 너무 일찍 도착했다고 생각했다. 차는 집어치워, 대신 술이나 마시자, 라고 누군가 말했다. 사람들이 책꽂이 옆 벽장 중 하나로 분주히 몰려갔고, 유리잔들이 내어졌다. 술병, 내가 제일 좋아하는 매운 향신료에 볶은 피스타치오를 포함해 소소한 간식도 나왔다. 누군가가 음반을 틀었다. 심지어 포셤 가 사람들도 함께 있어서 유쾌해졌다. 나는 오늘 저녁이 기대되기 시작했다. 자갈 비탈로 가득한 깊은 심연으로 향하던 오후와 저녁에서, 이제는 클라라가 나타나겠다고 약속하여 언제라도 초인종을 누를지 모르는, 꼭두새벽까지 이어질 유쾌하고 따스한 밤으로 변하고 있었다. 클라라가 오면 너무도 좋을 것이다. 나는 갑자기 7시 10분을 떠올렸다. 7시 10분이 이제는 불과 두 시간도 남지 않았다. 결정할 시간이 아직 있었다. 내가 정말로 전화를 걸었다면 어땠을까?

아니, 나는 전화를 걸지 않을 터였다. 다시는 그 질문을 꺼내지도 말자.

그러나 스카치 한 잔을 들이켜고 나니 왜 내가 그녀에게 전화를 거는 걸 미루고 있었는지, 왜 내가 애초에 망설였는지 기억이 나지 않았다. 나는 텅 빈 식료품 저장실로 들어가서 핸드폰을 꺼냈다. 좋은 의도라고, 나는 생각했다. 나는 그저 그녀더러 우리와 저녁 식사에 합류하라고 청할 터였다. 가볍고도 간단하게.

그녀는 정확히 내 상상대로 전화를 받았다. "말해요!"

나는 그녀에게 내가 친구들과 있다고 또 그녀가 우리와 술을 마시러 합류하면 정말 좋겠다고 말했다. 저녁 식사는 그녀를 겁을 줄 수도 있겠다는 짐작이 들어서 그 관련으로는 아무 말도 하지 않았다.

"못 가요."

그 말은 여전히 나를 깜짝 놀라게 했다. 나는 나의 단 하나의 비장의 카드를 덧붙였다. "나 너무 지루해요. 지루해서 정신이 나가고 있어. 당신 보고 싶어서 죽을 지경이야. 온다고 해줘요."

"지루하다니 안됐네요. 근데 못 가는걸요. 나 바빠요."

사과도 없고, 설명도 없고, 그녀 목소리에 꾸며낸 회한조차도 없이. 단단하고, 빙하 같고, 바위 같은.

"이런." 내가 말했다. 그녀 목소리에 웃음을 꾀어내려는 나의 방식으로. 그러나 그녀는 반응하지 않았다. 그녀의 목소리에서는 본래의 온기와 유머가 고갈된 듯했다. 모든 것이 무표정으로 이루어진 것이, 방금 깨물고 제 피해자가 쓰러졌음을 확인하고자 지켜보는 코브라의 침묵과 진배없었다.

그녀는 '7시 10분'을 입밖에 꺼내지 않았다. 나도 꺼내지 않았다.

그 대화는 삼십 초도 이어지지 않았다. 나는 아연실색했다. 바로 이래서 내가 그녀에게 전화를 안 하고 있었던 것이다. 아연실색한 것은 상처받은 것보다도 나빴고, 업신여겨진 것, 핀잔을 들은 것, 모욕당한 것, 또는 그저 간단히 무시된 것보다도 나빴다. 아연실색한 것은 완전히 마비되는 것, 달리 아무짝에도 쓸모 없어지는 것, 폐기되는 것, 좀비화되는 것, 내장이 제거되는 것과 같았다. 나는 전화기를 아예 꺼버렸다. 나는 희망하고 싶지 않았고, 이 전화기에서 예상할 무언가 좋은 게 있으리라고 생각하고 싶지도 않았다. 다른 전화들은 절대로 없을 터였다. 내가 인과응보를 받는 거다, 인과응보를 받는 거다.

나는 식당을 거쳐서 거실로 돌아갔다. 짝이 맞지 않는 그릇들과 유리잔들이 평소와 같이 간택되어서 커다란 시골 식탁이 이미 차려져 있었다. 나는 기억했다. 나는 그들에게 추가로 올 손님 하나를 위해 상차림 하나를 더 해달라고 말하고 싶었다. 그다음에 나는 전화를 하러 갔던 것이다. 이 사람이 그 손님이야? 레이철이 물었을 테다. 그래, 그 손님이야. 나는 누구에게도 그녀의 이름을 말해주지 않았다. 그래서 그 손님은 우리가 어디에다 앉힐까, 아무래도 네 건너편에다 앉혀야겠지? 나는 레이철이 비꼬는 게 너무도 좋았다. 이 식탁은, 그러나, 클라라를 절대로 보지 못할 터였다. 클라라도 절대로 레이철을 보지 못할 터였다.

그날 밤에 저녁 식사를 하고 나중에 공원에서 우리끼리 두 번째로 개를 산책시키고 나서, 나는 정말로 브로드웨이가를 걸어 올라가기는 했다. 106번가에서 나는 잠시 어정거리고 다녔다가 그녀의 블록 근처를 한 번, 그리고 덤으로 두 번 산책했다. 그녀의 불빛은 꺼져 있었다, 첫 번째와 두 번째 때 모두. 분명히 그녀는 집에 없었거나, 돌아오지 않을지도 몰랐거나, 아니면 벌써 잠에 들었던 것이다. 그러던 나는 스트라우스 공원으로 걸어가 거기 서서 내가 일주일 전에 동상에다 대고 상상한 양초들을 기억했고, 라훈 경찰관과 **마나탕 누아르**와 인생이 온통 씁쓸함과 지루함이라는 레오파르디의 짧은 시를 기억했다. **바빠요,** 그녀는 말했다. 이 무슨 못난 단어였는지. 치명적이고, 단호하고, 도도하고, 일축하는 듯한 **바빠요**는.

쥐들도 전부 땅속으로 가고 없구나, 나는 생각했다. 이곳에 서서 만물의 망령과 하나 되는 느낌을 받는 데는 무언가 위안이 되는 구석이 있었다. 망자의 강둑에서부터 삶을 바라보는 데는, 산 자에 반해 죽은 자의 편을 드는 데는 무언가 건전한 구석이 있었다. 마치 강가에 서서 바흐가 아니라 그 전주곡 아래 단단하고, 빙하 같고, 바위 같은 어적거림을 듣고 있는 것같이 말이다. 단단하고, 빙하 같고, 바위 같은 게 그녀 같고, 나 같은. 시간의 바깥에서 우리는 함께 너무도 잘 지냈다. 망자가 함께 잘 지내듯이. 시간의 바깥에서 말이다. 현실 세계에서는 택시 미터기가 언제나 돌아가고 있었다.

한동안 나는 일천 하룻밤 동안 연인의 창문 밖에 앉아 있겠다고 맹세했으나, 딱 일천 하룻밤째에 일부러 나타나지 않은 남자를 떠올렸다. 그것은 그녀에게 심술을 부리는, 자신에게 심술을 부리는 그의 방식이었는데, 마치 결국에는, 심술이, 그리고 그것의 잠동무인 사랑이, 함께 똬리를 튼 듯했다. 마치 두 독사가 저들에게 먹이를 주는 손을 무는데 한 놈은 독극물을 가지고, 다른 놈은 그 해독제를 가진 것과 같았다. 물고 해독하는 순서는 상관이 없지만, 무는 것은 두 번 벌어져야만 하고 두 번 다 아프다. 나는 클라라와 함께했던 모든 것들이, 맨 첫 번째 밤부터 마지막 밤까지, 심술과 자존심으로, 또 그 사이에는, 상당량의 두려움과 경고로 지배되었던 한편, 가장 중요해야 마땅했던 그 하나의 단어는 말없이 남아 있으라는 선고를 받은 단어였다가는 이윽고 그것 역시도 단단하고, 빙하 같고, 또 바위같이 되어버렸던 일을 생각했다. 나는 그 단어를 한 번도 말하지 않지 않았는가? 눈에다가는, 밤에다가는, 공원의 동상에다가는, 내 베개에다가는 말했었다. 그리고 나는 지금 그 단어를 말할 것이다. 내가 당신을 놓쳐버렸기 때문이 아니라, 클라라, 내가 당신을 사랑해서 놓쳐버렸기 때문에, 내가 당신과 영원을 보았기 때문에, 사랑과 상실 역시도 틀림없는 동반자이기 때문에.

여덟 번째 밤

"'필동카 고갱님좌석있습다', 인사해요."

그날 밤에 드디어 핸드폰을 켰을 때, 음성 메시지는 내가 맨 처음부터 클라라에 관해 알아왔지만 스스로 도저히 받아들이지 못한 것을 말해주었다. 즉 내가 그녀에 관해 생각한 모든 것은 언제나 틀릴 거라는 것, 그러나 틀렸다고 아는 것 역시 틀렸다는 것을 말이다. 그녀는 다른 종이었다. 혹은 내가 다른 종인지도 몰랐다. 아니면 우리 둘 모두가 다른 종인데—그만큼 우리가 매우 작은 사안들과 유구한 사안들을 같은 눈높이로 보았으나—보통의 일상에 관한 한 교류하지 못하는 이유가 설명되는 것이다. 두 종류의 클라라가 있었다. 하나는 나를 놀려대고 내가 그녀를 간절히 원할 때 나타나는 클라라다. 다른 하나는 다음에 무슨 말을 할지 예측할 수 없고 경외심에 빠지게 하는 클라라다. 그건 그녀가 말할 두어

마디가 사랑을 갈구하는 애원이나 미소와 함께 시작되지만, 그만큼 쉽게 당신을 응급실의 들것에 눕혀버릴 수 있었던 그녀의 가시 중 또 하나였던 새로 주화된 동전과 같이 당신 주위에서 공중제비를 넘고 반짝였기 때문일까?

"'필동카 고갱님좌석있습다', 인사해요" 하고 장난기의 흔적이 꾹꾹 담긴 목소리로 그녀의 메시지는 시작되었는데, 사람들이 뒷배경에서 웃고 있는데 그녀가 수화기에다 손을 말아 쥐어서 내가 그들 소리를 듣지 못하게 막고 있는 듯했다. 이것이 이 순간의 유머를 강조하고, 그로써 유쾌하고 활발한 겉모습을 전하는 그녀의 방식임을 지금쯤 되자 나는 알 수 있었다. "내가 '뭘 꼬나봐 임마'라고 말하기 전까지 저 사람이 날 계속 노려봤다고요. 그 가엾은 친구가 너무도 당황해서 팝콘을 나한테 쏟아버렸지 뭐예요. 그 사람이 사과하는 광경을 당신도 봤어야 하는데, 그 사람이 나를 계속 얼빠진 양 바라보는데 그 눈의 튀어나올 듯한 흰자가 움찔움찔 뉘우쳤다니까요." 일순간의 침묵. "그리고 맞아요. 당신이 궁금해하고 이해하지 못했을까 봐 하는 말인데, 이건 내가 교묘하게 말해주는 방식이라고요. 나, 클라라가 에릭 로메르 영화제의 마지막 밤에 실제로 프랑스로 가는 데 성공했던 반면에, 당신, 프린츠는…… 뭐, 당신이 전화한 다음에 어딜 갔고 뭘 했는지 알 길이 없는 거라고요. 필동카가 안부 전해달래요." 다시 한번 시도에 그친 유머. "말할 필요도 없이, 난 매우 **트레**

상처를 입었어요. 그리고 웃긴 건"—나는 그녀가 담배를 피우는 게 들렸고, 그러니 그녀는 집에서 전화하고 있던 게 틀림없다—"웃긴 건 우리가 말하고 반 시간도 지나지 않아서 내가 한잔하러 가고 싶었다고 말하려고 당신한테 실제로 전화했다는 거죠. 그러니까, 그래요, 내가 미안해. 그래도 당신은 죄책감과 굴욕감으로 오그라들어야 해요."

이에 또 하나의 메시지가 뒤를 이었다. "그나저나 내가 그쪽한테 백만 번은 전화했어요. 그런데 아저씨는 또 핸드폰을 꺼두셔야 했나 봐요." 내가 화면을 더 주의 깊게 들여다보자, 그녀가 정말 백만 번은 전화했음이 보였다.

세 번째 메시지가 있었다. "그냥 지난밤에 그쪽이 화났다는 거 나도 안다고 말하려고요. 미안해요. 나 잠자리에 들게요. 그러니까 전화하지 마요. 아니면 하고 싶으면 전화하든가. 아무렇게나 해."

찌르고는 쓰다듬는 것. 하나가 없이는 절대로 다른 것도 없고. 독극물과 해독제.

내가 엘리베이터에서 나올 무렵 또 하나의 음성 메시지가 기다리고 있었다. 그것은 한 시간 뒤에 온 거였다.

"그래서 진짜로 전화를 안 할 건가 보네. 좋아!"

이것은 나를 미소 짓게 했다.

"이거 헤로인 중독보다도 심한 느낌인데."

몇 초 뒤에 그녀는 끊었다. 그런 다음에 다시 끊었다. 결국 또 하나의 음성 메시지가 와 있었다.

"내 말뜻은 뭐였냐면, 전화하지 말라고요. 생각해보니까 아예 전화하지 마." 그러고는 침묵. 딱 적당히 애매모호한 분위기라 모호하지만 내가 공황에 빠질 만한 것은 아니라고 짐작할 만했는데, 그러던 중 그녀가 **절대 다시 전화하지 말라**는 뜻이었을 수 있다는 생각이 나를 강타했다. "당신 그냥 한심하다." 그녀가 덧붙였다. 난데없이 찾아온 것이었다.

그러고는 언제나처럼 전화가 끊겼다. 나는 그녀가 전화를 끊었음을 알 수 있었다. 내가 그녀에게 받은 마지막 단어가 이것이었다. 나의 존재, 우리가 함께 보낸 일주일 전체가 한 단어로 간추려졌다. **한심하다.** 갑자기 나는 다시금 망연자실해졌다.

한심하다는 한번 내뱉어지면 없던 일로 되거나 만회되거나 잊힐 수가 없는 고대의 저주처럼 내게 떨어졌다. 그것은 당신을 추적하고, 표적을 찾아내서, 당신에게 일평생 동안 낙인을 찍는다. 당신은 상처에서 여전히 피를 흘리면서 하데스에게로 내려갈 것이다. **한심하다.**

나는 한심하다. 나라는 인간은 이렇다. 한심하다. 그녀가 옳다. 나를 한 번만 쳐다봐도 당신은 즉각 분간할 것이다. 한심하다고. 그는 잘 숨기고 있지만 조만간에 그게 발각이 되고, 일단 당신이 그것을 발견하면 그걸 온갖 곳에서, 그의 얼굴, 미소, 신발, 손톱을 물어뜯는 방식에서 보게 될 거다. **한심**

하다는 걸.

언제나처럼, 그녀의 말이 마지막 단어였다.

나는 그녀의 나에 대한 평가에서 허점들을 찾아내려고 노력하면서 잠긴 우리 집 문을 열어서 나의 한심한 집 안과 더불어 그 한심한 영원한 침실 등이 켜진 것을 보았다. 그건 누군가가 거기서 나를 기다리고 있는 것처럼 보이게 하는 것, 언제라도 맨발로 침대에서 뛰쳐나와 **이 시간까지 어디 있었어?** 하고 물으며 나를 반겨줄 거라고 생각하게 해주는 요량이었다. 나는 집에 돌아오는 것을 쉽게 하려고 이런 환상이 필요했으니 한심하다. 나의 잠옷 셔츠를 입고 아랫도리는 입지 않은 채 나타나주기를 내가 소망한 그 사람이 나를 방금 완전히 무시해버린 바로 그 사람이기에 한심하다. 그녀가 나의 사소한 허튼소리, 나의 유예들이랄지, 이의들, 침묵이 견딜 수 없어졌을 때 매번 침묵을 채우려는 나의 고투를 전부 딱 꿰뚫어보았기 때문에 한심하다. 그런 침묵의 순간들 동안 나는 포커 게임을 하는 것 같다. 블러핑이 탄로나려 하고, 블러핑을 계속하기 위해 판돈을 더 올려야 하니까. 그러다 보면 내가 블러핑을 하고 있는 건지도, 아니 무엇에 관해 블러핑을 하고 있는 건지도 잊어버린다. 결국 조만간 게임을 포기해야 할 것을 알고 있다. 오늘 밤의 음성 메시지에서도 그녀가 나를 롤러코스터에 태우도록 내버려두었기에 한심하다. 가장된 유쾌함에서 상처 입었다는 공언, 위엄 있는 패배에 이르기까지. 내가 여전히 모든 걸 통제하고 있다고 믿을 때, 그녀는 내게 가볍고도 재빠르게, 독극물과 경멸로 달려들었다. 그것은 마치 바늘이나 작은 압정처럼 처음에는 나를 거의 건드리지도 않았지만, 내 피부를 뚫고 나서 헤집는 것을 멈추지 않아 계속해서 상처가 넓어지고 넓어졌다. 이윽고 거대한 백상어의 이빨보다 잔인하게 흉터를 남겼다. 처음에는 아무것도 아닌 것. 전화상의 키득대는 웃음, 난봉꾼 같은 동료애라는 환상이 있다가는, 뾰족구두를 바로 내 얼굴에다가 갈겨버리는 것.

그녀는 **폴리아.** 나는 **한심.**

나는 CD 플레이어로 건너가서 헨델을 틀었다. 이 곡을 나는 얼마나 사랑했는지. 어적거리는 얼음, 클라라의 눈물, 시골 그 오후에 거실에서 우리가 남아 있었을 때의 즉흥적인 키스.

나더러 전화하지 않기를 바랐죠. 근데, 내가 지금 전화하고 있네요.

당신 때문에 잠 깼잖아요.

나 때문에 잠 깼죠. 당신 때문에 난 잠을 못 잤어요. 비긴 걸로 해요.

나한테서 뭘 원하는 건데요? 그녀는 이보다 화가 난 소리를 낼 수는 없었을 테다.

나는 그녀에게서 무엇을 원했나? 내가 그녀에게서 원한

것은 그녀였다. 발가벗고 내 침대에 있는 그녀. 아니 한술 더 떠서, 내 초인종이 울리는 것을 듣고, 그녀가 우리가 빵집 옆에서 키스했을 때처럼 얼굴에다 여전히 숄을 감싼 채 엘리베이터에서 나오면서, 엘리베이터 문이 쾅 닫혔을 때 그녀가 거기다 욕설을 퍼붓는 걸 보고 싶었다. **당신네 좆같은 엘리베이터 문 엿이나 먹으라고 해요. 그리고 당신 좆같은 핸드폰도 엿이나 먹고.** 새벽 2시에 나의 아파트에 오는 그 용기. 그녀에게는 그 용기가 있었다. 나는 지금 그녀에게 전화할 용기가 있었는가? 있었나? 없었나?

한심하다.

나는 나 자신이 틀렸다고 증명하려는 충동이 들었지만, 그러지 말자 싶어졌다.

샤워한 다음에, 나는 목욕 가운을 걸치고 즉시 핸드폰을 움켜쥐었다. 새벽 2시가 넘었다고 한들 뭐 어떤가? 이러나저러나 벌써 망한 건데.

나는 물기가 남은 채로 전화하는 걸 좋아했다. 그렇게 하면 전화에 아주 충동적이고 비격식적인 분위기가 생긴 탓이다. 마치 그게 세상에서 가장 평범한 일이라는 듯. 여유롭고 허심탄회한 채로 나는 나의 발가락, 나의 귀, 아니면 그녀의 목소리에 집중할 수 있었다.

“나 잠이 안 와요.” 그녀가 받자마자 내가 말했다.

“누가 잠을 자요?” 그녀가 목청을 가다듬으면서 쏘아붙였는데, 마치 **요새 누가 잠 같은 걸 잔다고 그래요?** 하는 말뜻인 듯했다. 그것은 그녀의 목소리에서 아주 경미한 적대감의 억양을 걷어내는 듯했다. 그러나 그녀의 목소리에는 잠기운이 있었다. 거칠고 날것이며 무기력한, 밤중에 깨어 같은 베개를 베고 있는 여자의 숨결 냄새와 같은. 그녀는 새벽 2시가 지났는데도 깨어 있는 걸 보여줘서 멋쩍었던 걸까?

"거기다, 당신일 줄 알았어요."

왜 잉키가 아니고요? 나는 물어보기 직전이었으나 그때 그녀의 답변이 **왜냐면 잉키는 바로 여기 나랑 있으니까요**일지도 몰랐다는 것을 깨달았다.

그래서 나는 묻지 않았다.

나는 그녀에게 내가 왜 이렇게 늦게 전화하리라는 것을 알았는지 물어볼 수도 있었다. 그 대신 나는 방금 샤워를 마치고 나왔고 잠자리에 들 참이라고 말했다. "지난밤의 상황을 남겨두고 싶지 않아서 전화하고 싶었어요."

그녀는 재미있어하는 반쯤의 끙 소리를 냈다. 그녀는 상황이 이보다 나쁠 수 없다는 데에 동의하고 있었다. 그러니 내 기분 탓이었을 가능성은 없었던 것이다.

"당신 대화할 수 있어요?" 내가 물었다.

침묵이 이어졌다. 그녀는 다시 잠에 빠져든 것일까?

"내가 혼자 있느냐는 말이에요?"

잠결에조차 그토록 면도날처럼 날카롭다니.

"네."

내가 그녀에게 물어보려고 한 건 오로지 그녀가 말할 마음이 있느냐는 것이었다. 언제나처럼, 그녀는 내 질문 뒤의 진짜 의미를 읽어냈다.

"뭐에 관해서 얘기하고 싶었는데요?" **이거 당신 돈으로 건 전화니까, 말해요**와 동등한 그녀의 표현. 그녀는 내게 이례적이면서도 필연적으로 짧게 청객이 되어주고 있었다. 수많은 초를 내어주지만 한순간도 더 내어주지는 않으면서. 언제나 돌아가는 택시 미터기와 함께.

"내가 말하려고 한 건……." 그러나 나는 내가 말하려고 한 게 뭐였는지 몰랐고 그렇게 빨리 생각할 수가 없었다. "그냥 우리가 일주일 전에 있었으면 싶어요. 우리가 여전히 그 파티에 있었고 절대로 떠나지 않았고 영원히 그곳에 갇혀 있었으면 싶어요."

"그쪽이 떠올리는 거 한번, 프린츠." 이것은 잠꼬대였다. "그 말은 그 루이스 부뉴엘* 영화에서처럼……."

잠기운 때문에 그녀가 평소와 달리 유화적이 된 걸까?

"영원히 갇혀서, 영원히 눈에 발이 묶인 거죠. 모드의 집에서처럼." 그러고는 나는 그것을 말했다. "이것이 이틀 밤 전이었더라면 싶어요."

* 영화감독. 〈학살의 천사〉라는 영화에서 호화로운 디너 파티가 끝나고 부유한 손님들이 돌아가지 못하게 되면서 벌어지는 혼란을 그렸다.

"그리고 지난밤이었더라면."

그녀가 나를 정정하자마자 나의 심장이 쿵쾅대기 시작했다. 어두운 거실 속에서 나는 밤과 센트럴파크의 어두운 바다를 마주하고 서 있었다. "나 창밖을 내다보고 있어요. 양탄자의 소금을 응시하고 있어요. 그리고 당신이 지금 나와 같이 있으면 싶어요."

"내가 지금 당신과 같이 있기를 원한다고요?"

그녀는 왜 이렇게 놀란 소리를 낼까?

"당신이 나와 같이 있기를 원해요. 지금이고…… 언제고. 됐다." 나는 마치 내 잇몸에다가 펜치 한 쌍을 사용해 매복된 치아를 간신히 뽑아낸 양 덧붙였다.

"그리고 당신이 나를 원하는 이유는?"

나는 내 공언의 승리감이 오래가지 않으리라는 것을 알아야 했다. 그녀의 질문이 올라가는 억양에 있는 뭔가 날카롭고 친절하지 못한 것은, 내가 막 그녀의 목소리에서 찾아낸 촛불로 밝힌 우호를 꺼버리는 두 개의 손끝처럼 찾아왔다. 내가 사랑했고 그 안에서 위안을 찾은, 또 맨 처음부터 우리를 이어주었고 우리가 이 얄팍하고 단호한 세상에서 방황하는 길 잃은 두 영혼이라고 생각하게 해준 비꼬는 투는 내 편이 아니었다. 그것은 마치 충직하고 사랑받는 조랑말의 복부에 상처를 입히는 뾰족한 박차처럼 우리 사이에 막 시작된 온기를 베어버렸다.

"이유는 모르겠어요. 이유가 너무도 많아요. 내가 당신과 같은 사람을 알아본 적이, 아니 그 누구랑도 이런 식으로 있어본 적이 한 번도 없다는 게 이유예요. 이렇게 가깝게, 아니 이렇게 노출된 적이 한 번도 없어서. 한 번도 이렇지 않았어요. 내가 내 카드를 뒤집어서 당신한테 내 패를 보여줄 때마다—왜 당신한테 이런 말을 하고 있는지도 모르겠어요. 당신이 절대 나를 용서해주지 않을 가능성도 있는데 말이에요—, 지금처럼 내가 누구인지 또 내가 어떻게 느끼는지 당신한테 말하는 것만으로도 나는 단단해져요." 나는 마치 결국에 그 단어를 말하자고 결정을 내리기 전에 내 문장을 시험해보려는 듯 그 단어를 미루고 있었음을 알았다.

"단단해진다고요?"

내가 완전히 그녀의 허를 찔렀음을 나는 직감했다. 그녀는 나더러 음란하게 굴지 말라고 할 셈이었을까?

"프린츠." 그녀의 목소리는 상심한 듯, 혹은 깊이 실망한 듯했다. 아니면 잠꼬대였을까? 혹은 그녀는 나를 바로 꿰뚫어 읽어내 이 단어 뒤편에 숨은 대가, 갈망, 안달을 보았던 것일까. 손쉬운 고백인 섹스를, 불가능하고 훨씬 더 어려운 고백인 섹스를 향한 애끓는 마음으로 나아가게 한 것일까? 아니면 이것은 그저 **지금 당신 여느 때 없이 한심하다**, 의 한층 길들여진 버전을 곰곰이 생각하는 그녀의 방식이자, 나의 불알을 잘라내 그것들을 채 썬 줄기들로 저며버리려는 목적의 기나긴 질책의 서두였던 걸까.

"왜 **프린츠,** 했어요?" 내가 말하면서, 그녀 목소리의 그 어투를 따라 하면서도 아직 이것이 나의 고백을 철회하고 경시하는, 아니면 그녀가 그것을 액면가로 받아들이다니 멍청한 기분이 들게 하는 나의 방식이었을지 확신하지 못하는 채였다. 아니면 나는 그녀더러 자신이 말하지 않은, 실상 말하지 않은, 절대로 말하지 않을 법도 한, 아니면 그녀가 방금 일 초 전에 모호하게 둘러댄 터라 명확하게 밝혀 우리 둘이서 그것의 온전한 의미를 붙잡을 필요가 있는 무언가를 말하게 하려 한 것일까?

"왜냐고요? 왜냐면 부분적으로는 이게 당신에게 상처를 주고, 나는 당신이 이렇게 상처를 입기를 원하지 않으니까."

"그리고 다른 한편으로는……?" 올 테면 와라, 이쯤 되자 나는 무엇에든 준비가 되어 있었다.

"그리고 다른 한편으로는……." 그녀는 딱 봐도 망설이고 있었다. 마치 그녀가 패를 돌리기 전의 판돈을 올려 우리 사이의 새롭고 위험하고 고통스러운 지형을 개척하면서 우리가 주고받던 그 채 썬 줄기들을 갖다 순전히 주르르 미끄러지는 것들로 갈아버리려는 참인 듯했다. "왜냐하면 당신이 내일 아침에 나한테 전화해서 클라라, 나 지난밤에 당신이랑 사랑을 나눴어요, 하고 말하는 건 원치 않아서요."

나는 비탄에 빠졌다. 나는 상처를 입고, 폭로되고, 원통

하고, 당황스러운 기분이 들었다. 마치 가재가 껍데기가 제거되어, 그 옹이진 맨몸이 모든 이에게 구경거리로 내밀어진 뒤 알몸으로 물속에 다시 던져져 동료들에게 비웃음을 받는 것과 같았다.

"당신은 나를 놀림감으로 삼지 않아도 됐고, 또 그런 식으로 나한테 상처를 주지 않아도 됐어요." 나는 처음으로 그녀에게 내가 상처를 입었다고 말하고 있었다. "당신이 말했듯, 나는 정말 한심할지도 모르고, 이건 분명히 엄청 과장되고 감상적이고 애상적인, 부루퉁샐쭉한 내 마음이 절룩대는 거긴 하지만……."

일순 침묵이 있었다. 그녀는 내 말을 충실하게 끝까지 듣고 있거나 내가 사소하게 화내는 걸 재미있어하는 게 아니라, 끼어들고 싶어서 안달이 난 것 같았다.

"나 덕분에 그거 풀렸어요?"

삽시간에 그녀는 다시금 나를 완전히 이겨버렸다.

"거의 확실히 풀렸네요."

나는 그녀가 웃는 것이 들렸다.

"왜 웃는데요?"

"그쪽은 왜 웃는데요?" 그러고는 잠시 뒤 난데없이, 마치 그녀가 나는 보지 못했던 연관성을 보았다는 듯, "그쪽 지금 뭐 입고 있어요?" 하고 그녀가 물었다.

"목욕 가운 입고 있었고, 이제는 침대 속이네요."

이미 쿵쿵대던 나의 심장은 미친 듯 돌아가고 있었다. 나는 이게 싫었지만, 너무도 좋기도 했다. 마치 나의 일부가 까마득히 높은 다리에서 강을 쳐다보고 있으면서 내가 번지 점프용 줄에 단단히 고정되어 있다고, 또 뛰어내리는 것보다 공포가 스릴을 주는 것이라고 알고 있는 듯했다. 그럼에도 그 침묵은 견딜 수 없었다. 이에 나는 어느덧 내가 말하고 싶던 것을 말하지 않으려고 머릿속에 맨 먼저 떠오른 것을 말하고 있었다.

"기억나요? 욕실 문 뒤편에 걸린 파랗고 하얀 줄무늬가 있는 목욕 가운 말이에요."

이 하나의 재미없고 멈칫거리는, 숨 가쁘고 복잡한 문장을 내뱉기까지 나는 한참이 걸렸다.

"네, 기억나요. 낡고, 두꺼운 타월 천으로 된 거. 냄새 좋던데요."

그거 입고 있는 거예요, 나는 덧붙일 참이었다.

냄새 좋던데요, 그녀는 말했다.

그녀는 왜 그 냄새를 맡았을까?

"이유는 없어요. 궁금해서."

"종종 이런 짓을 해요?"

"내가 어렸을 때 개랑 같이 컸거든요."

의도적으로 임시변통으로 꾸려낸 변명이다. 그녀는 내가 재빠른 대꾸를 모색하고 있었음을 감지한 것이 틀림없다.

"내가 당신을 더 잘 알면, 금단의 땅에도 내려가겠네요."

"당신은 내가 살면서 알아온 그 누구보다 나를 알아요." 내가 말했다. "당신이 생각하는 것 중에서 내가 이미 생각해 보지 않은 것은 없어요."

"그쪽은 스스로 부끄러워해야겠네요, 그러면."

"당신이랑 나랑 똑같은 부끄러움을 즐기잖아요."

"어쩌면요."

"클라라, 나 십 분도 안 돼서 당신네 대문에 도착할 수 있어요."

"오늘 밤은 말고요. 나는 이런 채로가 좋아. 어쩌면 내가 말할 차례겠네요. 뭐였더라? **너무 이르고, 너무 급작스러워요.**"

그녀가 기억했다는 걸 알자니 내게 전율이 흘렀다.

"거기다, 나는 약에 엄청 취했고 좀비화되었고 의식이 희미해지고 있다고요." 그녀가 덧붙였다.

"거절해도 되는데."

"거절이 아니에요."

우리 사이에 뭐라도 이보다 더 잘 굴러간 적이 있던가? 이것은 클라라가 얘기하는 것이었나, 아니면 약 기운이었나? 그녀의 숨결이 다시 내 얼굴 위에 있었다. 나는 그녀 입술의 축축함이 내 얼굴에 있기를 원했다.

"왜 한잔하러 안 왔던 거예요?" 내가 물었다.

"왜냐하면 당신이 한잔하러 오라는 제일 실없는 이유를

갖다 대서요."

"왜 그렇게 말을 안 한 거예요, 그럼?"

"왜냐면 화가 나서요."

"왜 화가 났는데요?"

"왜냐면 당신은 언제나 너무도 미꾸라지 같고, 언제나 이것저것 피해대잖아요."

"절대 꼼짝 못 하게 잡아둘 수가 없는 쪽은 당신인데요."

"나는 전화기를 끄거나 하지 않아요."

"왜 힌트를 주지 않았던 거예요, 그럼?"

"왜냐하면 우리는 힌트가 다 바닥났기 때문이고, 왜냐면 나는 허튼소리도 싫증 났기 때문이죠."

"무슨 허튼소리요?"

"프린츠, 당신이 지금 하고 있잖아요."

그녀는 옳았다.

긴 침묵.

"클라라?"

"네."

"좋은 말 해줘요."

"좋은 말 해달라고." 그녀는 멈칫했다. "내가 영화관에서 당신 이름을 외쳤을 때 당신이 거기 있었더라면 싶어."

그녀는 내 심장을 후벼파고 있었고, 나는 왜인지 말하기 시작할 수조차 없었다.

"오늘 밤에 한잔하러 오려고 했던 거예요?"

"그럴 의향이 있었죠. **전화기를 꺼서 누가 갑인지 그녀에게 본때를 보여줄 거야, 씨.**"

이번에는 그녀는 내 숨을 멎게 했다.

경고도 없이, 눈물이 내 눈에 고이기 시작했다. 대체 무엇이 내게 밀려온 걸까? 이것은 절대로 내게 벌어진 적 없었고, 단연코 전화를 받으면서 알몸으로 이런 적은 없었다.

"가끔은 내가 당신을 알기 한참 전에 당신이 나를 알게 될까 봐 겁에 질려요."

"나도 다르지 않아요. 그래서 나도 겁이 나는걸."

침묵.

"왜 내가 이러도록 놔두는 거예요?" 내가 물었다.

"왜냐하면 내일 내가 당신을 보게 될 때 우리가 오늘과 같기를 바라지 않아서요."

"당신이 내일 다시 달라지면 어떡해요?"

"그러면 내가 그게 본심이 아니라는 걸 당신이 알겠죠."

"그런데 우리 이미 이거 거쳐오지 않았어요?"

"그랬죠. 그리고 당신은 그때도 알았어야죠. 지금 나 생각하고 있어요?"

"생각하고 있죠. 생각하고 있어요." 나는 되풀이했다.

"좋아요."

올해의 마지막 날인 이튿날 하늘은 한 번 더 우중충했다. 아침 햇살은 일주일 내내 그랬듯 탈색된 듯한 빛이 났다. 태양 주위의 빛이 마치 하얀 무스탕 코트의 안감처럼 도시 표면을 스치고 지나갔다. 더 많이 내리는 눈이 그리워졌다. 노루발풀과 모직으로 안감을 댄 장갑, 크리스마스 주간 내내 쓰이는 밀랍 포장지의 섬세한 향기가 그리워졌다. 나는 이보다 행복할 수 없었다. 나는 잠자리에서 나와 낡은 옷을 입은 다음, 길모퉁이의 그리스식 단골 식당으로 향하면서 그곳이 가득 차 있기를, 아니 텅 비어 있기를 바랐는데, 어느 쪽이든 상관이 없었다. 내 기분으로는 식당에 외풍이 들거나 답답하거나 지저분하거나, 어떻든 괜찮고 반가울 것이기 때문이다. 문을 열고 평소처럼 커다란 메뉴판을 품에 안은 여직원이 그리스어로 나를 반기자, 모든 것이 나긋나긋하고 붕 뜬 느낌이었다. 마치 나를 짓누르던 무게가 사라져, 내가 다시금 세상을 사랑해도 된다고 허락받은 것 같았다. 나는 이렇게 있는 것이 좋았다. 이렇게 혼자 있는 것이 좋았다. 겨울이 좋았다. 일주일 내내 이렇게 하고 싶었다. 근심 걱정 없는 아침 식사. 버터를 바른 벨기에 와플, 오렌지 주스, 그다음 커피도 두 잔째 마실 것이다. 그러고는 집에 돌아가 샤워하고 옷을 갈아입을 터였다……. 그런데 그녀가 사는 건물 로비로 가기 전에 옷을 갈아입는 게 의미가 있는지 궁금했다. 우리는 일단 로비에서 만나, 오늘 밤 파티를 위해 이것저것 사러 가기로 했다.

그러나 내가 행복한 이유는 또 하나 있었다. 클라라와 나 사이의 무언가가 끝내 걷힌 듯했기 때문이었다. 그로부터 몇 시간 전, 올해는 어둑하고 못난 마무리로 돌진하고 있었다. 이제는 단지 전화 통화 하나만 하고 나니 삶을 되찾은 듯한 느낌이 들었고, 상황이 너무도 조짐이 좋아 보인 나머지 다시 한번 어느새 내가 그 마법을 떨쳐버릴까 봐, 또 잘못되었다고 입증될까 봐 두려워 한층 밝은 면을 건너다보기를 거부하는 내가 있었다. 어제 온종일 나를 뒤덮고 있었고 오늘 새벽 2시까지도 내게 얹혀 있던 그 어둠을 그녀와 내가 다시 가져올 또 하나의 방법을 찾아내기까지는 얼마나 걸렸을까? 다시 절망이 오기까지는 얼마나 걸렸을까? 빵집에서의 로런, 주방에서의 웃음, 개들과의 산책, 공원에서의 일몰, 그리고 저녁 식사 중에 나는 계속 생각했다. 접시랑 숟가락이랑 나이프랑, 왜 클라라는 오늘 밤에 우리와 있지 않은 거지? 이 모든 것이 너무도 매우 어두운 채로.

그러나 어제의 우울을 이렇게 강제로 일깨워주는 것마저도 내가 지난밤에 잠자리에 들고 나서 줄곧 다시 방문하려 했던 그 더없는 순간과 나 사이에 내가 세워두었던 연막과 별반 다르지 않았다. 나는 이것을 후일을 위하여 아껴두고, 내가 푸느라고 시간을 들이던 깜짝 선물 포장을 여는 전율에 내가 굴복할 참인 듯할 때마다 그것을 미루고 있었던 것이다.

이제, 수증기 서린 창문에 고개를 기대면서 나는 생각이 잠시 표류하도록 내버려두었다. 사람들이 길을 터덜터덜 걷는 모습을 지켜봤다. 길에는 삽으로 눈을 퍼서 쌓은 좁다란 띠가 생겨 있었다. "왜 내가 이러도록 놔둔 거예요, 클라라?" 나는 물었었다. 그녀가 건넨 것은 기껏해야 회피적인 "내가요?"라는 말이었다. 나는 말을 찾아 더듬었고 내가 얼굴을 붉히고 있다는 것을 알았지만, 그래도 그녀에게 거짓말을 하려 들거나 진실을 은폐하거나 피하려 들거나 뭐라도 하려 들지 않고 이 순간에 남아 있으려고 발버둥을 쳤다. 이것이 그녀의 말들이 아니었나, **이 순간에**가? 내가 말하려고 생각이 든 것은 오로지 우리 어떻게 하면 이 대화가 끝나죠? 였다. 아니면, 우리 어떻게 하면 이 대화가 절대로 안 끝나죠? 그러나 나는 어느 쪽의 문장도 말하지 않았다.

"프린츠?" 그녀가 끝내 말했었다.

"뭐요?" 나는 불쑥 내뱉었는데, 이런 뜻이었다. 나한테서 뭘 더 원하는데요?

"혹시나 궁금해하고 있을까 봐서." 또 한 번 침묵의 순간이 있었다. "나 개의치 않았어요."

"클라라." 내가 말했다. "아직 가지 마요."

"나 안 가요. 다시 생각해보니까, 그쪽이야말로 엎어져서 잠에 곯아떨어져야 하는 거 아니에요?"

그건 우리 둘 모두를 웃게 했었다.

결국에 나를 더 행복하게 한 것은 우리가 갑자기 서로에게 너무도 가까워진 것뿐만 아니라 내가 그녀에게 전화를 걸자는 충동을 따랐다는 것이었다. 일 초만 더 흘렀더라면 올해가 시궁창처럼 끝났을 테다. 브라보, 프린츠, 나는 말하고 싶었다. 마치 이제 나를 전율시킨 것이 전화를 하고 있는 여자보다는 그녀에게 전화를 걸 용기를 낸 데 대한 찬사였다는 듯이 말이다.

그러나 막 내가 그녀를 생각하고 있었을 때, 우리 사이의 대화는 마치 공기 중에 노출된 지하의 미라처럼 가루가 되기 시작했다. 내일이 되면 이것은 아무것도 아니게 될까, 아니면 이것이 우리가 여태껏 가져본 최고의 것이 될까? 오늘 밤 파티는 몇 시간은 떨어진 듯했고, 주님만이 아시기를, 아무것도 아닌 것이 모든 것을 없던 일로 할 수도 있는 것이었다. 무엇을 없던 일로 한단 말인가, 나는 생각했다, 무엇을 없던 일로 한단 말인가? 나는 계속 물었는데, 마치 지난밤 이래로 아무것도 좋은 쪽으로 달라진 점이 없었다는 것을, 또 어쩌면 잠결에 얻어걸린 열정의 순간에 그만 기대할 때였다는 것을 깨닫자고 다짐한 듯했다. 그녀는 기억이나 할까, 나는 생각했다. 아니면 나는 **한심하다**로 돌아가 있을 텐가?

아니면 나는 단지 나 자신에게 겁을 주려던 걸까?

진짜 시럽에다가 흠뻑 적신 와플을 먹으면서, 나는 대화가 다른 쪽으로 전환됐던 것을 기억했다. 나는 그녀가 왜 나를 한심하다고 했는지 물어보려고 했었다. 그 대신 나는 그녀가 왜 저녁 식사에 오지 않았는지 물었다. 이 하나의 질문은 다음 질문으로 또 그다음 질문으로 이어졌다. 우리가 서로에게 딱히 특별한 말을 하고 있었기 때문이 아니었다. 아무리 간단한 것일지라도, 그 질문과 대답 덕분에 우리가 서로 더 가까워지게 하는 리듬과 속삭임으로 말할 수 있었기 때문이었다. 우리가 한 말은 중요하지 않았고 말의 톤과 음색이 더 중요했다. 우리가 지난밤에 어떤 말을 했든, 어떤 길을 택했든, 얼마나 임의적이었든 간에 그것은 불가피하게 우리를 그곳으로 데려갔을 것이다.

"왜 저녁 식사에 안 온 거예요?"

"왜냐면 당신이 지루했다고 말했는데 그게 너무 거짓말처럼 들려서요."

"왜 그렇게 말을 안 했는데요, 그럼?"

"왜냐면 당신은 그걸 비뚤게 받아들이고 우리는 말싸움을 했을 테니까요."

"왜 내가 그날 저녁을 구하도록 도와주지 않은 건데요, 그럼?"

"왜냐하면 그곳에는 허튼소리가 너무도 많았고, 그쪽이 내게 벌을 주고 있다는 걸 나도 알았으니까요."

"무슨 허튼소리요?"

"이런 허튼소리요, 프린츠. 수많은 것의 길을 막는 그런 허튼소리."

"어떤 것들이요?"

"어떤 것들인지 정확히 알잖아요."

"왜 나한테 신호를 주지 않았어요?"

"신호? 얼어붙게 추운 밤에 당신을 만나고, 다음 날에는 주 북부로도 가고, 당신이랑 매 순간을 같이 보내는데, 신호가 필요했다고요?"

"당신이 이런 얘기를 다 말하는 걸 듣는 게 나한테 무슨 영향을 끼치는지 알고나 있는 거예요?"

우리 사이에 침묵이 있었다. 그리고 그 침묵이 무엇인지 나는 알았다. 말이 없어진 게 아니라, 우리 둘 모두가 말할 필요가 있음을 아는 그 말을 더는 피할 수 없게 된 것이었다.

"당신이 원하는 걸 내가 원해요." 그녀가 끝내 말했었다.

"나를 그렇게 잘 안다고요?"

"나는 당신이 뭘 생각하는지, 어떻게 생각하는지 알죠. 당신이 바로 이 순간에 무슨 생각을 하고 있는지도 알아요."

나는 그녀가 가던 길에서 벗어나게 할 만한 것들을 얼마든지 말할 수 있었다. 그러나 나는 그러지 않았다.

"당신은 아무 말도 하지 않고, 아무것도 부정하지 않고 있어요. 지금 이걸 보니 내가 당신이 뭘 원하는지 제대로 알고 있네요. 인정하세요."

“나는 인정해요.” 내가 말했다. 나는 신생아처럼 벌거벗은 기분으로, 삶에 전율을 느끼고 나의 살아 있는 몸에 전율을 느끼고 삽시간에 그녀에게 건네줬을 나의 나체에 전율을 느꼈다.

“내가 지금 당장 이렇게 좀비화되어 있지만 않았으면, 당신한테 코트랑 목욕 가운이랑 눈신 차림으로 하나도 더 걸치지 말고 오라고 할 텐데요. 나는 갈 데까지 가도록 당신을 원하니까. 그리고 그쪽은, 양서성 씨는 이 말을 그쪽이 원하는 어떤 방향으로든 가로채가도 돼요. 내 입에서 그쪽 입으로.”

그녀가 내가 했던 그 어떤 말도 이만큼 나를 흔들어놓지 않았다. 마치 그녀가 내 심장에 직통으로 말을 걸고, 전파를 통해 내 성기에 손을 뻗은 것만 같았다.

우리 사이의 침묵이 모든 것을 말해주었다.

나는 아직 잘 자라고 말하고 싶지 않았다.

“내 생각 하고 있어요?” 그녀는 물었다.

“하고 있어요.”

그러고는 나를 속살까지 꿰뚫어버린 그 말. “그러고 싶으면 그래도 돼요.”

석 잔째의 커피가 나오길 기다리는 동안, 나는 작은 휴대용 달력을 갖고 다니는 사람들이 하는 일을 했다. 그것은 인정하지 않으면서 희망하는 나의 방식이었다. 즉 로메르 영화제가 끝난 만큼, 알랭 레네 영화제가, 뒤이어 펠리니 영화제가, 그리고 베토벤 사중주 시리즈가, 저녁 의식들이 몇 주에 몇 주간 있을 테니 끝내 우리가 그것들에 질리고 이렇게 결정하게 되기를 말이다. 오늘 밤은 놀러 나가요.

내가 아침 식사를 하는 동안 그녀가 내게 전화했다. "심정 변화는요?" 그녀가 물었는데 그것은 그녀가 좋은 기분에 있음을 말해주었다. 아무 변화도 없다고, 나는 대답했다. 누군가가 그녀에게 오늘 밤 한스네 파티를 위해 뭘 좀 사 오라고 차를 태워주려는 중이었다. 약속 시간을 미뤄도 괜찮으냐고 그녀는 나에게 물었다.

"우리가 만나기로 했나요?" 나는 물었다. 왜 나는 이렇게 멍청한 말을 했나?

"그래, 했어요. 벌써 잊어버린 거예요?" 그녀는 마치 내가 그저 잊어버린 척을 하는 걸 알지 못한다는 식으로 거의 원망스럽게 말했는데, 그 이유로 그녀는 웃었다. 그들은 **정말로** 오늘 아침 그녀의 도움이 필요했다고, 그녀는 말했다. 우리는 파티에서 만날 거라고. 말이 끊기고. 내가 응급실에 가게 되는 건 아니었겠지? 아니, 나는 안 그럴 것이었다, 클라라.

아침 11시경에 나는 친구 올라프에게 전화하기로 결심했다. 나는 사무실에 있는 그를 찾게 되었다. 그는 막 남태평양 제도에서 돌아온 참이었다. 끔찍한 휴가였어. 왜? 왜냐고? 왜냐면 그녀가 쌍년이니까. 그는 딱히 더 오래 사무실에 있기를 계획하지 않았지만, 집에 향할 기분도 들지 않았다. 내가 이리로 와주면 우리는 함께 시내를 벗어나는 방향으로 걸어 돌아갈 터였다. 딱 우리 같은 두 불알처럼, 그는 덧붙였다. "뭐가 그렇게 별로였던 건데?" 우리가 드디어 만나자 내가 물었다. "우리는 그냥 맞지를 않아." 그가 말하면서 양 주먹의 손마디를 사용하여 딱 들어맞지 못하는 두 기어의 톱니들을 따라 했다. 직시하자, 그녀는 쌍년이고 나는 등신이야.

그러나 나는 올라프에게 주의를 기울이지 않았다. 내가 하려던 게 뭔지 나는 정확히 알았다. 그의 동네를 떠나, 도시의 다른 곳으로 가서 클라라를 우연히 만나는 거다.

괜찮은 한 해였어? 나는 물었다. 아직 모르지, 그는 평소처럼 빈정대며 답했다.

그는 점심을 먹고 싶었나? 방금 뭘 먹었다. 배고프지 않았다. 우리는 대신에 커피를 마시기로 했다. 그가 직장에 있는 걸 알게 돼서 놀랐다고, 나는 말했다. 오로지 유대교도만 크리스마스를 기리잖아. 유대교도와 도미니크회 수사만. 그는 이번에도 다시 으레 기분이 좋지 않은 상태가 되어 있었다.

시내를 벗어나는 길에 우리는 MoMA*에 들르기로 했다.

* The Museum of Modern Art. 미국 뉴욕시에 있는 미술관.

거기서 우리는 앉아서 커피나 마시며 근황을 주고받으려 했지만, 로비에는 관광객들이 떼 지어 몰려 있었다. 눈이 닿는 어디나 인간 몸으로 바글거렸다. 좆같은 인류, 그는 시작했다. 저놈들은 유럽에서는 박물관에 한 군데도 안 가면서 여기 와서 한다는 거란 오로지 자신들이 이해할 엄두도 못 내는 예술품 사이에서 몸뚱이를 끌고 가서는 차이나타운에 짝퉁 시계를 사러 몰려가는 것뿐이지. 올라프랑 그의 큰소리란. 예전에는 도시와 삶에서 옆걸음으로 비켜서 친구와 함께 휴식을 취할 수 있었다. 그런데 이제 이 꼴을 봐라, 이 외국인 무리를. 우리는 로비를 통해 길을 요리조리 빠져나가 가장 가까운 스타벅스로 향했다. 그러나 그곳조차도 사람들이 떼로 몰려 있었다. 우리는 결국 60번가의 어느 곳의 위층에 있게 되었으나 여전히 너무 시끄럽고 북적거렸다. 크리스마스 휴가를 맞은 부유한 십 대 아이들로 가득했다. 우리는 일어나서 60번대 거리 중 하위 번호 주위의 가게들을 시도해본 끝에 포기하고, 67번가 시내 횡단 버스를 타고야 말았다. 나는 매 장소에서 왜 내가 뭔가 잘못된 점을 발견하고 있는지 알았다. 그녀가 매번 나를 따돌리고 있거나, 내가 모퉁이를 돌 때마다 몇 초 간격으로 그녀를 계속해서 놓치고 있던 것이다. 우리가 어딘가에 들를 때마다 그가 다른 곳에 가고 싶어하는 이유는 뭐였을까? 그곳에는 단 하나의 설명밖에는 없었다. 그 역시도 누군가를 찾고 있던 것이다. 그렇지 않나? "너 누구 만났어?" 나는 끝내 그에게 물었다. 그는 정면을 보면서 멈추지 않고 계속 걸었다. "어떻게 알았어?" "그냥 알겠는데, 뭐. 그 여자 누구야?" 의도한 건 아니지만, 올라프는 내 질문에 답하면서 그가 나의 가장 친한 친구라는 걸 일깨워주었다. "너도 누굴 만났으니까 내가 누굴 만났다고 생각하는 거겠지. 그런데 우연히 맞췄네. 우리는 둘 다 사랑에 굶주린 신세구나."

결국 우리는 70번대 거리 중 하위 번호에서 스타벅스 하나를 찾아, 창가 구석에 있는 작은 탁자를 찾아냈다. 나는 근처 탁자에서 의자 하나를 빌려왔고, 그는 줄을 서서 커피 두 잔을 주문했다. 그가 바리스타와 입씨름하는 게 들려왔다. "중간 크기라고 내가 말했잖아요, **톨**도 아니고, **그란데**도 아니고, 중간 크기라고. 그리고 **다음 손님**이 아니라 다음 고객님이에요. 나는 고객님이지 손님이 아니라고, 알아들어요?" 나는 그더러 머핀이나 스콘 두어 개도 집어 오라고 하려 했지만, 그러다 내가 너무 이런저런 걸 많이 준비해두고 있다는 생각이 들었고, 게다가 정말로 우리가 그녀를 우연히 만나게 된다면 그녀더러 내가 우리의 차 안에서의 아침 식사를 재연하고 있다고 의심하게 하고 싶지는 않았다. 그러다가 그 반대의 본능이 나에게 말해주었다. 우리의 아침 식사를 재연하는 모습을 들키는 일이 진정 그녀를 우연히 맞닥뜨리는 일을 긍정적으로 고려되게끔 해줄 법하다는 것이었다. 별점 운세도 가끔은 그런 식으로 돌아갔다. 이것이 내가 처음에 클라라를 영화관에서 우연히 맞닥뜨리려고 한 방식이 아니었나? 그녀가 누군가와 함께 파티를 위한 음식을 사러 갔을 가능성이 매우 높은 가게들 중 몇몇에 우리가 충분히 가까이 있었던 만큼, 우리가 바로 이곳에서 서로를 마주칠 가능성이 농후했다. 꿈과 로메르 영화에서나 있는 일이었달까. 그러나 나는 그렇게 이중적 생각을 하는 것이 운명의 소관에 참견하는 하나의 방식이고 역효과를 내서 우리가 만나는 것을 방지할 법한 정확히 그것이라는 것을 깨달았다. 내가 바로 이런 이러지도 저러지도 못하는 상황에서 빠져나갈 길을 타개하려던 차에 그곳에 그녀가, 친구 올라와 함께 스타벅스를 지나 걸어가고 있었다.

나는 셔츠만 입고 커피숍에서 뛰어나갔다. 길 건너편에 서서 한 명의 이름을, 그다음 다른 한 명의 이름을 외쳤다. 나는 여기서 뭘 하고 있었나? **그들**은 여기서 뭘 하고 있었나? 포옹, 키스, 웃음. 그들은 각자 식료품 봉투들을 들고 있었다. 나는 그들에게 들어와서 우리와 같이 커피를 마시자고 설득하지 않아도 되었다. 정말 행복해요, 당신을 보게 돼서 정말 행복하네요, 나는 올라를 올라프에게 소개하자마자 클라라에게 말했다. 그녀의 손바닥은 내 얼굴을 어루만지면서, 내가 너무도 많고 많은 낮과 밤 동안 없이 살아온 그 모든 다정함을 전해주었다. 그들은 아직도 살 것들이 몇 톤은 남았다고, 그녀는 말했다. 그녀는 자신들의 마무리되지 않은 심부름 중 일부를 훑어주었다. 그들은 너무 오래는 있을 수 없었다. 당신은 행복해요? 올라프와 올라가 말하느라 바쁠 때 나는 물어보지 않을 수 없었다. 당신은 행복해요? 그녀가 메아리처럼 되풀이했는데, 그래, 자신은 행복했다, 하고 말하는 그녀의 방식이었다. 아니면 내가 방금 말한 것을 패러디한 걸까. 그런데 또 그것은 결국, **그래요, 나 행복해요** 하고 말하는 딱 그녀의 방식일지도 몰랐다. 그런데 우리 거의 십 분도 못 내요. 그냥 앉아요. 코트나 벗고. 내가 커피 가져올게요. 나는 내가 그녀를 나와 함께 있게 하려고 분투하고 있달지, 그녀를 내 삶 속으로 끌어당겼다가 기어이 그녀를 끌어가려고 작심한 기이한 확률에 반해서 고투하고 있다는 기이한 느낌이 들었다. 거기다 이 확률이 그녀의 의지에 내재된 건지, 끝마치지 않은 식료품점 심부름 속에 있는 건지, 그저 단순히 내 머릿속에 있는 건지 알지 못했다. 나는 한편으로 내가 바란다는 이유만으로 누군가를 우연히 만나는 이 순수한 운을 믿을 수 없었다. 이것은 삽시간에 사라질 수도 있었다. 가볍게 굴고 단순하게 유지하고 은신하자. 당신은 벌써 그녀에게 당신이 행복했다고 말했다.

우리 자리 옆쪽의 자리에 혼자 앉아 있던 거의 내 또래 남자가 노트북에서 고개를 올려 우리를 빤히 쳐다보고 있었다. 전설과 멋으로 한꺼풀 덮인 여자들, 심부름, 파티, 좌우로 던져진 별명들, 이것저것을 사라고 부탁을 받았고 아마도 시내 저 멀리서 비슷한 심부름을 해내느라 분주했던 사람들, 새해 전야에 서로 맞닥뜨리는 데서 오는 가벼운 과잉 흥분, 사람이 주문했던 복잡한 커피에다가 **블랙 커피 스몰 사이즈에 설탕 두 개랑 가능하면 뭐라도 단 거까지**—오, 클라라, 클라라, 내가 언제가 되었든 이날을 잊을까요?— 나는 그를 쳐다보면서, 나 자신을 그의 입장에 놓아보았다. 그리고 그가 우리의 삶에 관해 뭐라고 생각할지 상상하려고 했다. 우리는 우스꽝스러워 보였을까, 아니면 정말 빛과 꿈으로 한꺼풀 덮여 있었을까? 여자들, 파티, 새해 첫날. 갑자기 우리의 삶에, 나의 삶이 눈부시게 빛나기 시작했다. 옆자리 남자의 시선이 아니었으면 내가 눈치채지 못했을 빛이었다.

나는 스타벅스에 있는 우리의 작은 구석 자리가 좋았다. 나는 정확히 일주일 전 우리가 영화관에서 만난 그날 오후에 뭔가 비슷한 일이 벌어지기를 상상했었다. 이제, 7일 뒤에 그것이 내게 주어지고 있었다. 영혼은 얼마나 시간에 정확했는가, 마치 우리의 극히 얄팍한 희망 사항과 가끔은 성마를지라도 협조적인 신 사이의 비밀 동맹이 끊임없이 우리를 위해 이것저것을 주선해주고 있었다는 것처럼 말이다. 헤어지는 순간에 어색함이 있을 테지만, 나는 지금 당장은 그것에 관해 생각하고 싶지 않았다. 나는 클라라가 심부름으로 돌아갈 순간이 오면 어떤 방법을 생각해내고 가장 덜 어려운 길을 고를지 알았다. 어쩌면 우리가 지금 당장 우리끼리의 순간이 없어서 나왔는지도 몰랐다. 너무 일렀고, 말할 게 너무 많았고, 어쩌면 우리가 지난밤의 통화 중에 중단한 곳으로 우리가 돌아갈 것임을 알기 위해 우리에게 필요한 것은 오로지 제한되고 비스듬한 흘긋거림이 다였는지도 몰랐다. 다시 한번 나는 불안한 생각들을 물리치려고 했다. 올라프는 양쪽 여자들에게 말하고 있었다. 나는 클라라를 위해 설탕을 더 얻으러 돌아갔다. 나는 이런 게 정말 좋았다.

내가 돌아오자, 나는 클라라가 '에디의 식당'에서 입던 예의 똑같은 스웨터를 입고 있는 것을 보았다. 나는 얼굴을 그것에다 문지르고 냄새를 맡고 바싹 파묻고 싶었다. 어린 양, 누가 당신을 만들었나요, 클라라? 바로 지금이라도 나는 그녀의 얼굴을 만지고 내 손바닥으로 그녀의 머리카락을 뒤로 넘길 수만 있다면 뭔들 내어줄 터였다. 올라프의 금속성 목소리가 우리의 작은 구석 자리에서 울려 퍼질 때 그녀가 그에게 말했던, 아니, 그렇다기보다는 그에게 귀 기울이고 다소 엄숙하게 끄덕여대던 식이 나는 좋았다. 그녀가 오늘 밤 나를 보고 일 분도 되지 않아 그의 이름을 놀림감으로 삼고 그의 목소리를 흉내 낼 것을 나는 벌써부터 알았다. 그만하면 괜찮은 올라프, 배꼽웃음 올라프, 올라프 딸딸이, 이만하면 됐어요, 그러면 우리는 올라프의 이름에 웃고 또 웃고는 그 때문에 더욱 가까워질 것이었다. 비록 그가 나의 가장 친한 친구고 그녀가 그를 좋아하는 듯했음에도 불구하고 말이다. 나는 그녀가 그에게 귀 기울이는 동안 그녀와 눈을 한번 맞추었다. 나도 알아요, 그 눈은 말했다. 우리는 괴짜 암살을 계획 중이죠, 나는 흘깃하는 시선으로 대답했다. 내가 아는 걸 당신이 아는 걸 나도 딱 알아요. **나 역시도 이걸 알아요,** 그녀는 말하는 듯했다. 오, 클라라, 클라라.

나는 더 일찍 그녀를 눈치챘어야 했다. 누군가가 바깥에 서서 우리를, 나를 뚫어져라 쳐다보고 있었다. 그 남자애는 얼굴을 유리창에 딱 붙이고 있었다. 내가 그를 마주 쳐다보자마자, 그 어린 소년이 분명 엄마와 함께 있을 거라는, 그리고 그 엄마도 이쪽을 응시하고 있을 거라는 생각이 떠올랐다. 레이철.

다시 한번 나는 스타벅스에서 뛰쳐나갔다. 그녀는 방금 집을 떠나 오늘 저녁 식사를 위해 이것저것 몇 가지를 살 참이었다. 자매들이 평소에 하는 막바지 마무리를 하고 있었던 것이다. 나는 그녀를 안으로 안내해, 근처 두 개 탁자에서 의자 두 개를 어찌어찌 잡아채 와서 우리 자리의 원을 넓혔다. 소개, 소개, 내가 커피를 가져오겠다고 제안하는 것, 주문대로 어린 소년을 데리고 가 그더러 뭘 고르라고 하는 것, 내 손에 잡힌 그의 얼음장처럼 차가운 손, 줄에 선 사람들과 겉치레식 농담을 나누고 내가 주문하여 계산원에게 내 이름을 알려줄 차례가 되었다. 중심에 있는 것이 익숙한, 언제나 사람들을 소개해주는 입장인 레이철은 지금 어색한 게 분명했다.

그녀는 낯선 이들 가운데 있는 것이다. 레이철을 위해서, 나는 그들 중 누구보다도 레이철을 오래 알아왔음을 모두가 알 수 있게 했다. 그 누구도 그녀의 연장자 서열에 도전하는 꿈이라도 꾸거나 그녀를 권좌에서 내쫓을 시도를 하지 않을 거라고 그녀가 느껴주기를 바랐다. 그러나 어쩌면 나는 클라라가 얼떨떨해하고 까치발을 들게 하고 싶기도 했다. **너랑 함께 있는 이 사람들은 대체 누구야?** 하고 레이철의 꼬치꼬치 캐묻는 시선이 그들을, 아니면 그들을 아는 나를 향한 빈정대는 기미를 빠뜨리지 않고 말했다. 나는 어깨를 으쓱했는데, 이런 뜻이었다. 사람들이지, 그냥 사람들. 클라라는 올라프에게 말하기를 멈추고 레이철에게 눈길을 보내고 있었다. 마치 그들 사이의 침묵을 깰 기회를 탐색하는 것처럼. 아니면 클라라는 레이철의 코트를, 그녀가 추운 날에 몇 년간 입어온 잿빛 초록색 겨울 코트를 재어보면서 그녀를 싫어할 구실을 하나라도 찾으려는 것 같기도 했다. 새해 파티가 두 곳인데, 나는 양쪽 모두에 초대되었고 오늘 레이철을 직접 보기 전에는 내가 둘 중에서 결정해야 하게 될 거라는 생각은 절대 해보지도 못했다. 이거 매우 어색해질 수도 있겠다고 나는 생각하면서, 어느 쪽도 오늘 저녁의 축제 행사라는 주제를 꺼내지 않기를 바랐다. 물론 내가 이미 한쪽 파티에 그다음에는 다른 쪽 파티에 가겠다고 다짐해두기는 했지만 말이다. 다만 내가 한쪽에 너무 일찍 갔다가 떠나면, 어떤 멍청이라도 내가 다른 파티로 가는 길이라고 눈치챌 테지만. 몇 년간, 나는 언제나 레이철의 집에서 12월 31일 카운트다운을 봤다. 나는 벌써 그녀를 배신하고, 그녀를 버리고 있는 것이었을까?

갑자기 바리스타가 "오스카 고객님!"을 매우 크게 외쳤다. 곧바로 나는 레이철의 커피를 받으러 일어났다. 나는 나의 별명에 관해 너무 얼굴에 다 드러나지 않게 하려고 했지만, 보지 않아도 나는 벌써 레이철이 깜짝 놀란 걸 알았다. 클라라는 득점을 했고, 바로 이 순간에 그녀의 승리에 통쾌해하면서 그 승리감을 나에게 윙크 같은 무언가로 알려주고 싶어 죽을 지경일 터였다. 그 승리감 덕분에, 클라라는 레이철을 싫어할 이유 찾기를 그만두고 상대방을 거인들 틈바구니의 두꺼비 같은 기분이 들게 한 그 지루하고 살짝 정신이 나가고 게슴츠레한 표정을 더는 짓지 않을지도 모른다는 걸 나는 역시 알았다.

나는 나 자신이 레이철을 얼떨떨하게 하려고 계산원에게 그 별명을 알려준 것일지 생각하기 시작했다. 레이철의 편을 들고 나서 클라라의 편을 들고자, 레이철이 나를 놓쳐버렸다고 생각하게 하고자 말이다. 설사 그녀가 절대로 몰랐거나 한 번도 관련해서 굳이 물어보지도 않은, 그리고 내가 그녀를 알아온 몇 년 내내 무시해온 대가를 지금 치르고 있는 대상인 나의 이면이 언제나 있었음을 그녀에게 일깨워주려는 의도밖에는 없었을지라도. 자신이 들은 게 내 별명이라고는 여전히 생각하지 못했을 레이철은, 이제 클라라에게 친근하게 다가갈 기분이 아니었다. 클라라가 어떤 시도를 해도 반응하고 싶지도 않을 터였다. 게다가 두 사람이 기꺼이 얘기할 만한 건 아무것도 없어 보였다. 내가 그 냉담함을 깨보려고 억지로 대화를 이끌어갈 수도 없을 듯했다. 그들이 서로 가까워지려고 나를 놀려댄다면, 나는 기꺼이 놀아나줄 수 있었다. 클라라가 나를 놀림감으로 삼는 걸 지켜보면서, 또 레이철이 그 놀림을 확인하고 "특히 싫지 않아요? 애가 막 이럴 때 있잖아요……"와 같은 무슨 말을 덧붙이면 그에 클라라가 선뜻 동의하고, 딱 그만큼이나 들썽들썽하게 그녀만의 재치 있는 말을 또 하나 더하는 것을 들으면서. 그들이 친구가 되어주고, 친구가 되어줌으로써 마치 꼬인 걸음마용 허리띠를 몸에다 감고서 걸음마를 배우는 아이 세 명처럼 우리 셋 주위에 원을 에워싸주기만 한다면야 무엇이라도 그럴 값어치가 있었다. 나는 레이철이 어제 오후에 했던 이야기에 관해 말하기 시작할까 봐 불안했다. 내가 그녀를 따돌렸다는 이유로 심술을 부리기 위해, 로런에 관해서라든지 어제 모두의 관심을 끌었던 유령 여자에 관한 이야기를.

목소리가 큰 여자 하나가 우리 옆에 앉았다. 그녀는 유아차에 있는 아이에게 이야기하면서 핸드폰으로는 남편과 잡담하고 있었다. "이거 봐, 엄마가 커피에 설탕 넣는 거 깜빡하다니 재밌지 않아? 그거 **재애미이이–이이있**지 않아?" 그러고는 전화상의 남편에게 돌아가서는, "그 자식 똥구멍에나 처넣으라고나 해. 당신 남동생은 그래도 싸." 자기 통화가 아닌 경우 핸드폰으로 시끄럽게 대화하는 데 참을성이 없는 클라라는 어쩔 도리가 없었다. "그럼 아프지 않을까요?" 그녀가 전화 중인 여자에게 돌아서면서 큰 소리로 물었다.

"뭐라고요?" 하고 놀란 아내·엄마·형수가 끼어든 데에 분개한 표정으로 말했다.

"제 말은, 그쪽 시동생 똥구멍에 뭘 처넣으면 아프지 않겠느냐고요? 아니면 그러면 **재애미이이이-이이있**을까요?"

"이 사람들 믿기지가 않네" 하고 그 여자가 남편과의 핸드폰 대화를 계속하면서 말을 이었다. "무례해, 무례해, 무례하다니까. 우리 대화나 엿듣고는. 살면서 달리 할 게 그렇게도 없나?"

"어머 아니에요, 할 게 차고 넘치죠. 우리는 맨날 엉덩이에 이것저것 처넣는걸요" 하고 레이철이 덧붙였다. "그리고 우리가 어떻게 그러는지 **그쪽**한테 말해주면 너무 좋겠네요."

"우웩!" 그녀가 눈알을 굴렸다. "나 남편한테 말 좀 하려고 하고 있거든요. 부탁 좀 합시다?"

"그쪽이 목소리를 낮췄으면 그쪽이랑 서방이랑 엉덩이에 뭣들을 하는지 우린 절대로 모르겠죠. 그러니까 그쪽한테 부탁 좀 합시다?"

"그렇게 살지 마요." 그러고는 올바른 엄마다운 시선으로 아이를 돌아보면서 말했다. "엄마가 코트 벗겨줄게. 그럼 다 괜찮아질 거야."

올라프도 어쩔 도리가 없었다. "월마과아 다아아아아 괜찮게 해주께!"

우리 모두가 웃음보를 터뜨렸다. 우리 뒤에 앉은 사람들, 근처 테이블에서 우리를 지켜보던 청년도 같이 웃었다. 한순간 나는 내가 왜 이 두 여자를 좋아하는지를, 그리고 그들이 서로에게 즉각 끌리지 않는 게 왜 이해가 안 되는지 알 수 있었다. 두 사람은 악동 같은 면모를 공유하고 있었다. 잔인하게 굴지 않으면서도 치사한 것에 너무도 가까워지는 그 능력 말이다.

아니면 나는 다시 한번 클라라에 관해서 착각한 걸까? 그녀는 그저 잔인하고, 그보다 덜할 게 없었던 걸까? 아니면 나는 그녀의 추정되는 잔인함을 우연히 맞닥뜨리고는 기껏해야 그녀의 얼굴을 밝히는 상냥함의 한 예시를 겪는 것을 좋아했던 걸까? 마치 근엄한 재판관의 이목구비에 올라가는 동정심과 같이 말이다.

나는 어느 지점에, 그들 둘이 말하기 시작했을 때, 레이철이 내 이목을 끌려고 매우 교묘하게 시도하는 것을 눈치챘다. 그녀가 나의 흘깃하는 시선을 알아채자, 그녀는 고개를 한 번, 두 번, 매우 빠르게 저었다. 마치 어떤 질문을 신호하려는 듯했다. **이 여자 누구야? 어디서 이 사람을 낚아왔어?** 나는 비밀 통신에 가담하고 싶지 않아서 급히 외면했지만, 그러다가 그녀가 완전히 다른 질문을 묻고 있다는 것을 깨달았다. **이 사람이 네가 어제 온종일 앓는 소리 하던 그 사람이야?** 나는 그녀의 신호에, 아니, 이 사람은 다른 사람이야, 라는 말로 답할 참이었는데, 왜냐하면 나를 너무도 잘 아는 레이철에게 어제의 유령 여자가 그녀 건너편에 앉아 있다는 걸 알리고 싶지 않기 때문이었다. 아직 그녀가 남들보다 더 많이 알아차리지는 못했지만, 나는 그녀가 우리에 관해서 나보다 더 잘 아는 건 원치 않았다. 나는 억지로 지난밤의 통화를 떠올렸다. 우리의 덧없는, 기쁜, 창피한 비밀을, 그녀의 목소리가 털이 덮인 숨결로 내 귀를 건드리고는 침대에서 내가 누운 쪽에 남아 있던 차에 그녀가 **그러고 싶으면 그래도 돼요** 하고 말한 그때를. 이제, 나는 그녀를 바라보면서 어쩌면 나는 무엇에도 의존할 이유가 없었다고 계속 생각했다. 아무것도 벌어지지 않았고, 벌어졌다고 한들 그것은 얼마간 잠결에 맴돌다가 꼭두새벽에 흔적도 없이 사라졌다고. 우리 둘 모두 그것이 상대가 꿈을 꾼 게 아니라고 어느 쪽도 확신하지 못했던 꿈인 체하지 않았나? 내가 일주일 동안 아무에게도 털어놓지 않고 키워온 것, 이건 질문을 담아 흘긋거리는 시선만으로 터질 수 있는 거품에 불과했다. 마음속에 불안이 점점 자라났다. 나는 클라라를 또다시 놓친 걸까? 나는 그녀와 스타벅스에서 함께 보낼 수 있는 시간을 낭비해서 지금 그녀를 놓쳐온 걸까? 아니면 나는 언제나 그녀를 놓치고 있었던 걸까? 왜냐하면 결국 나는 영원히 임시 석방의 상태에 있고, 그러므로 빌린 시간상에 전당잡힌 셈이니까?

어쩌면 난 클라라와 내가 얼마나 상당히 모르는 사람들 같았는지를 레이철에게 알리고 싶지 않았던 거다. 그래서 나는 그녀가 말없이 찔러보는 것들에 답하기를 피했다.

어쩌면 나는 스스로 겁을 먹고 싶던 걸지도 몰랐다.

내가 답할 겨를도 없이, 클라라가 시선을 올려서 레이철의 캐물으며 흘긋거리는 시선을 가로막았다. 그러고는 바로 나를 돌아보면서 내 얼굴의 텅 비고 입장을 밝히지 않는 표정을 알아챘다. 답하지 않으려는 나의 노력에도 불구하고, 내 표정은 우리 사이 비밀스러운 소통이 있었음을 드러내고야 말았다.

"잠깐만. 이거 뭐예요?" 그녀가 물었다.

"뭐가요?" 내가 답했다.

"이거요." 그녀는 레이철의 고갯짓을 따라 했다. "그쪽 둘이서 무슨 얘기 하는 건데?"

"아무 얘기도 안 하는데요." 나는 발각되는 게 좋았다. 실상 전혀 얼버무리는 것도 아닌, 이렇게 무례하게 얼버무리는 걸 즐겼다.

"이 두 사람 좀 봐요" 하고 클라라가 올라프를 돌아보며 말했다. "이 사람들 서로한테 비밀 신호 보내고 있어."

"우리 들킨 것 같네" 하고 레이철이 말했다. 나는 레이철이 다 불어버릴 것을 알았다. 그러라지.

아닌 척해봐야 소용이 없었다. "알고 싶어요?" 나는 클라라에게 물었다.

"당연히 알고 싶죠." 그러고 내가 비밀을 누설할 참임을 보고는 그녀가 말했다. "잠깐만. 그걸 알면 내가 행복해지는 거예요, 아님 불행해지는 거예요?"

레이철과 나는 흘긋거리는 시선을 주고받았다.

"둘이 진짜!" 클라라가 말했다.

"알았어요, 어제에 관해서예요. 레이철은 지난밤에 내가 한잔하러 초대한 사람이 당신인지 알아보려 하던 거예요."

"이 사람이 저한테 전화하긴 했어요. 그런데 이 사람은 도무지 알 수가 없단 말이죠." 클라라는 그렇게 말하면서 동의해달라는 눈빛으로 레이철을 돌아봤다. "이 멍청이가, 그러니까 저 말이에요, 어쩌다가 혼자 영화관에 가게 되었는지 이 사람이 말해주던가요?"

"얘가 간다고 했다가 안 간다고 했다가, 그러면서 뭐라고 말을 하긴 했어요. 우리는 다들 가야 한다고 말해줬고요."

"이 사람이 왜 안 가는지도 말했어요?"

"화가 난 것 같던데요." 그러면서 레이철은 나를 돌아봤다. "네가 어제 화나 보였다고 말해도 괜찮은 거지?"

그렇다, 온 세상천지에 내가 화가 났다고 말해도 괜찮다.

아니, 내가 어떻게 괜찮지 않을 수 있을까? 레이철이 적어도 로런에 관해서는 이야기하지 않을 재치는 있겠지?

"영화관에서 무슨 일이 있었는데요?"

"순진하게 혼자 온 여자를 덮치려 하는 수많은 변태들과 함께 제가 어둠 속에 혼자 있었다는 것만 빼면…… 아무 일 없었어요. 심지어 좌석 안내원도 나한테 수작을 걸던데요."

"그래서, 벌을 줬나요?"

"누구한테요? 안내원한테? 아니면 오스카르한테?"

"오스카한테요" 하고 레이철이 강세 부호 없이 말했다.

레이철은 내 별명을 처음 말할 때 히죽 웃으면서 망설임을 숨기려 했다. 그녀는 누구에게도 그녀가 이전에 들어본 적이 없다는 걸 알리고 싶지 않았으며, 자기 구미에 맞는다고 확신할 때까지는 딱히 삼킬 셈도 없던 낯선 요리를 맛보고 있던 것이다. "오스카르." 그녀가 말했다. 마치 내 얼굴에서 재미있는 새 가면을 막 발견했다는 듯이. 그녀가 자신의 세계에 들여줄기를 여전히 꺼리고 있는, 나중에 그녀가 집에서 모두와 함께 떠들어댈 게 분명한 새로운 나를 말이다. 그러자니 클라라가 만들어준 새로운 나, 우리가 허드슨강으로 차를 몰아 올라간 그날 클라라가 공고히 해준 이 새로운 정체성이 나 자신이 아닌 것 같았다. 마치 내가 모두가 알아주기를 바라며 일주일 내내 새 신발을 신고 다녔는데, 레이철이 관련된 한에서는 그 가격표를 아직 떼면 안 되는 것 같았다. 나를 더 잘 알던 사람들이 진짜 나와 어울린다고 인정해주기 전까지는.

"그래서 이제 용서해준 거예요?"

"이 사람이 대가를 치르게 하려고 해봤는데, 남자들이 대가를 치르게 하는 데는 제가 항상 실패해서요."

이것은 단연코 내가 알던 클라라가 아니었다. 그녀는 레이철과 모종의 **그들 대 우리**라는 연대감을 시도하던 걸까, 아니면 이것은 내 새로운 이름으로 나를 놀리려는 레이철의 시도를 약화하는 그녀의 완곡한 방식이었을까?

"사실은." 그녀가 계속했다. "우리 화해했어요. 이 사람이 지난밤에 전화를 걸 만큼의 지혜는 있더라고요."

나는 레이철이 무슨 생각을 하는지 알았다. 우리가 지난밤에 같이 잔 게 틀림없다고.

클라라는 레이철의 뇌리에 정확히 무엇이 스쳐 갔는지 아는 것 같았다. 그리하여 클라라는 레이철의 생각을 바로잡아주지 않기 위해, 올라에게 그들이 정말 장보기를 마쳐야 한다고 일깨워주고 일어나 코트를 입고, 모든 이에게 작별 인사하는 차에 허리를 수그려 나에게 축축하고 진한 키스를, 입에 혀를 다 집어넣으면서 했다. "**비스 발트***."

뭐가 됐든 우리 사이 신체 접촉을 거의 의미가 없게 만들 수 있었다면, 이게 바로 그것이었다. 우리는 벌써 사무적으로

* 독일어로 '곧 보자'라는 뜻.

만지는 지경에 다다른 걸까? 아니면 이것은 지난밤 이후로, 더는 거리낄 게 없다는 걸 내게 일깨워주는 그녀의 방식이었을까? 아니면 레이철을 위해 의도된 것이지 나를 위한 게 아니었던 걸까? 아니면 잉키의 키스를 재연한 것이었을까?

잠깐 뒤에, 레이철은 아들에게 손모아장갑을 끼워주기 시작했고 아이의 목에 목도리를 둘러주겠다고 고집을 부렸다. 남자아이는 몸부림쳤고, 끝내 그녀가 굽혔다.

"오늘 밤에 우리 네 얼굴 보는 거야, 오스카르?"

"아마도." 내가 말하면서 그녀가 내 별명을 말할 때 그녀 목소리 속 재치 있게 올라가는 억양을 무시했다.

그녀가 나를 짜증 나게 했음을 그녀는 알았다. 그녀는 내가 진실을 말하지 않고 있다는 것도 알았다.

"뭐, 오려고는 해봐. 그 여자도 데려오든가."

그녀가 장갑을 낄 동안, 그녀는 어쩔 수 없었다. "깜짝 놀라게 예쁘더라."

나의 무언의 으쓱함은 동의로 통하려는 속셈이었다.

"그거 하지 마!"

"뭘 하지 마?" 내가 물었다.

"이거." 그녀는 내 얼굴의 가식적인 무심함을 흉내 냈다.

"그 여자가 너한테서 눈을 안 떼던데."

"그 여자가 나한테서 눈을?"

"넌 내가 아는 사람 중에 제일 답답한 놈이다. 올라프 씨가 애한테 설명 좀 해줘요. 가끔은 네가 일부러 모른 척하나 싶다니까. 마치 네가 정말로 좋아하는 사람들이랑 옷을 벗어야 할까 겁이 나고, 그들이 네 고추를 보면 하늘이라도 무너진다는 것처럼."

레이철이 떠나자마자 올라프는 자제할 수 없었다.

"쌍년들이네, 저 여자들 다."

"레이철한테도 일리가 있을지도 몰라."

올라프는 어깨를 으쓱했다. 이런 뜻인 듯했다. **그래, 일리가 있을 수도 있겠지만 그래도 쌍년이야.**

올라프는 아내가 오늘 밤을 위해 샴페인을 한 상자 주문하라고 했지만, 그는 까맣게 잊고 있었다. 그래서 이제 제시간에 배달되지 않을까 걱정하고 있었다. 올라프는 늘 그랬듯이 곰처럼 크게 껴안듯이 나를 포옹했다. 그리고 평소와 같은 인사말을 건넸다. "힘과 영광 있으라*"에 뒤이어 "단단해라"였다.

"아까 그 여자가 나한테 말했던 그 사람이야?"

"맞아." 내가 말했다.

* 고대 로마에서 전투 시에 외치는 문구.

"그럴 줄 알았다."

"그러는 네 사람은?" 내가 물었다.

"묻지 마. 너 알고 싶지 않을걸."

—•◆•—

내가 지금 클라라에게 전화했다면, 그들이 장을 보는 동안 함께하겠다고 제안할 수 있었다. 나는 우리 셋 모두 사람이 들어찬 식료품점에 있는 모습이 딱 그려졌다. 웃음. 웃음. 달걀. 나는 그녀가 말하는 게 그려졌다. **우리 내일 아침용으로 달걀이 필요할 거예요.**

나는 날아오르고 있었다.

그저 네가 이걸로 대가를 톡톡히 치르지 않기를 바랄 뿐이다.

그날 오후에 집에 일찍 왔을 때, 나는 낮잠을 자기로 했다. 이것은 지금까지 잘 갔던 하루를 다시 시작하고 그걸 다시 처음부터 경험하는 나의 방식이었던 걸까? 아니면 깨끗이 다림질된, 내 취향대로 바삭하고 팽팽하고 가볍게 풀을 먹인 침대보의 손짓하는 듯한 유혹 때문이었을까? 아니면 내가 음악을 들으면서 꾸벅꾸벅 졸 것을 알았던 내 침대 위에서 고양이처럼 선잠을 자는 오후의 태양이 주는 황홀감 때문이었을까?

나는 몇 시간 안에 그녀에게 전화하기로 약속했고, 이제는 그녀에 관한 가장 모호한 생각들을 애지중지 침대로 가져가는 것 말고는 아무것도 원하지 않았다. 우리의 소망이 절대로 이뤄지지 않을지도 모른다고 할지라도, 눈을 감자마자 그 윤곽을 한꺼풀 한꺼풀, 한 장 한 장 벗겨내기 시작하는 식으로 말이다. 마치 희망이란 게 우리가 시간을 들여서, 발걸음을 짧게 걸어 뒷걸음질 치고, 옆걸음질 치고, 영원히 시간을 들일 여유가 될 정도로 너무도 깊이 파묻혀 있는 심장을 품은 아티초크였다는 것처럼.

우리가 연인, 아니면 친구, 아니면 가벼운 뭐라도 될 운명이 아니었다면, 뭐, 나는 그 역시도 잠을 자서 낫게 할 터였다. 그녀가 상처를 받는다 해도 상관하지 않던 것과 꼭 마찬가지로 나 역시도 상처 입는 데에 눈곱만큼도 개의치 않을 마음이었다. 그냥 침대에 들어가서 몸을 웅크리고, 나와 함께 있는 그녀를, 우리 몸들이 베네치아의 숟가락처럼 겹쳐진 반쪽 둘처럼 껴안고 애무하는 모습을 생각하자. 우리 사이 공간을 우리는 대운하라고 또 징검다리를 나의 리알토 다리라고 부를 것이다. 나의 **코버스**라고. 나의 귀도라고. 나의 로킨바라고. 나의 피네간이라고. 나의 포틴브라스*라고.

왜 저녁 식사 하러 안 왔어요?

* 윌리엄 셰익스피어의 《햄릿》 속 등장인물인 노르웨이의 왕 또는 왕자를 말한다. 이름은 '강인한 팔뚝'이라는 뜻을 지닌다.

왜냐면 내가 당신 목소리에서 분통을 터뜨리는 걸 알아채서요.

왜 뭐라도 말하지 않았어요, 그럼?

왜냐면 당신이 화났다는 거랑 허튼소리가 더 있을 거라는 걸 알아서요.

무슨 허튼소리요?

이런 허튼소리요.

당신한테 뭐 말해도 될까요, 그럼?

내가 이미 알고 있다는 생각은 안 들어요, 내가 알고 있다는 생각이 안 드냐고요?

오, 클라라, 클라라, 클라라.

내가 일어나자 벌써 5시가 넘어 있었다. 자동 응답기에는 부재중 전화가 세 통 있었는데, 클라라로부터의 끊긴 전화 둘과 메시지 하나였다. 내가 너무 깊이 자서 전화가 울리는 것도 못 듣고, 내 응답기가 전화를 받자마자 났을 그녀의 목소리도 놓친 걸까? 내가 그녀의 메시지를 듣자, 그녀는 설명할 수 없이 짜증이 나고 피로한 듯했다. "적어도 받을 수는 있잖아요!" 나는 핸드폰을 확인해보았다. 그러나 아무도 전화하지 않았다. "내가 온갖 군데에다 전화하고 있었다고요.

내가 이렇게 한심한 남자를 쫓아다니느라고 이 시간을 다 썼다는 게 믿기지가 않아.” 나는 내 가슴 속에서 먹먹함과 올라오는 메스꺼움이 느껴졌다. 내가 이만큼 취약했던 걸까? 이 모든 안녕이 전화 메시지 하나 때문에 갑자기 제압되다니?

나는 우리가 지난밤에 화해했다고 생각했고, 오늘 스타벅스에서 그녀는 나를 보게 되어 그보다 행복할 수 없어 보였고, 그녀의 손바닥은 내가 그녀를 맞이하러 추위 속으로 달려나가자마자 내 얼굴에서 떠나지 않았었다. 이제는 이거라고? 5시의 암흑이 낮을 계속해서 포위할 무렵, 이것이 새해 첫날을 맞이하는 가히 최악의 방식이라는 생각이 결국 내게 닥쳐왔다. 이것은 다가오는 해의 시사회였을까, 아니면 끔찍한 해의 마무리였을까? 아니면, 올라프의 말로 하자면 이것은 여전히 말하기엔 너무 일렀던 걸까?

그때 나는 깨달았다. 이것은 그녀가 지난밤에 보낸 메시지였다. 오늘 보낸 게 아니었다. 이렇게 격분한 목소리를 낼 수 있는 사람이 또 있었을까? 내가 레이철의 집에서 그녀에게 전화했을 때 그녀 목소리가 그렇게 퉁명스러웠던 것도 무리가 아니었다.

나는 면도를 하고, 기나긴 샤워를 하고, 행운을 비는 의미로 내가 정확히 지난주에 한 일을 하기로 결정했다. 다시 우리 어머니 집에 들르는 일, 똑같은 검은 신발, 똑같은 어두운 옷, 심지어 똑같은 벨트 차림이 되는 일 말이다. 나는 밖으로 나가 맨 먼저 보이는 택시를 잡았다. 어머니가 사는 건물로 곧장 떠나면서 내가 지난주에도 혼자 하던 생각을 다시 했다. 어머니가 건강히, 아니 충분히 건강히 계시면 좋겠다. 내가 오래 머물지 않아도 되면 좋겠다. 어머니가 또 아버지 얘기를 꺼내지 않으면 좋겠다. 내가 지난주에 했던 정확히 그대로 이후에 술을 두 병 사는 걸, 그다음에는 M5 버스에 올라타는 걸 기억하자. 그러면 창문을 내다보고 내리는 눈을, 물 위에 떠다니는 얼음덩이를, 또 리버사이드 드라이브의 드문드문 지나가는 차를 응시하면서 아무것도 생각하지 않을, 어쩌면 우리 아버지를 생각하거나 생각하지 않을 시간이 내게 주어질 것이다. 지난주, 버스에서 내가 아버지에 관해 생각하자고 다짐해놓고 그저 내 생각이 떠다니게 놔두었을 때도 그랬다.

어머니는 아파트 뒤편 침실에 있었다. 나는 정문을 열었다. 길고 어두운 복도를, 닫힌 문들을 지나쳐 걸어가며 도중에 전등들을 켜야 했다. 옛 침실과 욕실들을 닫아둔 거라고, 어머니는 말했다. 해질녘에는 추워지거든. 어쩌면 그녀는 집 안에 다른 사람들이 있다는 환상을 즐기는 것을 그만둬서 다른 사람들에게 문을 닫아버린 건지도 몰랐다. 그녀의 옛 시어머니에게, 그녀의 남편에게, 우리 형에게, 우리 누나에게, 나에게.

나는 오래된 재봉틀 옆에서 치맛단을 올리고 있는 그녀

를 발견했다. "더 이상 누가 오는 일이 거의 없구나." 그녀가 말했는데, **너 충분히 자주 오질 않는구나,** 라는 뜻이었다. 그녀는 치마를 거저 줘버릴지 수선할지 알지 못했다. 수선하는 게 더 말이 되었다. 수선이 잘되지 않으면 그냥 버려버릴 터였다. 아무튼 그것은 그녀에게 계속 소일거리가 되어주었다고, 그녀는 말했다. 나는 더 작아졌다.

나는 버스에서 어머니에 관해서도 생각하기로 약속했다. 그러나 이런저런 일이 있으니만큼 나는 완전히 잊어버릴지도 몰랐다. 나는 클라라를 생각하고 있을 터였다. 내가 마지막으로 여기 왔을 때는 아직 클라라를 만나지 않았고, 그날 밤 나에게 무슨 일이 벌어질지도 몰랐고, 도무지 짐작할 수도 없었다. 놀라웠다. 나는 이곳에 와서 소소한 잡담을 하고, 꾸물거리다가 떠나서 샴페인을 샀고, M5 버스에 올라탔고, 수많은 의미 없는 자잘한 일들을 했는데, 이 모든 일이 아직 클라라가 존재하지도 않던 삶에 벌어진 일이라니. 클라라 이전의 삶은 어땠나? 이제 나는 그렇게 아주 옛날은 아닌 옛 나날에, 우리가 술병의 상표를 가리고 아버지 손님들 사이에서 와인 감정가들마저 속여냄으로써 와인 테이스팅을 하면서 새해 첫날을 쇠곤 했던 그때에 의문을 품었다. 나는 사람들이 거실을 빙빙 몰려다니던 중에 그 당시 친구들 무리, 식탁에 피라미드로 쌓여 있던 음식과 후식들, 우리 모두가 어느 와인이 최고로 뽑혔는지 보고자 기다리던 동안 베이컨에 싸서 말린 자두를 구운 어머니표 요리, 웃음, 소음, 어머니가 왔다 갔다 달려 다니면서 투표가 자정의 종소리 이전에 완료되게 확실히 하던 것, 뒤이어 우리 아버지가 운이 맞는 2행 연구로 된 작년의 짤막한 연설을 사용하는 것에 대한 언제나의 사과가 온 것을 기억했다. 아버지가 클라라를 좋아했을 터임을 안다.

화이트와인을 차갑게 식히던 바깥 테라스에서, 아버지는 나더러 코르크를 따기 전에 거들어달라고 했었다. 우리는 추운 날씨에 셔츠만 입고 가만히 서서 맨해튼의 이 흑백의 밤을 지켜보았다. 건물 너머, 붐비는 이웃집에서 퍼져나오는 즐거운 소리의 메아리를 듣던 게 오늘로부터 이 년 전이었다. **저 사람들 게 진짜 파티고, 우리 건 가장무도회다.** 그는 나를 한쪽으로 데려가서는 그 목소리에 가려진 성마른 기미를 담아, 그냥 저 여자랑 결혼하지 그러냐, 하고 말했는데, 그 말뜻은 이랬다. **그냥 아무나랑 결혼해서 우리가 세상을 뜨기 전에 손주를 데려오지 그러냐. 한 번만 고생해서 쌍둥이로 하면 더 빠르겠잖니.** 그러고 그는 유리문을 통해 우리의 복닥복닥한 거실을 응시하며 화제를 바꾸곤 했다. "너희 어머니 좀 봐라. 나만 빼고 모든 사람 구미를 맞추는 꼴이 딱 악처 크산티페다, 악처 크산티페란 게 있다면."

나는 번호가 붙은 빨간 종이 냅킨으로 와인병 하나하나를 감싸 상표를 가리며, 냅킨 주위에 스카치테이프를 단단하게 붙이고 있었다. 아버지는 싸기 어려운 포장물을 묶는 나를 거들 때 으레 그랬듯이 그 냅킨을 제자리에 붙들어두기 위해 거기다 손가락 하나를 대고 있었다. 그게 손주와 쌍둥이에 관한 즉흥적인 훈계와 당신 목소리 속의 만성적인 성마름을 사과하는 아버지의 방식이었다.

나는 아버지가 약간의 쓴소리를 마치던 바로 그때 리비아가 담배를 피우러 테라스로 나온 것을 기억한다. 그녀 역시도 은식기 세트 하나하나에 풀을 먹인 냅킨을 싸는 나를 거들어줄 터였다. 우리의 브라질인 요리사는 그녀가 해마다 만드는 가느다란 쌀국수 요리를 끝손질하고 있었으며, 음악은 유리창을 뚫고 들어오고 있었다. 나는 양손을 리비아의 골반에 얹어 그녀를 살살 돌렸다. 얼어붙게 추운 테라스에서, 그러다가 다시 거실로 들어가 그녀와 몇 발짝 춤을 췄다. 그건 나의 난봉꾼 같은 변덕이, 보이죠, 아버지, 나도 노력하고 있다고요, 라는 뜻의 우리 아버지용으로 의도된 말없이 안심시키는 짓으로 통하게 하던 것이었다. 그러면서도 그 모든 게 거짓말이라는 걸 알았다. 우리는 한 달, 한 계절, 열흘도 가지 못할 것임을 그녀가 알았다는 걸 아버지도 알았음을 내가 알았기 때문이다. “아버님이랑 둘이서 무슨 얘기 하고 있었던 거야?” 그녀가 물었다.

“아무 얘기도 안 했는데.” 건성으로.

“나에 관한 얘기지 않았어?” 그녀는 아버지가 자신을 좋아하게 되고 있음을 알았다. 나의 시치미를 떼는 **아무 얘기도**

안 했는데는 빼고 이것저것 종합해, 아버지의 아이에 관한 격려의 연설을 가지고 나오다니 딱 그녀다웠다.

열흘도 아니겠다, 나는 계속해서 생각했다. 그녀가 안쪽으로 돌아가서 방 안의 다른 손님들에게 돌아서는 것을 내가 지켜볼 무렵 내 얼굴에서 그런 표정을 우리 아버지가 알아봤던 것이 틀림없다. "저들이 우리만 빼고 모든 사람들한테 구미를 맞추는 게 웃기지. 마치 우리가 자신들을 절대 한 톨도 사랑해주지 않으리란 걸 언제고 알아왔다는 것처럼."

"그래서 오늘 밤엔 어디 가니?" 우리 어머니가 묻는다.

"파티요."

"하나만?"

"하나만요." 확실히 나는 오늘 밤 레이철네에 간다는 생각을 버렸던 거다.

"누구랑 같이 가고?"

"같이 갈지 같이 안 갈지 불분명해요."

"너한테 불분명하다는 거야, 그 여자한테 불분명하다는 거야?"

"그거 역시 불분명한데요."

어머니가 킥킥 웃는다. 어떤 것들은 절대로 변하질 않는

다. 나는 뭔가 필요했나? 아니다. 그저 어머니에게 '새해 복 많이 받으세요' 하고 빌어주러 온 것뿐이었다. 뭐, 내가 오늘 밤 나중에 달리 할 게 없다면, 어쩌면 다시 들러도 되었다. 새해 첫날의 샴페인이라면 언제나 사족을 못 쓰니까. 냉장고에 차가운 병술이 하나 있으니, 또 누가 알겠나. 봐서요, 나는 말했다. 이런 뜻이었다. 알겠어요, 그런데 굳이 나 기다린다고 깨어 있지는 마세요. "적어도 오려고 시도는 해보렴." 그녀가 마지막 호소로 덧붙인다. 나는 아무 말도 하지 않는다.

"혹시 우리 아들이 천사처럼 이 엄마를 위해서 이 전구 중 하나만 갈아주련?"

어머니의 집이 무덤처럼 느껴지는 것도 무리가 아니었다. 나는 창고에서 여분의 전구를 찾아내, 의자 위에 서서 맛이 간 전구를 제거하고 새 전구를 끼웠다. "드디어." 그녀가 외친다. 이제야 내가 보인다고, 그녀는 덧붙인다. 나는 코트를 입을 참이다.

하나만 더, 어머니는 거의 사과한다. 내가 크리스마스 기념으로 그녀에게 사준 그 커피메이커, 어떻게 작동하는지 되새겨주면 너무 귀찮을까?

나는 어머니가 원하는 대로 한다. 그녀는 내가 떠나기를 원하지 않는 것이다. 적어도 아직은 말이다. 오, 조금만 더 있다 가, 그래줄 거지? 나는 에스프레소 캡슐 두 개를 꺼내서 물통을 채우고 기계의 플러그를 꽂고 빨간 단추를 눌러서, 초록 불빛이 깜빡임을 멈출 때까지 기다린다. 그녀는 이번에는 자신이 해보겠다고 한다. 우리는 그 일을 다시 한번 거친다.

이 분 뒤, 우리는 식탁에 앉아 거품이 나는 디카페인 카푸치노 두 잔을 마시고 있다.

너희 아버지도 이걸 엄청 좋아했을 텐데, 그녀가 무기력하게 고개를 저으며 덧붙인다.

어머니가 아버지에 관해 말을 시작할 때가 나는 싫다. "알겠다, 알겠어." 그녀가 사과하고는 곧바로 담뱃불을 붙인다. 그러다가 그녀는 기억해내고서 담뱃불을 끈다고 말없는 동작을 취한다. 아니, 그만두지 마세요, 내가 말한다. 전 상관없어요. 내가 금연하려고 한다는 이유만으로 꼭 담배를 싫어하게 되어야 하는 건 아니잖아요. 똑같은 사안이, 나는 갑자기 깨닫기로, 사람들에, 수많은 것들에 말해질 수 있을지도 모르겠다. 당신이 가질 수 없다는 이유만으로 꼭 그런 뜻이 되는 건…….

우리 어머니는 내 마음을 읽었거나 자신도 같은 주파수대에 있었던 게 틀림없다. "그 리비아라는 여자애한테서 소식 들은 적 있니?" 우리는 똑같은 것을 연관 지었지만, 어느 쪽도 담배에서 리비아로 이어진 생각의 흐름을 밝히고 싶지 않다. "그 애가 담배를 많이 피우곤 했지." 그녀가 마치 자기 생각의 자취를 덮으려는 듯 덧붙인다. "그렇지 않았니?" 맨날 피웠죠. 근데 아니요. 저는 개한테서 전혀 소식을 들은 바가 없어요. 돌이킬 수 없게 하는 게 딱 어머니 같죠. 가끔은, 그녀가 말한다. 우리가 아직도 좋아하고 있다는 두려움에 사람들을 절대 다시 보고 싶지 않기도 한단다. 아니면 그들이 아직도 좋아하고 있다는 두려움에. 가끔 우리는 과거를 저버리고서 수치심에 외면하기도 하지. 그러나 우리 중 놓아버리는 사람은 거의 없어. 우리는 다른 사람들을 찾지. 힘든 점은 매번 남은 조금을 가지고 다시 처음부터 시작해야 한다는 점이야.

그녀는 숨을 고르고, 삐끔거리고는 외면한다. 그녀는 나한테 뭔가를 물어보려 하고 있다.

“새로운 사람이 리비아보다 낫니?”

“나을지 나쁠지 말하기엔 너무 일러요. 아니면 너무 늦었나. 누가 알겠어요.”

“너 웃기는 애구나.”

그녀는 반쯤 태운 담배꽁초를 비벼 끈다. 그러고는 나를 지나쳐 바라본다.

“내가 누구를 만났다.”

어머니가 누구를 만났다.

“어머니가 누굴 만나셨다고요?”

“뭐, 그게 썩 정확한 말은 아니구나. 그 사람이 너희 아버지 소식을 듣고 언젠가 전화해야겠다고 결심했단다.”

“그래서요?”

“그 사람도 몇 년 전에 아내와 사별했다더라.”

나는 어안이 벙벙한, 혹은 완전히 멍한 표정일 게 틀림없다.

“그런데요?”

“한때 우리가 사귀었거든.”

“한때 두 분이서 사귀셨다고요.”

나는 어머니가 내 평생 같이 있는 걸 본 그 남자가 아닌 그 누구와라도 함께하는 모습을 생각하기 어렵다.

“이해가 안 되네요.”

“이해할 게 아무것도 없단다. 너희 아버지보다 오래전부터 그를 알아왔어. 그가 떠났는데 일 년간, 어쩌면 더 오래 서부에 있겠다고, 그가 말하더구나. 그러다가 내가 너희 아버지를 만난 거지.”

그녀는 그걸 너무도 무정하게, 거의 야만스럽게 들리게 한다.

“그 사람은 어떻게 받아들였어요?”

“잘 받아들이진 못했지. 그가 서부에 나가서 누군가를 찾아서 내가 결혼하기도 전에 결혼해버리더구나. 당연히, 나는 그를 절대로 용서하지 못했지. 너희 아버지와 내가 언쟁할 때마다 그를 절대로 용서하지 못했는데, 우리는 처음에는 맨날 언쟁했단다. 내가 걸던 살얼음판이 발밑에서 갈라져서 너희 아버지가 내가 고비를 넘기도록 그곳에 놓인 남자일 뿐임을 내가 깨달았을 때도 그를 절대로 용서하지 못했어."

"그래서요?"

"그래서 아무것도 없단다. 우리가 저녁을 몇 번 먹기야 했어. 그 사람은 오늘 밤 딸들이랑 같이 있어. 그런데 그 사람이 모습을 비출지도 모른다고 하더구나. 물론 그 사람이라는 인간은 절대 종잡을 수가 없지만 말이다."

이제야 나는 샴페인 병이 왜 있는지 이해가 갔다.

그는 그녀에게서 무엇을 원했나?

"그 사람이 누군데요?" 나는 끝내 그녀에게 물었다.

"얘 말하는 것 좀 봐. 그 사람이 누구냐고?" 그녀는 나의 어조를 따라 하면서 헤벌쭉 웃는다. "조금만 있으면 돈은 얼마나 버는지, 아님 어떻게 나를 부양할 계획인지까지 물어보겠구나."

"죄송해요. 그냥 걱정돼서 그래요."

"내가 걱정된다고? 네가 느끼는 게 걱정인 게 맞니?"

나는 어깨를 으쓱한다.

"조금이라도 위안이 된다면, 너희 아버지도 알았다. 맨 처음부터 알았지. 이제, 삼십 년이 지나서 이 남자가 전화를 하네. 우리는 홀아비 홀어머니들이네요, 그가 그래. 우리가 확실히 그렇긴 하네요, 내가 그랬어. 용기가 엄청 필요했지."

"저한테 무슨 말씀을 하고 계신 거예요?"

"너한테 무슨 말을 하고 있는 거냐고? 여기 상황이 난장

판이었던 걸 네가 몰랐던 것도 아니잖니. 내가 그 사람 아내였던 세월 내내, 나의 일부는 다른 곳에 가 있었다는 말을 하는 거란다. 내가 집에 있으면서 아이들과 숙제를 하고 시어머니를 의사에게 모시고 가고 수많은 지루한 연회에서 동반자의 아내였던 세월, 내가 그의 와인 파티를 거들던 세월에다 우리 모두가 함께 여행한 여름철에다 저들이 그가 가진 모든 걸 깨끗이 긁어낸 다음, 가엾은 사람, 병원에서 그의 옆에서 잤던 밤들 내내…… 이 시간 내내 나의 마음은 다른 곳에 있었어."

"이제야 말해주시는 거예요?"

"이제야 말해주는 거란다."

어머니는 일어나서 피스타치오로 그릇을 채우는데, 딱 봐도 나더러 먹으라는 거다. 그녀는 껍질을 버리라고 또 다른 그릇도 가져온다.

"두 분한테 있었던 게 뭐길래 그렇게 특별했던 거예요?" 나는 끝내 묻는다.

"우리한테는 진짜배기가 있었어. 아니면 진짜배기에 가장 근접한 것이, 어쩌면 그보다도 나은 것이."

"그래서 그게 뭔데요?"

그녀는 한순간 뜸을 들이더니만 미소를 짓는다.

"웃음. 우리한테 있었던 건 그거야."

"웃음요?" 내가 완전히 당황해서 묻는다.

"누가 알았겠어. 근데 그건 웃음이었어. 지금 당장은 우리는 오래된 농담을 주워 먹고 있어. 몇 달 있으면 그게 케케묵었다고 깨닫게 되겠지. 하지만 같은 방에 있으면 우리는 웃기 시작한다니까."

그녀는 싱크대에 우리의 잔과 잔 받침들을 넣으려 일어선다. 이제 우리 사이에 버티고 서 있는 것은 오로지 피스타치오 그릇과 껍질이 든 그릇이다.

연례 파티에서 그녀가 아버지 곁에 서서 눈곱만큼도 관심이 있을 리 없던 손님들을 위해 음식 주문하는 걸 거들던 세월, 그리고 그가 12시 종소리 전에 운이 맞는 2행 연구로 된 연례 연설을 할 때 그녀가 환하게 미소 짓던 세월, 웃음 없이 그렇게 지낸 세월에 세월.

"아버지가 그립긴 하세요?"

"왜 그런 식으로 묻는 거니? 당연히 그립지."

나는 그녀를 쳐다본다. 그녀는 눈길을 피한다. 내가 어머니를 기분 상하게 한 게 틀림없다. "지금 이거 봐라, 너 오 분도 안 돼서 이 그릇을 통째로 싹싹 비워냈구나."

그녀는 비워진 그릇과 껍질이 담긴 그릇 하나를 가져간다. 나는 그녀가 그릇을 비우고 다른 그릇은 조리대에 놔두겠거니 생각했다. 그 대신 그녀는 한 그릇을 피스타치오로 다시 채운다.

식당에 혼자 남은 나는 일어나서 유리문을 열고 발코니

로 나선다. 눈더미 때문에 밖으로 나가기가 어렵다. 그것은 한순간 옛날 시절을 소환하고, 우리가 손님들을 맞았고 여기 밖에서 와인을 차갑게 식혔던 그 당시에 어땠는지를 보고 싶게 한다. 아버지가 여전히 살아 계셨기에 그 나날은 더 좋았나, 아니면 그 나날이 다 지난 과거여서 좋은 건가? 나는 리비아가 지금 나와 함께 있다고 생각하고 싶다. 아니면 아버지가 이 추운 바깥에 나와 함께 나와서, 당신이 원하는 손주들에 관해 털어놓는다고 생각하고 싶다. 그러면서 아버지가 창문 너머 거실을 들여다본다고, 자신을 빼놓고 모든 이의 구미를 맞추는 말싸움쟁이 아내를 보고, 우리 창문들 너머로 다른 이웃집의 파티를 보고 있다고 생각하고 싶다. 아버지는 줄곧 아내에 관해서 알고 있었다. 다만 그의 생명을 꺼뜨렸으나 수많은 몇십 년 뒤에 그를 살려둔 그 악마를 그가 한 번이라도 신경을 썼다거나 딱 짚어낼 수가 있었을지는 하늘만이 알 일이긴 하다. 그리고 나는 내 인생의 다른 리비아들도, 앨리스와 진도 생각하고 있다. 최대한 와인 테이스팅을 거들어주려 하는 그들을. 와인병 하나하나에 수수께끼의 상표를 감싸는 나를 도와준 다음, 발코니에 병들을 늘어놓았던 모습으로 말이다. 한편, 손님들 중 몇몇은 계속 추측했고, 그 블라인드 테스트는 매년 언제나 통제할 수 없게 되었다. 사람들이 4번 병이 7번만큼 좋다고, 근데 또 11번이 최고라고 뜻을 같이하는 가운데, 맨날 있는 미심쩍은 사람들은 언제나 다른 모든 이와 뜻을 달리하고, 아버지가 심판을 보는데, 몇몇 이들은 더는 실상 상관이 없었다. 그게 테스트는 언제나 성공이었고, 언제나 성공일 터였으며, 우리의 일부가 언제나 12월에는 스러진다는 필연성을 좋게 해석하려는 또 다른 방식일 뿐이었기 때문이다. 그만큼 그때가 아버지가 매년 기념했던 유일한 휴일이었던 것이다. 왜냐하면 연말쯤에 스러지지 않은 그 일부는 연장된 유예 기간에 그가 전율한 만큼이나 전율하였기에 사랑과 같은 무언가가 그의 삶에서 완전히 바닥나지 않았기 때문이다. 물론 그가 그런 걸 우려내러 간 곳과 그가 정말로 그런 걸 찾아냈다고 한들 찾아낸 곳에서, 아무도 알지 못했거니와 알고 싶어하지도 않았기야 했다. 그러니 나는 지난날의 검은 눈송이들이 조금도 그립지 않았다.

내가 더 괜찮은 아들이었더라면, 나는 그 죽어가는 공주님의 아버지가 매년 딸아이에게 해주겠다고 약속한 일을 해줄 터였다. 나는 그의 오래된 유골을 꺼내서 그가 다시 겨울 햇살을 느끼고 괜찮은 뱅쇼와 깍둑썰기를 한 밤이 뿌려진 걸쭉하니 따끈한 버터넛 수프의 생각에 몸서리칠 수 있도록 하고, 그의 몸을 꺼내 달빛 서린 눈의 애가를 향유하게 하는 사이 침몰한 옛 크리스마스 세계의, 또 때이르게 상해버린 사랑의 꿈을 꾸게 할 터였다. 사랑은 상한 게 아니었어, 결코 벌어지질 않았던 거지, 그는 말하곤 했고, 그가 알던 한 그 다른 여자는 자신이 그의 짧은, 미완의 일생의 빛이었다는 것을 절대로 몰랐다. 지고지순한 사랑, 지고지순한 사랑이니. **너희 어머니도 절대로 몰랐고, 지금 말해줘봤자 소용도 없는 일이다.**

어머니는 나더러 낙숫물 도랑 아래로 유리 전구를 버리지 말라고 한다. 나는 드러누워서는 그런 건 절대로 꿈도 꾸지 않을 거라고 말한다. 지금 모든 문들이 닫혀 있는 이 아파트는 얼마나 텅 비어 보이는지. **그렇듯 붐비던 도성이 이렇게 쓸쓸해지다니, 예전에는 천하를 시녀처럼 거느리더니! 이제는 과부 신세가 되었구나.*** 나는 여기 클라라를 데려와야겠다.

언젠가, 나는 집을 치우러 와서, 어머니 삶의, 아버지 삶의, 그보다 나쁘게는, 이곳에서 보낸 나 자신의 삶의 조각들을 줍고 있을 거다. 내가 무엇을 찾게 될지, 내가 찾을 준비가 안 되어 있는 건 무엇일지 하늘만이 아시리라. 아버지의 알람시계, 아버지의 주소록, 아버지의 파이프 담배 도구들. 서로 꼴보기 싫어서 북엔드 두 개처럼 찌푸리고 노려보고 있는 터번을 쓴 터키인들이 아로새겨진 아버지의 누레진 해포석 담배 파이프들이 담긴 커다란 재떨이. 마치 같은 2층 침대의 수용소 수감자들처럼 머리가 발가락을 향한 채, 마치 디저트용 포크와 숟가락처럼 누워 있는 아버지의 빈티지 펠리칸 펜과 까렌다쉬 은제 연필, 아버지의 옻칠된 라이터, 또 개중 무엇보다도, 팔짱을 낀 채 기다리면서 점점 참을성이 바닥나는 그

* 구약성서 애가 1:1에 등장하는 구절.

의 뿔테 안경. 그것은 아마도 너무도 조심스럽게 접혔겠으나 아버지가 그래, **이제 가서 그 마귀할멈 같은 의사를 대면해보자고,** 하고 말했던 마지막 순간의 거짓된 가식은 없이 내버려져 있었는데. **이제 일들 보고 다른 사람들한테 잘해줘라,** 라는 뜻으로 텅 비어 깨끗한 유리 탁상 한복판에 그가 안경을 탁 놓았을 때 그의 몸짓 속 체념한 책망이 나는 보인다. 이는 그가 호텔 침실을 떠나기 전에, **나한테 잘해줬으니, 이제는 다음 사람에게도 잘해주시오,** 라는 뜻으로 20달러짜리 지폐를 꺼내다가 재떨이 아래에 끼워두곤 했던 것을 떠올리게 한다. 그는 사물들에게 좋은 사람, 사람들에게 좋은 사람이었다. 들어주었고, 언제나 들어주었으니. 나는 어머니가 아버지의 와인 도구들을 어디엔가 몰래 집어넣어뒀을 거라고 확신한다.

아버지가 식당의 사이드보드에 그 도구들을 하나하나 늘어놓던 것, 그의 방대한 수집품인 앤티크 코르크 따개에 호일 절단기들을 닦고 윤을 냈던 그 신중함을 나는 기억한다. 어머니는 모든 이 앞에서 그가 할례를 위하여 도구를 늘어놓는 모헬* 같다고 말했다. 내가 마지막으로 내 물건을 늘어놓았던 게, 말해봐, 그게 어느 땅에서였는지. 누군가가 즉각 말을 끊고는 아벨라르**의 물건과 아벨라르의 사랑에 관해 농담을

* 사내아기에게 유대교의 의식에 따라 할례를 해주는 사람.

** 프랑스의 철학자이자 신학자.

한다. 그걸 떼어준 게 엘로이즈*였다니까, 내 말의 근거를 내가 알다마다, 우리 아버지는 말한다, 엘로이즈와 결혼 생활이었다니까. 웃음, 웃음, 그러고 우리가 함께 웃는 내내, 그곳에서 그녀는 바람을 피우고, 그는 수십 년 전 다른 곳에서 만난 누군가와 지고지순한 사랑 때문에 설움을 느낀다. 이것들은 그 사적인 작은 장부에 그가 시간을 표시해두느라 사용한 말들이었다. 우리가 무엇을 놓쳐버리는지, 어디서 실패하는지, 어떻게 나이를 먹는지, 왜 우리가 갈망하는 것을 너무도 조금 얻는지, 더 나아가 삶을 우리가 정리하는 동안에도 무언가를 끝까지 요구하는 게 여전히 현명한 일인지를 재어보는 곳 말이다. 우리더러 살라고 주어진 삶을, 그리고 살지 않은 삶을, 그리고 반쯤 살아본 삶을, 그리고 우리가 아직 시간이 있을 동안 사는 법을 배우게 되기를 소원하는 삶을, 그리고 우리에게 가능하기만 하다면 다시 쓰고 싶은 삶을, 그리고 쓰이지 않은 채 남아 있고 아예 영영 쓰이지 않을지도 모른다는 것을 우리도 아는 삶을, 그리고 내가 알기로 우리 아버지가 나에게 바랐던 것이기도 한, 다른 사람들이 우리가 살았던 것보다 훨씬 낫게 그리고 더 현명하게 살아주기를 우리가 희망하는 삶을.

* 프랑스의 수녀원장이자 저술가. 피에르 아벨라르와의 사랑이 널리 알려져 있다. 아벨라르는 엘로이즈와 아벨라르의 사랑을 반대한 엘로이즈네 친척의 사주로 거세를 당한 것으로 알려져 있으나, 여기서는 아벨라르가 엘로이즈와 결혼함으로써 비유적으로 거세를 당했다고 농담을 하고 있다.

"그 남자가 누군데요?" 나는 어머니에게 묻는다.

"너도 이전에 만나봤단다."

"그 사람 이름이 뭔데요?"

"알고 싶으면 자정 전에 오렴."

그녀는 미소를 짓지만 여전히 말해주질 않으려 든다. 말해줄 게 아무것도 없단다.

"어머니 괜찮겠죠?"

"난 괜찮을 거야." 재치 있으면서도 회복성 있는 어머니. 나는 이런 그녀를 거의 본 적이 없었다.

"어머니가 한 번도 이런 걸 전혀 안 말해줬잖아요."

"그래, 한 번도 안 말해줬지."

기나긴 침묵 동안 우리 어머니는 상한 피스타치오에 눈살을 찌푸리는데.

"그 여자가 엄청 예쁠 게 틀림없구나."

"어떻게 아세요?"

"그냥 안다. 너 여기서 시간 죽이고 있지 않았니? 너도 가야지."

그녀가 옳았다. 나는 시간을 죽이고 있었다.

혹시나 우리가 오늘 밤 서로를 보지 못할 경우를 대비해 나는 어머니에게 '새해 복 많이 받으세요' 하고 빌어드린다.

그래, 그래. 그녀가 말하지만 그녀도 내가 나타날 가능성은 거의 없다는 걸 안다. 적어도 네가 나타나지 않기를 엄마는 바란다. 우리는 포옹한다. "네가 이런 모습을 한 번도 본 적이 없구나." 그녀가 말한다.

"이런 모습이라니, 어떤 모습인데요?"

"모르겠구나. 다르달까. 좋달까. 어쩌면 심지어 행복하달까."

우리가 문으로 가는 길에, 그녀는 식당 불을, 그다음에는 주방 불을 끈다. 그녀는 내 등 뒤로 문을 닫는 그 순간 침실로 다시 향할 것이다. 마치 유령들 사이로 슬그머니 돌아가는 율리시스의 어머니처럼. 이것이 내가 처한 꼴이란다, 그녀는 말하는 듯했다.

등 뒤로 드디어 문을 닫자, 나는 안도의 한숨을 내쉰다.

평소대로, 나는 호주머니 속으로 손을 뻗어서 수위에게 연례 팁을 건넨다. 나를 모르는 두 번째 수위 역시 뭔가를 받는다. 그냥 혹시나 어머니가 그들에게 팁을 주는 걸 잊었을 경우를 대비하여.

수위가 정문을 열어주자마자 돌풍이 내게 불어왔다. 나는 이보다도 긴장하거나 더 큰 기쁨을 느낄 수 없다. 내가 어머니의 집에 들어간 이래로 쭉 느끼던 답답하고 억압적인 무기력함을 그 돌풍이 떨쳐내준다.

나는 겨울철 도시 불빛들을, 스카이라인 위로 우뚝 솟은 중간 지대 건물들의 전망을 언제나 사랑했다. 맨해튼 위로 은하계 폭풍처럼 폭발하는 빛의 우박을, 센트럴파크 웨스트의 낡은 주거 건물들을 팔꿈치에 끼고 있는 약한 불빛들, 그것이 조용하고 만족스러운 삶과 조용하고 만족스러운 새해 첫날의 파티들을 이야기해주는 광경을. 나는 과다한 불빛들이 도시를 뒤덮는 것을, 파라오들이 유물에 봉화를 올렸고 뱃사람들이 바라보러 나와서는 **세상에서 이것에 맞먹을 수 있는 것이 아무것도 없다**고 말했던 그날 밤 이래로 본 적 없으며 적수도 없었던 무언가를 바라보는 것을 사랑한다.

내가 좋은 아들이었다면, 나는 클라라를 옛날 옛적에 만나서 그녀를 여기 데려왔을 테다. 내가 좋은 아들이었다면, 나는 클라라를 오늘 더 일찍 데리러 가서는, 당신이 우리 어머니를 만나주면 좋겠어요, 왜냐면 아버지가 살아 계셨더라면 싶고, 아버지도 당신을 정말 좋아하셨을 테니까, 하고 말했을 테다. 그녀와 함께 한순간 나는 아버지의 서재로 걸어들어가 그의 물건들의 쉼 없는 잠을 방해할 터였다. 그의 펠리칸, 그의 까렌다쉬, 그의 찌푸리고 노려보고 있는 터키인들, 그의 안경, 그러면 그녀는 그 사물들을 깨워 소생시켰을 것이다. 그녀가 내 주방, 내 양탄자, 내 목욕 가운의 선잠을 흔들어 깨우고 내가 나의 물건들, 내 삶에서 사랑을 찾게 해준 것처럼 말이다.

나는 오래전처럼 그녀를 데려와, 그녀를 손님들에게 소개하기 전에, 그저 그녀를 발코니로 데려가서는 그녀더러 내가 와인 상표들을 씌우는 걸 거들어달라고 청할 터였다. 우리 뭐 하는 거예요? 그녀가 묻는다. 우리는 와인의 이름들을 숨기고 있죠. "알아요!" 그녀가 답한다. "내 말뜻은, 우리 뭐 하는 거냐고요?" 나는 한동안 모르는 척하고 있을지라도 그녀가 무엇을 묻는지 정확히 아는데, 왜냐하면 내가 왜 그녀를 우리 부모님 댁에 데려오고 싶었는지 그녀에게 말하기가 어려운 만큼이나 그녀더러 자동차를 멈춰 우리 아버지의 무덤으로 같이 잠깐 걸어갔다 오자고 부탁하기가 어려웠기 때문이고, 왜냐하면 묻기 너무 어려운 수많은 것이 있기 때문이고, 클라라, 왜냐하면 사소하고 한층 단순한 것들을 청할 때 나는 커다란 것들을 청할 때보다도 더 드러내버리기 때문이다. 그리고 아버지가 더는 거기 없어서 당신을 만나지 못하면, 뭐, 당신이랑 나랑 함께 맨몸이 되기 전에 그래도 오늘 밤에 들릅시다, 그러면 우리는 엄마의 샴페인 코르크를 딸 거고, 지조 있는 돈 후안이 공교롭게 오늘 밤에 거기 있다면, 우리는 새해 축배를 드는 동안 즐거운 4인조가 될 거고 그런 다음에는 106번가로 다시 달려오면서 뵈브 클리코와 괜찮은 돔 페리뇽 샴페인을 남겨두어 그들 인생에서 나쁜 것으로부터 좋은 것을 가려내게 할 거예요. 당신이 좀비화되진 않았기를 바라네요, 나는 택시 안에서 말할 것이다. **나 엄청 안 좀비화됐**

거든요, 당신은 말할 것이다.

나 엄청 안 좀비화됐거든요. 그건 딱 클라라 같은 소리다.

다시 말해봐요, 클라라, 나 엄청 안 좀비화됐거든요.

나 엄청 안 좀비화됐거든요. 행복해요?

행복해요, 행복해요.

내가 오늘 밤의 파티를 위해 진귀한 와인을 몇 병 사려 했던 와인 가게는, 가보니 사람들로 가득하다. 줄이 판매대 길이만큼 편자 모양으로 굽어 있다. 나는 올라프와 함께 들어갔어야 했다. 오늘 오후에 공황에 빠진 그가 옳았다.

와인은 건너뛰어요, 그럼. 꽃은요? 내가 내일 꽃을 보낼게요. 사실은 내가 지난주에 꽃을 보냈어야 했는데. 꽃도 건너뛰어요.

지난주에 눈보라가 몰아칠 때처럼 나는 M5 버스를 타고 싶었다. 바깥을 거의 볼 수 없었지만, 눈이 내림에 감사했다. 눈은 창문에 닿자마자 탈진해서 창백한 빼끔거림으로 사라지는 듯했다. 불이 켜진 리버사이드 파크를 통해서, 때때로 나는 마치 발이 묶인 엘크 사슴들처럼 허드슨강을 따라 내려가면서 하류로 조용히 떠내려가는 얼음덩이들을 일별할 테다. 아작, 어적, 어적. 오늘 밤에 나는 클라라의 아파트에도 가지 않을 것이고 대신에 한스와 그레천네로 곧장 향할 것이다. 나는 마치 이번에도 실수로 인한 것처럼 112번가에서 하차해서, 내가 새뮤얼 J. 틸든 동상 옆의 언덕을 걸어 올라갔던 그날 밤에 그랬듯 방향을 잃어버리려고 하고, 다시 한번 잠시간, 세인트버나드 한 마리 때문에, 아니면 이 도시가 오늘 밤 너무도 이상하리만치 중세 느낌이기 때문에, 아니면 꿈 제작물과 예감의 합일로써 눈이 너무도 평화롭게 떨어지는 나머지 눈이 닿는 모든 것이 마법에 걸린 듯하면서도 동시에 불후의 것인 양 느껴지는 내가 스스로 영사한 영화 속으로 내가 발걸음을 들인 듯한 느낌이 들기 때문에 나는 자신이 프랑스에 있다고 생각할 것이다. 나는 파티에 도착하여, 입구에서 절대로 꼼짝하지 않는 그레천에게 환영 인사를 받고, 외투 보관소에다가 코트를 건네고, 이번에는 표 꽁다리를 보관하도록 단속하고, 거실에서 피아노 옆에서 꾸물거리고 다니다가는 음료 한 잔을 주문하여, 크리스마스트리 옆에 정확히 내가 일주일 전에 섰던 곳에 설 거고, 그러면 누가 알겠는가, 그녀가 나만큼이나 이러는 걸 좋아하기에 어쩌면 우리는 완전 남남인 놀이를 할지도 모른다. 그리하여 그녀가 손을 뻗어 나와 악수하려는 찰나에 나는 가로막고서 말할 것이다. 프린츠 씨 친구 아니세요? 그에 그녀는 말할 것이다. **그러는 그쪽은 지난 밤의 텔리퐌에서 나온 목소리인 게 분명한데요?** 맞아요, 맞아요. 그러고 우리는 똑같은 창문 옆에 앉을 것이고, 그녀는 내게 먹을 걸 가져다줄 것이고, 함께 우리는 이 커다란 아파트에서 방에서 방으로 배회해 다니면서 우리가 펀치를 싫어함에도 펀치와 같은 가벼운 무언가를 마실 것이다. 그런 뒤에 지난번에 그랬듯이 복닥복닥한 계단을 통해서 아래층으로 향하고, 바깥으로 테라스로 이어지는 문을 열 것이다. 그곳에 함께 서서는 뉴저지의 물가를 바라보면서, 맨해튼 위를 빙빙 돌아가는 똑같은 빛기둥을 보고 벨라지오, 비잔티움, 상트페테르부르크를 생각하고, 우리가 그날 밤에 영원을 보았다는 걸 기억하려고 할 테다.

나는 저녁이 내 앞에 펼쳐지는 것을 본다. 소원이 이뤄질 것을 우리가 알 때, 모든 소원이 그러듯. 발코니에서 주방으로, 그다음에는 위층의 온실로 가는 걸음, 파벨과 파블로, 세 명의 그라이아이들, 그리고 누구도 배겨낼 수 없는 두 딸을 둔 머피 밋퍼드 본인이 펼쳐지는 가운데 나의 마음은 새뮤얼 J. 틸든 동상 곁의 언덕을 지나, 지난주의 폭설을 지나, 로메르라든가 허드슨강의 경계에서 내 앞에 솟아나서 클라라와 나를 위해 지어내어진 떠다니는 도시를 시사하였던 생레미의 작은 슬레이트 지붕이 덮인 도시를 지나서 떠돌아 가는 것이다.

나는 다시 그녀와 발코니로 발을 올라 디뎌서 그녀가 눈 속에서 담배를 비벼 끄는 모습을 지켜보고, 그녀의 발이 이중 주차 대형으로 늘어선 자동차들까지 쭉 담배꽁초를 차서 내려보내는 걸 지켜보고, 눈이 마치 발광하는 하얀 손들처럼 영속적이고 주문에 걸린 채로 우리 주위로 포위해 오는 것을 지켜보고 싶다. 그러고 그러는 도중에는 수많은 유혹들이 있을 테다. 롤로는 분명히 다시 잉키의 편에서 교섭을 할 것이다. **클라라, 제발 좀!** 그러고 또 혹시 모른다. 잉키 자신이 애원하러 나타날지도 모른다. 그가 군살이 없고 늠름한 모습을 하고 대부분의 손님에게 알려지지 않은 한구석으로 그녀를 이끌어 갈 테고, 내가 그때 할 것이라고는 오로지 내가 끼어들어야 할지 아니면 그냥 서서 궁금해하고 있어야 할지 궁금해하면서, 그들 사이의 관계가 우정으로 녹아버렸는지, 아니면 전혀 용해되지 않은 것인지, 아니면 우정이든 우정이 아니든 그가 테라스에서 몸을 던져버린다고 할지언정 그녀는 하등 신경도 쓰이지 않았던 것일지 알아보려 하는 것이다. 그도 그럴 게 우정이란 사랑, 초토화된 사랑 다음에 남은 게 하나도 없는 법이다. 모든 다리에다 더불어 부두까지 불살라버릴지니. 우리는 다른 사람들 사이에 함께 서 있을 테고, 갑자기 클라라는 나더러 자신에게 일이 분만 달라고 할 테고, 방 중앙에서 올라 및 베릴과 합류해서는 경고도 없이 오페라 〈장미의 기사〉에서 나온 아리아를 부르기 시작하는 한편 나는 자신을 아는 만큼, 다른 쪽을 보려고 애쓰고, 이렇게 노래를 부르는 게 일 초만 더 간다면 나는 울음을 터뜨릴 것이고, 내가 정말로 울기 시작하면, 뭐, 울음이 나오라지, 그녀는 내게 다가와 요전 날에 너무도 야만스럽게 나를 움켜쥐던 그 똑같은 손을 내 얼굴에 얹어두고 말할 것이다. **이 노래는 당신을 위한 거예요, 프리츠, 이게 내가 사랑하는 것보다 딱 나를 덜 사랑할**

지도 모르는 남자를 위한 나의 늦은 크리스마스 선물이라고. 그리고 나는 나를 아는 만큼 저항하지 못하고, 그녀를 복닥복닥한 코트 보관실 안으로 급히 몰아가서, 향수가 밴 밍크코트의 일렬에다가 그녀를 밀어두고는, 그녀에게 단도직입적으로 물을 것을 안다. 나도 내 인생이 어디로 향하는지 감도 못 잡기는 하지만 나랑 아이를 가지고 싶어요, 그래요 아니에요? **그래요.** 우리가 함께 행복할 거라고 생각해요? **그래요.** 이 공상은 어느 시점에야 끝나는 거죠? **모르겠어요. 절대로 모르는걸요……. 내가 당신 질문에 다 답했나요?** 그래요. **확실해요?** 그런 것 같은데요. 그녀는 일 분간 더 내게 물을 테고, 그러면 나는 괜찮아요, 하고 말하고는 그녀가 집 안 다른 곳으로 달려가는 것을 지켜볼 테고, 그다음에 나는 기다리고 기다리고 조금 더 기다릴 텐데 이윽고 지난주에 그러했듯 그녀가 단순히 사라진 거라는 사실이 끝내 분명해질 테다. 잉키. 아무렴! 내가 알았어야 했다.

바로 그때 나는 떠나자고, 내가 얼마나 홀딱 반하고 절박했는지, 아니면 내가 오늘 저녁이 다르게 전개되었더라면 하고 얼마나 많이 원했는지 보이지 않기 위해서라는 이유밖에는 없을지언정 떠나자고 마음을 먹을 테다. 나는 코트를 청하고, 입고, 말없이 밖으로 나서서는, 스트라우스 공원으로 씩씩하게 걸어가면서 그녀가 떠나는 나를 발견하고 나를 제지하러 달려오고 있었을 경우를 대비하여 걸음을 재촉할 것이다. 그러나 일단 공원 안에 들어오면, 나는 일주일 내내 그러했듯 푹 수그려서 그곳에 앉으면서, 클라라가 나더러 왜 이렇게 일찍 떠났느냐고 물어보러 정말로 나를 쫓아왔으리라고 희망할 것이다. 그것이, 그녀가 나를 따라와서 내가 왜 이렇게 일찍 떠났느냐고 물어보는 게 내가 원할 터인 건가? 그냥 나 때문이에요, 나는 말할 테다. 그냥 내가 평소대로 **가장 원하는 것을 놓아버리는 짓**을 하고 있는 거예요. 왜냐하면 내가 갈망하는 것들은 너무도 드물게 주어져서 그것들이 주어질 때 나는 거의 믿지를 않고, 감히 건드리지도 않으려고 하고, 알지도 못하는 사이에 그것들을 거절하기 때문이에요. 마치 당신이 전화기를 끄는 것처럼요? 마치 내가 전화기를 끄는 것처럼요. 마치, 지금이라고요, 제기랄, 하고 외치고 있는데도, **너무 이르고, 너무 급작스럽고, 너무 빨라요,** 라고 말하는 것처럼. 마치, 나 갈 데까지 갈게요, 하고 외치는데도, **어쩌면요,** 하고 말하는 것처럼. 마치 내가 지난밤에 영화관에 가지 않았을 리가 없었다는 걸 당신이 알았고, 이 존나 똥구멍 같은 게 그냥 알았는데도 가지 않는 것처럼? 그래요, 나는 말할 테다. 마치 당신이 나를 절대 용서해주지 않으리라는 걸 알면서도 나타나지 않는 것처럼. 그래서요? 그래서, 아무것도 아니에요. 나는 매일 밤마다 내가 당신을 놓쳐버렸다고 생각하기 위해 이곳에 오는데, 왜냐하면 모든 밤이 나의 마지막 밤일 수도 있겠다는 느낌이 들기 때문이고, 내가 여기서 하는 거라고는, 내가 그러고 있다고 알지도 못하는 사이에, 내가 당신 없이 있었던 게 아닐 날이 영영 오지 않기를 비는 게 다예요. 나는 당신을 다시는 보지 않는 것을 절대 하지 않기보다는 추위 속에서 또 당신이 좋은 그 어떤 조건으로라도 천일 밤 동안 이 공원을 이용할 거예요.

이중 부정, 전미래, 과거 가정법……. 이게 다 뭐예요, 프린츠? 아무것도 아니에요. 이건 아무것도 아니에요. 그냥 나의 반사실적인 삶에서 온 반사실적인 것일 뿐이라.

스트라우스 공원에서 내가 기억하고 싶을 것은 오로지 여기서 보낸 나의 첫 번째 밤 또는 두 번째 밤, 또는 세 번째 밤, 또는 내가 돌아와서는 우리의 키스 다음에 여기서 멍하니 서서 빵집을 건너다보고 내가 그녀의 몸을 유리창에 밀치고 키스하면서, 우리의 골반이 함께 맞닿은 채로, 내가 평생 따라가고 있다고 생각했건만 사실은 모든 것이 예행연습이었고 유예였듯이, 오로지 클라라를 위해 예행연습을 하고 있었던 어떤 충동에 굴했던 것을 기억할 때마다 가슴 속에서 차오르는 모든 것이 느껴졌던 그날 밤이다. 당신은 우리가 함께 있기를 원하나요, 아니면 이건 우리 둘 다 너무 많이 마셨을 때 어느 날 저녁 넘쳐흘러 열정으로 치닫던 그런 밍밍하고 감상적이고 애상적인 우정 중 하나인가요. 다시 말해줘요, 이 달콤씁쓸한 돌심장 같으니라고. 다시 말해줘요, 당신도 시간이 멈췄으면 하고 바랐나요? 내가 당신한테 말이 되게 말하고 있나요? 내가 당신이 원하는 사람인가요? 그래요. 당신이 마음을 바꾸기 전에? 나는 한 번도 마음을 바꾼 적이 없지만, 이게 당신이 나를 보는 식이라면, 그러면 나는 마음을 바꿨어요…… 마음을 정할 수 없고 정하지 않을 쪽은 당신인걸요.

나는 그곳에 서서 오늘 밤 나타날지도 모르는 머리에 환한 빛이 감도는 동방박사들을, 그들의 질질 끄는 발이 벌써 지하로 가라앉으면서 이렇게 말하는 걸 생각할 테다. 당신 여기 있으면 안 돼. 왜 떠났는데. 왜 여기 있는데? 나는 돌아가야 할지 대신에 여기 머물러야 할지 생각하려고 여기 있는 거야. 그래서? 그래서 모르겠어. 너는 두 갈래의 마음으로 느끼고, 네 심장은 약음기가 걸린 오르간이구나. 오 년 있으면, 로메르의 영화에서처럼 너는 유럽의 어느 해변 도시에서 그녀를 우연히 만나게 될 거고, 그러면 그녀는 아이들과 있을 거고, 아니면 네가 아이들과 함께 있을 거라서, 너는 자신의 **가졌을지도 모르는 것들** 전부를 지켜보고 응시하고 총계를 낼 거야. 당신 안 변했네요, 그녀는 말하겠지. 당신도 안 변했네요. 여전히 프린츠예요? 그런 것 같아요. 그러는 당신은요, 클라라? 똑같죠, 뭐. 여전히 은신 중? 여전히 은신 중. 당신은 기억해요, 그럼? 나는 모든 걸 기억해요. 그러는 나도 기억하는데. 그래요? 그래요.

내가 아버지의 나이가 되어서 영혼에 성마름과 되돌아볼 하나의 지고지순한 사랑을 품고, 와인 테이스팅을, 또 지상으로 자유낙하하는 비벼 끈 담배꽁초들을, 또 언제나 진짜 파티인 건너편 파티들을 생각하면서 테라스에 서 있을 무렵에는, 나는 이 모든 것을 살아가면서 잊어버리는 법을 배웠을 것인가. 아니면 이 모든 것은 만고불멸하게 꿈을 만들어내는 존재로 변할 것인가, 이 모든 것은—이것이 시작되었을 때 멈췄던 그날에서부터, 여기서 백 야드 떨어진, 지금으로부터 백 년 떨어진, 백 년 전의 어느 빵집의 담벼락에 불과한 것에 멈췄을 때 이것이 시작했던 그날까지. 베를린의 작은 공원에서 뉴욕의 스트라우스 공원까지. 1세기 전의 가스등과 지금으로부터 1세기 후 태어나지도 않은 석수는, 몇 세기가 떨어져 있으니. 헤아릴 수가 없으니.

그래서 지금 나는 뭘 해야 하는가? 서서 기다려야 하나? 서서 궁금해해야 하나? 나는 어떻게 해야 할까?

그리고 공원의 가로등 중 하나가 침묵을 깰 것이다.

나는 지침을 기대했나? 대답을? 사과를?

돌아가라, 그 목소리는 말할 것이다. 내가 돌아갈 수 있다면, 내가 돌아갈 수만 있다면.

나는 수백만 명 틈에서도 그 목소리를 알아들을 것이다.

그리하여 스트라우스 공원에서 나는 106번가와 리버사이드 드라이브의 길모퉁이로 걸어 돌아가, 내가 일주일 전에 봤던 것처럼 위층 사람들이 창문에 등을 기대고 서 있는 걸 지켜볼 것이다. 바깥은 추웠다. 촛불에 밝혀진 얼굴들은 웃음과 예감으로 환히 빛났다. 모두가 손에 잔을 들었고, 내 추측으로는 그중 몇몇은 걸걸한 목소리의 가수가 모든 이더러 캐럴을 부르도록 한 곳의 피아노에 기대고 있을 것이다. 그리고 나는 지금쯤 되면 나를 알고 있을 보리스에게 심지어 안녕 인사를 할 것이고, 그가 지난주에 그랬듯 엘리베이터 안으로 팔을 푹 찔러넣어 펜트하우스 버튼을 누르는 것을 지켜볼 것이다. 내가 아파트로 들어서자마자 안녕의 합창이 있을 것이다. 어머, 이게 누구야. 그가 다시 왔잖아, 올라가 말할 것이다. 내가 달려가서 클라라한테 말할게. 아냐, 내가 말할게, 하고 파블로가 말한다. 클라라는 그쪽한테 화나 있어요. 지난밤에 그녀를 바람맞힌 것도 한몫했지. 우리는 다 같이 성 요한 대성당으로 갈 건데, 우리랑 같이 갈래요? 그리고 내가 답할 겨를도 없이 누군가 샴페인 잔을 내게 건넨다. 나는 그 손목을, 당신의 손목, 당신의 손목, 당신의 달콤한, 축복받은, 하느님이 내린 **내가 숭배하는 당신의 손목**을 알아본다. "**이스트 아인 트라움***, 이거 꿈만 같네요." 그녀가 말한다. "거기다 새해가 막 시작됐어요."

* 독일어로 '이거 꿈만 같네요'라는 뜻.

여덟 밤

1판 1쇄 인쇄 2024년 6월 7일 **1판 1쇄 발행** 2024년 6월 25일

지은이 안드레 애치먼 **옮긴이** 백지민
펴낸이 박강휘
편집 박규민 박정선 **디자인** 유상현
마케팅 이헌영 **홍보** 반재서

발행처 김영사
주소 경기도 파주시 문발로 197(문발동) 우편번호 10881
등록 1979년 5월 17일 (제406-2003-036호)
구입 문의 전화 031)955-3100 **팩스** 031)955-3111
편집부 전화 02)3668-3290 **팩스** 02)745-4827 **전자우편** literature@gimmyoung.com
비채 블로그 blog.naver.com/viche_books
인스타그램 @drviche @viche_editors **트위터** @vichebook
ISBN 978-89-349-1639-0 03840 책값은 뒤표지에 있습니다.

비채는 김영사의 문학 브랜드입니다.